U0924447

# 春风故事

FLOWERING

赵杨 著

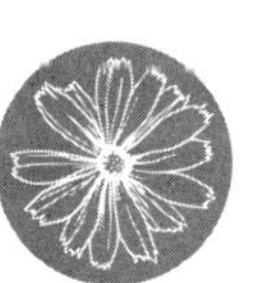

北京联合出版公司
Beijing United Publishing Co.,Ltd.

**图书在版编目（CIP）数据**

春风故事 / 赵杨著 .—北京：北京联合出版公司，2021.3

ISBN 978-7-5596-4433-6

Ⅰ .①春… Ⅱ .①赵… Ⅲ .①长篇小说 - 中国 - 当代 Ⅳ .① I247.5

中国版本图书馆 CIP 数据核字（2020）第 129579 号

**春风故事**

作　　者：赵　杨
出 品 人：赵红仕
选题策划：雁北堂（北京）文化传媒有限公司
责任编辑：李艳芬　牛炜征
特约策划：施玉环
特约编辑：高雪静
封面设计：八牛 · 设计 34508448@QQ.com ANEW DESIGN
版式设计：冉冉工作室

---

北京联合出版公司出版
（北京市西城区德外大街 83 号楼 9 层　100088）
河北鑫融翔印刷有限公司　新华书店经销
字数 480 千字　880 毫米 × 1230 毫米　1/32　20 印张
2021 年 3 月第 1 版　2021 年 3 月第 1 次印刷
ISBN 978-7-5596-4433-6
定价：82.00 元

---

# 目录

第一章
Chapter 01

# 赵心刚的春天

1992年的初春三月，地处东北的江北市依然春寒料峭，小北风刮得厉害，连挤在杨树杈子上取暖的小麻雀都睁不开眼睛。刚毕业的赵心刚的心却格外温暖，他哼着跑调的歌儿拐进一条萧瑟冷清的马路。

马路两侧遍布着一眼望不到头的工业管道。这一条条错综复杂、足以拼凑成三维立体空间的管道仿佛输送养分的血管，遍布方圆数十里的大型工厂，当然也包括赵心刚的实习单位——人称“江重”的江北重型机器厂。

江重的西门正对着江北冶炼厂的大烟囱，赵心刚很快找到西门门口的地标——一个极具工厂气质的大邮筒，比普通邮筒足足大一圈，散发着冷却的钢渣味儿。这是饱含金属氧化物的味道，是赵心刚最喜欢的味道。

赵心刚揉了揉冻得发红的鼻子，从军绿色的行李包里取出一封信，信封上贴着美猴王图案的20分邮票，他要将如愿以偿到江重实习的好消息告诉远方的表哥。将信投入邮筒的瞬间，他忽然想到：表哥此时所在的深圳，正是欣欣向荣、人心振奋的春天……

那江北的春天还远吗？

他的春天还远吗？

赵心刚情不自禁地张开双臂去拥抱这片炽热的工业土地……

## 01

炼钢厂房里突然传出一道刺耳的噪音，透过昏暗的光线，赵心刚清晰地看到平炉里翻滚的钢水，钢水的颜色变得异常红艳。他脸色突变：“不好，后墙塌了！”赵心刚毕业于江北工学院的钢冶系，比任何人都知道平炉炼钢中最大的安全事故就是坍塌，不仅会造成巨大损失，弄不好是要出人命的，他立刻着急地跑向炼钢车间。

“等等我！”前来迎接赵心刚的李东星同样心急火燎。他放下沉甸甸的行李包，大步流星地跟了过去。他的父亲是江重设计院的院长，炼钢分厂的平炉技改项目一直是父亲引以为傲的设计。今天的坍塌事故会损害父亲的声誉，眼下的形势也比较敏感，全江重的人都知道父亲即将升任为江重总厂的厂长，关键时刻容不得出现一丁点儿事故。

此时在厂房内，炉前工人已经拉响警报，滚烫的热流生生割裂了游荡的烟雾，炼钢车间顿时变成形势紧张的战场。劳作的工人师傅们纷纷涌向炉前，同时，炼钢分厂所有组的组长、各车间主任，包括厂长在内的班子成员，全部用最快的速度跑进炼钢车间。

只见炼钢车间里弥漫着呛人的粉尘，一缕缕明亮的光线穿透破损的石棉瓦房顶，折射出一道道或是砖红或是微黄的光柱，这是炼钢车间特有的色彩。色彩之下便是高达一千六百摄氏度的钢水在平炉里不停地翻滚，炽热的温度可以让一个人瞬间汽化，变成一缕缥缈的蒸气。所以，在安全范围之内，炉前工人拉起了一道隔离生死的警戒线。

炼钢分厂的班子领导们正在焦急地商讨补救对策，工人师傅们坚守在生产第一线，时刻等待着领导们的指示。

李东星和赵心刚挤到形势严峻的炉前，赵心刚见到了昔日的故人。不过，他没有上前打招呼，因为他意识到比坍塌事故更严峻的是众人解决事故的建议不统一。

炼钢分厂的厂长刘常忠顶着一头花白的头发，穿着洗得发白的工作服。他的建议是立刻放钢水、熄火停炉。设备组组长王连成三十多岁，戴着一副老气的黑框眼镜，满脸朴实厚道的模样。他赞同刘常忠的建议，并且表示可以立刻组织机修的工人师傅们抢修设备，将损失降到最低。

但是副厂长陆有为坚决反对，他正值中年，话语很少，胸前的口袋里插了三支不同的笔，手里还握着一支英雄牌的钢笔，笔帽擦得锃亮。“不能停炉！”他有意地看向技术组组长关云茂。

关云茂的年龄和王连成差不多，他的头发很浓密，双眼发出咄咄逼人的光泽。关云茂扶了扶眼镜，翻开文件夹，在表格上指指点点，直接数落起王连成的不是：“在保证安全生产的前提下，尽量不停炉！现在尽快修补还来得及！上个月过春节，产量很低，这个月又连续出三炉号外的钢水，严重影响生产进度。如果现在熄火停炉大修，至少要十天半个月，第一季度的产值上不去，全厂工人都要跟着喝西北风，绝对不能停炉。”他死死攥着手中的钢笔，“而且，你们设备组不是在春节期间对英雄炉进行过检修吗？这才一个月的工夫，后墙怎么会塌呢？陆厂长早就在生产会上反复强调，要端正工作态度！工作态度！！”他差点儿把钢笔甩飞出去。

同为组长的王连成气得脸色铁青，他直接挽起浸透油污的袖口，指向关云茂：“你……”王连成攥紧拳头，关云茂冷笑着挑了挑眉毛。陆有为轻轻咳嗽几声，瞄了一眼脸色难看的刘常忠。

刘常忠叫住王连成：“大成，少说两句。”

王连成的手臂在半空划过，不再言语。炉前一度变得安静，只能听到平炉呼呼的轰鸣声，仿佛是垂死之人在生命的最后时刻顽强的挣扎、呐喊，试图寻找解脱、救赎的出口。翻滚的钢水将所有人的脸照得通红通红的，那一双双发红的眼睛映出紧迫的渴望，更透出一股凝聚的力量。

赵心刚的额头和鼻尖也因高温烘烤流出了汗，他的注意力此刻全放在了这座英雄炉上。领导们说得都很有道理，他不懂管理经营上的事情，但是他清楚地知道钢水爆炸的威力。一整炉沸腾的钢水可不会等人，没有了炉墙的保护，用不了多久，钢水就会烧穿炉壳，不受控制地流淌，如果再遇到水或潮湿的地面，水被瞬间汽化形成高压，便会形成蒸汽炸弹，将炽热的钢水炸开。若再想不出有效的补救措施，怕要出更严重的安全事故。

“最后一次测温，钢水多少度了？”赵心刚担心的话引起所有人的注意。不过，没人在意一个陌生的年轻人，大家倒是将李东星推到人前。江重哪有不认识李东星李主任的，他是江重总厂厂办最年轻的办公室主任，也是江北工学院钢冶系的高才生。

言辞不多的陆有为眯着单眼皮，率先开口：“李主任啊，是不是立刻通知李院长？让李院长拿主意？”

李东星没有言语，一直在盯着坍塌的后墙。这时赵心刚神色严肃地站出来，坚定地说道：“已经来不及了。我刚才观察到后墙坍塌的速度和钢水的温度变化。照目前的情况，钢水的温度太高，后墙塌得厉害，现在已经塌到钢水液面，炉壳已经红了，随时会漏钢，一旦漏钢，再也无法阻止，更无法补救，我们都必须迅速撤离。”

“啊？”现场的所有人都倒吸一口冷气。现在，剩下的时间越来越少，指针每跳跃一个小格子，大家就离死神近一步。这炉钢水的数量很大，一旦发生赵心刚所说的漏钢事故，直接会熔化支撑炼钢车间的那几根钢柱子，整个车间将会发生坍塌式的毁灭。

炼钢车间的气氛顿时凝固到冰点，与炽热滚烫的钢水形成冰火两重天，游离在空气里的二氧化硅混杂着鬼魅般的粉尘浸透出辛辣的味道，这里变成杀红眼的战场，那炉滚烫的钢水分分秒秒决定着战役的胜负。

李东星脸色阴沉地看着赵心刚，好钢用在刀刃上，他想赌一把。“师弟，你有什么好办法？”

李东星的一声“师弟”让所有人的目光都聚焦在陌生的年轻人身上，赵心刚正神色专注地盯着炉口：“师兄，我记得宁教授曾经讲过类似的事故，齐满钢厂也发生过平炉后墙塌落的事故，当时为了保钢水，并没有立刻熄火停炉，而是采用了烧结法修复后墙。”

李东星眉头一紧：“你的意思是配补炉料堵住后墙？”

赵心刚目光坚定：“没错，就是调配一定比例的特殊补炉料，一锹接一锹地补在塌掉的炉墙上，利用炉内的温度将补炉料烧结，替代塌掉的炉墙。”

“补炉？”现场传来窃窃私语。

“目前炉子的情况，把握大吗？”李东星压低声音问。

“我只是在课堂听过，并没有实际操作过。不过，用炉料补炉的烧结法是通用的方法，以目前的情况，至少有一半，不，百分之六十以上的把握。”

李东星冷静地听着赵心刚的话，他了解赵心刚。可这时王连成激动地调高嗓门，打破紧张的气氛：“不行，百分之六十的把握就是在冒险。”

奇怪的是他的对头关云茂竟然没有呛他，因为关云茂正瞄着陆厂长的脸色，而陆厂长正瞄着李东星。

“李主任，我们都是大老粗，你可是江北工学院的高才生，你觉得……”他用余光扫了一眼眉头紧皱的赵心刚，看到一种极为固执的执着。只是一眼，他的心里便有了答案。

“立刻补炉！”李东星的心里也有了相同的答案，他转向赵心刚，“师弟，你都需要些什么尽管提！”

“好！”赵心刚立刻冲到前面，说出思量好的补炉方案，“我需要粗、中、细颗粒的高纯度镁砂，还有细粉，要很多，再弄几桶卤水，还需要一些人搅拌补炉料和补炉。”

“好，”李东星接着说下去，“物料车间马上运送镁砂、细粉和卤水。炼钢车间出人搅拌镁砂，机修车间组织人员补炉，设备组全部在岗保证设备安全、稳定地运行。另外，保卫组也要到现场，随时准备救援。必须要保证不间断地填充镁砂……”他语速很快，丝毫没有看到王连成沉重的脸色。

这时，沉默的刘常忠摆手：“唉，长江后浪推前浪，一浪更比一浪强。这个年轻人说得没错，就按照他说的做，各个小组注意安全，准备大干一天一夜，一定要补好后墙！”

“是！”工人师傅们甩开膀子开始忙活，关云茂和王连成带着人走向各自的工作岗位。

赵心刚也跟了上去：“我去配镁砂。”

“小伙子，要注意安全！”刘常忠摘下安全帽戴在赵心刚的头上，郑重地说，“江重的炼钢分厂欢迎你！”

这是他追逐多年的梦啊，在实现的这一瞬间，赵心刚眼前一热，眼底激动地泛起氤氲的泪花。他弯下腰，恭敬地对刘常忠行礼，发自内心地道了声：“谢谢。”刘常忠欣慰地笑了。

一旁的李东星拉住赵心刚：“走，一起去。”

“等等！”陆有为拦下李东星，将自己的安全帽递了过去，李东星会心一笑地接过，陆有为握着钢笔，点了点头。李东星和赵心刚转身离去。

炉前只剩下刘常忠和陆有为，两人看着那两个迎着光的背影。

刘常忠感叹：“江重的春天来了。”

陆有为的眸心闪过一丝意蕴深长的星芒，摩挲着掌心的钢笔，重复：“春、天……”

## 02

夜渐渐深了，炼钢厂房内依然灯火通明。李东星刚刚离去不久，赵心刚一直坚守在炉前第一线，他要根据实际情况，及时调整补炉方案，尽全力抢修炉子。

补炉是个辛苦的差事，风险大，技术性强。尤其是在保证连续生产的情况下操作，更是一项艰巨且极具挑战的任务。艰巨在于几乎不可能完成，挑战在于超级危险。所以，连那些经验丰富的炉前师傅也没有十足的把握，每个人的一举一动都小心翼翼的，生怕在自己的环节出现丝毫差错，毕竟现在大家的性命都已经和英雄炉拴在了一起！

紧急关头，赵心刚和李东星不仅是英雄炉的救星，更是炼钢车间的定海神针，李东星负责精准地指挥调配人手，赵心刚负责补炉方案。两人默契地配合，勇敢地和时间赛跑。工人师傅们在两人的带动下，个个都铆足了劲儿，没有人喊累，更没有人惧怕，有人累倒了，另一人立刻顶上去，始终保证补炉工作有序进行。所有人的心凝结在一起，将百炼成钢的力量传递到手中的铁锹上，一锹、一锹又一锹……耐火的镁砂仿佛补天的顽石散落到烧得通红的炉壁上，凝固成一道坚不可摧的力量之墙。

经过一天一夜的紧急补炉，噪热的英雄炉的后墙终于在天亮时分被补好。明亮的晨光将昏暗的厂房照得闪亮，连吊在钢跨上的天车都镀上一层暖洋洋的金色。

“堵住了……”质朴的工人师傅们纷纷扔掉手中的铁锹，欢呼雀跃。那一双双饱含希望的眼睛里发出炽热的光焰，深深地烫烙着赵心刚的心。他被那股钢铁般的热情所感动，庆幸此刻自己正是这个英雄集体中的一分子。他甩了甩不知道被汗水浸透了多少回的衣袖，长长地舒了一口气，黑黑的脸上露出洁白的牙齿。

听到好消息的刘常忠、陆有为迅速带领各个组的组长来到炉前，每个人的脸上都露出不可思议的惊讶神色。设备组的王连成一直盯着灰头土脸的赵心刚，眼神里藏着不清不楚的态度。

赵心刚腼腆地走过来，指着补好的炉体后墙：“我观察过炉内钢水的变化，后墙很坚固，没有任何影响。”

“好！”难得夸人的陆有为竟然竖起手中的钢笔。刘常忠也露出满意的笑容。技术组的关云茂扶了扶眼镜，也顺口表扬一句：“江工的高才生就是不一样，真厉害啊！”

赵心刚羞愧地摆手：“这都是大家的功劳，我一个人是无法完成补炉任务的。”

这时，一名戴着金丝眼镜的女技术员捧着记录本跑了进来。

“哎，小马，别毛手毛脚的。”关云茂板着脸。

“关组长，这是钢样的分析数据。”马莹忐忑地将记录本交给关云茂，偷偷瞄向赵心刚。

关云茂一脸喜悦地接过记录本：“怎么样，再炼一个小时左右，就能出钢了吧？”他嘟囔着翻开记录本，原本喜气洋洋的脸上顿时蒙上一团遮天的乌云。

“怎么回事？”细心的陆有为看出端倪，赵心刚也转过了头。

关云茂支支吾吾地摇头：“其实……”

陆有为心急地抢过记录本：“其实什么啊！啊？又是号外？真是撞到黄半仙儿了。早知道是号外，直接停炉放钢水就好了，何必白忙活一宿呢！”说着他将记录本传到刘常忠的手里。

刘常忠同样着急地拿起记录本，从工作服的上衣口袋里掏出一副老花镜，熟练地伸出手指仔细地核对每一行数据。

“磷和矽的含量都超标了，这样炼下去，再怎么折腾，也是废钢！”

他的话无情地传进现场所有人的耳朵，本是喜悦的久旱逢甘霖，却变成一场肆虐的洪水，炼钢厂房再次陷入令人窒息的冰河世纪。

百炼成钢、钢筋铁骨、铁嘴钢牙……凡是带“钢”字的词语都给人一种强大的力量。一块块含有铁元素的矿石或者锈迹斑斑的废钢放在炼钢炉里按照一定的工艺进行熔化，再通过高温冶炼，调整各个元素间的比例，最后就会得到百折不挠的钢！

硫和磷是钢铁中的有害元素，会严重影响钢的强度和性能。含磷高的钢容易脆裂，行业内称为“冷脆”，而含硫高会使钢材产生热脆性，降低钢材的延展性和韧性，容易造成裂纹，同时还降低钢材的耐腐蚀性。所以炼钢工艺对这两项指标有严格的规定，炼钢的过程不但要调整各元素的比例进而得到预期性能的钢种，同时也是尽量去除有害元素的过程。

工业革命发展到今天，正常情况下脱磷、脱硫已经不是个棘手的问题，只要按照工艺一步一步操作即可。冶炼过程中加石灰和萤石造钢渣，然后配合吹氧，就可去除磷。在钢水还原期时加入碳粉或矽铁粉就可去除硫。但今天是个例外，此时这炉钢水已经接近完成，如果要吹氧脱磷，在吹氧时势必会造成钢水涌动，那刚刚修补的炉墙是否能承受得住呢？

一旦新补的炉墙又塌了，这就意味着长达十几个小时的努力都白费了，不但浪费了资源，还大大地提高了生产成本，这个是很严重的问题。

赵心刚并不知道此时的炼钢分厂在江重的分量，这不是他应该考虑的事情，他是做技术的人。在他的眼里只有这炉一波三折的钢水，他不能让一天一夜的努力化为乌有。

“让我看看，可以吗？”他再次勇敢地站出来。

刘常忠犹豫一下，依然将记录本递给他：“目前这炉钢水的情况很复杂。”

赵心刚认真地核对着钢样的每一项化验记录，说道：“重新加石灰和萤石，然后加氧化铁皮，减少吹氧流量。还原期时加碳粉脱硫，尽量减少冶炼时间，应该能保住这炉钢水！至于炉墙，只要挺过这一炉钢烧结透了之后，就不用担心了，我配的补炉料经过试验，耐久度足够用。”

“这炉钢对碳含量要求也很严，如果加碳粉一旦碳超标，怎么办？直接就是号外了。”关云茂提出不同意见。

陆有为眯着眼睛看向刘常忠：“您看……”

“小赵说得没错，关组长的考虑也很合理。”刘常忠低头想了想，又转向在炉前奋战一夜的那一张张淳朴的脸。

赵心刚着急地恳求道：“那就加矽铁粉或矽钙粉脱硫，我们已经努力了一次，为什么不再努力一次呢？”

刘常忠的心忽然被一种执着而熟悉的情感所打动，似乎想起自己刚进厂的情景。曾经，他也遇到相同的情况，可惜他连保住那炉钢水的机会都没有……

刘常忠用力地抿着干涸的嘴唇，晦暗的眼底褪去平日的糊涂，他斩钉截铁地挥动手臂，吐出一个字：“干！”

炉前再次忙碌起来，赵心刚又跟着跑前跑后。两个小时之后，技术员马莹送来新的钢样结果，她偷偷给了赵心刚一个明媚的微笑，赵心刚木讷地避开，只是谨慎地盯着记录本。

刘常忠仔细看过，露出干练的笑容：“一个小时之后出钢！”

“太好了！”所有人都把掌声送给了青涩的赵心刚。

## 03

江重向来没有秘密，赵心刚的名字像三月的春风传遍了江重的每个角落，连食堂打饭的阿姨都在打听赵心刚的长相，他成了江重最红的实习员工。待一切尘埃落定之后，赵心刚还没来得及休息，便以实习生的身份破例参加了这次事故的分析会。

李东星作为总厂代表也参加了此次会议。在会上，炼钢分厂的各组组长包括各车间主任都极力为自己开脱，导致后墙坍塌事故根本无法认定责任人。赵心刚第一次见识了唇枪舌战的场面，在会上，每个人都是能言善辩的诸葛亮。

终于，一直没有说话的刘常忠打破了往日在会上沉默的习惯，他也开了口："哎，小赵不是普通的实习生，他进厂的第一天就挽救了英雄炉，还挽回了一炉钢水。关于这场事故，他最有发言权，我们应该听听他的意见。"

"这……"李东星犹豫着皱起眉头，刘常忠的话是烫手山芋，目的可不简单哪……不管怎样，他必须要保护师弟，不能让他过早地成为众人的靶子。

然而，就在他想要机智地化解迎面而来的小火团时，陆有为竟然添了一把干燥的柴火："刘厂长说得没错，我看这次事故的责任认定就让小赵来定，小赵才最有发言权！"

"我同意！"

"我同意！"

向来针尖儿对麦芒的王连成和关云茂异口同声地又浇了两桶滚烫的油。

李东星暗道不好，着急得变了脸色，可是实在找不出反驳的理由。会议室再次陷入沉寂，只能听见一声声的喘息，每个人都暗藏着自己的小心思。赵心刚看出师兄的为难，他缓缓地放下水杯，直接站了起来。

"师弟……"李东星也站起来为赵心刚打圆场，"各位领导和你开玩笑呢，这么大的事故哪能这么快地定出责任？"

赵心刚固执地摇头："不，师兄，后墙坍塌的事故很明确，是因为……"他顾不上师兄的眼色，打定主意要说出来。

果然，所有人的喘息声都变得异常急促。赵心刚顿了顿，意识到自己的说话方式可能太过直接，他重新调整了语气，放慢了语速，大声说道："这次事故，我分析过具体原因。其一，炉墙砖质量可能不合格，因为根据你们的使用炉次，正常炉墙砖是不应该烧损这么严重的；另外炉墙砖的砌筑方式也有问题，否则不应该现在坍塌，至少应该还能坚持冶炼十炉钢以上。至于磷硫元素超标，我看了冶炼记录和样品分析报告，在第三个样品时磷已经合格，但是接下来又超标，这期间并没有其他异常情况，我怀疑是取样时机不对，造成了钢水成分不均匀。所以……”他忽然感觉到师兄的脸色越来越阴沉，连陆有为的脸上都失去了笑容，就没有再说下去。

所以，即使他的话没有说完，责任已经清晰明确，他迎面感受到了两道喷射出愤怒火苗的目光。其中一道来自关云茂，关云茂是技术组的组长，全权负责炼钢工艺，无论是往炉内吹氧气，还是炉料的配比，都要负全责。

而他之上，便是风头盖过一把手刘常忠的陆有为，他全面负责炼钢分厂的工作。江重的人都知道，陆有为是总厂杨书记提拔的干部，而关云茂是陆有为提拔的技术骨干，陆有为不懂技术，关云茂就是他的眼睛，也是他的左膀右臂。陆有为之所以在会议上和稀泥就是为了保护关云茂，保护自己的利益。明白事理的人谁也不愿意得罪他们，故意用吵闹的方式来推脱责任。

这是每次生产评比会上的必修课，没想到这层薄薄的窗户纸就这样被赵心刚轻而易举地捅破了，打破了长久以来维持的平衡。有人愤怒，有人暗爽，有人惊喜，有人担忧，有人想看热闹，还有人跃跃欲试……

一时间，小小的会议室变成了拉洋片的万花筒，从禁锢在缝隙的一双双眼睛里折射出赵心刚所追逐的裹着冰碴儿和钢渣儿的春天……

第二章
Chapter 02

# 感恩、梦想和分歧

## 04

虽然还是初春，正午的太阳已然有了灼热的感觉，金灿而明烈的光驱散了混沌的烟雾，让陈旧的厂区露出最真实的面孔，让人感受到无限的热情和蓬勃的生机。

事故分析会已经结束，赵心刚成了整个炼钢分厂的异类，李东星费了好一番唇舌才暂时消除某些人眼底的怒火。赵心刚觉得无趣又无奈，但他还有一件更重要的事情要办。

“王组长，你不记得我了？我是小刚啊！”赵心刚饱含着满腔热情，稳稳地盯着那道久违的身影，拦住了准备下现场的王连成。

王连成机械地转身，抬起浸透机油的衣袖，随即又在赵心刚的面前重重地落下：“年轻人，今天表现不错，但是别以为大树底下好乘凉！算了，你好自为之吧！”他扬起胡子拉碴的下巴，大步离去。

赵心刚愣住了，紧绷的心情变成了压缩的门弓子，一下子弹了回去，狠狠地抽中他的脸。他失落地盯着远去的背影，鼻头一酸，温热的泪夺眶而出……

“师弟，我就知道你会等我！”李东星急匆匆地夹着黑色皮革笔记本走了出来。

赵心刚不自然地抬起手臂，抹去眼角的泪花，涩涩地应道："是啊，我也在等你！"

李东星俊朗的脸颊闪过一丝苦笑，没有注意到"也"这个字眼，他拍着赵心刚的肩膀："跟我走吧！"

赵心刚心情复杂地跟着李东星穿过厂内一条狭长阴暗的小路，谁也没有说话。走到一处拐角时，地面上还有未融的冰，两人的脚下同时一滑，不约而同地伸出双手拉住对方，才保持住平衡稳稳地站住。

李东星瞄过赵心刚泛红的眼角，误会了他的心思："你啊！"

赵心刚尴尬地放下双手："师兄，我做错了吗？"

李东星下意识地点头。忽然，一缕明亮的光映在赵心刚身上，晃得他睁不开眼睛，于是他眯着眼后退一步。这时他才发现，温暖的光已经铺满曲折的小路，赵心刚刚好站在光明的起点，而他依然站在走过的阴影里。

师弟真的错了吗？他只是说出了真相，自己没有勇气说出的真相！真是像极了三年前的自己。

"你没错！"李东星用力地摇头，"还是那么耿直。"

"耿直不对吗？"

"我差点儿忘记了，耿直是你的标签啊。咱们先不论对错，你先听听江重的历史。当年，我太爷爷从国外归来，联合几个同学历经磨难创办了江重。抗战时期，江重被日本人占领，太爷爷逃到国外，他到死也没有再回到江重。抗战胜利之后，政府接手江重，那时的江重一片废墟，只剩下一个空壳子。我爷爷秉承太爷爷的遗志，毅然从国外归来，在政府的支持下呕尽心血，建立了今天的新江重。你知道新江重有多大吗？"李东星扬起嘴角，脸上映满坚毅的骄傲。

赵心刚崇拜地看着他，指向前方高矮不一的厂房："江重在新中国成立之初是部直属国有企业，1985 年转为江北市直属国有企业。

目前江重有自己独立的学校、医院、俱乐部、百货商店等附属单位，厂区有上万名职工。”

李东星目光一闪，看来师弟为了进江重，真是做足了功课，他将双手背到身后：“继续说。”

赵心刚清了清嗓子：“江重的各个分厂以冷热工艺划分，分为冷片和热片两部分。冷片主要有机加的精加工、大件、减速机、铆焊、装配等几个车间；热片主要有炼钢、铸造、锻造、热处理几个车间。传统的产品有烘干机、破碎机、立磨机、斗轮挖掘机、链篦机、回转窑等大型机器设备……”他抬起头，指向前方不远处高耸的冒出热气的烟囱，“那里就应该是热处理车间吧。”

李东星微笑地点头：“真是被你打败了，不愧是宁教授的高徒，干什么都提前做好功课。是啊，的确是热处理。走吧，边走边说……”

这次，两人不再一前一后，而是并肩前行。李东星打开了话匣子，说了几句掏心窝子的话。

“师弟啊，你今天的表现很出色，你没有做错，错的是他们那些拉帮结派的老顽固。你知道的，江重最大的分厂就是炼钢分厂，现在炼钢分厂不仅要完成生产大型铸件的任务，还有生产钢锭、钢坯的任务，这些都是江重的命脉啊。可是，炼钢分厂目前人心浮动，关系复杂。设备组的组长王连成是刘常忠的女婿，他是刘常忠一手提拔起来的中层干部，可是王连成受家庭拖累，在关键时刻没有顶上去。目前刘常忠即将退休，你今天得罪的陆有为将会接替他的位置，成为炼钢分厂名副其实的一把手，生产组的关云茂也会压王连成一头。你才刚上班，我真是为你捏一把汗啊。”

赵心刚感激地看着李东星。他早就知道刚才在会上师兄多次阻拦他发言，是为了保护他。也猜出他离开会议室后，师兄在陆有为和关云茂面前定是为他说尽了好话。可是，无论是古代的防微杜渐，还是近现代的海恩法则，都让他觉得正视事故责任并不是什么丢人的事情。

炼钢是一项危险而复杂、又无法精准掌控的工作，即使世界上的炼钢大国也不可能做到绝对的安全和完美。从炼钢工业起步的那天起，每一项技术的改进都有血的代价。只有尽早地发现问题，及时补救，将损失降到最小，再透彻地总结经验教训，反复地完善技术漏洞，才是炼钢工业的终极解决之道，也是每一个技术人员毕生追求的理念。

就拿今天的事故来说，幸好坍塌的是后墙。如果炉子塌了，发生了跑钢事故，那才是灭顶之灾。有了这次有惊无险的事故，对炼钢分厂未来的发展或许是件好事。

赵心刚抿着干涸的唇瓣："师兄，我只管埋头工作，不想管那些无谓的纷争。"

"师弟呀！"李东星停下脚步，"你真是太天真了！江重是浓缩的小社会，矛盾尖锐且突出，你稍不留神就会成为旁人的靶子，某些人的绊脚石。想要更好地生存下去，你必须要做出选择。"

"师兄也选择了？"赵心刚压抑地反问。

李东星轻轻地叹息一声，将黑色皮革手册虔诚地抱在胸前，满脸严峻地望向空中的巨大旋涡，那里有一大团啼叫的乌鸦正哼唱着激昂的欢乐颂从他的头顶雀跃地飞过……

## *05*

午后的阳光越来越暖，脚下的路越走越宽，伴随着哐当的重锤敲击声和运送物料的火车轰鸣声，赵心刚独自一人走到大学生宿舍。他的心情变得莫名的压抑，耳边一直回荡着师兄李东星的那句话。

"我姓李，能自己选择吗？我……"

赵心刚十分后悔问了如此愚蠢的问题，他读懂了李东星没有说出口的下半句——"我的父母早就为我选择了。"这是一种外表光鲜与内心痛苦的困惑，他深切地感受到压在师兄肩上那股无形的压力，或许那压力也即将传递到他的肩上。

赵心刚迈着沉重的步子穿过一排低矮的自行车棚，一位穿着棉马甲的老头儿迎了上来。

“你是小赵吧？”

赵心刚停下脚步，发现自己走错了方向，这里不是大学生宿舍，而是厂办医院。他忽然想起李东星说过有人会来接他，于是说道：“您是……马叔？”

“对，我是大学生宿舍的宿管员，叫我老马就行。哎，小赵，我可不是集体工，正经的全民工哦！我快退休了，才调过来管理宿舍的。哎呀，我都等你半天了，你怎么才来啊？”老马热情地拉住赵心刚，指向一栋灰色的楼房，“那边才是宿舍。昨晚，李主任已经给你做好登记手续了，上边有你照片，所以我今儿一眼就认出你了。

赵心刚有些受宠若惊，又不知道如何回答，只能感激地说：“谢谢马叔！”

“嘿！大学生就是不一样！有素质！”老马啰唆着推开宿舍的大门，一股潮湿里混杂着洗衣粉的味道扑鼻而来，赵心刚放缓脚步，小心地避开走廊里晾晒的衣物。

老马在前面开路，开始履行宿管员的职责：“咱们宿舍的条件比冶炼厂、化工厂都好，是当年李院长亲自设计的。一共四层，几乎都是单间。我本来也给你留了一间，可是李主任执意要和你同住二人间，我也不好说什么。”

“哦！”赵心刚低着头，只顾上楼走路。他一向对住没有什么高要求，再说这里的条件比江工的宿舍好多了。只是李东星要与自己同住二人间倒是出乎他的意料，据他所知，师兄家就住在离厂不远的家属区。难道他不回家，陪他住宿舍？

很快，老马解答了他的疑惑。原来江重有一套严格的分配制度，大学生宿舍只分给家在外地的大学生男职工。李东星是本市人，他自然没有住宿舍的权利。不过，因为他毕业时在设计院工作，经常加夜班。有时候加班太晚，回家不方便，单位特批他一个二人间，让他可以住在宿舍里。后来同寝的舍友结婚分房，搬了出去，只剩下李东星一个人。再后来，李东星从科员升为厂办公室主任，比以前更忙了，几乎每天都加班到很晚。为了让他好好休息，就一直让他一个人住在二人间里。

“反正寝室多，住的人少，想怎么住就怎么住吧。”老马拿出缠绕着五彩绳的钥匙盘，打开 301 室的门锁，“就是这间！”屋内传出一串悦耳的报时铃声。

“时间过得真快，又要去打晚饭了。”老马打了一个哈欠，推开门。

映入赵心刚眼帘的是一张《渴望》的宣传画报，狭窄的书桌上摆放着和钢冶有关的技术书籍和一部黑色的座机电话。单人床上很乱，除了江重的工作服，还放着一本以电影《焦裕禄》为封面的杂志。洁白的墙上挂着石英钟，石英钟的中心是一颗闪亮的北极星。赵心刚的行李和背包整齐地摆放在对面的书桌上，上面还压着一个白色的相框。

赵心刚顺手拿起相框，这是师兄一家的全家福。师兄和他父母都穿着江重的工作服，三人的形象足以诠释标准的知识分子家庭，师兄的旁边是一个梳着羊角辫的女孩，女孩满脸稚气，眉眼间与师兄有几分相似，应该是他的妹妹。

赵心刚将相框稳稳地放在师兄的书桌上，老马指着照片神秘兮兮地说道：“厂里都在传李院长要调到总厂担任主抓生产的厂长，住在这里的大学生职工都非常支持他呢。”

“那杨书记呢？”赵心刚在厂内的宣传栏里看过江重目前的组织结构和领导班子，主抓经营和生产的是杨书记。

“杨书记的工作多，身体不太好！”老马蹑手蹑脚地在门口张望，小心翼翼地关上了门，“杨书记虽然不懂技术，但是在经营方面出了不少力，而且谁家有个大事小情，他都到位，所以特别受江重子弟拥护，有一次啊……”

赵心刚一边安静地听着老马讲述厂内的趣事，一边有条不紊地收拾着行李。在他眼里，李厂长也好，杨书记也罢，那都是离他遥不可及的人，他好不容易实现了多年的梦想进入江重，只是想在这里好好地安心工作，完成自己一个感恩回报的心愿。

“这里离邮局远吗？”赵心刚将沉甸甸的技术资料放在书桌上。

“不远，厂区俱乐部的旁边就是邮局，西门门口还有一个大邮筒，那可是我当年亲手焊的。”老马洋洋自得，“我从前是炼钢分厂的焊工。”

“我见过那个大邮筒，真的很大。”赵心刚很意外老马从前的身份，照理来说他应该在炼钢分厂退休才对，怎么会来当宿管员呢？他仔细打量老马，突然发现老马右手的中指和食指少了半截，是生产事故造成的？

老马尴尬地将右手藏到身后，开始和赵心刚套近乎。“对了，小赵，听李主任说你在炼钢分厂实习？我闺女就在炼钢分厂的技术组，她是重机毕业的，她啊，从小学习好，受了家里的拖累，要不然也能考上江工，你们在工作中要互相照应一下啊。”

“我会的。”赵心刚丝毫没有听出老马的弦外之音，只顾埋头收拾行李。

老马叹了口气，退到门口：“小赵啊，你先休息，有事喊我，别客气，都是一家人，一家人啊。”他将一家人三个字咬得极重，又说了几句讨好的俏皮话，转身离去。

赵心刚忙碌了好一会儿，终于安顿好一切，天也擦黑儿了。他伸展了几下筋骨，疲惫地望向晦暗的窗外，一缕缕缥缈的烟雾肆意地随风飘荡，凝聚成一道厚重的屏障，阻拦了真实的景象。寻常百姓的一天即将结束，热火朝天的工厂却即将迎来最忙碌的时刻……

夜幕降临，赵心刚想要去食堂打饭，正准备出门时，李东星打来电话说今晚要给他接风，他推脱不开，只能同意。趁着下班还有一段时间，赵心刚打算在床上眯一会儿，可是一闭上眼睛，炼钢分厂那一幕幕无比清晰的画面不自觉地在他脑海闪过，让他陷入前所未有的困惑和迷茫。

王连成真的不记得小刚了吗？他是小刚的救命恩人呢！尘封许久的往事长出了飞翔的翅膀，从赵心刚的心底破茧而出。

## 06

那年赵心刚十二岁，跟着父亲上山放羊，从陡峭的土坡滚落下来，父亲侥幸被歪脖子的栗子树拦住，他却摔到山谷的河边，不仅摔断了腿，身上还多处受伤。当地的医院不敢留他，母亲火急火燎地带他来江北市的大医院。在忙碌的急诊室内，他遇到了照顾妻子的王连成。那时候的王连成还很年轻，脸上总是挂着温暖的笑容，他穿着江重的工作服，浑身散发着朝气蓬勃的劲头。那也是赵心刚第一次听说江北重型机器厂。

起初，他的病情还算稳定，可是夜里发了高烧，病情急剧加重。胆小怕事的母亲吓得只会哭，幸亏热心肠的王连成带着母亲在医院的各个科室跑前跑后，主治医生决定立刻进行手术。可是在手术前，赵心刚急需输血，血库存血不够，医院也没有办法。母亲哭得差点晕倒，为了能让赵心刚尽快得到良好的治疗，王连成连夜联系了江重的工友们进行献血，那一幕，赵心刚一辈子也不会忘记。

他还记得那时他虚弱地躺在病床上，看着一群蓬头垢面的工人师傅争先恐后地卷起浸满油污的衣袖为他献血。鲜红的血液流淌在吊瓶针管里，一滴一滴地注入他的体内。他已经记不清楚他们的样子，只记得他们胸前的那两个字——江重。

手术结束后，质朴的母亲差点跪下来感谢王连成。王连成鼓励他：“让小刚以后好好学习，考上大学，将来到江重上班。”

从此，江重成了赵心刚心中最神圣、最温暖的地方。到江重上班更是成了他的梦想，他期盼着有朝一日能够站在那群可爱的工人师傅面前，告诉他们："小刚来了！"

为了圆梦，他苦读数载，拼了那么多年，才如愿以优异的成绩考入江工。他本以为距离梦想只剩一步之遥了。在大学毕业前才知道，分配到江重工作是一件多么艰难的事情，那一步简直是无法跨越的"马里亚纳海沟"。

江北市处于东北地区中心，和他专业对口的单位很少，江重的名额更少，为数不多的名额几乎都给了江重子弟。其他单位多在县城或是外省，与他最要好的大学同学袁大为就分到了山西的一家重型机器厂，据说在一个非常偏僻的县城。所以，赵心刚成绩再好，也无法分到相对优越的江重。为此，他的老师宁教授想尽了办法，可也没有为他争取到江重的分配名额。为了圆梦，赵心刚鼓起勇气找到了从未见过面的大伯赵光亚。

那是父亲赵复亚唯一的亲人。大伯从小学习好，运气更好，赶上高考的末班车，凭借优秀的成绩走出了偏远的农村。大伯经过几十年浮浮沉沉的努力，现在已经是省里有名的钢冶专家，在省钢铁设计院担任领导。不过，大伯和父亲向来性情不合，兄弟俩一见面就吵架，后来索性不见面了，所以赵心刚以前只在黑白照片里见过大伯。

那天，赵心刚拘谨地来到大伯的办公室，大伯顶着一头花白的头发，耐心地听他说出想去江重上班的心愿。大伯摘下眼镜，揉了揉太阳穴，首先说起了国内钢冶行业的形势，肯定了他学习的专业。然后话锋一转，直接说出不赞同赵心刚去江重，还翻出历年国企的大量文献资料有力地论证他的观点。他尝试说服这位优秀的侄儿去某市的大型钢厂，他会去找找熟人，毕竟都是一家人。在大伯眼里，那里才是钢冶人大展宏图的地方。

赵心刚不假思索地拒绝了大伯的好意，临走前，大伯留下家里的地址和电话，并嘱咐他可以随时来找自己。赵心刚离去时，清楚地听到大伯的一声叹息：“和他父亲一样耿直，都是认死理的主儿。”

耿直不好吗？赵心刚失落地回到学校，本以为此生与江重无缘了，却意外地得到一个不明好坏的消息。负责分配的李老师告诉他，江工的采矿学院还剩下一个江重的名额，江重下属的钢渣处理分厂需要一个技术岗位。这对于江工的毕业生有些大材小用，而且钢渣处理分厂远离江北市，位置偏僻，所以就更没有人愿意去了。不过，唯一利好的消息是即使在钢渣处理分厂上班，毕业实习还是在江重总厂。如果他同意，学校可以随时签发派遣证。

赵心刚听到这个消息差点跳起来，他激动地给李老师一个大大的拥抱。李老师笑着埋怨他：“这个傻孩子，别人都不去的地方，你还以为是香饽饽。”

赵心刚有自己的主意，他坚信自己只要迈入江重的大门就会使出全身的力气留下来。他会用所学的一切来回报江重，实现自身的价值。这是他一贯的人生态度，就像当年争取唯一的保送生名额一样，只要有一分的机会，他就会牢牢地把握住，用超过一百分的努力去撬动炽热的梦想。

## *07*

赵心刚盯着墙上石英钟的表针有节奏地划过一个个规整的格子，觉得自己就是那根努力奔跑的表针——即使他如何努力，依然周而复始地困在格子里。

如今梦想已经实现了一半，为什么他没有丝毫的喜悦呢？钩心斗角、拉帮结派等等不和谐的词语都不是他想要的！

赵心刚有些说不出的烦躁，他想坐上一艘自由穿越的时光飞船，抹去昨日的记忆，让一切重新开始。他依旧会带着圆梦的心成为一名为祖国工业现代化添砖加瓦的江重人！

石英钟发出悦耳的钟铃声，赵心刚机械地从床上爬起来，按照事先的约定，李东星要给他接风。他换了件干净的上衣，背上洗得发白的军用书包，匆忙地赶往江重俱乐部。那片是江重的家属生活区，一个充满烟火气的好地方。

李东星和一群人正站在一家小百货铺的门口等他，赵心刚赶忙迎了上去叫道："师兄！"

"宿舍还满意吗？"

"还好！"

这时，从小百货铺里走出一位身材敦实的男子，他微笑地看着李东星，指着贴在窗户上的"丰俭由人"四个字说："李主任，我这菜都准备好了。"

"谢了，佟老板！"李东星一声令下，赵心刚被一群人簇拥着走进小百货铺。这里面摆放着杂七杂八的商品，大到收音机，小到针线包，应有尽有，还真是个名副其实的小百货铺。难道还开饭馆了？

李东星解释："佟老板是外地人，是咱们厂的女婿。这小子脑子灵，是做小生意的好手。去年还自学了厨师，正在攒钱开饭店呢。"赵心刚默默地点了点头。

佟老板轻车熟路地将他们带到安静的后院。不一会儿，酱肘子、锅包肉、明太鱼、溜肉段、五彩大拉皮、小拌菜上了满满一桌，最后佟老板还端来一大盆热气腾腾的酸菜炖粉条，房间里顿时香味四溢。

"李主任，你们吃，有事喊我……"佟老板悄悄地关上门退了出去。

一桌子的人开始热情洋溢地自我介绍，为赵心刚夹菜倒酒。

"我叫荀宝强，机加一精工的。"

"我叫李宁，热处理分厂。"

"我叫郭靖，大件的。"

“我叫王刚，装配车间。”

“我叫宁园儿，六车间。”

“我叫刘力，减速机的。”

“我叫马永，冶锻分厂。”

赵心刚一一默念着每个人的名字和工作单位，他吃惊地发现除了设计院、炼钢分厂、铆焊车间，江重所有分厂的人都有，他们几乎都是近几年分配到江重的大学生。

李东星为赵心刚倒了杯酒，压低嗓音道：“铆焊车间的魏嘉没来，他媳妇生了，正侍候月子呢。等下个月请满月酒，我再介绍你们认识。”

“哦！”赵心刚恍然大悟。李东星的父亲是设计院的院长，他又分在炼钢分厂实习，如此说来，这一桌人可以凑全江重的所有生产分厂，都可以开个职代会了。

文质彬彬的荀宝强确认了他的猜测，荀宝强端起酒杯站了起来。

“这回人终于全了，今后大家要互相照应啊。”

“那当然了，小赵现在可是咱们江重的风云人物。”马永也端起酒杯。

“小赵，炼钢分厂的水很深，你不要身在曹营心在汉哦？”王刚逗笑，其他人也纷纷调侃了几句。

大家的客套弄得赵心刚很不自在。他本就不善饮酒，又不善推辞，几杯辣嗓子的白酒下肚，便觉得头晕目眩，喉咙里蹿火。幸好李东星为他挡了酒，他可以安心地埋头吃菜，喝汽水。

酒过三巡，酒桌上的话题也转变了风向，每个人都开始滔滔不绝地讲述自己所在分厂的工作，似乎都掌握着一手资料，大家口中出现最多的三个字就是杨仁义——杨书记。

赵心刚瞬间觉得后背发凉，理解了这场接风酒的目的。想来这种聚会隔一阵子便会举行一次，今天不过是被他凑巧赶上了。他更想到那句“身在曹营心在汉”的话并不是调侃，或许是李东星故意借别人的口在旁敲侧击他。

他真是太天真了，李东星已经不是校园里那个学识渊博、亲切淳朴的师兄了，他如今是江重最年轻、根基最深、前途无量的办公室主任。人人叫他李主任，只有他还在叫师兄。赵心刚非常伤感，咽下一口充满气泡的桔子味汽水，心里却还是涩涩的。他缓缓站起来说道："头有点晕，我出去透透气！"

"我陪你去！"李东星觉察出赵心刚的脸色不对，也跟着站了起来。

两人沉默着站在僻静的后院，微凉的空气里弥漫着蜂窝煤的味道。

"怎么？不开心？"李东星一语道破赵心刚的心思。

赵心刚费解地问道："师兄，你这是在拉帮结派！你还是我以前认识的那个师兄吗？"

李东星薄薄的嘴唇翘起一道违心的弧线："每个人心中都有一座'围城'，住在里面的人想出去，住在外面的人想进来，江重又何尝不是一座围城呢？"借着酒劲儿，他的声调变得抑扬顿挫。

"江重有数不清的荣誉，在江北，人人都羡慕江重职工，更羡慕我们李家。可是你知道吗，那是从前的江重！如今的江重千疮百孔，深陷三角债的危机。我每天周旋在市委和各个厂家之间，真是精疲力竭！最关键的是我说了不算，说了算的人还不肯承担责任！就像他们刚刚说的，让一个不懂技术的人去抓生产，那不是自毁长城吗？你昨天才进江重，还不知道江重的笑话，外贸定的那批烧结机设备迟迟不能供货，炼钢分厂的铸件生产进度缓慢，我都快被客户骂死了。这几个月，焦炭厂的财务天天堵在厂办门口要账，销售组签订的合同订单没有一个打预付款的，完成的合同订单又收不回来货款，账目上的钱仅够在职职工发一个月工资，工伤职工的医药费报销还没着落。我父亲每晚都睡不好觉，时时刻刻、分分秒秒都在为江重的未来担忧。现实中呢？很多人千方百计地阻拦他担任总厂厂长，居心何在？我实在是没有办法，只想助父亲一臂之力。父亲跟我说过，从目前的形势来看，炼钢分厂是江重的根基和命脉，所以……”

“所以你选中了我？”赵心刚苦笑着摇头，“我真的以为你是念在师兄弟间的情谊才如此照顾我！”

“师弟！”李东星急了，消瘦的脸颊裹着几分红润，他委屈地辩解道，“放眼整个江重，江工的毕业生就那么几个，你是我师弟，又是我当辅导员时带过的学生，即使我不姓李，我也会照顾你，你想多了！”

赵心刚耿直地摇头：“或许真是我想多了。不过，我只想说，能进江重工作是我的荣幸，我会在炼钢分厂好好工作，不会丢江工的脸，也不会让李主任难堪。但这种聚会，我真的不习惯，不相谋。我，我还是回去吧……”

赵心刚决然地转过身，想马上逃离这份远离梦想的现实。

李东星变了脸色，深夜里那道挺拔的背影深深地刺痛了他的眼。他着急地大喊：“师弟！”赵心刚没有回头。李东星再喊：“赵心刚！”赵心刚终于停下了脚步。

李东星的眼里含着火辣的醉意，他仿佛看到了曾经的自己。他真想像父亲那样狠狠地教训赵心刚一顿，不让他走那么多无谓的弯路，不让他受挫。他想大声地告诉他理想和现实的差距，让他明白江重的人情冷暖、沉沉浮浮和那些他不知道的事！

可是，此时此刻，即便他肯说，他也不肯听！

李东星有些窝火，他并非要拉师弟上同一艘船，他只想告诉他在江重裸泳非常可怕，他所依仗和信仰的技术不过是一根小小的圆木，根本扛不住大风大浪，而且泡久了同样会腐烂变质、最后沉入大海。

那是他最不想看到的结局！

李东星真的泄了气，完全失去了江重最年轻的办公室主任的嚣张气势。他无助地仰望着冷寂的夜空，苦苦寻找着那颗最亮的星星，他甚至情不自禁地抬起手臂去抓那颗星星。直到寒冷的风穿透他的指缝，他才猛然发觉，那颗星离他好远、好远，他的心变得空荡荡的。可是他刚低下头，就看到赵心刚那双执着、明亮、充满希望的眼睛。

他的心一下子敞亮了！

“赵心刚，你记住，无论什么时候，我都是你师兄！”

李东星露出淡淡的微笑，既是对过去的追忆，又是对未来的展望。

当晚，李东星没有回大学生宿舍，他要赶最早的航班去上海开会。赵心刚一个人回到 301 室，老马提醒他门口的报箱里有他的信。

赵心刚很困惑，他昨天才给表哥邮走报喜信，表哥人在深圳，最快也要十天才能接到他的信，怎么会这么快给他回信呢？再说他刚分到江重，谁会知道他的新地址呢？

直到他看到信封上熟悉的字迹，才知道是他的大学同学袁大为的来信。袁大为与他有着相似的经历，也是来自农村，同样是凭靠自身的勤奋努力考上江工，改变了命运。所以在江工读书时，两人关系最好。袁大为的老家在山东，家里孩子多，他很早就拜托李老师要到了分配名额，去了山西一家重型机器厂做技术员。这家单位虽然偏远，但是给出的条件非常优越，新职工无论婚否，只要入职就能分房，这对袁大为是极大的诱惑。

赵心刚还记得袁大为兴高采烈地离开江工时的情景，算算日子，他应该搬进属于自己的新房了，他是想与昔日睡在上铺的兄弟分享迎接新生活的喜悦吗？

赵心刚迅速撕开信封，取出一张字迹凌乱的信纸，突然有种不好的预感。他实在是太了解袁大为了，他是极为认真规矩的人，字体方方正正，颇有胶东湾特有的文化底蕴。如此性格的人能写出这般潦草的字迹，想来是遇到了不可说的糟心事！赵心刚着急地调亮台灯，认真地看了下去。

原来袁大为是从李老师那里得知他在江重总厂实习的消息，便按照江重总厂的地址尝试着邮寄了这封信。信上说，他已经住进单位分配的楼房，但是他后悔了，十分后悔！单位远离市区，前不着村，后不着店，完全是孤立在山里的单位，连管澡堂子的阿姨都能分到一间房。

单位附近都是大大小小的煤矿，一眼望去全是煤矸石堆成的大山，从早到晚都能听到拉煤车咣当咣当的声音，他都快失眠了。他们单位的主营产品就是煤矿设备，这也是当初在煤矿设厂的原因。

环境差倒是小事，更可怕的是他们单位的领导内斗得厉害，生产设备陈旧，导致产量很低，他非常苦恼。他还说，早知道落得这般田地，不如和他一起去江重了，哪怕天天和钢渣、废料打交道也好过和人斗来斗去。

他本来在单位就没有靠山和根基，贴在脑门上最明晃晃的标签就是江工毕业生。他整日像市场上的蔬菜一样被东拉西扯，总有热心的大婶来给他介绍对象！他实在忍受不了这种生活了，想调换个工作回老家，可是又担心调换的工作更不如意，还不如当下的铁饭碗。如今过得一地鸡毛，真是鸡肋般的生活！

赵心刚感慨地放下来信，他似乎预测到自己未来也将要面对和袁大为相同的命运，原来这并不是江重特有的矛盾。此时此刻，他的那些同学或许都在经历这份困扰和艰难的抉择。

赵心刚想了一会儿，从书桌的抽屉里拿出钢笔，给袁大为写了一封回信。他在信上鼓励袁大为，不要被外界蒙蔽自己的眼睛，要有自己的判断，他们本就是以技术糊口的人，能打败他们、令他们困惑的只有技术上的难题，也只能是技术上的难题！在信的结尾，他还第一次以问句的方式对自己、对昔日的同学提出了人生的思考："此刻，你为了什么而活？"

赵心刚早已有了答案！他写好信后，按照以往的习惯检查了两遍，才将信放入信封，封好，贴上一张美猴王的邮票。

夜已深，窗外闪耀着朦胧的灯光，赵心刚盯着远处升起的一团淡淡的红色烟雾，执着的内心重新燃起梦想的小火苗，他激动地说出那句滚烫的心声：

“当年的小刚，来了……”

第三章
Chapter 03

# 黑暗永远遮挡不了清晨的万丈阳光

## 08

呼呼的东北风刮了一夜，石棉瓦的房顶哗啦啦地响了一夜，天还没亮，赵心刚就醒了。简单的洗漱完毕，他就坐在书桌前，随手打开台灯开始看书，这是他多年来保持的习惯。

伴随着嗒嗒的钟声，时间悄然划过，微亮的晨光使出浑身力气穿透最后一抹云，黑幕挣扎着散去，赵心刚的眼前忽然亮了。他揉着眼睛看着明亮的窗外，前方仿若有似锦的繁花，闪亮的彩虹，他不停地追赶追赶再追赶，乐此不疲，不眠不休。只有他自己知道，他追赶的是闪亮的光，光里裹着最真的梦想……

黑暗永远遮挡不了清晨的万丈阳光！赵心刚告诉自己忘记那些恼人的纷争，调整到最平和、最闪亮、最有激情的心态来迎接崭新的生活。他将厚厚一摞的学习资料和昨夜写好的那封信装进背包，怀着满腔热情走出宿舍。

这是厂区最安静的时刻，大食堂里飘出花卷、馒头的香气。三五个下夜班的职工哼着小曲儿晃进冒蒸汽的浴池，一群骑着自行车上班的职工正在自行车棚前排队锁车。有人忙着下班，有人正忙着上班，连落在高压电线上的小麻雀都习惯了三班倒的时差，这就是最真实的工厂生活。

准确地说，今天是赵心刚第一天上班实习的日子。此刻，他仿佛站在起跑线前，伴随着那一记高亢的喊声："预备……"

他绷紧身体，全神贯注地冲向绚烂的前方！

赵心刚兴致勃勃地穿过存放炉料的露天厂房，沿着工业管道绕过氧气站。氧气站有两座蒸发器，将液态氧蒸发为气态，因为蒸发是吸热过程，那两个蒸发器上一年四季总是挂满冰霜，是个天然的冰箱。

他又七拐八拐走了一会儿，来到西门门口的大邮筒前，将那封写给袁大为的回信塞了进去。他相信袁大为是一个对自己负责的人，同样会给出令自己满意的答案。

赵心刚一身轻松地张开双臂，坚毅的脸上露出自信的笑容。这时，炼钢分厂的职工也陆陆续续地上班了，有几个和他一同补炉的老师傅还热情地向他打起了招呼，这让赵心刚的心里有种强烈的归属感。西门两侧墙壁上粉刷的醒目的大标语引起了他的注意，墙上写着：高高兴兴上班来，平平安安回家去。他记得宁教授曾经在课堂上说过：改革开放十几年来，中国的工业已经完成了从无到有、从有到强的过程，如今正是转型的关键期。技术人员做的不仅是要提高质量与效率，更要保证安全生产的目标。

是啊，他们幸运地赶上最好的时代，既能参与制定标准，又能执行标准，这是多么有意义的事情！

赵心刚一想起这些话，就能感受到每个文字的热度，他的身体里好像有股使不完的力气在不停地往上冲。或许这就是宁教授和无数工业人对工业的热爱、对技术的追求、对梦想的执着！

不过，赵心刚的满腔热血很快被王连成的冷漠打成了冰凉的雪片，碎了满地。赵心刚和一位老师傅刚闲聊了几句，就远远看到王连成骑着自行车过来，他便主动迎上去打招呼。

“王组长，您不记得我了？我就是当年您在医院里救助过的小刚啊！”

“年轻人，人外有人，天外有天，咱们炼钢最不缺的就是技术大拿。按照规定，你在技术组实习，不是设备组。你应该找关云茂。”王连成将自行车推进西门的自行车棚，解下后座上的饭盒，头也不回地走了，只留给赵心刚一个尴尬的背影。

赵心刚站在车棚前，反复猜想着王连成的心思，是他真的忘记当年的事情，还是这些年他也变了？他始终猜不透他！

这时，几个身穿江重工作服的年轻人一起不耐烦地按车铃催促，其中一个长满络腮胡的男子按得最起劲儿。

“哎，哎，挡路了！”

赵心刚急忙让出位置，快走几步，背后传来那些人的窃窃私语。

“他就是赵心刚！”

“没错，李东星的师弟。”

“那炼钢今后可热闹了！”

赵心刚的心一紧，其实他和李东星一样，从进厂的第一天起就被人贴了标签，早就有人替他选择好了，他连争辩的机会都没有，唯一能做的就是埋头工作。

赵心刚抓紧背包带走进炼钢分厂的办公楼，狭长的走廊里放着一张有年头的长条椅，绕过长条椅上到三楼，就是技术组。技术组紧挨着设备组，设备组的门口挂着技术标兵的小红旗，技术组的门口挂着卫生标兵的小红旗，两面小红旗一高一低，技术组更胜一筹。

身材高大的赵心刚站在技术组的门口，透过门上的玻璃窗看到办公室里一共坐着三个人，关云茂在看厂报，昨天化验钢样的马莹在整理资料，还有一个年纪稍大的男技术员正在拖地，水磨石的地面擦得锃亮，低头都能照出人影儿来。

赵心刚轻轻敲了几下门，压低声音：“关组长，我来报到！”

关云茂放下手中的厂报，微挑眉毛：“呦，小赵来了，快进来！”

办公室的另外两个人同时抬起了头，可是他们的关注点大不相同。马莹一直盯着赵心刚的脸，男技术员则一直盯着赵心刚的脚。

赵心刚朝两人不自然地挤出一丝假笑，勉强向前迈了一小步。尽管他很小心，但是地面依然留下两个明晃晃的黑脚印。

男技术员立刻皱紧眉头，抡起拖布反复擦，直到脚印消失。赵心刚也不敢乱动了，办公室的气氛变得很微妙，关云茂板着脸站了起来。

“老周，咱这地拖得够干净的了，没必要再拖了。干点有意义的事儿，昨天我让你找的资料找到了吗？”

周学武听了不气不恼，狭小的眼睛眯成了一条缝，他指向门外卫生标兵的小红旗：“领导，那可是我用辛勤的汗水为咱们技术组挣来的荣誉啊，这还没意义？再坚持两个月，我就能打破热处理的记录，再坚持三个月，我就能打破减速机的记录，再坚持四个月零两周，我就能打破设计院的记录……”

“打住啊，打住！”关云茂急了，“快把那个破卫生标兵给我摘下来吧！我们是技术组，勇夺的应该是技术标兵，一个卫生标兵有什么好炫耀的？”

周学武直起腰，双手拄着拖布把儿，理直气壮地反驳道：“哎，领导，这么说你就不对啊，我也是为了咱们技术组好啊，你说……”

马莹及时拦下他，使了使眼色：“算了吧，老周，今天有新同事呢。”

周学武瞥了赵心刚一眼，慢条斯理地说笑道：“行啊，咱们技术组是应该进人了，马莹都坐不住了。”

马莹狡猾地笑道：“谁能坐得住？关组长也站着呢！”

关云茂挥动手臂：“行了，都坐下，都坐下。”马莹听话地坐下来，还不忘直勾勾地盯着赵心刚，情商极低的赵心刚根本不懂她的心思。周学武也回到自己靠窗的位置，拿起一把生锈的剪刀开始修剪一盆不知名的小花，眼睛却瞄着窗外的炼钢车间。

赵心刚简直快被这种奇怪的办公室气氛吓到了，不过，他还是落落大方地看向关云茂："关组长，我目前是实习，对厂里的情况不熟悉，也不知道有什么工作安排，你说让我干什么，我就干什么！"

关云茂露出为难的表情，习惯地拿起一支红蓝铅笔，在掌心来回转悠。随后他有意地看几眼厂报，眼底露出狡黠的目光。

"小赵啊，你是江工的高才生，李主任又和我打过招呼，照理说应该安排你跟着马莹实习……"

"领导放心，我一定完成任务！"马莹积极主动地站起来表决心。

关云茂不耐烦地摆手："坐下，我的话还没说完呢。"马莹悻悻地坐下，周学武幸灾乐祸地笑出了声音。赵心刚很疑惑，他们葫芦里卖的什么药？

关云茂端起官架子，继续说道："你学的是钢冶专业，照理应该去炉前实习。不过呢，我看过你的派遣证，将来你要去钢渣处理分厂上班，从相关工作角度考虑呢，我倒是为你找到了一个去处……"他的眼神转而变得明亮，眉宇间也透出真挚的关切。

"我思前想后，你还是先去炉料车间吧！钢渣处理分厂主要是废钢渣处理后将其中有用的部分返回炉料车间，业务最后也是与炉料车间对接。所以还是那儿更适合你！"

"炉料？"马莹和周学武不约而同地看向关云茂。

关云茂重重地点头："对啊，炉料的前期分选、质量把关，直接关系到我们炼钢的质量，是很重要的一环。让你们去炉料，你们谁也不肯去。这个工作刚好留给小赵，他去最适合。"

"可是，赵心刚是李主任的师弟啊。"马莹直接搬出赵心刚的靠山，一语双关。关云茂满不在乎地假笑："实践出真知，小赵在炉料实习，将来去钢渣处理分厂工作，不是正好吗？"

马莹瘪了嘴，满脸失落又万分同情地看着赵心刚。

赵心刚一直不明白他们在争论什么。他刚刚经过炉料厂房那片区域，一堆堆的废钢足足有三层楼那么高，乍一看还蛮壮观的，工人形象地称之为“铁山”。隔条马路就是江重的锻造分厂，他正好也对锻造有些兴趣，没事可以去转转看看。总之感觉去炉料车间实习，还不错啊！

“谢谢关组长，我去炉料了。”赵心刚谦虚地鞠了躬。

“哦，那你去人事那边办理实习手续吧。别忘了领套工作服，还有劳保用品，然后再去炉料报到。”关云茂假装关切地说道。

“知道了，谢谢关组长。”赵心刚开心地走出办公室。

马莹、周学武目瞪口呆地看着空空的门口。周学武忍不住在心里嘟囔了一句：“真是个傻子！”

关云茂则拿起红蓝铅笔，在厂报最显眼的全厂通报的黑字位置上狠狠地勾了一笔……

## 09

赵心刚用最快的速度去人事组办理了实习手续，领到一套深蓝色棉质的工作服，左胸口印着“江重”，一顶新的红色塑料安全帽，还有一双沉甸甸的劳保鞋，真的很沉，因为鞋底为了安全做得很厚。

赵心刚捧着一大堆东西直接来到炉料的露天厂房。说是露天，其实是有棚的，四周有支撑的柱子，没有围墙。厂房入口的过道旁边是炉料检斤的地磅秤，地磅秤很大，加长的卡车可以直接开上去称重。后面就是检斤人员工作的磅房。他早上经过的时候，炉料的工人正在交接班，小房里没有人。这会儿白班职工都已经上班了，等待检斤的卡车排起了长队，一个长着络腮胡的男职工正在维持秩序。

“哎，都排队，排队啊，检斤之后左转卸车，一定要听从指挥！卸车之后，再左转回来空车检斤，记住一定要将盖红章的检斤票子给我留下，我只认票子，不认车。”

“嘿！牛刚，牛大胡子，辛苦了，放心吧。”坐在卡车上的司机递过来一根香烟。

牛刚熟练地接过香烟夹在元宝耳朵后面：“客气了，这都是为了工作。”他笑嘻嘻地又走向另一辆卡车。

赵心刚见不惯这种小恩小惠，他径直迎上去：“将香烟还回去！”

“你谁啊？”牛刚充满怒气地撸起袖子。

下一刻，两人都愣住了，赵心刚记起他们早上在自行车棚见过面。牛刚也愣住了，他惊讶地张大嘴巴：“赵心刚？”

赵心刚不客气地拿走他耳后的香烟，扔回给卡车司机，又指着禁止吸烟的告示牌说道：“这里禁止吸烟！”

牛刚看了一眼那个挂在厂房正门旁边的告示牌，转而嬉皮笑脸：“嘿嘿，我也没抽啊，再说我也不抽烟。”

“不抽烟你留着干啥？

“嗨，不说这个了，你怎么会在这里？”牛刚疑惑地问道。

“我来炉料实习啊！”赵心刚指着高高的“铁山”。

牛刚愣了一下，朝卡车司机机械地挥手再见，然后匆匆忙忙地拉着赵心刚走进炉料仓库的小院儿。

在一间有年代感的办公室里，牛刚一手叉着腰，另一手重重地拍着刻有日文的办公桌。

“欺人太甚！”

“怎么了？这么大火气？”

“你可是江工的高才生，他关云茂就这么随便打发你到我这儿三班倒？”

“炉料的好坏也是关系到炼钢质量的重要一环，迟早要了解的，来这儿实习一下也没什么啊！”换好工作服的赵心刚看到桌上放着一本工作记录，便认真地看了起来。

“好个屁！”牛刚说着用力地合上记录，赵心刚立刻又倔强地翻开。两人反复地拉锯七八次，最后牛刚败下阵来，他坐回自己的位置，无聊地跷起二郎腿，上上下下打量着正在认真看记录的赵心刚。

赵心刚一边看着记录，一边低声嘱咐：“既然你不吸烟，又何必接受那些卡车司机的套近乎？春天风大，咱们要做好防火工作啊。”

牛刚抚摸着扎手的胡子，大大咧咧地摆手：“没事，我们这里都是废铜烂铁，还能烧起来不成？那个牌子就是个摆设。”

赵心刚低着头：“那倒未必，咱们炉料厂房挨着仓储库房，我刚才领劳保的时候，看到仓储那边有易燃易爆品库房，咱这边可能也在它的安全控制范围之内，谁知道会不会城门失火，殃及池鱼。还是按规矩来吧，等出事就晚了。”

“对，对，你说得都对，大学生就是有文化，觉悟高！这说起话来一套一套的，什么城门失火什么鱼来着，有道理，有道理。那些卡车司机和我套近乎无非就是熟悉了，让我照应着快点卸车，他们好去拉别的活。我嘛，也是为了工作，早点卸完车大家都轻松。”牛刚随意地敲打着桌子，“你放心吧，自从我爸爸在炉料起，炉料就没出过事，我接了老爷子的班，也没出过事啊。哈哈，我们都是大老粗，不懂那些弯弯道儿，只管做自己的事。”

“子承父业，为江重奉献的两代人啊。”

“可不是嘛，将来我儿子要是没找到更好的工作，也让来这儿上班算了，至少铁饭碗，饿不死啊。”牛刚心情复杂，他既期望儿子能有更好的未来，又担心他不成器，连江重这样的工作都混不上。同时还有些不甘心儿子将来也是个普通的工人，他苦笑着摇摇头，儿子还小呢，想得有点远了。

就在牛刚思绪纷飞的时候，赵心刚又翻看了桌上的一摞领料单，盯着领料单下面空白的位置：“牛哥，这个领料单下面的领料人为什么不签字呢？”

“找不到人签呀！奶奶的，炼钢那些人，都是祖宗，我们炉料就是孙子，专门伺候人家的。人家要炉料我们不能耽误生产，赶紧就得过料，等找他们签字的时候，就没人理了。”牛刚痛快地骂了几句。

“那不行啊，既然领了料，就必须要签字，炉料直接影响钢水的质量，他们不签字确认，过后出了问题，责任怎么分啊？”赵心刚将下午的计划单做了特殊标记，他决定经自己手的单子，一定要签字才能放料。

“可不是嘛，以前有过钢水成分不对的情况，最后炼钢把事一推，说是炉料配料没整好，唉，我们也只能认了。”牛刚握着拳头往桌上砸去，一脸愤愤。

“那你们还不执行签字制度？”

“唉，哪能那么容易，时间长了也都习惯了，爱怎么样就怎么样吧。”牛刚无奈地笑了一下，小心翼翼地将脸贴在桌子上，斟酌着说道，“哎，小赵，李主任真的不管你了？”

赵心刚郑重地抬起头：“我已经老大不小了，为何还要人管呢？”

“你啊，一定是没给关云茂送礼！唉，送礼也没用，他最好面子，现在全厂人都知道你把他和陆厂长得罪啦。”牛刚递过今天的厂报，指向最显眼的通报位置，说道，“以往三天才能见报的事，现在一天就解决了。你看，昨天的事故认定已经见报了，全厂通报批评，扣三个月的奖金。他正恨你牙痒痒呢，你自己撞枪口上了。可惜啊，李主任不救你。”

赵心刚放下领料单，从墙上取下安全帽：“现在不好吗？我觉得挺好啊！”

“好？一班早七点半到下午四点半，也就是白班，二班是下午四点半到晚十二点半，三班也就是夜班，时间是晚十二点半到早七点半。你先滚两个月再说，好吧！”牛刚也夹起安全帽，大手一挥，说道，“走，我带你去见识一下劳模工作过的地方。”

## 10

大型钢厂一般都采用高炉和转炉联合炼钢的方法，主要的原料是铁矿石和焦炭。江重的炼钢分厂主要是为江重总厂做配套，负责生产大型机器设备的铸造部件，另外还生产钢锭、钢坯以及锻压分厂需要的一些锻造部件，因此采用平炉炼钢的方法，主要的原料就是废钢，也就是常说的炉料。

废钢在平炉里加热熔化，再添加各种金属元素调整成分，让各种元素的含量和钢水温度达到工艺要求，就可以出钢了。然后通过钢包转运至浇铸现场，浇出铸件或钢锭。废钢就是平炉的主粮，每天需要二三百吨的炉料。炉料车间每天负责将这几百吨炉料卸车，然后分选堆放，按生产计划配料，送到压缩机里压成块儿，缩小体积之后，再装到电动运料平板车上，送到炉前。炉料厂房自然也就成了炼钢分厂最大的一个仓库。

赵心刚在牛刚的引领下来到堆满废钢的炉料厂房，挂着电磁盘的天车正在来来回回地装卸废钢，废钢落下时相互撞击发出一阵阵震耳的轰响。牛刚顺手捡起一根压扁的铁棒，指向一旁的“铁山”。

“看这个铁山，今天就得平了。咱这边的工作，你也看到了，一天天累得要死，还不出成绩，功劳全都是炼钢的，他奶奶的。你看到那个运料平板车没？一天要来回跑个百八十趟，一刻不得闲，那个拖缆线太长了，总出问题，就得找机修处理。机修那帮人也忙，想让他们痛快点，少不得我出两根烟。嘿嘿，那些司机给我的烟，最后全都给机修那几个电工了！”

“你倒是会节省啊！”赵心刚这才明白牛刚的小聪明。都说工人师傅最可爱，但是他们也最滑头，说起大道理来故意和你装糊涂，其实心里都藏着小九九儿。

赵心刚仔细地盯着地上的轨道，说道：“这运料车到炉前的距离是有些远，费时费力，当时怎么选了这个地方建炉料车间呢？”

“那就要怪当时没规划好了！建厂时没想到以后会有这么大的钢产量，也没有留出足够的空地，后来上了这个英雄炉，产量提升，需要一个大的炉料车间堆放废钢。结果全厂划拉地方，就剩这里了。听说在抗战时期这里就是仓库，还藏了宝贝呢。可是吧，这宝贝在哪里，谁也不知道，谁也没见过。”

“哦，这样啊！”赵心刚微微点头。

牛刚扔下手中的铁棒，一脸八卦地凑了过来：“哎，我跟你说一个秘密哈。陆有为和杨书记——杨仁义关系不错，陆有为还提拔了关云茂。”

赵心刚早就在师兄那里听到过这几个人之间的关系，他很费解，不懂技术的陆有为是如何坐上炼钢分厂副厂长的位置的？

“陆有为当年就是咱们炉料的天车工。但是他人精明，而且有点文化，写一手好字，还会写点文章，入了前任老书记的眼，就这么一路走过来，成了现在的副厂长。说是副的，其实说话比一把手刘常忠好使。你不知道吗？刘常忠是李肇业的师兄，也是江工的大学生，他们是师兄弟，就像你和李东星一样。可是两人合不来，闹掰了。更绝的是，刘常忠跟杨书记的关系也不好，他在厂里一直特立独行，真是个怪人。不过，说起来，他也怪可怜的，工作了一辈子，职位得到了，就是手里没权，女儿的身体还不好。他这辈子最成功的就是有个好女婿，那人你也指定见过，就是设备组的王连成，咱们厂有名的劳动模范！这爷儿俩啊，都不受重视，性子稳，只跟设备打交道，不讲任何情面，脾气还不好，跟谁都对着干。”

看着牛刚眉飞色舞的表情，赵心刚的心狠狠地抽了一下，王组长是刘厂长的女婿，怪不得他们站在同一条战线上。赵心刚的心里有些恍惚，不知道是为王组长叹息，还是对王组长产生怀疑。

牛刚故意用胳膊肘碰了他，继续说道：“现在刘常忠快退休了，陆有为铁定接替他的位置，关云茂就会接替陆有为的位置，嘿嘿，你懂的！”

“我懂什么？关我什么事！”赵心刚无心听这些厂内的八卦，只是凭直觉感到陆有为未必像表面说的这般简单，厂内并不会缺笔杆子和精明人，为何只有他脱颖而出？或许这背后还另有隐情，只是牛刚这类普通的工人不知道罢了。

像牛刚这样的工人都以为自己掌握厂内绝密的小道消息，其实，这是江重人尽皆知的事情。江重没有秘密，每个人都是透明人。赵心刚不吭声地走向阴冷的北面，将几块表面有冻冰的铁罩子捡了出来扔到墙角。牛刚看在眼里，暗自感叹，不愧是行家！这种带冰块的废钢送进炉里很危险，搞不好就会引起钢水沸腾甚至爆炸，导致炉子崩塌。看来这个小伙子技术有心劲儿，就是情商有点低。

“你再想想。”牛刚提醒。

“还有周学武和马莹呢。”赵心刚又发现一组废弃的暖气片，从旁边的管口看进去好像有冰块，他挽起袖口，“来，搭把手！”

牛刚帮他将暖气片抬到一边，开始絮絮叨叨：“你真是书呆子！关云茂离开技术组，那技术组就空出组长的位置了。缺人了，你又是江工的高才生，还有李东星李主任这层关系，你有很大希望啊。”

赵心刚依旧在埋头检查废钢，牛刚着急地拉住他：“周学武和马莹的底细全厂谁不知道。马莹是你们大学生宿舍宿管员老马的闺女，我的老邻居。她是从厂内技校委培去的重机，回来时赶上老马出了事故，厂内的领导照顾他，就让马莹留在技术组，直接就是科员编制。周学武就更别提了，那是咱们炼钢的英雄……”牛刚的语调变得迟缓，那座金灿灿的“铁山”上似乎出现了一个高大的身影。

周学武的父亲叫周山。他的脸总是灰蒙蒙的，鼻梁上有一道被炉前大风镜卡出的黑印子。他是英雄炉的炉长，也是江重获得优秀党员次数最多的职工。周山身材高大，师傅们更爱叫他“周大山”。他真的像大山一样，稳稳地扎根在江重，守护着奋斗一生的英雄炉。

一年三百六十五天，他几乎天天上班，不在炉前上岗，就跟着机修师傅修设备。不仅苦活、累活抢着干，谁家有个大事小情他也愿意热心地去帮忙，“周大山”就是江重名副其实的“老黄牛”！

可惜，“老黄牛”走得太早了！

那天，老英雄炉发生了漏水事故，本来周山已经换下工作服准备回家了。突然传来了紧急的警笛声，他立刻就冲到炼钢车间参加抢险。炼钢车间已经封闭了，杨仁义正在现场指挥工人撤离。忽然，有人记起最重要的水阀还没有关闭，这意味着炼钢车间随时都会发生巨大的爆炸，爆炸波会将整个车间夷为平地。如果彻底摧毁了炼钢分厂的家底子，那将是不可挽回、不可逆转的巨大损失。

杨仁义主动站出来，他要去关闭水阀。可是他没有在炉前工作的经验，炼钢车间里有大大小小上百个阀门，他根本无从下手。关键时刻，为了维护国家财产，为了江重，为了炼钢，为了英雄炉，周山以一名优秀党员的身份再次站了出来。他义无反顾地冲进闷热的炼钢车间，用仅存的气力关闭了水阀。就在水阀关闭的瞬间，滚烫的钢水突然穿透被火烧得通红的钢包，一整包的钢水热浪般地涌了出来，周山来不及和亲人道别，来不及和工友说再见，他只是看着关闭的水阀松了一口气，就熔化在流淌着的，有鲜血般颜色的钢水里。他用自己宝贵的生命为江重挽回了损失，江重却永远地失去了一座伟岸的“大山”。

那一刻，站在炼钢车间外的杨仁义瞪红了眼睛，泪流满面地跪在地上……

那一夜，炼钢车间的灯熄了整夜，周家的楼前围满了自发而来的江重工友。大家不知道应该用什么方式来表达内心的悲伤，只能默默地守在周家的楼前。白班的工友走了，二班的工友来了，二班的工友走了，夜班的工友来了，他们用世间最简单、最深情、最真挚的方式，交替地守了三天三夜，直到周家人抱着一块硬邦邦的钢锭出殡。

住在江重家属区的人们永远不会忘记那既刺眼又扎心的一幕。牛刚转过身，抹去眼角的泪："当年，老周的父亲为了咱炼钢车间，连尸骨都没留下，周家人只能割一块钢锭下葬，咱们炼钢车间欠周家的啊！从那以后，周学武心里留下了阴影，总觉得咱们的英雄炉是火葬场的炼人炉，于是从不下现场，专门坐在办公室里开合格证。唉，就这样，老周和马莹就成了技术组的骨干，关云茂的左膀右臂……"

赵心刚震惊地听着周家的故事，想说的话把喉咙塞得满满的，却一个字也吐不出来。眼前的"铁山"无限地变大，直到大过他的视野，他真的感受到"大山"的稳重和奉献。

老一代炼钢人宁愿付出自己的生命也要完成生产任务，保护国家财产，这是何等的胸怀和觉悟！他们不是不懂安全，也不是工厂不重视安全。国家的底子实在是太薄了，哪怕是一颗螺丝钉都要省着用。经过漫长的积累，不断的改革，一代又一代人的努力，才有了今天的成绩。现在接力棒传到了他的手里，他有什么理由不努力，不拼搏呢？

我也要做一座扛起责任的"大山"！　赵心刚的眼里充满了坚定的光芒。

牛刚盯着他，不禁愣住了："你咋了？"

赵心刚回过神来，他真诚地看着牛刚，脸上挂着淡淡的微笑："谢谢你！"

牛刚愣了："谢我什么？"

赵心刚的眼底铺满坚定的信念："我想留在江重，留在炼钢！但是我不想走旁门左道，我会在实习期间好好表现，努力工作，凭借真本事留下来。"

牛刚被赵心刚一本正经的话感动了，也真心觉得他好傻。但是他没有直接打击他，倒是很想帮他。他拍着赵心刚的肩膀，仗义地说道："咱们都是刚字辈的，我当然会帮你。"

“谢谢！”赵心刚露出灿烂的笑容。

回到办公室不多时，办公室的门咣当一声开了，进来一个头发有些斑白的工人师傅。他的年纪和牛刚差不多，穿着一身沾满灰尘和油污的工作服，怀里还抱着一只脏兮兮的猫。那猫的毛应该是白色的，但如果不仔细看已经看不出来了。他一进门就扯开嗓门：“牛大胡子！”

牛刚见到他立刻双手合十：“哎呦，我的古半仙儿啊，您大驾光临，有事啊？”

那人瞥了赵心刚一眼，把小猫放下：“你们办公室不是闹耗子吗？把小花儿借你养几天。”

“行，行，谢谢古半仙儿！”牛刚试探地摸了摸小猫，弄得满手灰。

赵心刚上前一步：“咱厂允许养猫吗？”牛刚使劲儿朝他眨眼睛。

那人看了赵心刚一眼，语气颇硬：“年轻人，脑筋别太死板。规定也是人定的，有定的那天，就有改的那天！走了，牛大胡子，你可别饿着了我的小花儿。”

“放心吧，我的半仙儿！”牛刚热情地送他到门口，赵心刚皱着眉，小猫怯怯地朝他叫了一声：“喵……”

“他是谁啊？”赵心刚问。

牛刚嫌弃地抱起小猫，放在地上一个空纸板箱里。

“他是机修的古师傅，机修的大拿，脾气古怪，你可千万别惹他。”

“那你为什么叫他古半仙儿？”

“唉，这个说来可就话长了。这古师傅平常神神道道的，能给人相面，批八字什么的，总之很神。”牛刚兴致勃勃地坐在赵心刚对面，继续说道，“有时咱厂那英雄炉出了莫名其妙的故障，机修那帮人半天修不好，就找古师傅去，一查一个准，三下五除二解决了，就像能掐会算似的。还有更神的，几年前，有一回他到供应那边提备件，供应组的唐组长和大家开玩笑，让他算一卦，他告诉唐组长最近命格较弱，可能有灾祸，要注意安全。唐组长还以为他开玩笑，谁知道没多久，唐组长在一次坐电梯时出了事故，一脚踩空，从六楼摔了下去，死了！然后厂里都炸窝了，从此人送外号古半仙儿。”

赵心刚听得目瞪口呆，他一贯信奉科学，只认可实践是检验真理的唯一标准。世上那些光离陆怪的稀罕事，纯粹就是一个凑巧。他没有在意古半仙儿的离奇经历，却对他是机修大拿特别感兴趣。机修负责炼钢车间所有设备的维修，是最大的二级单位，也是最重要的部门。

赵心刚毕业于江工的钢冶系，在知名钢冶专家宁教授的实验室里做过一年多的冶炼实验，可以说对炼钢的各个环节都了如指掌。他十分清楚自己的长板和短板，在炼钢设备这方面他是欠缺的。因为书本上只有简单的图片和生硬的技术参数，基本就是个参考。而且各个钢厂的现场情况和设备各有不同，只有长期坚持在生产一线，才能吃透这些复杂的设备。所以，他想做得更好，必须尽快摸清炼钢分厂的设备情况。既然古师傅是修理平炉的大拿，那今后免不了要打扰他。赵心刚默默地在心底记下了古师傅的名字。

牛刚从他的脸上看到了震惊、怀疑、难以置信等各种复杂的表情，还以为赵心刚是喜欢他讲的这些传奇故事。

“喵……”纸板箱里的小猫叫了一声，噌地一下跳了出来。

“这猫真可怜。”赵心刚看着它又是油又是灰的杂乱皮毛，心生怜悯。

牛刚赞同地点头：“其实咱厂内偷摸养猫的不少，工人没活儿休息的时候也多个玩物，而且还能抓耗子。从猫的身上就能看出工种的好坏，你看仓储的那只大黄猫又胖又懒，皮毛锃亮；保卫组的猫又精又馋，整天叫秧子。”

他指向墙角那只脏兮兮的小猫：“机修的猫就倒霉了，一身油花花，走到哪里都不能丢，都知道是机修的猫！”赵心刚会心一笑：“还有这种说法！”

牛刚小心地提醒：“那当然了，告诉你啊，少惹那只猫！”

赵心刚苦笑不已，墙角的小脏猫瞪着圆溜溜的眼睛发出一声抗议的叫声：

“喵……”

## 11

实习的第一天，赵心刚和牛刚一见如故，过得还算顺利，就是在领料单签字的问题上和炉前的工人发生了一点儿不愉快。不过，在赵心刚执拗的坚持下，也顺利地拿到了炉长的签字，算是首战告捷。

接下来的日子里，赵心刚在牛刚的帮助下，用最快的速度摸清了炉料工作的门道儿。他发现牛刚虽然没念过大学，但是对于炉料的工作却样样精通，很多经验和窍门都是当年的厂劳模——牛老爷子手把手教给他的。比如他随身带着一块吸铁石，看到一块吃不准的废钢就掏出吸铁石来吸一吸，根据磁性的强弱就能判断出是什么材质的不锈钢，含铬含镍多还是少都大概心里有数了。

赵心刚不由得感叹父子之间的传承果然是最稳定的传承，老子教儿子那真是掏心掏肺，毫不保留啊！这种情感可不是师傅和徒弟的关系比得了的。正因为牛家父子的努力，炉料车间的工作这些年才没有大的纰漏，只是牛家父子都没啥学历，只闷头干活，没有形成一套完善的工作流程。

为此，赵心刚打定心思，他做的第一项重点工作就是总结牛家父子的经验，为炉料制定出一套完善的工作流程守则。所以，他每天都会详细地记下牛刚交代的工作，又辛苦地蹲了几天检斤房，还跟着装卸工和天车工学会了一些常用的指挥天车用的手势。对于这个谦虚、勤奋、努力的实习生，炉料的同事都很喜欢。

过了半个月，赵心刚摸清了炉料的所有工作，然后接连熬了几个晚上，终于制定出一套完整的工作流程守则。他事无巨细地记录了炉料从进厂检斤到卸车、存放、分选、压缩、运输等各个环节的规程，每个环节的下面都分出各个细分的条项，言简意赅，十分实用。

牛刚仔仔细细地查看着流程守则，足足盯了半个小时，眼睛都直了，接连说了三个好，然后就一溜烟儿地跑出去报告给车间主任，要求组织学习。

凭借着这份详尽的工作流程守则，炉料车间的工作效率有了大幅度提升。炉料的职工除了赵心刚之外，都拿到了当月额外的奖金，还上了厂报的小红榜。同事们对赵心刚更加热情，尤其是牛刚。不过牛刚最知道赵心刚的心思，想留在炼钢分厂就不能总窝在炉料，尽早地调到技术组做技术工作才是正路。

一天午后，赵心刚正在制订未来一个月的工作计划。按照厂内的相关规定，实习生的实习时间是半年，现在已经过去一个月了。他必须在转正之前，尽快了解炼钢分厂的设备，再结合炼钢技术，成为一名合格的技术员。这些天，他早就想通了，即使在转正前等不来留在总厂的机会，他也不能放弃！这是他用亲身经历悟出来的道理。当年，他所在县城的高中根本没有保送生的政策，很多同学都半途放弃了，不再争取名额。唯独他没有放弃，依然在努力学习，积极准备资料。有人笑他傻，有人笑他笨，他根本不理会那些人的目光，他唯一能做的就是努力、努力、再努力。当他如愿地拿到江北工学院的保送名额时，那些笑话他的人都不作声了。

如今的境遇与当时如出一辙，他必须要坚持走下去。这些天无论上哪个班，他都是第一个到，最后一个走。干完炉料的工作，他就拿着笔记本和卷尺，到各个车间转悠，时而用尺量量这儿、量量那儿，然后在笔记本上写写画画，记录一些认为重要的数据和草图。

牛刚喂过那只已经洗干净的小猫，就悄悄地走到赵心刚的办公桌前。

“哎，李东星一直没找你？”

赵心刚仔细地对比着生产计划上的数据，说道：“他最近挺忙的，几乎都是凌晨才回宿舍。我天天三班倒，总是和他对不上时间。”

牛刚摇头：“那怎么办呢？半年的时间一眨眼就过去，那个关云茂把你流放到炉料就不管不问了，你还得为自己的将来打算啊。”

“没关系，天道酬勤。”赵心刚淡然地应过。

“你啊！”牛刚失落地躺在长条椅上偷瞄着赵心刚，“我看是欺负老实人。”

“是吗？我也不太老实。”赵心刚正在困惑地挠头，他被氧气管道的布置走向问题难住了，到底差到哪里呢？

这几天，为了查看原始图纸，他已经去总厂资料室多次了，资料室的管理员只同意他看，按照规定，所有的图纸都不外借。他只能尽量做笔记，再从知道的工人师傅那里打听，最后再拼凑。但是，现场设备实在太多、太复杂，没人指点他，他一个人学起来很慢。

赵心刚找了半天，也没找到相关的数据，他殷切地看着牛刚：“嗯，你能帮我和刘师傅要一份氧气站去年的全年数据吗？”

牛刚立刻站了起来，他朝赵心刚坏坏一笑，然后神秘兮兮地从刷着绿漆的铁皮柜里拿出一包零散的香烟，从里面数出十根，又将剩下的香烟放了回去。

赵心刚诧异地瞪大眼睛：“你什么时候……”

牛刚早已走到门口：“嘿嘿，这都是从前攒的货底子，终于派上用场了，你就瞧好吧。”

赵心刚盯着他快速离去的背影，苦笑着摇了摇头，心中充满了温暖的力量。

通过近来仔细的现场观察，赵心刚已经大致了解炼钢分厂的现状，让他更增添了留下来工作的信念。如今江重重型机器的订单很少，主要靠卖钢锭、钢坯完成生产任务。这也是炼钢的职工在厂内横着走的原因，炼钢分厂实在是太牛了，几乎承担了江重百分之八十的经营生产指标。

而炼钢分厂之所以厉害，主要是依仗英雄炉和一群技术过硬的技术大拿。他比对过相关数据，一般来说，在同等条件下，其他工厂的平炉炼一炉钢水需要十多个小时，最快也至少要十个小时。而江重的英雄炉只需要七到八个小时，最快纪录是五个小时，大大缩短了生产时间，提高了生产效率。照这么推算，江重每天比别人多生产一炉钢水，一个月就多出三十炉，一年就多出三百六十五炉，产量上自然是遥遥领先。

除了钢水产量之外，江重在生产耗材上也占有绝对优势。就拿炉顶寿命举例，一般平炉炉顶的寿命是二百多次，而江重的炉顶寿命通过一些修补手段，提高了一倍，远远超过同行业的平均水平。

怪不得师兄的父亲李院长说，从目前的形势来看，炼钢分厂仍是江重生存的仰仗。因为它的确是名副其实的行业标杆啊！据说每年洛山矿山机器厂、山城重机等同行业的工厂都要派技术人员来取经学习。赵心刚非常庆幸自己选对了地方，他坚信自己会在这里找到属于自己温暖的春天！

第四章
Chapter 04

# 实习的烦恼和快乐

## 12

如人饮水，冷暖自知。旁人眼里被打入冷宫的赵心刚却沉浸在无比自在的状态里。他很喜欢这种忙碌而充实的工作，与炉料的同事相处得也很融洽，尤其是外号叫牛大胡子的牛刚。牛刚虽然外表粗犷，满脸的络腮胡子还显得很凶，说话也总带些骂人的口头禅，但是，他为人特别仗义，工作也十分勤快。他和所有一线工人一样，没有那么多的弯弯肠子，只管干自己的活，不顺心时骂几句厂领导过过嘴瘾。

牛刚还有一个最大的优势——他的头上顶着父亲是厂劳模的光环，所以工作起来从来不耍滑，也从不倒向哪个风头正劲的领导。他总是掏心窝子地帮助赵心刚，这让赵心刚很感动。

在赵心刚眼里，牛刚是个难能可贵的朋友。他是标准的江重子弟，家中的兄弟姊妹、叔叔小姨，包括舅老爷都在江重上班，唯一让他看不上的就是妹夫。让赵心刚更意外的是，他的妹夫竟然是上次李东星请客吃饭的那个小百货铺的佟老板。

牛刚每次提起佟老板都气不打一处来，至少要骂三遍佟老倌儿。

在他眼里，自己的妹妹牛玲是厂内有名的“钢花”，至少要嫁给大学生才般配，可是牛玲偏偏看上了个体户——佟老板。佟老板是关里人，这是江北人的一贯叫法，他们将山海关作为南北天然的分界线，山海关以南，统统是关里人。

可能受闯关东的影响，佟老板家姊妹多，便跟着同乡来江北讨生活。起初他骑着一辆破自行车走街串巷地做点地摊小买卖，省吃俭用地攒了些积蓄，后来便在江重俱乐部门口固定摆小摊儿，卖些零七八碎的日常家用物件。无论春夏秋冬，刮风下雨，他都准时出摊，人人都叫他佟老板。再后来，他盘下俱乐部旁边的档口，开了一家小百货铺，什么零食、罐头、香烟、酒水、五金日杂、劳保用品……什么能倒腾赚钱他就卖什么。如果要买他这儿没有的东西，你和他说一声，只要是市面上能淘到的，他就能给你弄来。牛玲是炼钢分厂的采购员，时常去店里定些劳保用品或者过节发放的小福利。一来二去，两人互生好感，牛玲不顾家人的反对，义无反顾地嫁给了佟老板。

“佟老倌儿虽然做点小买卖，但是钱都压在货上，个体户也不是个稳定工作，没有单位给分房，生活也没个保障。他们结婚时，玲子连套新被褥都没有，还是我媳妇去扯了新被面，拜托我丈母娘做的。”牛刚每次提起这段往事就恨得牙痒痒。

赵心刚不解：“佟老板现在的小生意做得挺红火啊。”

牛刚不屑地摇头：“是啊，听玲子说他这两年生意逐渐好起来，又在店里的后院弄了个小饭馆，还以什么丰俭由人为卖点来招揽生意。他还大言不惭地说正攒钱呢，将来想开家大点的饭店。也不知道他给玲子灌了什么迷魂汤，玲子什么都听他的。”

赵心刚没有说话，他想起了那天佟老板招待师兄李东星的事情，师兄说佟老板学了厨师，将来想开家饭店。接风那天的一桌子美食的确不错，尤其是酸甜可口的锅包肉，完全脱离了家常饭菜的味道，已经有了大饭店厨师的水准。

不过，赵心刚很快意识到一个很重要的问题，牛刚口中那些自以为独家秘密的小道消息，没有一个是关于师兄的，也没有饭桌上那些人的牢骚和小报告。看来佟老板是个做事很懂得分寸的人，知道什么话可以讲，什么话不该传，甚至对自己的老婆都没有多说一句，否则牛刚早知道了。看来牛玲确实没有嫁错人。

世上并非只有进国企一条出路，改革开放以来，民营企业和个体户像雨后春笋般冒出来，经过十几年的发展，他们已经顽强地生存下来，不但占据了一席之地，而且正在逐步壮大。不知道跨过漫漫长河中最沉重的本世纪，下个世纪他们会书写怎样的惊喜。

赵心刚本着尊重每一个心怀梦想、勤劳朴实的劳动者的态度，安慰了牛刚几句，牛刚一点都没听进去。赵心刚没有办法，便埋头看起氧气站的消耗记录。这是一本厚厚的记录，详细记录了每天各个分厂的氧气消耗量。对于测量流量的计量仪表而言，因为液体不可压缩，所以测量液体流量的准确度还是比较高的。但是测量气体的流量就会有很大的误差，因为气体可压缩，体积会随着压力和温度不断变化，气体的流速测定也不够精确。

赵心刚对比了几年的氧气计量数据，发现英雄炉的氧气消耗之前还算正常，但后来越来越高，比理论值足足高了一倍多。这说明在实际生产过程中出现了异常问题，所以他要详细地了解一下。很快，他就发现了一个问题，现场氧气管道的走向似乎和图纸有些出入，他必须要确认一下。

赵心刚夹着他的工作笔记站了起来，习惯地戴好安全帽，他对牛刚说："我去现场，中午……"

牛刚立刻打断他的话："中午如果没回来，帮你打饭！"

赵心刚暖心地笑了："谢谢！"

牛刚抱起在长条椅上睡懒觉的小猫："早点回来啊，这几天快停暖气了，饭盒放在暖气片上不热乎了。"

"知道啦！"赵心刚一边挥手，一边走出办公室。今天是难得的好天，一缕缕和煦的春风吹在脸上痒痒的，仿佛羽毛般柔软。墙角的小草也钻出了地面，冒出一根根翠绿的小芽儿。

赵心刚轻车熟路地绕过氧气站，看着挂满冰霜的蒸发器，心想着要是夏天在这待着可够凉快的。他径直穿过炼钢车间，那里有个一百多平方米的大水池，这是为英雄炉的炉壳、炉门、吹氧枪等需要水冷的部位冷却用的循环水池。有几个干完活、正在等食堂开饭的工人师傅在水池前闲聊，有个老师傅拿着一个抄网，从水池里捞出一条活蹦乱跳的鲤鱼，个头还不小，足有两巴掌。几个人嘻嘻哈哈地说笑着："清蒸吧，今晚喝顿酒！"

"再捞一条红烧。"

"估计这池子里得有百八十条鱼吧，咱们弄个全鱼宴。"

赵心刚的脸色顿时变了，他知道这个水池里的水是给英雄炉冷却用的，常年基本都保持在一个恒定的温度范围，估计冬天有二十多度，夏天更热些。在江北，不用顾忌冬天封冻，这里还真是一个适宜养鱼的地方。但是池底的水泵在工作时很有可能将鱼吸进去，会堵塞管道，带来不可预测的事故。

赵心刚耿直的劲头又上来了："这水池里怎么能养鱼呢，赶紧都捞走。"

他的话像一颗深水鱼雷炸了一样，捞鱼的老师傅挥动着湿漉漉的抄网，毫不客气地回道："别在地瓜地里说苞米话啊，你谁啊？"

"我是谁不重要，这水池里绝对不能养鱼。"赵心刚执拗地走过去，一把夺过抄网，正色说道，"必须把鱼都捞出来！"

"哎，哎，想打架是不？"老师傅摘下陈旧的安全帽，挽起浸着机油的衣袖，一副火冒三丈的模样。其他人也叉着腰，将赵心刚团团围住。

赵心刚扛着不停滴答水的抄网左右解释，差点将围在身边的老师傅们网住。幸亏老师傅们躲得快，可身上还是淋了水，大家不由自主地后退几步，将赵心刚困在以抄网长度为半径的圆圈里。

赵心刚劝道："这里真的不能养鱼，万一水泵把鱼抽上去，堵了管道，那可就惹大祸了。"

这时，设备组的王连成背着工作包来了，他看到几个机修车间的工人在循环水池旁聚成一堆闹闹哄哄不知干什么，板着脸走过来。

"你们在干什么？"

老师傅们纷纷抱怨："大成，这不知道哪来的一个愣头青，上来就抢了我们的抄网，说什么不让在池里养鱼，也太嚣张了。"

王连成盯着赵心刚手里的抄网，说道："放下！"

赵心刚无辜地放下抄网："王组长，这水池里真的不能养鱼。"

"用你教我啊？"王连成朝老师傅们挥手，劝道，"都散了吧，造型车间里七十五吨的天车还没修好呢，赶紧吃完饭干活去。"

老师傅们一哄而散，临走前还不忘拿走赵心刚放在水池沿上的抄网和里面的那条鱼。鱼儿又挣扎了一下，溅了赵心刚一脸水。赵心刚顾不得擦脸上的水，他发现自己的工作笔记封皮上也溅上了水，他赶紧用衣袖擦干。

王连成皱着眉头："你不是在炉料车间实习吗？总往炼钢车间里跑什么？"

赵心刚将工作笔记宝贝似的抱在胸前："谁敢保证池底的水泵不会把鱼抽上来，鱼那么大，很可能堵塞管道，到时候怎么办？"

赵心刚执拗地盯着王组长的双眼，毫不退让。按照工厂的组织结构安排，机修车间是隶属于设备组的二级单位，刚才那些养鱼的人应该是机修车间的，也都归王连成管，他怎么可能不知道水池里养鱼的隐患！明知有重大隐患，却不立即整改消除，他可绝不能有如此懈怠工作的态度！赵心刚的眼睛瞪得更大了。

王连成没有在意赵心刚眼底的质疑，他一副严肃的神情："没想到窝在炉料几天，本事倒是见长了。告诉你吧，在这水池里养鱼，可不是一天两天的事了，这都快成咱们江重的一景了。早在刘厂长在设备组实习时就提出过这个问题，那些老工人根本管不住，还是偷偷放鱼苗。后来，刘厂长只好带着人在水泵进水口安装了不锈钢网，所以那些鱼是不会被抽上来的。”

赵心刚悻悻地愣住，挂着水珠的脸颊一下子红了。他不但为自己的心直口快难为情，更为对王组长的质疑而惭愧。看来自己还是太幼稚了。他红着脸，有些语无伦次：“我……”

王连成瞄着他手中的工作笔记：“听说你去资料室借图纸了？”

“嗯……”

“还让牛大胡子找人借各种资料？”

“嗯……”

“你想干什么？”

“我想画一套完整的炼钢平面图，熟悉炼钢的每一台设备，好尽快熟悉作业流程。”

“好大的工程啊！真敢想！”

赵心刚努力地点头：“我正在尝试，可有些地方还是不太懂。”

王连成的脸色松懈下来，眉宇也舒展几分，他从工作包里掏出一本厚厚的图册，封面上写着《平炉安装图（第一册）》。他晃了晃手里的书：“这个我刚用完，正想还回去，你要看看不？”

“啊，要看！这个不是资料室的图册吗？他们不是不准外借吗？”赵心刚激动又疑惑。

“死脑筋。资料室的人又不认识你，你刚来厂实习，按规定当然不能借你。不过我和老刘熟悉，偶尔借用还是可以的。但你要小心翻看，千万不能弄脏，更不能有破损。否则以后再也别想看了。”

赵心刚不敢去接那本图册，王连成将图册硬塞到他的手里，微笑着说道：“熟悉设备可不是走走看看就行了，你也不能把它拆开了瞧瞧，必须要有图纸才能明白内部的结构原理，才能知道它在工作时会不会出问题，别再闹出今天的笑话了。”

“是！”赵心刚脸红地应道。

“不要以为自己是大学生就骄傲，刚才那帮老师傅都有本事。还有，炼钢现场设备众多，环境复杂危险，下现场时要注意安全，尤其在英雄炉前更要注意。既然进了江重，就不能轻易走！以后还想看什么图纸就去设备组，那里存有一些资料，你可以随便看。如果要借资料室的图纸，可以找我，我给你打个招呼。年轻人好学总是好的……”

王连成又说了一些不相干的话，有勉励，有提醒，最后才缓缓离去。

看着那道厚重而熟悉的背影，赵心刚一时失了神，仔细品味着王组长说过的每一个字。原本压抑的心似乎变得无比通畅，原来王组长严厉的背后还是藏着一颗慈软的心。

他疑惑地捧着沉甸甸的图册，长长地吐了一口气，丝毫没有注意到在阴暗的角落，一个落寞的身影转身而去……

## 13

赵心刚得到王连成的平炉图册之后，简直像得到了珍宝，一连看了三天。这上面有平炉的分解图和剖面图，让赵心刚对江重的英雄炉有了更深入的了解。做好详细的记录之后，他才不舍地将图册还给王连成，顺便又从设备组借了几本关于英雄炉的维修记录和其他设备的图纸。维修记录上详细记载了炼钢分厂所有设备的维修和日常维护情况，还注明了英雄炉在炼钢时出现的各种状况以及及时应对的方案。赵心刚从每个或是潦草或是工整的笔画和手绘小样中深切地感受到过去那一次次抢救任务的紧迫和危险。

细心的赵心刚发现，这几本记录并非出自一人之手，由时间上推断应该是两个人完成的，其中一人是王组长，那另一个人应该就是他的岳父——即将退休的刘厂长，他们用最简练的语言还原了炼钢分厂近三十年的设备图鉴。

其实不仅仅是他们，还有围绕着炉子忙碌奉献的所有人，维修工人、装料工人、冶炼工人、工艺员、炉长……当出钢的那一刻，红火的钢水映红了所有人的脸。这就是钢铁的力量！工人的力量！！集体的力量！！！

赵心刚从这几本维修记录里不仅学到了有形的知识，更感受到一种发自内心的挚爱。

他整日捧着维修记录下现场，认真地比照各种设备。时间久了，牛刚都替他着急，恨不得绑着他去找李东星。然而赵心刚却无心于这些走后门的小手段，自从第一次回绝李东星之后，他与李东星彻底地拉开了距离。他们俩一个是江重最普通的实习生，一个是江重最年轻有为的储备干部，再加上师兄的父亲李肇业即将出任江重厂长的风声已经传到江重的每一个角落，赵心刚更是选择了远离最大的靠山、最好的晋升机会。

在炉料车间的办公室里，赵心刚认真抄写着从设备组借来的资料，牛刚抱着古师傅留下的那只小猫无聊地在办公室里走来走去，小猫抗议地发出"喵……喵"的叫声。

赵心刚连头都没抬，受到冷待的牛刚悄悄地撸了下猫耳朵，小猫发出一声惨叫。

赵心刚依然没有抬头："你虐待小花儿，古师傅会知道的。"

"哎哟，瞧我这脑袋。"牛刚重重拍了一下乱糟糟的头发，急忙将小猫放在洒满阳光的窗台上。他做出十指合一的手势："小花儿奶奶，大猫不记小人过，您别在意啊。"小猫哪里听得懂他的"忏悔"，懵懂地瞪着圆溜溜的眼睛，仓皇而逃。

牛刚坐到赵心刚的对面，着急地问道："你到底是怎么想的？"

"我能怎么想？好好实习呗！"

"赵心刚，我怎么就看不透你呢？你是聪明人，咱们炉料的水太浅，根本养不下你这条大鱼！至于那个只有十几个人的钢渣处理分厂的水就更浅了，你去那里会戈壁，不，是搁浅！会搁浅，然后晒干，就彻底死了！所以，你绝对不能去钢渣处理分厂！"

“我去过钢渣分厂了，好像没你说的那么差。”赵心刚拿起三角尺画起小样。

牛刚挑眉：“你什么时候去过？哦，对了，应该是上周去倒运钢渣的时候。听说你还去给指挥天车了？”

“对啊，他们都不懂天车指挥。”

“呸！他们怎么可能不懂！你没来之前，是谁卸车的？那些老油条是故意欺负你！把最脏最累的活分给你。哼！都是喝香油长大的！”

赵心刚摇头：“不会吧，或许是他们给我实践的机会。”

“你啊，真是太好说话了。自从咱们炉料有了工作流程守则，工作是井井有条，手到擒来。你干完本职工作，连机修的活都干了。”

“我哪有啊，就是修了平板车的拖缆而已。”

“这都是机修电工的工作，你干好了也没人夸你，干不好还要担责任，那就不是你该干的事！这些天，你天天捧着这些资料下现场，你要知道，即使你什么都会，什么都懂，领导看不见还是白费。实习期过了，你就要去鸟不拉屎的钢渣处理分厂了。”

“是金子总会发光，江重不会埋没人才！”赵心刚合上厚重的笔记本，放松地伸展着双臂。

牛刚凑过来：“什么金子发什么光啊！你是大学生不假，但我们这里曾经有很多大学生都干不下去离开了，是骡子是马还不得拉出来遛遛，你就看这些资料能看出个啥？”

“这可不是简单的资料。”

“那是啥？”

赵心刚爱惜地抚摸着半旧的记录和资料，明亮的眼底露出坚定的笑意：“是江重炼钢的历史，是前人用心血凝结的宝贵经验！”

牛刚困惑地看着他，满肚子的话都堵在了嗓子眼儿。他仿佛回到无忧无虑的童年，坐在父亲的脖颈上，父亲指着那片隐在淡红色烟雾里的房顶：“看，那就是炼钢，爸爸工作的地方！”

父亲总说他没有炼钢的拼劲儿，不像江重人，难道有七年工龄的他还不如一个实习生？

牛刚垂落僵硬在半空的手臂，眼底划过说不出的失落。不过，他很快又恢复了大大咧咧的笑容，因为他不再为赵心刚实习之后的去向担心了，像赵心刚这样努力的人，哪有做不成的事情。

“你还需要什么资料吗？我有熟人，可以帮你借！”

赵心刚十分清楚牛刚对自己的关心，盖在他派遣证上的红章是江重钢渣处理分厂，如果不依靠师兄李东星的帮助，很难留在炼钢分厂。而且没有领导的重视，他也不会分到炼钢分厂重要的技术岗位。所以，他必须依靠自己的努力。他唯一的出路就是交出一份满意的实习答卷，以突出的成绩得到总厂的肯定，拿到一个破例留下的名额。

这需要一个极好的、让所有人都服气的成绩。作为一个专业为钢铁冶炼的技术人员，就是要攻克冶炼中遇到的技术难题，提高工作效率，增加产量，提升效益。这个问题还要有充分的意义，足够让他能顺利完成实习，留在炼钢分厂，从事技术岗位。

确定了目标之后，赵心刚就开始着手准备，毕竟留给他的时间并不多了。这些天，他翻阅大量资料，又结合炼钢现场的情况，终于找出了一个比较棘手也切实可行的攻关难题。

江重的英雄炉为了节约成本和充分利用工业能源，建设时在国家相关部门的指导下，采用了燃烧重油加热的方式，而没有采用煤气加热。虽然有成本低、热值高、节省煤气发生装置的占地和投入等诸多优点，但也有一个很大的缺陷，就是燃烧重油的油枪时不时会堵塞，主要原因是油中杂质不能完全燃烧，堆积在喷口，形成结焦，也称油枪焦化。如果能降低油枪焦化速度，就能大大提升工作效率，从而解决行业难点。

想到这里，赵心刚说出了自己大胆的想法：“谢谢！牛刚，我最近发现一个问题，我们炼钢平炉的产量虽然高，但油枪的焦化、堵塞的故障严重影响了炼钢效率，这种情况发生得还很频繁。所以我想尝试设计一款降低焦化、堵塞故障的油枪，目前已经画了几张草图。”

谁知牛刚听到他的话，立刻激动地站起来：“赵心刚，你疯了！油枪焦化可不是我们炼钢特有的问题，我听说去年好几个大厂的技术人员都来咱们厂开会，专门研究降低油枪焦化的问题，结果还是没整出个方案，最后就不了了之了。几个厂的炼钢技术大拿都没弄出来，你一个人能行吗？我劝你，还是换个思路。不如，在炼钢工艺方面看看，你是学炼钢的，这更符合你的专业。”

赵心刚摇头：“咱厂基本上都是冶炼普通钢种，工艺很成熟了，没有什么需要紧迫解决的问题。反倒是设备这块，有很多问题亟待解决。世上无难事，只怕有心人！只要坚持，铁树也能开花。”

“江重没有铁树，只有铁山！”牛刚泼了一盆冷水。

赵心刚依旧满怀斗志：“对，咱们有铁山，铁山上站着劳模呢。”牛刚扑哧一声笑了。

赵心刚趁热打铁：“你说去年开过讨论会，咱们厂是谁参加的会议？”

牛刚拍着脑门：“我想想啊，谁呢？”

这时，小猫蹑手蹑脚地回来了，白白的肚皮上粘了一块脏兮兮的黑泥。

牛刚眼前一亮：“是古师傅，古半仙儿！”

赵心刚兴奋地站起来，他早就想找机会请教这位传说中的神人了。他戴好安全帽，将自己画的一张草图小样折好夹在工作记录里，急匆匆地往外跑，边跑边说：“我去现场，中午……”

牛刚立刻打断他的话，习惯地重复道：“中午如果没回来，帮你打饭！”

“谢谢！”赵心刚迈着轻快的步子走出办公室，还不忘和小猫打招呼，“走啦，小花儿！”

小猫敏捷地跳进牛刚的怀里，牛刚又揪住它的耳朵，一脸宠溺地说："你也知道饿呀，走，今儿咱开荤，我去食堂给你弄个鱼头！"

小猫满足地"喵"了一声，使劲儿往牛刚的怀里蹭，牛刚的工作服上也多了一块脏兮兮的黑泥……

## 14

赵心刚用最快的速度来到炼钢车间，找遍所有角落都没找到古师傅的身影，几个好心的工友告诉他去问问机修的人，他们应该知道古师傅今天的维修任务。

赵心刚又路过冷却循环水的水池前，机修的工人师傅们依旧扛着抄网在捞鱼，这是他们每日的消遣，甚至下雨天还有人打着伞在捞。很多时候他们捞上来一条鱼，然后又放生回去，只是纯粹享受这种捞放之间的乐趣，就像很多钓鱼的人，坐一天未必钓到一条鱼，但还是乐此不疲。当然，从食堂收罗点剩饭、剩馒头去喂鱼也同样是一种乐趣，这就是最真实、最生动的工人生活。

他们一看到赵心刚，立刻防备地将抄网背在身后，还将一条刚捞上来的不算大的鱼扔回水池。扛着抄网的老师傅嘟囔道："小子，怎么又来了？大成没跟你说清楚吗？进水管有钢丝网，鱼不会被水泵抽上来的。"

赵心刚略显歉意地走过去："不好意思啊，前几天是我误会了。我今天来，不是为了养鱼的事，我想找古师傅，你们知道古师傅在哪里吗？"

"老古？"

"就是你们说的古半仙儿。"

工人师傅们七嘴八舌地说开了。有人说他在英雄炉，有人说他在热处理窑，还有人说他今天好像是夜班。在一群嘈杂声中，赵心刚弄明白了一件事，古师傅一向独来独往，比他还不合群儿呢。

赵心刚感谢了提供线索的众人，默默地走进一条僻静的小路。这是李东星曾带他走过的路，因为夹在两座厂房的中间，平日里很少有人来。有时，他下现场累了，就坐在这里的墙角歇一歇，晒晒太阳，琢磨点心得体会。

今天是阴天，云层很厚，赵心刚找了个干净背风的角落坐下，又开始琢磨起油枪的改进问题。

牛刚说得很对，这是一件很困难的事，一群专业的技术大拿都没能搞出来。那一瞬间，他的信心也有些动摇，感觉自己是不是脑子过热了，是不是应该找找师兄李东星，帮助走动一下。他想着想着，感觉自己不够坚定。倔强的脾气又上来了，别人做不成，不代表自己做不成。学习这么多年，他自有一套发现问题、分析问题、解决问题的方法，还有一股子韧劲儿，否则他也不会那么受宁教授喜欢。明知山有虎，偏向虎山行，不试试怎么知道行不行。

他从工作记录里翻出那张草图，在膝盖上展开铺平，又从上衣口袋里拿出钢笔，认真地在图纸上尝试着画出一根根线条。时间一分一秒地过去，几只顽皮的小麻雀在冒出绿芽的草地上蹦来蹦去，赵心刚沉浸在油枪结构图和理论计算式的世界里几乎忘记了一切。

他试想了很多种办法，无一例外地走入死胡同，但是他没有放弃，依旧在执着地坚持。爱迪生发明电灯不也是经历了几千次失败嘛，他总是乐观地相信下一次会找出最完美的方案。他一点点地画，再一点点地改，直到一张纸上满是线条和公式，他发现已经找不到下笔的地方了。

忽然，一个神秘的身影出现在面前。赵心刚缓缓抬起头，顺着身影看到脸。

“古半……啊，古师傅，我正要……”

“小子，你这画的是油枪吗？”古师傅盯着赵心刚的草图问道。

“是啊！”

“你不是在炉料实习吗？画这个东西干啥？这个是设备组的事。”

“我发现咱们炉上的油枪焦化堵塞出现得很频繁，想尝试改进油枪，解决这个问题。”

古师傅惊讶地看着赵心刚，心想这年轻人还真是初生牛犊不怕虎，这个困扰自己和同行多年的难题，哪能那么轻易解决。

“哼，哼……”他摇头哼笑了两声，转身就走。

赵心刚立刻站起来，喊道：“古师傅，我正要找您呢。”

古师傅回头瞄了一眼赵心刚和他手中的图纸，语气冰冷地说道：“找我干什么？想算一卦啊，看看前程如何？”

“啊……”赵心刚没想到古师傅会这么问，他记得牛刚叮嘱过，千万不要让古半仙儿算命，小心被算死，唐组长就是例子。

他连忙摆着双手：“不，不，我不算这个。我找您是想请教有关油枪的问题，听说您是这方面的专家。”

“啥专家？我可没那文化，我就是一维修工人。”古师傅对专家这个词很不感冒。

“我听说您参加了关于油枪焦化问题的行业讨论会，您还是我们厂参加的唯一代表，您不是专家，谁是专家啊。”赵心刚认为古师傅就算不是专家，也绝对是高人。这话说出来，不经意间拍了马屁。

古师傅听了呵呵一笑：“小子，你还真会溜须，不过算你找对人了。重油油枪的焦化确实是一个老大难，很多同行都在试图解决，但是重油的性质就是这样，杂质多，雾化效果差，燃烧不充分，在平炉内的高温环境下很容易结焦……”他将油枪结焦问题的原因以及目前的解决途径等等，逐一娓娓道来。

赵心刚用心听着，遇到不解的问题，就提出来。

“如果提高重油的压力，会不会雾化更好？”

“提高压力有助于雾化，但压力太高，泵和管道达不到要求，承受不了。所以压力高到一定程度对雾化效果也没多少用了。”

“如果使用两台油枪，轮流工作和维修，可以吗？”

“占地太大，炉前没有空间了，再说这也没解决根本问题。”

古师傅有丰富的实践经验，赵心刚有扎实的理论基础和不受思维定式束缚的创意。思想的碰撞总会产生火花，一问一答中，两个人渐渐有了点思路。

赵心刚突然捕捉到了一丝丝灵感，赶忙翻开工作记录，找到一个空白页，用钢笔勾勾画画起来。不一会儿，他把工作记录拿给古师傅，说道："古师傅，我想让您看看这张图。"

古师傅扫了几眼，又闭上眼思考了一阵："有点意思，有点意思！"

"那这个想法可行吗？"赵心刚急切地想得到肯定的答案。

"不好说，你回头把图纸完善了，找个时间让机修做一个试试，不就知道了吗？"

"机修会给做吗？"

"找我不就行了？哎呀，我该去干活了。"古师傅转身急匆匆地走了。

"古师傅，明天我就能画完图，去哪儿找您啊？"赵心刚喊道。

"明天还这个地方，还这个时候，咱再碰个头。"古师傅消失在拐角。

赵心刚一脸感激地注视着那个倔强的背影，心情终于有些放松。他琢磨着古师傅这个人，古师傅比王组长年长几岁，也是江重子弟，他没有上过大学，只在江重的子弟技校里培训过两年，他那一身过硬的维修技术都是在炼钢车间里摸爬滚打学来的。牛刚所言不虚，古师傅在业务上确实够得上大拿，据说有几次英雄炉出问题，都是古师傅及时解决的，挽救了厂里不少损失，所以尽管他的脾气古怪，也没有人敢说三道四，炼钢厂的人从上到下对他还是很服气的。

对于这样的人，有点类似武侠小说中武艺高强的扫地僧，平日里不显山不露水，一旦出手方知是世外高人。

可是，能让扫地僧出手，也不是一件容易的事。如何能让古师傅多多指点传授呢？赵心刚的心里犯了嘀咕，他一向不擅长讨好人，只喜欢埋头学习和工作，可能有那么点社交障碍，该怎么办呢？想来想去，还是去找牛刚侧面问问吧。

赵心刚悠哉地向炉料车间走去。刚拐过氧气站，迎面远远的有个人和自己招手，是技术组的马莹。马莹拿着一封信，隔着老远就开始大声喊：“小赵，有你的信！”

赵心刚喜悦中伴着点失落，他知道一定是表哥覃天的回信。当时，他以为自己会在技术组实习，便给表哥留了技术组的地址。于是他走过去，接过马莹手里的信：“谢谢你哈！”

马莹微笑着摘下金丝眼镜，露出一双美丽的大眼睛，她俏皮地说：“这都是应该的。我下午去炉料送信你不在，牛刚让我把信留下，我不放心，还是亲手交给你才稳妥。嗯，你最近好吗？炉料的那些人对你评价都很高呢。”

“还好！”

“好什么啊，关组长总在关键时刻犯糊涂。小赵，你别泄气，关组长是个好面子的人，哪天你跟他说点好话，兴许他一高兴，就把你调回技术组跟着我实习了。嘿嘿，咱们年龄都差不多，可以互相帮助。”

赵心刚捏着信，木讷地点了点头。原来在旁人眼里，一切都是他的错，他不应该在会上将后墙坍塌的责任明确地指给陆有为和关云茂。如今他又失去师兄这个大靠山，他简直就成了所有人眼里的可怜人！

不过，他从未觉得自己可怜啊！一想到老马平日里对自己的照顾和牛刚说过的话，赵心刚抿着唇，客套地和马莹道别：“我晚上要上夜班，先走啦！”

马莹满脸失落：“不是刚下白班吗？怎么还上夜班呢？真是一块榆木疙瘩！”她重新戴上眼镜，小嘴里嘟囔着，心有不甘地离开了。

赵心刚拿着信走到一个无人的路口，急匆匆地撕开信封，表哥覃天那龙飞凤舞的字迹映在眼前。表哥在信中对他能够实现梦想留在江重工作表示祝贺，同时也说出了自己内心的困惑。原来南方正在红红火火地大开发，遍地都是机会，他却找不到适合自己的，这让他很苦恼。用他的话说就是脚下的路有千万条，就是不知道自己走哪条。

赵心刚从字里行间深切地看出表哥覃天面对艰难选择的烦乱心情。对于这位素未谋面的表哥，他是既陌生又亲切。说来，这也是一段悲欢离合的故事，而且还要从他的父母说起。

赵心刚的父母只有他和妹妹两个孩子，父亲赵复亚是地道的东北人，母亲姓林，是南方人，她浓重的口音里总是夹杂着他和妹妹听不懂的粤语。母亲从未说过自己的身世，父亲也不让问。这让他和妹妹对母亲的身世产生了强烈的好奇。有一次，他和妹妹故意追问。父亲唉声叹气，母亲低着头一直抹眼泪。

从那以后，他和妹妹再也没有提及过关于母亲身世的任何一句话。在他的记忆里，母亲做得一手好汤，父亲从山上采来的野蘑菇和山菜在母亲的手里都变成了美味的浓汤，他隐约觉得母亲的老家应该在广东，当然，这仅仅是他的推测。直到母亲过世，他才肯定了自己的推测。原来当年年少的父亲在全国大串联中去了南方闯荡，遇到了母亲。母亲几乎是跨越整个中国，从南方来到东北这个偏僻的小乡村。那时候消息闭塞，信件不通，母亲和家人失去了联系。后来母亲凭借记忆中的地址给老家写信，都石沉大海。当初的林家已经搬家了，母亲和家里也就断了音信。

直到母亲重病在床，老天爷才牵上这条割不断的亲人线。通过一个老家的邻居帮忙，母亲的信被送到了她妹妹家，母亲才终于和亲人取得了联系。将近二十年分别的痛苦在姐妹相见那日终是圆了心愿，可惜母亲已经病重，不久就离世了。两位姨妈含着泪离开东北，临走前，她们留下地址，希望赵心刚兄妹二人不要断了这跨越南北的亲情。

从此，赵心刚在世上多了几个遥远的亲人。二姨妈在香港，三姨妈在广东。表哥覃天就是三姨妈的儿子，两人同龄，表哥的生日比他大两个月。他接到三姨妈的第一封信，就是表哥覃天寄来的，后来两人经常通信往来。表哥在信上告诉过他，二姨妈家的大表哥范宏在香港做生意，平时很忙，他也很少与范宏见面，希望赵心刚不要在意，不过范宏说过，将来要带他和赵心刚一起做生意。

赵心刚哪里会做生意，这些对他而言，都是遥不可及的事情。在东北，做生意也就是个体户，都是迫不得已的事情，没什么社会地位。只有在像江重这样的国企上班，哪怕在食堂蒸馒头，才是正经工作。赵心刚虽然不认可这种说法，但在现实面前也不得不承认。这就是东北，尤其是遍布大型国企的江北的现状。

赵心刚认真分析了表哥覃天目前的处境，想到几个可行的方法。对于人生中的重要选择，他只能中肯地给出建议，将利弊清清楚楚地摆在眼前，最后让表哥覃天自己做决定。他觉得表哥的当务之急是求学，学一项扎实的技能。不管是将来工作，还是跟着大表哥范宏做生意，只有技术型的人才能站稳脚跟。另外，他还梳理了关于学习何种技能的看法，希望能够更详尽地帮助到表哥覃天。

这时，天已经快黑了，下班时间也到了。赵心刚不紧不慢地走向江重的职工生活区，刚好见到牛刚正站在小百货铺的门口训佟老板呢。

“佟老倌儿，你听不懂我说的话吗？”牛刚趾高气扬地嚷嚷。佟老板满脸堆笑地附和，不反驳，也不回答。

赵心刚主动迎上去为佟老板解围，牛刚这才算消消火气。佟老板不气不恼地递来两瓶大白梨汽水，赵心刚推脱不要，牛刚不客气地将汽水硬塞到他的手里：“喝，难得佟老倌儿出血。”

佟老板笑呵呵地走进屋里，门口只剩下赵心刚和牛刚。赵心刚皱着眉头喝了一口汽水，牛刚也喝了一大口：“碰钉子了吧？”

“也是，也不是。”赵心刚犹豫了一下。

牛刚挑眉示意：“什么是不是的，我告诉你，别总不食人间烟火，想要成事，必须要出点血。”他将最后的字眼儿咬得很重，还故意瞄了一眼屋内。

赵心刚低头：“出点血？”

“投其所好啊！”牛刚仰起脖子，咕咚咕咚地喝汽水，还打了个大饱嗝，然后不紧不慢地说：“平时，我递根烟，办啥事都好办。”他放下空瓶子，“好了，我要去接媳妇了，你自己琢磨琢磨。”

“嗯。”赵心刚目送牛刚离去。或许他真的应该出点血？哪有白拜师的？他迟疑地钻进佟老板的小百货铺。

佟老板迎过来：“小赵，刚才多谢你。你要买啥？还是吃饭？”

“你这有什么工人师傅喜欢的东西吗？”赵心刚暗里佩服佟老板的记忆力，他们只打过两个照面，对方居然一下就认出了他。

“工人师傅喜欢的？”佟老板犹豫。

“对，最好是机修车间的工人师傅。”

“机修啊！”佟老板打开柜台下面的小门，查点了一下存货，抬头说道：“机修的人都抽烟，这个怎么样？”

“嗯，我就要……要……石林吧。”这是牛刚曾在不经意间透漏的炼钢送礼标准，赵心刚觉得不能随意改变。

“嚯，小赵，抽烟还真讲究啊。”

“我不抽烟，送人的。”赵心刚倒也实诚。

“呵呵，猜到了，谁会闲着买整条的烟啊，还是这么贵的。哎呀，石林没货了。”佟老板的笑声缓解了赵心刚的尴尬，“明天早上你来取货，怎么样？”

“进货这么快？”赵心刚有点意外。

“有求必应，用心服务，是我开店的宗旨！”佟老板伸出拇指点了点自己的心口，转而又一脸堆笑，“其实也就是挣点辛苦钱，以后，多多照应我的生意哈！”

“好啊，一定一定！”

或许是因为师兄李东星的缘故，佟老板表现得极为热情，一直送赵心刚到门口，挥着手看着他走远。赵心刚走出一段距离，回头又看了一眼，佟老板还站在门口。他不由得心生敬佩，这佟老板确实是做买卖的一把好手，既精明勤奋，又通人情世故，还懂得抓住机会。

积极向上，努力奋进，开拓创新。他在佟老板身上看到了很多江重人没有的精神，同时，他也隐隐地有了一种前所未有的危机感。

沉重的夜幕渐渐落下，江重又将迎来繁忙而火热的夜晚……

## 15

次日一早，赵心刚利用吃早饭的时间从佟老板的店里取到两条石林烟。正当他拿着烟犹豫时，佟老板递过来两张旧报纸，关照道：“喏，拿这个包上，免得人看见说闲话。”

“谢谢！”赵心刚很感激佟老板的贴心，用报纸小心将烟包好，夹在胳膊下。

“慢走啊！”佟老板依然送赵心刚到门口，目送他离开。

上午，赵心刚忙完了现场的事，就在办公室里画图。图画得差不多了，也到了和古师傅约定的时间。于是他匆忙将草图折起夹到工作记录里，又从自己办公桌下掏出早上买的两条烟，照例夹在胳膊下，然后走出了办公室。

“小赵，去哪儿啊？”牛刚正巧回办公室，打了个照面。

“哦，我下现场。中午帮我打份饭，谢谢啊！”赵心刚说着就匆匆走远了。

牛刚看着赵心刚的背影和他胳膊下夹着的报纸包，歪着头道：“这小子，终于开窍儿了！”

赵心刚来到昨天的那个角落，还坐在那块石头上，想着古师傅那么神叨，或许今天在这里碰头的事情也就是随口一说，搞不好都忘了，自己要去哪里找他呢？真的给他送礼？一向不懂世故的赵心刚着实有几分忐忑。

可是，不一会儿，古师傅竟然真的出现了。赵心刚站起来寒暄几句，让古师傅坐在了自己刚才坐的那块石头上。

“那个……古师傅，昨天您指点了我很多，那个……我很受启发，这是我的一点心意，请您一定收下。”赵心刚拿出报纸包，言语吞吐，尽量稳住情绪让自己适应这样的情境。

古师傅看着赵心刚，没有去接。看着那报纸包裹着的形状，他已猜出里面的东西。他很认真地说道：“小赵啊，我就是一工人，没啥文化，就是跟你讲点经验之谈。你这个，真没必要，拿回去吧，拿回去！”

“不，不，不，古师傅的经验对我来说无比宝贵，受益匪浅。我是真心感谢您，这点东西不成敬意，请您一定收下！”赵心刚见古师傅推辞，不禁有点心急。

“这……好吧！”古师傅见赵心刚情真意切，不忍拂了他的心意，伸手接过报纸包裹，打开来，不由吃了一惊，连忙说：“小子！这礼太重了，拜师父都够了。”

“啊，我真想拜您为师的！”赵心刚说出心里话。

“行，你这个徒弟我收了。”

“啊……”赵心刚一时间没反应过来，准备好的一套说辞都没派上用场，没想到古师傅的脾气还真是不同寻常，说收徒弟就收徒弟。

“怎么？不愿意？”

“不，不是，愿意，非常愿意，等我准备准备，改天正式拜个师。”

“准备啥呀，这个就够了。”古师傅晃了晃手中的烟，“你叫声师父，这事就成了。”

赵心刚赶忙鞠了一躬，激动地说了声：“师父！”

“好咧，徒弟！”古师傅狡黠一笑，“听说你刚来厂，就打了不少人的脸，这愣劲儿，我喜欢！那帮人是该打打脸，好清醒清醒。”古师傅这一番话说完，听得赵心刚不好意思地低下了头。

古师傅接着说道：“你是脑子里有东西的人，又年轻有为，将来发展不可限量啊！我看了你的面相，有福气，今后必定飞黄腾达，成就大业，富贵荣华……有幸收你当徒弟，是师父我长脸啊！”

赵心刚没想到古师傅会突然来了这么一套，简直哭笑不得，难怪人们都叫他古半仙儿。

古师傅说完他的卦辞，又伸出食指：“今后咱们师徒相处，我有一个要求。”

赵心刚忙点头：“什么要求？”

古师傅露出神秘的微笑：“不能告诉任何人，你是我徒弟。”

赵心刚的脸上露出困惑的表情，但还是尊重了古师傅的决定。想必是古师傅在单位里独来独往，性情孤僻，如果有人知道他们的师徒关系，难保不会有人在背后弄出些无事生非的传言。那就还不如低调点好，至少会省去那些无法预知的麻烦。

想到这，赵心刚感到心头些许释然，就兴冲冲地从工作记录里拿出新画的油枪图纸。古师傅没有接，反而盘腿坐在石头上，眯着眼说道：“图纸先放一放，坐下，我问问你，你知道咱们厂钢锭的成本和市场价格吗？”

赵心刚疑惑地挠头：“钢锭的成本和市场价格应该是销售组的事情，我这些天一直在炉料实习，闲暇时下现场看设备……”

古师傅笑着打断了他的话：“你还真实诚，只顾低头干活！”

赵心刚困扰地说：“干活不对吗？”

古师傅随手折了一片翠绿的草叶：“干活没问题，但没效益，那不就是白干嘛！”

“白干？”

古师傅打开了话匣子……

听了半天，赵心刚终于明白了“白干”这两个字的深层含义，也完全改变了他之前对江重的认知。

众所周知，目前炼钢分厂担负着江重百分之八十以上的生产任务，炼钢分厂的钢锭产量更是遥遥领先于其他企业。可是这样巨大的优势，却成了最揪心的症结。炼钢分厂的钢锭成本一直维持在900元／吨左右，而国家的计划价格只有 880 元／吨，也就意味着每生产出 1 吨钢锭便要倒挂 20 元。江重每年比同行至少多生产 300 多炉钢水，如果折算成浇铸的钢锭价格，那将是一个庞大的亏损数字。

"所以，降低产量，才能控制亏损。炼钢越牛，赔得越多，我们不就是白干了？"古师傅无奈地扔掉手中的草，"我当初也一门心思地像你一样，总想解决这问题那问题的，好提高工作效率。可是，即使解决了问题又能怎么样？还不是越赔越多吗？"

赵心刚陷入了前所未有的矛盾，他从未想过自己一门心思地努力反而会拖了江重的后腿！

赵心刚犹豫地将图纸折起来。古师傅扫了他一眼，声音陡然提高了八度："怎么？泄气了？还想留在炼钢吗？"

"想，很想！"赵心刚拽紧了肩上的背包，留恋地望着那一条条错综复杂的管道，缓缓地讲出自己和江重的缘分……

良久，古师傅激动地抚摸着那个看不出颜色的工具包，嚷道："原来你就是当年的小刚！"

赵心刚哽咽得说不出话来。古师傅站了起来，拍了拍他的肩膀，坚定地说："炼钢的爷们儿，天塌下来，也得站着！"

"师父，我是真想留下！"

"既然想留下来，咱们就干！"古师傅拎起工具包，"下午，炉料还有活吗？"

赵心刚摇头："我昨晚上的夜班。"

"好，那你跟我下现场修设备吧！"

"好嘞！"赵心刚跟在古师傅身后。他暗自纠结了一番，最终他还是说出了心底话："师父，我听说国家已经放开上百种计划商品的价格，现在中央改革的决心这么大，我觉得钢锭的价格也迟早会放开。到时候咱们炼钢将会面对一个很广阔的市场，我们必须要提前做好准备。”

“行，你说得都对，咱们一样一样来！先把改进的油枪做出来再说。”

从此，赵心刚成了古师傅的秘密徒弟，他变得更加忙碌。牛刚心疼他，尽量不安排他倒班，但是赵心刚不想搞特殊，他尽量上二班和夜班，空出白天的时间跟着古师傅下现场维修设备。

古师傅向来在炼钢车间独来独往，只管干自己的维修任务，半个月下来，谁也看不出古师傅和赵心刚的师徒关系。每天完成维修任务之后，赵心刚便和古师傅在机修车间的一个废旧库房鼓捣那个改良油枪的实际样品，一次次地修改图纸，再用机修车间的各种机床加工出零件，组装焊接，偷偷搞实验。古师傅有多年的现场实践经验和熟练的加工装配技术，赵心刚有扎实的理论基础，师徒两人取长补短，一次次总结失败的经验教训，终于搞出一个比较成熟的样品。

通过改进油枪喷口结构，加强雾化效果，同时在油枪中通氧气，产生富氧燃烧。因为燃烧充分，油枪就不易结焦，而且还提高了燃烧温度，缩短了冶炼时间。他们把这种改进的油枪命名为氧燃枪。

东西是做出来了，但理论归理论，最终还要看实际使用的效果，那就必须要将氧燃枪安装到炉上用一段时间。对于一个未知的新事物，贸然使用，一旦出现问题，损失不可避免，谁也不愿担这个责任。

像油枪改造这种事，本应是列为技术改造项目，需要得到设备组组长王连成的认可，要拿到他的签字才行。这让古师傅犯了难，赵心刚打定主意，他要亲自去说服王连成。在临去之前，古师傅特意交代不要在王连成面前提及他也参与了氧燃枪。赵心刚很不解，因为在他眼里，这是他们师徒的心血和成绩，他不能一个人独占。

赵心刚在王连成面前如实地汇报了一切，认为古师傅为氧燃枪付出得更多，也提出了实验氧燃枪的想法，并将氧燃枪的图纸和原理报告呈上去。

王连成听完他的报告，认真地看过图纸，思考了一会儿，拿出一份设备技术改造项目申请表，让赵心刚填写完，然后在表格审批栏写上“同意改造”，并签下自己的名字。

赵心刚目瞪口呆地看着王连成，准备了一肚子的话都生生咽了进去。

王连成欣慰地说道：“等会儿我去安排机修把你们的氧燃枪换上，你们要现场指导配合，需要的材料尽管提。今天炉上是孟炉长的班，我打个招呼，今晚就可以实验。但实验的时候，你和老古必须都在现场，随时发现问题，随时解决！”

赵心刚心头一热，深深地鞠躬：“王组长，谢谢您！”

王连成的脸上露出复杂的神色，似乎闪过一丝满意的笑容。良久，他缓缓说道：“去吧，注意安全，老古的腰受过伤，你多帮衬着点！”

这是赵心刚进入江重以来最幸福的一天，他终于用自己的努力为自己争取来一个证明自己的机会，他相信这个证明一定是指向成功的。

他马上将好消息告诉了古师傅：“师父，咱们快点去安装我们的氧燃枪，别耽误晚上的实验啊。”师徒两人一前一后地走向炼钢车间，他们的身影清晰地映在灰色的墙壁上，变成了两道追逐太阳的光，奔向了灿烂的光明……

第五章
Chapter 05

# 铁树真的开花了！

## 16

苍天从来不会辜负有心人。赵心刚和古师傅研发的氧燃枪在炼钢车间的炉上用了一段时间后，取得了非常好的效果，成功解决了长期困扰全行业的棘手问题，从而在行业内一炮打响。一时间，各个兄弟单位都争前恐后地来江重取经。更让人惊喜的是，去北京开会的李肇业带回了一个振奋人心的消息——国家放开了国内大型国企的钢锭、钢坯计划价格，即每家企业可以根据市场盘价自主定价。江重的产量高，质量有保证，价格还合理，自然成为市场上最紧俏的商品。钢锭、钢坯的价格一路走高，突破了千元大关，江重的产品供不应求，赵心刚和古师傅设计的氧燃枪更是如虎添翼，炼钢的产量也创出了历史新高。

一切都应验了赵心刚坚持的想法，每个人、每个企业、每个行业都在改革开放的大风大浪中搏击，面对危机的同时也遍布机会和希望，只有无所畏惧地闯出去，才能看到艳阳高照的蓝天。

这次，连江重都紧紧抓住了这个绝好的机会，李东星亲自带队组织相关人员填报资料将氧燃枪申报了专利，专利的所有方属于江重。不过，赵心刚和古师傅也得到了荣誉，江重厂报连续半个月在小红榜中专题报道了两人的工作成绩。

其中受益最大的是古师傅，他从机修车间调到了设备组，完成了一线工人到二级科员的火箭升迁。赵心刚作为优秀实习生，破例提前三个月转正。这就意味着还有半个月他就是江重的正式职工了，然而炼钢分厂却丝毫没有接收他的意思。古师傅不顾众人的阻拦多次在表彰会上提及应该将赵心刚留在炼钢分厂，可是刘常忠和陆有为都没有当众表态，气得古师傅拍着桌子大骂领导心胸狭隘、容不得人。

赵心刚虽然有些小失落，却没有放弃心中的执念，始终坚信自己还有留下的机会。他能做的依然是努力、努力、再努力，认真工作，刻苦钻研。

只是时间不等人，除去杂七杂八办理各种入职手续的时间，还有不到一周，赵心刚就要去钢渣处理分厂报到了。那是位于江北市二十多公里外的一个小县城，远离市区，位置十分偏僻，更重要的是赵心刚的专业根本和钢渣处理分厂的工作不对口，所以炉料车间的所有同事都在为他着急。

最着急的自然是牛刚，他都差点儿架着赵心刚直接去找李东星了，可是赵心刚还在不慌不忙地工作。牛刚急躁得在办公室里走来走去，连躲在墙角安静睡觉的小猫都碍了他的眼。

“走，赶紧捉耗子去！”他狠狠地拽了小猫的耳朵，小猫打了个激灵，发出一声无辜的喊叫，跑了出去。

赵心刚苦笑着摇头：“再虐待小花儿，小心我告诉师父。”

牛刚愁眉苦脸地凑过来：“赵心刚，你隐藏得可真深啊，还能拜古半仙儿做师父！要不是你们鼓捣氧燃枪出了名，我们还真不知道你啥时候拜了个师父。这回好了，古半仙儿真的成仙儿了。他以前虽然有本事，可惜没学历，还心高气傲，脾气古怪，与领导也不对付，只能窝在机修当工人。这次你和他联手弄出氧燃枪，他终于扬眉吐气了。不仅进了设备组，还成了二级科员。那你呢？只有提前三个月转正，这是奖还是罚啊？我怎么觉得还不如六个月转正呢？我看是有人眼红你的工作成绩，故意想赶你走，怕你以后抢风头！”

赵心刚揉了揉太阳穴：“也不能这么说，领导有领导的考虑，毕竟我的派遣证上盖的是钢渣处理分厂的红章。”

“他们真是走了狗屎运，招到你这块宝！哎呀，你千万不能去啊。我都打听了，钢渣处理分厂一共十六个人，基本都是在当地招的职工，除了临时工就是大集体。怎么办呢？下周就要走了。怎么办？怎么办呢？”牛刚来回踱着步，不时用手轻抚着络腮胡子里新长出的一颗又红又大的火疖子。

赵心刚十分感动这份真挚的情谊，他放下钢笔，安慰道：“牛刚，谢谢你为我担忧。请你放心，无论我到哪里，都会努力工作。我坚信脚下的路总是越走越宽，即使没有路，我也要闯出一条路！”

牛刚红了眼睛：“我知道你有本事，到哪里都能干出一番风风火火的事业。可是，我真舍不得你走，更舍不得你去那个破地方。”

赵心刚激动地站了起来，拍拍牛刚的肩膀：“我心里有数！还有工作没干完呢，一起去现场？”

牛刚露出质朴的微笑：“走！”两人说笑着离开办公室，赵心刚还特意说了不少佟老板的好话，希望牛刚今后别再小看妹夫。

牛刚哼哈地答应着，其实从骨子里还是瞧不上没有正经工作的佟老板。赵心刚看出他对佟老板的偏见，最后只说了一句话：“或许有一天，我们都还不如他！”

“那我这个牛字就倒过来写。”牛刚随口就起了个誓。赵心刚感慨，这种根深蒂固的观念哪能说变就变，看来也只能靠时间来改变了。

赵心刚戴好白棉线手套，准备站好最后一班岗。他熟练地朝正在天车上的操作师傅发出落大钩的手势，大钩和它上面挂的电磁盘应势徐徐落下。赵心刚伸出手掌，五指并拢指向废钢山的一角，电磁盘也随着他的动作引导，准确地移落到预期的地方。天车操作师傅按下按钮，电磁盘开始工作，利用电磁铁强大的吸力吸住废钢，然后起升走车，将废钢装进液压打包机。一堆废钢在打包机里压缩成一个大铁块，再被电磁盘吸起来，最终放在了运往炼钢车间的轨道平板车上。

赵心刚迎着明媚的阳光站在炉料车间的角落，他认真地注视着一张张质朴的脸，头顶上来回忙碌的天车，还有前方壮观的“铁山”……他笑了！这一切是那么真实，那么亲切，这种感觉填满了他的眼睛，他的内心！

“赵心刚，傻笑什么？”牛刚将计划单交到赵心刚的手里，“这是下一炉钢要的料，计划钢水 80 吨，要废钢 110 吨。”

“怎么要这么多料呢？是不是弄错了？”

赵心刚有些怀疑料单是不是笔误，因为 110 吨废钢炼 80 吨钢水，这个回收率实在太低了，如果是 100 吨废钢还算勉强正常。

“没错，我和炉上确认过，也问了生产组，就要这个数。最近废钢的回收率突然变低了，已经有好几炉钢出这问题了，本来钢水应该是足够的，结果却少了。浇铸钢锭时，最后一盘钢锭浇了一半，钢水就没了，都报废了。所以炉上怕钢水不够，就多要了炉料，以防万一。”牛刚看着装车的废钢，困惑地解释。

赵心刚认真翻看近几天的料单，发现炉上要的料确实是比以往多。到底是哪里出了问题？他将目光转到废钢山，一台天车正用电磁盘吸了一盘子废钢向压块机开去。赵心刚盯着电磁盘吸住的废钢，有几条弯弯曲曲的钢筋，有个变形的小铁皮箱，有七八根生满铁锈的碎角钢，还有十几根半米多长的废旧钢管……

“停车！”赵心刚立刻一边喊一边朝天车师傅做出停止的手势。

旁边的牛刚被他这一嗓子吓了一跳：“咋的了？一惊一乍的。”

赵心刚没有理会牛刚，继续对停下的天车做出落钩卸料的手势。牛刚愣愣地看着赵心刚，不知道他的葫芦里卖的什么药。

天车上的操作师傅也不明白为什么要把这一盘子废钢卸到地上，但听从指挥是天车操作工第一堂培训课就要学习并要求牢记的内容，所以他跟着赵心刚的指挥一一照做。

等废钢落地，赵心刚走到那一小堆废钢前，拿起一根钢管。这是一根 2 寸管径的钢管，被截断成半米多长，两头的端口都被压扁了，形成了一段封闭的管道。赵心刚看了看钢管两头被压扁的端口，又拿在手里掂了掂。

“废钢回收率低的问题，八成就是因为这个了！”赵心刚一边掂着这一小截钢管，一边轻声说道。

“啊？你说啥？”牛刚还是没看懂。

赵心刚将钢管丢给他，于是牛刚也学着赵心刚的样子掂了掂。他多年来与废钢打交道，早已形成一种敏锐的判断，他皱起眉头：“这分量有点不对啊！”

“我也觉得不对。”

“小胡，过来把这个给我割开。”牛刚转头喊来一个正在用气割枪割废钢的工人。小胡按照要求把钢管从中间割成两半，隔口里面露出了黄土。

“奶奶的!！这帮孙子，坑我们呢，拿土当铁卖！”牛刚咬牙骂道。

炉料采购是江重所有采购中的大头，每天都有十几万元的往来，所以炉料出问题也算是大事了。消息传开不多时，炼钢分厂所有的领导都来了，连在总厂办公室的李东星也来了。

赵心刚远远看到师兄李东星的身影，两人自从上次在接风宴上分别之后，没有再谈及过关于工作的任何事情。即便是在总厂的表彰会上，李东星也只简简单单地说了几句祝福的话。赵心刚发自内心感谢师兄，师兄没有强硬地要求他做不喜欢的事情，而且即使没有师兄的帮助，他也依旧沾了师兄的光，这是不可更改的事实。

“李主任！”赵心刚主动迎了过去。

李东星会意地扫了一眼周围的领导，压低声音问道：“有把握吗？”

赵心刚点头：“百分之九十！”

李东星露出久违的笑容，师弟还是那么谨慎，看来十拿九稳了。其实，他有时候真的很钦佩赵心刚，这三个月把赵心刚放逐在炼钢分厂不闻不问，还以为他会主动来找自己。可是他打错了如意算盘，低估了师弟的能力，师弟硬是凭借耿直的性情，努力研发出氧燃枪，解决了常年困扰炼钢行业的油枪焦化难题。最难得的是时间非常巧妙。他父亲刚从北京带回放开钢锭价格的好政策，师弟就研发出氧燃枪，这对父亲的晋升颇有裨益，简直是如虎添翼。

这几天，他和父亲提及过师弟的去留，父亲的意思是等师弟主动开口，他没有同意。他太了解这个倔强的师弟了，师弟宁愿挑战行业难题也不愿来找他，如今更不可能来找他。所以他早就和钢渣处理分厂的负责人打好招呼，只要师弟去报到，钢渣处理分厂就会以专业不对口为理由拒收，那样师弟就会被退回到江重总厂人事科进行再分配，即使暂时无法留在炼钢分厂，先在其他分厂磨几年也是一桩好事。

本来，他想周末找个时间好好和师弟聊聊，没想到师弟又一次让他刮目相看，找出钢水的问题可是天大的事。自从钢锭价格放开以后，价格一天一定，连续突破千元大关，直奔一千五百元每吨，炼钢的产量节节攀升，还是供不应求。目前，炼钢分厂足以养活整座江重，任何风吹草动都牵动着背后无数双眼睛。最近半个月，炼钢接连出现钢水短少的问题，导致钢锭浇注报废了几十吨，引起了总厂的关注。炼钢厂也召集了炉前、炉料、技术的相关人员分析查找原因，提出几种可能性，但也没有最终定论。

他打算亲自下现场了解情况，没想到师弟又快了一步，现在看来师弟已经稳操留在炼钢分厂的胜券了。

他总是那么优秀！

李东星干练地站在刘常忠和陆有为的中间，客套地说道：“两位领导，我师弟的实习成绩不错吧。”

刘常忠微笑地扬起满是皱纹的额头：“的确很优秀！”

陆有为攥着钢笔，点头：“这都是李主任指导得好！”

“我哪里有时间指导他，这多亏关组长的照顾，让他在炉料实习呀。”李东星不动声色地扫了一眼人群，他没看到关云茂。

关云茂来晚了，他不耐烦地站在铁轨前面，指向平板车的铁块嚷嚷：“你们炉料怎么回事？想造反啊？车间正等着下料呢。”

牛刚急忙迎了上去，他故意指向人群，放缓语调：“哎，关组长别着急，领导们也都着急呢。”

关云茂这才注意到领导都在，连李东星都来了。他顿时收起脸上的戾气，面带笑容地说道：“今天领导们要视察炉料车间啊？”

李东星摇头：“不，是我师弟找到了炉上接连出现的钢水短少的原因。”

“啊？”关云茂张大嘴巴，质疑地看向赵心刚。他刚才在锻压分厂处理一批钢锭的质量问题，不知道炉料这边也出问题的事。

“正好，大家一起见证一下。”李东星语调平缓地说道。

牛刚让大车又从废钢堆里吸过来几盘料放在地上，气割工小胡将其中几段封闭压扁的钢管一一割开，结果无一例外，里面都灌满了黄土。

李东星眯着眼睛，仔细盯着那些刺眼的黄土。炼钢分厂的废钢采购关系复杂，一向是杨书记主抓的事情，如今废钢出现问题，正好给他们敲敲警钟。

李东星板起俊朗的脸：“事故责任非常明确，就不用再开会认定了。”

陆有为自然也明白废钢采购的利害关系，他直接越过刘常忠行驶自己的赏罚大权：“真是胡闹，采购组真是太不负责任了，扣这个月的全额奖金！”

刘常忠一改平日里的常态，表现出强有力的态势：“有罚必有赏！炉料这次功不可没，全体多发两个月的奖金。”

牛刚大喜：“谢谢领导！”

陆有为的脸上有些挂不住，平日里他都会打个巴掌再给个甜枣，今天巴掌打了，甜枣的便宜让刘常忠夺走了。再说多发一个月奖金就足够了，一下发两个月奖金未免太重。他清了清嗓子，分别朝李东星和刘常忠压低声音，说出内心的想法：“李主任，刘厂长，两个月奖金太多了吧！”

刘常忠摆手，提高嗓门：“怎么会多呢？整个炉料两个月的奖金只不过是一吨的钢锭钱。如果不是炉料及时发现问题，再出几十吨报废钢锭，那损失就更大了。”

李东星也赞成地应道：“国企改革一直提倡奖罚分明，对于挽救重大损失的职工理应嘉奖。只是……”他担忧地看向赵心刚，欲言又止。

机灵的牛刚猜出了李东星的心思，他冲到前面，开始为赵心刚摇旗呐喊，争取机会。

“这次都是小赵的功劳，他在炉料实习的成绩有目共睹，非常优秀。自从到了炉料，他每天跟着我们三班儿倒，脏活累活都抢着干，还制定出工作流程守则，让炉料连续两个月拿到了节能标兵。而且，小赵的成绩还不止这些，氧燃枪的事情全厂、全行业都知道了，他可是江重第一个提前三个月转正的职工。今天，又是他及时发现废钢的问题，找到了钢水短少的原因，为咱们炼钢、为江重挽回了重大损失。再说了，小赵是江工的高才生，是刘厂长、李院长、李主任的校友，钢渣处理分厂的工作和他的专业也太不对口，杀鸡何必用牛刀呢！这人才呀，就应该用在最需要、最适合的工作岗位上。就像我，就应该在炉料，小赵就应该去更好的地方！”

“牛大胡子说的对，小赵必须留在炼钢分厂。今天，领导们都在，李主任也来了，给个痛快话吧。”古师傅还是那般硬气。

牛刚和古师傅的夸奖让赵心刚有些难为情，甚至觉得自己太过功利。可是他仔细琢磨了自己实习这三个月来经历的一切，觉得也不是什么大不了的事情。

他的去留是个既敏感又棘手的话题，或许换成旁人陆厂长早就拉拢了。可他却偏偏是李东星的师弟，这是陆厂长心中的死结，再加上他丝毫没有留情面的事故认定，更是将留在炼钢分厂的路彻底堵死。所以，他一而再再而三地努力也没有得到一个响应。但他真的不甘心啊！

炉料车间陷入一种诡异的安静，隔壁车间“咣咣”的机器轰鸣声捶打着每个人心中的小算盘。李东星细心地观察着刘常忠和陆有为，他深谙厂内避嫌的规矩，没有为赵心刚求情。即使求情，也轮不到他！在关键时刻，有用的话借旁人口中说出来才最有分量，尤其是本身就有分量的人说出的话更能决定一个人未来的命运。

现在，站在这里最有分量的人就是他的师叔——碌碌无为一辈子的刘常忠。刘常忠还没有退休，在炼钢分厂的组织结构上他依然是一把手，气焰高涨的陆有为再联合二级组长孤立他、压制他，他也有管理行政工作的权力，比如说员工的去留。能不能留下师弟，就要看他的心思了！

李东星起初有些担忧，江重的人都知道师叔与父亲素来不合，与他们李家更是形同陌路，毫无往来。他凭借自己的本事在炼钢分厂当了半辈子的厂长，也郁闷了半辈子，除了他自己挑选的女婿——王连成，整个炼钢分厂几乎没人听他的话。

不过，李东星在他身上似乎看到了赵心刚的影子，他们都将技术奉为理想，只想做个纯粹的人，他们的骨子里都透着永不服输的耿直。唯一不同的是：一个将耿直无情地碾碎，掩埋在心底；一个将耿直留存坚守，溢于言表。这让李东星产生了错觉，也陷入了自己营造的疑惑气氛。师弟会成为下一个刘常忠，那么他也会走父亲的老路吗？

李东星无声地扫了一眼赵心刚，赵心刚像个做错事的孩子，正等待着各位大人的审判。他给了师弟一记稳稳的微笑，父亲常说，如果无暇顾及将来，便努力在乎眼前的事。

他赌刘常忠一定会站出来，毕竟赵心刚此时的遭遇他最能感同身受。

“刘厂长，您看这事？”李东星不动声色地推了一把。

果然，刘常忠心情大好地看着赵心刚：“好啊，人人都看出小赵是个人才，我这个厂长要检讨喽！”

赵心刚诚恳地抬起头：“刘厂长，其实我……”

刘常忠摆手：“小赵，你什么都不用说。我还有两个月就正式退休了，在退休前，我要为炼钢分厂留下一颗火种，留下你这个人才！”

“刘厂长！”陆有为着急地阻拦，“我们留下小赵，如何对钢渣处理分厂交代？这不是夺人所爱吗？”

关云茂也附和道：“是呀，让小赵在炉料实习就是为了他今后能适应钢渣分厂的工作。咱这今年计划招的人都满员了，没名额了。”

“没名额那就去总厂再特批一个呗！”古师傅的眼里从来就没有领导两个字，根本不在乎陆有为投来的警示的目光。

李东星一直没有说话，他在等最适合的时机，在看刘常忠的决心。刘常忠笑眯眯地说了几句强硬的话，陆有为根本没有回旋的余地，几乎招架不住。

不一会儿，所有人都闭了嘴，终于轮到李东星发言了，他站在人前，油亮的头发一尘不染，宛如电视剧里的风云人物。他清了清嗓子，说道：“本来你们炼钢分厂的事情，轮不到我来管，可是，以江重目前的形势来看，炼钢是重中之重，我也要适当地关心一下。前几天，我查过炼钢分厂的人事档案，这几年根本没进过大学生，后备的技术职工配比实在太低了，所以，留下个好苗子来重点培养，是未来工作的重点方向。至于赵心刚是不是好苗子，我先避避嫌，不参与讨论，炼钢分厂的事情由你们内部解决，我建议你们可以开会讨论一下赵心刚的去留问题。如果留下，就马上定岗，千万不能再胡乱安排岗位了，让江工的高才生在炉料车间工作，这要是说出去肯定被同行业的人笑掉大牙，我们江工也丢不起这个脸！”

李东星故意将最后一句话咬得极重，刘常忠也挺直了腰板儿，露出维护江工荣誉的神情：“李主任说得对，马上开会！”

一群人窃窃私语地离去，炉料厂房又恢复了最初的宁静。

牛刚兴奋地拍着赵心刚的肩膀：“小赵，有戏，铁树真的开花了！”他还不忘朝李东星使眼色，“我去领资料单，你们聊哈！”

高高的废钢山前只剩下赵心刚和李东星两个人了，赵心刚满怀歉意地说道：“李主任，对不起，又让你操心了。”

李东星苦笑着摇头：“这都是你自己争取的结果。要说对不起的是我，如果不是我，你留在炼钢分厂工作就不会有这么多的坎坷。”

坎坷吗？赵心刚迎着金灿灿的光彩，意蕴深长地说道：“不经过大风大浪，怎能看到艳阳天啊？”

“是啊！”李东星也背起双手，凝望着湛蓝的天空。刚刚，他已经从刘常忠那坚定的目光中预见到炼钢分厂的会议室里将上演一场激烈的唇枪舌，但刘常忠一定会排除万难，坚决地留下师弟。他会为热爱一生的炼钢留下一颗炙热的火种，延续他没能实现的梦想……

“哎，师兄，琳琳是谁？你昨天晚上说梦话，可说了好几次这个名字。”赵心刚终于逮住机会，转移了话题。

“呃……”李东星狡黠地反问，“老马有没有向你推销炼钢的钢花呀？”

“没有！”

“那其他人呢？”

“也没有！”

“不对啊，这不符合江重的传统啊。”

“师兄，你还没告诉我，琳琳到底是谁？”

“……”

## 17

就在赵心刚和李东星闲聊的时候，炼钢分厂正在召开一场最特别、最激烈、最别开生面的会议。平日里总是抱着难得糊涂心态的刘常忠这次较起了真儿，端起了一把手的威严，那些狡猾的二级组长也表现出极为强硬的态度，大家都一致要求留下赵心刚。

陆有为和关云茂迫于压力，只能勉强同意。但是关于赵心刚的定岗问题又吵翻了天，关云茂代表技术组表示坚决不收，设备组的王连成也同样表示不接收。为此陆有为对王连成施压，要求设备组必须接收赵心刚，王连成气愤地拍案而起。最后，他在陆有为面前立下军令状，在一个月内完成三个月的大修工作量，才把赵心刚拒绝在设备组的门外，为此，本想把徒弟收在自己身边的古师傅气得直骂娘。

就这样，本被视为火种的赵心刚瞬间又变成了烫手的山芋，在炼钢各个组里转了一大圈，最终还是回到了技术组。关云茂满脸不情愿，却也只能咬着牙接收。不过，他拒绝了马莹主动提出带赵心刚的要求，出乎意料地让周学武带赵心刚。周学武的脑袋摇晃得像个拨浪鼓，反复强调自己只能带实习生。

这场反复拉锯会议的最终结果就是：赵心刚将以正式职工的身份在技术组跟着周学武再实习三个月。

赵心刚又一次变回实习生的身份，成为江重首例实习的正式职工。

正是因为他的特殊性，他到技术组实习的第一天就被陆有为叫到办公室，陆有为攥着笔杆子给赵心刚上了一堂生动的教育课。

陆有为简单扼要地讲述了留下他所承受的压力，并且介绍了炼钢分厂目前的实际情况。在接连背了几条厂报上的生产指标之后，他话锋一转，直奔主题，警告赵心刚不要将炼钢分厂的情况告诉李东星，他还一语双关地说出炼钢分厂只炼钢，不是佟老板的小百货铺。赵心刚自然知道他话里有话，师兄的特殊职代会早就被人盯上了，这到底是多久的事情？他盯着陆有为那张似笑非笑的脸，突然感觉面前坐着的是一位极为可怕的领导。

同时他也意识到江重根本没有秘密，只要稍稍用心去观察周围的对手、朋友，一些和自己命运息息相关的人，你就会拥有一双看透所有的透视眼，会看到一个全新的世界。尤其像陆有为这种段位极高的弄权高手，师兄能做的事，他又何尝不在做呢？

五十步笑百步，都是为了各自的利益罢了。惹不起，还躲不起吗？

赵心刚抿着唇："请陆厂长放心，我一定会努力工作。"

陆有为挥起钢笔，旁敲侧击道："小赵啊，我当然知道你会努力工作。我的意思是你要时刻谨记，咱们都在炼钢的这口锅里吃饭啊！有我的一口，自然有你的一口。"

你吃肉，我喝汤吗？赵心刚厌恶极了这种高高在上的拉拢。他皱起眉头，想到厂报上经常出现的字眼儿，故意大声说道："对，我时刻都记得，咱们都是江重人！"

江重人？陆有为顿住，手中的钢笔在空中缓缓滑落。他实在没有想到赵心刚会如此回答他，这是杨书记的口头禅，他偷偷用余光扫过赵心刚。赵心刚像一根闪亮的钉子，满脸坚定地站在那里，陆有为下意识地遮挡住了眼睛。

这时，赵心刚悄悄后退一步，语气里有十分的客气和疏远："陆厂长，谢谢您的教诲。我去下现场了。"

陆有为本想教训他几句，又放不下领导的面子，只能做出赶紧走的手势。看着赵心刚转身离去的身影，陆有为窝火地将钢笔扔在办公桌上：“现在的小年轻，真是不懂规矩！”

赵心刚忍着笑意走下楼梯，来到技术组。关组长和马莹不在，周学武在闷头擦地。

“周师傅！”赵心刚夺过周学武手里的拖布，将没有擦到的边角擦得干干净净。

他的刻意讨好令周学武非常满意，周学武搬来一张修理过的椅子放在办公桌的对面，不紧不慢地开了腔：“小赵，今后你就坐在这里，我教你写合格证和材质单。这些都非常重要，市场上最认我们江重的牌子了。”说着，他打开灰色的铁皮卷柜，取出一摞厚厚的卡片。

赵心刚从牛刚那里听说了周家的事，也知道了周学武的心结。他发自内心地钦佩周家人的勇气，同时也想帮助周学武战胜心魔。

他在昨夜恶补了关于周学武的一切：周学武的父亲曾经是英雄炉的炉长，周学武自从进厂便跟着父亲在炉前工作，也是技术能手，还得过生产标兵的称号。后来周学武的父亲因为抢救国家财产牺牲，周学武的精神受到了严重的打击，从炉前岗转到技术组，一干就是十几年，生生将黑发熬得花白，从意气风发的周小伙变成老气横秋的周学武。

赵心刚并不想揭开周家人的伤疤，他只是觉得时间过去了这么久，周学武应该放下了。如今是改革开放的大好时机，江重的产品是市场上的紧俏货。而炼钢分厂的技术骨干青黄不接，周学武正值中年，正是技术人员最黄金的年龄，如果他能解开心结，于厂于己，都是一件好事。

不过，这也不是急于一时的事情，必须先要摸清周学武的脾气秉性，再对症下药。想到这里，赵心刚放下背包，接过周学武手中的卡片，微笑着说：“好，您打个样子，我学着来写！”

“好嘞！”

技术组的工作烦冗琐碎，承担着设备组、生产组、销售组、采购组等各个组的衔接工作。几天下来，赵心刚安安静静地坐在办公室里写合格证，周学武很得意，关云茂也非常满意，只有马莹干着急，她时不时地提醒赵心刚，技术组不单单只有填写合格证这一项工作。她总是趁关云茂不在的时候，偷偷安排赵心刚填写下料单和钢种配比单，手把手地教给他操作方法。

赵心刚很感谢她为自己做的一切。可是，对于她和老马主动的示好，他感到很头疼。他看得出老马想招自己做女婿，也感受到马莹对自己用了心思，可他实在对马莹没什么感觉。他就是这样的人，用妹妹的话说，他是块还不如石头的木头，总是后知后觉。毕竟石头也有被焐热的那一天，木头则永远都是不温不火的样子。

赵心刚无论对待工作还是个人情感，都秉承相同的准则，只要自己认准的事、认准的人，都会勇往直前地努力争取。他和马莹不是一路人，他几次从马莹的言谈中深切地感受到，她想要的生活正是他拼命想逃离的桎梏。所以，他婉言谢绝了马莹一次次的邀请。马莹被拒绝几次之后，也不再自讨没趣，又开始和当宿管员的父亲寻找新的目标。

赵心刚的拒绝，让同在一个办公室的周学武大呼意外。他拽着赵心刚磨叽了好几天，终于听到赵心刚说出“不合适”三个字。他重重地拍拍脑门：“完了，完了，我输了！”赵心刚只是笑而不语。炼钢分厂男多女少，尤其是念过书又长得漂亮的女孩更是少之又少，马莹是炼钢公认的小钢花。在炉料实习时，牛刚就总是拿他和马莹开玩笑。自从他留在炼钢技术组实习，关于他和马莹的传闻更是满天飞，而周学武就是最重要的推手。为了不给马莹带来困扰和名誉上的侵害，赵心刚减少了和马莹的对接工作，更是通过八卦的周学武彻底断了所有人的念想儿。

他在技术组实习只有三个月的时间，还有很多事情要做，哪里顾及得了儿女情长!

眼下就有一件要紧事——帮助周学武重新走进炼钢车间。通过这些天的细致观察，赵心刚发现周学武有几个雷打不动的习惯，他每天都要偷偷地翻看下料单和配比单，还会记下炼钢的时间。这些都是炉前工作的员工才有的习惯，这就证明他内心深处翻滚着炙热的钢水。

还有，周学武在厂内的活动范围非常有限。他每天从西门进厂，一整天都坐在办公室，中午去食堂吃饭或者去总厂开会、去各个分厂办事，他也会从西门绕到厂外的马路，绕一大圈到正门，就是为了避开炼钢车间。看来父亲的离去对他的打击很大，要想在短时间内抚平他的伤疤恐怕是件困难的事情。

为了对症下药，细心的赵心刚又发现了一个奇怪之处。周学武虽然刻意避开炼钢车间，但是他的办公桌正对着炼钢车间的方向，他每天都会将窗户擦得像镜子一样，连个手印都没有。只要写完合格证，他大半的时间都站在窗前聚精会神地向外看。

一次，赵心刚还多嘴地问道："周师傅，你在看什么？"

周学武咧着嘴角，重重地叹了口气："看天儿啊，什么时候下雨呢？"他失落地坐回到办公桌前，赵心刚却从他的眼底看到一抹不舍的红！

于是赵心刚十分笃定，周学武在看炼钢车间里那道明亮的光。

有戏！赵心刚故意将刻有江重厂标的红章重重地盖在合格证上。坐在对面的周学武失落地摇头："可惜啊，可惜！落花有意流水无情，没有缘分呀！哎，小赵啊，你天天不是窝在办公室里写杂七杂八的单据，就是看资料，资料室的门槛都快被你踏平了，你就不能干点别的吗？"

赵心刚放下钢笔，计上心头："周师傅，关组长让我跟你实习，你就教了我这么多啊！再说，这也不是杂七杂八的单据啊，这个合格证和材质单都非常重要，市场上最认我们江重的牌子了。"

周学武瘪嘴："你这个孩子，在这儿等着我呢。"

赵心刚微笑："周师傅，我也觉得写合格证有些无聊，不如我们一起去下现场？”

“打住，打住啊，你又不是不知道我怕什么！”

“我有办法啊！”赵心刚凑了过来。

周学武下意识地向后退：“什么办法？”

赵心刚指向窗外的炼钢车间：“你可以遥控指挥我下现场啊！你讲解，我跑腿儿，就从每天的下料单开始！”

周学武紧紧握住手中的卡片，朝窗外看了看。许久，那双浑浊的眼睛映出一丝光亮，他将卡片重重地甩在办公桌上，瓮声瓮气地说道：“好！”

赵心刚满意地松了口气，良好的开始就是成功的关键。第一步还算顺利，接下来，他要找牛刚帮个忙！

正窝在长条椅上睡觉的牛刚听到赵心刚的计划后，像弹簧一下蹦了起来：“喂！赵心刚！你好不容易进了技术组，只管埋头实习就好，管周学武的事做什么？”

“周学武从前是经验丰富的炉前工人，整天在办公室写合格证实在太可惜了。炼钢正是用人之际，不能错过任何一个技术骨干。再说，死去的老炉长也一定不希望自己的儿子变成今天这样！”赵心刚深有感触地说道。

“你……”牛刚咽下埋怨他的话，他似乎在记忆深处又看到了那个总戴着黑乎乎的大口罩和大风镜的周叔叔。

“你说得对，周叔不会希望周家人变成今天的样子。”牛刚艰难地说道。

赵心刚走到牛刚面前，塞给他一张纸条：“那就这么办！”

“嗯！”牛刚将纸条小心翼翼地装进上衣口袋。

赵心刚欣慰地看着他，道了一声谢。不过，他走到门口时停下了脚步，犹豫地问道：“对了，还有一件事，关组长家的生活很困难吗？”

牛刚苦笑起来，恢复了平日里大大咧咧的模样，他忍不住挖苦道："赵心刚，你是去技术组实习，不是扶贫。人家日子过得怎么样，关你什么事？"

赵心刚难为情地点头："是不关我的事，我只是感觉关组长实在太节俭了。你知道吗？有一次我正好和他一起在更衣室换工作服。我看到他的袜子上全是补丁，贴身的衣服也很旧，浑身上下就属那身工作服最光鲜！这和他平日里高调的性情不太搭啊，或许还真是我多管闲事了。"

"你啊，真是操不够的心！"牛刚一把搭住赵心刚的肩膀，小声说道，"有人活的是面子，有人活的是里子，关云茂是个死要面子活受罪的人。他家庭条件一般，唯一闪亮的标签就是大学生。他妻子是江北商业城的营业员，老丈人在铁路局上班。照理说他的日子应该过得不错，可是他老家的负担实在太重了，他又是爱面子的人……算了，你这个木头人管好自己就行了。你刚才说的事，我马上去办，不过咱们说好啊，我只帮你这一回。"

"谢谢！"赵心刚拍拍牛刚的肩膀，缓缓离开炉料仓库的小院儿。路上，他反复推敲了几个小细节，希望尽量做到完美。尽了人事，这次行动能不能成功，就要靠天意了。

## 18

阳光正暖，和煦的春风吹起了满树的杨树叶，高大的树冠仿佛变成了一团耀眼的花丛，左摇一下变成绿色，右摆一下变成银色，远远望去，让人心情舒畅。赵心刚加快了脚步，尽量平复着激动的心情，回到办公室。

周学武兴冲冲地递来一张密密麻麻的稿纸，上面工整地写着下一炉钢水的领料单，除了炉料的数量还有各种合金的配比。

"小赵，你先去现场盯着，随时跟我汇报英雄炉的情况，我再告诉你吹氧、测温、取钢样的时间，然后根据钢样的数据，再算出加合金、石灰和萤石的数量。嗯，你先去吧。”

“好，我这就去！”赵心刚瞄了一眼墙上的石英钟，算算时间，牛刚应该见到李炉长了。他戴好安全帽，走了出去，办公室里就只剩下独自站在窗前的周学武。

不一会儿，赵心刚回来了，带来一阵新鲜的钢渣味儿。他一边跑一边喊：“周师傅，起炉了！”

“好，这是吹氧和测温的时间，记住测温的时候要叮嘱炉前的职工一定要注意安全，握稳热电偶。”

“知道了！”赵心刚又匆忙地走出办公室。周学武感觉心中一空，他的魂似乎也跟着赵心刚走进了炼钢车间。他着急地盯着窗外，魂不守舍地盯着那抹在门缝里闪耀的光芒。

“燃烧吧！燃烧出最红的火焰，炼出最美的钢花！”

时间一分一秒地过去，转眼到了下班的时间，为了指导赵心刚下现场，周学武没有回家，打算加班到通宵。

他有多少年没有在厂内过夜了？上一次通宵加班时，他还没有当父亲，如今儿子都上初中了，时间过得好快啊。周学武像一尊风化的石像似的牢牢地站在窗前，沧桑的脸上饱含着充满幸福和痛苦的回忆……

良久，周学武下意识地看了眼腕上的手表，这炉钢已经冶炼将近五个小时了，如果顺利，炉内正是高速升温、废钢完全融化的时候。可是赵心刚怎么还不回来跟他汇报情况呢？他伸出脖子看向门口。

这时，赵心刚正好跑了进来，一进门，就着急地说起事先背好的台词：“周师傅，今天本来是李炉长当班，可是起炉不久，他就病倒了，几个工友抬他去厂办医院了，还挺严重的，怕是阑尾炎。按照咱们厂里的规定，炉前必须有代班炉长，李炉长的病来得突然，这么晚了，我们去哪里找炉长啊？只能我们技术组去盯着了，我毕竟是实习生。您看，是不是您到现场盯着？”

他小心翼翼地盯着周学武，生怕哪句话说错，弄巧成拙。这是他思前想后制订出的计划，周学武将自己藏在壳儿里十几年，躲在办公室里写合格证，却要天天查看炉子的数据。他虽然没有亲眼看到那一炉炉滚烫的钢水，却比任何人都挚爱那火红的颜色，这说明他的内心从未割舍过对英雄炉的感情，唯一战胜不了的就是自己的恐惧。

为了能够帮助周学武战胜恐惧，赵心刚事先托牛刚去求今晚值班的李炉长，李炉长听说是为了周学武的事，立马就同意了。只要废钢在炉内完全熔化，李炉长便假装生病，赵心刚则搬出炼钢车间各种条条框框的规定，去请周学武出山，当代理炉长。对于今晚的计划，他没有十足的把握。如果这炉钢水在冶炼过程中出现点小小不言的故障，必须要请周学武出马的话，他就有了百分之七十的把握。当然，这都是不可预估的事情。

“周师傅，怎么办呢？”赵心刚假装着急地追问。

周学武犹豫了一下：“派人去工人村接宋炉长！”

赵心刚早就知道他会这么说，直接用事实堵住他的嘴：“宋炉长不在家，他带着老婆孩子回山东老家了。”

“那郭炉长呢？”

“他倒是在家，就是最近脚崴了，走路不太方便。听说他儿子下个月就参加高考了，这么晚去找他，是不是太打扰了？”

周学武盯着窗外模糊的光影，面带疑惑：“这么凑巧，都有事儿？”

赵心刚准备临门一脚，再努力一把，可是，他刚想开口，牛刚气喘吁吁地跑来了。

牛刚上气不接下气地喊道：“不好了，炉内油枪的火苗小了，加压也上不去，大家都在怀疑是重油输送管路堵了。如果现在无法给炉子加热，这炉钢水要玩儿完啊。我已经给老马打电话了，让李炉长立刻过来。”

“李炉长不是阑尾炎了吗？”周学武看向牛刚。

牛刚一跺脚：“啥阑尾炎啊，就是肠子冒出来了，也得来抢救这炉钢水。赵心刚，赶紧下现场吧。”

赵心刚紧张得脸都白了，刚才还希望出现点小小不言的故障的心情立刻丢进了北冰洋。炼钢的过程复杂多变，没有人能完全掌控，油枪堵塞是大事，没有丰富的炉前工作经验很难短时间找出故障点，幸好他让李炉长暂时在301室休息，就目前紧急的形势，只能告诉周学武真相了。

“周师傅，对不起！我先去现场看看情况，等回来再和你解释。”赵心刚急匆匆地拉着牛刚走出办公室。

周学武皱着眉，想了半天，最后一拍脑门：“没想到小赵也藏了花花心思，这小子……”他懊恼地抓起抽屉里的手电筒和车钥匙，关了办公室的灯，气冲冲地准备回家。

周学武去车棚子取自行车时，炼钢车间传来一阵叮叮当当的响声。

“敲有什么用？要听，这群山炮！”

周学武在炉前干了十几年，他比任何人都知道冶炼油枪堵塞的紧迫，油枪堵了就不能产生火焰加热炉膛，炉内的钢水温度会很快降低，如果不及时解决，钢水温度降低到一定程度就会凝固收缩成一个大钢坨，不但很难再次完全融化，而且对炉墙伤害极大，搞不好就要大修。

让这帮山炮去找堵塞点吧。周学武解开自行车的车锁，将自行车推了出来。

这时，远处跑来一个人影，是赵心刚！周学武故意将手电筒打到强光，使劲儿晃动。

赵心刚遮挡住眼睛：“周师傅，我错了，我真的错了！李炉长没有病，我故意让他装病，就是想请您出山。”

周学武解恨地关闭了手电筒，将自行车推到西门门口的路灯下，咬着字眼一字一顿地说："李炉长的英雄事迹可以上厂报了吧？"

赵心刚拦下他："周师傅，我不是故意骗你。这些天，我看在眼里，你无时无刻不在惦记英雄炉的生产情况，你们周家都是炉前的好手，精湛的技艺总不能一直窝着。工作没有高低贵贱之分，却有难易之别，每个人都要各尽其责。你让食堂蒸馒头的大姐来写合格证，练习一个月也能熟能生巧。可是你让她去炉前工作，没有个十年八年，根本成不了大拿。周师傅，我恳请您，为了炼钢，为了周家，为了你自己，去趟炼钢车间吧。"

周学武握着车把，脸绷得紧紧的，他瞪了赵心刚一眼："哼！耍小聪明！"

赵心刚继续说道："周师傅，现在炉前的情况真的很糟糕。李炉长带人检查了好几遍油枪管路，始终找不到堵塞点。现在钢水温度已经很低了，快要凝固了，如果再过一小时不解决问题，这炉钢就没救了。您打我、骂我都行，还是随我去趟炉前帮帮李炉长吧！"

周学武转身，看了一眼灯火通明的炼钢车间，那种发自内心的恐惧和渴望仿佛两股扎满钢刺的铁绳死死地缠绕着他的脖颈。他似乎又看到滚烫的钢水将父亲吞噬的画面，父亲在临死前手里还拿着那把从爷爷手里接过的铁钳子。那一刻，他对英雄炉充满了仇恨，而他的心也已经死了。一晃过了这么多年，他以为只要将仇恨回避开，他就能忘记过去。可是，他不但没有忘记，反而每天都要看好多、好多、好多次才能安心。

如今，赵心刚想让曾经死去的自己再次活过来，他能做到吗？

"小赵，我父亲曾经做过英雄炉的炉长，你知道吗？"

赵心刚心酸地点头："知道，老炉长是江重的英雄。"

"我自从进厂就跟着父亲在炉前干活，好多年呢。"周学武的眼底闪过温热的泪花。

赵心刚激动地说道："是啊，在炼钢车间，我多次听到过老炉长的事迹。炉前的师傅们都说，自从老炉长去世，英雄炉就再也没有跑过钢，是老炉长的魂一直在保护着他们，保护着英雄炉呢！周师傅，英雄炉不可怕，那是老炉长奉献一生的地方啊！”

周学武的眼底露出一抹坚定的信念，他将自行车停靠在西门围墙的“安安全全回家去”的标语下面。

“走，下现场！”

赵心刚心头一热：“走！”

第六章
Chapter 06

# 飞来的横祸和起航的机会

## 19

江北的秋天是最美的季节，姹紫嫣红的鲜花将城市装扮得五彩缤纷。江重厂区也变成了花的海洋，各个分厂都在积极准备为祖国母亲献礼的花卉造型和板报。

炼钢分厂也不甘落后，要求各个组都派出一名心灵手巧的职工去办公楼前的小广场制作花卉造型和板报，技术组派出了马莹。

自从赵心刚帮助周学武克服心魔，周学武开始下现场，技术组发生了翻天覆地的变化。周学武带着赵心刚不但承揽了技术组所有一线的工作，还当起了义务炉长，每周末都要在炼钢车间熬个通宵。在他的帮助下，赵心刚进步迅猛，勤奋好学的他很快就成为技术组的顶梁柱，顺利地结束实习生涯，成为技术组的一名技术员。因为他工作出色，吃苦耐劳，自然就取代了马莹的工作。

起初，马莹还有些失落，经常闹点小情绪，后来赵心刚主动将俏活儿分出来给她，将下现场的脏活、累活留给自己。爱美的马莹本来就不喜欢下现场，从此，她也不再抱怨，还主动承担起周学武之前写合格证的工作。

如今，放眼整个炼钢分厂，最意气风发的就是关云茂，人人都说他捡到了宝。他也一改从前的态度，对赵心刚颇为关心，逢人就夸在他的领导下赵心刚做出了突出的成绩。

赵心刚也很争气，他详尽地整合了技术组的工作流程，还为炉前的一线职工建立了完善的安全应急预案，使技术组的工作效率和炉前的安全保障都提高了一个层次，这让技术组连续一个月夺得了技术标兵的流动红旗。

技术组的突飞猛进彻底改变了炼钢分厂的格局，尤其是三楼的技术组和生产组。那两面颜色鲜艳的标兵小红旗更换了位置，技术组的门上插着技术标兵，设备组的门上插着卫生标兵。技术标兵的小红旗总是挂得很高，足足压卫生标兵一头。

王连成的日子不太好过，除了工作上的压力，就是身边的流言蜚语和无尽的嘲笑。厂内的职工都在私底下传他将赵心刚这样的人才拒之门外，简直就是搬石头砸自己的脚。而且他还没有完成在陆有为面前立下的军令状，导致设备组面临着全组整改，士气十分低落，就连古师傅也失去了从前的工作热情，整日窝在办公室里擦地，俨然变成了另外一个周学武。

赵心刚看在眼里，急在心里，他利用午休的闲暇时间，将古师傅拖到那条僻静的小路。

“师父，设备组到底怎么了？王组长今天又没来呢？”

“不是媳妇病了，就是跟着刘常忠四处跑关系呗！”古师傅磕了磕鞋上的土，“走了，我得回去擦地了。”

“师父！”赵心刚拉住他，“你是凭借真本事进的设备组，不能总是擦地啊！我上午下现场时听说 80 吨天车又坏了，你去瞧瞧？”

“80 吨天车又坏了？我记得上周刚修过啊。”古师傅习惯性地做出弯腰的动作，这时才发现自己根本没有带工具包。

赵心刚赶忙将自己的工具包递过去，逗笑道：“这才是我的厉害师父！”

“也就是你，要是别人，我才不去呢！”古师傅打个哈欠，又嘟嘟囔囔地骂了几句，才转身离去。

赵心刚深深地为王组长担忧，他看过设备组的排班计划，王组长没有休息过一天，几乎天天加班到深夜。如果设备组和机修的职工都和他一起加班，肯定可以完成在陆厂长面前立下的军令状。

赵心刚不知道自己是该喜还是该悲，古师傅是为了王组长拒收他才这么做的，都是为了给他出口气。但是，他隐约觉得王组长之所以拒收他，似乎也是为了他好。

他毕业于江工钢冶系，专业对口的部门的确是技术部，王组长所在的设备组如果接收他，他就无法去技术组实习。其实，他十分想去的部门也是技术组。如果猜测成立，那就意味着王组长用一己之力将他推进了技术组，如今又要承受陆厂长的批评和同事的为难与误会。

这让赵心刚很不安心，在他的心里，王组长始终是那个明事理、有爱心的王大哥！赵心刚琢磨着一定要找个适当的机会当面问清楚，也将过去的误会解开。找个什么机会呢？他一边走，一边想。

这时，远处拐角露出一个熟悉的人影，牛刚神秘兮兮地朝他招手：“赵心刚！”

赵心刚迟疑地走过去：“你怎么在这里？”

“我四处找不到你，一猜你准在这里和古师傅聊事儿呢。你还是看看这个吧。”牛刚递给他一摞厚厚的领料单。

赵心刚仔细核对了每张领料单上的炉料重量，满脸惊讶地问道：“这么多？”

牛刚点头：“是啊，这些单子是关云茂亲自送来的，他还要求我送料及时，尽早安排人加班。”

赵心刚挠挠头：“我参加了最后一个季度的生产会，咱们炼钢的前三个季度就已经完成了去年全年的销售额。最后一个季度入冬了，天气冷，设备损耗大，故障率高，而且又逢年底，大家都想过个平安年。刘厂长亲口说要减少生产量，做好设备的养护工作，确保明年的销售额。”他指向领料单上的数量一栏，“这怎么没减，反而增加了？还增加了这么多，先不说设备，就是炉前的职工也受不了！连续加班会累垮他们的！那可不是闹着玩的，弄不好，要出大事。”

“傻了吧？”牛刚弹了一下赵心刚的额头，“自从你成了技术员，不觉得炼钢变了吗？”

赵心刚望向炼钢车间的方向：“哪里变了？还不是每天炼钢、出钢、检修设备吗？”

“你啊，真是个木头人！”牛刚拽了一把墙角的狗尾巴草，狗尾巴草在空中左右摇晃。牛刚神色缥缈地说：“整个炼钢，整个江重，恐怕只有你在安心上班，其他人都在私底下活动呢。”

“活动？”

“哎呀，你没发现最近关云茂的心情特别好吗？总算有回报喽！”

“啥回报？厂长的工资也才比二级组长多几十块而已嘛。”

“那奖金呢？奖金多呀。赵心刚，你能不能别这么傻乎乎地干，关云茂这是利用你给他脸上描金边儿呢。”牛刚说着扔掉了手中的狗尾巴草，“今天哥们儿再给你上一课吧，你走到今天容易吗？从进厂到炉料实习一个人下现场自学，到偷偷拜师学艺，再到技术组第二次实习，直到现在才转正。你说，这一步步哪样不是凭借真本事搏来的？你心地善良，还不忘拉周学武一把，让周学武又活了一回，给炼钢找回一个好手。可是有人，一进厂就能有技术员的岗位，那就全凭领导们的一句话啊！人家一句话，就能决定一个人的命运！”

赵心刚摇头：“我不想走投机取巧的那条路！我有被选择的权利，也有选择的权利，我要走自己的路！”

“你的路？你脚下有路吗？你睁大眼睛看清楚，你的脚下只有大风大浪，没有路。再说，谁让你投机取巧了？我是让你看清眼下的形势。连你都说了，会上的减产变成了现在的增产，就照这些生产指标，炉长就是铁人也得累趴下。可是，为什么没人敢制止呢？”

“为什么？”

“这还不懂吗？这些天，炼钢表面上静悄悄，可是水底下热闹得很，每个人都在运作未来的前程。刘常忠月底就退了，陆有为立马就要上任，关云茂会顶替陆有为的位置。按照目前的形势，你和周学武都有机会做技术组的组长，周学武的机会更大一些，就看关云茂的意思了。关云茂加大产量，那就是陆有为的主意，他们想开门红。而刘常忠要求减量，我看也并非为明年的增产做准备，他是怕出事故，晚节不保。反正那些领导都是老江湖，都藏着各自的小九九儿。”

赵心刚不解，陆厂长和关组长为了开门红倒也罢了，刘厂长真的像牛刚说的那样吗？

“那王组长呢？”他担忧地问道。

牛刚摆手：“你和我开玩笑呢吧？他呀，刘常忠一退，他能保住设备组组长的位置就不错了，弄不好还得回机修当主任呢。听说他最近的日子不好过，谁让他不要你！哼，报应！”

赵心刚心情很低落，王组长到底是受了自己的牵连。他想为王组长辩驳几句，可是转头一想，这些毕竟是他自己的猜测，再说牛刚也是为他鸣不平，何必多费唇舌，只能暂时对不住王组长了。

他将领料单还给牛刚，淡定地说道：“炼钢分厂的人事变动还得江重总厂决定，或许会有意想不到的决定。”

牛刚满不在乎地摇头：“江重现在谁说了算，还不一定呢。杨书记抓经营，李厂长抓生产。其他分厂的活不多，全靠咱们炼钢分厂，他们自然都想炼钢的厂长是自己人了。”

赵心刚总算明白这些弯弯绕绕的门道儿，简单总结就是四个字——蝴蝶效应！炼钢分厂的人员变动直接影响到江重的最高领导班子，刘厂长看似无关大局的退休，却是江重重新布局的开始，所以，每个人都在留心事关自己利益的事情。

可是如果都将自己的利益高过江重的利益，那是一件多么可怕的事情！赵心刚耿直地摇头："不管谁来当领导，我只管干好自己的本职工作。"

"对，你赵心刚多牛啊，哎，我的名字应该给你！"牛刚朝赵心刚挤了挤眼。

赵心刚笑了，内心却一片寒凉，他想起昨天晚上，师兄李东星问的一句莫名其妙的话。

"炼钢是不是很热？"

他还一本正经地回答："不热，就是出钢的时候，粉尘太大。"

当时师兄笑了，没再说话，他还以为师兄是随口一问。想来他的意思和牛刚差不多，全厂人都在盯着炼钢分厂的岗位调整。

然而他又能做什么呢？牛刚说得对，周学武的机会都比他大。这样也好，至少周学武是个懂技术的大拿，技术组还是技术组原来的样子。

他和牛刚又闲聊几句，便回到自己的工作岗位。赵心刚迈着沉甸甸的脚步，心里说不出来地压抑。

他回到办公室，推开窗，秋日里弥足珍贵的阳光已经不在，石棉瓦的房顶褪去了金色的光芒，露出几分萧瑟。一阵冷飕飕的秋风吹过，让他感受到一股秋季的寒意。是啊，江北的秋天阳光再烈，也不过只有午后的两个小时。秋风起，寒意到，吹黄了树叶，也吹落满地的繁花，这都预示着寒冬快要来了……

## *20*

一场秋雨，一场寒。在一个阴暗的清晨，赵心刚耿直地指出盲目增加产量极有可能会引发事故，尤其是人为的安全事故。他大声说出："不能只抓产量，不顾安全！"

春风得意的陆有为用"消极"两个字批评了他，关云茂的反应更大，不但让他深刻反省，还让他认真写检查，检查写得不深刻就不许工作。

赵心刚一整天就窝在办公室写检查，下了班才知道明天就是刘厂长退休的日子。怪不得刘厂长都没有来参加早会，他去劳动局办理相关手续了。

淅淅沥沥的小雨下了一整夜，赵心刚和李东星刚睡着不久，赵心刚似乎在梦里听到放炮仗的声音，他仔细地竖起耳朵，只听到滴答的雨声和师兄轻微的鼾声。可能是幻听吧，赵心刚翻了个身，闭上了双眼。

然而就在此时，301 室的电话响了，李东星闭着眼睛摸起话筒，慵懒地问道："谁啊？"电话那头不知道说了什么，李东星一骨碌从床上蹦起来，脸色变得凝重："消息准确吗？有没有人员伤亡？通知厂办主要领导了吗？"

挂上电话，李东星旋即开始飞快地收拾自己准备出门，赵心刚见状也连忙起身，他直勾勾地盯着李东星，李东星来不及多解释，雷霆万钧地讲了四个字："炉子炸了！！"

炼钢车间里一片狼藉。蓄热室塌了，引发钢水外涌，烧穿了平炉水冷件，引起了漏水。一半钢水还在炉里，一半钢水流到事故坑，还有一部分飞溅的钢水引发了小火情，保卫组的人已经到了，正在忙着救火。大家都在手忙脚乱地抢救着现场，好在之前赵心刚带着同事们进行过几次应急预案的演习，所以场面基本上也能做到紧张有序。工人们在第一时间关闭了钢水熔穿漏水的水管阀门，保证了进一步的安全。赵心刚赶到之后，又确认了一遍阀门的确关闭之后，才喘了口气，稍稍放心。

钢水带个水字，但是高温液态的钢水与水却是水火不容。钢水的温度高达 1600 摄氏度，如果此时有水进入钢水里面，水会急剧汽化，形成高温高压的蒸汽，当压力达到一定程度，就会引起爆炸，液态的钢水炸得四处飞溅，那效果就像是做菜时在一锅烧热的油里突然加入几滴水。要知道钢水爆炸的威力可比热油锅大得多，那可是会出人命的。所以，炼钢的人都知道，钢水爆炸是非常重大的事故。

急救车已经将受伤的多名炉前职工拉走，李东星正在焦急地安排人手挨个去通知家属。

“有人员伤亡吗？”赵心刚痛心地问。

“九人受伤，其中一人是重伤，一个班的炉前职工啊。”李东星拿着受伤职工的名单，急得差点绊倒，幸亏赵心刚扶住他。

李东星痛心地锤打胸口：“这是突发的重大事故，惨痛的教训啊！”赵心刚僵硬地看着地上的血迹，心底似乎一下子被掏空了，原来他刚才没有幻听，炼钢真的“放炮”了。

按照相关应急流程，没有出差的厂办主要领导都要在一小时之内赶往事故发生的炼钢车间。很快，江重的主要领导和炼钢分厂的人就都到了。这是赵心刚第一次近距离看到师兄的父亲——身为总厂厂长的李肇业。他戴着一副金属框架的眼镜，标准的国字脸，穿着江重的棉服，浑身散发出从容不迫的儒雅书卷气。

他一来，就成了事故善后的总指挥，带领工人忙前忙后。和他一同来的杨仁义杨书记在听陆有为和关云茂的事故汇报。

这让赵心刚既欣慰，又担心，毕竟事故现场情况复杂，在事故原因调查清楚之前，或许还会出现二次事故。为了保证安全，他和几个赶来的炉前师傅小心地将半炉钢水倒入了钢渣包。处理好最大的麻烦之后，他跑到李肇业面前，再次提出安全警告。

李肇业看着他，又看了看崩塌的英雄炉，长叹一声：“时代变了！当初我们都是玩命干也要抢救损失。如今是以人为本，安全生产才是首要的。谢谢你，小赵。我只是，只是心疼英雄炉啊！”

赵心刚感同身受地应道：“李厂长，事故的原因还没有找到，这个班的炉前工人都受伤了，李主任已经带领技术组的周师傅和几位不当值的炉长去医院慰问伤员，了解现场情况了。”

“你觉得是什么原因呢？”李肇业的眉心深了几分。

赵心刚之前在炉前走了一圈，已经有了基本的判断，只是这关系到一个人的前途，他有些说不出口。

李肇业看出他的犹豫不决，问道：“怎么？工作了半年，就没有当初的勇气了？”

“不，我只是个人推测，并不能作为认定事故的发生原因。”

“大胆地说出来！”李肇业动了怒气，惊了正在小声讨论的杨仁义、陆有为和关云茂。

赵心刚知道，这句话是说给他们听的。他稳了稳心神，指向蓄热室，说道：“蓄热室的耐火砖都已经碎裂，很明显是高温引起的，正常蓄热室有换向装置，通过来回换向冷空气将蓄热室蓄积的热量带走，蓄热室不应该有这么高的温度。英雄炉最近的运行非常稳定，蓄热室的换向装置运行也相对正常，那些日常的维修和养护都是小问题，根本不会影响蓄热室。我刚看了炉前操作台，蓄热室的换向旋钮打在手动上，正常应该打在自动上。”

赵心刚的话刚说完，头上缠着绷带的宋炉长在李东星的搀扶下走进来，他痛苦地跪在地上，抓了一把染着鲜血的灰土，开口就是悲切的哭腔：“我是罪人啊，我是罪人啊！”

李东星解释道：“师弟说得没错。宋炉长因为精神疲劳，一时迷糊，把换向旋钮打到手动上了，还没有及时发现，结果就……”

宋炉长已经痛苦地瘫坐在地上。陆有为火冒三丈地走过来，狠狠地戳着他的脊梁骨：“老鳖犊子，你什么时候迷糊不行，非得在当班的时候迷糊！现在好了，蓄热室崩了，炉子炸了，炼钢上下，全他妈的玩儿完了……”

宋炉长放声痛哭，李肇业痛惜地摇了摇头，昔日的工友或是同情或是愤怒或是复杂或是伤感地盯着哭泣的宋炉长和怒气冲天的陆厂长，谁也不敢靠前。

赵心刚最看不惯陆厂长盛气凌人的样子，他勇敢地站出来，拦住陆有为挥向宋炉长的手臂。

“请陆厂长住手！”

狼藉的车间瞬间变得安静，宋炉长也停止了哭泣，紧张的空气冷却到顶点。

随后，赵心刚发出进入江重以来的第一次怒吼：“宋炉长的确有错，但是也不能全怪他！第四季度的生产任务实在是太重了，比从前足足多出 5000 吨，炉前的师傅们都是黑夜白天连轴干，机器受得了，人可受不了啊！宋炉长都连着上三个班了！我昨天在早会上提过这个问题，你们都说我消极怠工，现在出事了，怪起宋炉长了。你们看，他也受伤了，他比我们在场的任何人都后悔，都难过，但事故已经出了，还想把他逼死吗？”

或许赵心刚的话句句说在了宋炉长的心坎上，他将受伤的头卑微地埋在怀里，又开始呜呜痛哭。

陆厂长的脸色阴得厉害，他咬牙切齿地指向赵心刚。赵心刚丝毫没有害怕，反而硬气地迎了上去，毫不畏缩地说：“如果为了个人的功绩就不在乎安全，那对得起江重上万名的职工吗？”

陆有为的手臂无力地垂下，仿佛一下子苍老了十几岁，他低沉地为自己争辩道：“我也是为了江重职工能过个富裕的新年啊。”

赵心刚听不懂他的话，神色凝重的李肇业偷偷瞄了杨仁义一眼。

杨仁义一声不吭地走了过去，亲手将宋炉长搀扶起来，他唤来李东星，示意他带宋炉长去医院做进一步的检查治疗。宋炉长含着热泪朝英雄炉的方向鞠了个躬，痛苦地离开了。赵心刚盯着那落寞的背影，心底翻滚着沉重的巨浪。

这时，李肇业看向一言不发的杨仁义：“老杨，你看这次重大事故怎么处理？”

杨仁义低头想了想，问向身边的关云茂：“都第四季度了，炼钢的生产任务真的这么重吗？”

关云茂胆怯地瞄了陆有为一眼，支支吾吾地应道："这都是为了，为了……"

"为了新官上任三把火！"头发斑白的刘常忠也站了出来，他气愤地说道，"今天是我在江重上班的最后一天，我整晚都没有睡觉。怕什么，就来什么。你们加班加点地大干，不就是为了冲功绩，面子上好看吗？别拿过新年当借口，哪年过年，江重的职工不都是分那老三样吗？你们这把火烧得太急了，我还没退休呢！"

"爸！"一身疲惫的王连成拦下他，"那些老职工在退休前的两个月都不上班了，您何必来操心挨累呢！"

"你不累吗？"刘常忠心疼地看着日渐消瘦的女婿，"你都快两个月没休息了，怎么干，人家都不满意，你还干什么？不如和我一起回家带小宇写作业呢。"

王连成表情尴尬："爸，我还撑得住，没事。您啊，工作了一辈子，就别操心了。"

刘常忠失落地盯着残缺的英雄炉，浑浊的眼中泛起氤氲的泪花："是啊，听了一辈子的轰隆声，这要走了，还怪想的。"他转过身，悄悄擦去两行热泪。

待他转回身来，已经是一副威严冷酷的神色："他们都说我是个说话不算的一把手，今天我就要当回真正的一把手。"他狠狠地瞪向陆有为和关云茂，"这次蓄热室坍塌的重大事故，事故原因清晰，事故责任人明确。主要是因为陆有为一心追求产量，进而产生的一系列不可调和的重大安全隐患，关云茂不听从下属的意见，盲目追随，没有起到督促的作用。要严办，才能给受伤的职工和江重一个交代。我是炼钢的责任人，也负有责任，不过，在算我的责任之前，我要以炼钢厂长的名义处理下属。陆有为停职查办，炼钢是不能留了，具体的去处，还是让总厂领导费心吧。关云茂降为技术组副组长，至于事故直接责任人——宋炉长，扣除半年的奖金，在今后的工资里扣，炉前是不能待了，去仓储当个保管员吧。"

刘常忠话音刚落，陆有为的脸色变得铁青：“老刘，你已经退休了，还有什么资格干涉厂里的人事变动？”

刘常忠转向杨仁义和李肇业，神色一凛，厉声说道：“那要问问两位领导的意思了！”

李肇业紧皱着眉头，没有言语。杨仁义的眼底仿佛裹着一粒冰冷的钢渣子，扎得他双眼赤红。他深知这场重大事故势必要上报市里。

杨仁义习惯地背起双手，端起官架子：“老刘在江重干了一辈子，咱们江重哪能这么无情？老刘刚才处理得很好，就按照他说的办吧。至于老陆……他贸然地提高产量，除了有点私心之外，也是为了江重。目前江重各个分厂的效益都不太好，都等着炼钢分口饭吃呢，这马上就要过新年了，他也是用心良苦。你们不当家，不知油米贵啊！这样吧，多种经营处的老魏正在办理病退，老陆去多种经营处吧，那里大事少，小事不断，正好可以磨磨性子，深刻反省。”

他一边说，还不忘征求李肇业的意见：“老李，你觉得呢？”

李肇业眯起双眼，整张脸变得阴柔沉重。他岂能不懂老杨的心思，多种经营处隶属总厂，虽然没有分厂厂长的权力，却是个富得流油的肥缺儿。之前的处长魏建国根本没有生病办理病退，而是涉嫌挪用公款，正在协助审查。在这个节骨眼儿上以病退的名义停魏建国的职，再将老陆调过去，显然他要弃一个魏建国，保一个陆有为。那也就意味着魏建国将来的命运……

李肇业抖了抖眉毛，江重这些年风平浪静，主要归功于平衡两个字，但这份平衡还能坚持多久？他感到些许的力不从心，但又自觉眼下平稳运营才是江重的首要任务。于是他从善如流地应道：“老陆点子多，路子广，在多种经营处必定大有作为，我没有意见！”

“好！”杨仁义习惯性地举起手臂，“那就这么定了。天快亮了，通知相关人员开个会，做一份事故处理报告，我和老李去市里汇报。”

李肇业摇头：“去市里汇报我就不去了，等开完会，我去医院探望伤员。”

杨仁义顿了一下：“也好，我们分别行动，你去慰问，我去接受批评！”李肇业目光一闪，到底是批评，还是告状，哪能是三言两语说得清楚的？恐怕背后还有故事。

忽然，李肇业迎来一束灼热的目光，他深切地感受到目光里的那份质疑。他不用抬头确认就知道是赵心刚，放眼整个江重，谁敢这样质疑领导？

他是对自己失望吗？李肇业威严地站直了身体，收回所有的情感，又做回外表冷漠的厂长。他私底下和杨仁义碰了几件小事儿，统一了彼此的意见，便不再说话。

最后，杨仁义流利地发表了一通狠狠的批评和鼓舞士气的演说，在赵心刚看来就是大棒加面包的套路，他无心听那些空洞的说辞，他只在乎炼钢今后的命运。杨仁义在连说了三次注意安全的言语之后，便和陆有为一同走了。陆有为显然对自己的新职位很满意，临走前，他还不忘得意地瞪了赵心刚一眼。而赵心刚一直在盯着被降职的关云茂，关云茂正孤独地站在阴暗的角落，悲伤地低着头。

此时，天已经亮了，清晨的第一缕阳光透过稀疏的房顶照射进来，给压抑的炼钢车间带来新的希望，刘常忠和王连成一直在负责现场的抢险工作，工人师傅们开始忙碌地清理现场。

赵心刚和李肇业站在钢渣包前，火红的钢水逐渐褪去华丽的色彩。

李肇业皱眉问道：“小赵，这场戏好看吗？”

赵心刚心痛地看着地上凝固的血，一股无处诉说的力量涌上心头：“代价实在是太大了！”

李肇业苦涩地摇头：“谁也不希望出事，出了事，没有赢家！”

赵心刚抚摸着跃动的胸口，记忆深处闪过一张张质朴的笑脸，这就是自己一心追逐的梦想吗？他为之努力了那么多年的梦想，如此高尚伟岸、光鲜照人的背后却是如此不堪和无奈。他忽然意识到自己的境遇比袁大为更糟糕，那此刻，自己又为了什么而活呢？

赵心刚反复摩挲着工作服上那两个滚烫的字——江重！江重！！江重！！！

“李厂长……”赵心刚看着那挺拔的背影，大声地喊出，“我相信，江重的明天会更好！”

李肇业放缓脚步，单薄的后背颤了一下，他没有回头，也没有回答。在那一缕缕光线折射出的幻景里，他仿佛看到年轻时的自己，他站在同样的位置，亲手剪下那根寄托无数美好心愿的红绸带。他用力挥舞着红绸带，大声地喊出：“我相信，江重的明天会更好！”

“江重的明天会更好！”他在心底默默重复着这句话，缓缓地走出赵心刚的视线……

## 21

突如其来的事故打破了江重的秩序，打乱了某些人的计划，到底成全了谁？坏了谁的事？已经无法用简单的“得失”两个字来衡量。

厂报用整个版面全厂通报事故的原因、责任人和事故的善后、处理方案。一切都按照之前的约定，陆厂长变成陆处长，关云茂变成关副组长，唯一让人意外的是刘常忠竟然主动提出承担连带责任，在退休的档案上将自己撤职为副厂长，一切退休待遇都降了一个档次。

刘常忠深明大义的做法让那些曾经嘲笑他、揶揄他的一线工人都闭了嘴，厂内的风向转变了，工人们纷纷竖起大拇指称赞刘常忠是个好领导、纯爷们儿，王连成在炼钢分厂也得到了应有的尊重和理解。

最可怜的要数关云茂，他苦熬十多年，本以为这次终于能够苦尽甘来坐上副厂长的位置，谁知道杨仁义只保了陆有为，根本无暇顾及他，他只能自认倒霉地窝在技术组。

不过，这还不是最坏的时刻。经江重班子会上讨论决定，由李肇业兼任分厂的厂长，锻造厂的马胜利调到炼钢分厂接替陆有为的位置，主持炼钢分厂的日常工作。关云茂的心彻底凉透了，赵心刚还想安慰他几句，却被周学武制止了，然而周学武却没有解释为什么要制止他。

赵心刚去炉料车间送领料单的时候，才从牛刚口中得知详情。原来，新来的马胜利是李肇业亲自招进厂的，也是第一个以研究生身份进入江重工作的职工。当初马胜利和关云茂同在技术组，后来陆有为一手提拔关云茂，使手段挤走了马胜利，马胜利便调到和炼钢差一个级别的锻造分厂工作。这些年，他凭借出色的专业知识和李肇业的青睐，当上锻造的一把手。

牛刚微笑着说道："马胜利总是后知后觉，大家私底下都叫他马后炮儿。这回啊，马后炮儿杀了一个漂亮的回马枪，又回来了，关云茂哪能坐得住啊？"

赵心刚仔细思考着每个人背后复杂的关系，中肯地说道："就自身的技术而言，关组长的理论知识非常扎实，只是他总不愿去生产的第一线，所以没有做到理论结合实际。不过，他还是有资格、有能力负责技术组的。"

"打住啊，打住，你忘了他之前怎么为难你了？这都是他咎由自取。"牛刚兴奋地朝他吹了个口哨，"哎，你的霉运走到头了，好机会来了。你没觉得最近周围的同事都对你特别热情，都在巴结你吗？"

好机会？赵心刚苦笑，昨晚在宿舍，师兄也让他做好准备，好机会要来了。

"我到厂还不到一年，就是个小小的技术员！"

“不到一年怎么了？你这工作成绩是有目共睹的。”牛刚扳起手指头，“我跟你数数……”

赵心刚打落牛刚的手臂：“行了，过去的都过去了，咱们还要往前看。我们每个人都做努力的螺丝钉，江重才会更好！”

牛刚骄傲地端起陈旧的搪瓷杯，指着上面醒目的红字：“好嘞，咱们争取一起当厂劳模！”

赵心刚舒心地笑了，炉料车间永远都是自己最放松的地方。在他眼里，窗外堆积如山的铁山是世上最美丽的风景。在他耳朵里，大车师傅下坠电磁盘叮当的金属撞击声是世间最动听的音乐。还有牛刚，这个处处关心他，特别讲义气的好哥们儿。想到这些，他觉得有种深深的归属感从心底悠然升起。

没几天，赵心刚的好机会真的来了。马胜利到炼钢分厂走马上任的第一天就提出要亲自整顿技术组，由他自己兼任技术组组长，他还从锻造分厂带来一名叫王泽的技术员，让他接替赵心刚的工作。之后，他宣布了赵心刚的新职位——机修车间副主任。赵心刚成了江重继李东星之后第二个还不到三十岁的年轻主任。

那天，江北迎来了第一场初雪，纷飞的雪花静悄悄地落下，将混沌的工厂洗得干干净净。赵心刚站在新办公室的窗前凝望着外面的世界，他早已褪去校园里的青涩，坚毅的脸颊上充满了自信和对未来的遐想。他始终相信，他的明天会更好，炼钢的明天会更好，江重的明天也会更好！

赵心刚用力地推开窗，冰冷的寒风夹杂着细密的雪花扑面而来。

“起航吧……”

第七章
Chapter 07

# 小目标里的星辰大海

## 22

江北的天气越来越冷，赵心刚的心头却有点上火。他所在的机修车间是炼钢分厂人数最多的车间之一，其下有电工班、钳工班、管工班、电气焊班和机加班，加起来有七十多号人，负责全厂所有设备和各种动力管线的维修、保养、安装、改造等工作，也是辅助车间中最重要的一个车间。机修的工人们个个都有一技之长，做起维修工作都是能手，他们都被称为师傅。正是有了他们，英雄炉和整个炼钢分厂每天才能正常运转。

机修车间的老主任快退休了，身边的几个维修骨干或多或少都受到了陆有为的牵连，大家都对空降而来的赵心刚很不服气，再加上赵心刚年纪小，厂龄短，所以一些老师傅有时还故意出难题考验他。因为不熟悉设备的运作，赵心刚一开始还真有点招架不住，憋一肚子火。

幸亏赵心刚基础知识扎实，脑子聪明灵活，学习能力也强，不仅有整理炼钢分厂所有管线和设备的经验，还跟着古师傅学了不少现场维修的技艺，所以没过多久他就摸清了门路。设备保修的时候，他琢磨琢磨就能找出故障点，给出最合理的维修方案。而且，王连成借给他的那几本机修工作记录也在关键时刻派上了用场，他接着最后一页，又开始记录他自己这新一代的机修工作记录。

后来，那些耍滑头的老师傅们发现赵心刚是扮猪吃老虎，他们根本难不倒他，几个回合下来，他们都老老实实地叫赵心刚一声“小赵主任”。

赵心刚还是蛮喜欢这个贴切的称谓，尽管他从来没有把自己当成过主任。他来机修车间的第一天就为自己定下两个小目标，第一个小目标是努力学习，尽快熟练地掌握一门工种，能够独立地展开维修工作，补足自己实操的短板。第二个小目标是要针对所有设备做一套翔实系统的设备资料档案，以方便今后的维修工作。

他要在这两个小目标里找到属于自己的星辰大海！

自从调入机修车间，赵心刚几乎每天都和王连成见面，他每天都要单独和王连成汇报维修计划和方案，王连成对他不冷不热，不近不远，二人的关系似乎得到了些许的缓解。

最让赵心刚感动的是，王连成像学校里的老师一样，以他太年轻就出任机修副主任为由，天天给他留作业。近些天的作业几乎都跟电气有关，为了完成作业，赵心刚每天都跟在电工师傅身后辗转在各个电控柜之间。赵心刚知道王大哥在考验自己，他要做一个经受住考验的好学生！

这天的午休，吃过午饭的师傅们都在高声谈论奥运会，穿着一身油污工作服的赵心刚坐在办公室里看电路图。通过这些天对电气知识的系统学习，让他对设备有了重新的认识，尤其对神奇的电力更是充满敬畏，他意识到电的重要性，激发了无限的学习欲望。

赵心刚正忙着画电路图，私底下关系最好的钳工老卢送来了今天的报纸和覃天的来信。赵心刚已经很久没有收到表哥的信了，不知道表哥过得怎么样，他匆忙地撕开信封，展开信纸。

覃天在信上解释近来没有写信的原因。原来，他上次接到赵心刚的来信之后，深刻地剖析了自己的内心和梦想，意识到只有像赵心刚那样努力学习才能改变命运，所以他选择了上学。可是他底子太差，怕赵心刚笑话，没敢说出学校的名称和地址，只含糊地说是一家地方创办的职业技术学校，来上学就是为了学一门手艺。

覃天的志向很远大，他没有学习入门较浅的普通行业，而是选择最难的电气仪表专业。经过大半年的专业学习，他已经掌握实用的基础知识，如今也面临毕业找工作的难题。学校已经将他推荐到一家村办企业的电气仪表厂上班，他私底下打听过这家电气仪表厂的情况，据说是订单式的生产模式，主要针对国内的各大电厂。不过，毕业工作是大事，家里也为他联系了一家国有企业的设备维修工作，工资待遇虽然不高，却相对稳定。为此，他很纠结，不知道该如何选择。

赵心刚看完信，情不自禁地笑了，没想到他和表哥走上了同一条路。他从字里行间猜出了表哥的选择，表哥还是比较倾向于去村办的电气仪表厂上班。

表哥觉得自己的性格外向，不喜欢受拘束，或许将来有机会，他还想尝试跑销售，等积累了经验，就像大表哥那样自己做生意。可是家人都希望他能够去国有企业工作，毕竟在南方抱铁饭碗的机会还是很难得的。

表哥不忍心辜负家人的一番苦心，毕业的日子马上就要到了，他实在憋不住内心的郁结，才给赵心刚写了这封信。赵心刚仔细梳理了表哥面临的困境，表哥和他的个性刚好相反，表哥是个闲不住的人，从小就跟着姨妈出摊儿做小生意，特别机灵，倒是和小百货铺的佟老板有几分相像。这类人根本不会在国有企业安心工作，只有跳出去才能寻找到属于自己的天地，实现人生价值。

而自己恰恰相反，他不善言辞，喜欢安静，喜欢享受孤独，更愿意一个人啃书本上的知识。江工的宁教授说过，他这样的人最适合在大学搞学术研究。可是，为了心中的执念，他义无反顾地选择了江重。事实证明，他在某种程度上的确也适合江重，除了他那耿直的性格。

不过，他如果不留在江重，也只能选择南下，毕竟在遍布大型国企的东北，不在国企上班，根本没有其他更好的选择。而表哥就不同了，这些年在改革春风的吹拂下，表哥所在的深圳遍布了各种中小企业。如今，表哥面前的选择和机会至少是他的一百倍，甚至是一千倍、一万倍。而且，就企业的灵活性而言，小企业自然比大型国企管理灵活，不会有大型国企那些条条框框的束缚，似乎更适合表哥的个性和以后的发展。

这些都是内部环境，那外部环境怎么样？电气仪表的发展前景又如何呢？赵心刚将目光转移到今天的报纸上，一则关于国内首座超临界电厂投产的新闻引起他的注意。

这些天他每天学习电气知识，也查阅了许多国内外有关电的资料，包括电学的发展历史、电的应用、发电与输配电、电工技术等等，所以也了解一些关于发电的知识。简单来说：超临界压力的火力发电厂主要是指锅炉内工质——水的压力。当炉内工质的压力低于水的临界参数就叫亚临界锅炉，大于水的临界参数就属于超临界锅炉。

超临界压力机组的热耗和煤耗都要比亚临界压力机组低，属于更节能的新一代压力机组。早在二十世纪五六十年代，德国和美国就先后研发出超临界压力机组，并投产使用。目前美国已经出现了更先进的超超临界压力机组。

按照国外高速发展经济的经验，电力是最为关键的基础能耗。目前国内的总发电量和发达国家还有很大的差距，可是从中央坚持改革开放的决心和国内各行各业的发展速度来看，在未来的几十年里国家会继续加大发电基础设施的建设，也就是说会建更多、更大的电厂。

赵心刚坚信在华夏大地上很快会出现第二座、第三座、第四座超临界电厂，不久的将来，还会出现超超临界电厂，甚至会出现电力行业桂冠上的明珠——核电厂，到那时候，我国肯定会成为世界上发电量最多的国家之一，国内的经济也会进入迅猛的发展阶段，迎来一个崭新的时代！

表哥在信上说，那家电气仪表厂的客户主要是国内各大电厂，那他一定会大有所为的。赵心刚越想心情越澎湃，他顾不上去食堂吃饭，直接给表哥写了封激情洋溢的回信。

远在南方的覃天接到赵心刚的回信很高兴，更加坚定自己的选择。他不顾家人的反对直接在学校的推荐下去了电气仪表厂上班，成为一名指挥工人组装各种仪表的技术员。他非常感谢赵心刚能够支持自己的选择，让他看清自己脚下的路。

接下来的日子里，二人互相鼓励、打气，分享工作中的喜悦和烦恼，还互通有无地交换对各种电气知识的心得，当然，也互相帮助对方解决难题。

最近这段时间，覃天就帮助赵心刚解决了大难题。赵心刚定下的第二个小目标是建立所有设备的系统档案。可是炼钢车间的环境太差，设备参差不齐，有的设备连铭牌上的字迹都看不清，就更别提技术资料了，所以在建立设备档案的过程中遇到很大的障碍。而覃天在电气仪表厂上班，他所在企业的附近还有很多类似的生产企业，只要不涉及保密的技术资料都可以拿到。而且他还利用地利的优势，通过香港的大表哥范宏，为赵心刚找到很多进口设备的技术资料和使用手册。

一来二去，表兄弟二人形成了默契，赵心刚每半月都会将需要的一批资料清单邮寄给覃天，覃天每半月会邮寄出上一批找来的技术资料，然后再去寻找下一批。

赵心刚收到技术资料之后，整理入库。他还将进口技术资料翻译成中文版本，并形成实用性很强的使用手册，让维修工作变得程序化、标准化，极大地提高了工作效率。

这些都归功于赵心刚的勤奋和努力，还有他的好习惯。他习惯做任何事情都制定小目标，然后就变成一只勤奋的小蚂蚁，一步步地实现小目标，完成量的任务，在不知不觉中实现质的飞跃。

临近元旦新年，赵心刚顺利地通过电工考试，取得上岗证，完全可以独立维修电气设备，而且他为设备部重新建立身份档案的工作也完成大半。在机修车间，没人再敢戏弄他，大家都主动地撤去“小”字，心服口服地叫他一声“赵主任”。为此，赵心刚颇感欣慰，督促自己更努力地工作。每天，宿舍、食堂、炼钢分厂三点一线，所有的时间都排得满满当当，他过得非常充实。

## 23

一天傍晚，天阴沉沉的，忙碌的赵心刚回到宿舍，坐在小书桌前一边啃包子，一边翻译进口设备的使用手册。

前几天，他接到大伯赵光亚打来的电话，大伯为他争取到去海钢二期参加培训的好机会，为期两个月，跨越农历春节。这段时间是东北最冷的时候，各个工厂的生产计划都不多，正好可以参加培训。

海钢二期是改革开放以来国内投入最大的钢铁行业项目之一，引进了百分之四十的进口设备，代表国内钢铁行业最先进的水平，在国际竞争力上也占有绝对的优势。海钢二期在第二季度正式投产，新设备开拔运行。在这个时间点能去参加培训，学习先进的设备、工艺以及管理经验，确实是个非常难得的机会。

为了能够参加培训，赵心刚天天加班到深夜，他整理了近两个月来所有的维修计划和手上的工作，准备在年底前完成紧急的维修任务，这样才能安心地参加海钢二期的培训。

赵心刚狼吞虎咽地吃下最后一口包子，准备熬个通宵也要翻译完这本设备使用手册。

这时，师兄李东星脸色深沉地回来了，他看到赵心刚又在埋头苦读，紧皱着眉头，苦笑地说道：“看来，你才是江重最忙的主任啊。”

赵心刚笑而不语，其实，他特别感激师兄。虽然他拒绝了师兄小团体的邀约，可是依然受到了师兄的照拂，正是因为背靠师兄这棵大树，他才能从事自己喜欢的工作。只是，师兄的日子似乎不太好过。外面都在乱传师兄要被调去设计院做院长助理，被杨书记拦下了，弄得师兄的处境很尴尬。

赵心刚了解师兄，他的理论知识非常扎实，能够轻松背出关于钢铁冶炼的长篇大论，但是他一毕业就进入江重设计院工作，不久，便调入总厂任办公室主任。他没有下过现场，缺乏炉前工作的经验，可以说他是一个被耽误的高级技术人才，想必杨书记迟迟不同意让他去做设计院院长助理，也是拿准了他的软肋。

可是，如今师兄已经站在高位，怎么可能像他一样整天灰头土脸地下现场呢？他怎么做才能帮到师兄呢？

赵心刚忽然想到去海钢二期培训的机会，如果将名额让给师兄，师兄就可以在国内最大、最先进的炼钢车间学习，不仅补足了师兄没有现场经验的短板，同时也可以绕开很多尴尬的问题和不必要的麻烦。最重要的是，从海钢二期培训归来，对于行业领先技术这块，师兄将是整个江重最有发言权的！那杨书记还有什么理由不让他去设计院做院长助理呢？

赵心刚丝毫没有考虑得失问题，在他心里，师兄比自己更适合去海钢二期参加培训。

“师兄！”赵心刚端起保暖瓶为李东星倒了一杯热水。李东星好久没有听到赵心刚唤自己这么亲近的称呼了，仿佛又回到江工的大学宿舍，他浑身放松地坐在床上，盯着赵心刚凌乱的书桌。

“师弟，你知道吗？我真的很羡慕你。”

“羡慕我什么？你不是说过吗，每个人都有自己的围城。”赵心刚在思考另一个问题，如何摘清名额和大伯的关系，他还不想让人知道自己有个身居高位的亲大伯，更怕引来可怕的“蝴蝶效应”。

“是啊，都有属于自己的围城！哎，师弟，我其实更喜欢这本书！”李东星倾斜着身子从自己的书架上抽出一本厚厚的书，扔到赵心刚的怀里。

赵心刚低头一看，是路遥的《平凡的世界》。前几天，各大报纸的版面都用极为沉重的字眼报道了路遥去世的新闻，这位耗尽最后一丝气力的作家带着他的笔去书写另外的世界了。赵心刚一遍又一遍地抚摸着封面上的字。

李东星盯着他：“师弟，你不觉得你和书中的主人公很像吗？看似卑微的躯壳里住着一个精神充盈的灵魂，越是艰苦的环境，越是乐观，越是努力。你们都拥有保尔·柯察金那般的工作热情和意志，从不在乎个人得失，义无反顾地做着认为值得的事情。这些事情，说起来容易，能够当成信念真的很难啊。师弟，说真的，我真很羡慕你！”

赵心刚小心翼翼地翻开书，里面夹着一个书签，还有不少的折页。或许每个孤独而迷茫的夜里，师兄就是捧着这本书来填补内心的空虚和远去的梦想。他将沉甸甸的书放回到李东星的书桌上。

“师兄，我哪有你说得那么好，只是多些热爱罢了，或许是你厌倦了厂办的工作。”

“是啊，人人都羡慕厂办的工作，争破脑袋想来厂办。可是你知道吗，办公室面对的那帮人，他们……”李东星情绪激动地欲言又止，高举的手臂无奈地垂落，“唉，我到现在才明白，最好的工作就是像你一样跟不会说话的设备打交道，设备最真实，不说谎，坏了就罢工，好了就工作。最坏的工作就是跟人打交道，说的和做的永远不一样！”

赵心刚努力地凑过去：“师兄，我听说一个机会，不如你去试试？”他试探地说出去海钢二期参加培训的事情，他省略了大伯，只说是去省设计院找资料时，看到报名单，便要了一份。

赵心刚从抽屉里拿出报名单和相关文件，递给李东星。李东星迟疑地接过文件，瞄了一眼，紧皱的眉头松了几分。

“海钢二期？”

“对！”

李东星迫不及待地看起文件的内容，他当然知道去海钢二期培训的好处。“好，太好了。”李东星仿佛找到了释放压力的出口，兴高采烈地站起来，可是他似乎想到了什么，随即郑重地看向赵心刚，“师弟，你不想去吗？”

“机会很多，不急这一次！”赵心刚真诚地应道。

李东星笑了，他拽下挂在衣架上的棉服：“师弟，谢谢你，我今晚不回来住了，我要回家和父亲商量一下！”

“嗯，注意安全！”赵心刚贴心地递过手电筒，李东星兴奋地走出了 301 室。

听着渐渐远去的脚步声，赵心刚在空荡荡的宿舍内徘徊许久。在终于想好了解释的话语之后，他拿起电话，拨通大伯家的号码……

次日，江北迎来入冬以来最大的一场雪。赵心刚一夜未睡，他担心炼钢厂房脆弱的石棉瓦承受不住积雪的重压发生坍塌，便跟着夜班的机修师傅一起下了现场。

事实证明他的担忧是多余的，王连成早在秋季的设备设施养护会上特意提出石棉瓦的加固问题，并且外包给专业的工程队早就完成了加固，如今的炼钢厂房棚顶已经不那么脆弱了。

经过炉前工人一整夜的忙碌，终于迎来出钢的激动时刻，周围弥漫着淡红色的烟雾，高涨的热量温暖着赵心刚的双眼。他站在偏僻的角落，看着坚固的顶棚和捆绑着草绳或是棉布的管道，似乎看到王连成带领着工人师傅们挥汗如雨地干活的情景。

人人都说他是炼钢分厂的技术骨干，人人都夸他年轻有为，还有人提出他是炼钢分厂的先进典型，要将今年先进生产者的荣誉颁给他。牛刚更是将他捧上天，逢人就夸他如何优秀。

他虽然不喜欢这些表面上的荣誉，内心还是有一分小小的感动和喜悦，毕竟这是自己用真本事博来的。

可是，此时此刻，他站在忙碌的炼钢车间，看着忙忙碌碌的身影、有条不紊运转的设备和英雄炉内翻滚的火红钢水，他感觉自己是那般渺小。

他的面前是一群每天一有空闲就在冷却循环水池前捞鱼逗乐子，工作起来却不怕脏、不怕累又拼命的人；是一群每天抱怨领导给的任务太多，私底下却铆足干劲、争当劳模的人；是一群外冷内热、甘愿奉献、默默无闻的人；也是一群时常数落江重的不是，却在外面努力维护江重形象的人！

他们是普通的一线职工、工人师傅、光荣的劳动者，他们拥有同一个名字——大国工匠！

他们凝聚在一起，会产生足以撼动泰山的力量，那是工人的力量！集体的力量！国家基石的力量！

在他们的无私奉献面前，他哪里有骄傲的资格？赵心刚干练地拎起工具包，跟在一位老师傅的身后，也融入那股燃烧的力量之中！

## 24

快过新年了，赵心刚利用周末的休息时间抽空去了趟邮局，他按照抄来的地址为希望工程捐了款，又去新华书店买了新到的技术书籍和《平凡的世界》，他觉得每个中国人都应该认真地读读这本书。

本来他还想给自己买些实用的工具，左思右想之后，还是放弃了。最近的各大报纸都在报道教育改革，以后上大学不但要交学费，还可能要自主求业，这将会是教育史上一场彻底的改革。是利，还是弊，都要交给时间来检验。赵心刚认真估算了时间，或许妹妹将是教育改革后的第一批大学生，他要提前做好准备，为妹妹攒够学费。

妹妹正在老家读高中，她在信上说自从母亲过世，父亲一直一个人生活，将来介绍对象的媒婆都赶了出去。对于父亲的做法，赵心刚颇为惊讶，他和父亲的关系很微妙，自从母亲过世，父子俩有说不出的隔阂。时间过得真快，转眼他已经快一年没有回老家了。

赵心刚从小百货铺的佟老板那儿订了一副老花镜和一些江北的特产，他想利用元旦的探亲假回老家探望父亲。

当赵心刚背着大包小包下车时，他一眼就看到穿着羊皮袄的父亲孤独地站在白茫茫的路边等他，父亲的鼻尖冻得红红的，苍老的额头布满了细密的皱纹。

“爸……”赵心刚心疼地唤了一声。

父亲赵复亚一声不吭地接过赵心刚肩膀上的行李，父子俩一前一后地走在无人的乡间小路上，厚厚的雪地上留下一串深浅不一的脚印。

回到家，父子二人几乎还是零交流，赵心刚却意外地吃到了最爱吃的黏豆包和酸菜炖猪大骨。父亲将火炕烧得滚烫，赵心刚只睡一晚就上火了，父亲又为他端来一杯“苦姑娘”泡的水，他闷头喝了一大口，苦涩的味道冲烫在火辣辣的嗓子眼儿，呛得他差点流出眼泪，父亲却莫名地笑了，赵心刚也笑了。这样的日子过了三天，赵心刚的假期结束了。

父亲送他到车站，当他踏上长途汽车时，父亲颤抖地开阖着干涸的唇，似乎想说些什么，却没有说出口，他努力地塞给赵心刚一封信，倔强地转身离去。

坐在长途汽车上的赵心刚透过抖动的玻璃窗遥望着父亲伶仃的

背影，鼻间一酸，温热的泪涌出眼眶，他意识到父亲已经老了。

赵心刚打开父亲的信。父亲在乡中学当了一辈子的物理老师，字迹是那么工整。父亲在信上写了很多对逝去往事的追忆，每个字里都饱含着对母亲的歉意和对命运的不满，他让赵心刚引以为戒，认清脚下的路，不能走他的老路。这让赵心刚很困惑，父亲当年经历了什么，会如此沉沦、失意了一辈子？可惜父亲没有在信里多做解释。

不过，更让赵心刚惊讶的是，父亲在信的结尾竟然放弃了坚守多年的倔强，让他多和大伯联系，遇到不懂的事情，就去请教大伯，找大伯商量。这是父亲有生以来第一次承认哥哥比自己强。无情的岁月砍去了父亲年轻时的锋利和不将就的棱角，或许他真的看开了。

父亲还在信的最后写下一串北京的地址和电话，赵心刚记得这是黄伯伯家的联系方式。黄叔叔是父亲的老大哥，早年和父亲同在学校教书，后来黄伯伯回了北京，时常给父亲写信，父亲却很少回信。现在父亲是什么意思？是让他和黄伯伯多联系吗？父亲是在担心自己吗？

赵心刚心生感慨地收好信，又想起那句拷问内心的话：此刻，你为了什么而活？他抚摸着左胸口，上班穿工作服的时候，那个位置印着江重两个字。今天他没有穿工作服，但那两个字仿佛已经印在身体里，他坚毅的脸颊露出充满希望的笑容……

赵心刚回到江重，在厂办的宣传栏里看到一则耐人寻味的人事变动公告，厂办的办公室主任李东星去海钢二期参加培训，为期两个月，杨书记亲自批了同意的条子，新来的代办公室主任叫张磊，接管了李东星所有的工作，已经走马上任。

张磊也是江重年轻职工中的佼佼者，他还有另外一个人尽皆知的身份——杨书记的同乡。所以李东星的走和张磊的来，让江重的空气中充满了八卦的气息。

职工们之间传递着数不清的小道消息和各种版本的猜测，他们都认为李东星是被挤走的。没人知道内在详情，更没人在意从海钢二期培训归来的分量。他们就是这样，完全不将海钢放在眼里，他们依然认为江重天下第一，这是他们已经习惯了的骄傲。

李东星就在这一片质疑声中，暂时远离江重的是是非非，匆忙地去寻找当年的初心……

## 25

赵心刚一如既往地坚守在自己的工作岗位上，按照目前的速度，再用两个月的时间就能完成炼钢分厂的设备档案整理工作。

同时他也越来越觉得王组长之前对他的疏远，极有可能是对他的保护。江重的人都知道：在没有出蓄热室崩塌事故之前，炼钢分厂是陆有为和关云茂的天下，或许王组长是怕他受到牵累，才做了那么多过激的行为。

不过，赵心刚还是很困惑，现在陆有为已经调走了，王组长为何还安排那么多的工作任务呢？与其处处猜疑，不如直接问个明白。赵心刚从机修毛师傅的口中要来王组长家的地址，他拿着从老家背来的山货，特意脱下江重的工作服，准备以当年伤员小刚的身份去登门感谢昔日的恩人。

王组长住在江北有名的“高楼”，这栋楼是江重的福利家属楼，也是附近最高的楼，所以被人形象地起了个外号——高楼。因为楼层高，所以安装了一部“高大上”的稀罕物——电梯，这也是江北第一座带电梯的居民楼。住在这里的不是江重的领导就是省、市劳动模范和拥有突出工作成绩的职工。按照条件，王组长不具备住在高楼的资格，他是借了老丈人刘常忠的光。刘常忠退休之后，主动和他换了房子，王组长就住在这里。

高楼除了因为高出名以外，还有一个出名的缘由，高楼下的拐角开了一家卖烧鸡、香肠、酱牛肉、卤猪蹄等熟食品的小店，主打经营的是烧鸡，因为价格实惠，口感酥烂醇香，所以十分畅销。因店面恰好开在高楼下面，于是起名为“高楼香鸡熟食店”。一到节假日，小店的门口总是排着长长的队伍，附近几家大型国企的职工都来这儿买烧鸡，成了高楼一景，自此“高楼香鸡”也就传开了，成了吃客眼里忘不了的地标。在江北过了铁道，人们只要说去“高楼”，大家都知道是指有“高楼香鸡”的那个楼，也不知是“高楼”成就了“高楼香鸡”，还是“高楼香鸡”成就了“高楼”。

赵心刚怀着忐忑的心情敲开王家的门，开门的是王连成，他正穿着蓝布花边的围裙修理油腻的排油烟机，手上还戴着一双看不出颜色的胶皮手套。两人的见面有点戏剧性，还穿插了东北人天生的喜感。

王连成见到赵心刚愣了一会儿，急忙扔掉手套，赵心刚杵在门口不知道说什么，竟然指着地上的手套说：“王组长，你的手套掉了！”

王连成急忙拽围裙擦手，不小心将围裙拽落在地。赵心刚又指着花边围裙，支支吾吾地说道：“围……围裙也掉了。”

缓过神来的王连成找出一双棉布拖鞋：“快进来吧，外面冷！”

“哎……”赵心刚放下拎在手上的山货，还有一只刚刚在楼下买的还热乎的烧鸡，在王连成的指引下进了屋。

这是一套阳光充足的三居室，屋内的布置简单而温馨，赵心刚拘谨地坐在沙发上，王连成泡了一壶好茶。袅袅的茶香渐渐散开，赵心刚说出让人感动的开场白：“王大哥，你当年帮助过的小刚，来了！”

王连成红着眼睛“嗯”了一声，为赵心刚倒了一杯热茶：“你嫂子和小宇去他姥爷家了，明天才回来，你就在家吃饭吧。”

“好！”

两人同时站了起来，相视而笑。就像在炼钢车间那样，两人互相照应，互相搭把手地炒了几个简单的家常菜，赵心刚带来的那只烧鸡也切成块，装盘上桌。王连成兴奋地从吊柜里拿出一瓶商标陈旧的凤城老窖和两个酒盅，分别给自己和赵心刚倒上。从他沉重的眼神里，赵心刚更加认定从前的猜测。

果然，王连成端起小酒盅，正式地打开话匣子："小刚，这杯酒，我向你道歉！"

"不，王大哥，你要说的，我都懂！"

王连成的手颤了一下："你懂？你不怪我？"

赵心刚仰起头，喝下饱含情谊的酒，一股辛辣的味道直冲脑门，他微笑道："我当然懂，王大哥是在保护我！"

王连成拍着赵心刚的肩膀，喉咙发哑地说道："小刚啊，我真没想到，当年无意间的一句话，你还真听进去了！唉！小刚啊，你是来了，当年的王大哥却走远了。"

他的眼前渐渐模糊，仿佛又回到那个意气风发的年代。那时，他是江重最年轻、最能干的机修副主任，他的老丈人是设备组组长，二人都是炼钢分厂的骨干，更是江重有名的不走寻常路的"父子兵"。

后来，岳父不合群，和李肇业渐行渐远。岳父始终憋着一股劲儿，他要凭借自己的能力得到所有人的认可。最后，岳父凭借过硬的技术当上了没有实权的炼钢分厂的一把手。

"我也从机修车间调入设备组，当上了组长！"王连成感慨地叹口气，"小刚啊，我第一次看到你，真是又喜又忧，万万没想到你不仅优秀，还是个感恩的好孩子。可是我担心你承受不了压力，经受不住诱惑，更怕你受到我和岳父的牵连，我无法保护你啊！"

"王大哥！"赵心刚感动得湿润了双眼，他又看到当年那个满腔热血的真汉子！

王连成欣慰地笑了："你比我幸运，也比我耿直，李东星和其他李家人不一样，关键时刻，推了你一把。他们将你调入机修，就是想将来顶替我，不过，照目前的形势，也有可能顶替老关。"

赵心刚顿了顿："关组长现在怎么样？"

“他能怎么样？”王连成热情地给赵心刚夹菜，“他啊，是个聪明人，没有当官儿的命，却有当官儿的野心。他岳母开了一家毛衫厂，是有名的个体户，硬是给他那个在铁路部门上班的岳父搏来一席之地。现在轮到他了，家里下足了功夫。老关能在炼钢分厂搭上陆有为的大船，岳母出了不少力。老关本来是个老实人，家里负担重，攀上了这门好亲事，让人推着走，到底是幸运，还是不幸呢？不过这次老关蛮惨的，听人说啊，妻子正跟他闹离婚呢。”

“离婚？”赵心刚吃惊地放下筷子。

王连成摇头：“竹篮打水一场空，谁能愿意？”

赵心刚怔怔地点点头，似乎自己说过同样的话。他既为关组长悲哀，更为江重惋惜，难道毫无根基的技术人员就不能秉承初心踏踏实实地做事吗？比起关云茂，古师傅和王大哥才更让人尊重。

赵心刚偷偷瞄了一眼渐入醉意的王组长，他稳稳地倒下一杯酒，转移了话题：“王大哥，谢谢你的机修工作记录，现在我接着把日常的机修记录下来了。”

王连成痛快地喝了一口酒：“好啊，这本机修工作记录要是这么传下去，咱们炼钢事业就能薪火相传了。”

赵心刚挑了挑眉，敞开心扉说：“我看日记里记录了很多关于古师傅的维修记录，王大哥，其实，他是我师父！”

“老古？”王连成苦笑，“你啊，能做他的徒弟，真是傻人有傻福。”

王连成顿了一顿，大笑：“说起来，老古和关云茂一样，都是运气太差。不同的是，老古走的是正路，关云茂走歪了。老古是修理英雄炉的能手，我倒是很佩服他。他没念过书，全靠自己在车间里钻研，吃了没有学历的亏，总是与机会擦肩而过，我是撞在枪口上了，他才对我生怨气，我从来没生过他的气。其实啊，他是看不开。他所求的，前人都求过，他所经历的，前人也都经历过，为何偏放不过自己呢？”

王连成又兀自满了一盅酒，略带醉意地说道："古师傅年轻时心高气傲，得罪了不少人，他曾经说过，从他的碗里挖走半勺儿都不行。他的格局太小，注定窝在车间。这次，多亏了你说动他，一起研发氧燃枪，才调到了设备组。其实，他当年如果坚持下去，早就研发出来了。可是他总认为就算研究成了，干下去也是亏损，还不如不干。还是你的眼界高，知道过去终将会过去，在改革开放的大风潮下，江重会迎来更好的机遇。他啊，能收到你这个徒弟，此生圆满喽！"

赵心刚举起小酒盅："王大哥，谢谢你，其实你也是我的好师父！"

王连成舒心地扬起脖子，一饮而尽。两人就这样推心置腹地谈论起来，既有对过去的追忆，还有对现实的焦虑，更有对未来的期望。最后，情绪高涨的王连成醉倒在沙发上，赵心刚贴心地为他盖了一条毛毯，然后悄无声音地收拾好碗筷，悄悄地离去。

天已经黑了，寒冷的北风吹在赵心刚发烫的脸上，卷走了大半的醉意。赵心刚仰望着漆黑的夜幕，想起王组长醉倒前的话。

"海钢二期已经投产，国内钢铁的价格将迎来大地震，我们炼钢的设备哪里比得过世界上最先进的设备？江重现在全靠炼钢养活呢……"

赵心刚自然知道海钢二期的强大优势，落后必然要被淘汰，以国内经济的发展速度，钢铁行业将全面迎来更新的时代，那江重怎么办？以目前的形势，江重根本没有条件和能力进行一场彻底的技术改革。

寒风继续吹着，赵心刚小心翼翼地走过一段结冰的路面，他也为江重的未来陷入了前所未有的迷茫和担忧之中……

第八章
Chapter 08

# 不约而同的努力

## 26

江北的天儿愈发干冷，寒冽的北风无情地刮在挂着白霜的设备上，原本守规矩的设备开始三天一小病，五天一大病，故障率直线上升，严重地影响了生产效率。

机修车间和设备组为了保证英雄炉的顺利生产，每天忙碌不停，赵心刚又开启了三班倒、连轴儿转的模式。

功夫不负有心人，他在王连成和古师傅的帮助下，积累了大量的炼钢设备冬季养护经验，还总结出一套关于设备季节性养护的方案，为机修车间赢来第一面技术标兵的小红旗。古师傅和王连成的关系也缓和了许多，有时候还能开几句简单的玩笑。更让赵心刚意外的是在评比会上王连成对他提出了表扬，还真让他有些不好意思呢。

如今，他也深刻体会到师兄李东星的感触：世上最难的工作就是跟人打交道，人既复杂、矛盾又不可操控，一旦认准死理儿，九头牛也拉不回来。赵心刚由衷地希望古师傅能够早日解开心结，融入集体。但他也知道，这个小目标不能急于一时，必须慢慢磨。

赵心刚整理好凌乱的办公桌，打起哈欠，他连续上了夜连白的班才把热处理窑的设备修好，这会儿又困又饿，于是拎着饭盒打算去食堂打饭。

食堂的告示栏里贴着师兄李东星的照片，赵心刚仔细盘算着师兄去海钢二期实习的时间，也不知道他学习的效果如何，累不累，生活上习惯不习惯。他边想边低着头往食堂里走。

“想什么呢？”牛刚热情洋溢地从身后走过来，熟悉地揽过他的肩膀。

“你今晚还加班啊？”赵心刚笑了。

“那当然，谁让我老爷子是劳模呢！”

两人说笑着走进食堂，融入长长的打饭队伍……

吃过晚饭，赵心刚和牛刚闲聊了几句，便回到了宿舍。宿管员老马交给他一封还没来得及分投的信，信封上盖着上海的邮戳。

“是李主任的来信吧！”老马八卦地问道。

“谢谢，马叔！”赵心刚也以为是师兄李东星的来信，等他回到301室打开信封才知道，这是大伯的来信。

大伯在信上说，按照和他在电话里的约定，他并没有对李东星提及他们之间的叔侄关系，李东星对他很客气，也很尊敬。大伯还简单介绍了李东星在海钢二期的培训情况，他希望赵心刚不要责怪李东星没有给他写信，因为李东星实在太忙了。

大伯十分肯定李东星刻苦学习的能力和认真的态度，说他是培训学员中进步最快的人，而且特别懂人情世故，又出身江工钢冶系，海钢二期那边同出师门的领导都非常欣赏他，经常开玩笑要留下他。

赵心刚心生安慰，师兄这几年的办公室主任可不是白当的，在一群技术员当中，自然显露出独有的本事！估计大伯还没见识到师兄的酒量，那更让人惊叹，或者是惊吓呢！

这样也好，至少让大伯这个推荐人很有面子。不过，赵心刚还是在字里行间强烈地感受到大伯略带责怪的态度。在大伯看来，这次培训的含金量特别高，能够来参加培训的学员都是钢铁行业的佼佼者，除了学习专业知识，还能认识些同行业的朋友，这些都是珍贵的人脉资源和难得经历。按照目前海钢二期的投产情况，以后这样的培训机会怕是不多了，而且学员的含金量也会有所下降，这次，让李东星捡了大便宜。

其实，大伯在信上的考虑，赵心刚早就想到了，只是他和大伯看待问题的角度截然相反，大伯更在乎得失，他更在乎适合。

在赵心刚看来，他和师兄的路各有不同，他注定要走一辈子的技术路线，而师兄则要接过父辈的接力棒，走上高位。既然认清脚下的路，那就朝着各自的方向努力就对了，师兄比他更适合参加这次培训，他根本没有丝毫的遗憾！

赵心刚感慨地翻开第二页信纸，读了两行，就激动地从椅子上站了起来。他几乎是迈着凌乱的步子在狭窄的寝室内徘徊看完信的下半部分，身为钢冶专家的大伯用一行行刺眼的数据刨出了他内心深处的焦灼和担忧。

大伯在信里详细介绍了海钢二期的工程情况，这是具备国内外先进水平的现代化钢铁企业，二期工程分为冷轧、热轧、连铸和高炉、烧结、焦化两个基本阶段，高炉不再采取 DCS（集散控制系统）传统控制界面，自动化程度很高，很大程度上提升了生产效率。等试运行结束，全面投入生产，势必在行业内引起震动，江重的优势不会保持太久。江重如果不能结合自身重型机器产品的优势，还是单凭卖钢锭和钢坯墨守成规地吃老本儿过日子，迟早要被市场淘汰。

如今，全国各大国企都在转型的重要阶段，要勇于挑战自己，找到属于自己、适合自己的突破口才能获得成功。

大伯在北京参加过关于冶金重机的会议，会上关于东北国企的生产情况和债务数据触目惊心！几乎所有企业都在硬撑，所有人都认为抱着铁饭碗就能吃一辈子的饭，他们根本没有理解改革这两个字的内在含义。那是要彻底改掉陈旧的思想，革去烦琐的体制，天底下没有铁饭碗，只有顺应市场、勇于挑战，才能存活下去。

大伯希望他提前做到心中有数，不变则不通，改革势在必行！趁着眼下风浪还没有扑来的时刻，大伯可以帮助他调出江重，到省里的设计院工作。

赵心刚握着这封信，久久沉浸在极度压抑又寒冷的桎梏里，他想到了王组长酒后吐真言的心声。原来，真正关心江重的人都感受到了外界的压力，而那些活在曾经荣耀里的人还在一味地回忆过去。

可是他真的要离开江重吗？赵心刚摸着胸口，他的眼前闪过的不仅有记忆里那一张张恩人的面孔，工作中那一个个值得纪念的笑容，繁忙运作的天车、轰隆的设备、高大的英雄炉、火红的钢花，还有……

原来他早已融入江重，成为真正的江重人。

他不能离开江重，他要守着江重，他还要为江重做更多的事情！

赵心刚怀着感恩的心给大伯写了回信，他在信上表达了对大伯的感谢，还提及了父亲的近况。在信的最后，他执着地说出自己的决定：他要留在江重，担起江重人肩上的责任，尽到江重人的义务。

一周后的傍晚，远在上海的大伯赵光亚接到赵心刚的回信，他连夜给赵心刚打去电话，只说了两句话："多回家探望你父亲，他这辈子不容易。还有，你什么时候想通了，随时来找大伯！"

赵心刚"嗯"了一声，大伯已经挂掉电话，他在电话那头听到了师兄李东星的声音。

这些天，赵心刚都在思考大伯担忧的事情，师兄在海钢二期参加培训，他当然也心知肚明江重将来面临的危机，那师兄回来后，会怎么做呢？

赵心刚坚信打倒自己的并不是因为对手强悍，而是因为自身太弱。海钢一期、二期工程无论在技术、设备、人员配置和管理上都在国内钢铁行业占主导优势，但是这不代表着其他钢企都面临被挤兑的危险。尺有所短，寸有所长，各有各的优势，这就是改革开放的好处，有市场的可以占据市场，没有市场的可以开发新市场。江重想要在夹缝中获得生存权，势必要进行一场彻底的改革，以崭新的面貌迈入下个世纪。

平炉的炼钢方法相对落后，这是公认的事实，对于像江重这种重型机器厂也不太可能采取高炉炼钢的方式，目前国际上最领先的技术是电弧炉炼钢。电弧炉比其他炼钢炉工艺灵活性大，炉温更容易控制，而且设备占地面积小，适于很多优质合金钢的熔炼，相对于已显落后的平炉先进了很多倍。

平炉改电弧炉（简称平改电）是一项重大的技改项目，简单说来就是扒掉原有的柴火土灶，改为更节能、环保的电炒锅。当然，炼钢的过程可不是简单的生火做饭，至少要复杂千万倍，所以平改电是一项重大的技术升级，是一场艰难的硬仗，必须要提前做好准备。

如果江重能够完成平改电的技改，并配套升级铸造和锻造等一系列设备，就能够在最大程度上发挥出重机企业的特点，毕竟江重拥有一批足以主导市场的重型机器产品。

赵心刚越想越激动，他有种直觉，师兄回来之后，一定会支持他的想法。这也是未来的趋势，而且他有研发氧燃枪的成功经验，更是劲头十足。

赵心刚立刻着手查找相关技术资料，连夜找出近年来平改电的成功案例，整理出一份简单的初步方案。

第二天，他偷偷找到王连成，拿出方案，说出自己的想法。王连成惊讶地翻开方案，扫了几眼，拍拍赵心刚的肩膀，说道："小刚，我岳父也写了一套平改电的方案，你这份我先拿回去仔细看看，和他研究一下。"

赵心刚怔住，古人说"位卑不敢忘忧国"，刘厂长已经从江重退休，却依然还在关心江重未来的命运。他作为年轻一代的江重人，又有什么理由不努力工作呢？

“王组长，我的方案还不太成熟。”

王连成笑了：“平改电这么大的事情，自然要反复研究、讨论，才能找出最适合咱们车间的方案，你在机修这么久了，整天和设备打交道，又是钢冶专业出身，你最有发言权！不过……”

他左右张望，语调也降了几分：“记住，先不要透漏出平改电的苗头，一句话也不要说，尤其对老古和机修车间的那些老师傅。”

赵心刚犹豫一下，他还想请教古师傅一些平改电的技术问题，王组长为什么不让告诉他呢？

王连成叹口气：“小刚啊，有些事不是你这个年龄能够理解的，我也是想了好久才转变了陈旧的思想。英雄炉虽然不会说话，却是炼钢厂一代又一代人的回忆，那些退休的老工人在临走前，都会在英雄炉前留影，这已经成了炼钢职工理所当然的习惯。从前，我岳父在总厂开会时，提过周边的鼓风机厂、压缩机厂都已经完成平改电，咱们的英雄炉太老了，炼钢分厂也应该尽快完成平改电，结果差点被吐沫星子淹死，人人都说他忘恩负义。我岳父还不服气地列举出平炉和电弧炉的技术参数，从技术层面诠释电弧炉的优势。可这个报告一出，你猜怎么了？”

赵心刚眉头一皱：“那些老师傅们会加班加点地干活，提高英雄炉的工作效率，提升产量，让老厂长死心。”

王连成苦笑：“小刚，连你都看出来了。他们不仅不接受新事物，还憋着一口气提高英雄炉的生产效率。老古就是领头人，他也成了修理炉子的能手。有了我岳父的前车之鉴，你一定要慎重，千万不能主动站出来提平改电的方案。等咱们敲定完善的方案，时机成熟了，由我来说。”

赵心刚摇头：“王组长，如今的形势和当年不同了，时间不等人啊。李主任正在参加海钢二期的培训，等他回来也势必要提平改电的，我相信他！”

“他？”王连成顿了顿，“那还要看李厂长的意思。”

“不管怎么样，就算面对无数的压力，我们也要推动平改电，这关乎我们江重上万人的饭碗啊！我刚才去过销售部，钢锭和钢坯的价格已经出现下滑的趋势，他们还认为是受季节和过年的影响，但如果各家都在限产，那价格只会提高，怎么会下降呢？山雨欲来风满楼，价格是由市场的供需关系决定，当供大于需，价格就会出现松动，持续下滑。当价格跌破我们的成本价，就来不及了。”赵心刚痛心地放缓语调，“只有完成平改电，降低生产成本，转型产品，开拓新市场，才能保证生产效益，而且单单靠炼钢卖钢锭和钢坯养活江重全厂根本不是长久之计。江重的优势在于重型机器，上了电弧炉，才能更有效地为重型机器配套铸钢件和特殊钢种的零部件，发挥出真正的优势，避开海钢的竞争。以主业重型机器的销售来盈利，那才是我们企业良好的运转状态。”

“好，好！”王连成的眼里发出赞赏和慰藉的光，“没想到你还有这么远的见识，小刚，努力干吧，前面的大风大浪，我陪你一起闯！”

赵心刚看着那张真诚的面孔，仿佛又回到多年前。一股温暖的情谊宛如涓涓细流在心里流淌，他激动地握紧王连成的手。

有了王连成的肯定和帮助，赵心刚的行动很快。他利用周末的时间回到母校找宁教授请教有关电弧炉的相关问题，宁教授得知他的想法之后，特意和一家刚刚完成平改电的企业要来拓印的设计图纸和设备清单。赵心刚将这些资料拿到王连成家，和退休的老厂长刘常忠一起讨论，遇到都拿不准的地方，刘常忠还亲自带着他去鼓风机厂查看他们的电弧炉，还得到了宝贵的建议。

经过一个多月的努力，赵心刚在刘常忠、王连成的帮助下终于完成了一整套较为完善的平改电的技改方案。

赵心刚也意识到古师傅等人为什么会如此强烈地反对平改电，平炉和电弧炉的炼钢原理完全不同，一旦拆掉平炉，古师傅半生所学和依仗的技能将基本无用武之地。而电弧炉又具有很高的自动化特性，操作和维护的人员要比平炉少得多，更意味着很多平炉上的“能人”，就成了可有可无的“闲人”。不仅仅是古师傅，还有机修车间、设备组、技术组、生产组、销售组、供应组，包括厂办领导，炼钢分厂的所有人都将面临一个崭新的事物，都要从零学起。这对于习惯过去、适应过去、喜欢过去，又时刻活在过去光环里的人来说，是一件多么可怕的事情！

所以，当年老厂长提出平改电的建议时，连平日里那些意见不合的人都抱成了团儿，一起来反对、声讨老厂长。如今老厂长退休了，还是心系江重，他念念不忘没有完成的平改电项目，更是希望自己能在有生之年看到炼钢分厂迈上一个新台阶，让日薄西山的江重重现当年的辉煌。

他一定要帮助老厂长实现心愿！

赵心刚将技改方案递了过去。刘常忠认真地看过方案，推了推压在鼻子上的老花镜：“小刚啊，你想过这份方案会在什么时候具体实施、提上日程吗？”

赵心刚想了想：“自然是越快越好。李主任已经回来了，我这几天就跟他碰一下。”

“如果他不同意呢？”

“他会同意的。”

刘常忠将方案放回赵心刚的手里，意蕴深长地摇头：“你还是没听懂我的意思啊。”

他站了起来，走到摆满花盆的窗边，看着窗外错综复杂的电线和正在进站的公共汽车，沉默了许久，终于开口说道：“我固执了一辈子，总认为自己是对的。现在退休了，回头一想，当年坚持的那些所谓的执念也没有什么了不起。你看，就像楼下的公共汽车，你只要坐对了车，就会带你抵达目的地。而我偏要步行，浪费了大把的时间，也委屈了自己。如果当年能够低下头，再坚持一下，或许炼钢早就完成平改电了，何必拖到今日！小刚啊，我看得出，你懂得变通，也知道自己坚守什么，你的意志像咱们炼出的钢啊，千锤百炼，百折不挠！我相信，你一定能完成我当年没有做成的事！”

赵心刚感动地看着他，又低下头，看着自己熬了两个通宵写出来的技改方案，坚定地点了点头：“嗯！我能做到！”

## 27

接下来事情有点出乎赵心刚的意料，他等了师兄李东星整整三天，李东星却没有回过寝室。赵心刚向消息灵通的牛刚侧面打听，牛刚说李东星根本没有上班，有人在省设计院见过他。

“厂办办公室的人几乎都换了，哪里还有李东星的位置？你说他会不会不回江重，直接去省设计院上班了？咱们省的设计院是全国最大的钢铁设计院，有了金銮殿，谁还愿意回草台子？”牛刚指向总厂设计院的方向。

“咱们厂的设计院也有自己的特色！”赵心刚回了一句。

牛刚傻笑：“也对，设计出来的产品不老少呢，就是卖不出去！”说着，牛刚戴上安全帽走了。

赵心刚也走出办公室，打算回办公室写维修计划。一路上，他都在琢磨师兄李东星的心思，他真的像传闻的那样要离开江重去省设计院工作吗？他真的舍得离开江重吗？或许他有更深的用意？

赵心刚一边走，一边想，忽然听到仓储库房里传来争吵声。他停下脚步，拐了进去，保管员小刘拉住了他。原来小刘在验收一批用来架设电缆的桥架，送货厂家的业务员一直催促小刘签字，小刘仔细核对了电缆桥架的型号，要求厂家出示合格证，可是厂家业务员拿不出合格证，还说自己是江重的老客户应该给通融通融，认真的小刘拒绝签字，于是双方争吵起来，就拉来路过的赵心刚评评理。

“赵主任，电缆桥架本来归郭姐负责，可是郭姐家的孩子突然发高烧，她临时请假了，我是来替郭姐的。按照规定，厂家送货必须要出示合格证。可是他说电缆桥架类似建材，一个月只给郭姐一张合格证，其他分厂也是这样。他还说电缆桥架在咱们厂一直都用得很好，质量有保证。你看，这怎么办啊？”

赵心刚俯下身，仔细查看电缆桥架的质量。一般来说，电缆桥架这类用量极大的货物的确有些像建材，厂家出场时会给同一批次的产品出具一张合格证。因为江重平时需要的电缆桥架数量不多，所以厂家分批送货，一个月出示一张合格证倒也说得过去。况且电缆桥架的质量可以用肉眼来直接观察，质量好的桥架外观平整、漆面均匀。

可是赵心刚发现这批电缆桥架似乎有点薄，他拿出随身携带的卡尺开始测量桥架的厚度，站在一旁的业务员突然变了脸色。赵心刚认真核对了卡尺上的尺寸和送货单上的型号，心中有了分寸，他转向小刘问道：“仓库里还有电缆桥架的存货吗？”

小刘指向仓库的角落：“有，在那里！”

赵心刚一声不吭地走过去，又用卡尺一一检查了电缆桥架的厚度，除了一小部分合格之外，大多数电缆桥架都没有达到型号上的厚度标准。

“封存这批货，等郭姐上班，让她去供应组一趟。”

“不会真有问题吧？”小刘凑过来，压低声音，“不久前炉料出事，刚处理一批人，这回……”

赵心刚低沉地应道：“这要看供应组订货时的合同价格了。”

赵心刚在机修车间有段时间了，他非常清楚设备型号间的差异，一般来说，在不同的环境下，设备的技术参数各不相同。越是重要或恶劣的环境，对技术参数的要求越高；普通环境下，对技术参数的要求会大幅降低。电缆桥架也是如此，在他的记忆里，机修车间并没有提过不足尺的电缆桥架计划。如果这批货以次充好，那其他分厂也会存在同样的问题。

这种手段很简单，送货厂家钻了零散送货的空子，每次会送一批次合格产品，之后就用不足尺的产品代替，所以，只能提供一张合格证。供应组的猫腻，他也有所耳闻，废钢如此，电缆桥架如此，那电缆、阀门、电机等其他备品备件呢？偌大的江重每月的采购金额巨大，伸手的人太多了。

赵心刚实在不敢去想那条藏在背后的利益输送链条，他默默地收起冰冷的卡尺："按照仓储的相关规定执行吧。"

"好！"有了赵心刚的指点，保管员小刘有了主心骨，她在送货单上盖了"封货待验"的蓝章。

供货厂家的业务员在临走前狠狠地瞪了赵心刚一眼，小刘忙着打圆场。赵心刚哪里有心思和不相干的人较劲，他还要赶回办公室制订下周的维修计划。

此时的赵心刚丝毫没有想到今日的举动会影响江重的人事变动，掀开江重建厂以来最大的反腐之风。

电缆桥架的质量问题看似小事，却引出供应组采购吃回扣的贪污问题，这把火还烧到主管经营的杨仁义——杨书记，触发了一连串的连锁反应。

杨仁义吃了挂落儿，被停职调查，暂时由李肇业接管他的工作。没多久，原多种经营处的魏建国向省里写了一封检举信，实名举报杨仁义贪污受贿问题，其中就包括他滥用职权插手供应组采购的事情。

这封宛如深海鱼雷的检举信彻底炸翻江重总厂的浑水。经过组织调查，杨仁义并没有贪污受贿，只是长时间的家长式管理，让下面的人心生怨恨。后来，杨仁义以身体不好为由，主动提前退休。他走的那天，很多人都来送行，连那些退休职工也来了，这位在江重工作一辈子的汉子穿着江重的工作服，含着热泪抱走了两个金光闪闪的先进生产者奖杯。从此，李肇业成为江重总厂的一把手，让人意外的是多种经营处的陆有为竟然调到总厂任副厂长，又变回了

"陆厂长"。

陆有为上任的第一件事就去了炼钢分厂召开会议，提拔老部下关云茂做炼钢分厂的副厂长。

不足两个月，江重发生这么多事情，李东星一直没有露面，他仿佛真的像传言说的那样跳出江重调去省里的设计院上班了。

他真的舍得离开江重吗？赵心刚的内心产生了疑惑，甚至想去李家当面找师兄问个清楚。可是如今正是敏感时刻，他怕惹来不必要的误会和麻烦。不管怎么解释，在旁人眼里，他的头上依旧顶着李东星师弟的五彩光环。

避嫌总是对的！赵心刚一直坚信要有足够的耐心，等来最佳的时机。他要进一步完善技改方案，不放过任何一个微小的细节，所以他比从前更忙了。身边的人见他无动于衷，纷纷为他的前途操心，尤其是炉料的牛刚。

牛刚当面问过赵心刚关于重回技术组的事情，赵心刚巧妙地避开话题，牛刚不甘心，他利用午休的时间硬是将赵心刚堵在安静的办公室。

"我的祖宗啊，你到底在想什么？"牛刚着急地问。

赵心刚正在思考技改的事情，脱口而出："我想完成平改电！"

"什么？"牛刚瞪大双眼，直勾勾地盯着赵心刚，"你……"

赵心刚压低语调："你也不是外人，我就直说吧，我和退休的老厂长还有设备组的王组长讨论出一套平炉改电弧炉的方案。我原本想找李主任商量具体实施、推行的办法，可是最近厂内出了这么多的事情，一直在耽搁。"

牛刚急得直跺脚："你啊，我说你什么好呢。你不知道当初老厂长提出平改电后的下场吗？再说了，都这节骨眼儿了，你还合计技改的事情。你要知道，如果你坚持技改，只能留在机修车间，顶多调到设备组，哪还能进步？"

"技术、设备不分家，哪里需要我，我就留在哪里。"赵心刚耿直地应道。

“行，你厉害，行了吧。”牛刚一屁股坐在长条椅上，开始苦口婆心地劝慰，“自从你进厂，经历了这么多，这回可算是苦尽甘来，迎来了最好的机会。你稍稍去李家走动走动，别说技术组副组长，就是调去总厂也是有可能的。你怎么就不开窍儿呢？”

“我是实话实说而已。”赵心刚反驳。

“对，说实话也有代价呀。”牛刚指着他手中的技改文件，“这平改电有进展了吗？”

“呃？”牛刚说得很对，这是最让赵心刚头疼和困惑的事情，平改电是翻大覆地的大工程，只凭借他和老厂长、王组长的微薄力量根本无力完成，他必须得到师兄的认可和总厂的同意。

师兄会全力支持他吗？

赵心刚想到昨晚熬夜看奥运会申办权的投票仪式，北京以两票之差败给悉尼，击碎了无数国人的奥运梦。他感觉时间似乎停止了，久久不愿接受这残酷的事实。他的平改电的梦想也会失败吗？

不！所有通向成功的道路都不平坦，布满荆棘，但是只要坚定信念，踏踏实实地努力，就一定会成功！他会完成平改电，国人也终将会圆奥运梦！

赵心刚盯着牛刚的眼睛：“平改电是影响炼钢命脉的一次重要技改，无论遇到多大的险阻，我都会坚持下去！”

牛刚被他的执着所感染：“好，我支持你！对了，我听说李主任下周回设计院，你还是要把握机会啊。”牛刚走到门口，嘱咐道，“拿出你拜占半仙儿当师父的劲头来。”

牛刚离去之后，办公室只剩下赵心刚一个人，他又仔细地翻看了技改方案，在有争议的地方做出标记。

时间一分一秒过去了，等他揉着酸痛的肩膀抬起头时，已经到了下班的时间。

从这周开始，厂内开始实施大小周末，本周休息一天，下周休息两天。如果牛刚说得是真的，明天晚上就能看到师兄了。

赵心刚将办公室里凡是和平改电有关的技术资料都装进书包，带回了宿舍。宿管员老马递给他一封南方的来信。赵心刚记得三天前刚刚收到表哥覃天的来信，覃天在信上说他已经转到销售部门当业务员，最近正在谈一笔大单子，等他谈成，就会来信报喜。这么说大单子谈成了！赵心刚喜悦地撕开信封。

覃天果然谈成一笔大单子，他通过配套的安装公司将产品卖进了一家发电厂，为公司打通一条新销路。而且，他们公司生产的产品价格公道，运行稳定，那家发电厂还直接和他购买了一大批备件。如今，他已经成为公司业绩最突出的销售员。

覃天在信中表达了对赵心刚的感谢，正是他的鼓励和提醒，他才找到人生的方向。除了感谢之外，覃天还拜托赵心刚多买些带有江重字样的信封邮寄给他。这是他摸索出来的经验，只要用江重的信封邮寄文件和合同，拜访客户时说起自己有位在国企上班的表弟，客户就都非常信任，他也能给客户留下很深刻的印象，也算是敲门砖吧。

赵心刚笑而不语，表哥覃天天生是做生意的料，总能找到做事的捷径和小窍门。不过，从另一层面来说，江重作为重机的老国企，无论在市场上还是社会上的口碑都是有目共睹的，江重两个字就是让人信任的金字招牌，没想到连江重的家属都跟着沾光呢！

赵心刚十分为江重自豪，也为表哥感到高兴。他预感到，国内的电力行业将迎来最迅猛的发展阶段，表哥的事业将会迎来最好的机遇。

赵心刚继续看信，覃天在信的结尾也说出了眼前的困扰。他们公司有些电器元件主要依赖进口，严重地拖延交货期，为此，他找到香港的大表哥帮忙，可是，目前香港还没有回归，有时货期比上海还要长。他最近听说江浙一带要开办工业园区，吸引外资办工厂，如果真的引来国外的电气仪表公司，那他就不担心货期的问题了。

到时候，他敢拍胸脯保证，他的业绩至少还能翻一番。

赵心刚也听说过覃天期待的工业园区，按照新闻上的报道，那将是一个跨时代的工业园区，将会带来数百亿的投资和大量的就业岗位，同时也会带动周边行业的发展，这就是改革的力量！

赵心刚怀着激动的心情给表哥覃天写了回信，表哥总算是苦尽甘来，找到了属于自己的路，那他赵心刚的路呢？

赵心刚将厚厚一摞的技改文件放在书桌上，心情无比复杂。他曾经去销售组看过上周的销售单，钢锭的价格一路下滑，江重的订单越来越少，再这么跌下去，恐怕难以维持江重的正常运营。

平改电项目必须尽快提上日程！赵心刚盯着那张李家的全家福，想到老厂长说过的关于公交车的话。他拿定主意，打算去高楼找师兄。

赵心刚背着鼓鼓的书包又来到高楼，他犹豫地站在长长的队伍里买了一只香酥可口的烧鸡。可是他走到楼门口，又打起退堂鼓，总觉得自己这么冒失地前去有些不合规矩，他从小就是个守规矩的人！

这时，一个熟悉的身影出现在他面前。

“小赵！”已经升为副厂长的关云茂从电梯里走了出来。

赵心刚尴尬地站在原处：“关组长，不，关……厂长！”

“我刚搬新家，去家里坐坐？”关云茂不由分说地将赵心刚拉进电梯，在电梯关闭的瞬间，赵心刚看到师兄李东星和一个背着双肩书包的女孩。李东星也明显看到了他，给了他一个刻意的微笑。赵心刚的脸色一沉，如“站”针毡的双脚传来了自作自受的痛楚。

关云茂倒也不客气：“小赵，你是想去李主任家吧。”

赵心刚点了点头，又摇头：“其实，我谁家也不想去，我是为了……”

“平改电！”关云茂指着他鼓囊囊的书包。

赵心刚愣神儿地盯着关云茂，关云茂将他带到自己刚分的新房。

房间的格局和王家一模一样，只是楼层不同。屋内的布置也很简单，除了一些生活必需品，几乎没有女主人的东西。关云茂为赵心刚倒杯热水，解释道："你嫂子和我闹别扭呢，等气儿消了，就回来了。"

"哦！"这是人家的私事，赵心刚没有问及太多。

关云茂也坐下来："能让我看看你和老厂长、王连成弄出来的平改电技改方案吗？"

赵心刚迟疑地拿出方案："您怎么知道？"

关云茂从茶几下面拿出一份文件递给赵心刚："你们以为只有你们最关心江重？"

赵心刚立刻看到电弧炉的炼钢特点一行字，他惊讶地抬起头："这是？"

关云茂正在认真翻看赵心刚的技改方案，他快速地翻了几页，眉宇间拧成一股绳，眼底更是发出闪亮的光泽。他抬起头，微笑着说："不错，很完善，很系统！"他放下方案，试探地问道，"小赵，这份方案可以借我看看吗？明天还给你！"

"好！"赵心刚依旧一头雾水，"不过，关厂长，您这是……为什么？"

关云茂苦笑："小赵啊，你真是让我刮目相看啊。人人都说我势利眼，我还给你穿过小鞋儿。可是在我最难的时候，你非但没有落井下石，反而最尊重我，给足了我面子啊。自从上次蓄热室崩塌之后，我早就想清楚了，做好自己的本职工作就行了。炼钢好，江重好，我才好！其实，这些天，不仅仅是你们在研究平改电。我、陆厂长、李厂长，还有你师兄李东星为了平改电都忙得上房了。"

"啊？"赵心刚皱紧眉头。

关云茂摆手："对啊，我们代表江重去市里各个部门办贷款，办审批……"

关云茂详细地诉说了这段江重最为隐秘的工作，原来，李东星培训归来，第一时间在领导班子的会上提出了平改电的建议，杨仁义的思想比较保守，没有明确反对，也没有表态支持。

江重周围的几家老国企都已经完成平改电的技改了，可是目前来看，效果一般，毕竟电弧炉冶炼的成本高，电价贵、区里又时常限电，影响生产。英雄炉虽然落后，但是用起来顺手。而且杨仁义也担心厂内的那些老人儿，一旦平改电，他们都将失去重要的岗位，让一个人失去一生最依仗、最引以为傲的技术，这谁能接受？

李东星没有办法，只能去做陆有为的思想工作。陆有为出身炼钢分厂，自然知道那里的难处和发展，他赞同平改电的建议，去劝说了杨仁义。后来，杨仁义自己想通了道理，去做那些老人儿的工作，却弄得两面不讨好。没多久，赵心刚引出的电缆桥架的质量问题捅开了供应组的黑幕，就是那些老人儿把杨仁义拱倒了。

“杨书记也不容易，他对江重是有恩情的。无论他做什么事情，始终都把江重的利益放在第一位。他将陆厂长推到副厂长的位置也是为江重考虑，陆厂长的技术能力的确不高，可是营销、管理样样都在行，这正好弥补了李厂长的不足，所以陆厂长的任命才通过了党委会，大家都是为了江重好啊！”关云茂不紧不慢地讲述着似乎和自己没有关联的事情，“这就是平改电的第一步，不管能不能拯救江重，领导班子必须要记一大功啊。”

赵心刚恍然大悟，原来一场惊心动魄的风波之后竟然藏着平改电的隐情，难怪见不到师兄，师兄远比他更忙碌。

关云茂继续说道：“小赵，我也是做技术出身，我怎能不知道江重面临的危机。他们都以电价贵、电量不足来阻挠平改电。可是平炉炼钢是上个世纪的事情了，如今国内在大力发展电力行业，电价势必会降下来，电量供应也会趋于平稳，我坚信电弧炉炼钢才是发展趋势。”

“是啊！”赵心刚兴奋地点头，“那什么时候推行平改电啊？”

关云茂摇头：“你啊，别太心急了。江重的阻碍暂时没有了，可是资金来源呢？这是一大笔钱啊。据我所知，李厂长和陆厂长已经达成共识，两人各找出一半的资金，只要资金到位，就可以将方案报送到市里、省里审批，等审批文件下来了，才能开始实施。”

“原来是这样！”赵心刚的脸颊有些发烫，他的猜测都化为乌有，那份温暖的真相让他备感自己的渺小和可笑。他抬头看向关云茂：“关厂长，对不起，其实我的确想找李主任提技改方案。”

关云茂笑了：“小赵啊，你知道这些天杨书记主持厂内工作，陆厂长和李主任每天四处奔波地找资金，他们为什么谁也没有提及技改方案吗？”

“为什么？”赵心刚也意识到了这个问题。一般情况下，不是应该先成立技改小组，同时去找资金，走审批程序，双管齐下吗？师兄既然已经迈出第一步，为什么迟迟不回301室，不跟他透个信儿呢？

“因为江重有双保障！”关云茂说出实情，“李厂长和老厂长早就打过招呼，那可是咱们江重最早提出平改电的人。还有你，你是炼钢分厂近年来最年轻的骨干，明眼人都看得出，你脑子里有货，心里有江重。看来，老厂长的保密工作做得好，你还蒙在鼓里。”

赵心刚愣了半天才缓过神儿，怪不得老厂长说过那些莫名其妙的话，想来他是在委婉地告诉自己其中的详情。

赵心刚的心情很复杂，对江重的每个人都有了全新的认识，更有了前所未有的信心。同时，他也意识到能让意见不合的人走到一起，足以见得江重所面临的危机之深重。

“我明白了！”他沉重地点头。

关云茂鼓励：“放手干吧，完成这次平改电的技改任务，你在江重就彻底地扎根了。”

赵心刚没有言语，其实在他心里，他早就将根深深地扎在了这片饱含热度的土地上，他本就是江重人！

关云茂平静地看着他，感受到一股强大的信念，那是他曾经丢弃又最终找回的东西。关云茂站了起来，走到明亮的窗边，窗外马路上一个笔直的身影引起他的注意。他苦笑地说道："我不留你吃饭了，李主任怕是等着急了。"

赵心刚疑惑地顺眼望去，他也看到了那个熟悉的身影。

"他早就看过技改方案了。"关云茂补了一句，言外之意，老厂长早就将技改方案交给过李肇业和李东星。

赵心刚站了起来，恭敬地朝关云茂鞠了个躬："关厂长，谢谢你！"

关云茂拍了拍赵心刚的肩膀，感慨万千地将他送到门口。

赵心刚没有等电梯，而是心急地走了楼梯下楼。他来到李东星面前，轻声叫道："师兄……"

李东星还是那般洒脱，俊朗的脸上挂着淡淡的笑容："走，回宿舍！"

"好！"

两人绕过喧嚣的马路，回到江重的大学生宿舍。赵心刚的屁股还没坐稳，李东星就开始发难："好啊，你竟然敢骗我？"

赵心刚满脸委屈，他哪里骗师兄了？不是他们合起伙来欺骗他吗？他申辩道："我没有啊！"

李东星坏笑几声，提醒道："省设计院的赵院长是你大伯？"

赵心刚这才明白他的意思，是大伯说漏了嘴？他歉意地回答："是啊，他是我大伯！"

"好你个赵心刚，我看你适合在保密局工作。"

"不，不是，其实吧，我……"赵心刚有些语无伦次，他红着脸问道，"是我大伯告诉你的？"

李东星含笑地从钱夹里取出一张照片递过去，照片里是一个容貌甜美、长发飘飘的女子。

赵心刚目光一滞，立刻联想到师兄梦话里的名字，他顿时明白了一切。

"这是我堂姐赵琳琳！"

李东星珍爱地将照片放回到钱夹："说起来还真有缘分，我并不知道你是赵院长的亲侄子。我和琳琳是在工作中认识的，我第一眼就喜欢上了她，当时我也不知道她是赵院长的女儿，我们一直在秘密约会。这次，我去海钢二期培训，无意间在赵院长的房间看到了琳琳的照片，才知道他是琳琳的父亲，我就鼓起勇气坦白了我和琳琳的关系，赵院长很支持我们，但是他也没有提及和你的关系。还是我回来之后，再次去他家登门拜访，琳琳让我看他家的老照片，我才知道你父亲是赵院长的亲弟弟，赵院长是你的亲大伯。在我再三追问下，赵院长才告诉我，是你将珍贵的培训名额让给了我。"

李东星感激地看向赵心刚："师弟，谢谢你，我真的很感谢你。"

赵心刚一一捋顺了关系，露出憨厚的笑容："还真是缘分呢。"

李东星骄傲地举起钱包，盯着照片："是呀，我和琳琳也计划结婚了。今后，我不仅是你的师兄，还是你姐夫呢。"

赵心刚舒展眉宇，露出灿烂的笑容。大伯只有堂姐一个女儿，他平时和堂姐交往不多，听说堂姐在省里做审计工作，和师兄也是门当户对，郎才女貌，的确是一段好姻缘。

"祝福你们！"

"你也抓紧哈！"李东星提醒，"用不用让你姐帮你介绍一个？"

赵心刚腼腆地摇头："我还没有想过个人问题。对了，师兄，资金的事情怎么样了？"

李东星收起钱夹："你啊，三句话不离本行。这次，我父亲和陆有为各自领下三十万的任务额。我在省里争取到一笔国家下发东北老国企的扶植基金和一批重要设备，手续有些烦琐，正在按照相关规定走程序，按照目前的进度，再有个十天半个月就差不多了。"

赵心刚盘算着技改方案里最低的预算，六十万绰绰有余，看来师兄在海钢早就摸清了设备的大致价格。

"那就看陆厂长了。"

李东星微笑："他可比我们容易多了，三十万都到账了。"

“这么快？”赵心刚吃惊。

李东星解释：“你以为一个天车工会写几个字就能平步青云？陆有为的大哥是隔壁市的厉害人物，从银行贷款三十万，就是人家一句话的事情。”

赵心刚早就想到陆有为不会如此简单，如果没有人支持他，他怎能如此顺利？看来陆有为隐藏得真够深的。

“想什么呢？”李东星拉回凝神的赵心刚，“你随时做好准备加入技改小组，我父亲会担任技改总指挥，我会负责对外的采购、检验、验收等工作，你负责对内的安装、调试等工作。你再拟定一份技改小组的成员名单，记住，电弧炉是很先进的装备，自动化程度很高，要以年轻力量为主。”

“可是，我们也需要经验丰富的老师傅啊！”赵心刚提出反对意见，“平改电的技改工作最好由老中青三代人来共同完成。”

李东星犹豫一下：“师弟，你别误会，我不是排挤老师傅，而是怕他们成为技改的阻力。你如果能劝说他们共同完成技改，我同意你的意见。”

“谢谢师兄！”赵心刚喜悦地伸出手，李东星会意地握了上去。两只手紧紧地握在一起，李东星明显感觉到师弟比从前力量大了很多，是啊，师弟已经是个有担当有魄力的男子汉了……

第九章
Chapter 09

# 一次又一次的自救

## 28

转眼又是一年春天，江北的风刮得昏天暗地，赵心刚一下火车就被沙粒迷了眼睛。他揉着酸痛的眼，望向笼罩在黄沙里的水塔，仿佛看到了一个迟暮的江北。

赵心刚心情沉重地叹口气，却嗅到一股桂花头油的香气，香气里还透出胭粉儿的味道。

一位头发油亮、戴大口罩的大姨举起广告牌，卖力地吆喝："住宿，国营招待所，有热水，能洗澡哦！"说着，大姨朝赵心刚热情地微笑："小伙儿，住宿不？给你便宜点……"赵心刚摆摆手，拎着行李走向公交车站。

江重离火车站不远不近，往日里，赵心刚都会步行回厂，今天是扬沙的天气，师兄李东星还在 301 室等他，所以他选择了坐公交回去。

四处漏风的公交车咣当当地驶离被岁月侵蚀的车站，拐过公铁桥，将赵心刚带到一个熟悉而伤感的世界。这里和现代化的城市格格不入，残破的厂房、高耸的烟囱、一条条厚重的铁轨，让人仿佛回到了上个世纪。这里的空气中流淌着滚烫的热忱，这里的一切篆刻着工业的魂，将他的记忆拉回到半年前……

那是赵心刚最艰难的日子！他在外界和厂内双重压力下，用坚强的意志完成了超越常人体能的平炉改电弧炉的技改工程，极大地提高了生产效率，让江重完成了质的飞跃。

为此，赵心刚也付出了相当沉重的代价，他几乎把炼钢分厂的职工都得罪光了，其中就包括机修车间的工人师傅们，尤其是古师傅。任凭赵心刚磨破嘴皮，还差点效仿前人来个“古门立雪”，古师傅没有理解和原谅他。

赵心刚清楚地记得，拆英雄炉的那天，他成了炼钢的“罪人”，他被在职的工人师傅和一群退休的老师傅团团围住，一声声的质问和谩骂让他承受了前所未有的压力，连精心准备的英雄炉告别仪式都进行不下去了。

炼钢车间的气氛变得紧迫又悲伤，最后，还是陆有为亲自出马来现场协调。

那天，陆有为的情绪也不高，他指着绑在英雄炉上的大红绸，拿出了性格中自带的匪气和霸气，连骂带吓地替他说出了江重所面临的严峻形势和平改电的势在必行。

李肇业代表江重班子领导在英雄炉前发了言。他几次哽咽，泣不成声，作为英雄炉的设计者和多次技改的引导者，他比任何人都舍不得英雄炉，但是他也比任何人都知道英雄炉非拆不可。

老去的终究会老去，哪怕是承载了几代人的回忆，凝结了几代人的力量，但只有大刀阔斧地改革，开拓时代的路，才能搏出一个活下去的机会！

仪式最后，所有人在英雄炉前留影纪念，拍下了一张沉重而向往新生的照片。

伴随着那轰隆的巨响，英雄炉倒下了。坐在车间外面的老师傅们一声不吭地抹起眼泪，古师傅紧紧抓着工具包，他真想十天十夜不睡觉，把倒下的英雄炉重新拼好啊，只可惜没有这个机会了。

古师傅默默地弯下腰，捡起一片烧成焦黑色的碎片：“咋说拆就拆了呢？”他将碎片捂在胸口，那里有江重两个字，还有他倔强的心跳和半生付出的青春……

“师父！”赵心刚歉意地鞠了一躬。

古师傅没用回应，就好像是一只飞过最高山顶的雄鹰，被折断了引以为傲的翅膀，他沉浸在无尽的痛苦和对过去的追忆里……

从那以后，江重到处风传着有关赵心刚的小道消息：有人说他要用技改的功绩为前途铺路，还有人说他想当逞强的英雄……

赵心刚每天都在深深的焦虑和压抑中，他苦苦寻找着释放的出口，他真切地感受到老厂长当年所遭遇的境况。李东星看在眼里，于是安排他暂时去北京进修一段时间。

推行改革是一件多么了不起又是多么悲壮的事情啊！这不仅仅是一项累身的技改项目，更是累心的告别仪式，必须要有果断的决心和坚毅的勇气，才能保证技改工程的顺利进行。好在李肇业和陆有为在领导层面上坚决执行技改政策，赵心刚才能排除万难地顶住了压力，在王连成和几个得力助手的协助下，最终顺利完成了电弧炉设备的安装工作。

电弧炉成功运行，发出轰鸣的那一刻，江重迎来了新一代的领导成员，李东星成为江重设计院院长，赵心刚成为炼钢分厂的设备组组长，王连成升为炼钢分厂的设备副厂长，又一次和关云茂齐头并进。

那些昔日里修理炉子的大拿们终究被甩在落幕的时代里，只留下一声声无奈的叹息。古师傅又开始沉迷于拖地和算命，变成了真正的古半仙儿。这是赵心刚最不愿看到的一幕，他再次表露出耿直的性子，一次次地说服厂办领导重新组建机修车间，并大力推荐古师傅为机修主任。厂办领导被他磨得没办法，只能同意他的提议。

新机修车间组建之后，赵心刚又私底下联系到电弧炉的生产、安装厂家，请求他们定期派出技术人员来现场指导，培训像古师傅这样的技术骨干，绝对不能让他们白白失去一身的本领。通过这些不懈的努力和坚持，总算挽救回一大批机修车间的工人师傅，当然也包括古师傅。古师傅凭借多年的维修经验和维修电弧炉液压系统和冷却循环水系统等设备上的小有成就，终于在机修车间站稳了脚。

转变一个人太难，转变一个万人大厂更是难上加难。炼钢分厂的技改完成之后，江重的格局似乎又回到了从前。原本处于下风的陆有为因为深明大义，得到众多职工的支持。再加上李肇业分管销售、运营的工作成绩不明显，陆有为抓住机会，接管了杨仁义之前的工作。新来的白书记在大是大非上不含糊，但是从来不限制班子成员的工作。于是江重再次进入了两位厂长平分秋色的时代。

不过，陆有为没有杨仁义那般强硬的态度，李肇业也不像从前那般中庸，两人各自忙着工作，在外人看来，相处得还算和睦。

江重的生产相对平稳，电弧炉试运行不久，便追上了从前的产量，加上消耗少了一大截，废钢收得率也有很大提高，所以设备的故障率也低了很多，就连炼钢和机修的师傅们也都没有从前那般忙碌劳累了。最让人惊喜的是，厂内再也闻不到刺鼻的重油味儿，只有醇厚的钢渣味儿弥漫在空气里。

这个时候，尝到好处的职工们开始纷纷说起电弧炉的好处，称赞领导的英明，对赵心刚的态度也有所转变。但是赵心刚的心里仍然紧张，甚至还有些忐忑。

不久前，赵心刚收到同学袁大为的来信。袁大为在信上说自己面临的困境，他所在的单位濒临破产，有门路的人几乎都走了，他也想离职去南方闯荡，可是他在这里已经成家立业，妻子又有了身孕，不能远行。他只能暂时留在厂里，每天跟着他的师傅，也就是他的岳父一起去周边的煤矿跑业务。可现如今，煤矿相当不景气，压根儿没钱买设备，就连购买备件都以煤来抵押货款。他和岳父没有办法，只好到处卖煤换钱。

赵心刚认真地读了两遍来信，从每个潦草的字脚中都感受到袁大为内心的巨大落差和失意。袁大为本是性情乐观的人，此时的他却对未来的生活非常悲观，他不知道这种举步维艰的日子还要过多久。就像他在信里说的那样，或许，他和岳父将是留厂的最后两个人。

赵心刚了解他的处境，目前，全国的制造行业进入低迷期，最显著的特点就是双轨制变成市场经济，让很多制造企业无法迅速适应市场多变的速度、跟上紧张的形势，从而走入窘境。所有的大型国企都面临着和江重一样的问题，凭借过去积累的微小的优势来养活偌大的全厂，再这样下去，迟早会崩塌。

整个行业的萎靡最先会影响到相对弱小的企业，但这并不代表实力雄厚的江重的日子就会好过。当风浪无情地席卷到江重脚下时，那将会是一场灭顶之灾。江重厂大、人多、负担重，上万名一线职工的生存将面临生死考验。

前不久，江北电器厂因资不抵债，宣布破产。周边的江北电缆厂、江北冶炼厂、江北机床厂、江北水泵厂、江北铸造厂，包括江北压缩机厂等等也出现严重的债务危机，岌岌可危。全国的制造业几乎都走入了历史裁决的岔路口，这次面临的改革和挑战是前所未有的硬仗！赵心刚已经预感到了改革带来的阵痛。

赵心刚连夜给袁大为写了回信，并以结婚生子随份子的理由给他邮寄了一笔钱，希望能暂时缓解他的困难。

赵心刚深知这种困难是一种致命性的打击，袁大为在信上说过岳父是他的师父，他的岳父全家也和牛刚家一样，都在同一个企业上班，企业的命脉直接决定了一个家族的命运。厂荣家荣，厂衰家衰，这是家族的荣耀，也是家族的悲哀，想必他们的日子都不太好过。

可是，江重的日子也不好过。师兄李东星打过电话，他说江北所有的国企都在精简机构，包括包袱最重的江重。

赵心刚听得出，师兄的语调没有丝毫的喜悦，也就意味着精简机构的工作不太顺利，又或许表面功夫上的精简，不能够彻底地祛除沉疴，江重依然在满负荷运行，根本达不到理想的效果。

平改电的技改工作已经完成，炼钢分厂生产的钢锭、钢坯夺回了一部分市场，但是整个江重接不到重机订单，还是靠炼钢分厂来养活总厂，渐渐的炼钢分厂也越来越吃力。对于这种现状，李肇业将症结归纳为产品，陆有为则将症结归纳为欠款。

听说陆有为走了家里人的门路，为江重要回一笔多年未归还的“死账”，算是缓解了江重的燃眉之急。这也让陆有为扬眉吐气了一回，弄得师兄和他父亲的工作很被动，毕竟研发、改善产品并不能够立竿见影，哪有真金白银更让人心动？

此时的江重人心涣散，职工的情绪低迷，工作热情也大不如前。李东星催促赵心刚在北京学习的时候多留心行业动态和机会，不能让江重陷入泥潭、步入破产的边缘。

师兄能说出破产两个字，足以说明问题的严重性。赵心刚拜访了几位授课的老师，他们都是行业内的专家和带头人。他们并没有给赵心刚任何有利于江重的好消息，相反，纵观眼下制造业的形势，有人给出更坏的答案。

根据赵心刚的汇总，未来三到五年，全国的大型国企，尤其是东北的国企将会迎来一场跨世纪的暴风雨，足以让制造行业重新洗牌。是生，是死，一半在国家的扶植政策，另一半就要靠本身的自救了。用一位老专家的话说：江北的那些企业捱过了中华民族最危难的时刻，撑起了新中国的天，他坚信，这些企业同样会渡过这场凤凰涅槃的劫难。

但愿如此吧，赵心刚抓紧所有时间学习，他也坚信技术救厂、实业兴邦的道理。在繁忙的学习中，他遇到一位久违的故人——表哥覃天。

此时的覃天已经开始自主创业，他独自承包了一家电气仪表厂，主要是组装各种电气仪表设备，客户和从前一样，都是欣欣向荣的电力行业，尤其是新建的各大电厂。他这次来北京就是为了一项超临界电厂的基建投标项目，当他听说赵心刚也在北京，便将电话打到赵心刚所住的招待所，两人相约一起爬长城。

初春的北京总是带着羞人的粉嫩，这种粉嫩的色彩让万里长城多了几分季节的娇媚。这也是兄弟二人笔谈多年后的第一次见面。赵心刚是标准的北方人，在江重磨砺的三年里，他褪去了年轻人的胆怯和羞涩，浑身散发着技术青年的气质。覃天是标准的南方人，他个子不高，思维敏捷，操着一口浓重口音的普通话，有几个关键字眼儿总是咬音不清，让人生出误解。还好，赵心刚自幼听惯了母亲说话，习惯了这种南北掺杂的口音，反倒感觉更加亲切，两人交谈甚欢。赵心刚和覃天在长城脚下照了一张合影，便兴冲冲地融入人群，挤上了岁月沉淀的石头台阶。

赵心刚的脚步很快，覃天也不甘落后，两人都憋着一股劲儿，争当“好汉”。很快，两人将一同上山的游客远远地甩在后面，几乎同时登上了烽火台。两人气喘吁吁地抚摸着斑驳的城墙，瞭望着辽阔的风景，发出了相同的感慨。时间过得真快，通过三年的努力，两人都在各自的工作岗位上取得了阶段性的小成绩，也找到了彼此人生的方向。

覃天展示出擅长交际的优势，不停地感谢赵心刚对自己的帮助，还坦诚地说出第一桶金的来历。

半年前，他想辞职后自主创业，赵心刚非常支持他，就是担心他没有第一桶启动资金。当时，赵心刚正在参与平改电的技改工作，很了解电气仪表设备的价格，他简单地给覃天算过一笔账，承包一家小型的电气仪表厂，添加新设备，扩大生产规模，这可不是一笔小数目。据他所知，三姨妈家只是普通百姓，覃天才工作几年，要从哪里淘钱呢？

覃天却在信里直言，第一桶金早就准备好了，等有机会见面，当面告诉他。这次见面，覃天便说出了真相。

原来当年赵心刚的母亲有一位在香港做生意的大伯父，大伯父在香港置办了不少的产业，但是他无儿无女，这笔遗产便留给了内地的姐妹三人。那时候，赵心刚的母亲和两位妹妹南北分离，家人都以为她已经不在人世，便商量着平分遗产。

后来，这笔遗产在香港有了纷争，二姨妈家的大表哥范宏亲自去香港跑关系，历经曲折才将这笔遗产要到手，他也因此留在了香港，并接手了大伯父留下的食品厂。当食品厂步入正轨之后，范宏将承诺的半数遗产分给了覃天。这就是覃天的第一桶金。

赵心刚惊讶地听着离奇的故事，内心久久不能平静，他以前总觉得母亲的一言一行、一举一动都有板有眼，如今看来，那正是大家闺秀的规矩啊，母亲的家族到底还经历过怎样的风浪浮沉呢？

覃天看出了他的心事，感慨地说道："咱们家的故事啊，也能写一本书了。当年，咱们家的铺子一整条街呢。等你有时间去广东，让我妈给你讲。今天啊，我承诺个事，我和大表哥商量过了，我们会分别拿出一部分钱补偿你，嘿嘿，你千万别嫌少啊。"

赵心刚欣慰地看着春风满面的覃天，谢绝了他。在赵心刚看来，这笔遗产在大表哥范宏和覃天手里能更有效地发挥出作用，在他手里只能存进银行，吃保值的利息。

当下是改革春风吹遍神州的时候，每个心怀梦想的人都有可能实现梦想。大表哥范宏在新年的时候给远在上海读书的妹妹邮寄过音乐贺卡，他们之间偶尔也有书信往来，听说范宏在香港的食品生意做得风生水起，还打算来东莞投资开办分厂。而且覃天也有意扩大生产规模，这些都需要有力的资金支持。

他又何必要拿回那笔意外的遗产呢？更何况，如果覃天和范宏不说，他哪里知道遗产的事情。

面对赵心刚坚决不要的态度，覃天苦笑地说："傻弟弟，你都还没问过有多少钱？"然后又转变话锋，拿出一张他和范宏的承诺书，上面明确地标注了属于赵心刚的那笔钱，落款处有覃天和范宏的红手印。

覃天执意要给赵心刚一个保障，赵心刚推脱不开，只好以入股的说辞告诉覃天，这笔钱算是自己入股了他和范宏的公司，覃天高兴地应下。

随后，两人一鼓作气地走下长城，乘坐旅游客车回到了城区。覃天轻车熟路地钻进一条胡同儿，请赵心刚吃了一顿热气腾腾的涮羊肉。

就着铜火锅里羊肉的香气和辛辣的二锅头酒，覃天打开了话匣子，滔滔不绝地说出满心的欢喜和远大的抱负，赵心刚却是满心的烦恼和无奈，他选择了沉默，当起最好的听者。

覃天讲述最多的就是投标中的趣闻趣事。这三年里，他几乎走遍了南方在建的电厂基建项目，下一步他打算开拓北方市场。赵心刚暗暗钦佩覃天的眼光，北方多煤炭资源，国内的火电厂项目又多以燃煤为主，北方的市场潜力自然巨大，覃天未来的发展不可预估。赵心刚在为覃天高兴的同时，注意到一个与江重息息相关的产品——磨煤机。

磨煤机是将煤块破碎并磨成煤粉的重型机械设备，在钢厂、电厂、水泥厂以及化工行业有广泛的应用。眼下传统的制造行业都陷入低谷，但是电厂正蓬勃发展，如果针对火电厂研发出有技术针对性的磨煤机，那江重的压力就不会单独压在炼钢分厂，这或许是一条重要的出路。

为此，赵心刚详细地向覃天了解了各大筹建电厂的情况，并细致地询问了目前磨煤机的生产厂家。覃天掏心窝地告诉他，他所投标的电气仪表类是电厂基建中数量和金额最小的类别，像磨煤机这类大型的重机设备，都是进口或者由传统大型国企来供货，其中占据市场份额最大的就是海西重工。

海重是和江重齐名的重机国企，赵心刚突然想到一同学习的同行中，竟然没有来自海重的职工！难道他们也和覃天一样忙着投标吗？

赵心刚和覃天又聊了些个人的私事，喝下最后一杯辣嗓子的二锅头，便匆匆来到火车站，覃天着急去内蒙古谈一笔业务，赵心刚也坐上了回江北的火车。

在火车上，赵心刚都在盘算着磨煤机的事情。依照目前电弧炉的生产能力，做出磨煤机的底座、端盖、大齿轮等部件已经不是难事，那装配和其他问题呢？他迫不及待地想和师兄李东星商量此事。

一阵火车的轰鸣声将赵心刚带出记忆，他所乘坐的公交车堵在了铁道前。这是工业区常有的事情，铁路线遍布方圆数十里，连接着数百家国字号的龙头企业，每家企业都拥有光荣的历史，厂墙上贴着数不清的荣誉，更包揽了无数个共和国的第一，然而如今这些企业却都笼罩在呛人的烟尘之中。

赵心刚怀着沉重的心情目送载着各种工业材料的火车缓缓驶离，道路两边的路障随之撤去，迎面的两辆公交车各自拖着长辫子呼啸而去。他下了车，回到熟识又割舍不断的江重。

一下车，赵心刚就看到了站在大门厂牌前的陆有为，他的身影很厚重，仿佛是在给厂牌遮挡风沙，又仿佛是在厂牌的庇护下站立。赵心刚迎过去，陆有为不知为何转了身，他故意摸索着上衣口袋前的厂徽，嘟囔了一句："娘个头的，风太大了，眯眼睛不说，还把我的笔帽吹掉了。"

赵心刚困惑地怔住了，陆有为又立刻转过来，捏着那个小小的笔帽，大声说道："嘿嘿，找到了！"

赵心刚想打个招呼，他忽然发现陆有为清瘦了不少，整个眼眶都塌下去了，而且眼睛有些红，那绝不是眼睛里吹进沙子的红，而是疲惫的红，大哭过的红。陆有为完全失去了从前的那股子强劲的力量，就像一个迷茫的退休老职工回江重寻找心灵上缺失的寄托。

是江重斑驳的厂牌，还是那个拾起的笔帽？

赵心刚还是轻声地打了一声招呼："陆厂长——"

陆有为一寸寸地抚摸着江重的厂牌，反反复复地拍打在"重"字上，回头说道："小赵啊，你知道吗？目前制造行业低迷，江北各大国企的日子都不好过。咱们厂退休职工的医药费已经两个月没报了，在职职工去年的采暖费也没报，有几个分厂只能实发基本工资，发不出奖金。你们玩儿命完成了平改电的技改，炼钢把牙缝里的钱都挤出来了，也仅仅缓解了江重几个月的财务困难。小马拉不动大车，你拯救不了江重。"

赵心刚的心仿佛被扎了一下，他想到北京之行的收获，说道："江重不是我一个人的，江重的命运掌握在所有江重人的手里，所以我和师兄都在寻找救江重的办法！"

李东星？陆有为无声地笑了，低塌的鼻梁上堆积起数不清的褶子，连带着高耸的颧骨一颤一颤的，像极了戏台上唱白脸的曹操。他攥紧了拳头，脸色有些黯淡，话锋转得也很快："看来，你们江工的人都是一条心啊。小赵啊，其实，我的工作开展得很难。李厂长总是以技术立厂，缺乏销售的经验。眼见着销售业绩直线滑落，他便将这个烫手山芋抛给了我。我只能临危受命，勉强接手。起初也是两眼一抹黑，摸不到门道儿，幸亏我大哥给我支了招。销售产品最重要的不是业绩，而是回款。江重的业绩在业内响当当的，占有一半以上的份额，但是回款率太低。那些欠款的企业有的已经倒闭，连要账的机会都没有。与其这样，还不如不卖。我计算过欠款，如果将死账都要回来，足够给全厂职工发一年的工资。"

赵心刚一怔，他想起陆有为曾经的那句"我也很难"的话。陆有为说得没错，他承接了杨仁义的照拂，也应下杨仁义的要求。他不但要稳住那些保守的老古董，还要积极地推动厂内的各项改革，这些无疑都是矛盾的。从这个单一的角度来看，他的确很难。

江重是江北所有国企的缩影，每个人都在用自己的方式做事，比的是谁更有话语权，更有执行力；每个人都认为自己所做的一切都是为了厂子好，比的是谁更能受到职工的重视和拥护。

这是一种极为奇怪、独特的现象，只有在数万人的国企大厂工作过，你才会深深体会到“大厂”这两个字背后代表的意义。如今，陆有为开源节流的工作有显著的成效，而李肇业在抓精简机构这种得罪人的工作，江重职工自然更拥护陆有为。不过，陆有为说得似乎也不全对，他只顾要账，忘记了江重其实也欠不少外债呢。

但是赵心刚咽下了这些，他知道眼前的这位老厂长已经足够勤恳也足够艰难了。于是他点点头，附和道：“回款，嗯，这的确是个大问题！”

“哈哈，连你小子也这么想，那我今天算是值了。”陆有为彻底恢复了往日的威风，他指着厂牌，“这块厂牌不少年了，等我倒出空儿来，让造型的那帮老瘪犊子们再做一块，让来往的人都睁大眼睛看着，咱们江重永远倒不了，倒不了！”

## 29

师兄李东星正在301室等他，赵心刚从行李里拿出在长城脚下买的一对百年好合的玉扣，送给他做新婚礼物。

“你还挺懂女儿家的心思，琳琳最喜欢这些东西了。”李东星收下礼物，为赵心刚倒了一杯热水，着急地问起他在北京学习的情况。

赵心刚提及重机制造业整体的情况，表示未来的前景非常不乐观。李东星一直紧皱眉头，数日不见，他憔悴了许多。他语气沉闷地说道：“师弟，所有人做梦也想不到铁饭碗会打碎，这么大的企业，说完就完了。”

赵心刚痛心：“情况只会更糟！”

李东星落寞地叹气：“我已经预见到了，脓包不挑开，早晚会自己鼓出来。我对父亲说，在计划经济向市场经济的转轨过程中，原来的旧体制根本无法跨入新世纪，势必要牺牲一部分人，怎么办？我们有什么办法？我父亲还在苦苦挣扎，不忍心裁减机构，能留的尽量留，实在保不住的，他还在尽可能地想办法保。怎么保？要不是咱们顶住压力完成了平改电，现在连基本工资都开不出来了。再这么下去，把炼钢分厂拖垮，全厂一起玩儿完！”

赵心刚的心猛烈地抽了一下，师兄说得没错，在过去计划经济的调剂下，国企承担的社会责任大于企业效益，亏损十分严重，连贷款都还不起，而各个企业间的三角债务更是一本糊涂账。如果不下决心进行产业结构调整，肯定会造成更为惨烈的局面。

可是，这些沉重的负担和阵痛却要勤劳朴实的工人来承受吗？他们承受得住吗？他们的背后是一个个省吃俭用的小家庭，他们是家中的顶梁柱啊！顶梁柱倒了，家还会在吗？

赵心刚痛苦地闭上眼，不敢想下去。李东星深知他内心的矛盾，感慨道：“师弟，我们不是救世主。或许这场风浪会很快轮到我们，除了承受，还有什么办法？像《老人和海》中的老渔夫那样勇敢地和大马林鱼搏斗？我们只会淹死、饿死、累死、渴死……”

“不，不会的。”赵心刚执拗地摇头，“哪怕要倒下，也要最后一个倒。我们要自救。”

“自救？”

“没错！自救！我们要转型，要扩大销路，要开发新产品！比如说，生产磨煤机……”赵心刚将磨煤机项目的想法讲了出来。

李东星一边听赵心刚说话，一边迟缓地坐回到自己的书桌前，还不经意地敲打着桌沿儿：“磨煤机？”

赵心刚点头：“是啊，我曾经在资料室看过江重的产品目录，在我进厂之前，有过几台磨煤机的业绩，如果我没记错的话，应该是中速磨煤机。”

李东星抬起胳膊，敲打声戛然而止。他跷起二郎腿，点头道：

“我知道磨煤机这个产品，当时还是咱们设计院主抓设计的，引进的德国技术，当时还获得过江北的工业新产品一等奖、科技振兴奖等等很多奖项呢。可是磨煤机的工期慢，工序烦琐，后期在建电厂项目不多所以就停掉了。更重要的是销售组的那些人都坐惯了办公室，总是等着天上掉馅饼，谁也不愿意出去跑市场。接不到订单，这个产品滞销，江重也就将重点转移到球磨机、回转窑等产品上了。”

赵心刚着急地站起来：“师兄，苦心引进新技术的创新产品不能停啊！重机制造行业有钢铁一般的竞争对手，不进则退。这几年，我们停了磨煤机，其他厂都已经迎头赶上了，等我们抬起头再去追时，都已经晚了，人家早就领先一大截了！我们，我们岂不成了龟兔赛跑里骄傲的兔子？”

李东星也站了起来：“对，我们不做兔子，我们必须做领头羊！”他走到赵心刚面前，拍拍他的肩膀，“怎么样？有多大把握？”

赵心刚想说百分之五十，可是想到覃天那股子不服输的劲头，他又增加了信心。

“百分之六十！”

李东星犹豫了一下，俊朗的脸上凝固着温暖的笑意，他无意间扫过书桌上的精简机构名单，缓缓地攥紧拳头。

“干！”

“好！”赵心刚坚定地应道。

随后，赵心刚说出思考了一夜的想法：他从覃天口中得知内蒙古东部地区将建设一台600兆瓦机组的火力发电厂，他们最好根据当地的煤质情况，在以往老产品的基础上研发出拥有自主技术的磨煤机。这次时间紧，任务重，必须要抽调各个分厂的技术骨干，成立磨煤机研发小组，争取在两个月内攻克技术难关，才能保证顺利赶上火力发电厂的基建投标任务。如果江重能顺利拿下这个大单，那就为江重开启了重机设备的新市场，那样，江重会迎来崭新的面貌。

赵心刚越说越兴奋，李东星也被他的工作热情所感染，两人决定明天一起在总厂的早会上提出成立磨煤机研发小组的方案。

301 室的灯亮了一夜，赵心刚和李东星忙了一夜，终于写出了一份研发磨煤机的可行性报告。这份报告在早会上炸翻了锅，李肇业坚决支持，陆有为坚决反对。

两人各自拿出了有力的论据，李肇业认为磨煤机的市场很大，会扭转江重的困局。而且江重有过磨煤机的业绩，只要埋头苦干，会很快上手。即使不能攻克技术难关，也可以暂时引进德国技术。重要的是这个产品会有巨大的销量，这对于现在的江重十分重要。

陆有为却认为就眼下的形势，应该将更多的资金投入到现有的成熟产品才能解江重的燃眉之急，研发新产品风险太大。更何况，即使拿下磨煤机的订单，以电厂三六一的付款方式（预付三，交货六，质保一），江重也没有足够的资金来支撑磨煤机的生产，更无法保证交货期。

对于陆有为的反对意见，赵心刚都已经提前想到了。根据从覃天那里得来的准确消息，他详细列举了近期各大电厂基建项目的情况，各厂的资金都非常充足，而且对于重点的大型设备，基建项目组会酌情给出宽松的付款方式，预付提高到四成，再根据货期进度陆续付款也可以商量，这主要取决于生产企业的信誉。他坚信江重的这块金字招牌，只要中标，就会拿到最好的付款方式。同时，江重的很多老产品竞争压力大，价格接近成本，欠款又很严重，所以更应该开发新产品，不应该将鸡蛋放在同一个篮筐里。

面对赵心刚耿直的态度和强有力的论据，陆有为犹豫再三才勉强同意。不过，他提出一个出乎所有人意料的条件。他要求李东星任磨煤机项目组的组长，全权负责磨煤机的研发、销售等一系列工作。但是李肇业以李东星在设计院的工作繁重为由，坚持由赵心刚来担任组长，磨煤机项目组可以挂在设计院之下，在设计院内办公。

陆有为不好驳李肇业的面子，只好举手同意。就这样，早会结束的一个小时之后，赵心刚为磨煤机项目组组长的任命文件分发到了江重下属的所有分厂。

一潭死水的江重开始不停地翻滚零碎的水花儿，大家私下都在传，赵心刚又要起幺蛾子了。不同的是有人等着看笑话，有人等着看好戏，还有人咬牙骂娘。但是，还有很多人一门心思地想进入磨煤机项目组。最近，江重正在严抓劳动纪律，几乎每个职工都被扣了钱，他们只关心下月能不能开出满额的基本工资。江重的红头文件上写得清清楚楚，用最大的资金额度确保磨煤机项目组展开工作，那就意味着磨煤机项目组将是整个江重油水最大的小组，有利当然有纷争。

有了上次平改电的经验，赵心刚已经不在乎这些流言蜚语。他如今已经是江重的中层领导干部、先进工作者，又是改革先锋，他最在乎的是磨煤机项目组的搭建。

赵心刚又开启了连轴转的忙碌，他选中的第一个组员是他技改中带过的助手——王泽。

王泽比他晚两年进入江重，毕业于重机，学的是铸造专业。因为能力突出，跟着马胜利一起来到炼钢分厂。他为人低调，工作细心，更重要的一点是他从不参与厂内的任何争斗，只顾埋头干好自己的工作。平改电的时候，他一直跟在赵心刚的身边虚心学习，半年下来，王泽成为技术组的副组长。他不仅了解设备的实际操作，而且本身学的就是铸造专业，这些都非常适合他加入磨煤机项目组中来。

可是，对于项目组的其他成员，赵心刚犯了难。李东星介绍过来的都是他的小团体成员，陆有为介绍来的也是关系户。后来，赵心刚想出一个办法——考试选拔组员。只要是江重职工都可以来参加考试，考入前五名就可以加入磨煤机项目组。考核题分为 ABC 卷，题型不同，难易程度大体相同，现场抽签答题，最大程度上杜绝作弊。

当晚，他在王泽的帮助下，设计出一套考核题，还意外地知晓了王泽的秘密。面对王泽的坦诚，他感谢王泽的信任，也敬佩王泽的为人。王泽也说出了内心真实的想法，两人都对磨煤机项目有足够的信心，立志要大干一场，还推心置腹地推敲了磨煤机项目的每一个环节和即将面临的阻碍。为此，两人也结下了深厚的友谊。

第二天，赵心刚将考试的信息张贴在食堂门口的告示栏里，前来报名参加考试的人有很多。赵心刚亲自判卷，选拔出五名优秀的技术员。对于这五个人，赵心刚颇为满意，他们都是各个分厂在一线工作的骨干，虽然职务不高，却都有一身本领，这是赵心刚最为看重的一点。他从关云茂那里得出了经验，长期耗在会议室里开会根本搞不好技术，只有脚踏实地努力工作才是正道。

赵心刚将整理好的五人名单分别汇报给陆有为和李东星，李东星很高兴，他已经为赵心刚准备好了办公室。根据早会上的决定，为了方便工作，磨煤机项目组将设立在设计院。陆有为的反应似乎大了些，他特意将赵心刚叫到自己的办公室，亲手关上办公室的大门。他依旧握着那支钢笔："小赵，你知道我为什么在早会上坚决反对上磨煤机吗？"

赵心刚默默地摇头。陆有为叹口气："看来，李东星没有对你说江重面临的严峻形势啊。"

"他说正在第二次裁减机构，办法用了很多。"赵心刚抬起头，"可是江重负债率太高，那些企业的日子都不好过……"

陆有为摆摆手："小赵啊，现在江重的形势大家都清楚，我的销售工作比李厂长抓得出色，李厂长可能有些失意。其实，李厂长对江重的心我是知道的，他是为江重好，他想尽快做出成绩，扭转劣势。至于这个磨煤机的项目，他就是在押宝，押你！你知道他为何让你任磨煤机项目组的组长？为什么又将项目组挂在设计院的名下？这个项目如果成了，是你师兄李东星的功绩，李厂长在为自己的儿子铺路；如果不成，责任都是你的，你在江重也待不下去了。

不变的只有江重，还是老样子，我们这些老家伙，只要小车不倒，就继续推。不过，这些还不是最重要的，重要的是你的磨煤机——根本就做不成！”

赵心刚固执地反驳道：“我有足够的信心能做好！而且，李厂长和师兄支持上磨煤机的目的也都是为了江重好！我知道，陆厂长反对上磨煤机，同样还是为了江重好！”

陆有为的语调低沉了几分：“你啊，还是太年轻。我给你交个底吧，你不要以为设计院的设计能力很强。最近设计院的人事变动很大，有本事的分组组长几乎都被南方那些民营企业高薪挖走了，其中就有当年磨煤机的设计师，他还带走了两名得力的助手。这个磨煤机可不是普通的重机，在国内还属于紧俏货，如果设计前期出现纰漏，后期的维护成本非常高。而且，我敢保证，只要磨煤机的货款一到，就会被挪用到别处，一万多职工和将近四万的职工家属都在嗷嗷待哺，是你磨煤机重要，还是口粮重要？到那时候，你连购买配件的钱都没有，你拿什么交货？江重的信誉何在？我反对上磨煤机是为了你，也是为了江重的这块金字招牌！”

赵心刚可没有考虑那么多，他的心里只有胸前的江重两个字。他耿直地提醒道：“您不是在会上保证磨煤机项目专款专用吗？”。

“会上的话能信吗？”陆有为神色有些黯淡，“底下那些财务组的人根本不听我的。”

“那他们听谁的？”赵心刚坐在黑色的沙发上，想到一个关键的人，“陆厂长，王泽是你的人吧？”

陆有为愣了，他眯起双眼，狭长的眼角牵起一道深深的皱纹：“他是江重人！”

赵心刚笑而不语。

王泽是个普通的技术员，并不显山露水，在人才济济的江重只能算得上平庸。他能入马胜利的眼，也正是因为平庸，说白了就是无依无靠。谁能想到马厂长学问大，眼界却低，他看走了眼。王泽的背后是陆有为。

“他是和我关系最亲密的战友的儿子，我和老王那是过命的交情！”陆有为放松地坐在靠椅上，继续把玩着锃亮的钢笔，叹气道，“这孩子命苦，出生不到百天，老王就过世了，孩子妈后来也改嫁了。王泽是在爷爷奶奶家长大的，每逢过节，我都会去看他，送些生活费。这孩子随他爸，从小就聪明，后来考上了重机，凭自己的本事分到江重的铸造分厂。当时我还不知道他进厂，如果知道的话，说什么也得把他弄到炼钢分厂啊。没想到这孩子和你一样有些本事，在铸造分厂干出了名堂，跟着马胜利一起来炼钢了。当时，他求我，千万不能说出我们之间的关系。既然他有志气，我何必自讨没趣？嘿嘿，答应归答应，私底下，我当然还是要照顾他这个没爸没妈的孩子！”

陆有为掷地有声地将钢笔杵到办公桌的小摆件上，那是一头俯首的铜牛，铜牛长着两个尖尖的犄角，脊背上露出健硕的肌肉，浑身充满斗志。

赵心刚不知道是被王泽的成长经历所打动，还是被铜牛晃了眼睛，他有种释然的感觉。

王泽并没有把自己坎坷的过去告诉他，只是说出自己和陆有为的关系。他依然记得王泽实话相告时的情景，王泽的语调极为平静，他没有将这层关系看成依靠和资本用来炫耀，反而有些难为情。王泽告诉他，他父亲最大的心愿就是做一名产业工人，父亲没有完成的心愿，他来替父亲完成。赵心刚从他闪亮的眼神里看到了圆梦的光芒，比自己更闪耀。

“王泽是个好苗子，将来一定大有作为。”赵心刚感慨地说。

陆有为点头：“这都是你带得好啊！平改电的时候，他来找我，想跟着你干，我顺手推了一把，他很争气。这几年，他一门心思地在一线干活，看着他一天天成长，一天天进步，我很欣慰啊。”

赵心刚站起来：“这也要感谢你，陆厂长！”陆有为一怔。赵心刚继续说道："感谢你尊重王泽的意见，感谢你为江重所做的一切。我知道……"他顿了顿，迎上陆有为温热的目光，"我知道陆厂长的难处，我知道你所做的一切都是为了厂子。"

"小赵啊！"陆有为瞪着发红的眼底，微微发红的脸颊闪过一丝欣慰的笑意，"你……好啦，你走吧，快去工作吧。"

这是赵心刚第一次近距离地看到陆有为柔情的一面。王泽说得没错，陆有为是个重诺的性情中人，特别喜欢看武侠小说，有几分江湖气概。如今，偌大的江重宛如一艘在深海里航行的巨轮，巨轮上压着超负荷的货物，需要所有人共同努力，将江重拖拽到平静的港湾。赵心刚诚恳地请求道："给我们一个机会吧，也给江重一个机会。"

陆有为沉默地站在窗边，那里有一盆叶子枯黄的君子兰。此刻，窗外的阳光很足，明亮的光线照在君子兰上，赵心刚这才发现在，原来在那看似枯萎的花茎上，居然还有两片刚刚抽出的小嫩叶。叶片绿油油的，饱含着顽强的生命力和不屈的希望……

## *30*

成功总是青睐有创新精神、有毅力的人。在恶劣的环境下，赵心刚顶着巨大的压力，带领他的磨煤机项目组团队开始了两个多月废寝忘食的磨砺。

这两个月里，包括赵心刚在内的七名组员几乎吃住都在厂内，每晚都要工作到深夜。身为设计院副院长的李东星不忍他们这般辛苦，特意吩咐食堂为他们加一顿夜宵。赵心刚担心其他上夜班的职工说闲话，而且让食堂开小灶影响也不太好，便谢绝了李东星的好意，私底下联系了已经盘下店面开饭店的佟老板，让他做一顿小夜宵送到办公室。

赵心刚做梦也没有想到自己无心的举动将打破食堂长久以来的

大锅饭制度，也影响了佟老板的命运。佟老板是个认真的人，自从开了饭店，他便雇了两个同乡帮助他打理小百货铺，自己就一门心思地扑在饭店上。

他接到赵心刚的订餐之后，特意跑到办公室详细询问了每个人的口味，记在他随身携带的日记本上。每到晚上九点，他都准时准点地来送餐。饭菜的价格公道，味道也很不错，香味能从一楼一直飘到五楼。时间久了，设计院加班的其他职工也开始让佟老板送餐。再后来，佟老板又接到了送午餐和晚餐的生意，开辟了一条为工厂送餐的新路子，将厂办食堂顶得够呛。

但是，这也不能怪佟老板抢生意。厂办食堂是江重的大集体单位，员工都是集体工。以往江重效益好时，他们的油水儿多，饭菜还算可口。可是自从江重开始裁减机构，食堂在独立核算的第一批名单里，饭菜就“精简”得大不如前了。

按照江重最新下达的规定，每名在职职工的餐补是 1:1，也就是单位拿一半，职工自己拿一半。可是各个分厂的效益都不好，内部结算的单子变成了摆设，食堂为了维持正常的运营只能通过提高价格降低饭菜质量来挣职工的钱，所以饭菜分量少，价钱贵。

江重的职工个个粘上毛比猴子都精，他们怎么可能让食堂挣钱？有了赵心刚为设计院打开的先例，他们纷纷都找佟老板订餐。佟老板的生意做得红红火火，炼钢分厂的职工也借了牛玲的光，佟老板以自己是炼钢家属为由，每周都会为炼钢职工免费加个小菜，人人见到牛玲都说声谢谢。只有牛刚不以为然，他宁愿花大价钱吃难吃的食堂，也不愿意接受佟老板的照拂。他每天气哄哄地夹着饭盒去冷清的食堂吃饭都快成江重一景了。

赵心刚在厂内遇到他几次，也劝了几句，他不但不听，还上来了牛脾气，狠狠地骂了一顿“佟老倌儿”。赵心刚一心在忙磨煤机的事情，也不好多说什么。不过，他还是提醒牛刚，要用发展的眼光看问题，个体户迎来了最好的时代，佟老板是个难得的生意人，或许不久的将来，他会帮到整个牛家。牛刚又亮出几句狠话，不以为然地夹着饭盒去食堂打饭了，赵心刚只能作罢。

在赵心刚的眼里，佟老板和表哥覃天是一类人，他们从未捧过铁饭碗，更不安于过平稳的日子，他们一直在勇敢地闯路前行，是值得尊重的闯路人、创业者！他们身上有太多太多的闪光点，这是这个时代给予他们的幸运，他们也融入了这个时代。

既然他们都如此努力，他有什么理由不努力呢？

赵心刚将磨煤机项目比作战场，他带领着组员一次次地发起总攻，终于攻克了核心技术，研发出新一代的中速磨煤机。图纸出来之后，江重的各个分厂都开始了忙碌，李东星也在未婚妻赵琳琳的帮助下开始了专利申报工作。其实，这个项目的重点是要扶植资金，江重现在很缺钱，他们一致认为江重自主研发的中速磨煤机能拿到工业部的应用科学进步奖。这不仅是一笔丰厚的奖励资金，更是能给死气沉沉的江重和江北所有国企带来温暖的希望。所以，江重上下，包括省里都对磨煤机项目非常重视，赵心刚也自然得到了嘉奖，成为江重最年轻的劳动模范，他带领的磨煤机团队也得到了工人先锋号的荣誉，每个人都得到了劳动模范的搪瓷大茶杯，大茶杯上清楚地写着每个人的名字。

磨煤机项目组的组员都非常兴奋，赵心刚却一刻也不敢怠慢。他细致地安排了接下来的重点工作，并叮嘱王泽去炼钢分厂、铸造分厂、减速机车间、机加车间盯着，王泽等人领完任务就离开了办公室。

办公室里只剩下赵心刚一个人，这些天他瘦了一大圈，都快撑不起江重的工作服了。李东星让他早点回去休息，他却一直守在电话旁边，他刚刚给表哥覃天打了传呼，留的是办公室的电话号码。

算算时间，内蒙古东部新建的火力发电厂已经进入设备招标阶段，等前期的锅炉和汽轮机等设备的招标工作结束，马上会轮到磨煤机。此时，覃天就在基建现场，据说那里是矿区，离市区很远，覃天租住在一个小乡镇的牧民家里，交通和通讯都不太方便。

赵心刚之前按照覃天给的电话号码联系过基建办公室的采购员，简单地介绍了江重磨煤机的产品特点和情况，采购员非常感兴趣，但是具体的技术参数要和锅炉专工联系。赵心刚打算亲自去一趟现场，毕竟技术参数不是一句话两句话能说清楚的。可是他从来没有干过销售，也没有拜访客户的经验，厂内的那些销售员都是一副“老佛爷”的态度，他只能求助覃天。

不一会儿，覃天回电话了，不过，电话线路不稳定，话筒里的声音断断续续，还夹杂着呼呼的风声，赵心刚只听清楚一句话：“海重的人已经到了。”

这是赵心刚最担心的事情，目前从市场上来看，江重最大的竞争对手就是海重。海重近几年加大了研发投入，厂内的改革力度也很大，业绩显著，相比之下江重就显得薄弱了些。不过，这次的项目在内蒙古东部，江重占据了绝对的地利优势，无论是运输成本还是售后维护成本都会比海重低。

为了尽快推进进度，赵心刚决定提前动身，立刻去新建电厂的基建项目部进行一场技术交流，他准备带王泽一起去。临走前，赵心刚带着王泽分别去了李肇业和陆有为的办公室，李肇业非常支持他们，还当场给老同学打了电话，希望他们能够在必要的时候提供支持。陆有为更是贴心，他直接塞给王泽一摞现金！

陆有为依旧笔不离手：“你们别小瞧矿区，虽然封闭落后，物价却贵得出奇，尤其是吃、住、行。你们一定要小心，别不舍得花钱，该花就得花，别丢了江重的脸。”

王泽点了点头：“我会遵守厂办的规章制度。”

陆有为哈哈一笑，说道：“那些规章制度在厂内能执行，出差在外就好比打仗，哪能那么死板？你们都是技术员出身，第一次出门跑业务，估计会遇到困难。不如这样，我给你们配个老销售员一同去吧。”

赵心刚急忙推脱说："谢谢陆厂长，不必了，我们这次只是打前站，先去探探路，做一次技术交流，摸清现场的情况，这样心里也有数，能增加中标的概率。"

陆有为摇着头说："这跑销售的，都是跑关系，有几个靠产品？"

赵心刚反驳道："我最近翻看了关于销售的书籍，找关系只是市场的一部分。其实，除了关系营销，还有市场营销、产品营销、品牌营销等等，我相信咱们江重这块招牌，更相信咱们的产品绝对有竞争力。"

"对，我也相信。"王泽随声附和。

陆有为看着两人自信的目光，不禁攥紧手中的钢笔："我去省里刚开完会，眼下工业的成本费用上升太快，成品库存过多，资金相互拖欠问题非常严重。总和国家张口要钱不是咱们江重人的特色，我们真的需要用新产品打开突破口了。好，我等你们的好消息。嗯，对了，你们带上这个。"

陆有为小心翼翼地从办公桌下的抽屉里拿出一个精致的小盒子，他郑重地托在掌心："这是咱们江重最高级别的礼品，虽然不值几个钱，但是意义重大。现在就剩最后一个了，你们拿着，拜访客户的时候或许用得上。"

赵心刚疑惑地接过小盒子，打开一看，是一枚做工精巧的厂徽，中心处刻着"江重"两个字。那两个字是如此耀眼，仿佛是在电弧炉里翻滚的炙烈钢焰。他捧着沉甸甸的小盒子，激动得说不出话来。王泽也瞄了一眼，神色变得非常庄重。

陆有为看着两人，深沉地说了一句："去吧，我已经为你们截留了一笔货款，大胆去闯吧！"

"谢谢！"赵心刚深切地感受到身上的重任，他要扛起全厂人的寄托。

江重要活下去!!!

赵心刚和王泽离开了办公室，仓储的保管员送来两件江重的棉服，说是李东星交代的。王泽不解，如今都快六月份了，哪里是穿棉服的季节。但是他也不好意思推托，只能收下。

赵心刚心里有数，小时候在家乡时，每年“五一”前后，水库的河面上还有一层厚厚的浮冰呢，这次他们要去的地方是更为偏北的草原，那里肯定会更冷。按照火车票上的时间，他已经没有多余的时间再去见师兄了，师兄的这份情谊他自然要珍惜。

“带上，走！”赵心刚接过棉服，刚毅的脸颊流露出坚定的信心。

## 31

赵心刚和王泽匆忙地坐上火车，哐当了将近二十个小时才赶到草原。一下火车，两人就立刻穿上了棉服，依然感觉寒风冷飕飕的。两人又辗转坐了四个多小时漏风的客车来到基建项目部所在的“苏木”，也就是我们常说的乡镇。但是这里的“苏木”比江北附近的乡镇要小得多，也萧条得多。一路上，两人见的最多的就是牛羊、低矮的土房、石头墙和灰秃秃的草地。

按照之前的约定，覃天会来接站。赵心刚一下客车就看到蒙古包前冻得哆哆嗦嗦、套着一身松垮垮羊皮袄的覃天。几个月不见，他变得又瘦又黑，哪里还有公子哥儿的洒脱。要不是那一口咬音不清的口音，赵心刚都快认不出他了。

赵心刚着急地快走几步，心疼地抱住覃天。覃天见到了亲人眼泪都快流出来了。王泽急忙拿出从江北带来的桔子味汽水和高楼香鸡，覃天顾不上阴冷的寒风，狠狠地咬了一大口鸡肉，咕咚咕咚地喝起汽水，一边吃，一边含混不清地说：“小刚，我实在是太想家了！这里的环境实在是太艰苦了。”

赵心刚望着远处高高的煤矸石山和灰秃秃的草地，想到了老同学袁大为。他那里没有草原，只有望不到尽头形同牢笼的大山，怪不得他会失去了闯出去的劲头。或许妻子有孕在身仅仅是借口，艰辛的生活和封闭的环境已经磨去他的棱角，让他失去了当年的勇气。

相比之下，表哥覃天这么一个养尊处优的人，竟然不远千里地来这里跑业务，民营企业人这种坚韧吃苦的精神真的让人敬畏。赵心刚欣慰地看着略有些狼狈又如此可爱的覃天，微笑地拍过他的肩膀："走！"

覃天喝下最后一口汽水，露出满足的微笑，吆喝着喊来了一辆马车。这是他专门包下的马车，整日往返于基建项目部和所住的"苏木"之间。

赶车的马把式是个中年汉子，姓肖，说话朴实幽默，他每每扬起鞭子都会哼唱一首听不懂的草原小调儿。枣红色的草原马虽然套着缰绳，浑身也散发出洒脱的草原气质。所以，颠簸的路上充满了相逢的喜悦，每个人的脸上都带着温暖的笑容。

约莫过了两个小时，肖把式将他们平安送到了基建项目部的门口，然后轻车熟路地解开缰绳，让马儿吃草去了。

覃天带着赵心刚和王泽大摇大摆地走进大门，王泽不经意地问了一嘴："不做登记吗？"

覃天踢了踢脚下的积雪，随心地应道："登记防备谁啊？当地的牧民又朴实又善良，还总过来送免费的奶茶呢。外地人呢，即使偷了东西，也运不出去。嘿嘿，来这里都是办正事的，全靠信任，要不谁来遭这份儿罪呀？"

他的最后一句话崩出了地道的北方口音，赵心刚不禁抿嘴偷笑。不过，他最关心的还是设备的运输问题，于是开起了玩笑："电厂的设备都是孙猴子用筋斗云运来的？"

覃天指着远处隆起的地基："你说对了，前期土建工程基本靠马车拉。等天暖和，才能修路。那句话真对啊，要想富，先修路！没有路，卡车开不进来，材料就运不进来，说什么都没用。"

他又指向厂区内一排低矮的平房："基建项目部的职工都是从

各大电厂抽调来的，他们也不容易，抛家舍业地来这么偏远的地方。听说，电厂建成之后，才能陆续盖相关配套的宿舍和家属区，所以现在只能咬牙硬挺。你们来得正是时候，昨天海重的人刚走，关于运输的问题谈了好几天，也没研究出具体方案。听说他们为了节约成本，想走海运，从港口上岸再走公路运输。”

赵心刚摇头：“东北的港口都集中在东部，江北位于中部，无论从时间上还是位置上都会节省很大一部分成本。”

“是啊，我知道你准行！”覃天朝赵心刚示意，“我也签下了好几个合同呢。”

“那我们要沾沾你的好运了！”赵心刚背着沉甸甸的技术资料，加快了脚步。他已经做好准备，势必要打响第一炮。

三人走到项目部办公室，赵心刚和王泽在覃天的引见下，首先拜访了负责磨煤机技术的锅炉专工——陈工。无巧不成书，陈工之前所在的火电厂用的正是江重的磨煤机，所以陈工对江重的印象极好。他热情地接待了赵心刚和王泽，还将两人带到会议室召开了一场小型的技术交流会议。

这是一场别开生面的技术交流会，因为基建项目部地处偏远，难得来两位大型国企的技术人员，小小的会议室里挤满了人，连建设单位的工作人员都来了。在会上，赵心刚和王泽详细介绍了为适合当地煤炭特点所专门研发的中速磨煤机，并细致地回复了现场相关人员提出的技术疑问。

这让拥有丰富销售经验的覃天大开眼界，他跑过这么多项目，还是第一次看到投标厂家这么受重视。而且，他也沾了赵心刚的光，顺利地住进基建项目部的招待所。说是招待所，其实也就是临时的员工宿舍，条件非常差，唯一的好处就是不用雇马车来回奔波了，省下来的时间还能跟负责电气仪表的热工专工联络工作，沟通感情。覃天高兴得合不拢嘴。

赵心刚和王泽也十分忙碌，技术交流会结束之后，两人特意拜访了基建项目部的一把手——朱建国。

朱建国的年龄和江重的陆有为差不多，聊了几句才知道，他也是江北人，早年毕业于江北电力学校。当朱建国得知赵心刚毕业于江工的时候，还开起当年差几分没有考上江工的小玩笑。这样轻松的气氛让赵心刚和王泽也变得不再紧张。赵心刚聊了许多关于磨煤机技术方面的事情之后，腼腆地送出了陆有为留给他的小盒子。

朱建国盯着盒子里的厂徽看了半天，低沉地问了一句："江重现在的处境很困难吧？"

赵心刚无声地点了点头。朱建国抚摸着盒子里的厂徽："这东西不值钱，在江北的南市场随便找个做纪念品的店都能仿制。但是，这东西又无价，它足以代表江重，乃至江北国企最辉煌的时代！你知道这东西的来历吗？"

赵心刚和王泽都尴尬地摇了摇头。

朱建国笑道："你们年纪轻，不知道也没什么，我也是第一次看到呢。当年啊，江北评出十大国企，个个都是行业的领头军。在为国庆献礼的时候，每家企业都定做了十枚厂徽用来展览。后来，一部分厂徽留在了展览馆，剩下的还给了各家企业。说小，这是厂徽，说大，这是你们江重的荣耀啊。"

朱建国合上小盒子，送还了赵心刚："你们江重的心意我领了，可是这么贵重的东西我不能要！其实，我的全家都在冶炼厂工作，我还见过江重门口那个大邮筒呢。"

赵心刚捧着小盒子，内心涌起一阵暖流。他从未有过走老乡后门的心思，他对江重的磨煤机有足够的信心，但是他总是担心自己嘴笨，不像覃天那样机灵，有些关键的话说不到点子上，无法全面地介绍江重光荣的厂史。朱厂长既然是冶炼厂的家属就太好了，或许他比自己更了解江重呢。赵心刚迎上朱建国的目光，坦诚地说出了江重的危机和江工各大国企所面临的困难。

朱建国倒也没有见外，他低沉地说道："从陈工介绍你们身份的那一刻起，我就知道江重的日子不好过了。以往，我们建电厂最忙的就是采购组，他们都是辗转在江北的各个大型国企订货、催货、监工。江重是什么单位？那可是稳坐重机行业国字号的第一把交椅。江重的销售员都牛得不得了，我们为了不耽误工期，只能求爷爷告奶奶地说小话儿。近些年，风向渐渐变了，南方民营企业的拳头硬了，他们的人肯吃苦，制度灵活，产品的类别和质量都赶超了国企水平。最主要的是他们愿意跟着我们基建项目部一起走，随叫随到，售后服务也跟得上，这让我们的采购员总算能歇口气喽。小赵啊，实不相瞒，我来这里过了一整个冬天，见到的都是民营公司的领导和业务员，连海重派来的人都是二级单位的销售，他们关心最多的还是运输问题，至于产品质量和合作意向连提都没有提。”

朱建国顿了顿，嘴角露出一抹无奈的苦笑：“谁说我们就一定要用海重的产品了？他们还挺自信的！小赵啊，你们是我接待的第一个大型国企派来的技术人员，听说你还是江重的中层干部，小王也是技术骨干，好啊，好啊，我很欣慰啊。”他对赵心刚和王泽竖起大拇指。

赵心刚惭愧地说道：“过奖了，朱厂长，我们还活在过去的荣耀里，抱着铁饭碗混日子，实在是愧不敢当。”

朱建国感慨地说：“这是一个时代的缩影啊！当初我也是硬着头皮离开家去外地上班，到现在，父母还责怪我没有回冶炼厂呢。如今，冶炼厂的日子也不好过，正在大量地裁减机构。江北的这些企业啊，真是……小赵，你知道吗？南方有些国企已经开始觉醒了，他们效仿民企，肯低头，肯吃苦，打破了大锅饭，不再是一副高高在上的样子，但是江北的企业……”

一言不发的王泽开了口：“江北的企业还在夜郎自大！”

“对，就是夜郎自大！咱们提倡的改革，不正是改变思想、打破僵化的体制，为了企业能够有序、良好、持续地发展吗？靠输血活着，国家也负担不起。这吃大锅饭，早晚得改变呀！”朱建国的话语有些颤抖，连情绪都变得低落。

赵心刚听出他似乎话中有话，精简机构的政策涉及各行各业，虽然电力行业的发展暂时比制造行业好些，但是也有严重的问题。难道朱厂长也正面临着棘手的问题？

赵心刚试探地问道：“电厂也在精简机构？”

朱建国眉头一动，被说中了心事：“全国一盘棋，电厂自然也在精简机构，尤其是基建建设单位。估计啊，那些转岗的职工和家属都坐在家里骂我呢。”

赵心刚心头一动，如果电厂的形势也如此，还能保证基建项目顺利进行吗？陆厂长截留下来的那批货款不过是杯水车薪，师兄李东星给他交过底，即使江重拿到磨煤机的订单，也拿不出制造费用。想到这里，赵心刚纠结地抓住棉服的衣角。

细心的朱建国观察到了他的小动作，微笑着说：“别担心，精简机构是为了进一步地优化改革，那些占着位置不干活的机构早就应该合并撤销了。抓住机遇、深化改革才是我们大方向。如今，我们这台 1*600 兆瓦的发电机组是重点项目，资金充裕。我知道和江重一样的这些国企都很难，都是一家人，国企何必为难国企？你们回去准备投标吧。只要各项技术指标和投标价格符合我们的现场要求，能够按时交货，中标的机会就很大。我可以为你们特批合同，付出五成的预付货款。”

“太感谢您了！”赵心刚激动地站立，紧紧地握住了朱建国的双手。

朱建国也紧紧握住赵心刚的手，赵心刚立刻感受到了同志般的情谊。他的眼前仿佛出现了江重和冶炼厂那两个每天都冒出黑烟的大烟囱，它们从未说过话，只是隔空相望，却仿佛熟稔彼此的心思。这就是一种无声的情谊，代表着工业人的情谊！

两天后，赵心刚和王泽怀着激动的心情和覃天告别。赵心刚建议覃天可以在江北建立办事处，方便涵盖北方的业务。覃天谢绝了他的建议，按照计划，他要蹲守到基建项目结束。在这期间，现场随时会需要大量的电器仪表配件，他不能让同行抢走生意。

覃天还悄悄地告诉赵心刚，等上了新项目就能挣到钱，也就再也不用这么受罪了。赵心刚知道，南方遍地商机，不管做什么，优秀的覃天都能做得更好。不管做什么，他都会支持他！

赵心刚将江重的棉服留给了覃天，又叮嘱了一些注意身体的话，两人匆匆告别。

## 32

赵心刚和王泽又辗转坐了二十几个小时的火车回到江北，刚好赶上周末。江重从年初便开始实行双休的休息制度，可是最近省里展开工业普查，周围的国企都在加班，江重也不例外，除了一线工人，所有领导包括二级单位的责任人都在加班。

赵心刚直接来到师兄李东星的办公室，他还没开口，李东星就递给他一摞厚厚的证书和奖状："瞧瞧吧！"

赵心刚看着证书上鲜红的印戳和奖状上的"一等奖"的字样高兴极了，反复拿起来端详了好几遍，简直是爱不释手。随后他兴奋地汇报了这次内蒙古之行经历。他省去了旅途劳顿和基建项目部恶劣的环境，直接说起磨煤机的招标事宜。李东星听得很认真，还不时地在工作笔记上做记录。

等赵心刚汇报完毕，李东星也停下笔，他皱着眉头直视赵心刚那张略显憔悴的脸："有多大把握？"

"百分之九十！"赵心刚脱口而出。

李东星一怔，他知道这不是赵心刚的风格。赵心刚极少用这种自满的方式来回答问题，看来，他已经做好挽救江重的一切准备。可是，他知道这些天江重发生了什么吗？李东星的脸色变得严肃，眼底显出淡淡的黑色，他压低声音："你和王泽走的第二天，精简下去的工人集体来厂内闹事，陆有为没有办法，只好拿出截留的那笔货款安置他们。如今，我们只掌握了技术和这些纸片儿，根本拿不出钱来购买磨煤机配套的零件。你知道吗？炼钢分厂连炉料的钱都快断了，一旦炼钢停炉，江重就……”李东星不忍心说下去，他和父亲都不愿意看到最后落寞的那一幕。

赵心刚惊讶地盯着李东星消瘦的脸颊，着急地问道：“怎么会这么严重？省里奖励的奖金呢？”

李东星摇头：“那笔奖金正在申请，年底才能到账，远水救不了近火啊。这几天，我父亲和陆有为每天都在筹钱，可是好不容易筹来的钱，不是报销医药费，就是给职工开工资。听说前院的冶炼厂把工人俱乐部都卖了，陆厂长也正在打咱们江重俱乐部的主意，估计是因为涉及租期，一直没谈拢，这些都需要时间。”

赵心刚的心凉了半截，他万万没有想到江重面临的危机会以雪崩的速度迅速蔓延。他还以为只要拖过这段艰难的日子，闯过这阵风浪，终能见到彩虹。他实在太低估这场风暴的威力，也太低估江重沉重的包袱了。

但是，再苦，再难，磨煤机作为重点项目也必须要上！这是挽救江重最好的机会。赵心刚平复了凌乱的心情，站了起来。

“我已经让王泽准备投标的工作了，只要中标，朱厂长答应我，可以付五成的预付款。有了这笔钱，就可以用来购买进口配件。其他的再想办法，问题不大。只是减速机分厂、机加分厂、炼钢分厂和铸造分厂必须全力配合，保证生产进度。”赵心刚低头想了想，“一会儿我去炉料找牛刚盘点铁山，实在不行，各个分厂凑一凑，他们闲置的废料很多，凑够几炉钢水需要的炉料应该没有问题。只是合金这块需要重点解决一下。”

赵心刚盯着李东星，投入了所有的情感：“自力更生是我们江重的传统，困难有多大，我们江重人战胜困难的决心就有多大！”

李东星看着赵心刚那双闪亮的双眼，真切地感受到一种近乎付出所有的情怀。他也激动地站了起来，斩钉截铁地重复道："对，没有我们江重人战胜不了的困难！"

两人相视而笑，两只有力的手又紧紧地握在一起。

接下来的日子，赵心刚更加忙碌，他领着磨煤机项目组的其他组员又多次去新建火电厂的基建项目部进行技术交流，还深入项目部周边数个煤矿进行实地采样，详细地了解煤质情况。他们的敬业精神让基建项目部的工作人员非常感动，连朱厂长都当众说如果多一些像赵心刚这样的技术人才，那他们的新建电厂就能提前进入 168 小时试运行了。这些话传到赵心刚的耳朵里，都成了勉励的话语，尽管覃天都快把他夸上天了。赵心刚依然很谨慎，他总是清醒地记得父亲常说的话：编筐窝篓，全在收口儿。收不住，就做不成筐。

前期的工作做得再好，也必须在招标会上中标，最后看的还是价格。他已经摸清了招标的流程，按照相关规定，引进设备必须进行招投标，但是因为火电厂的项目大，大型机电设备也开始实行招标。每一项招标项目至少要三家进行投标，可是磨煤机这类重机设备，报名的厂家只有江重和海重，也就只能实行背靠背报价。

在做了充足的准备之后，最关键的投标环节终于来了，赵心刚作为江重的委托代表在现场投递了投标书。而他的竞争对手——海重也来了。在开标时，海重为了拿到订单，进而在市场上占有绝对优势，所以报出了低于从前项目的价格，比江重将近低一个点。这让信心满满的赵心刚措手不及，他的内心非常清楚以目前江重的形势，根本无法跟海重打价格战。

按照招标书的要求，每个厂家在开标之后，都要进行技术答疑，在确保技术没有问题的前提下，将进行第二次封闭报价，价格低的厂家即为中标厂家。

现在最重要的就是价格，赵心刚作为投标的委托代表有权限代表江重进行第二次报价。在投标前，主抓销售的陆有为告诉他江重所能承受的最低价格，是在原来价格的基础上下浮 3%，最多不超过 3.5%。

赵心刚心知肚明，这三个点的下浮是省里给江重的税收优惠，江重的原报价几乎就是实价。可是海重的价格比他们低了一个点，如果他们也同样下浮三个点，就还是会以微弱的价格优势中标。

怎么办呢？赵心刚瞥了一眼已经写好的技术答疑文件，又瞥了一眼盖着江重公章的空白稿纸，到底要如何报价？

一个小时前，他接到两个电话，第一个是李东星，他建议赵心刚拿出破釜沉舟的勇气，就是下浮四个点、五个点，也务必拿下这个大单。即使赔钱，也要在精神层面上鼓舞江重低迷的士气，让江重人看到希望。

第二个是陆有为，他希望赵心刚看清楚前方的路，江重已经深陷债务泥潭，如果磨煤机带不来效益，成为沉重的包袱，江重极有可能成为第二个江北防爆器材厂，那是江北第一个彻底宣告破产的国企。

赵心刚非常清楚两人的想法，李东星代表李厂长，他们想用创新技术来鼓舞士气，拿回江重的绝对话语权。而陆有为想的则是现实的经济账，绝对不能赔钱赚吆喝，江重已经再也背不起包袱了。

这两个想法都不是他想要的，他想要的是双赢。江重既要靠研发的磨煤机养活一万多职工，又要通过创新，让江重职工看到未来的希望。这就意味着这个标他必须要中，而且要在盈利的状态下中标！

赵心刚在狭窄的房间内来回踱步，焦灼不堪。这时候，房间里的电话又响了，他接起电话，电话那头传来牛刚的声音。

牛刚的语速很慢，语调非常悲伤，原来是他的父亲因病过世了。在临终前，父亲交给他一把钥匙和一张破损的旧图纸，上面全是日文，他根本不懂。牛老爷子的原话是必须立刻交给赵心刚。

赵心刚也很惊讶，他在机修整理设备资料的时候，专门学过一些涉及工业设备的日文，或许能看懂。于是，他安慰牛刚要节哀，同时请牛刚把图纸用传真传过来，他要研究研究。

牛刚挂断电话，拨打了传真号码。赵心刚马上就收到了那张旧图纸的传真，虽然画质有些模糊，但在仔细研究了上面的片段文字之后，他的脑海里跳出了一个大胆的想法！他镇定了一下厘清思路，压抑的胸口也变得舒畅，他的手指点在图纸上一个被标记起来的地方，坚毅的脸上流下了两行温热的眼泪。

老天从不辜负努力拼搏的人！他不是一个人在战斗！

赵心刚拿起电话给牛刚打过去，语气不容置疑："牛哥，千万保存好那张图纸！不要给别人看，等我回去！"

# 第十章 Chapter 10 我会是下一个“鲁滨逊”吗

## 33

江北的初秋总是那般含情脉脉，湛蓝的天空飘荡着轻盈的白云。一阵阵凉爽的秋风吹过，白云散成了懒散的棉花，仿佛变成一只只落在心尖儿上高声歌唱的小白鸽，那欢快的音符悠闲地落入赵心刚的耳朵里。

赵心刚一下火车就直奔江重俱乐部附近的一家饭店，今天是师兄李东星和堂姐赵琳琳大喜的日子，他不仅带来了父亲和妹妹的祝福，也带来了磨煤机的中标通知书。

意气风发的新郎官李东星看过中标通知书上的价格，来不及向宾客解释赵心刚的身份，便宣布了喜讯。参加婚宴的宾客几乎都来自钢冶制造行业，自然知晓江重这次磨煤机中标的分量。大家纷纷举杯祝贺双喜临门，这让李肇业倍感欣慰。

赵心刚的大伯赵光亚还亲自将他接到自己的身边坐下，这时候，大家才知道了赵心刚的身份。一时间，赵心刚的身份似乎盖过了磨煤机中标的喜讯，江重的宾客都在窃窃私语。唯独陆有为的脸色不好看，尤其是当他看过磨煤机的中标价格之后，阴暗的脸颊更黑了。

他丝毫没有顾及李肇业和赵光亚的面子，狠狠地瞪了赵心刚一眼。

赵心刚有口难辩，如坐针毡，幸好李东星为他解了围。李东星穿着一身深蓝色的西装，浑身散发着俊朗又洒脱的气质。他是今天的主角，江重又拿到了大订单，他自然要多喝几杯，以至于脸颊有些泛红。他一手牵着新娘子赵琳琳，一手从椅子上拽起赵心刚，兴奋地讲述起奇妙的缘分。他还开起赵心刚的玩笑，让赵心刚喊他“姐夫”。

赵心刚神色犹豫地应过玩笑，然后一直盯着郁郁寡欢的陆有为。陆有为在自己喝闷酒，黯淡的脸上笼罩着说不尽的失落。这让赵心刚很内疚，他本想先和陆有为解释清楚，可是火车晚点，他只能直奔这里。

赵心刚略显尴尬地和李东星介绍的李家亲戚一一握手，内心却盘算着如何对陆有为解释。另外，他还有一项更重要的事情要做。

这时，李东星还在大力夸奖赵心刚凭借真才实学一路走来的艰辛历程，陆有为的脸色愈发不好看。婚宴还没完全结束，他便借口离开了。

赵心刚匆忙地吃了几口四喜丸子，便拔腿追了出去，喊道：“陆厂长！”

陆有为没有理他，气哄哄地往江重的方向走。赵心刚知道他在为自己隐瞒和大伯的身份而生气，更在为磨煤机的中标价格而埋怨他。

赵心刚没有多做解释，他握着中标通知书一声不响地跟在陆有为的身后。两人绕过冷清的生活区，来到一条僻静的巷口，陆有为终于忍不住地爆发了。

“小瘪犊子，你把我当猴儿耍呀？”他怒瞪赵心刚一眼，抢过他手里的中标通知书，大发雷霆地变了脸色，“小兔崽子，你就那么听李东星的话？你们为了鼓舞狗屁的士气，为了讨上级领导的欢心，竟然报出这么低的价格，你们想把江重逼上死路啊？我们拿什么交货？你说啊！！”陆有为彻底释放了怒火，不停地怒骂，语气比冲上天的二踢脚还厉害。

赵心刚沉默地听着，一句也没有反驳。等陆有为满头大汗地骂累了，他递过从喜宴上带来的手绢，解释道：“陆厂长，我在电话里给您汇报过，开标当天，海重的价格比我们差不多低出一个点，而且，海重的销售员在唱标的时候表现出宁愿低于成本价格也要拿下这个单子，这都让我们很被动。海重的第二次报价下浮了三个点，这样就比我们的原价低出将近四个点，如果我们不下浮四点五个点，根本无法中标。”

“臭小子，中标有屁用?！只能给李家父子脸上贴金！对了，我差点忘记了，你们现在是亲戚了，你是李家的小舅子。”

赵心刚满脸无辜地说：“陆厂长，大伯一家和我家来往很少，从小到大，我只在照片里见过琳琳姐。您就别挖苦我了，我真的没有欺骗你。我知道江重现在很难，不可能做赔本儿的买卖，更不能砸江重的金字招……”

陆有为冷笑一声：“真是说的比唱的好听，你现在不就是在砸江重的招牌吗？这么低的价格，我们拿什么做磨煤机？你知道炼钢快断炉料了吗？铁山没了，贵重合金料也空了，快停产了。”

赵心刚忙点头，说：“我知道，我事先问过炼钢的同事。可是，事情总有变化，我们上上下下付出了那么多的努力，老天爷怎么会看不见呢？陆厂长，您看看这个。”赵心刚说着递过牛刚传真过来的那张残缺不全的图纸。

陆有为扫了一眼图纸：“咋地，这什么东西啊？一张破图纸，你还想怎么忽悠我？”

“陆厂长，人家都说天道酬勤，有耕耘就有收获。咱们江重这次是拿到幸运包了，走，我带您去个地方。”赵心刚走在前面，陆有为迟疑地跟了上去。

午后的阳光弥足闪耀，炉料小院儿变得温暖而安静。“铁山”不见了，横七竖八的废钢已经撑不起一个山字，充其量是个小铁堆。一群小麻雀欢乐地在上面蹦来蹦去，好似在寻找遗失多年的礼物。

赵心刚将陆有为带到这里。消瘦的牛刚在盘料，他正值孝期，胳膊上缠绕着黑色的孝布。

牛刚见到赵心刚，脸色一暖："小赵，你回来啦！"紧接着，黑着脸的陆有为也到了。牛刚瞄了一眼赵心刚，赵心刚微微摇头，示意他不要多问。

牛刚急忙将料单夹在胳膊下面，迎了过去："陆厂长，您怎么也来了。"

陆有为瞪了一眼赵心刚，呛了一声："来看戏！"

牛刚疑惑地给赵心刚使眼色，赵心刚笑道："的确是看戏。牛刚，我记得你说过，咱们炉料这个小院儿之所以离炼钢车间那么远，是因为最初建厂的时候就是这么设计的，后来也一直没有变动过，对吧？"

牛刚还以为赵心刚会和陆有为解释什么，没想到会问起这个问题。他点头道："没错啊，原来这里就是存放废钢的地方。还曾有人传言说这里有宝藏，其实我看都是扯淡。宝藏我没见过，我就知道建设机加分厂厂房时，有工人挖出过几十个炮弹，当时给那帮人吓坏了，还好没爆炸，后来公安局来人弄走了。这些年江重改建、扩建，很多原来的建筑都扒了，炉料的这个院儿好像没怎么变过，一直是用来堆放废钢的。怎么了？你在这里实习那几个月，我不是对你说过吗？"

"是啊，你的确说过这个小院儿的历史。不过，我现在说的是另一件事，你的钥匙呢？"赵心刚拿出那张残缺的图纸。

牛刚迟疑地从上衣口袋里拿出一把钥匙交给赵心刚，问道："你看出什么来了？"

陆有为鄙夷地用鼻孔哼了一声："忽悠，接着忽悠。"

赵心刚用钥匙指着图纸："总有人说咱们炉料小院儿里有宝贝，

看来，真的藏宝了，就在这座铁山的下面。”

“啊？”牛刚和陆有为听得目瞪口呆。

赵心刚继续说道：“当年江重被侵略者占领过，这半张图纸上注明了当年存放镍、铬、钨、钼合金的地下仓库位置。当时的侵略者为了应对持久的战争，储备了很多从各地掠夺来的物资。这些都是重要战略物资，而且基本用于军工武器，所以其中很多贵重合金就储备在地下防空仓库里。后来侵略者战败，很多物资都没来得及运走，而且还人为地炸毁了工厂的很多设备和设施，其中就包括这个地下仓库。我估计这张图应该是当时工厂里的中国人有意偷偷留下的，可能是希望有朝一日，这些物资能被找到，用于国家的建设。可是种种原因，这批物资一直没有重见天日，图纸也不知道怎么辗转地流落到牛老爷子的手里。”

赵心刚转向牛刚：“牛老爷子在炉料兢兢业业地干了一辈子，或许他无意间得到了图纸，知晓了秘密。但是他没有声张，反而选择了沉默。我猜测，他是想在江重最艰难的时刻拿出来救急，为江重保留一份火种啊。”

牛刚和陆有为听着这仿佛天方夜谭的故事，看着赵心刚，都是一副难以置信的表情。

“牛哥，快去找些人来挖宝啊！”赵心刚提醒愣在那里不知所措的牛刚。

牛刚偷瞄了一眼始终皱着眉头的陆有为，回神道：“好，好……”

陆有为一言未发。

随后，整个炉料小院儿都躁动起来，一群工人师傅在赵心刚的指挥下将“铁山”清理出来。赵心刚按照图纸上的位置在相应的地方圈定四个点位，又调来了一台挖掘机，牛刚和工人师傅们开始用挖掘机翻地。不一会儿，偏南的点位真的挖出了东西，是一些锈得不成样子的钢梁。再一直深挖下去，挖出了很多水泥碎块，经过一点点地清理挖掘，还真的有所发现！

他们挖出了那个传说中的地下仓库的大门，说是地下仓库，其实就是战乱时为躲避空袭挖的防空洞。洞口是一扇上锁的大铁门，牛老爷子留下的那把钥匙已经打不开锈迹斑斑的铁锁了，牛刚找来几个气焊工，费了好一阵子才将沉重的铁门一点点割开，尘封多年的秘密终于大白于天下。

地下仓库不是很大，但也不小，足有上千平方米。里面分别堆放了各种贵重合金，还有很多长满铜锈的铜锭和一些发着暗灰色泽的金属块，好像是锌锡之类的金属。各种物资林林总总都加起来，估计能有七八百吨。

陆有为颤抖地摸了一把上衣口袋里的钢笔帽，又木讷地垂下手臂，方才阴沉的脸颊已经换上了数不尽的惊色。他急忙打着手电筒在昏暗的仓库里晃了一圈，同时掐了自己一把，嗓音发紧地说道："娘哎！真是天上掉馅饼了！！"

牛刚更是惊愕得像个木头人。他怔怔地盯着那一堆一堆的贵重合金、铜锭和锌锡块，支支吾吾的喉咙里似乎堵了一块滚烫的大石头，根本说不出一句完整的话。

渐渐地，他的双眼竟然胀满了温热的泪水，想起了父亲临终前嘱咐让他将图纸和钥匙交给赵心刚的那一幕。

原来父亲早就发现了炉料小院儿里的"藏宝"秘密，一直孤独地保守着这个秘密。父亲是担心有朝一日江重断了粮，可以用这些来应急啊！父亲就是这样的人，平日里寡言少语，只顾闷头干活。退休了，也在时时刻刻叮咛他看管好炉料小院儿，做好本职工作。即使父亲躺在病床上，也在打听江重的生产情况。父亲从未忘记过江重，心里想的、念的都是江重，最后是穿着江重的工作服安详地走完了一生，那工作服上还裹着钢渣的味道呢……

牛刚的视线变得愈加模糊，仿佛穿越回若干年前，年幼的他捧着饭盒来给父亲送饭，身穿江重工作服的父亲正在"铁山"前忙碌地工作。那时的父亲很健壮，他的后背很直。转眼间，牛刚的手突然一沉，父亲郑重其事地将劳动模范的搪瓷杯交到他的手里。他这时才发现，父亲老了，瘦弱的后背不再挺拔，“铁山”前的身影也变成了自己。

父亲始终都是江重人啊！

“爸！”牛刚泪流满面地抓紧手臂上的黑孝带，失声痛哭。赵心刚感慨地拍过他的肩膀，牛刚哭得更加厉害。

陆有为也红了眼睛，他仰起头，偷偷抹过眼泪，假装硬气地嘟囔一句：“这个倔老头，心里真能装事儿。”

赵心刚激动地握紧掌心那把钥匙，默默地在心底对牛老爷子道了声“谢谢”。他终于可以歇口气，堆积在胸口的压力得到了暂时的释放。

他承认他是在冒险。毕竟，在没有亲眼看到地下仓库是否真实存在的状态下，他选择了信任牛老爷子，决然地将报价下浮了四点五个点。他分析，当时侵略者投降时不可能带走所有的东西，而且也没有听说老江重挖出过什么“宝藏”，所以如果真的存在这么个仓库，那里面肯定“有货”。但究竟有多少货，他没有把握，没想到结果远超预期。对于整个江重来说，足够应对眼前的困难了。

赵心刚当时实在是太想中标了，他不想前功尽弃，也不想帮助师兄父子夺回什么所谓的主动权，更不在意陆有为一次又一次有倾向地授意。

他只想中标！

在第二次报价的前夜，他一遍又一遍地计算着磨煤机的成本，一遍又一遍地对比标书和电厂现场的实际情况，他想找到一个突破点，找到一条能让江重杀出重围的路。可是，他的团队前期在基建项目部做的技术交流会实在太详尽、太成功了，标书的技术部分非常严谨，连一些可能出现的细微问题都写得清清楚楚。这让海重也省去不少麻烦，得到了相应的实惠。

价格战真的很残酷！赵心刚陷入了从未有过的困境，这次的招标关乎江重的生死存亡，他势在必得，所以不得不陷入价格战。眼前是一条布满锋利荆棘的路，他想要完好无损地冲出去，却没有保护自己的盾牌，更没有飞翔的翅膀。用覃天的话说，要么放弃，要么爬出去。这些都不是他想要的，他要闯出去！

他坚信天无绝人之路，付出如此多的苦心，承载着江重人的希望，哪能就这么轻易放弃？

果然功不唐捐，牛刚的一通电话牵出牛老爷子的临终嘱托，让赵心刚意外地发现了地下仓库的秘密。

按照标书中的技术要求，这台 1×600 兆瓦的火电发电机组，需要配置十二台中速磨煤机。赵心刚计算过，磨煤机的底座、端盖、轴头等大型铸件会由炼钢分厂和铸造分厂来完成，大概需要至少 40 炉钢水。

而炼钢分厂的炉料已经难以支撑，尤其是很多合金料。这些合金料厂家因为之前的欠款太多，要求必须现金结算。即使从牙缝儿里挤钱，也难以筹够这么多现金。唯一庆幸的是完成了平改电的技术改造，如果还是用以前的老英雄炉，成本会增加一大截，也很难保证交货期。

而地下仓库里的这批“宝贝”刚好可以抵消一部分生产成本，拿来就可以用，不用再花钱采购。那些铜、锌、锡还可以用来生产磨煤机的瓦轴，都是用得上的紧俏东西。只要顺利中标拿到订单，按照赵心刚的预计，火电厂在 168 小时正常运行之后，便会进入大量采购备件的阶段，而且基本会从中标厂家进行采购，也就意味着江重还可以从备品备件上得到相应的利润。

不过，备品备件的数量很大程度上取决于基建项目部的资金情况。资金充足，采购的备品备件自然会多些，资金不足，只需要采购应急的备品备件就可以了。这是一个微妙的问题，备品备件的采购资金算在基建项目部，而运行之后的备品备件采购算入运行成本，这就看领导的心思了，赵心刚还是相信朱厂长的。

所以，赵心刚在第二次报价时，采用双保险的方式。他既相信老劳动模范的荣誉，也相信朱厂长，新建火电厂就是要用必胜的决心完成改革的使命。

最后，赵心刚报出下浮四点五个点的价格，以微弱的优势中标。

招标会结束之后，海重前来投标的销售经理黄言东过来和赵心刚打招呼，递给他一张名片，还莫名其妙地说出“海重随时欢迎你”的话语。

赵心刚微笑着拒绝了，他只回了一句：“我是江重人，会一直留在江重！”

“是啊，我是江重人！”赵心刚拉回了思绪，看着前人用生命守护的“宝贝”，胸前的“江重”两个字是那般滚烫、炙热。

炉料小院儿沸腾了，挖出宝贝的消息像凉爽的秋风一样席卷了整个江重，江重的领导班子成员都到齐了，连新郎官李东星也来了。所有人当场表态，立刻向省里有关部门汇报情况，并把这个紧迫而光荣的任务交给了李东星。李东星顾不上新婚之喜，直接放弃了婚假，立刻带着牛刚准备汇报材料。他还找来了江北电视台和各大报纸的记者前来采访，不放过任何一个为江重厂史增光添彩的机会。

一时间，江重挖出宝贝的新闻成了江北百姓茶余饭后的热门话题，听说江北所有历史悠久的企业都在暗自检查是否有“地下仓库”，可惜的是江重都拿到省里下达的批示文件了，他们也没有找到“宝贝”。

省里非常重视这批“宝贝”，特意组织专家开研讨会，其中就包括赵心刚的大伯赵光亚。赵光亚亲自到江重盘点了地下仓库，认定里面的“宝贝”都是炼钢所必需的贵重合金材料。省里基于对江重的爱护，便做出自行处理的批示。

正是有了这批贵重合金料，江重炼钢分厂得以正常运行，确保了磨煤机项目的顺利进行。十二台磨煤机顺利交货并成功运转之后，强大的业绩为江重迅速打开了电力市场的大门，赵心刚带领他的磨煤机项目团队也开始投身其他火电厂的基建项目。赵心刚的工作更重了，他不仅是磨煤机项目的技术负责人，还成为磨煤机特别销售组的组长。在连续拿到三个磨煤机的大订单之后，李厂长和陆厂长决定成立电站成套设备分厂，专门研发火力发电厂煤炭装卸、输送、加工设备，由赵心刚担任电站成套设备分厂的厂长，王泽任副厂长，原磨煤机项目组的其他五名成员都是分厂骨干，各自负责一部分工作。

## 34

磨煤机项目让暮气沉沉的江重迎来了朝气蓬勃的小阳春。除了学校、医院等附属副业陷于停顿，江重厂内的各个分厂都开工了，职工们都很有干劲儿，这是一场向市场经济跨步迈进的全面改革。

赵心刚和王泽开始了分工合作，他几乎天天在外跑技术交流、投标等事宜，而王泽主持电站成套分厂的日常运行。

赵心刚每天忙得脚打后脑勺儿，连坐火车的休息时间都用来看技术材料了。这次刚从江苏一个基建项目部回来，发电厂方面对江重的磨煤机非常认可，中标的希望很大。他原本计划利用周末的时间顺路去上海探望读大学的妹妹，可是王泽打来电话，让他务必赶回江重参加下周一的生产早会，赵心刚只能买了最早到达江北的火车票。如果火车不晚点，赵心刚将会在周一的凌晨四点下火车，刚好可以赶上生产早会。他并不知道王泽为何非要自己来参加，王泽在电话里什么都没说，他却有一种不好的预感。

这时，赵心刚忽然想起出差前马叔塞过来的三封信还没有看，其中一封就是妹妹的来信。他急忙从公文包里取出一叠信封，最上面的就是妹妹的笔记。

妹妹在信上说自己明年就大学毕业了，她不想依从父亲的建议回江北的那些国企上班，想留在上海工作。目前她已经开始着手准备应聘的简历，并开始详细了解专业对口的就业情况。她希望赵心刚能够尊重自己的决定，并且帮她劝说父亲。她还开玩笑地说要留在“上海滩”，追寻自己的梦想。

赵心刚欣慰地笑了，他知道妹妹从小就喜欢看电视剧《上海滩》。高考报志愿的时候，她的成绩本可以去北京读大学，她还是选择了上海。当时他还不理解妹妹的想法，妹妹反问他为什么不去全国数一数二的大型钢厂，而非要留在江重呢？

那一刻，赵心刚发现妹妹长大了。但是一部电视剧的力量真有那么大吗？后来他一再追问，妹妹才说了实话。原来她一直和大表哥范宏有书信往来，范宏建议她去上海。范宏认为上海从前是远东的贸易中心，改革开放之后，会重新回到原来的位置。前几年，国家在上海成立了浦东新区，那里将会是一个大有作为的地方。妹妹非常认可他的看法，决定去上海读书。

虽然赵心刚不舍得唯一的妹妹离自己那么远，但是他依然遵从了她的决定。从送妹妹坐上江北开往上海的火车那一刻，他就想到妹妹可能不会回来了。

赵心刚立刻给妹妹写了回信，鼓励她，也道出对她的期望。妹妹长大了，不再是那个跟在他身后的小女孩了。她在上海读书，亲眼看到了上海经济的高速发展，深切地感受到了改革开放的热潮。她有自己的路，自己的前程，也有自己的梦想。她真的变成了母亲口中时常念叨的那颗蒲公英种子，飞到了更远的地方……

赵心刚欣慰地写完回信，贴上事先准备好的邮票，开始看第二封信——表哥覃天的信。

覃天现在是最让人眼红的民营老板，非常忙，不像从前那样频繁地给赵心刚写信了，大多数时间他都是用最新款的移动手机打电话过来。他还曾以联系业务方便为由送给赵心刚一部移动手机，被赵心刚婉拒了。

赵心刚心里有数，江重的全厂职工连传呼机都没有普及，整日为下个月糊口的工资忙碌着，他怎么可能不在意其他人的目光呢？即使没人说，他也感觉到，自从离开炼钢分厂，王大哥、牛刚包括关云茂似乎都和自己渐渐地生疏了。每个人对他都非常好，好得让他有些忐忑。他知道，撕开江重表面繁华的大幕，依旧是满目沧桑。他只有催促自己再辛苦些、努力些、勤奋些，拿下更多的订单，让更多的职工可以拿到足额的工资。

赵心刚揉了揉疲惫的太阳穴，喝了一口微烫的茶水。算算时间，覃天好久没有给他写信了，最近连电话都很少。他在忙什么？看来，这封信的内容一定是重要的事情。

赵心刚开始认真看信。覃天在信上说，这些年经过几个项目的积累，挣了不少钱，而且在摸爬滚打的创业路上，也摸清了很多门道。其中一条就是拿下小订单比拿下大订单更辛苦，那为什么不直接做大订单呢？他还用内蒙古的项目举了例子。

他在条件艰苦的基建项目部足足住了大半年，吃了一肚子的沙子，可拿到的合同订单还不足赵心刚中标合同额的百分之一二。而且，赵心刚去基建项目部所受到的重视是他不敢想的。从前，无论他到哪里做项目，都是最低级的供货乙方，四处求人，还要承受那些骄傲自大的职工的冷嘲热讽，哪里像赵心刚那般硬气！他知道，这样硬气来源于国企的光环，他的小电气仪表厂毫无优势。为此，他改变了之前并购电线厂的主意，特意去了一趟香港，见到了大表哥范宏。

范宏的食品厂做得很好，在广东投资办分厂的事情也提上了日程，他还准备在上海也开一家分厂，并神秘兮兮地说上海有亲戚。覃天想破了脑袋，才想到赵心刚的妹妹。

赵心刚看到这里，不由得一顿，之前的顾虑少了一半。他虽然支持妹妹留在上海，可是妹妹毕竟是女孩子，他还是有些担心的。

如果大表哥有意在上海办分厂，或许能照拂到妹妹。都说多个朋友多条路，更何况是多个有骨血关系的亲人呢！

赵心刚继续看信，覃天在信上说，范宏推荐给他一个代工名牌服装的大项目。自从实施改革开放的好政策以来，国际上许多知名服装品牌都来找劳动力低廉的中国工厂做代工。现在的需求越来越多，代工企业供不应求。这个行业和覃天从前从事的电气仪表行业不同，只要拥有了工厂和技术娴熟的工人，坐在家里就有人登门下订单。而且从目前的形势上看，利润非常可观。覃天受够了从前的辛苦，也挣足了钱。在范宏的建议下，他打算另起炉灶，进军服装行业。

从香港回来之后，他把电气仪表厂承包了出去，租下一栋空置的厂房，开始转型做服装厂。他之所以一直没有给赵心刚打电话，就是在弄服装厂的事情。经过三个月的学习和磨合，他的服装厂已经走上了正轨。最近，他接到好几个大订单，利润虽然没有电气仪表高，但是数量很大，算下来，半年就能赚到从前一年赚的钱。他还打算进一步扩大生产规模，招聘更多的工人。

赵心刚看完这封信之后，心底有种说不出的感觉，不喜悦，也不伤感。他坚信覃天不管做什么都是一把好手，用江北话来说就是能成事儿的人！不过，他对目前制造工业低迷的态势产生了深深的担忧。报纸上常说，清障去苛促发展，结构调整势在必行。如今，第三产业迎来了高速发展的阶段，第二产业的进一步深化改革势必会带来大风大浪般的冲击，浪潮褪去，将会是怎样的局面？

赵心刚默默地将信纸装进时髦的信封，拿出了第三封信——老同学袁大为的来信。老旧的信封上印着红艳艳的重型机器厂字样，模糊的邮票上粘着一层透明的胶水。赵心刚的心情变得莫名的沉重，这是多年前时常耍的省钱小把戏，在邮票上涂抹一层胶水再粘上去，印在邮票上的邮戳就可以用橡皮擦掉，这样一来，一张邮票可以反复使用了。赵心刚揉搓着醒目的邮戳，袁大为已经到了没钱买邮票的地步？还是他连一张邮票的钱都不舍得？

赵心刚撕开信封，展开来信，隔着信纸他都能感受到袁大为的悲伤和绝望。他的妻子生了龙凤胎，家里多了两张嘴，全家的收入只够勉强维持生活。附近的煤矿都已经破产，只剩下一堆没人要的煤山。他们厂也在申请破产，年轻职工都走了，他和岳父还有一群年老体衰的老师傅留下来看厂。厂里大半年开不出工资，全靠省里拨发的最低保障金生活。他每天都抱着两个孩子去厂里转一圈，中午和那群老师傅在炉料仓库前晒太阳。两个不懂事的孩子吱吱呀呀地盯着地上的破铜烂铁啃手指头，老师傅坐在地上下象棋。有时候岳父来了，还会捡些小零件给孩子做点小玩具。

刚开始时，他有种《鲁滨逊漂流记》的感觉，感觉身边都是格格不入的“星期五”。日子久了，他也似乎顺从了命运，发现自己也变成了“星期五”。这样的日子不知道还要过多久，他也开始像岳父那样因为听不到拉煤车的轰鸣声而失眠了……

赵心刚盯着满纸的困惑和抱怨，艰难地咽下一口泡得发苦的凉茶。据他所知，江重周边的国企都和袁大为所在的企业一样，有将近百万的职工和他们背后的家庭都在承受着与袁大为相似的痛苦。目前为止，江重是唯一勉强维持运行的企业，但也仅限于厂内的几个主要分厂。

江重的包袱实在太重了，每个月至少要付出上千万的工资，还不算医药费等其他需要报销的金额。磨煤机的订单虽大，一个订单的利润也仅仅能维持全厂职工一个月的工资而已。这种高负荷的运行还能坚持多久，赵心刚不敢想。李东星私底下跟他交过底，陆有为已经在打电站成套设备分厂的主意了，让他有心理准备。

对于这件事，起初赵心刚还是将信将疑，毕竟刚上磨煤机项目的时候，陆有为大力支持他，并且一个吐沫一个钉儿地承诺过专款专用。李东星无奈地说出了实情——江重的负债率高得吓人，那些和江重有业务往来的兄弟单位的经济效益都不好，有的真是到了生死关头。听说江重的磨煤机挣钱了，纷纷来要账，陆有为的压力很大，只能象征性地还了些账。这一还不要紧，等于防洪坝开了口子，再也收不住了。江重总厂的大门口每天都排着长长的队伍，还有不少人前来闹事，陆有为的办公室都加防盗门来自保了。他实在顶不住压力，只能挪用一小部分的磨煤机货款来还账。再这样下去，即使接到订单，交不了货也会迅速失去市场竞争力。到那时候，江重会摔下自救的神坛，会比周边的国企死得更惨烈。

李东星连续用了几个象征死亡的字眼儿来形容江重面临的紧迫形势。赵心刚想去找陆有为理论，却找不到合适的理由。他第一时间想到了王泽，怪不得他最近的情绪不高，想必他在厂内抓生产，肯定早就知道了挪用货款的事情，或许他已经找过陆有为了，又或许他被隔在了那道防盗门的后面。所以，他才让自己尽快回去。

父亲常说，小马拉大车，早晚得翻车。如今，到底需要多少匹马才能拉得动江重这辆千钧之重的大车呢？

即便他回去了，又能怎么办呢？保障厂内稳定，保证职工的正常生活，这些比冰冷的机器和所谓的荣耀更重要。天大地大，还能有人命大吗？人，总是要吃饭的啊……

赵心刚望着窗外飞速逝去的风景，感受到每个细小的毛孔里都渗透着不甘的无力。他打赢了一场局部战役，却输掉了整个战争。面对强大的围剿，他根本无力反抗，输得彻彻底底……

## 35

残酷的现实比赵心刚预想的更糟，他刚踏进江重的大门就被王泽和李东星拦下。两人严肃地告诉他厂内在产的磨煤机从上周开始就几乎全部停产了，根本无法保证两个月后的交货期，甲方派出的监工代表正在赶来江重的路上。

赵心刚急了，疲惫的眉宇揪成了一条线，他用沙哑的喉咙吼着：

“为什么停产？这个订单的利润很可观！货款也非常及时！如果无法交货，会耽误甲方整个项目的工期！甲方的背后不是一个接收组，而是整个电力集团！”

王泽抚过金属镜框，厚厚的镜片下折射出黑黑的眼圈。他情绪低沉地说道：“机加分厂和减速机分厂已经将主体部件都完成得七七八八了，有几台磨煤机只差整机装配，可是现在我们拿不出钱去购买配套电机、电控柜这些外购件。甲方前期的货款都给职工发工资了。我去找过……”他停顿了一下，抿了抿嘴唇，“我去找过陆厂长，他让我们去找甲方想想办法，再要两成货款。”

“再要？”赵心刚情绪激动得差点跺脚。他扫过总厂办公楼，无奈地闭上双眼，黯然地说“在没有交货的前提下，甲方已经付给我们六成货款了，再要货款，至少也要交三分之一的货啊。现在货期都无法保证，如何好意思跟甲方开口？国企帮国企是救急不救穷，咱们不能要饭吃啊！”

李东星拍过赵心刚的肩膀：“师弟，别着急。我和小王在这里等你，就是先跟你交个底。听说江苏那边的合同也快下来了，马上就会打货款，所以咱们还能再顶一阵子，先保证这一批磨煤机的货期。”

“那下一批呢？”赵心刚摇头，“再这么转下去，早晚会崩的。如果咱们江重无法保证货期，我会给江苏那边发函，中止合同。”

“不行！中止合同我们会损失保证金，江重的信誉也会受到影响。”李东星坚决反对。

赵心刚反驳：“签订合同无法交货，还花了甲方的货款，会给甲方带来不可预计的损失。到那时候，我们江重还有信誉吗？我们将失去辛辛苦苦开发出来的整个市场，我们的损失更加难以估计。不如直接和甲方说实话。”

“师弟！”李东星盯着赵心刚那张愤怒的脸，压低嗓音，“你知道现在有多难吗？我爸和陆厂长分工明确，陆厂长负责厂内的经营，确保不能破产。我爸负责精简机构和劝退职工，现在的力度特别大，附属的幼儿园、学校、医院、俱乐部、氧气厂、多种经营处等等都在精简名单上，首批放假的职工有三千多人，那可是三千多个家庭啊！他成宿睡不着觉，晚上不敢独自一个人出门，还把我妈送到舅舅家了。好在我妹妹上大学了，要不然，我只能给她雇两个保镖了。你先别动气，大家都很难，隔壁冶炼厂和化工厂的情况更糟，照这样下去，我担心……”

李东星犹豫了一下，咽下了那句丧气的话。但是他的表情很沮丧，毫无一贯的骄傲和洒脱。他的脸绷得很紧，眼角牵出了两条沧桑的皱纹。

赵心刚从未见过这样的师兄，他缓缓地松开拳头，安静地看向宁静的厂区。清晨的阳光像一面打碎的镜子，零零散散地闪落在各个角落。在最遥远的深处，一群身穿江重工作服的老师傅正坐在破损的台阶上下象棋。赵心刚的眼睛莫名地湿润了，这不是袁大为描述的画面吗？他一声不吭地拎着公文包走入厂内，步伐很慢，还显得有些笨拙。他想起最开始对师兄说起磨煤机项目的时候，师兄提及的老渔夫和大马林鱼的故事。

世上的事情总是那么相似，他们迈出了第一步，却无法预料结局。如今他们也成了老渔夫，虽然得到了大马林鱼，却无法摆脱失去的厄运。难道他也要用折断的舵柄作为武器来换回一副鱼骨头？然后再从梦里去寻找昔日的美好？赵心刚痛苦到了极点，满腔的不甘心灼烧着他发红的双眼。

“赵心刚……”李东星落寞地在他的身后大喊。

赵心刚停下脚步，没有回头，也没有继续往前走。他摸着胸前的“江重”两个字，仰望着湛蓝的天空，发出无助的自问：“我会是下一个‘鲁滨逊’吗？”

第十一章
Chapter 11

# 江重！江重！！江重！！！

## 36

江北的天儿比往年好，主要得益于火车道以西的那片工业土地突然变得安静。从高楼上远眺，再也看不到数万人骑着自行车风风火火上班的场面，只剩下孤零零的大烟囱静静地矗立着，陈旧的厂房遮挡着停产的工厂，一趟趟甩着大长辫子的公交车悠闲地穿过长出蒿草的铁道。

电视、报纸每天都在滚动播出“停薪留职”“厂内待业”“放长假”“两不找”的新闻，最终这些刺痛人心的字眼儿都归于两个简练又饱含深意的字——下岗。

东北的国企扎堆儿，江北又是东北的中心城市，当年的荣誉有多高，如今的处境就有多惨。无论如何挣扎、如何自救、如何怀念过去，终究抵不过强大的下岗风暴。江重也不能幸免！

赵心刚辛辛苦苦跑来的磨煤机订单，因为货款被挪作他用无法及时交货，让江重颜面尽失，差点砸了金字招牌。为此，赵心刚苦心竭力地四处游说，能想的办法都想到了。为了顺利交出最后一批货，他成宿不睡觉地盯在生产车间，甚至拆除了样机上的零部件，才勉强完工。

可是运输又出了问题。厂内运输队大多是临时工，早被精简掉了。如今的运输队只保留了名字，连货车都抵押给了银行。赵心刚实在没有办法，只好去找李东星。

李东星几乎天天都在省里开会研究下岗的政策和方案，根本不在江重办公室。赵心刚特意赶在午休的时候给他打电话，详细说明了情况。李东星在电话里只淡淡地说了一句："我母亲也下岗了。"

赵心刚吃惊了好一会儿，江重关于下岗职工的政策不是尽力保留技术人员吗？师兄的母亲拥有高工头衔，怎么会下岗呢？

电话那头又传来声音："母亲是为了配合父亲的工作，主动提出下岗的。父亲和陆有为各有主抓分工，父亲负责人资和下岗，陆有为负责厂内的运营。关于运输的事情，你还是去找陆有为吧。"

赵心刚听出了李东星的疲惫，他低沉地应道："好！"电话那头随即传出滴答的忙音。

赵心刚放下话筒，没有去找陆有为。据他所知，陆有为刚贱卖了江重俱乐部，如今正在卖东院的氧气厂和木型车间，哪里有钱再管其他的事情？只能他自己想办法了。赵心刚直接去了银行，取出所有积蓄转交给王泽，让他一定要亲自押运，将磨煤机安全送到基建项目部，并且安装调试到甲方验收合格为止。他还告诉王泽："做事要有始有终，江重的牌子就算掉在地上，咱们也得捡起来，举过头顶。"

王泽知道这批磨煤机的意义，更知道这将是江重最后一批磨煤机，细心的他猜到了赵心刚的想法。临走前，王泽握着赵心刚的手，说："我支持你，别放弃！"赵心刚笑了，鼻腔里却泛着酸涩。

这段日子，江重的各个分厂都在下岗裁人，唯一没有职工下岗的只有电站成套设备分厂。可是，一旦电站成套设备分厂接不到订单，不再给江重带来经济效益，也会面临和其他分厂同样的局面。

当初筹办电站成套设备分厂的时候，这些职工都是他和王泽亲自从各个分厂抽调来的技术骨干。以目前的下岗政策，他们在原来的岗位上还会有一席之地，不会很快回家。而他们在个个都是好手的电站成套设备分厂，却很有可能会出现在第一批下岗名单上。

赵心刚思前想后，为了尽可能地为江重保留技术人员的火种，他必须拿出破釜沉舟的气魄。风再强，浪再大，他也要闯出去，困守漩涡的中心，只有死路一条。江重最年轻的分厂厂长头衔算什么？三百多人的电站成套设备分厂根本无法养活全厂一万多职工，师兄父子根本保不住他，或许只有他离开才是最好的结局。

他早已写好了相关的报告，主动要求离开电站成套设备分厂，而且对于厂内三百多号职工也一一做出了最好的安排。这些人都是各个分厂的技术尖子，在自己熟悉的专业都是把好手儿。他用最真诚、最朴实的语言恳请李肇业务必留住他们，等熬过这段最艰难的时刻，他们将是江重最坚实的基础。

李肇业眼含热泪地看完这份充满人情味儿的报告，艰难地写下同意两个字。他不敢看赵心刚那双失落的眼睛，那比火冒三丈的下岗职工拿着铁钳子质问自己更可怕。

李肇业站在装着铁栏杆的窗前，落寞地叹了口气：“空怀济世业，欲棹沧浪船。我也终于体会到先人的无能为力。”

赵心刚盯着他那花白的头发，心里掀翻了五味瓶。他没有过多解释，也没有安慰，只是恭敬地弯下腰，深深地鞠了一躬：“谢谢！”

李肇业的背影一顿，紧紧地抓住了护栏。厚重的防盗门发出一声刺耳的噪音，赵心刚迟疑地停下脚步，盯着李肇业的背影，恳求道：“我建议由王泽任厂长。”

窗外，无情的秋风夹杂着落叶敲打着混沌的玻璃窗，李肇业的眼底一片凉意。天冷得真快，转眼凛冬将至。

“我尽力！”

赵心刚无声地点头，缓缓离去。

世上最公平的就是时间，春去秋来，寒来暑往，任何权势、地位、金钱等等人们所追求的美好在时间面前都会黯然失色。奇怪的是人们只会记得逝去的苦难和眼前过不去的坎儿，没人会在意习以为常的曾经，就像选择性失忆一样。

没有人记得赵心刚过去的付出和努力，更没有人理解他离开电站成套设备分厂的苦心，大家只看到他从高位落到低谷，认定他是个失败者。厂内流传着多个关于他的版本，有人说他是江重的叛徒，他搞不好电站成套设备分厂；有人说他光说不练，是个空把式；还有人说他要离开江重，正在等待时机。不管是哪种说法，在江重职工的眼里，赵心刚的头上不再有闪耀的光圈，他在江重的处境变得既凄冷又有些无奈。

赵心刚离开电站成套设备分厂之后，总厂对分厂班子成员重新定岗，王泽任厂长，两个副厂长都是从第一批入职者里选拔上来的。更让人意外的是，王泽拿到了自行结算的尚方宝剑，从现在开始，他们是独立进行核算的分厂了。而这正是赵心刚最终的想法。以陆有为的能力和为人，只有他离开，留下王泽，才能保留住磨煤机的核心团队，保住电站成套设备分厂。陆有为会尽全力帮助王泽，为他铺路，李肇业也会给王泽行方便。他的离开和放弃是值得的。

不过，公告一出，赵心刚成了江重最尴尬的人。人往高处走，水往低处流，赵心刚却从高处落回低处，又回到从前的老单位——炼钢分厂。

如今的炼钢分厂和从前大不相同，职工走了一半，许多熟悉的面孔都不在了，内部复杂的关系比从前似乎更激烈。

一把手马胜利的学历虽高，却不擅长管理。所以关云茂顺势成为第二个说了算的“厂长”。王连成依旧自成一派，只顾闷头干活，不参与任何纷争。

照理说赵心刚从前是电站成套设备分厂的厂长，从级别上应该和马胜利平级，可是炼钢的领导班子已满，哪里有他的位置？而赵心刚此番回来多少有些悲剧色彩，像个失败的孤胆英雄。炼钢的领导班子开了好几次会议，最后决定让赵心刚担任销售组和设备组两个组的组长。

这两个组虽然重要，可是炼钢的产量大不如前，炉料供应严重不足，销售组几乎没有任何订单。设备组则恰恰相反，整天忙得要命。天气愈发寒冷，设备故障率居高不下，机修车间的工人数量只剩下从前的一半，身为机修主任的古师傅整天奔波忙碌，气儿不顺的时候就在早会上大骂一通，没人敢惹他，连王连成也刻意避开他。赵心刚想劝劝古师傅，午休的时候，特意去那条僻静的小路等他，没想到古师傅竟然绕开了。

赵心刚闲得无聊，一个人坐在循环水池前拿着抄网有一搭没一搭地捞鱼，这让他想起那群可爱、质朴又有些小狡猾的老师傅，他们全都下岗了。

赵心刚的心情很低落，心里仿佛堵着一道墙。他想将墙推倒逃离桎梏，可是这道墙倒了，面前又会出现一道新墙，终而复始，直到他精疲力竭。墙始终在那里，他根本找不到出口。

后来，在近乎绝望中他忽然意识到只有彻底打碎天生的骄傲，才能清醒地看到狼狈的过去。那不是从天而降的墙，而是自己堆成的墙。他不应该推墙，而是要越过那道墙。江重依然有希望，他要的就是坚持初心，挺过寒冬，毕竟，春天总会到来的。

## 37

赵心刚开始积极回笼之前的销售欠款，但是冰冻三尺非一日之寒，此时的江重好像是一湖布满裂痕的冻冰，脆弱的冰面已经无法承受上万人的重负。裂痕越来越大，越来越多，每个人都在小心翼翼地竖起脚尖儿去试探冰层的承受力，有人不小心坠入冰窟，有人因不愿意过这般无法预知未来的日子而主动选择死亡，还有人被力量大的人推入冰冷的湖水，在冰冷的湖水里得到新生。

这是一种来自无声的，带有传染性的恐慌，没人知道冰层会不会全部融化，也没有人知道冰层会不会加厚。但是所有人都知道湖水很冷，冷得会冻死人。如果没有御寒的准备和游泳的本领，还不如原本就在湖水里游泳的小鱼小虾。

赵心刚面临的并不是下岗的危机，而是无法走出失败的不甘和心痛。在重压下赵心刚终于病倒了，这是他入厂以来第一次生病，因为拖欠采暖费，供暖公司停了供暖。宿舍里很冷，裹了两层被子的赵心刚仍不停地打寒战。王泽偷偷送来一个电炉子，他告诉赵心刚，隔十分钟就要拔掉电源停一会儿，否则保险丝会爆。傍晚时分，李东星打来电话，除了关切的安慰之外，还带来一个下月派赵心刚去北京开会的消息。赵心刚没有问详情，迷迷糊糊地答应了。

当晚，赵心刚吃了退热药，喝了一大碗王泽端来的姜汤，眯了一会儿就开始发汗，贴身的衬衣衬裤都湿透了。

他还做了一个很长的梦，似乎是梦中梦。在梦里，他回到无忧无虑的童年。那天是阴天，天空飘起雪花，生病的他坐在大门槛上看雪，还伸出舌头去尝雪花的味道。灶坑里的松枝烧得正旺，母亲正在简陋的厨房里做饭，她娴熟地从没有盖子的瓷坛里挖出一块凝固的荤油放入烧热的大铁锅里，白色的荤油迅速融化，翻开了油花儿，厨房里顿时飘出一股浓郁的香气。

然后，母亲又往油里撒了一把切好的小葱花儿，炙热的铁锅里发出吱啦啦的爆炒声，直到一大瓢冷水下锅，厨房才安静下来，翠绿的小葱花儿在铁锅里来回飘荡。趁着还没开锅，母亲开始忙着擀面。赵心刚看着一块面团擀成面饼，再擀薄，变成面片儿，最后用菜刀切成均匀的面条。母亲张开沾满面粉的手指抖动长长的面条的时候，锅也开了，厨房里满是热气。母亲一边吆喝赵心刚往灶坑里添把火，一边将面条下锅，还抓了把切好的白菜叶扔了下去。赵心刚的口水都快流出来了。

一转眼，母亲端着一碗热乎乎的面条递到他面前。他的小脸红红的，瘦弱的脸颊充溢着满足的笑容。他迫不及待地伸手去接，却总是和母亲差一点距离。他着急地跳起来，高高地举起双手，不停地喊“妈，妈——”母亲不说话，也不动，就是笑眯眯地端着那碗香喷喷的面条，仿佛变成了一尊石像，她的笑容和那碗面条永远定格在赵心刚面前。

赵心刚猛然地从梦里惊醒，大喊一声：“妈——”

屋里没人回应，赵心刚的嗓子都喊哑了也没有看到母亲的身影。他急得快哭了，匆忙地穿上塞满靰鞡草的棉鞋出了门。外面的天阴沉沉的，厚厚的雪地上有一串浅浅的脚印，他顺着脚印一路追上去，发现母亲正站在陡峭的山坡上，她的身上落满了白白的雪花。

母亲在看什么？

“妈——”赵心刚大喊。

母亲看着他，落在身上的雪花似乎神奇地渗透了她每一根发梢。她的头发全白了，脸上也布满皱纹。她还莫名其妙地张开双臂，做出飞翔的姿势。赵心刚摇晃着头，不懂母亲的意思。

这时，气喘吁吁的父亲来了，他的脸颊冻得通红，睫毛和眼眉上挂着数不清的白霜，他对母亲说：“回家，回家吧！”

母亲没有动，她指向遥远的天边，反复念叨着听不懂的话。

“都回屋去！”父亲气急败坏地跺脚，雪地上留下一个深深的雪坑。他牵起赵心刚的手，头也不回地往家走。

赵心刚恋恋不舍地回头看母亲：“妈，回家！妈，回家！回家——”

雪越来越大，母亲离他越来越远，那张笑脸越来越模糊，最后消失在模糊的旷野。

可是，赵心刚始终感觉母亲并没有走远，不过一步之遥的距离，他想冲破束缚去拉母亲回家，却找不到正确的方向。他急了，用力地甩开父亲的手去拥抱母亲，就在他推开父亲的瞬间，父亲突然倒下，大雪无情地盖住了他，母亲也消失了。

“爸、妈——”

赵心刚蓦然惊醒，满头大汗地走出了梦中梦。屋内冰冷一片，被窝里的热水袋勉强维持着所剩无几的余温。他虚弱地爬起来，摸了摸湿润的额头，已经退热了，浑身却酸痛无力。他按下台灯想喝口水，反复按了几次，灯都没亮。

走廊尽头传来马叔醉意熏熏的喊声：“谁又点电炉子了？自己换保险丝！”

赵心刚急忙摸出手电筒去检查王泽带来的电炉子，果然电炉子早已经没有了温度。他又照了照301室的刀闸开关，保险丝没有断，看来不是自己引起的短路，他终于放心地坐下来。

不一会儿，灯亮了，赵心刚这才发现外面真的下雪了。细密的雪花和梦境里一模一样，他想到了过世的母亲和独自一人在家的父亲，此时此刻，老家也在下雪吗？

他有多久没有回家了？赵心刚想起李东星电话里说的事情，他想推掉北京的会，请假回家探望父亲。

其实，江重这种老国企的管理还是很人性化的，没有成家的职工每年都有半个月的探亲假，只是赵心刚从未请过。他是应该回家看看父亲了，从前他总以为父亲太过偏执，总爱抱怨，可是自从母亲过世，父亲变了，不知道他是明白了生活的含义，还是顿悟了人生。他时常会想起少言寡语的父亲，更怀念热乎的炕头儿和粘牙的豆包儿。

第二天，病好了大半的赵心刚给李东星打去电话。一向通情达理的李东星却执意要求他去北京开会，并直截了当地说出，本来开会的名额陆有为已经点名给了王泽，被他截了下来。

这次会议非常重要，有重要领导参会，会议的主题是针对全国知名的国企，尤其是江北的国企进行一次重要的摸底。这关系到江重未来的命运，他担心王泽资历浅，分不清轻重。他和父亲一致认为赵心刚是最好的人选。

赵心刚却从这里看出了背后的博弈。师兄作为江重新一代的领导已经初露锋芒，他的资历和能力有目共睹，再加上大伯家的助力，让他成为江重默认的下任厂长。这是陆有为最为头疼和无奈的事情，长江后浪推前浪，一浪更比一浪强，他手中无人，只能依靠王泽。看来，师兄父子都已经知道王泽和陆有为的关系，他们已经开始防备着王泽。毕竟，比起迟暮的陆有为，王泽会是师兄未来最大的竞争对手。

赵心刚无法拒绝师兄，只好坐上通往北京的火车去参加会议。这是一场真实又饱含深情的会议，参会代表大多数来自江北的企业，每个人都能说出一长串触目惊心的数据和令人心酸的故事。比起其他企业的困境，江重还算不错，可是赵心刚已经预感到江重所面临的风暴才刚刚开始，更大的风暴即将到来。如果没有壮士断腕的决心，根本无法扭转长期的亏损，更无法甩掉沉重的包袱和根深蒂固的大锅饭体制。改革的力度必将会进一步加强。

有多少下岗职工，就有多少失去依靠的家庭，这是一场艰难的硬仗。但是企业终究要活下去，咬牙也要活下去。

在会上，赵心刚意外地遇到了父亲在信中提到的那位黄伯伯，现在大家都尊称他为黄委员。黄委员一眼就认出了赵心刚，说他还是小时候的模样。两人见面分外亲切，逝去的岁月让黄委员很感慨，特意将赵心刚叫到家里聊聊家常。

“黄伯伯，我父亲也常念叨您呢。”赵心刚低沉地说道。

黄委员微笑道：“你父亲是个不服输的人，在重要抉择面前比任何人都倔强。当年，我在临走前留了地址和电话，他一次都没来找我，我知道，他选择了留下，选择了家庭，我尊重他。同时，这也看出了他的为人。他性子虽倔强，却很仁义，愿意伸手帮助处在低谷的人，等人家走出低谷了，他就远远躲着，怕给人找麻烦。说到底，他真是个值得交心的人啊！”

黄委员看向赵心刚："你母亲好吗？"

赵心刚默默地摇头："她在我念大学的时候就去世了。"

"哦！"黄委员沉默地喝了口茶，咽下了泡软的茶梗，"她是难得的才女，可惜了，真是可惜了！"

"临走前，母亲见到了南方的两个姨妈。"赵心刚小声地解释。

"好啊，也是了了心愿。"黄委员放下茶杯，"你父亲一个人很孤单吧？"

赵心刚迟疑地点了点头。其实这些年，他也想开了，他一直没有成家，用父亲的话说就是在江北没有扎根。妹妹赵晓雅选择留在上海，父亲一个人在家的确很孤单。如果有合适的人能够陪伴父亲度过晚年，也是一桩好事。可是，他几次试探父亲，父亲一直不松口，还骂他不孝顺。

据他所知，母亲在世时，父亲和母亲的关系很一般，不像夫妻，更像是朋友。

"我母亲和父亲，他们……"赵心刚疑惑地迎上黄委员的目光。

黄委员顿了顿，避开赵心刚期待的目光："世上的事情总是很奇妙。起初，两个人在一起不一定是爱情。过着过着，就成了爱情。不过，有人觉得这是爱情，有人觉得是亲情，还有人觉得是恩情。事实上，无论是哪种情谊，他们都过了一辈子。你说呢？小刚。"

赵心刚似懂非懂地点了点头："是啊，他们过了一辈子，还养育了我和妹妹。"

"说说你吧，小刚。你能来北京开会，说明在江重很受重视。现在江重和所有国企一样都面临生死考验，你有什么看法和意见吗？"黄委员转移了话题。

赵心刚低落地盯着窗外光秃秃的树枝出神，耿直地问出了一句："职工做错了什么？"

黄委员亲手为赵心刚倒了杯茶："是啊，职工做错了什么？他们是最可爱的工人师傅，他们兢兢业业地工作，将荣誉看得比性命还重要。他们的心愿很小，很容易满足，他们什么都没有做错。可是为什么他们那么努力，企业还连年亏损呢？这都是陈旧的体制造成的。你不要以为只裁职工，不裁领导，这次，我们都要抱着破釜沉舟的勇气，蹚过国企深化改革的这条大河！”

破釜沉舟？赵心刚的心凉了半截，又很快释然，就像一只充满气的气球已知了未来的命运。黄委员又关切问了一些江重的实际困难，赵心刚一一应答。在一问一答中，他知道：下岗潮不会结束，这才刚刚开始！

## 38

天气越来越冷，几场大雪过后，江北迎来最冷的严冬。各个企业都拖欠采暖费，工人村的家属住宅楼冷如冰窖，老人在等着报销医药费，孩子在盼着开学的学费。

一时间，原本祥和的江北变得躁动，接连出现多起可怕的抢劫案件。最倒霉的一个人，身上只带了几块钱，就这么没了命，这是一场比冰冻更可怕的恐慌。所以天刚擦黑儿，街上就没有人了，连从前人来人往的火车站前都变得冷冷清清。赵心刚刚走出站台，就看到了站前广场的解放纪念碑下的王连成。

王连成一看到赵心刚就开始招手。赵心刚快步走过去，王连成只说了三个字：“出事了。”赵心刚的心顿时就凉了半截，他最担心的事情还是发生了。

王连成告诉他，两天前，开不出工资的职工来总厂讨要说法，堵在大门口不肯走。后来人越聚越多，心里窝火的下岗职工也来讨要说法。他们拦住了总厂门前的大路，引起不少的骚动，还把前来做安抚工作的李肇业打伤了。好在李肇业深知职工的难处，没有深究打人者的责任，算是暂时缓和了矛盾。这会儿，他正在住院呢。

王连成推着自行车，情绪低落地说道：“现在，江重的各个门岗都加派了保安，实在是没办法啊。”

赵心刚担忧地问道：“李厂长怎么样？”

王连成指着远处医院大楼的方向：“我和岳父刚从医院回来，李厂长状态还行。我听说你今天回来，就过来知会你一声。正好顺路，你也去看看吧。”

“可是我事先没有准备，要是买盒稻香村点心就好了。”赵心刚担心自己空手去医院不太好。

王连成微笑着从挂在车把上的工具包里拎出两瓶桃罐头，说道：“早为你准备好了，李厂长不让随礼，是个意思就行了。”

赵心刚接过泛着冰碴的桃罐头，无声地点了点头。

王连成搓搓发红的手：“去吧，就在住院部的五楼。我去接小宇了，他今年中考，家里把钱都准备好了。对了，记住啊，见到李厂长，千万别主动提下岗的事。”

“嗯。”赵心刚真诚地看着那双明亮的眼，心中暖暖的。他知道王大哥从不参与厂内的事情，他能在这里等他，那一定是李肇业想见他。

赵心刚和王连成道别，独自一人拎着桃罐头，走向冷清的广场。广场对面的巷口笼着火堆，一群找活儿的下岗职工正围着火堆取暖。他们的脖子上都套着一个大牌子，上面写着水电焊、刮大白、力工等等，只要每个过往的路人稍稍一停脚，他们就乌泱泱地围上去，生怕错过好不容易等来的活计。

赵心刚站在马路对面看得清清楚楚，那群人都穿着江北各个企业的工作服，其中自然也有江重的。这一刻，他的心像冻上了锋利的冰碴，狠狠地扎着他的心。他故意绕了远路，从相反的方向走到医院。

这里是江北最大的医院，病房非常紧张。李肇业住在相对宽松的五楼，是个三人间，但其他两张病床没有住人。

赵心刚轻轻地敲了几下门，病房里传出一个女孩的声音：

“请进！”

赵心刚走进病房，光线很暗，窗前遮挡着厚厚的窗帘。他认真地看过去，发现李肇业不在。一个身材苗条的女孩正在削苹果，她的动作很娴熟，灵活的手指推着水果刀均匀地移动，苹果皮甩得很长。

赵心刚尴尬地杵在门口：“请问，李——”他的话没说完，女孩抬起头，露出洁白的牙齿，说道：“赵大哥来啦。”

赵心刚愣了一下，忽然意识到这应该是师兄的妹妹——李东丽，女大十八变，都快认不出了。

“你是李东丽？”

李东丽点头，还不忘提醒：“是啊，我们在大哥的婚礼上见过，你是我嫂子的弟弟，也是我哥的师弟。他们都叫我丽丽，你也叫我丽丽吧。”

赵心刚木讷地点了点头。李东丽搬出一张塑料凳子，热情地招呼道：“你先坐一会儿，我爸去上卫生间了，快回了。”

赵心刚扫了一眼条件简陋的病房。三年前，江重的效益还不错时，他来医院探望过铸锻分厂的副厂长，住的是单间，不仅有独立的卫生间，还有会客的沙发。按理来说，李肇业的级别足够高，怎么会住三人间呢？他轻轻地将两瓶桃罐头放在病床前的柜子上。

李东丽看出了赵心刚的疑惑，小声解释道：“厂里欠职工的医药费，我爸说能省就省些，不能给厂里添麻烦。本来，我哥要自费找个单间，可是有其他领导在，也不好开这个口子，只能住这里了。还好，其他床的病友出院了，暂时没人。”

“那李厂长习惯吗？”赵心刚随口一问，刚说完，他就后悔了，“嗯，我的意思是，是……”

“哈哈，你还真耿直啊。”李东丽狡黠地转动着黑溜溜的眼珠子，“我爸很习惯，就是来看望我爸的人都不习惯，你也不习惯吧？”

“我？”赵心刚被反将了一局，本就不擅长言谈的他有些窘迫。

这时，穿着病号服的李肇业回来了，他的脸色很差，头发全白了。这让赵心刚想起第一次在炼钢车间见到他的情景，短短几年的光景，再也找不回当年那个儒雅的老师了。

李肇业见到他很高兴："小赵来了。"

赵心刚急忙低沉地回道："李厂长……"

"快坐吧。"李肇业微笑地回病床躺下，"丽丽，把窗帘收了吧，我受得住。"

"不行，外面风大，冷。"李东丽倒了一杯水，递过两片药丸，乖巧地说，"我妈回家做饭了，晚些过来。哥哥说今晚开会走不开，他和嫂子明天再来。"

李肇业将药丸塞进嘴里，顺水喝下，摇头道："你哥除了忙单位的事儿，还在跑你的工作，不用他来了。过几天，我就出院了。"

"爸，我早说过，我自己的事情不用你们操心！"

"丽丽！"李肇业的语气有些强硬。

李东丽偷偷瞄了赵心刚一眼，咽下反驳的话语，她将削好的苹果递了过去，撒娇道："知道啦，爸，你别把赵大哥吓到。"

赵心刚摆手推脱，李肇业微笑："小赵不是外人！"

李东丽识趣地拎起暖壶："赵大哥，你陪我爸坐一会儿，我去打热水。"

赵心刚想说他去打水，可是李东丽的动作很快，三步并作两步就走到了门口。赵心刚这才知道为什么没有认出她，因为她剪去了从前的辫子，留着一头俏皮的齐耳发，更是褪去了少女的稚气，多了几分大姑娘的端庄。他的妹妹也是这般年纪，不知道妹妹是不是也留了相同的发型。

伴随着远去的脚步声，病房变得安静，李肇业一开口却引来一阵激烈的咳嗽，赵心刚连忙站起来为他拍打后背。李厂长憋红了脸，渐渐地平稳了气息，叹了一口气说："老了，不中用了。"

"不，您是受伤了！"

“受伤？哪有啊。我是病了，病得很重。”他揪起胸前的病号服，不停地摇头。

赵心刚担忧：“我知道您的心里不好受。”

“我岂止是不好受呀！”李肇业仰起头，额头布满皱纹，“我有多少年没有哭过了？自从开始执行下岗政策，我几乎天天流泪。看着那串长长的名单，我的心就像被一根长满倒刺的铁锥子穿透了，每一寸都在勾着我的肉。什么权？什么利？什么荣耀？厂都没了，在我手里没的，我背的是骂名啊！”

李肇业哽咽地指向窗外：“厂子开不出工资，职工天天来找我讨薪，我整宿睡不着觉，最怕看到熟悉的面孔，白天也得绕着走。他们都曾经为江重流过血，流过汗，付出过青春，现在让他们流泪吗？每次班组成员开会，讨论下岗的职工人数，老陆提得最高，我知道他已经顶不住了。俱乐部卖了，幼儿园卖了，学校卖了，下一步就要卖东院的分厂了。我告诉他，咬牙死守也要保住东院。他说保不住了，反而让我加大力度执行下岗减员。用他的话说，杀人不过头点地，天天挤牙膏，不如直接来个痛快。但是，下岗是痛快的事吗？人死了，一闭眼，什么都不用管了。人活着，要吃饭，一家老小要生活，哪那么容易？你走这几天，咱们厂出了乱子，江北社会也不是很稳定，出了一些盗窃案，还有出租车抢劫案，更是有命案。这些天我看新闻和报纸之前，都要备上心脏药。唉，真是很难啊！”

赵心刚心疼地看着李肇业，感受着那扑面而来的悲伤。他承认之前对他们父子的一些所作所为不理解，不赞同，甚至有些鄙夷。但是在下岗减员的问题上，他对李肇业的确刮目相看。

这样的工作由谁来担当都是难题。他在北京开会，了解到各个企业关于下岗的政策和小手段，有强硬撵人走的，有干耗着逼人走的，还有直截了当劝人走的。无论怎么妥善安置，都是得罪人的活儿。有些领导承受不住压力，得了严重的心理疾病，白天装出一副强势的态度让人下岗，晚上回到家寝食难安、心力交瘁。

下岗职工苦，企业负责人也苦，所有人都在默默承受这场没有赢家的劫。相对于其他厂的裁员力度，江重还算不错的。可是对于未来，他依然充满危机感。这次国家改革的决心很大，势必要挑破老国企陈旧的体制，完成一次凤凰涅槃的重生。有些企业无法承受烈火的锤炼，注定会燃烧成灰烬消失，那些曾经的辉煌也会成为无处安放的游魂。

江重会怎样？赵心刚犹豫地看着躺在病床上的李肇业，不敢乱问。

李肇业看出他的心事，无力地笑道："怎么了？你也有不敢说的话？"

赵心刚想起王大哥的嘱咐，不要在李肇业面前提下岗的事情。可是这是不可回避的问题，从他一进门，李肇业就径直点出了话题，看来，李肇业的目的就是谈下岗。

赵心刚犹豫一下，开了口："我这次开会……"他毫无保留地说出参会代表在会议上的发言，还透漏出上层坚持改革的决心。他的语调很慢，字字敲打在李肇业的心上。

许久，病房里安静如夜，洁白的床单映白了李肇业惨淡的脸。他沉默地站了起来，赵心刚忙着去扶，他摆手拒绝了。李肇业落寞地站在窗前，他伸出瘦弱的手臂，缓缓拉开了窗帘。一股冷风扑面而来，他捂着胸口，又是一番阵痛的重咳。

"李厂长……"赵心刚特别自责，他不应该在这个时候说这些。或许李厂长着急想见他是想听到好消息？他不但没有带回好消息，反而带来了更残酷的现实，凛冬注定会更加漫长。他责怪自己，像个做错事的孩子一样，站在李厂长身后，为他轻轻拍打着后背。

渐渐地，刺痛的咳嗽声变小了，李肇业深深地吸口气，反复平稳着激动的情绪。他没有回头，依然盯着冰冷阴暗的窗外，低沉地问道："外面冷吗？"

赵心刚默然地摇头："不冷，还没到三九天……"

"不冷？"李肇业的瞳孔深处映出一团火，似乎要融化外面的冰雪。他苦涩地说道："真的不冷啊，你看，外面都快三九了，有人还穿单鞋呢！"

单鞋就是春秋穿的薄鞋，根本无法过冬，脚肯定要被冻坏的。赵心刚听出李肇业话里有话，他立刻走到窗前，窗外的景象像一根锋利的钢针刺入他的喉咙，疼得他仿佛感受到了死亡的气息。

这扇窗正对着广场的巷口，一群脖子上挂着大牌子、等活儿吃饭的下岗职工站在小巷那儿。他刚才在道路对面只是看个大概，如今站在高处，看得特别清楚，清楚到能看清每个人的表情。有人蹲在马路牙子上缩手缩脚地抽烟，有人挤在火堆前一边跺脚一边烤火，有人穿着破旧的棉大衣不停地喝酒，还有人睁着空洞的眼睛一脸茫然地盯着远处的楼房，寻找着看不见的希望。

只要有行人路过，站在前面的人都会主动围过去，其中还有身体柔弱的女人。如果行人不是雇主，他们会一哄而散。如果行人是雇主，三两句话的工夫，整条巷子的人会像潮水般涌过来，每个人都在争抢一个能够拿钱吃饭的活计。等雇主讲好价格挑好人之后，自然有人高兴，有人失落。高兴的人背上沉重的工具骑着陈旧的自行车忙碌地穿过广场，失落的人继续守在路边，眼巴巴地盯着远处，等待下一个雇主的出现。

世上的事总是如此，人在幸福的时候，都拥有相同的笑容；人在经历苦难的时候，却各有各的苦难。狭小的单行巷变成了巨大的万花筒，似乎装满了世间的哀愁、苦难和生活的不易。

这种强烈的视觉冲击狠狠地抽打着赵心刚的心，那是一种撼动心灵的痛，仿佛被钝刀一次次地凌迟、一次次地切碎。难怪李东丽以风大为由不肯拉开窗帘，想来她是不想让父亲伤心，不想让父亲看到那些在风雪里艰难讨生活的下岗职工。

"李厂长，回床躺下吧。"赵心刚心酸地劝慰。

李肇业稳稳地站在窗前，失落的模样仿佛又老了十岁，他颤抖地抬起手臂指向窗外。

“看，那个挂水暖牌子的人是八级钳工，我记得他。当年啊，他可是修理英雄炉的好手，可惜他有个脑瘫的儿子，常年需要住院康复，他的负担很重；那个挂电工牌子的好像是机加分厂的电工，擅长修理机床；还有那个力工，他从前是开天车的，连续得了十多年的‘先进生产者’，我亲手给他带过大红花……”

李肇业的语调很低，似乎在讲述自己的故事，故事里是一群平凡的产业工人点点滴滴的过去，就像一块老墨散在水里，有欢笑，有感动，有怀念，还有渗入骨髓的悲伤。直到老墨完全融化，一池黑水蒙住了所有人的脸。

李肇业哽咽得说不出话，他已经泪流满面。赵心刚的眼睛也红了，他默默地注视着窗外那些艰难求生的人，切身地体会到从脚至头的冷。这时候，他才明白那句“外面冷吗？”是什么意思。

冷，真的很冷！如果真到了滴水成冰的三九天，江北会冷成什么样子？会冻死人吗？又或许这是一道选择题，先要保证不饿死！

没有经历过严冬，不会珍惜温暖的春天；没有真切地体会到生活的艰辛，哪里懂得“苦”字的含义？赵心刚不由自主地想到了自己，如果轮到他下岗，他会怎么办？

这真是一个可怕的问题，他下意识地抿了抿干涸的唇，打消了自己的念头。哪个企业也不会让技术骨干下岗，这是最后的底线。倘若真到了那一天，他会和袁大为一样，做个最后的守厂人。

“李厂长，不要再说了……”赵心刚心疼地看着李肇业。

李肇业痛苦地摇头：“小赵，你看，外面那些人有冶炼厂的、机床厂的、压缩机厂的、纺织厂的、铸造厂的，还有咱们江重的……比省里开工业会议还全呢。总是鼓励他们自主创业，勇敢地闯出去，可是他们一身的技术离开工厂都难有用武之地啊！就好比一辈子都在生产坦克的双手，现在只能去摆摊修自行车了，唉……而且他们都是上有老，下有小，拖家带口的，能闯到哪里去？只能窝在江北讨口饭吃。这是江北的痛，制造行业的殇啊！”他重重地锤着胸口，又是一阵剧烈地咳。

赵心刚小心翼翼地搀扶着他回到床上。躺在床上的李肇业无奈地盯着头顶的天花板，幽暗的眼睛里闪过微弱的光。

“小赵，东星说他最羡慕你，能够义无反顾地做技术，简简单单地做人、工作、生活。可是他不是你，压根儿做不到你的纯粹。如今，我老了，老陆也老了，江重以后要仰仗你们这些年轻人了。之前，我不忍心大刀阔斧地下岗减员，总想为江重多留些人。不能让那些为江重流过血、流过汗的人再流泪。”他停顿了一下，语气里沉浸着巨大的落差，“可惜啊，留不住了，都留不住了。”李肇业缓缓闭上双眼，憔悴的脸颊上划过两道湿润的泪痕，“我是个罪人啊！”

病房内又陷入沉寂，赵心刚悄悄地拉上窗帘。不一会儿，李肇业睡着了，发出轻微的鼾声。李东丽拎着暖水瓶蹑手蹑脚地走进来，她试探地摸过李肇业的额头，确定不热之后，才放心地坐下，微微一笑：“我爸吃完药就犯困。他也……实在是太累了。”

“哦！”赵心刚站了起来，准备离开。

李东丽将他送到门口，无心地说道：“赵大哥，我爸不是英雄，他保不住江重。”

“为什么？”赵心刚停下脚步。

李东丽笑道：“我在江北出生，江北长大，我太熟悉这座城市和江重了。江重和其他企业一样，工资不高，福利不错。职工生病了，可以去企业医院看病。子女到了上学的年纪可以去子弟学校读书。每周还能去俱乐部看场免费电影。退休了，子女能接班。这些对于一个普通的工人来说，都是习以为常的。厂内事事都论资排辈，吃大锅饭，工作效率不高，人浮于事。工人见到厂领导表面上恭敬，一转身就开始破口大骂。领导也在乱忙，天天开会，那都是形式主义的罗圈儿会，会上的话重复来重复去，完全是浪费时间。要我说，这些企业能坚持到今天，已经很幸运了。”

幸运？赵心刚非常惊讶年纪尚轻的李东丽会有这般“离经叛道”的想法。

“然后呢？”他还想继续听听。

李东丽狡黠一笑：“然后实干的人少了，人人都习惯张嘴等活儿。一来二去，工人们磨光了积极性，就都混日子呗！混来混去，厂子就混没了。”她摊开双手，做出两手空空的手势，歪着头说道，“我爸这辈子最大的悲哀就是生在李家，注定为江重而活，没办法为自己活。现在我哥也为江重而活了。你说，这到底是幸运，还是不幸呢？”

赵心刚听着她大胆的想法，嘴角露出一抹苦笑：“你知道，有多少人奋斗的终点不过是师兄的起点吗？”

“哈哈，你说的是自己吗？”李东丽开起玩笑，“世上哪有绝对的公平？人人都只会看到旁人光鲜的一面，拿自己的短处去比旁人的长处，从不认可旁人的努力。从前，我哥总是自诩自己是完美的理想主义者，想学文学，想当作家，当诗人，却被我爸逼着学了理科，断了学文的念想。等大学毕业进了江重没几天，他就想做个实干家了。他学技术出身，不懂管理。为了能够突破自己，他每个周末都去市图书馆看书，那里的图书管理员都和他很熟悉。你们都看到我哥身上的光环，却没人知道他背地里的付出。其实，我哥比我可怜多了。什么起点、终点，他只有零点，每天都零点以后睡觉。你不是和他住一间宿舍嘛，你还能不知道？”

赵心刚不太赞同她的观点，却找不出更好的理由去反驳。通过观察，他觉得李东丽是个口齿伶俐的女孩，他不是她的对手又何必自讨苦吃？再说，师兄晚睡也是事实，他便随口应一声：“是的。”

李东丽满意地点了点头，她又轻轻扶着门，透过门上的玻璃朝病房里瞄了一眼，确定父亲睡得很沉之后，悄悄地凑到赵心刚面前。她的个子不高，赵心刚配合地低下头。

“赵大哥，我爸也要下岗了。”

“李厂长？”

“对啊！他说要把机会让给年轻的同事。”李东丽无所谓地摆手，“反正他也快到退休的年纪了，不如和我妈一起潇洒地逛逛南湖公园，做些自己喜欢的事情。”

赵心刚暗暗吃惊，沉默地退后一步。李东丽是个聪明的姑娘，不会胡言乱语，她一定察觉出李厂长动了隐退的心思才告诉自己的。李厂长真的要主动下岗吗？他是个复杂的人，会弄权，也会为下岗职工哭泣。数月前，他以身作则地裁掉了自己的妻子，如今又生出隐退的心思，这是为什么？

赵心刚迟疑地看着李东丽。李东丽提醒道：“我刚才在门口，听到你们的谈话了。这几天，我爸一直在犹豫，他在等消息，准确地说是等你。他还心存侥幸，以为风向会变，上层会有好消息，哪里知道这次的改革力度这么大！他是个做技术出身的人，技术是他所倚仗的法宝，也是他的束缚，如果再继续裁人，他……”

“他下不去手！”赵心刚终于明白李肇业的苦心。

“是啊。”李东丽叹口气，“这样也好，免得我们一家人提心吊胆地过日子，我也可以搬回高楼住了。”

“你住在外面？”

“是啊。我爸住院之前，连我妈都去舅舅家住了。”李东丽嘟着小嘴，“江北现在是个不稳定的地方，我爸和我哥还让我回来呢，我可不想走我哥的老路。赵大哥，我哥听你的，你劝劝他，不要再给我托关系找工作了，我不回江北，我要去南方。”

“你一个人？”

“一个人怎么了？我的同学都在南方找到了称心的工作。那是一个相对公平又充满机会的地方。只要努力，就能闯出属于自己的天地。”李东丽笑得很美，连眉眼里都带着自信。赵心刚发自内心地羡慕她、敬佩她，也支持她。不过，他太了解师兄的个性了，师兄怎么舍得让唯一的妹妹独自去南方闯荡？可是他又实在无法拒绝眼前这个浑身充满闯劲儿、眼里饱含希望的姑娘。

“我……试试吧。”

“谢谢你，赵大哥。”那张清秀的脸上映出几分知性的美，李东丽大大方方地伸出小手。

赵心刚礼貌地握住，尴尬地说：“我只是说试试。”

“有多大的把握？”

“嗯，百分之一？”赵心刚本想说零，却又不太忍心。

“哈哈……”李东丽捂嘴偷笑，“那就用百分之一的杠杆去撬动我哥那个老顽固吧！”

赵心刚也腼腆地笑了，他和李东丽又聊了几句，才离开医院。

外面起风了，呼呼的北风让人睁不开眼睛。赵心刚一直在想另外的事情，如果真的像李东丽所说，李厂长要提前内退，那裁人下岗的重担会压在谁的身上？

白书记？焦头烂额的陆厂长？还是忙得不可开交的师兄？

江重，能捱过这场冷峻的严冬吗？

## 39

这是江北有史以来最冷的冬天，除了西伯利亚寒流，剩下的便是下岗潮的助力。这场波及众多行业的风暴，几乎影响了所有人，江北是公认的漩涡中心。

江重也迎来了最艰难的时刻，李肇业使出浑身的气力甩掉了冗繁的机构，并以极小的裁人比例完成了多次瘦身。可是这场风暴仿佛裹挟着中世纪的病毒般迅速蔓延扩大，最终演变成一场巨殇。李肇业终是不忍心，便主动提出内退，算作下岗名额。他是继刘常忠退休之后，第二位主动降级的领导。用他的话说，他愿意失去所有的待遇来保住一个江重职工。

李东星毫无悬念地接替了他的位置，变成了小李厂长，颇有“受任于败军之际，奉命于危难之间”的伤感。不过他资历尚浅，江重拥有话语权的是陆厂长——陆有为。

陆有为从全面主持工作的第一天起，就开始大刀阔斧地减员。他首先将目光瞄准了厂内的女职工。重机制造行业因为本身的特殊性，男女职工的比例较其他行业而言要相差得多。江重的女职工几乎都是接班的，还有一部分拥有特长，比如靠一副好嗓子参加市里的比赛而留下来上班的。陆有为先给那些不在重要岗位的女职工放了假，他说江重幼儿园卖了，职工技术学校也剥离出去了，以后不能靠单位养孩子了，得有个人在家照顾孩子。那些女职工本就不愿意上班，有了这个说法，她们都高兴地回了家。可是过了一阵子，女职工在家里待久了，都想回来上班，陆有为推脱单位没活儿，继续放假。这时候，这些女职工才反应过来自己下岗了。

陆有为耗了两个月，终于减掉一波人，然后又盯上了男职工。为了公平起见，陆有为和班子成员参照其他国企的做法，拟定出一份文件，文件上指出以分厂为单位，按照比例裁人。实在不走的，只能干耗。这期间，很多老师傅耗不住脸面，干耗着也没有工资，家里都是上有老，下有小，只能含泪签字走人。

这是走得最多的一批人，整个炉料车间只剩下牛刚在内的三个人。他整天坐在办公室里骂领导，老远都能听见他的骂声。

江重的底线是尽可能地保留技术骨干，可是企业濒临破产，大半年开不出工资，职工全靠省里拨发的救济金度日，人总是要吃饭、生活的，所以大批技术骨干主动要求下岗，另谋出路。

炼钢分厂的情况最为严重，技术骨干的出走率高达百分之九十，连厂长马胜利都走了。马胜利这一走，成全了关云茂，他成了一把手，赵心刚的日子也开始不好过了。其实，赵心刚是接到橄榄枝最多的人，也是留守江重最坚定的人。即使不开工资，没有活儿，他依旧坚守在车间里。

可是江重仍挣扎在破产的边缘，稍有不慎就会跌落悬崖。每天都有困难职工围堵在厂门口要求发工资、报销取暖费、报销医疗费，陆有为被追得没有办法，以五百一平的价格变卖了东院的厂房，可是这笔救命钱仿佛一颗投入汪洋大海中的小石子，连个浪花都没有翻起来。

没过几天，又有大批的下岗职工堵在厂门口讨要说法。他们声声质问陆有为为什么下岗的都是工人，领导为什么不下岗。面对质问，一头花白头发的陆有为不停地退，一直退到江北重型机器厂斑驳褪色的厂牌前。他背靠着厂牌，更像是背着厂牌，他盯着一张张熟悉的面孔和马路对面已经易主的东厂房，一股急火攻心，突然听不到任何声音。这是陆有为一生最艰难、最痛苦的时刻。

陆有为想对大家说，他其实比谁都想下岗！他想回老家，种上几亩地，老婆孩子热炕头儿，再养一群大黑猪。过年的时候，包一兜肉饺子，再炖上一锅杀猪菜，叫上全村的老少爷们都过来吃，日子不比现在美多了？可是他走了，江重怎么办？江重的老少爷们在过年的时候能吃上一兜肉饺子，能吃上杀猪菜吗？

这半年来，为了能少裁几个职工，为了能多要回一笔欠款，为了不让江重倒下，他的头发都白了。职工们骂他心硬，他还被人套过麻袋，下过黑手。夜里，他偷偷抹眼泪，悲伤地骂自己：娘个头的，我本来就不是个好领导，为啥把自己弄得这么憋屈？还不如像李肇业那样博个好名声，让李东星挑江重的担子算了。

可是他做不到呀！他闭上眼睛就是江重的那块厂牌，睁开眼睛就是萧条的厂房、一双双赤红的眼睛，还有一张张按着红血印的下岗单子。他真的做不到啊！

他老了，再有两年就退休了，江重迟早是年轻人的。可是李东星的年龄和资历都尚浅，他还得扶一段。更重要的是，李东星是个处处讲规矩的学院派，现在的江重是非常时期，只剩下一口气，随时都可能倒下，是规矩重要，还是活下去重要?！若是有错，他顶着；若是有恩，让李东星承着。反正只要是江重好，让他下地狱都行！

陆有为大口喘着粗气，看着黑压压的人群，感受到一股呼呼的风声。那风声刮得紧，像窜天猴似的拉着溜溜的尾音儿，一声过后，一声又起，中间的间隔是那么的均匀，就像老英雄炉嗡嗡的噪音，更像空气锤反复捶打大锻件的击打声。

还没让那帮老家伙做新厂牌呢！这次要做个大的，喷最好的油漆……

陆有为紧紧握着那只发亮的笔帽，钢笔竟然掉了下去。在笔尖儿触地的瞬间，墨蓝色的钢笔水溅了一地，似乎开启了时间的大门。

陆有为回到了江重最红火的那些年。迎着熹微的光，整条马路都是骑自行车上班的江重职工，他们穿着江重的工作服，卖力地蹬着自行车，脸上挂着灿烂且质朴的笑容。人群中，他的搭档——装配工小宁还伸出手做着指挥天车的手势呢。东厂的大门也敞开着，一辆辆运送设备的大卡车排着队开进厂内……

陆有为的眼睛湿润了，一滴滴浑浊的泪滚落在深深的皱纹里。他努力地抬起手臂，迫不及待地去拥抱眼前的幻境，干涸的唇里蠕动着断断续续的话语。

"我、我、真的很难啊！"

他倒下了！倒在那块斑驳的、还没来得及更换的旧厂牌下，那支锃亮的笔帽被崩得老远……

## 40

陆有为因急性脑出血抢救无效去世之后，江重进入了李东星时代。这也是最危急的时刻，为了保住江重，年轻的李东星顶住了前所未有的压力大刀阔斧地深化改革力度，展开主辅分离的工作，下岗的风暴终于轮到了厂内的领导干部。

各个分厂的组长开始调岗，赵心刚也逃不开调岗的命运，他最新的工作是在销售部清理欠款。为此，李东星私底下多次找过王泽，希望赵心刚重新回到电站成套设备分厂。王泽一直没有松口，他有自己的顾虑和私心。这让李东星很不爽，调赵心刚回电站成套设备分厂一直是他的心愿，但是眼下还不是时候。王泽毕竟是陆有为的人，陆有为倒在了江重，哪能人刚走，茶就凉。

更重要的是赵心刚的态度，他试探过几次赵心刚的口风，赵心刚的态度很坚决。目前电站成套设备分厂是江重唯一运行正常的分厂，这和王泽的努力分不开。李东星了解赵心刚，他是感恩的人，绝不可能回去坐享其成，硬分一杯羹。所以，赵心刚回电站成套设备分厂的事情便搁浅了。只是他的所托恐怕……

李东星每天忙得团团转，厂内的事情实在太多，也只好暂时委屈赵心刚了。好在赵心刚理解他的心意，服从了关云茂的安排。关云茂却另有打算，他担心有王连成和赵心刚在，他的厂长位置随时都可能易主。为此，关云茂让赵心刚去销售部清理欠款，其实那些陈年旧账基本都是些要不回来的呆账死账。这个工作就是个摆设，不能明着赶人走，那就给你弄个无用的职位磨着你。等你磨不下去的那一天，自己主动走人。但他没想到的是，赵心刚还真能沉住气。

勤杂班的人早就下岗了，走廊已经没有当年的光洁，每走一步都透出一种颓废萧条，让人感觉很不舒服。赵心刚闲着没事就去打扫办公楼走廊的卫生。他还修理了走廊头上那扇损坏的窗户，换了卫生间里漏水的水龙头。其实，赵心刚早就想好了，一定要熬下去。这场前所未有的改革，改变的不仅仅是每个人，而是整个行业、整个国家和一个历经磨难、从未倒下的华夏民族。他坚信只要挺过最艰难的时刻，终会迎来彩虹。

李东星也在努力寻找挽救江重的出路，他费尽心思地请来一个专家团到厂内考察，希望找到冲出重围的突破点。全厂上下对这次考察非常重视，李东星下发通知全厂开展一次大扫除，江重要以全新的面貌迎接专家团。通知一出，沉寂的江重变得异常躁动，每个分厂都忙忙碌碌地大搞卫生，好像恢复了生产一样，可是士气低落的职工私底下都在传这是临死前的回光返照。

当专家团一行人在李东星和相关领导的陪同下来到炼钢车间参观时，赵心刚正躲在角落里卖力地扫地。李东星远远地望着那个落寞的背影，心底充满内疚和辛酸。他简单介绍了50吨电弧炉、精炼炉、天车等设备，打算带专家团去别的分厂转转。可是专家团中一位穿中山装的长者停下了脚步，他认出了打扫卫生的赵心刚："小刚?！"

赵心刚缓缓地转过身，看到了一张熟悉的面孔，脱口而出："黄伯伯！"他很快意识到称呼不对，急忙改口，"黄委员。"

李东星和周围的人都愣住了，大家都知道"委员"两个字的分量。李东星瞄着黄委员投向赵心刚那关切的眼神，疑惑地看向赵心刚，悄声问道："怎么回事？"

赵心刚拖着竹扫把走过来介绍道："这位是北京的黄委员。"

啊？李东星脸色一变，径直迎上去："黄委员，我们……"

黄委员沉重地叹口气，他本是来江北调研的，正好听说专家团要参观江重，便跟着来了。随行的专家也并不知道他的身份，都以为他是外省来的专家呢。

黄委员步伐沉重地走到电弧炉前，抚摸着管道，叹息着说："小刚啊，你们真的不容易啊。"

赵心刚想到半年前在黄委员家中的那场对话，心生感慨地低下头："大家都不容易。"

"你怎么不来找我？"黄委员指着他手中的竹扫把。

"我、我还没有下岗！还是江重人！"赵心刚的语气很重，铿锵有力的声音回荡在宽阔的厂房，更敲打在现场每个江重人最柔软的心尖儿上。

他们的年龄比赵心刚大，厂龄比赵心刚长，他们看着赵心刚一步一个脚印地成长起来，看着赵心刚努力为江重做的一切，看着赵心刚一次次自救，又一次次不甘地退出。在他们眼里赵心刚是个最不像江重的人，在他们心里赵心刚却是真正的江重人。赵心刚说出了他们想说的话，做了他们想做的事。赵心刚活成了他们最羡慕的样子，在那句简单又质朴的“我是江重人”面前，每个人都找到了最初的自己。

炼钢车间寂静一片。李东星和关云茂都红了脸颊，他们都不知道赵心刚还认识一位身居高位的黄伯伯。关云茂有些尴尬，李东星也不知道说什么好，他忽然意识到这本就是赵心刚的个性。他连和岳父赵光亚的亲戚身份都隐瞒了，哪能去攀更高的树枝呢？这一刻，李东星觉得自己十分幼稚，曾引以为傲的身份是那般可笑，甚至渺小。

真正的强者从未依靠过任何力量、任何人，他们像一棵百折不扣的小草，气候恶劣的冬季会低下头冬眠，春天降临时，他们会勃发而出，顽强生长。

赵心刚就是那棵小草啊！

李东星歉意地走过去：“师弟，我代表江重感谢你！”

赵心刚笑了：“师兄，江重是我们的家啊！”

“师弟！”李东星的眼泪涌出眼眶，他紧紧握住了赵心刚的手。

黄委员欣慰地看着两人：“好啊，有你们在，江重就不会倒。”

现场响起热烈的掌声。掌声过后，黄委员指着设备：“小刚，就请你带我们好好参观一下你们的家吧，这里曾经是行业的骄傲啊！”

赵心刚擦擦额头上的汗，没有人比他更了解炼钢车间的设备了。他看着那些昔日里立下汗马功劳的设备，仿佛又看到那火红翻滚的钢花。他默默地点头，声音变得哽咽，良久才吐出一个字：“好！”

## *41*

江北承受改革阵痛的时候，覃天的日子也不好过。他投资的服装厂除了做代工，也创建了自己的品牌，现在正处于大量花钱做推广的阶段。代工做出来的服装主要出口国外。可是近来因为关税的问题，卖出的每件衣服都赔钱。短短半年下来，覃天不但把之前挣的钱都赔进去了，还搭上了家底儿。

身边的人都劝他将服装厂卖掉，转行干别的。覃天不甘心就这么窝囊地关门，他做好了最后的准备，实在不行就把承包出去的电气仪表厂卖出去，总之一定要保住服装厂。可是屋漏偏逢连雨天，他眼巴巴地等到承包合同到期收回厂子，发现承包方为了挣快钱，不舍得投入维护，承包出去的厂房已经破旧不堪，很多生产设备因为维护保养不到位基本都报废了。

最可气的是，承包方还带着厂内几个技术员和熟练工另起炉灶了，剩了个空壳子给他，仪表电气压根儿卖不出去。他去找承包方理论，承包方以正常的设备折旧为由敷衍他，还说当初承包的押金不要了，就当是补偿金了。可是那些押金根本不够抵消损失。

覃天终于意识到当初赵心刚劝自己宁可卖掉工厂，也不要承包出去的苦心。可是事情到了这一步，有什么办法呢？覃天气得直跺脚，大骂承包方黑心肠，又骂自己瞎了眼睛，过于相信人。

电气仪表厂算是无法救急了，服装厂又必须要干下去，覃天整天为钱犯愁。他找几个做生意的朋友和亲戚东拼西凑了一笔钱，勉强维持服装厂的运营。

现在，他每天最关注的就是七点的新闻节目和早上的报纸，这是他从赵心刚那里得来的经验。改革开放以来，国门大开，国家时刻在为国内的企业争取平等的权利。报纸上说了国家相关部门关于纺织品正在积极和外国谈判，这关乎整个行业的兴衰和改革的力度。覃天坚信，改革的脚步不会停止，他迟早会渡过难关。

这段时间，赵心刚和覃天每天都会通电话，他们互相鼓励，互相给对方出主意，还时常互相倾诉内心的苦恼。相比覃天的难处，赵心刚的情况更糟。覃天劝赵心刚离开江重，并邀请他来南方。覃天和表哥范宏都认为以赵心刚的本事和经验，走出江重，定会做成一番大事业。可是这些邀请都被赵心刚婉言谢绝了，在他眼里，江重正处在改革的关键时期，他不能退。

可是，事情发展的恶劣程度远远超乎赵心刚之前的预想。江重的形势越来越严峻，李东星为了保住江重，不得不采取壮士断腕的决心，又开始新一轮更大力度的减员。短短一个月下来，下岗人数超出从前的两倍之多。下岗名单里不仅有普通工人，还有很多技术工人和分厂领导。

最初的决议是各个分厂只留各个组的组长值班，后来人数还是超标，便提出两个组留一个组长。

炼钢分厂的人数最多，需要减员的也最多，下岗风波很快轮到了赵心刚和王连成。王连成是主抓设备的副厂长，赵心刚是设备组和销售组组长，但是销售组已经名存实亡，他算作是设备组组长。按照厂内的相关规定，王连成和赵心刚必须走一个。拿到文件的当天，王连成就开始收拾东西，赵心刚则不知踪影。

这次，关云茂真的着急了。或许是赵心刚那句“还是江重人”的话感染了他，或许他意识到即使拥有厂长的头衔，没有了昔日的工友也失去了存在的意义。他急得团团转，嘴边鼓起好几个火疖子，实在忍耐不住焦虑的心情，着急忙慌地将王连成堵在办公室，说出了掏心窝子的话：“我走，让小赵来当厂长，你继续管设备。”

正在收拾东西的王连成愣了半天才缓过神儿，他做梦也没想到让自己一辈子瞧不上的关云茂竟然能说出这样的话。王连成慢慢地松开拳头，心中一暖：“不，该走的人是我！”

关云茂拉住他，摇头道：“王连成啊，我们互相看不上快二十年了，谁不知道谁啊！我和你都救不了江重，但是小赵能。据我所知，上头传来了口风，只要这次彻底地完成主辅分离，保住了江重的优良资产，控制住负债率，江重就能活下来！小赵既懂设备又懂技术，人还年轻，他来做炼钢分厂的厂长最合适。即使是我们都走，保住小赵也是值得的。”

王连成默默地从卷柜里拿出一摞厚厚的先进生产者和优秀党员的大红证书，心底充满了不舍，对关云茂的那些不满也都抛到了脑后。他感慨地说道：“是啊，我们两匹老马换赵心刚一个千里马当然值得。可是现如今，我们走一个就行，何必苦两个家庭呢？按照规定，该走的人是我啊！老关，你的心意我领了。从前我总是看不起你，今天，我向你道歉，你是咱炼钢的爷们儿！我走以后，你要好好对赵心刚！多帮他分担点！”

“王连成！你不能走！我走！”关云茂苦笑，“你总说我是妻管严，可是我早就离婚了，一直一个人过。我离开炼钢，去哪里都行，毕竟咱也是做过厂长的人。可是你呢？老厂长和岳母都岁数大了，你家慧芳也身体不好需要有人照顾，你儿子小宇正在读高中。你拖家带口的能去哪儿啊？你只能守在江北，守在江重啊！”

王连成沉闷地叹口气，洁白的墙上映出一道被岁月压弯的身影。他盯着关云茂那斑白的头发，倔强地挺直腰板儿，拿起填好的离职申请单：“老关，你就别逞强了，你的情况不比我好多少。你虽然离婚了，可是没断情分。你家兰英早就下岗了，领着你闺女住在娘家，你岳父岳母的日子也紧巴巴的，家里不如从前，所以你一直想把她们娘俩接回来住。你要是也下岗……”

“你怎么知道？”关云茂一愣，急忙插话道。

王连成摇了摇头，扯动嘴角：“我怎么会不知道？这些日子，你三天两头地往家添置东西。昨天，你还买了一个新书桌、新凳子，不巧电梯坏了，有这么回事吧？那个书桌我还偷偷帮你搬了两层楼呢。你啊，早点把兰英和闺女接回来吧，折腾了这么多年，还不明白吗？三穷三富过到老，到什么时候，一家人团团圆圆地在一起才最重要！”

王连成的话戳中了关云茂的心窝子，原来是他！昨天他先搬的凳子上楼，回头下楼搬桌子时发现桌子在三楼，旁边还没人。他还很奇怪，桌子不会自己跑，肯定是有人帮忙搬的，这么乐于助人八成是个劳模。果然没猜错，王连成就是劳模啊！

这一刻，他才明白，吵了这么多年，骂了这么多年，不服气地比了这么多年，到头来，最了解自己、最关注自己的人竟然是昔日的对手啊！

他盯着王连成铺满红血丝的双眼，心里充满了感动。可是，王连成手中那张离职申请单上的名字深深扎着他的心。王连成——这三个字，在曾经的岁月里，他见过无数次。他从未在意，时常嘲笑，甚至在很长的一段时间内他还执拗地争一下谁的名字应该写在会议记录的前面。现在，这三个字就清晰地映在他的眼前，简简单单的每一笔都敲打在他最痛、最敏感的神经上。

王连成！王连成！王连成……

那曾经是他最亲密的工友啊！当年他们一个负责技术，一个负责设备，在炼钢并肩作战。他们解决了一个又一个的难题，挽救了一炉又一炉的钢水，更是连续为炼钢分厂夺得九年的先进单位！如今，王连成离开了，那剩下他还有什么意义？

不行！不行！！他不能接受，绝对不能接受！

关云茂毫不犹豫地推开王连成的手，眼底泛起晶莹的泪花："我不同意！"

那张离职申请单在半空中晃晃悠悠地落下，王连成伸手接住。他忍住激动的情绪，用老朋友的语气迟缓地说道："老关，放心吧，车到山前必有路。听说古师傅和几个机修的老师傅在外面找了一些水暖的活计。实在不行，我就跟他们干，给古师傅打下手儿！"

关云茂故意转过身，偷偷抹眼泪，他又转回来，呛了一声："你和老古合不来。"

"那是从前，或许现在能呢！"王连成将离职申请单硬塞到关云茂的手里，熟练地拎起沾满油污的工具包，"我再下现场走一圈，炉子上还有点活没弄完。咱是党员，要站好最后一班岗！走了！"

王连成推门而去，办公室只剩下关云茂孤零零的一个人。他握着沉甸甸的离职申请单，整个人像被掏空了一样，他想大声喊住王连成，哪怕是用厂长的语气拦下他，但是刺痛的喉咙已经说不出一句话。他看着王连成办公桌上那个劳模杯子和一摞厚厚的大红证书，消瘦的脸颊滚落了两行温热的泪……

## *42*

赵心刚刚走出师兄李东星的办公室便听到里面传出茶杯摔到地上的尖锐噪音，他知道师兄在发泄怒火，又或许是为自己惋惜。然而无论是哪种原因，从他迈进办公室交出离职申请单的那一刻就都结束了。江重的硬性指标是只保留五千人，对谁也不能开绿灯，这是钢铁般的原则。

赵心刚纵然有千万个理由不想离开，也无法抵过一个“恩”字，王连成既是他的恩人，也是他的恩师。当年是王连成救了他的命，为他指引了人生方向，后来他又以严师的身份手把手地教他维修设备，看着他在技术的道路一步步地成长。如果他们两个只能留一个，那走的人只能是他，必须是他！他太了解王连成了，如果他将离职申请单交给关云茂，王连成会去找关云茂大吵一架，会抢回离职申请单写上自己的名字。那样，以后的日子更不好过了。所以，他只能来向李东星辞行，恳求李东星为自己保密，哪怕只有短短的三个小时。

人生有很多个三小时，唯独这次让赵心刚感受到了分秒必争的可贵。他要在离开前把电弧炉的翻炉液压控制阀修好，站好最后一班岗，最后看一眼陪伴自己成长的那些不会说话的“好哥们儿”。这也是他和王连成在一周前制订的维修计划。

赵心刚迎着嗖嗖的冷风，顺着阴暗的小路拐到炉料车间的小院儿。锈迹斑斑的大铁门上了锁，透过细小的缝隙望过去，那座高高的“铁山”没了，只剩下几台孤零零的天车和那条硬邦邦的铁轨。

赵心刚留恋地多看了几眼，他怕自己忘记这里曾经的样子。看着，看着，他仿佛看到了一束耀眼的光芒，在那束光里他看到牛刚站在“铁山”上向自己招手，天车师傅在忙碌地装料，顽皮的小花儿懒洋洋地趴在台阶上晒太阳……

所有美好的景象就在眼前，赵心刚情不自禁地伸手去抓，那束光突然消失了，他的手心一空，脸颊上早已泪流满面。他不甘心地握紧拳头，整个人伤感地靠在那扇沉寂的铁门上。

这些日子他一直在思考失败的原因，他总是自以为是地认为自己不同于江重那些思想守旧的职工，至少他没有失去那股风风火火的闯劲儿和不服输的念头。可是，当他接到自己和王连成必须走一个的通知时，他才知道以前的想法是多么可怕。

他有什么资格自以为是？他所依仗的不过是没有负担而已。用父亲的话说，他是单身汉，连家都没有，不算在江北扎根儿。而王连成上有老迈的父母，下有读高中的儿子，妻子还身体不好需要照顾，他是家里的顶梁柱、主心骨，他如何去闯？

而王家是江北无数下岗家庭的缩影，他们能怎么办？有人说他们可怜，有人说他们可恨，在赵心刚看来，这就是国企大锅饭的“印刻效应”。当国企的职工融入国企这个特殊体系中后，工作和生活都会过多依赖这个体系，也习惯于这个体系内的一切——稳定的铁饭碗，舒缓平静的日子，近乎一成不变的生活，从爷爷到父亲到自己，一代代就是这么过来的。他们的思维也局限在了这里，对于这个世界的改变，完全没有准备。所以他们不愿改变，也无法改变，更没有能力改变，最后陷入了无法自拔的泥潭。

其实，赵心刚也在不知不觉中融入了这种“印刻效应”，他早已适应江重生活、工作的节奏，偏执地接受江重一切或是公平或是不公的那些约定俗成，这些都时刻影响着他，改变了他的人生轨迹。赵心刚尝试过突破，可是一个人的力量终究太过微弱。可惜关于这些从前他体会得不够深，直到现在，他才明白这种致命的可怕、忐忑和内心深处的恐惧。

他能做的只有坚定内心的信念，即使离开了，他依然是江重人！

古师傅那句话说得好："炼钢的爷们儿，天塌了，也得站着。"

赵心刚怀着复杂的心情仰望着湛蓝的天空，一大群黑压压的乌鸦在他的头顶肆意地飞过，渐渐地远去，遥远的天边仿似晕开一片空空如也的留白。好刺眼！赵心刚避开了那道晃眼的白，他揉了揉泛红的眼睛，走向炼钢车间。

偌大的车间空荡荡的，破损的石棉瓦将午后的阳光撕得零七八碎，无数缕温暖的光变成了温柔的羽毛箭，轻柔地安抚着死气沉沉的设备。

赵心刚站在狭窄的小门口寻找着熟悉的身影。这时，偏僻的角落里传出声音。赵心刚循声望去，看到王连成在电弧炉液压修理站里忙碌着。他的脸颊灰突突的，工作服上有一大块洗不掉的油污，他正憋足了劲儿拧阀门螺栓，手中的扳子时而发出吱吱的声音。

这是最后一次和王大哥检修设备了，赵心刚恳求时间过得慢点，再慢点，让他多留一会儿。

"王大哥，我来帮你！"他稳稳地接过王连成手中的扳子去拧另外的几个螺栓。

王连成欣慰地看着赵心刚连贯的动作，气喘吁吁地抹了一把鼻尖上的汗，一语双关地说道："不服老不行啊，这世界归根结底是你们的。"

赵心刚的心头一抖，他立刻猜出王大哥话里有话，更猜出王大哥会主动离开的心思。这就是他的王大哥啊，一个勤勤恳恳的劳动模范，一个无私奉献的先进生产者，更是时刻为他人着想的优秀党员！

还好他的离职申请单及时地交到了师兄的手里，师兄答应了他的请求，王大哥会继续留在炼钢分厂，继续守着这些和他打了半辈子交道的设备。他要做的就是隐瞒王大哥三个小时，站好最后一班岗！

赵心刚咧嘴笑了，勉强做出轻松的样子，说道："王大哥，这世界属于所有人。再说，自古就有老马识途，有老马在，小马才跑得快！"

王连成的心里揣着和赵心刚一样的小九九儿，他也想隐瞒自己主动向关云茂交离职申请单的事情。他故意附和道："对，老马识途，老马也有用处。走，我再教你几招，去那边，看看液压泵。"

"好嘞！"赵心刚忍住悲伤，拎起工具，跟在王连成的身后。两人的步伐很轻，都刻意回避着敏感的字眼，就像什么都没有发生过一样。

直到傍晚，天边的最后一缕阳光掩盖在厚厚的云层之下，炼钢车间暗了下来。王连成和赵心刚打着手电筒照亮，将翻炉控制阀修复完毕。赵心刚开启电控柜电源，启动液压泵，王连成实验电弧炉的翻炉动作，一切正常。赵心刚暗自喘了口气，结束了，该是告别的时候了。

看着熟悉的设备，赵心刚想起当初在机修车间每天忙碌的情景，还有那些可爱的老师傅，他的古师傅！他们都离开了！

赵心刚颤抖地按下停电按钮，默默地道了声："再见！"

"走吧，王大哥，下班了。"赵心刚背起工作包。

王连成的眼圈红了，他怔怔地看着眼前模糊的一切。这是他工作将近二十年的地方，就是闭上眼睛，他也能说出哪个设备在什么地方、曾经出现过怎样的故障、如何修理的、更换过什么备件。而此刻，他真的要离开了！

王连成的手在抖动，浑身都在抖动，手电筒里的光不停地跃动在那些不会说话的设备上，他几乎撑不住了。赵心刚的喊声让他勉强缓过神儿。王连成沉默地关掉手电筒，用低下头整理工具包来掩饰自己的伤感。

"小刚，你先走，我再待会儿。"

在手电筒最后一抹光的照耀下，赵心刚清楚地看到王大哥那双晦暗的眼，那是一种发自心底的不舍、悲痛和留恋。其实，他也想再待会儿。于是赵心刚将手电筒插入裤兜口袋，轻声说："我陪你！"

王连成没有应答，怕赵心刚听出哽咽的声音。他一声不吭地在黑乎乎的车间里穿过，赵心刚沉默地跟在后面。两人一步一步走得很慢，似乎要用脚印衡量曾经走过的路。两人就这样一前一后地走走停停，仿佛时间可以在此刻静止。

外面的天渐渐黑了，炼钢车间里更是昏暗。当两人走到原来机修车间的临时小仓库时，忽然发现小仓库的门开了，里面还发出微弱的灯光。有小偷？赵心刚和王连成会意地对视，打算悄悄地从两个相反的方向包抄小仓库。可是两人还没有来得及抬脚，小仓库里就传出古师傅倔强的声音："这么晚了，你们咋还没下班？"

"古师傅！"

"老古！"

赵心刚和王连成惊讶地走到小仓库门口，尴尬地看着古师傅将一袋各种型号的水暖弯头倒在货架上，除此之外，还有各种小阀门和连接管件，一看就是干活剩下的。

灰头土脸的古师傅耐心地摆放着，他早在半年前就下岗了。据说他的妻子四处打零工，而女儿在读高中，成绩很好。为了生活，古师傅也加入了站路口揽活儿的大队伍，干起了水暖的活计。因为手艺好，还有古半仙儿会看风水的光环，他很快在大队伍里脱颖而出，接了很多活儿。活太多干不过来了，他就将从前机修的几个老师傅弄在一起，带着大家一起干活，一起分钱。日子还算过得去，就是非常累，没有休息日。天亮就干活，有时为了赶工，一个活要干到后半夜。反正是应了那句老话儿，有付出就有收获，几个月下来，他们的工资都比在江重上班时候拿的多，总算能养活一家老小了。

不过，除了养家糊口之外，古师傅还有别的收获。在外面干活不比厂里，他的脾气不能像从前那般火爆，也学会了低头。虽然瘦了不少，但是他的脸上始终挂着知足的笑容，笑容里还透出几分疲倦。他将最后一个弯头摆好，顺手拍了拍肩膀上的灰尘，赵心刚这才发现那双粗粝的双手缠绕着看不出颜色的绷带。

赵心刚主动迎上去："师父，您怎么来了？"

古师傅笑呵呵地说道："这些都是咱们几个老伙计干活剩下的，东家也不要了，家里也用不上，我就拿过来了。等厂子好了，开工了，这些小零件都能用得上。"

古师傅的语气很慢，少了从前在单位的傲气。赵心刚看着那张亲切的脸，再也无法抑制内心的悲切，他鼻子一酸："师父！"

古师傅看似满不在乎地摆手，语调却带着伤感："瞧你这孩子，咋的，想师父了？想跟师父一起去外面挣大钱啊。"

"师父！"赵心刚低声地重复。

王连成也笑里含泪："你这个老东西，我就知道，你还是惦记厂子。"

"咋能不惦记？"古师傅微微仰起头，隐去眼角的泪花，指向高处的天车，"刚离开厂子那会儿，我总梦见80吨天车，有时还会梦到拆掉的英雄炉。我整宿睡不着觉，偷偷摸摸地回来好几趟呢。"他转向王连成，"你还记不记得有一年英雄炉坏了，咱们俩守了一整夜才修好的，还是我想出了一个高招……"

王连成点头："是啊，我记得那次。的确，你那个办法加快了修理进度，争取了时间。"

"对，对，这里的一切，我们都出过力。我们在这里干了将近二十年，头发都白了。终有一日，我们都不在了，这些设备还在，都还在啊！"古师傅深情地凝神着空旷的车间，找寻着过去的记忆。王连成也恋恋不舍地看着脚下的铁轨，忍不住地滚落眼泪。

赵心刚望着他们，心中一阵翻涌。良久，他坚定地说道："师父，王大哥，咱们的电弧炉还能再炼出钢，江重也会好起来。我们一天是江重人，一辈子都是江重人！"说着他伸出了手。

王连成也伸出手，感动地说道："一辈子都是江重人！"

古师傅早已热泪盈眶，他哪里知道赵心刚和王连成各自的小心思。作为早已离开江重的人，能听到这句暖心的话是多么感动，多么高兴啊！他仿佛又做回了那个炼钢大拿。

"一辈子都是江重人！"古师傅伸出裂满口子的手。

三人的手紧紧地握在一起，他们的身后是沉寂的电弧炉……

夜更深了，墨蓝的星空闪烁着一条长长的扫把，这是传说中百年罕见的彗星，点点的光芒透过破损的石棉瓦照进温馨而伤感的车间。这是不平凡的夜晚，也注定是一个不寻常的年份！

## *43*

赵心刚送走了王连成和古师傅，独自一人回到宿舍。宿管员老马不在了，整个宿舍基本都空了，之前王泽和他得伴，后来王泽结婚搬了出去，整个宿舍只剩下他一个人。一到夜里，唯一亮灯的只有 301 室。

赵心刚刚进屋，还没喘口气，书桌上的电话便响了。是表哥覃天来的电话，他抓起电话就问赵心刚有没有看电视，弄得赵心刚一头雾水。覃天便主动说出兴奋的理由，原来国家与外国就纺织品达成了协议。就在二十分钟前，他接到了国外的大订单，在国外滞销的那批货也有着落了。这回总算熬出头了，不卖电气仪表厂他也能缓过来了。

覃天在电话里说了很多，语速很快，着急的时候还说了几句粤语，赵心刚根本听不懂，但是他能真切地从电话里感受到覃天无比喜悦的心情。最后，覃天在电话里大声地喊出："感谢改革开放，感谢政府的努力，我们迎来了最好的时代！"

赵心刚却高兴不起来，他望着窗外漆黑一片的厂房，苦涩地说出："我、下岗了……"

“啊？”覃天以为自己听错了，停顿了好久才反应过来。他有些羞愧，又很自责，他埋怨自己不应该在赵心刚最低落的时候说刚才那些话。他慌乱地道歉：“小刚，我……我不是故意的，对不起！”

赵心刚握紧电话，胸口传来针芒般的疼痛，在亲人面前，他终于卸下所有压力，哭出了声音：“我不能让王大哥走，更不能让师兄为我破例，只能我走……”他已经泣不成声。

覃天深知江重在赵心刚心中的分量，听着电话那头传出断断续续的哭声，他选择了沉默地聆听。

过了一会儿，电话那头的哭声小了，覃天调整了语调：“小刚，外婆在世时，总说一句话：树挪死，人挪活。她是个女强人，可惜没赶上好年代。现在，你走出了江重，外面的世界很大哩。小刚，来我这里看看吧，你一定会闯出属于自己的路！”

“谢谢，哥！”赵心刚哭哑了嗓子。

随后，覃天又在电话里不放心地嘱咐了几句，赵心刚一一应下，这次起起伏伏的电话才算结束。

放下电话之后，赵心刚从床下翻出两个行李包，开始整理东西。他不想告诉任何人，也不想面对煽情的送别，思前想后，他打算明天一早先坐车回老家。

可是整理东西也是极为艰难的事情，他的衣服很少，除了几件应季的，几乎都是江重的工作服。看着那一件件洗得发白的工作服，他认真地抚摸了一遍又一遍，“江重”两个字深深地扎进了他的心窝。他在心中告诉自己：无论走到哪里，也不能给江重丢脸！

他将所有工作服塞进行李包，还带走了代表江重荣誉的劳动模范的搪瓷杯，鼓鼓的行李包里装满了所有的思念和念想儿。

整理好衣物之后，他还将入厂以来写下的机修维修记录和各种技术资料统统装进一个纸箱，这些要留给王大哥，他会传给更需要的新人。这是他能为江重做的最后一件事了。

这一夜，赵心刚整宿未眠，他瞪着双眼盯着冷清的白墙，脑子昏昏沉沉的。天刚蒙蒙亮，他就悄悄地背着行李包出门了。

刚走出江重大门，赵心刚就遇到骑摩托车去蔬菜批发市场买菜的佟老板。江重俱乐部卖了，厂子效益又不好，他的小百货铺也就关门大吉了。可是他并没有一蹶不振，而是在热闹的商业区盘下一家两层楼的店面，正经地开起了名副其实的饭店。因为经济不景气，饭店走的也是经济实惠的大众化路线。生意虽然不火，但也能维持养活一家老小，真应了赵心刚当初那句“我们都不如他”的话。牛家人都是江重职工，几乎都下岗了，如今他们都在佟老板的饭店里干活，牛玲成了风光的老板娘。

佟老板见到拎着行李的赵心刚很惊讶，向来机灵谨慎的他还是忍不住地问了一嘴：“赵组长，你这是……”

“回家！”赵心刚的回答很干脆，语调里带着悲伤。

“啊？”佟老板瘪了嘴，一脸不肯相信的样子，“你……”

“保重！过几天再告诉牛哥！”赵心刚迎上佟老板迟疑的目光。

佟老板怔怔地点头，好久才缓过神儿：“赵组长放心，大哥出门打工了。他临走前撂下过狠话，说不混出个模样来，不回江北！”

赵心刚心头一紧，牛刚是在三个月前离开江重的，以他的脾气怎么可能接受佟老板的恩惠，他一定是堵着气走的。

佟老板继续解释：“我和玲子想让大哥负责买菜，可是大哥……说饿死也不吃我家的饭，他还不让大嫂来饭店帮忙。赵组长，我现在真的很缺人，这做买卖啊，一家人才放心。”

“他总有一天会想通的。说到底，江北是他的家，你们毕竟是一家人！哦，对了，”赵心刚惨淡地微笑，“我离开江重了，不用再叫赵组长了。我们年龄差不多，你就叫我名字吧。”

“嗯！赵组长，不，赵……心刚！”佟老板有点接受不了转变的称呼，他盯着沉寂的厂区，无奈地叹了口气，“好好的厂子，咋就不行了呢？唉！”

赵心刚凝视着马路对面已经卖掉的东院厂区和那条孤零零的铁

道，感慨地说道："旧的不去，新的不来，马上就要跨世纪了，这里将会发生翻天覆地的变化！"

"嗯，我相信老百姓的日子一定会越来越好！"佟老板的眼底泛出坚定的目光。

赵心刚又和佟老板询问了几句牛家的事情，两人便匆忙道别了。赵心刚目送佟老板骑着摩托车缓缓离去，忽然感受到一种顽强的力量。当所有人都在承受这场阵痛的时候，有一群像佟老板一样的人依旧在逆风而行。他们是无所畏惧的闯路者，更是改革道路上的先行者。他们曾经一无所有，现在，他们在这座城市扎下了根，融入了这座城市。

那么将来呢？

赵心刚的心一下子敞亮了。

就像第一天来实习那样，他绕过那条又宽又长的马路，来到离炼钢分厂最近的西门。整条小马路宛如一条穿梭时光的隧道，不管围墙里的工厂曾经如何荣光，今天都逃不开败落。西门门口的大邮筒变成了孤独的卫兵忠诚地守望着沉睡的雄狮。交错的管道不再冒出生机勃勃的蒸汽，只剩下一堆一眼望不到头的平行线。

一切都没变，一切又都变了！

赵心刚在大邮筒前站了很久，直到清晨的太阳缓缓升起，第一缕明媚的阳光照在他的脸上，他伸出双臂，最后一次拥抱他所挚爱的这片工业大地……

第十二章
Chapter 12

# 我们都是追梦人

## 44

自从赵心刚将离职申请单放在办公桌上的那刻起，李东星就陷入了前所未有的狂躁。赵心刚前脚刚走，他就忍不住摔了办公桌上的烟灰缸。其实，他更想撕毁那份刺眼的离职申请单。

世上的事总是这般无奈，还有些被命运捉弄的意味。李东星做梦也没想到自己倡导的公平裁人竟然会裁到师弟赵心刚的头上，他立刻想到了挽留。李东星绞尽脑汁地想要为赵心刚争取到一个留下的名额，可是厂内裁人是硬性指标，一个萝卜一个坑儿，想留下赵心刚，意味着要走一个同级别的中层干部，更何况其他分厂的名单上也出现了副厂长级别的名字，他如何单单为赵心刚开绿灯？就因为赵心刚是他的师弟？因为赵心刚为江重付出过汗水？唉，哪个被裁掉的江重职工没有为江重流过汗呢？

李东星盯着离职申请单上那三个字，心底升起一种特别的无奈。他这个一把手当得太窝囊，从上任以来就开始四处奔波，真应了当初父亲说过的那句话：受任于败军之际，奉命于危难之间。大家只记得他的狠，都骂他是狼崽子，可是却没有人理解他的难！

师弟是个懂分寸的聪明人，实在是太了解他了。师弟不想给他找麻烦，也不想让他难堪，所以才会跑到他面前交出那份离职申请。这并不是他亲手接过的第一份离职申请，却是最痛心的一份，他是过不了自己这道关啊！

李东星不甘心，他首先找到岳父赵光亚商量。他希望岳父以平调或是借调的方式将赵心刚先安排到省设计院工作一段时间，等他捋顺了当前下岗的事，到时候再把赵心刚调回来。在他眼里，这和赵心刚当初进江重的办法差不多，都是曲线救国。

不过，赵光亚想了半天才给李东星回话，他的语调很沉重。赵光亚曾经三番五次地提醒过赵心刚，让他看清脚下的路，重新做出选择。但是赵心刚一门心思地留在江重，从未有过任何松动。赵心刚和他父亲赵复亚都是一条道跑到黑的那种人，骨子里自带倔强，他们父子决定的事情，谁也劝不动。若他真的接受了这种曲线救国的安排，那他就不是赵心刚了。这就是他的命！

面对赵光亚详细的分析，李东星瘪了嘴，岳父说得对，师弟连黄委员这样的大靠山都藏着掖着，他怎么可能去投奔岳父呢？

那还有什么办法能留下师弟呢？李东星还在固执地想办法，毕竟于情于私，他都不想失去师弟这样的好朋友、好哥们、好伙伴！

李东星又想到了王泽，如今的王泽可不是从前那个跟在赵心刚身后的小技术员了，他现在是电站成套设备分厂的厂长，是江重最有前途的领导干部。他还攀上了一门好亲事，岳父一家都在银行系统上班，这是个很给力的加分项。现在，王泽在江重班子成员会上非常有话语权，颇有陆有为的气势。

但是，他却没有陆有为对江重的那份情感。

陆有为在世时，给了王泽所在的电站成套设备分厂独立核算的权利。陆有为过世后，李东星依循从前的规定，一路给王泽开绿灯。而且，当王泽主动提出让赵心刚回电站成套设备分厂的时候，李东星还给了他自主采购权。不久，王泽便结婚了。婚后，他不知道受了谁的鼓动，做事越发霸道，野心也越来越大。有时候，连李东星都不放在眼里。李东星以江重全局着想，不想和他产生正面冲突。可是王泽不这么想，前几天，他竟然以炼钢分厂交货太慢为由将磨煤机轴座铸件外包给了外面的小公司。李东星气愤得当场拍了桌子——江重还没有倒下，不允许搞小团体主义。王泽还不以为然，说他也是为了保证货期，否则要按合同赔偿，他这也是为江重利益考虑等等。

李东星看出了王泽的野心。王泽以为江重会像江北电缆厂那样倒下，他再顺势推一把，想让江重早点倒。到那时候，江重的各个分厂按照政策很可能会允许独立承包，他就可以将电站成套设备分厂变为自己的公司，或许他还想撬走江重的牌子呢。这简直是白日做梦！李东星在父亲面前立过军令状，更在省里表过态，有他李东星在一天，江重就不会倒！他绝对不允许国有资产落入个人的腰包，这是原则性问题。

李东星本想收拾完乱摊子，真正完成主辅分离之后，再找个空当敲打敲打王泽。可是，眼下出了赵心刚这档子事，只好先去找他了。他手里没有名额，可王泽的手里有一大把，迄今为止，电站成套设备分厂的裁员比例最低。李东星本想打电话将王泽叫到办公室，他拿起电话想了想，又放下了。为了师弟，他有什么不能低头的？随后，李东星拿着那张离职申请单亲自来到王泽的办公室，那里也是从前陆有为的办公室。

王泽见到离职申请单上的名字，没有丝毫的惊讶。他抚摸着办公桌上的铜牛摆件，低沉地说道："按照规定，他和王连成必须走一个。以他和王连成的关系，只能他走！"

"你们分厂有名额吗？"李东星直奔主题。

王泽笑了，摊开双手："说有就有，说没有也没有。关键的问题是，就算有，他肯来吗？"

李东星厌恶极了王泽这种后天学来的傲慢，他提醒道："王泽，别忘了，你的厂长是怎么得来的？如果不是赵心刚把位置让给你，今天走的就是你！”

王泽听了不以为然地摊开双手：“好啊，你们人人都说我厂长的位置来路不正，是赵心刚让给我的，可是你们想过我的努力、我的难处吗？当初，我和赵心刚一起在磨煤机项目组搞研发，又一起去内蒙古做技术交流，我也做了很多工作啊！后来，是他主动离开电站成套设备分厂，把我架到火上烤。那时候，我多难啊！售后服务不及时，质保金要不回来，合同到期无法交货，连备件款都拿不出来。要不是陆厂长救了我，电站成套设备分厂早就和其他分厂一样没了。现在倒好，人人都记得赵心刚的功劳，我倒成了伸手要饭、坐享其成的了。哼，我承认，他的确很能干，可是……”

王泽站起来，直勾勾地盯着李东星的眼睛：“你最应该知道，能干，能当饭吃吗？能干，能要来钱吗？能干，能救江重吗？你能坐上今天的位置，比谁都清楚这道理！”

“对，我清楚，我清楚得很！”李东星没有丝毫退缩。他承认自己受了父亲的庇护，但是也承担了该有的责任，他父亲守护的是江重，他守护的也是江重，他们父子无愧于心，无愧于江重！

眼前的王泽满嘴的不容易，心里却另有打算，他想趁着江重处于困境的机会，分走一杯羹。自己和赵心刚都看走了眼，养出了一个白眼狼！

李东星气哄哄地拿起办公桌上的离职申请单，郑重地说道：“王泽，古人有句话叫‘皮之不存，毛将焉附’。别以为我不知道你想些什么，江重不存在了，你真的就能干得起来？当初没有赵心刚提出的磨煤机项目，就没有你王泽的今天，你连努力的机会都没有。现在赵心刚离开了，你觉得他没用了？实话告诉你，赵心刚离开江重是江重的损失，对他自己可是天大的好事呢！他肯定能闯出一条通天大道，你还是不如他！”

“好啊，那何必和我要名额？”王泽不客套地怼了回去，李东星愤怒地摔门离去。

伴随着一声重重的门响，王泽软塌塌地坐在气派的老板椅上，盯着光滑的铜牛摆件哈哈大笑，那张国字脸扭成了一团，找不出原来的模样。

他笑着笑着，又哭了，仿佛有一根啐毒的箭精准地刺中了他的心窝，剧烈的疼痛压得他喘不过气来。

这还是他吗？王泽愤懑地踢飞了垃圾桶，废纸和垃圾洒了一地，像极了他此刻的心情。他越想越生气，甚至想冲上去踩几脚……

这时，电话响了，是他媳妇的号码。王泽仿似抓住了救命稻草，急忙接通电话，电话那头传来催促的声音："贷款快批下来了，你那边怎么样了？千万别让我爸失望啊。"

王泽镇定地坐稳，清了清嗓子："放心，咱爸交代的事情，我都记得呢。"他一边回电话，一边抬起脚，狠狠地踩扁了滚在地上的垃圾桶……

## 45

已经过了春运时期，火车站的人还是很多，赵心刚费了九牛二虎之力才挤上南下的火车。他的第一站是回家去看望父亲，然后去上海看看妹妹的情况，之后再从上海去深圳。

火车上的人也不少，大多是拖家带口去南方打工的。赵心刚好不容易走到属于自己的车厢安顿下来，他眯着眼睛扫视一圈，没有见到熟悉的面孔，于是靠在座位上盯着窗外飞速闪过的风景发呆，不经意间又想到了江重。

三天前，赵心刚悄无声息地离开了江重，他前脚刚离开，李东星就到了。李东星在王泽那里碰了一鼻子灰，回家找父亲李肇业想办法，李肇业沉默了许久，只说了一句话："让他走吧。"李东星无助地盯着父亲的背影，流下了两行不甘的热泪……

那晚，李东星也是一夜未睡。天刚蒙蒙亮，他就出门了，他想去送赵心刚，却扑了个空。

301 室空了，赵心刚走了。

李东星傻傻地站在 301 室的门口，仿佛又看到赵心刚坐在书桌前埋头苦读的情景。

一切都变成了昨日的回忆，师弟走了，他没有保住他！

李东星的心里充满了挫败感，他不敢去看那熟悉的画面，更不敢面对那残酷的事实。

真的好难受啊！李东星拖着有些发僵的身子走在空无一人的走廊。他的步伐很慢、很沉，每一步都透着疲倦，他实在太累了，他想坐下来歇一歇。

可是江重不能歇啊！李东星一边走，一边告诉自己：不能倒下，江重也不能倒下！他不能让师弟失望，他必须要带领江重走出泥潭，走出困境，重现当年的辉煌！

这一刻，他的身边仿佛围满了人，在那一张张熟悉面孔的注视下，他艰难地前行着……

此时，载着赵心刚回家的那辆火车也在前行着……

赵心刚这次回家和以往不同了，家里发生了很大的变化，父亲赵复亚似乎知道他要回来似的，提前准备了好多好吃的。当晚，爷俩就着热气腾腾的大炖菜喝起了老白干。赵心刚突然发现家里的电视没了，父亲推脱说坏了，卖给了乡里的修理部。赵心刚暗自琢磨着为父亲再买一台新电视，可是第二天，他在找旧物件的时候，意外发现父亲将电视藏在了仓房里，上面还盖着一摞厚厚的报纸，每一张报纸上都有关于国企下岗的新闻。赵心刚这才恍然大悟，原来父亲早就预料到他的命运，不想他太过伤感。

父亲一向不善言谈，对他的爱总是那么深沉。那晚，父亲借着酒劲儿，说了一句富有哲理的话："不管多大风多大浪，迟早都要过去。想要干一番事业，就要有迎风破浪的勇气。等风平浪静了再去闯，那就已经落后了。”

嘈杂的轰鸣声将赵心刚拽出回忆，他下意识地摸了摸背包，背包里装着父亲偷偷塞给他的五千块钱，父亲知道他不会安心在家，他有自己要闯的路！

那此刻，他为什么而活呢？

赵心刚带着无限的期待和莫名的彷徨看着窗外的大好风景，天越来越蓝，树越来越绿，连火车仿佛也跟上了南方经济快速发展的脚步，飞速着驶向一座镌刻着改革历史的大都市……

一天后，赵心刚抵达上海。这座曾经的远东经济中心早已苏醒，并开始夺回当年王者的宝座。如今，这里遍地高楼大厦，迎面扑来一股夹杂着开放气息的摩登风。

赵心刚在公共电话亭给妹妹赵晓雅打了电话，赵晓雅在浦东新区，她详细说了乘车路线，两人约好在陆家嘴见面。赵心刚放下电话，他感觉电话里听到的声音既熟悉又陌生。妹妹的语气很干练，还带着洋气的英文和天生的自信，她的底气是来源于这座伟大的城市吗？

赵心刚按照赵晓雅提供的乘车路线，辗转来到见面地点。这是一片富有特色的金融开发区，处处散发着国际大都市的气息。而且外国人特别多，这种情况在江北还很少见。

赵晓雅正在车站等他，她剪去了从前的长发，留着齐耳的短发，穿着干练的黑西裤、白衬衫，胸前挂着一个英文工作牌。赵心刚多看几眼，上面写着：房产顾问：梅吉小姐。

房产顾问？赵心刚对房产顾问的印象还停留在江北那些大妈出租房子的阶段。他有些糊涂了，妹妹毕业于外语学院，说着一口流利的英语，正经的大学生，怎么做起房产顾问了？覃天不是说大表哥范宏要来上海投资办食品厂吗？妹妹刚好可以做和出口有关的谈判翻译等工作，是出了什么问题吗？

这时候赵心刚才想到已经好久没听覃天提起过大表哥了，难道是……他想起最近那些不好的新闻。

还没等赵心刚开口问，赵晓雅就热情地抱住了他：“哥，你怎么才来啊，想死我了。”

赵心刚疼爱地拍了拍她的肩膀，逗笑道：“哥这不是来了嘛！怎么样？梅吉小姐？”

“哥……”赵晓雅接过赵心刚手中的行李，顽皮地朝他吐了下舌头。父亲赵复亚早给她打过电话，说起了关于赵心刚离开江重的事情。赵晓雅非常支持赵心刚，但是她知道赵心刚对江重的情谊，担心他心里难受，就刻意避开了伤感的话题，随口调侃几句：“哥，你怎么还单身啊！你的同学都抱娃娃了。”

赵心刚苦闷地微笑说：“没人愿意嫁给我。”

“真的假的？我给你介绍一个？”

“这个……”

兄妹二人有说有笑地走在繁华的城市，赵心刚发现妹妹真的长大了，而自己似乎有些落伍了，所以他尽量多听少说，避免让时髦的妹妹听到老掉牙的笑话。

赵晓雅担心哥哥还在为离开江重而伤心，就主动逗哥哥开心。两人走了好一会儿，赵心刚问起了赵晓雅的近况。赵晓雅笑得露出了洁白的牙齿，解答了哥哥的疑惑。原来大表哥范宏在香港的食品厂出现了资金短缺的问题，再加上东南亚市场的销量很差，导致从前的布局出现了问题。

范宏原本计划在上海和深圳两地建立分厂，现在只能先建一家分厂。深圳离香港近，又是范宏的老家，所以范宏暂时先将第一家分厂开在深圳。深圳当地给足了优惠政策，他顺利地拿到利率极低的贷款，食品厂马上就正式运营了。范宏告诉她，让她先到深圳分厂适应一段时间，等一切顺利了，他再来上海建立分厂，那样她就可以全权负责上海分厂的具体工作了。

“大表哥说，他这次真是幸运呢，如果没有咱们强大的国家做后盾，他真要破产了。”赵晓雅笑呵呵地说，“哥，下个月，我就要去深圳那边的分厂了。这段时间我正好空闲，就找个兼职干。”

赵心刚指着她的工作牌：“房产顾问？”

“对啊。”赵晓雅指向马路对面的大厦，“现在的浦东新区就像一棵小树，每天都在长高，每天都在变化。去年这里还什么都没有呢，现在这里就成金融中心了。那边都是改革开放引进来的外资企业，所以外国友人多，就有了租房的需求。我们公司是专门给外国友人提供租房、家政等一系列服务的。公司的房产顾问都和我一样，全是外语系的毕业生，谈成一单，提成还是蛮可观的。”

“原来是这样！”赵心刚微微点头，给外国友人租房做成了一个产业，这在江北几乎是不可能的。父亲说得对，的确要出来闯一闯。

赵晓雅偷偷瞄了赵心刚一眼，露出自信的笑容：“哥，现在都什么年代了，马上我国全民都奔小康了！你啊，早就应该出来走走了，别总窝在江重死死抱着那个空饭碗。你看，外面的世界很大，机会很多。”

她又指向一栋三十多层的大厦：“我们公司在十楼，十楼以上是公寓，那些每天打扫公寓的阿姨都比你工资高呢。”

赵心刚怔怔地抬起头，仰望着富有现代特色的大厦，明亮的玻璃窗折射出耀眼的光芒，那道光和电炉里的钢花一样都晃得他睁不开眼睛。赵心刚苦笑不已，他真的落伍了，江北对楼房高度的概念还停留在高楼香鸡的那栋楼。

这就是改革的力量！无数个由改革催生的新兴产业正在生机勃勃地发展。而他这个落伍的人，还有机会跟上改革的脚步吗？

当晚，赵晓雅拽着赵心刚去黄浦江看夜景。这两个从东北偏远农村靠高考改变命运的兄妹有说不完的话，有对过去的怀念，对现在的总结，还有对未来的憧憬。

赵心刚又对未来充满了信心，赵晓雅也对未来充满了向往，他们都坚信华夏大地将发生翻天覆地的巨变，东方巨人将会迎来一个崭新的时代！

“哥，我们一起努力！”赵晓雅坚定地伸出手。

赵心刚迎着微凉的风，欣慰地握住她的手，妹妹自信的样子很好看。透过妹妹的笑容，赵心刚无意间想起另外一个留着齐耳发的女孩，算算时间，她应该也毕业了……

## 46

火车站前的广场人来人往，每个人的脚步都很匆忙，宛如这座城市发展的速度。赵心刚还没走到售票处就看到一个熟悉的身影，那是李东星的妹妹——李东丽。她正费力地拖着一个很大的行李箱。

“丽丽？”赵心刚惊讶地走过去，接过李东丽手中的行李箱。

李东丽愣住了，她谨慎地东瞧西望，确定四周除了赵心刚没有其他熟人之后才试探地问道：“赵大哥，是我哥让你来带我回江北的吗？”

“师兄？”赵心刚更是一头雾水，他马上意识到这是一个很严重的问题，“你一个人偷偷跑出来的？”

李东丽心虚地点点头。

赵心刚带着李东丽来到一处相对人少的地方，李东丽才讲起事情的原委。原来她今年大学毕业，学的是电气自动化专业，李东星让她留在江重。可是李东丽不想过父母、哥哥那般陈旧压抑的生活，她想要自由而全新的生活。为此，李东丽和家人产生了矛盾，父亲李肇业的态度很坚决，她必须回江重。李东星还算缓和，即使不回江重，也必须留在江北。他还将问题上升到家族荣耀的高度，李家的根在江北，需要李家的后代来守护。李东丽实在没有办法，便事先将行李寄存在同学家，后来，借着出去逛街的理由从家里偷偷跑出来。

"赵大哥，我们还真有缘分呢！"李东丽不好意思地笑道。

赵心刚贴心地递过一瓶运动饮料："没想到你胆子这么大！"

李东丽咕咚咕咚地喝了几口："我也是没有办法！听说你也离开江重了，那我为什么还要往火坑里跳，我可不想过大哥那样的生活。"

赵心刚反驳地摇头："江重不是火坑！再说我的情况特殊，不能一概而论。丽丽，你应该理解师兄，他热爱江重，对江重的情结很深。现在江重的处境很难，车间的老师傅走了，中层的技术骨干也走了许多，江重很缺年轻的血液。连你都不愿意去江重，那其他的大学生怎么可能愿意选择江重呢？我觉得你应该相信他，等江重跨过这道艰难的门槛，一定会重现从前的辉煌。"

"可是我有自己的梦想。赵大哥，你想过吗？大学允许自主择业，以我的条件完全符合江重的招工政策。可是，如果我进了江重，人人都会认为我是走了后门儿。我做得再好，人家也会觉得不公平，感觉我得到了特殊的照顾。事实上，我父亲和我大哥都是这么走过来的，我可不想走他们的老路！"

赵心刚想了想，低沉地说道："那你可以去江北其他的企业啊！"

"江北还有好企业吗？"李东丽摇头，"我哥也是这么想的，他就是想让我留在江北。"

赵心刚想起了和李东丽年纪相当的妹妹。从某个角度来说，她们真的很像呢，拥有同一时代的想法，只是李东丽遇到的阻力更大些罢了。

"这不好吗？江北是你的家，有你的亲人。"

李东丽虽然面带稚气，语气却异常坚决："江北是我的家，我爱江北，但是我也有自己的梦想，我有追逐梦想的权利。再说，江重再改革也改变不了国企的性质，无法彻底打破体制。而我姓李，即使我再努力，别人也会认为我受到了照顾。到那时候，我将会和父亲、大哥一样，陷入被彻底否定的无尽痛苦。那些都不是我想要的。”

赵心刚的心似乎堵了一块大石头，他没有想到李东丽看待问题会如此透彻，她完全知道自己想要什么，将来要走怎样的路。

她说的没错，他曾经看过李肇业主推的平炉技改和改进回转窑的方案和图纸，师兄也全程参与了好几个重点项目，他们父子都是江工的优秀毕业生，的确是有本事的。不过，这些本事在旁人眼里都是应该的，或许还掺杂着嫉妒和不屑。正应了那句话，每个人所处的位置不同，看待问题的角度也不同。有人仰视，有人俯视，谁也说不清事物原本的样子，就更分不清黑白对错了。

赵心刚仔细想想，他和李东丽还真的有缘分，他迟疑地问道：“你有什么打算吗？”

李东丽微笑道：“现在全国发展最快的就是深圳，我想去那边找份工作。等到了深圳，再给家里打电话。”

“不行！”赵心刚坚决地摇头，“你偷偷地离开江北，家里一定乱套了，你必须马上跟师兄报个平安。”

“那……”李东丽皱起眉头，有些不情愿。

赵心刚看出她的顾虑，苦笑道：“你有跑出来的勇气？没有报平安的勇气？放心吧，我也去深圳，我们一路上有个照应，我相信师兄会尊重你的决定。”

赵心刚的话说到了李东丽的心坎上，她立刻露出甜美的笑容：“太好了，你也去深圳啊。谢谢你，赵大哥！”

“走吧！”赵心刚指向不远处的公共电话亭，李东丽却指向广场上的IC卡电话亭，顽皮地掏出一张IC卡。赵心刚将IC卡插入电话，他的手有些颤抖，犹犹豫豫地拨通了那个熟悉的号码。

电话那头传来李东星焦灼的声音：“我是李东星，哪位？”

赵心刚稳定了心神，轻声应道：“师兄，是我！”

“师弟？”李东星的声音变得沙哑，语调也变得急躁，“你去了上海？”

赵心刚“嗯”了一声，直奔主题：“师兄，我在上海火车站遇到了丽丽，让她跟你说吧。”

“丽丽？”李东星紧绷的心情瞬间得到了释放，“她竟然去了上海？叫她接电话！”

赵心刚将电话交给李东丽，李东丽耷拉着头，像个做错事的孩子不停地点头说“是”。

五分钟后，李东丽将电话还给赵心刚。赵心刚劝李东星：“师兄，你不要再强迫丽丽留在江北了，她有自己的想法和梦想，让她去勇敢地追梦吧！”

电话里传来李东星感慨的声音：“师弟啊，这就是缘分。自从她离开家，我和父母也想通了，既然她已经长出了翅膀，为何不让她展翅高飞呢？唉！在江重，我护不住你。走出江重，我要拜托你照顾丽丽了。”

赵心刚心头一暖：“师兄，我和丽丽都要去深圳，请你放心，我会照顾她的。”

“师弟啊，你走的这几天，王连成差点住在我的办公室了！他强烈地要求我必须请你回来，他要离开江重。我说不过他，只能将你留下的那封信交给他，他是哭着读完的。”李东星的嗓子眼儿仿佛钻进一条黏稠的小虫子，他咳嗽了几声，继续说道，“其实，让你这样的技术人才离开，是我无能啊。如果……”

李东星盯着办公桌上一摞厚厚的资产审计报告，握紧拳头：“我是说如果，如果有机会，我希望你重回江重！”

重回江重？赵心刚感动得眼泛泪花。他抓紧电话，故意转过身，背对李东丽，说道：“师兄，谢谢你！有你这句话就够了。”

李东星和赵心刚都知道，以江重目前的形势，重新回江重是一件很困难的事情，毕竟那张离职申请单上写得清清楚楚，上面还有亲笔签名。

江重有六千多下岗职工，他们都和赵心刚一样，他们能全回来吗？

时代变了，市场变了，江重也该变一变了！

李东星听出赵心刚辛酸的话语，他使出浑身气力说出两个字：“保——重！”

“保重！”赵心刚挂断电话，好一会儿才抽出 IC 卡。

李东丽将 IC 卡装进背包，默默地说道：“我哥每天都很忙。”

“忙起来是好事，我们也要忙了。走，我们去买票！”赵心刚大踏步地走向售票处，李东丽兴高采烈地跟了上去。两人的身后是喧闹的广场和忙碌的人群，而远处则是高高的塔吊和一座座闪亮的玻璃幕墙大厦。

这里的每个人都能感受到改革的力量，也享受着改革带来的红利。每个人既是改革的参与者，也是改革的见证者。

改革的脚步一刻不停，在激流中勇进！

## 47

赵心刚没来过深圳，深圳只出现在他的梦里。或许是因为母亲的缘故，他感觉这里的一切是那么亲切，那么喜欢，还有几分说不清的熟悉。就是那份闷热有点儿让北方人承受不住。

不过，赵心刚和李东丽一下火车就被眼前的景象镇住了。镇住他们的，不是经济特区高速发展的城市建设，而是火车站前人群里五花八门的打扮，有穿裙子丝袜的，有穿衬衫的，有穿厚外套的，还有穿皮夹克的……来自天南海北的人们怀揣着梦想来特区追梦，他们和赵心刚、李东丽一样都是追寻梦想的异乡人！

覃天开着新买的帕萨特来车站接赵心刚和李东丽，赵心刚简单介绍了李东丽的身份，覃天和李东丽客套寒暄了几句，三人就上了车。

“这车很贵吧！”李东丽随口一问。

覃天摇头：“这是香港大表哥送给我的，省了不少钱，这都是充场面的东西。”

“还有港澳亲戚，可以啊。”李东丽开起玩笑。

赵心刚解释：“这都是借了上一代的光。”

“不错的啦！”覃天学起拉着长音的深圳普通话，引来李东丽一阵甜脆的笑声。

赵心刚望向窗外，这里是一个遍布大大小小工厂的开发区。经过一排停工的厂房之后，便是覃天开办的服装厂了。服装厂的附近有个混凝土加工厂，工厂已经停工，只剩下搅拌机和一个高高的水泥罐，上面写着“泰辰混凝土”的字样。

覃天将车拐进路口，三人下了车。如今，很多服装厂都关门了，覃天是极少坚持到最后的人，为此，他现在接到的订单特别多。他一鼓作气谈了好几个大单子，正在研究扩大生产规模。

覃天将赵心刚和李东丽带到生产车间，工人们正手脚麻利地在缝纫机前忙碌着。赵心刚发现工人们分工非常明确，每人只干属于自己的活计，都是按件计钱，干得多，挣得就多。这可比江重的生产效率高多了，相对来说也更公平。表哥天生就是做生意的，不管干什么，都是有模有样。

这时，赵心刚发现李东丽不见了，覃天指向布料的后面。女子对缝纫活天生的喜欢，李东丽正好奇地拿起一件做好的工装放在自己身上比量呢！她发现工装的质量不错，就是料子比江重的工作服薄了些，这里天热，用薄布料也是应该的。她放下工装的时候，发现工装的胸口绣着“泰辰混凝土”的字样。

李东丽若有所思地放下工装，望向远处的水泥大罐，大罐上清晰地写着“泰辰混凝土”。覃天大哥要转行吗？她疑惑地朝覃天和赵心刚走了过去。

覃天开始给赵心刚和李东丽介绍服装厂的近况，他直接敞开门说起敞亮话："小刚啊，你之前在江重付出了那么多努力，到手的工资才那么点。你为单位研发新设备、完成技改、弄节能，省了那么多钱，单位只发个证书就打发了。最气人的是，你谈成了磨煤机的合同，那可是上千万元的大合同啊，就拿到了满额的奖金，也才三百多块。这不公平啊！明显分配不均。"

赵心刚摇头："国企精神首先就是奉献，先有国，才有家啊。"

覃天不服气地反驳："小刚，除了奉献，咱们也得吃饭啊。我的服装厂奉献虽小，每年也贡献不少的税收呢。你就别为江重说好话了，我看离开正好。跟我干吧，我又有新商机了。"

赵心刚困惑地看着他，覃天的眼里泛出闪亮的光，那是胸有成竹的表现。

但是，还没等覃天开口，李东丽笑眯眯地说中了他的心事："覃大哥是在打混凝土的主意吧？"

覃天大吃一惊："你、你怎么知道？"

李东丽抿嘴微笑："我们来的时候，路过泰辰混凝土公司。那家公司已经关门了，覃大哥却还在做泰辰混凝土的工装，显然是用了心思的。"

"呀，江北的女孩子真是厉害。"覃天竖起大拇指，"没错。泰辰混凝土公司因为经营不善，申请破产，将厂房抵押给银行了，我是通过银行的正规拍卖手续买下来的。"

赵心刚欣慰地看了一眼李东丽，又一脸正式地转向覃天："想干混凝土？"

"是啊！"覃天拿起一张另一家服装厂的介绍文件，"我是靠电气仪表挣来的钱开办了服装厂，这家服装厂的李老板是靠在海南搞混凝土开办了服装厂。他告诉我，前些年，海南遍地开发房地产，钱特别好挣。现在深圳的势头比海南还盛，也在遍地搞建设，市场很大，我当然想试试喽。"

“有想法，我支持你！”李东丽竖起大拇指。

覃天拿起做好的成品工装：“工作服我都做好了，下一步，我打算通过大表哥范宏买几辆二手的混凝土工程车。服装厂逐步走入正轨了，可以直接交给妻子打理，我就可以放手搞混凝土公司了。”

“那电气仪表厂呢？”赵心刚不解地问。

不提还好，一提痛处，覃天就苦了脸。李东丽懂事地朝赵心刚说道：“你们聊吧，我去找同学，顺便给家里打个电话报平安。”

“注意安全！”赵心刚不放心地嘱咐。

“知道啦，家里有个大哥，路上还捡个大哥。”李东丽一边说笑，一边走了出去。赵心刚一直注视着她离去，覃天笑眯眯地看在眼里，没有说话。

覃天将赵心刚带到楼上的办公室，耳朵终于安静下来，不过，看到的还是跟衣服有关的布料等材料。覃天从茶几上拧开一瓶日之泉蒸馏水递给赵心刚。

赵心刚看过包装上的生产地址：“这是大表哥厂子生产的？”

“不是，这是大表哥的竞争对手。对了，我这里还有八宝粥，晚上送到你房间去，当夜宵尝尝，你也给大表哥出出主意。”覃天也拧开一瓶水，大口地喝了起来。

赵心刚笑了，范宏来内地投资建厂是万里长征的第一步，未来还有很长的一段路要走。不过，哪个创业者是一帆风顺的呢？他坚信经过大风大浪的范宏一定会成功。

赵心刚放下水瓶，接着刚才的话题，问道：“电气仪表厂的设备损坏真的很严重吗？明天我去厂里一趟，看看能不能修理一下。”

覃天不停地摇头，他相信赵心刚过硬的技术，可是他更懂自己的设备。前一段，买电器仪表厂的内行人来了一波又一波，所有人都劝他不如直接卖废铁。他早就死心了，等忙完眼前的活计，就找个时间把那群废铜烂铁都卖了，再找几个装修的师傅简单收拾一下，直接出租空厂房。按照合同上的租期约定，还有差不多十五年的租期呢。

赵心刚从覃天的眼底看出无奈：“真的没有补救的措施了？”

覃天叹口气：“我也没有办法。其实，当时电气仪表厂红火时，我也不怕吃苦，毕竟能赚到钱。可是后来，我没敢告诉你，我实在压不起货款了，那些大单位都仗着自己是国企，先交货，后付款，押款很严重。我的生意虽然越做越大，可是押款越来越多，后来实在坚持不住了。刚好，有人主动找到我，要承包电气仪表厂，我就直接承包出去了。哪知道这个王八蛋拿我的设备玩命干，临走前还带走了厂内的技术员。等我接手的时候，设备坏了，人走了，厂也没了。小刚，我真是对不起你，电气仪表厂还有你的股份呢。不过没关系，服装厂、混凝土公司都有你的股份。等我把电气仪表厂租出去，就把你应得的那份遗产给你。江北你就别回去了，在这里找个好项目，咱们一起做一番大事业。”

赵心刚深知覃天对自己的情谊，对于今后做什么，他有自己的考量。自从离开江重，一路从江北到老家，再到上海、深圳，纵跨了整个南北，他看到了北方的落后和南方的高速发展，真切地感受到了南北的差距，也敏锐地觉察出了背后的商机。

南方经济发展迅速主要是占了地理位置的优越性，尤其是深圳，紧邻港澳，有天然优势。不过，北方也有自己特殊的优势，北方多资源，尤其是煤炭资源，在全国都是排得上号的。

改革开放的前二十年，南方经济发展得红红火火，北方的国企也是出过力的。如今北方相对落后，但是制造业的底子还在，他们依然承担着生产大国重器的重任。那些拖着沉重包袱的北方企业里有很多像师兄李东星一样的掌舵人，他们正在大风大浪里努力航行，引导着承载希望的大船驶入平静的港湾。等休整过后，攒足了体力，补充了能量，他们会航行得更快、更远！

赵心刚相信改革的力量，相信每个改革者的魄力，更相信国家改革的决心。全国一盘棋，南方的民企众多，国企转型也非常成功，那么北方也会如此，这只是时间的问题。暂时落后的北方早晚会迎头赶上，发挥出自己的实力，实现南北经济的平衡发展。

赵心刚很快意识到北方的电力行业将迎来迅猛发展的阶段。之前江重平炉改电弧炉的时候，陆有为曾经提过限电的问题。事实证明，除了限电，还有工业用电的电费过高等等问题。这都和电力基础建设有直接的关系。赵心刚笃定地认为，在未来二十年，北方的经济将进入高速发展期，首先发展起来的自然是基础电力建设。他认为覃天现在放弃电气仪表厂有些可惜，如果可能，他想……

赵心刚犹豫了一下，试探地问道："我明天想去电气仪表厂看看，可以吗？"

覃天满不在乎地点头："好啊，明天我就带你过去。你先去休息，晚上给你和李小姐接风。对了，"覃天拿起水瓶做出干杯的姿势，"你和李小姐有缘分，又很般配哦。"

"啊？"赵心刚有些难为情，在他眼里，李东丽和妹妹赵晓雅差不多。再说，李东丽是李家的小公主，他不过是一个普通农民的儿子。什么该要，什么不该要，他还是有分寸的。

"我受师兄的托付照顾她。如果以后我不在深圳，还请表哥代我关照。"赵心刚直白地说道。

覃天却听出弦外之音，他激动地站起来："你不想留在深圳？"

## *48*

深圳的天气又闷又热，赵心刚在凌乱的厂房里忙了一上午，浑身都湿透了。电气仪表厂的设备的确被损坏得够呛，承包方为了提高产量，让设备超负荷工作，从来没有给设备做过任何保养，冲压机的电机烧了，车床的丝杠磨损了，厂房的照明灯也坏了大半，总之没一件完好的东西。

赵心刚用两天的时间看过所有的设备，详尽地列出一份维修计划，上面记录了维修时间、需要更换的零部件、所需的工具和各个工种。

覃天和李东丽一早就去忙碌了，借着这个空当，赵心刚又把厂内的照明检查了一遍，更换了几个灯泡、插座。为了方便维修工作，还接出几个临时电源。

赵心刚灰头土脸地忙碌了一上午，直到太阳最晒的时候，覃天和李东丽才回来。这几天，李东丽抽空去了趟人才市场，投了几份简历，正在等消息。赵心刚本想让她去景点转一转，李东丽以太热为由拒绝了，她也跟着来电气仪表厂帮忙。她和覃天很谈得来，晚上还能跟覃天的两个孩子打成一片，连覃天的妻子林薇薇都要跟她认干亲。赵心刚暗自惊叹李东丽这天生的亲和力。

这会儿，覃天和李东丽回来了，两人除了买清单上的东西，还买了一台电风扇。覃天将电风扇放在桌子上，插上电源。电风扇转了起来，他笑着说道："嘿嘿，我知道你们不怕冷，但怕热！"

赵心刚刚想凑到电风扇前吹吹风，李东丽却将电风扇关停了，她递给赵心刚一杯散发着中药味儿的凉茶，说道："赵大哥出了这么多汗，这么吹，会感冒的。还是先喝杯凉茶，解解渴。"

覃天笑了，刻意给赵心刚一个意味深长的眼神，赵心刚无奈地摇摇头，接过李东丽递来的凉茶："我还真有些口渴了。"

覃天点点头："街头那家凉茶啊，最正宗了，我从小喝到大。阿婆熬凉茶的时候，整条巷子都是香气，我每天都要喝一大碗才能睡觉。"

"味道真不错。"李东丽尝了尝。

赵心刚一边喝一边说："我检查过了，厂内百分之七十以上的设备都可以修好。剩下的设备，有的需要返厂维修，再送到专门的检定机构重新检定。"

"太好了！"覃天兴奋地跺脚，"国企出来的人就是厉害，我在附近找了好几个维修师傅，他们都说修不了。我还私底下找过工厂的技术员，他们竟然说修理费用比买新设备的费用还高呢！呸，是他们能力不行，光说不练，都是唬人的。”

“那就是空把式呗！”李东丽扬起小脸，“江重出来的人个个都是能手，这些设备跟江重的比起来，都是小儿科，赵大哥是行家，你捡到宝了。”

覃天找了一张椅子坐下，悠闲地说道：“对，我捡到宝了。但是，小刚不单单会修理设备，他的想法还很多呢。”他看向赵心刚，“小刚，我知道你肚子里有货，说说你的想法吧！”

赵心刚笑了：“我倒是真有个小想法。”

“哦？”李东丽也好奇地凑过来。

赵心刚指向周围的设备：“我算过修理周期，不出两个月，厂子就能恢复生产。”

“然后呢？”覃天刻意地拍过手中的手提包，“现在市场不好，制造行业都很难，效益都大不如从前了。”

“那倒未必！”赵心刚摇头，“按照市场经济的规律，每个国家的经济发展都会经历或是过热或是过冷的时期，这需要国家层面的调整。你看，每天的新闻、报纸、杂志等等都反复强调深化改革，这说明什么？”赵心刚的目光变得愈发坚定，“这说明国家坚持改革开放的决心很大！”

“是啊，我就是受益者。我开办服装厂的钱是从电力市场挣来的，这次，也多亏国家就纺织品达成协议，我才能翻身呢。”覃天赞同地点头。

“我也是受益者啊。”李东丽抢着说，“教育改革鼓励大学毕业生自主择业，现在我可以自己选择喜欢的工作，走自己的路，追自己的梦呢！”

赵心刚感慨：“对，在改革开放的大潮下，我们都是追梦人！我虽然离开了江重，但是我坚信江重的明天会更好！江北那些像江重一样的国企也都会重新站起来的。”

“你还想回江重？”覃天的眼底快速地抖了一下，他摁紧了手提包。

赵心刚笑着摇头：“不，江重我是回不去了，我要回江北！”

“江北？”覃天和李东丽异口同声地说出同样的话语，尤其是李东丽，那双水汪汪的眼睛里透出几分失落。

“赵大哥，江北除了那些大国企，有几家民营企业啊？你回去也没有用武之地。”

赵心刚解释：“毛主席曾经说过，自力更生，艰苦创业。江北现在没有和大国企比肩的民营企业，并不代表今后也没有。现在南方的民营企业做得蒸蒸日上，北方也在摩拳擦掌地想大干一场呢。目前，江北的困难都是暂时的，大风大浪过后，将会驶入辽阔的海洋。我要回江北，回到那片工业的沃土！”

“你意思是继续干电气仪表？”覃天眼前一亮。

“对，就是电气仪表。”赵心刚点头，“任何行业的发展都离不开基础建设，尤其是电力基础的支持。北方多煤炭，对建设火力发电厂有先天的优势，未来的市场会很大。表哥，我想把电气仪表厂继续做下去，除了维系之前的客户，再在江北设立办事处，重点开拓北方市场。”

“好，太好了！”覃天终于松了口气。

李东丽却一副忧心忡忡的模样，她紧紧抿着唇，无声地喝了一口凉茶。味道真苦，一点儿也不甜。

赵心刚继续说道：“谢谢表哥！这只是我个人的想法，电气仪表厂是你的，只要你愿意，我来给你打工！”

“什么你的我的。”覃天笑眯眯地从手提包里拿出一份电器仪表厂的转让协议，上面写着赵心刚的名字，“这是你的厂子！”

“我？”赵心刚愣住了。

李东丽急忙放下凉茶，怔怔地看着覃天手中的协议：“这是？”

覃天神秘一笑：“现在小刚是赵老板啦！”他将协议塞到赵心刚

的手里。

赵心刚急了："表哥，你这是干什么呢？"

覃天指向那些等待修理的设备："小刚，你忘记我们之前的约定了？你有电气仪表厂的股份，这本应该就是你的。再说……"他站起来，走到冲压机操作台前，"其实啊，在你来之前，我已经见过好几个买家了，我给出白菜价，也没有人买，这个电气仪表厂真的要烂在我的手里了。昨晚，我给大表哥打过电话，我们商量着把电气仪表厂直接转给你，然后我们再各出一笔钱给你做启动资金，算是对你的补偿。"

赵心刚一时无语，当初他得知遗产的事情，并没有放在心上，只是随口说入股，没想到覃天和范宏都是重承诺的人，他们竟然为自己铺好了路。这份沉甸甸的寄托，他如何承受？赵心刚推过协议："表哥，我不能……"

"你能！"覃天斩钉截铁地说道，"当年的遗产本就有你家一份，这么多年你一直帮助我，于情于理，你都有理由成为这家电器仪表厂的老板。嘿嘿，你也看到了，这里其实就是个空架子，在我手里卖废铁不过几千块。现在你能修好这些设备，值十几万呢。仔细算算，我还是占了便宜，你吃亏哦。"

"表哥！"赵心刚心里热乎乎的。

"小刚啊，我不想再那么辛苦地出去跑业务了，我就守着服装厂和混凝土公司过日子喽。"覃天拍拍赵心刚的肩膀，"我相信你能干好。"

"我会努力救活设备，再救活厂子的。"赵心刚真诚地看着覃天，"这回算作你们入股。"

"以后再说吧！"覃天拿起凉茶顺畅地喝一大口，"好甜哦。"

李东丽一直没有说话，她盯着协议上的日期，喃喃自语："特区的办事效率真高，这么短的时间就办好了。这在江北，少说也得一个多月，那些管事儿的，会让你跑断腿的。"

赵心刚知道李东丽从小见惯了奇葩的办事效率，她总是能一针见血地指出问题的症结。不过，这些都过去了。江北正在痛苦经历的一切，不也包括精简机构、提高办事效率嘛。

他笑着说："放心吧，一代人有一代人的使命，将来江北的办事效率也会跟上特区的脚步。"

李东丽合上协议的最后一页，调侃道："是啊，一代人不仅有一代人的使命，还有各自的命运呢！你们这些大资本家的后代！"

"我是农民的儿子啊！"赵心刚摇头。

覃天笑而不语，暗自地瞄了李东丽一眼，这个伶俐的小丫头！小刚要加油了！

## 49

两个月后，一家名为中蓝飞跃的电气仪表厂挂牌营业，没有人知道中蓝飞跃的老板是谁，同行们都在传中蓝飞跃的老板是江北人，是一个维修设备的高手。不过他们都对中蓝飞跃产生了很大的质疑，大家都拍着胸脯笃定地认为：中蓝飞跃坚持不了多久就得关门大吉。

李东丽现在是中蓝飞跃主抓技术的车间主任，她学的是电气自动化专业，主要负责研发和技术支持。这是覃天给赵心刚出的主意，赵心刚回江北开拓市场，厂内必须有个可靠的人维持生产和经营。他之前的车间主任被前一个承包方带走了，暂时没有合适的人选。与其去人才市场招聘，不如请李东丽。

李东丽专业对口，又同为江北人，对江北的市场比较熟悉。最关键的是李东丽不是普通的女孩，她有自己独立的见解，性情也很坚韧。换句话说，李东丽是个难得的人才，只要给她一个足够大的舞台，她会给人远超一百分的满意。不留下这样的人才，岂不可惜？

赵心刚还在犹豫，他不知道中蓝飞跃能不能撑住李东丽的梦想，他怕自己这个脆弱的小企业会耽误了她的远大前程。没想到，居然是李东丽先开了口，她主动提出让赵心刚收留自己，并拿出哥哥李东星做挡箭牌，说赵心刚答应过李东星要照顾她。李东丽故意的话语让赵心刚很意外，也很感动。他第一次发现李东丽不仅是成熟的、干练的，还是知心的、可爱的。

难道这就是缘分？

就这样，李东丽留在了中蓝飞跃，赵心刚将消息告诉了师兄李东星。李东星高兴极了，在他看来，妹妹去深圳只是一时兴起，她早晚是要回江北的。眼下她能够在中蓝飞跃工作确实也是个不错的选择，他信任赵心刚。

赵心刚却反驳了他。他认为李东丽是个独立的女孩，她所做出的每一个决定都经过深思熟虑，并不是茫然的决定。

李东星听过一笑，并没有在意，毕竟妹妹在中蓝飞跃他一万个放心。他最棘手的是江重！

江重已经完成主辅分离，主业是传统的重机制造，辅业是学校、医院、氧气厂等。按照既定计划，辅业或者变卖，或者放在老江重，主业的优良资产要组建股份公司，配合上市。经过多个部门的联合核算，江重的主业负债率低于辅业的负债率，完全符合上市的相关政策。

上市是救江重的最后一根稻草啊！

这几年，在外人看来，李东星把恶人做了，混蛋做了，什么都顶着压力咬牙坚持了，最后连赵心刚都没保住，不就是为了救江重吗？李东星本以为一切都进行得很顺利，偏偏这个时候，王泽跳了出来，他带头质疑主业的负债率，要求重新审计。审计过程复杂又漫长，错过一年，就会延缓上市一年，这对江重是致命的打击。千疮百孔的江重再也等不起了。

李东星的头发又白了许多，这位曾经是江重最年轻的办公室主任，哪还有当年的气势和风度？只剩下满脸的隐忍和不甘。他怎能不知道王泽的私心，王泽想拖死江重，独立承包电站成套设备分厂。听说，他的连襟已经独立承包了破产的水泵厂下属的一个分厂，这会儿正打着水泵厂的金字招牌四处挣钱呢。

李东星绝对不能允许国有资产白白流失。可是，王泽的风头正劲，他怎么办才好呢？

李东星在电话里说出了苦恼，赵心刚想找王泽谈谈，李东星不假思索地说没用！赵心刚也没有料到王泽会变成这样，李东星说这场改革真是太深刻，太具诱惑了。在巨大的利益面前，谁还能坚守初心呢？

“师兄，你就在坚守初心啊！”赵心刚感慨地说道。

李东星露出了久违的笑容，似乎有种强大的力量正在体内逐渐地积蓄起来，他坚定地回复道：“我们都是！”

第二天，李东星以雷厉风行之势在领导班子会上收回电站成套设备分厂独立核算的权利，并将五名老组员调到设计院担任相关工作，最后还空降给电站成套设备分厂一个从部队转业过来的刚正不阿的销售组长。

王泽一下子成了光杆司令，他气愤地和李东星撕破了脸。李东星劝他好自为之，并说出赵心刚很快就会回江北，他可以找赵心刚倾吐苦水。王泽听到赵心刚的名字愣了半天，堵在嗓子眼儿里的话生生憋了回去。

赵心刚？他们有多久没见面了？他过得还好吗？

王泽缓缓地坐回到座位，李东星满意地笑了，他知道这局他赢了。

就在李东星解决麻烦的同时，赵心刚拎着重重的行李坐上了回江北的火车。赵心刚很感激大家为自己所做的一切，他浑身充满了干劲，按照计划，他当晚就要坐火车回江北展开办事处的工作。临走前，李东丽拎着一个大包裹来找他，里面装着很多深圳的特产还有一大包给她父母买的中药。李肇业夫妇有老寒腿的毛病，天气有个风吹草动，双腿就疼。李东丽特意跑了一趟中药批发市场，买了一大包中药，希望尽一份女儿的孝心。

赵心刚感觉肩上的担子很重，他不想让李东丽一个人留在距离江北千里之外的深圳。江北才是他们的根啊！

伴随着轰鸣的声音，火车徐徐前进，赵心刚望着车窗外一座座拔地而起的高楼，满满的心里似乎空了。很快，他发现那不是失落和伤感，而是想念、惦念还有思念。

他想念一个女孩，那个女孩正在努力地朝着太阳奔跑；他惦念中蓝飞跃，这家宛如初升旭日的企业正在茁壮成长；他还在思念他的亲人们，他们都在披荆斩棘地奋力奔跑。

整个时代都在奔跑，他还在等什么？

奔跑吧，赵心刚！

第十三章
Chapter 13

# 回江北

## 50

六月的江北承接着春夏的美景，湛蓝的天空万里无云，满眼疏离的绿，让人心情格外好。赵心刚一下火车就感受到那种沁入肺腑的亲切感。

他拖着行李箱走出站台，一位身穿铁路制服的热心大姐举着国营旅店的牌子凑了过来。她一张口就带着浓重的江北口音："大兄弟，住宿不？国营招待所，干净，有热水！"

赵心刚下意识地摇头，但是他很快意识到这座熟悉的城市已经没有自己落脚的地方了。江重曾经是他的家，现在他回不去了。赵心刚叹了口气，转向大姐点点头："住宿，招待所在哪里？"

"跟姐走。"大姐将住宿的牌子套在脖子上，热情地指向马路对面，"就在对面，很近。"

赵心刚抬头望去，那是一栋抗战时期的老楼，楼顶上挂着铁路的标识和招待所的牌子。看样子，的确是国营招待所。

大姐继续解释道："我们早就被分出来了，现在是自负盈亏。"

赵心刚看着大姐那两条又黑又粗的眉毛和眼角深深的皱纹，有种说不出的心酸。他快走了几步跟上了她的脚步，这位大姐兴致很高，一路上不停地给赵心刚介绍招待所悠久的历史和自己的过去。原来，他们一家子都在铁路系统上班，父亲是火车司机，她从前是印硬版火车票的制票员，后来有了机打火车票，她就分流到招待所了。

“咱们招待所以前是江北铁路局条件最好的招待所呢。”大姐骄傲地说。

赵心刚轻轻地点了点头，大姐和所有江北人一样都活在曾经的荣誉里。那么这种荣誉能坚持多久？或许在他们心中比五千年还要久吧……可惜大姐完全猜不到赵心刚的心思，她正在为找来一个顾客多挣两元钱而高兴呢。她带着赵心刚穿过天桥，来到招待所。

赵心刚本想选择一个双人间，可是正好来了一批刚下火车的列车员，他们将所有的双人间都包下了。赵心刚只能找个单间住下。这样也好，他身上带着不少现金和中蓝飞跃的相关证件，一个人住，安全些。

赵心刚交了押金和身份证，前台的大姐递来了房间钥匙。说来也巧，竟然是 301 室。赵心刚心情苦涩地接过钥匙，上了楼，推开了 301 室的房门。

本来他是不相信命运的人，可是站在 301 室的窗前，望着熙熙攘攘的人群，他似乎又相信命运了。

这就是新起点!

赵心刚收拾好行李，他盘算着借着明天是周末的机会先去趟李家，把李东丽的情况说一下，并把买来的中药送过去，再去探望一下王连成和关云茂。

他刚到深圳就接到了王连成的电话，是李东星给他的号码。王连成的情绪很激动，在电话里狠狠地教训了他一顿，可是，王连成说着说着就泣不成声了，电话里只传来呜呜的哭声。

赵心刚劝了好久，王连成才缓过神来，他真诚地说了一句：“小刚，我欠你的。”紧接着，王连成又说起了关云茂那天来找他的事情。如今，关云茂和他共同守着炼钢分厂，守着电弧炉。

赵心刚很欣慰，也很感慨。他没有想到一向明哲保身的关云茂竟然能够做出主动离开来保住自己和王大哥的事情。

他们都说利益是一面镜子，能够清晰地照出每个人最真实的影子。可是有时候，利益更是一把矛盾的双刃剑，锋利的刀刃在刺中对方的同时也会映出自己的恐惧。就像古师傅、王大哥，还有关云茂，在江重承受巨殇的时候，他们都放下了说不清道不明的芥蒂，选择了理解。是啊，争了一辈子，吵了一辈子，如今江重都快没了，一切还有什么意义。

这场阵痛式的考验，锤炼出的是同志间真诚的友谊！

赵心刚笑了，这是最坏的局面，也是最好的局面，就宛如宿命里的 301 室一样。

傍晚的时候，赵心刚分别给李肇业、王连成、关云茂打电话约时间。第二天一早，他就出门了。他本想在旅店附近买点水果，忽然想起来李东丽告诉他，火车站附近的商家用的都是七两秤，买一斤桃子，最多七两，还有黑心商家给的更少呢。赵心刚犹豫了一下，没有买，他拎着从深圳买来的土特产和中药，坐了三站公交车，在高楼旁边的小胡同儿里买了几样新鲜的水果。

他拎着一大堆东西上了楼，高楼早已没有当年的气派，电梯许久没有检修，每天只能在固定的时间乘坐，其他时间只能走楼梯。狭窄昏暗的楼道里堆满了各式各样的东西，有腌菜的坛子、酸菜缸、铁炉子、小推车、自行车还有各种破烂东西。赵心刚小心翼翼地上了楼，生怕碰坏人家的东西。按照昨晚的约定，他首先敲开了李家的门。

开门的是戴着老花镜的李肇业，李肇业夫妇早就在等他了。李肇业的妻子王秀玉还做好了早饭，一口一个小赵叫得别提多亲热了：

"小赵啊，快来吃早饭。"

赵心刚不好意思地被王秀玉让到餐桌前坐下，筷子都已经摆好了。

"你昨晚打过电话，我就把黄豆泡好了，快来尝尝我打的豆浆。"

"谢谢阿姨。"赵心刚腼腆地说道。

"谢啥，都是亲戚里道儿的，我总听琳琳提起你呢。"王秀玉笑着说。

李肇业点头："是啊，琳琳说有机会带我们去你老家看一看，听说你家还有祖宅？"

"嗯，还剩下几间。"赵心刚老实地应道。

"吃吧，趁热。"李肇业也拿起筷子。

赵心刚显得有些局促，王秀玉不停地给他夹菜，他吃得很香，说实话，这是几个月来，他吃得最好的一次。他吃惯了东北咸香的味道，覃天总是笑话他是劳碌命，不爱吃粤菜，满大街找东北菜馆。还好李东丽是个大胃王，走到哪里都能适应，赵心刚蛮羡慕她的。

吃过早饭之后，王秀玉泡了一壶绿茶，赵心刚知道夫妻俩惦记女儿，便详细介绍了李东丽的现状："她挺好的，你们不必担心！"赵心刚指向李东丽买来的中药，"她也很惦记你们的。"

王秀玉抚摸着一包包中药，眼底噙满泪花："这孩子，跑那么远，多亏遇到小赵。现在又在小赵的厂子上班，我这才放心啊。"

李肇业却没有太过激动，他稳稳地端着写着江重字样的大茶杯，莫名其妙地说了一句："女大不中留啊！"

王秀玉似乎听懂了他的话，急忙从果盘里拿出一个大桃子："小赵，你尝尝，这是老同事从河口带回来的。"

赵心刚刚吃完饭，哪里吃得下这么大的桃子，他拿也不是，不拿也不是，真是左右为难。

李肇业是个明白人，他直接接过桃子："一会儿，小赵还要去王连成家，给他留点肚子吧。”

“小赵，不着急，你多坐会儿。”王秀玉站了起来，去厨房忙碌了。

客厅只剩下赵心刚和李肇业。赵心刚先开了口：“老厂长，我要开始创业了。”

李肇业点头：“丽丽都跟我说了，这是好事，大好事！”

“我相信自己能行！”赵心刚坚定地说道。

李肇业欣慰地笑了：“小赵啊，你的能力很强。在江重磨砺这么多年，无论是技术还是销售，你都是一把好手。可惜，东星没有保住你。现在你走出去创业，最重要的就是战胜自己。”

“战胜自己？”赵心刚有些糊涂，他听不懂李肇业的话。

李肇业端起茶杯吹了吹，喝了一口茶，问道：“你看我现在怎么样？”

“挺好的。”赵心刚脱口而出，可是他很快意识到也不太好，从前老厂长说话时铿锵有力、底气十足，现在眼睛浑浊了，棱角也没了。

李肇业苦笑地摇头：“你从前在江重上班，是国企职工。当然，现在国企职工也不值钱了。但是做起事来的时候，你就会知道，身份很重要，位置也很重要。丽丽说，你要开拓江北的电力市场。江北是什么样子，电力系统是什么样子，我太清楚了。你要做的可不是容易的事情。”

“老厂长，我知道，会很难，我有思想准备。”赵心刚感谢老厂长的提点，他还有另一件事情想听听老厂长的意见，“老厂长，我想……”

“你想从江重裁掉的那些人里找帮手！”李肇业说中赵心刚的心事。

“老厂长，我不是想挖江重的墙角，我是想……”赵心刚着急地解释。

李肇业摆手：“小赵，你不用说了，你要说的我都懂。去吧，机修的那些人都是能手，炉料的牛刚也是一把好手，他们都是你曾经的战友。据我所知，古师傅干得不太顺心……嗯，国家对下岗再就业非常重视，这也是江北的大事。”

古师傅？赵心刚的心一紧，他想起古师傅偷偷回江重送水暖件……在古师傅心里，就算江重抛弃了他，他的心里惦记的依然是江重。眼前的老厂长也退休了，也在时时刻刻关注着江重，关注着那些江重曾经的老师傅们。

“老厂长放心，我懂了。”赵心刚郑重地点点头。

两人又聊了几句，赵心刚便站起来道别了，他还要去探望王连成和关云茂。

王连成和儿子王欣宇准备了一大桌子饭菜在家里等赵心刚。关云茂不在，王连成说他临时有事，一大早就跟李东星去北京出差了。王连成拽下身上的围裙，拧开酒瓶：“小宇，赶紧去写作业。”

“嗯。”王欣宇正在读高二，个头已经撵上王连成了。

赵心刚塞给他两盒从深圳买回来的蛋卷：“好好学习哈。”

王欣宇仰起头，自信地说道：“我要像赵大哥这么优秀。”

“叫叔叔！”王连成吆喝道。

“赵大哥多年轻，哪像你那么老！”王欣宇朝赵心刚做了个鬼脸，像个小猴子一样钻进了自己的房间。

“小兔崽子！”王连成抓了一把花生米，放在嘴里。

“嫂子和伯父伯母呢？”赵心刚朝卧室望去，家里似乎只有王大哥和王欣宇。

“他们身体不好，厂里安排他们去工人疗养院住一阵子。”王连成一边说，一边拉赵心刚坐下。

赵心刚还没坐稳，王连成便热泪盈眶地端起了酒杯。

“小刚，谢谢你！”

赵心刚深深地感受到发自内心的温暖，其实他在江北是有家的。这真是难忘的重逢……

## 51

赵心刚已经在招待所住了一个礼拜，按照他之前的设想，先租间办公室，再去工商税务跑手续，一周之内把中蓝飞跃江北办事处的牌子挂上去。谁知道理想很好，现实很糟。

按照覃天的提议，中蓝飞跃的产品定位和公司未来发展趋向高精尖的领域，并且公司有范宏的股权，攀上了外资这一层身份，所以公司的办公地点等各种条件必要向高端看齐。毕竟这代表着公司的外在形象和综合实力，用江北的话说就是“地方必须像样儿”！可是江北根本没有深圳、上海那么高大上的写字楼，赵心刚几乎跑断了腿，也没找到合适的地方。

至于跑“衙门口儿”就更别提了！每次工作人员说得都不一样，办事还只能上午去，下午根本找不到人，一次次的空折腾。一个礼拜下来，弄得赵心刚精疲力竭。期间，王连成给他打过电话，想帮他找找熟人办事。赵心刚婉言拒绝了，在他看来，江北的营商环境这么差，是供求双方造成的。办事找人成了常态，难道按章办事就这么难?

赵心刚又去了几个回合，热脸蛋贴了冷屁股。事实证明：想在江北办点事，真就这么难。他越发佩服牛刚的小舅子佟老板了。

赵心刚这边毫无进展，李东丽在深圳却干得十分起劲儿。每天两人都会通电话，说一下彼此的工作情况。李东丽告诉赵心刚厂内生产运行情况很好，关于行政、财务方面的工作，所在的经济开发区管委会有专门的服务专员进行对接，办任何事都非常便捷。

赵心刚羡慕得眼睛都快红了，他重新调整了一部分计划。本来，他想等办事处开起来，再去请古师傅、牛刚等人，现在看来，单打独斗是不行的，他需要帮手才能尽快地进入工作状态。

赵心刚首先想到了牛刚，他是土生土长的江北人。而且牛刚心眼儿活，会来事儿，很适合跟衙门口儿的人打交道。他拿出电话本，拨打了牛刚家的座机电话。铃声响了好几遍，没人接。赵心刚想了想，又找到了佟老板的电话。没想到接电话的是牛刚的媳妇，她在电话里告诉赵心刚，牛刚从江重出来之后，干什么都不顺心，天天跟佟老板打嘴仗。就在几个月前，他去南方打工了，一点儿音讯也没有，也不往家里寄钱，她只能在饭店打工来养活儿子。她还哭啼啼地拜托赵心刚帮忙找找牛刚。

赵心刚愣了好久，他知道牛刚脾气犟，上来犟脾气的时候，九头牛也拉不回来。但是再犟总是要生活的。他再看不上佟老板，也不能置气和家里人不联系啊。

赵心刚安慰了牛刚媳妇几句，顺口问起了佟老板饭店的地址。起初赵心刚还以为自己听错了，再三确认他才知道佟老板成了真正的老板，他开的大酒店在江北非常有名气，昨天他还在大酒店附近找过办公室呢。谁能想到那家高档酒店的老板是个当年挑着扁担走街串巷的小货郎呢？改革开放二十年，成就了多少个“佟老板”，又有多少个“牛刚”？

赵心刚又拿起电话打给妹妹赵晓雅，他拜托妹妹以牛刚的名义给江北的家里寄一笔钱，并让她留意周边工厂的江北老乡里有没有认识牛刚的。赵晓雅逗笑道：“哥，你咋不让丽丽去办呢。”

赵心刚正为办事处毫无进展的事情闹心，哪里听出赵晓雅话外的意思，他顺口回一句：“不太好办。”

赵晓雅也不清楚赵心刚的难处，笑着说道：“那就继续努力！”兄妹俩阴差阳错地聊得还挺好。

这时，门外传来喊声：“有人吗？打扫卫生！”

“进来吧。”赵心刚放下电话，开了门，他看到一张熟悉的面孔。

“马莹？”

“赵心刚？”

穿着江重工作服的马莹僵硬地放下手中的拖布，苍老疲惫的脸上露出难为情的表情：“我、我……”

赵心刚惊讶地盯着马莹，她苍老了好多，早已没有在江重的锐气和爱美的心劲儿，脸色也很差，整个人都无精打采的。她到底怎么了？

赵心刚连忙把马莹让进301室，马莹为了避免有人说闲话，小心翼翼地打开了门。

赵心刚劝慰道："马莹，我们曾经是同事！"

马莹摇头："我是为你好，我都这副模样了，还怕什么？我怕给你惹麻烦。"

赵心刚给马莹倒了杯水，关切地问道："马叔还好吗？"

不提还好，一提马莹就哭了，她死死咬着唇，干涸的唇瓣上泛出了鲜红的血丝。她抹了一把眼泪，说道："我爸的肝不好，大夫说治不好了，只能靠养。他本来是工伤，但是江重效益不好，医药费不给报销，家里又实在拿不出钱治病，只能在家躺着。"

"你是为了给马叔治病，才来这里上班的？"赵心刚很为马莹惋惜，他以前和马莹同在技术组，马莹虽然下现场少，但是她对炼钢工艺很懂行，尤其化验那部分，那也是出类拔萃的。而且她还承担了技术组和分厂的行政对接工作，是技术组称职的大管家。本来她不用最早一批下岗，就因为她是女的，吃了挂落儿。

马莹摩挲着粗糙的双手："我爸妈都想开了，他们的退休工资还够花。我来这里上班是为了养家。"

"养家？"赵心刚更糊涂了，他记得马莹的丈夫是大件车间的电工班长张强，熟悉的人都叫他强子，自己还喝过他们的喜酒呢。强子有电工的手艺，即使离开江重再找工作也不难，养家糊口是没有问题的，怎么会让柔弱的马莹出来养家呢？再说，按照相关规定，两口子不能同时下岗，"强子他……"

"他？"马莹的眼底泛出憎恨的目光，泪里似乎藏着深深的不屑，"早晚喝死！"

啊？赵心刚紧皱眉头。

马莹哭诉了自己的遭遇，原来强子的性子直来直去，得罪了人，在调岗时得票最少，被调到保安组。到了保安组，他就天天喝酒骂领导，有时还在岗亭里呼呼睡觉，很快就回家了。回家之后喝酒更勤了，天天喝酒，喝醉就骂人，周围的人都叫他酒仙儿。久而久之，他真的成仙儿了。

“现在，他连试电笔都拿不起来了。一天不喝酒，手就抖得厉害。”马莹抹起眼泪，“孩子快上小学了，我再不出来挣钱，家里真要喝西北风了。”

“那你可以找个和专业相关的工作啊。”赵心刚递过纸巾。

马莹痛苦地摇头：“小赵，江北哪有和咱们专业对口的企业呀？现在，你不知道在江北找工作有多难，尤其像我这种下岗女工，别说找像样的工作了，就连站柜台，人家都不要我。而且，我的孩子小，父母又年纪大了，哪个单位能要我？不怕你笑话，连这个工作都是临时的，我有个老同学在这家招待所上班，她病了，让我帮着顶两个月，我就来了。”

马莹羡慕地看着赵心刚，回想起那些往事，又情不自禁地哭了起来。

听着那伤感的哭声，赵心刚沉闷地走到窗边。远处的广场人来人往，每个人都在为生活辛苦地奔波着。人生起起落落，谁能保证一帆风顺。

赵心刚转过身，真诚地邀请道：“马莹，来我这里工作吧。”

“啊?！”马莹怔怔地看向赵心刚，消瘦的脸上还挂着两行热泪……

## *52*

江北的夏天说翻脸就翻脸，早上还是艳阳高照，中午就开始乌云密布。虽然天气预报说是小雨，明眼人都知道这场雨小不了，出外办事的人都急匆匆地往回赶，穿着一身职业套装的马莹小心翼翼地将审批下来的相关证书装进了背包。临来前，赵心刚嘱咐她打出租车回公司。马莹没舍得打车，她盯着远处的公交车站，一路小跑地奔了过去……

对她而言，这一个月的转变，让她从地狱重新回到了天堂。那个救她的人就是赵心刚，赵心刚是她全家的贵人。而当赵心刚接过马莹递过来的各种执照、证书时，他觉得马莹才是自己的贵人。

这一个月来，马莹帮着他跑前跑后，不仅很快租到了满意的办公室，还顺利地办好了公司的一切手续。最初，他只想以办事处的名义在江北开展业务。李东丽多次建议他最好在江北建立分公司，这样方便和客户直接结算，也免去了不少行政上的麻烦。最后，赵心刚听从了她的建议。

他在马莹的帮助下，辗转在各个“衙门口儿”，终于办理好了中蓝飞跃江北分公司的相关手续。接下来，他打算派马莹去深圳工厂学习，还让强子也来江北分公司上班，虽然工资不高，但好歹先有个营生。这人啊，千万不能待着，一闲下来就可能变颓废！

强子很高兴，举着手发誓一定戒酒，好好干。马莹就更高兴了，连躺在病床上的老马都差点给赵心刚跪下。赵心刚哪里受得住，他只说了一句：“我们都是江重人！”老马听了痛哭不止，马莹和强子也红了眼圈。

公司走上正轨之后，赵心刚早就想去跑市场了，可是他还要找一个人——古师傅。

古师傅最近的确很不顺。俗话说，一山容不得二虎。古师傅在劳务市场遇到了一个强劲的对手，是外省来的一伙人，年龄正值壮年，体力好，出活儿快，手艺也可以，关键是人家价格低，抢走了很多活儿。古师傅不肯服输的犟脾气又上来了，非要和他们较劲，也将价格压低，还缩短工期。可是他都五十几岁的人了，接连干好几个通宵，终于累倒了，活也只干到一半就不得不放下，工钱没拿到，东家还因为耽误工期不满意。最后，这个活儿被外省的那伙人接手。古师傅无奈地叹了口气，不服老不行啊。从此，劳务市场来找古师傅干活的人越来越少了。现在他索性就待在家里不出工了。

赵心刚三番五次地去家里找他，劝古师傅来中蓝飞跃，工资待遇都差不了。没想到古师傅一口拒绝，而且拒绝得非常干脆。在古师傅的言语中，赵心刚发现一个古师傅的秘密。原来古师傅根本没有下岗，他没有签字，更没有领下岗安置金，理论上讲他现在依然是江重的在编职工。

赵心刚知道，江重是古师傅的命。不过，人总是要生活的。江重已经连续一年半没有给他开工资了，在劳务市场里又断了进项，而他女儿还正在上高中，这处处都需要钱啊！

赵心刚劝古师傅先来中蓝飞跃干个兼职，等江重好了，再回江重上班。可是古师傅的态度很坚决，在他眼里，在劳务市场干活是讨口饭吃，去中蓝飞跃上班就是背叛江重！他又扔出了那句硬气的话："就是死，炼钢的爷们儿，也得站着！"

赵心刚没有办法，只能默默地给古师傅鞠躬。当晚，他回到离办公室不远的出租屋里，拨通了李东星的电话……

## 53

赵心刚背着沉甸甸的中蓝飞跃的样本已经在江北发电厂的大门口站了整整一个小时了。他从报纸上看到消息，江北发电厂即将上两台 300 兆瓦的机组，前期主机已经开始招标，很快就会轮到辅机。按照覃天之前的经验，电气仪表类会归属到辅机设备中招标。

赵心刚一早就来了，可是任凭他磨碎了嘴皮子，保安大哥连门都不让他进。因为上头有规定，只允许国企大厂的销售和进口厂家的代表入厂，小公司的销售如果没有得到专工的许可不准进入。保安大哥本着多一事不如少一事的原则，以这个为借口，一副公事公办的态度，就是不让进。

赵心刚气愤不已，他的公司虽然小，但产品的技术指标和可靠性都不错，质量不比国企大厂的差。可是工业产品不能像民用商品一样，打个广告就能提升知名度，必须靠日积月累增加客户提升业绩，慢慢地得到行业内的认可。

但人家保安大哥不管那些，他满不在乎地瞥了一眼名片，名片上印的名头是总经理，总经理亲自来，结果还是被拒之门外。保安们还冷漠地说起了风凉话，大概意思就是瞧不上这些不知名的小厂。他见过的总经理多了，在他们眼里，民营公司的总经理还不如国企大厂的普通员工。这就是江北的观念！

赵心刚从那刺耳的声音中深刻地理解到身份的重要性，他也终于体会到老厂长的苦心，老厂长早就预料到他所要面临的尴尬和艰难的处境。

赵心刚琢磨着是不是找找从前那些有过往来的电厂老客户，因为电力是个特殊的行业，圈子很稳定，但调动相对频繁，只要在某个电厂上班，对其他电厂也会熟悉，或许已经有熟悉的人调到江北发电厂了。

赵心刚正想打电话，忽然，远处一辆江北牌照的小汽车疾驰而过，稳稳地停在大门口。保安大哥立刻轻车熟路地推开大门，做出通行的手势。

可是小汽车并没有开进去，依旧停在门口。车里传出王泽的声音，他没有下车，只是摇下了后车窗。

“赵厂长！”

赵心刚站在门口，疑惑道：“王泽？”

王泽似笑非笑地看着赵心刚，阴柔的脸上写满了自信。

保安大哥见状，急忙自作聪明地凑到车前，递过那张赵心刚的名片：“王厂长，他就是个推销员，你看……”

王泽看了一眼名片，喃喃自语："中蓝飞跃？"他瞄了一眼赵心刚。

赵心刚没有回应，他安静地看着坐在车里得意扬扬的王泽。在他看来，那不过是虚张声势而已，真正的强者从不会忘记做人最基本的礼貌！

师兄说得对，王泽真的已经不是从前的王泽了。他不仅丢掉了当年的初心，更辜负了陆有为的苦心。人一旦陷入贪婪的陷阱，就再也出不来了，王泽怎么会变成这样呢？

这时，王泽开了口："大刘，他不是推销员，他是我们电站成套设备分厂从前的赵厂长，他可是……"

王泽的话还没说完，保安大哥扭头笑了："就他？厂长能沦落到自己一个人上门推销？别开玩笑了。"说着又弯下腰继续讨好，"谁不知道电站成套设备分厂只有一个厂长，就是您——王厂长啊。"他将手里的名片不屑地扔在地上。

那张名片像一阵过气的凉风晃晃悠悠地落在赵心刚的脚下，将赵心刚对王泽最后一丝念想也掐碎了。

王泽稳稳地坐在车内看赵心刚的笑话，赵心刚不卑不亢地怼了回去："难道我不是吗？"

王泽怔住了，他重新端起架子，从车里走出来："大刘啊，你错了，他真是我们从前的赵厂长！"王泽假装热情地伸出手臂，"赵厂长，你回江北了，咋不来找我呢。"

保安大哥费解地挠头，僵硬的脸上定格着扭曲的笑容。

赵心刚没有搭理王泽，他弯下腰，珍惜地捡起自己的名片，放回公文包里。王泽目光一颤，赵心刚已经越过他，走到保安大哥面前，气势十足地说道："江北没有单独的电站成套设备分厂，只有江重！"言罢，他大踏步地离去。

保安大哥吓得一激灵，偷偷地瞄向王泽，王泽盯着赵心刚远去的背影，狠狠地攥紧了拳头……

当晚，赵心刚回到出租房，回想起出师不利的第一天，几乎是一夜未眠。身份和地位是多么重要啊！他失去了江重的光环，失去了国企职工的身份，做起事来真的很难！尤其是在思想相对落后的江北，他不敢想象比江北更为保守的北方将会遇到怎样的境遇。

赵心刚望向墨蓝的夜空，漫天的星光映在他的眼底，他有说不完的茫然、心酸、无奈和不甘……

吃过晚饭后，电话忽然响了，是个陌生的号码。赵心刚接通电话，电话那头传来袁大为久违的声音，他的口音丝毫未变，还带着浓重的胶东湾的味道："赵心刚，听说你也离开江重了？"

"是啊。"赵心刚点头，"很久的事情了，你怎么样？"

电话那头传来袁大为的苦笑："厂子破产了，资不抵债，能卖的都卖了。现在要转制，成立公司，让我承包当厂长呢。"

"这是好事啊。"赵心刚的语调很低。

袁大为在电话的另一端直摇头："啥好事，我是走了狗屎运。你是知道的，自从我进厂，这厂子就没好过。这些年，一直在陆续地走人，能走的都走了，只剩下一群实在走不了的老弱病残。我是唯一的年轻人，还是大学生。这不，矬子里拔高个儿，拔到我了。嘿嘿，没想到此生我也能当厂长。就是这厂长没啥用，就是个名。"

"大为！"赵心刚劝慰，"你别这么悲观。既然转制了，你就是公司的实际负责人。你窝了这么多年，难道不想搏一搏吗？我们都很年轻，你走出来看看吧，这些年，变化太快了，我们不能被时代甩下啊！"

"我想啊，我很想。"袁大为在电话里吞吞吐吐，"但也很害怕。赵心刚，你说，我行吗？"

"我们都行！"赵心刚斩钉截铁地说道。

"我们都行！"袁大为认真地在电话里重复了一遍，他本意是给自己打气的，赵心刚却听得那样清楚。是啊，不能放弃，我们能行！

## 54

今天，赵心刚改变了套路，他赶在江北发电厂上班之前就到了。保安大哥因为有了昨天的前车之鉴，并没有主动阻拦他，不过，也没有帮他。

赵心刚在人群中寻找着熟悉的面孔，可惜，他一个也没有看到。正在他犹豫的时候，有人上前跟他打招呼。

“赵工！”一位穿着短袖衬衫的男子握住了赵心刚的手。

赵心刚一愣：“黄经理？”

“哈哈，赵工好记性，我是海重的黄言东。”黄言东笑着说道。

“黄经理，您好！”赵心刚曾经在内蒙古项目上和黄言东一起投过标，黄言东是海重的销售经理。当时在投标会上，黄经理丰富的投标经验和认真的态度给他留下了深刻的印象。他记得当时黄言东给过他一张名片，还说过“海重欢迎你”之类的话语。

唉，时过境迁，黄经理代表的依然是海重，他呢?

黄言东又开始老生常谈了：“赵工，听说你离开江重了，真的很可惜啊。怎么样，来海重吧，海重欢迎你！”

赵心刚微笑着递给黄言东一张名片：“黄经理，我现在在中蓝飞跃了。”

黄言东认真地看着名片上的每一个字，又仔细地看过经营项目，良久才开口说道：“哦，原来赵工开始创业了，现在是赵总了，佩服，佩服啊！”

赵心刚倒也实在：“还是叫我赵工吧。其实，公司才起步，我还没摸到门道儿。说实话啊，我昨天连门儿都没进去，这不，今天又来了。”

黄言东拍过赵心刚的肩膀：“你啊，真是太实在了。走，我给你介绍几个专工。”

赵心刚心头一暖：“太感谢了！”

“互相帮助嘛！”黄言东带着赵心刚走进电厂，保安大叔立刻跑进保安室，找到了王泽的电话号码。

火电厂的组织架构很有特点，生产运营主要靠气机、锅炉、电气、热工、化学、输煤等几个主要专业共同支撑。从前在江重时，赵心刚接触最多的是与磨煤机对口的锅炉专工和输煤部门，现在中蓝飞跃的产品对口的是电气和热工。

黄言东有十几年的销售经验，对电厂的构架非常清楚。他带赵心刚分别认识了负责电气的专工——程立和负责热工的专工——蓝安，还在两位专工面前一顿夸奖赵心刚，当然，他也说出了赵心刚从前的身份。对此，程立的态度很冷淡，倒是蓝安好说话些。

任务完成后，黄言东便去忙自己的事情了。他临走前告诉赵心刚：“和专工搞好关系，尤其是蓝安。”

赵心刚点头感谢，以他过去的经验，技术专工对基建项目的把控非常严格，有直接推荐投标厂家的权利。当然，权利和义务是对等的，同时，他们也要对推荐的厂家负绝对的责任！

因为程立的办公室在前面，赵心刚首先来拜访程立。程立的个子不高，三十多岁，说起话来总是夹着几分官腔，赵心刚感觉他就是江重当年的关云茂。这类人做工作必须冒尖儿，时刻要入领导的眼睛，最看重工作成绩。赵心刚降低了语调，谦虚地介绍起中蓝飞跃的大致情况。

程立听过，随便问了一句：“有业绩吗？”

赵心刚摇头，又点头：“中蓝飞跃是新成立的公司，不过，我们前身也是做电器仪表的公司，在南方一带还是有些名气的，有超临界火电厂的业绩。我们就是在从前的基础上研发的新一代产品。”

“哦，原来是这样。我先说一下我们的情况，我对你们的仪表性能还是不够了解。这南北方气候差异太大，而且我们这里用的是褐煤。”程立站了起来，脸上明显露出送客的表情，“我们电厂是国内知名的老厂，当年在整个亚洲也是有知名度的。可是，老机组故障率比较高，这次好不容易上了二期，领导要求务必提高自动化率，更要提高电气元件的可靠性，要求关键部位全部采用进口，其他非关键部位全部使用国企大厂的元件。赵经理，不好意思，我们既要做基建工作，又要维持老厂的正常生产，真的很忙。你去隔壁找找蓝工吧，我觉得你们应该有共同话题。”

赵心刚本想再介绍一下公司的研发团队和新产品，可是程立不给他时间了。赵心刚只好站了起来：“好的，谢谢您程工。如果有机会，希望我们能够合作。”赵心刚留下一本中蓝飞跃的产品样本，样本上有他的名片。

“放下吧。”程立拿起安全帽，走到门口。

赵心刚还是忍不住说了一句：“程工是要下现场吧，您还没换绝缘鞋。”

程立愣住了，他低头看着自己的鞋，又看向空空的走廊。他小声嘀咕了一下：“这个人好像没有王厂长说得那么差劲！”说完又折返回办公室。

与此同时，赵心刚来到蓝安的办公室。蓝安正在办公室里等着赵心刚，他个头很高，身材魁梧，说起话来总是笑眯眯的，看样子比程立年轻不少，性子也不像程立那么闷。赵心刚一进门就想，这么年轻就能成为热工专工，想来是有些过硬的本领。

“你怎么才过来啊！”蓝安拽着赵心刚坐下。

赵心刚连说了几个不好意思。可是他还没来得及介绍公司概况，蓝安先打开了话匣子。原来，蓝安从前是热工的技术员，热工专工是他的师傅——陈为民。就在半年前，1# 机组发生爆燃事故，师傅陈为民被高温气体灼烫，没抢救过来。热工实在没人了，才把他推出来做专工。蓝安的坦诚让赵心刚既震惊又心痛。

“我算是受任于败军之际，奉命于危难之间吧。”蓝安笑眯眯地说道，“可是热工专工的椅子还没坐热乎呢，厂里就批下来这两台 300 兆瓦机组的基建项目，我只能硬着头皮顶上了。”

“这是一次很好的锻炼机会。”赵心刚感慨地应道。

蓝安点头：“机会是不错，就是有些人不服气，成天给我出难题。不让我干这，不让我改那，还说什么嘴上没毛儿，办事不牢！尤其是检修的四大将。哼，我早晚会让他们刮目相看的！”

四大将？怎么还跟行军打仗联系上了？赵心刚心生困惑。

蓝安神秘一笑，眼睛眯成了一条缝：“就是检修的四个技术骨干，岁数都偏大，都有一个特点，就是犟。其中一个是我岳父，他是大犟！”

大犟？赵心刚听了，心里才有数儿，估计蓝工的岳父和机修的古师傅差不多，都是技术大拿。不过，蓝安的话在赵心刚听来，却是另一番味道。老师傅哪有不支持年轻人的？估计是半年前的那场事故让人忌惮，四大将是出于对蓝安的担心，才一再敲打他，让他时刻保持警惕，做好安全工作。

蓝安看向赵心刚：“听黄经理说，你从前在江重是负责磨煤机的，那可是大项目，怎么出来单干了？”

“算是再就业吧。”赵心刚没有避讳自己下岗的身份。

“厉害！从头再来嘛！”蓝安指向赵心刚手里的样本，“能让我看看吗？”

赵心刚递了过去：“蓝工，这是我们公司的主要仪表产品，分为温度、流量和压力三大块。”

蓝安翻开样本，仔细地看了看，他指向一台流量积算仪：“这个有什么技术指标？”

“哦，这个积算仪采用了进口芯片，测量精度能达到0.5级，能通过RS232接口与上位其他设备通讯……”

“这个压力变送器，介绍一下。”

“测量压力0～25MP，能输出4～20毫安信号，防爆等级为Ⅰ类……”

“那这个液位计呢？”

“这是电容式液位计，采用 306 不锈钢材质，适用于各种含酸含碱的液体，高温高压没有问题，我们可以保十年，十年之内出现技术问题，免费更换新产品……”

蓝安问，赵心刚答。赵心刚不仅能够说出样本上所有仪表的技术参数，连上下游的仪表性能也说得清清楚楚。良久，蓝安沉默地合上样本，胖胖的脸上渐渐失去了笑容。

赵心刚的心一沉，难道自己哪个技术参数说错了？他谨慎地问道：“蓝工……”

蓝安看向赵心刚：“赵经理，你知道我见过多少像你一样的销售代表吗？”

赵心刚一脸默然地摇头。

蓝安指向墙角一米多高的各式样本：“你是唯一一个没有被技术问题问倒的人。”

赵心刚眨了眨眼睛，恍然大悟地摆手：“我是做技术出身，对技术自然懂些，就是销售经验还欠缺，如果没有黄经理，我连大门都进不来。对了，你还是叫我赵工吧，我习惯了。”

蓝安摇头：“不，赵工。我师父说过，只有认真的人，才值得信任！”他松了口气，“我终于找到了一个明白人！赵工，你等一下哈。”

蓝安拿出厂里的维修采购计划单，在电气仪表推荐品牌一栏里写下“中蓝飞跃”四个字。

“赵工，基建项目还没轮到我们热工专业，我们目前都是日常维护工作。你先拿产品来试试，如果能达到我们的技术要求，价格还有优势，可以考虑多采购一些，逐步替换，只是量不大。”

机会真是太重要了，赵心刚激动地站起来：“谢谢！蓝工。”

蓝安笑了，胖胖的圆脸露出一丝狡黠的笑容：“先别谢我，谁知道是馅饼，还是陷阱呢？”

赵心刚的臼齿莫名地酸了起来，好像咬了一口青柠檬。馅饼，陷阱，啥意思？

## 55

“意思就是不行！”江北发电厂检修组的范师傅挥舞着缠绕纱布的手臂说什么也不肯让赵心刚换积算仪，在他眼里，那个没有巴掌大的小盒子肯定不靠谱。

哼！一定是他的好女婿蓝安出的坏道道儿。上个月检修设备的时候，他发现锅炉蒸汽流量计量不准确，便给蓝安提了找厂家维修的计划，蓝安竟然打起了更换整套设备的主意。他以为自己当上专工就是齐天大圣了？呸！他就是没长毛儿的痞猴子！范师傅气愤地一边指着赵心刚，一边骂着蓝安。

“有话好好说！”强子将赵心刚护在身后，“老师傅别激动，我们的产品只会比原来的好，不会比原来的差，你用着就知道了！”

“你说这个没用，所有厂家来了都这么说，我们原来的那个用习惯了，换新的我们不会用。再说谁知道你们的东西好用不好用。这块流量表计量的是非常关键的参数，如果出问题我可负不起责任。”范师傅一脸强硬，“那群小崽子成天浪费钱，我让他找原厂家来看看，修修就好了，没让他换全套，把钱省下来上新机组多好。这钱啊，必须花在刀刃儿上。”

强子急了：“我说老师傅，你咋这么死心眼儿呢，上新机组差你这点钱呀？我们的产品绝对比原来的好，之所以做到这么小的体积，就是因为我们的那个啥——集成度高，这都是要技术的，懂不？我们的产品也是经过专工认可的，你们也验收过了。现在我们来配合你们现场安装调试，你这左不让，右不许的，怎么个意思啊？”

“没什么意思！”范师傅语调坚定，“在我不能肯定你们的产品质量之前，谁说话也不好使！你出去打听打听，谁不知道我范大将？”

“还有我们几个老将呢！”范师傅的身后又来了三个年纪相仿的老职工，他们都穿着电厂检修的工作服，戴着安全帽，一个个神色凛然、似乎要跟人拼命的架势。

强子急了：“你们这是瞎抬杠！”

赵心刚终于见识了“四大将”的风度，也彻底明白蓝安口中馅饼和陷阱的含义，原来在上游行业的电厂也存在和江重一样的问题，技改太难！

程立说过，江北发电厂曾经在亚洲都能排上号，说明是国内的大电厂，厂史悠久。但是反过来就意味设备陈旧，有一群和古师傅一样的技术大拿，比如眼前的“四大将”。他们都在自己的工作岗位上兢兢业业地干了一辈子，见证了厂子的荣耀，同时也谱写了荣耀。

可是蓝安这代年轻人想要延续这份荣耀，势必要进行一场彻底的技改。这样一来，矛盾是不可避免的。年长的认为年轻一代瞎胡闹，年轻的认为年长的思想守旧。这种压力、阻力与当年赵心刚在江重进行平改电时如出一辙，而且更严重。

尤其是科技高速发展的今天，热工专业的技术更新、设备换代特别快，自动化程度也越来越高。江北发电厂有些老设备还是20年前的技术，的确应该淘汰了。可是坚持在一线的老师傅们实在太厉害了，他们都经历过一穷二白、自力更生的时代，心里时刻装着集体利益。能省就省，能修就修，实在修不了的，才会更换。如果让他们整体换掉老设备，装上新设备，那是妥妥的败家子儿，他们绝对不能接受！

但是时代变了，中国将进入经济快速发展的下个阶段。无论是整个电力系统，还是工业制造、轻工业等等都将和国际紧密地接轨。技改势在必行！

或许蓝安是想利用这次上新机组的机会，完成老厂的技改，让老设备得到升级。赵心刚苦笑，他被蓝安选中了，到底是幸运，还是不幸？

赵心刚示意强子不要太激动，他拉着强子后退了几步，小声问道：“强子，你以前在江重如果遇到这种情况，怎么办？”

强子挠头想了想：“现场不配合厂家的事情是常有的。哎呀，没想到我们也会变成厂家，早知道，当初咱也多积极配合点了。嗯，那些厂家代表一般会给几盒烟，请吃一顿饭表示一下，或者搬出领导来压我们。”

“这个嘛！”赵心刚轻轻地摇头，蓝安是个精灵鬼，这会儿早就躲起来了，他是故意让他当炮灰的。再说，搬出蓝安也没用，范师傅是蓝安的岳父，于公于私，蓝安都被吃得死死的，更何况还有另外“三大将”呢。

怎么办呢？赵心刚想来想去，决定从源头解决问题。他仔细回忆了范师傅的话，为厂子省钱是他的主要目的。那他到底能为厂子省多少钱呢？赵心刚让强子去找蓝安要一份连续三个月的检修单。强子快去快回，不一会儿就将检修单上交到赵心刚的手里，另外，他还带来一份蓝安的口信。赵心刚听了口信，又仔细地看过检修记录。果然“四大将”都是维修能手，尤其是范师傅，他不愧是个老党员，他的检修任务最重，完成的情况是最好的。

赵心刚合上检修记录，设备前只剩下范师傅一个人，其他三大将都去忙各自的工作了。赵心刚顺口问道：“范师傅，你们的很多仪表都存在误差大的问题，时不时还有故障，如果发生事故怎么办？”

范师傅冷笑：“我在电厂保持着安全记录，从来没有出现过故障，更没有事故。”

“那你的手怎么了？”赵心刚故意指向范师傅缠绕纱布的手臂。

“我在家里炒菜，不小心崩到了油。”范师傅刻意地将胳膊背在身后。

赵心刚笑了：“范师傅，如果是烫伤、烧伤，不用在大热天包扎得这么严实，会感染的。”

“用你管！”范师傅硬气到底。

赵心刚压低声音："范师傅，再过一年，你就退休了。你能保证今后不出故障吗？如果其他同事在检修设备时再不小心受伤怎么办？"

"不会的。"范师傅的胳膊传来一阵钻心的疼痛。

赵心刚劝慰："范师傅，蓝工都告诉我了。他说现在的检修任务很重，你是老党员，每天都主动加班，受伤是常有的事情。你总是偷偷瞒着，不想给单位找麻烦。可是，你看，这些设备实在太老了，科技现代化的口号不是白喊的，咱们也得改改。蓝工想换这批仪表，于公是为厂，于私是为你呀。他是心疼你，不想你再挨累，再受伤！"

"用你管闲事，你不就是想挣钱吗？"范师傅犯了牛脾气。

赵心刚坦言："我们做生意，自然是要挣钱。不过，我真是被你们这些老师傅敬业的精神感动了。这样，这批货全部试用。试用效果好，就按你原来用的那个厂家的报价结账。试用效果不好，我直接拆走，恢复原状，不要你们江北发电厂一分钱。"

不要钱？范师傅眨眼："真的？"

赵心刚微笑点头："当然是真的。"

"唉！"范师傅看向那些老设备，"我和这群老伙计也是没有办法，我们真是穷怕了。建个这么大的发电厂不容易呀，当年本来是外国帮助咱们建设，可是空架子刚搭起来，人家就撤走了所有的技术人员，还拿走了所有的图纸。后来，咱们发挥了自力更生、艰苦创业的精神，我家老爷子和他们那一代人，自主设计，攻坚克难。很多人吃住都在工地，硬生生将这个电厂建起来。现在咱们国家虽然好了很多，但是还不富裕，咱得继续发扬勤俭节约的作风。或许你的东西真的好用，可是我担心价格太贵，后期的检修成本高，将来厂子会亏损的。你们应该知道，我们的并网电价都以厘来计算，必须要精打细算才行！"

赵心刚感慨道："范师傅，我应该向你学习。"

“学我这么犟啊？”范师傅摆手，“我也想明白了，时代变了！改革开放将近二十年，我们已经不是当初那个一穷二白的中国了。咱们也有家底子了，可以过点好日子。”

“更要重视安全，有人在，一切都在！”赵心刚补充了一句，躲在远处的蓝安朝他做出胜利的手势。

赵心刚说到做到，半个月后，中蓝飞跃的产品成功打入江北发电厂，赵心刚和蓝安还成了好朋友。蓝安时常会请教赵心刚一些关于仪表方面的技术问题，赵心刚还通过李东丽帮助蓝安找来了不少进口仪表的最新技术资料。

这让赵心刚对江北的市场非常有信心，他还去了几家江北的热电公司，每家热电公司都有自己独立的供暖系统，承担着江北部分区域的供暖工作，因此，在供暖前的一段时间内对各种电气仪表的需求比较大。

赵心刚又接连签了很多合同，虽然合同额不大，总算迈出了第一步。有了良好的开始，就会有好收成！

赵心刚很感谢黄言东，一直想找机会请黄言东来公司坐坐，感谢他对自己的“领门之恩”。可是不凑巧，黄言东回海重了，赵心刚只能在电话里多说几声谢谢来表达自己的感激，弄得黄言东有些不好意思。

两人关于江北发电厂的基建项目又闲聊了几句。细心的赵心刚很快捕捉到一个重要信息，江北发电厂在基建辅机招标之前，会先上一批电气设备维持老厂的正常生产运营。明眼人都知道，谁拿下这批电气设备的合同，将来会在基建项目的电气招标上占据绝对的优势。目前的竞争特别激烈，赵心刚也想报名参加。

第二天，赵心刚找到电气专工——程立。程立的态度仍旧冷淡，不客气地指向隔壁，示意赵心刚走错了办公室。赵心刚没有在意，他再三表示自己是带着诚意来的，希望程立能够给他一个试验产品的机会和报名的机会。程立推脱自己工作太忙，没有时间接待他，更是指出中蓝飞跃的相关产品在江北没有任何业绩，不敢轻易试用，整个发电厂只有办事不牢的人敢用，赵心刚听出他指的是蓝安。

江北发电厂和江重一样，每个人都有自己的小九九儿，每个人的背后或许都有像王泽那样的秘密。

赵心刚从未奢求过程立照顾中蓝飞跃，他只想要一个平等竞争的机会。大家站在同一个起跑线上，靠的是产品质量和价格。不过，赵心刚发现程立对自己似乎有些看法，他想半天也没搞清楚到底做错了什么惹到了程立。

赵心刚哪里知道，王泽找过程立，说了许多不在行的话。在程立眼里，赵心刚就是个背信弃义的花架子，是个靠裙带关系上位、没有真才实学的人。程立一向自恃技术过硬，本来去年可以升为副主任，却被另一个有后台的同事顶了，他本来就心里不平衡，所以对赵心刚更瞧不起了。

这会儿，赵心刚安静地坐在沙发上，想要争取报名机会，程立却把他当成透明人晾着，自己该干什么干什么。可是过了半个小时，赵心刚还坐在那里。

程立将 2B 铅笔放在图纸上，看向赵心刚："听说江重的李东星是你师兄，也是你姐夫？"

"是！"赵心刚不假思索地点头。

"省钢铁设计院的赵院长是你大伯？"

"是！"赵心刚又点头。

"李东星的妹妹就在中蓝飞跃上班？"

"她学的电气自动化专业，负责研发。"赵心刚依然点头。

"北京的黄委员认识你父亲？"程立的嘴角微微扬起，露出看似不屑却又羡慕的表情。

赵心刚低头想了想："那都是很多年前的事情。"

“好啊，真好！”程立端起水杯放在唇边吹了吹，“我怎么就没有这么好的命呢。”他狠狠地喝了一大口水。

赵心刚疑惑，他怎么会如此了解自己的情况？这些连蓝安都不知道呢。

程立还在满不在乎地喝水，赵心刚珍重地站起来解释：“程工，我很真诚地希望您能认可我，认可中蓝飞跃的产品。我现在已经离开江重，我就是一个普通的创业者。”

“普通？”程立笑了，“在深圳有工厂，在江北有分公司，你普通吗？”

“那是因为……”赵心刚知道即使解释，程立也未必听得进去，他跟程立根本没有共同的朋友，难道是？赵心刚这才想到王泽，看来，等他忙完这段，要找王泽好好谈一谈了。

赵心刚忍住解释，继续说道：“程工，我想多问一句，我为什么连报名的机会都没有！”

“没有业绩！”程立一副公事公办的样子，“我们厂和周边的发电厂都没有用过中蓝飞跃的产品，你就是白送给我，我也不敢用啊。”

“可是……”赵心刚的情绪有些激动，他想用中蓝飞跃的产品实力来反驳，可是他忍住了。他尴尬地坐下来，紧紧地握着手中的技术样本。

或许程立也意识到自己的言辞有些过分，他偷瞄了赵心刚一眼，犹豫地倒了一杯热水推到赵心刚的面前。赵心刚没吭声，程立也没吭声，继续看他的电气图纸。办公室传来沙沙的声音，赵心刚的眉宇渐渐舒展，程立的脸色却越来越沉，不时地发出叹息。

赵心刚瞅了几眼，看出了困扰程立的难题：“这个是锅炉自动供水系统的自动控制电气图，您是为了这几个阀门的自动控制问题发愁？”

“你懂这个？”程立有些惊讶，赵心刚居然看得懂图纸，并且知道他纠结的问题。

“不太懂，只是知道一点。这些阀门都是由执行器自动调节的，要求有很高的灵敏度，并且要绝对可靠，保证 10 万小时运行无故障。这个自动阀门，进口的很贵，但国产的可靠性差些。稳妥起见你们电厂一般都用进口的，但国产的小管径阀门还是不错的。”赵心刚随口说了一下他所知道的相关信息。

程立皱眉：“知道的不少，但知道也没用，还是得用进口的，再贵也得认。”程立心烦地扔下 2B 铅笔，最近几天，他为解决这个难题头发都快掉了一把。按照惯例，大直径电动阀门一向是进口设备，可是老厂的资金有限，他提出用国产设备。但是在江北附近的发电厂根本没有用国产设备的先例，没人敢拍板，更没有人敢做决定。尤其半年前刚发生过爆燃的事故，江北发电厂在行业都快成反面教材了，每次安全生产会上必须要提一次。

程立很苦恼，改是势在必行的，可是一分钱难倒英雄汉。他还指望着干好这项工作，等着提干呢。为此，他找过进口设备的厂家代表，厂家代表积极配合，申请到了最低的折扣点，但是价格依然贵得离谱。目前的预算只够国产设备，他想试试，可是连他自己都不愿意主动承担责任，领导会支持他吗？程立现在是左右为难，骑虎难下。

“怎么，想看笑话？”程立盯着赵心刚。

赵心刚摇头：“程工，你误会了。不管您听过怎样关于我的过去，我只能告诉您，我无愧于心。李东星是我师兄，我依然离开了江重。我大伯是设计院的院长，我也没去找过他办私事。至于黄委员！我怎么会为小事去打扰他？他是老同志，心里时刻装的是党和人民！绝对不会做出违背原则的事情。我能依靠的只有自己。”

赵心刚的语调变得沉重：“我不会看您的笑话，做技术的人，向来都是用技术说话。这个问题您可以尝试使用国产小直径的电动阀门，只要多个阀门并联工作就能达到大直径阀门的流量，可靠性也比使用单个大直径阀门要高，只是要在控制电路上做些改动，保证各个阀门的协调联动就可以。这样既降低了成本，又保证了可靠性。这个东西我们公司就能做，程工如有需要，我们可以共同研发解决。我只是提个思路，至于有没有用，请斟酌。今天多有打扰，告辞，下次见！”

赵心刚缓缓离开办公室，程立愣了许久，赵心刚的想法让他豁然开朗，打破了他长久以来的思维定式，他认为这个方法有可行性。他颤抖地抓起电话，按下号码：“哎，杨工，听说你媳妇是江重的，认识有个叫赵心刚的吗？”

电话那头传出一个兴奋的声音：“赵心刚？知道啊，那可是江重的风云人物呢，听说很有本事啊，人也不错，我媳妇还动过把她姨家表妹介绍给他的心思，只是人家没那想法，就没成……”

## *56*

江北发电厂的门口拉着欢迎参观的条幅，老厂房内摆放着一排崭新的设备，赵心刚代表中蓝飞跃协助程立来迎接其他兄弟单位的参观学习。

程立站在最前面，如今他已经升任为专管电气的主任了。他是今天活动的主角，胸前戴着“改革先锋”的绶带。参观团的人都叫他“程先锋”，程立很喜欢这个称呼，他的脸上一直挂着笑容，介绍完现场的情况之后，他着重介绍了赵心刚。

赵心刚作为中蓝飞跃的代表，一一解答了参观团的提问。程立和赵心刚配合得很好，参观团很满意。

送走了参观团，赵心刚朝程立打起胜利的手势。程立微微一笑，感慨自己的运气不错，多亏了赵心刚！

一个月前，赵心刚受到程立的刁难之后，并没有气馁，他连夜找出当年覃天在南方发电厂做出的相关业绩，并让李东丽以中蓝飞跃的名义发出邀请函，请他们实地考察。其实，早在程立的办公室里赵心刚就想好了，江北的思想相对保守，只有亲眼看过成功的案例，他们才会相信。所以，他给程立发出了邀请函，邀请程立去深圳的工厂和相关业绩的电厂考察。

当时程立已经从同事的口中得知了赵心刚的真实情况，知道自己受了王泽的蒙蔽。但是他好面子，不好意思道歉，不过出于感谢的想法，就同意了赵心刚的邀请。随行考察的还有江北发电厂的相关领导、检修师傅等五人，他们五人的收获特别大，不仅收获了经验，还让他们对中蓝飞跃和其他民营企业有了很大的信心，对国产设备也有了重新的认识。

自此，赵心刚用过硬的技术解决了江北发电厂的难题，成功地打开了江北的市场。而且，他还让强子联系了从前江重的同事，拥有了一支技术过硬的售后保障团队。

深圳工厂方面也没闲着，除了保证正常的生产运营，李东丽按照赵心刚的想法，整合了厂内的业务，从多元单位出发，根据火电厂的特殊技术要求开始定向生产相关产品。

另外，赵心刚越深入发电行业越意识到，伴随网络的高速发展，电气自动化势必要迎来突飞猛进的发展。他建议李东丽去读研，为成立电气自动化控制中心做准备。李东丽爽快地答应了，很快，她就搭上了在职研究生的末班车，考上了在职研究生。覃天一直很着急，他私底下提醒赵心刚尽早表明态度，总拖下去，燕子该飞走了。

赵心刚有自己的打算，虽然他从未在李东丽的面前表达过情感，但是他感觉得到：李东丽和自己的心是相通的。世上有一种情感，即使不说，相互之间也会懂。他和李东丽都奔跑在追梦的道路上，剩下的就交给时间吧。

赵心刚越来越忙，他的肩膀上不仅担着自己的幸福，还有中蓝飞跃这一大家子人的寄托。如果没有强子和马莹的照顾，他有时连饭都吃不上。赵心刚有自己的计划，古人打仗讲究战术：一鼓作气，再而衰，三而竭。江北发电厂的技改基本结束，距离基建项目的投标工作还有一段时间。他要借着江北发电厂的成功业绩，乘着这股红红火火的劲头去开展其他发电厂的业务。

可是，赵心刚还没出发就先出事了。这天，他正端着江重的劳动模范的搪瓷杯喝着茶水，检察院的同志竟然登门了。

在中蓝飞跃江北分公司的办公室内，检察院的同志告诉赵心刚：他们接到江重的举报信，举报赵心刚泄露了磨煤机项目的标底，帮助海重中标，导致江重落标。

马莹惊讶地直摇头说检察院的同志弄错了，强子也上前和检察院的同志理论。检察院的同志非常肯定，并直接问赵心刚是不是认识黄言东。

赵心刚知道一定是王泽在背后搞鬼，他对马莹和强子交代了手头上的工作，安抚了几句，就随着检察院的同志走了。

马莹和强子急得团团转，马莹立刻想到了李东丽。她打电话到了深圳工厂，可是李东丽去上课了，手机关机，不在公司。强子急了，他和几个以前在江重上班的老师傅骑着摩托车直接去找李东星。他们虽然离开江重了，但是还保留着以往一贯的思维，有事找厂里！

江重大门口的保安看见强子和几个老师傅，还以为他们回来闹事呢，直接做出一级警备，立刻通知李东星的助理小潘。助理小潘说李东星正在开班子成员的重要会议，让保安先想办法拖住他们，不过，不能对以前的同事蛮横，也不能让他们闹事，注意说话的语气。

小潘默默地放下电话，千万不能像会议室这么火爆啊。此刻，李东星正在和王泽拍桌子。

“你报那么高的价格，怎么可能中标？”

王泽冷笑：“我有难言之隐。”

“说！”李东星的火气噌地蹿了起来……

与此同时，被挡在大门口的强子的火气也噌地蹿了起来。对他来说，赵心刚对他们全家有再造之恩，为了赵心刚，拼了命都行。

保安也是左右为难，就在强子大喊大叫“我要见李东星”的时候，古师傅背着工具包来了，现在他已经回江重上班，还是机修主任。只是机修的老人儿基本全走了，他差不多成了光杆司令。

强子见到他，嗓子都快喊冒烟儿了。整个江重谁不知道古师傅和赵心刚的关系，强子赶紧喊住古师傅，说出赵心刚被检察院带走的事情。

古师傅听完大眼珠子都快瞪出来了，他强硬地推开保安，带着强子直接闯进总厂办公楼，李东星的助理小潘根本拦不住他。

紧张的会议室里，江重的班子成员正在开会，关云茂也在。李东星和王泽剑拔弩张，气氛充满了火药味儿，助理小潘坐在李东星旁边，手里拿着一个大袋子。古师傅猛地破门而入，大喊一声：“李厂长，快去救赵心刚！他被检察院带走了！！”

古师傅的话像一根导火线，直接引爆了两人之间的矛盾。

王泽摊开双手：“听到了嘛，这就是我落标的原因。现在原材料涨价厉害，我报价稍高一些是没有问题的，关键是赵心刚反水了。”

李东星愤慨地站起来：“王泽，是谁给你的权利，以江重的名义去举报赵心刚！”

“宪法，每个公民都有向检察院举报的权利！我是江重职工，是电站成套设备分厂负责人，我有权利代表江重举报赵心刚。”王泽毫不在乎指责。

关云茂也着急地站起来：“王泽，你这么做太过分了！赵心刚不是那种人。”

“你有证据吗？没有证据的举报就是污蔑！是造谣！是诽谤！”李东星慷慨激昂地说道。

“这还需要证据吗？赵心刚对磨煤机的底价了如指掌，听说他还要去海重呢。”王泽加了一把火。

“你没有证据就以江重的名义去举报赵心刚？”关云茂也气得够

呛，“你对得起陆厂长吗？”

“你这个忘恩负义的小犊子。”古师傅脱掉鞋子直接飞了过去，其他班子成员都质疑地看向王泽。王泽灵活地避开飞来的鞋子，指责道：“你们为什么这么对我？别忘了，赵心刚现在已经不是江重的职工了，我才是你们的同事。你们就都那么信任赵心刚，你们能保证赵心刚没有透漏给黄言东磨煤机的底价吗？”

“我保证！”李东星第一个站出来。

“我保证！”古师傅强硬地拍着胸脯。

“我也保证！”关云茂毫不犹豫地站了起来。

“我们也能保证！”强子和几个跟来的老师傅也喊出了心声。

助理小潘是新来的，有海外留学的经验。小潘看到这般架势立刻明白了赵心刚的重要性，他放下手中的大袋子，轻轻站起来，虚掩了会议室的门。

门缝外，聚集了一群悄悄听信儿的江重职工，大家都竖起耳朵，透过狭小的缝隙关注着会议室里一切。

王泽气急败坏地站起来：“你们拿什么保证？我亲眼看到黄言东带赵心刚进了江北发电厂，还帮他介绍专工，介绍业务。赵心刚作为回报，一定泄露了我的标底，否则我怎么可能落标？”

强子急得爆红了眼睛：“去你妈的！你在门口羞辱赵心刚的事情，门卫刘大眼早就告诉我了。你作为从前的同事不帮赵心刚，还不让别人忙啊？现在还胡乱污蔑人，王泽，你的良心让狗吃了！江重没有你这样的白眼儿狼！”

“呸，白眼儿狼，真给陆有为抹黑！”强子身后的老师傅们纷纷瞪着王泽。

“反了，你们是江重职工吗？凭什么站在这里？”王泽将矛盾引向李东星，“你们别忘了，是谁让你下岗的。”

“下岗咋了？我是响应政策，不拖累厂子，自愿下岗的！”其中一个老师傅主动站出来指向王泽，“我看江重最应该下岗的就是你！”

“对，就是你！”强子撸起袖子，一副愤慨的模样。

王泽为了挽回面子，大声说道：“那让你们失望了！”

会议室里的气氛炸开了锅，比炉子的钢水还炽热。作为一把手的李东星脸色沉下来，掌控着局面：“王泽，你少转移话题，在事情没有弄清楚之前，你马上给我撤销检察院的检举信，否则！”

“否则什么？”王泽一副轻蔑的样子，“你拿什么保证赵心刚一定没问题？”

“就凭这个！”李东星示意助理小潘，小潘麻利地从大袋子里拿出一本本鲜红的证书。本来李东星今天是想用这些敲打王泽，让他饮水思源，找回从前的初心，没想到用在了赵心刚的身上。

从研发氧燃枪到攻克磨煤机，江重得到的获奖证书从江北市排到了省里，又从省里排到了部里，每一本证书上都印着江重的名字。那名字的背后是一群可爱的工人，其中有一个很重要的人，他叫赵心刚！

“没有赵心刚，就没有这些荣誉，他把江重看得比自己的生命还重！他是为了把名额留给亲密的同事，才不得已地离开江重。这样的人，会做出损害江重利益的事情吗？”李东星从口袋里拿出一个小盒子，盒子里是那枚江重沉甸甸的厂徽。

王泽犹豫了一下，脱口而出的话语梗在喉里。

会议室再次陷入了寂静，门外已经围了一大群职工，其中有个老师傅扯着嗓子喊道：“我相信赵心刚！”

“我们也相信！”人群坚定的声音冲开了会议室的门。

王泽看到了一双双喷着怒火的眼睛，他下意识地指着他们，又心虚地落下手臂，颤抖地跌倒在座位上：“你们，你们……”

“人在做，天在看，等老天爷收拾你吧。”强子狠狠地剜了王泽一眼，他走到李东星面前，“李厂长，快去救赵心刚吧。”

李东星沉稳地抓起手机：“小潘，跟我走一趟！”

“好嘞！”小潘急忙收起珍贵的厂徽和各种证书，一溜烟儿地跟着李东星走了出去……

第十四章
Chapter 14

# 同舟共济过大河

## 57

太阳很大，明艳的光将赵心刚裹了个严实。他迈着疲惫的步子走出那间令人窒息的会谈室，一眼就看到站在检察院大门口满脸焦灼的李东星。赵心刚做梦也想不到自己离开江重之后和师兄的第一次见面会如此尴尬。

其实，检察院的同志只是按照正常程序询问了检举信里提到的关于磨煤机投标的底价问题，并没有丝毫为难他。赵心刚的回答很诚恳，也很简单。他从来没有对黄言东提及任何关于江重磨煤机的事情，况且黄言东也从来没有问过。那封以江重名义发出的检举信里只提及了检举的内容，并没有有力的证据。李东星作为江重的法人代表对检察院的同志说明了情况，撤销了检举，等于彻底洗刷了赵心刚的嫌疑。

赵心刚发自内心地感激师兄，他静默地站在太阳下，晃眼的光照得自己睁不开眼睛。他轻轻地抬起手臂遮住阳光，却发现李东星也做出相同的动作，正在看他。

李东星的心情很复杂，少去了往日的犀利。好久不见，师弟瘦了很多，但精神不错。以前，他见惯了师弟穿那身油污的江重工作服，从没见过师弟穿衬衫的样子。原来师弟穿衬衫很帅气，很儒雅，就像他当初想的那样，或许他就是哲学系的毕业生。

他过得好吗？李东星着急地迎了过去。

赵心刚也走到了门口，他微笑地看着李东星，习惯性地伸出手臂："师兄，谢谢你！"

李东星也伸出手臂，他感到一股源自内心的力量，那是对江重割舍不断的感情。于是李东星微笑着说："走，我带你去个地方！"

李东星带赵心刚回到了江重，不过，不是江重总厂，而是一片拆得热火朝天的工地。透过敞开的大铁门可以清晰地看到一辆辆抓钩机正在往卡车上装建筑垃圾，其中一辆卡车上装满了破碎成一块块的石棉瓦。这里曾经是江重的东厂区，也就是当年陆有为为了给职工开工资，贱卖的东厂区。

赵心刚只看了一眼就明白了师兄的心意，他的心难受地揪成了一团乱糟糟的毛线，面对无数个线头儿，根本找不到头绪。赵心刚偷瞄了李东星一眼，李东星正目不转睛地盯着忙碌的抓钩机，那伸缩的大铲子仿佛铲在他的心尖儿上，疼得李东星红了眼。

助理小潘握着纸巾，犹豫着是递过去还是视而不见。工作这几个月，他早给领导打上了实干先锋的标签，他从未在人前示过弱，今天是怎么了。小潘求助地看向赵心刚，赵心刚会意地接过纸巾，打出让小潘回避的手势。小潘知趣地走到一旁。路边只剩下赵心刚和李东星。

赵心刚将纸巾递给李东星，开起玩笑："姐夫，我姐快生了吧？"

李东星转过身，擦了擦温热的眼泪，然后将纸巾攥在手里："还早呢，才五个月。"

"那我要给外甥准备一份大礼了！"赵心刚故意缓和着沉闷的气氛。

李东星倒也没有避讳，他直愣愣地看向赵心刚："听丽丽说，你一直一个人。这怎么行呢？毕竟你也老大不小了，抓紧找一个吧，总这么单着也不是回事儿啊。”

赵心刚露出腼腆的笑容，第一次在外人面前吐露自己真实的想法：“师兄，我已经有目标了，正在努力。”

目标？李东星从赵心刚的眼底看到无比的自信和坚定，他似乎猜中了什么，但是良好的教养让他没有追问，也没有说破。

“能入你眼里的女孩，一定很优秀！”

“她的确很优秀，她的全家都很优秀。”赵心刚又将称呼改了过来，“今天，真的很感谢你，师兄！”

李东星长舒一口气，带着几分对王泽的戾气：“有什么好谢的，本来就是我们给你找的麻烦。放心吧，检举信已经撤销了，你还可以告江重诬陷你呢。”

赵心刚重重地摇头：“师兄，我不会的。”

李东星苦笑：“我当然知道你不会。怎么样，领教王泽的厉害了？”

“我真没有想到他会变得，变得……”赵心刚一时都找不到形容王泽变化的语言了。

“变得自私自利，奸诈阴险，眼里只有个人利益，没有集体利益，更没有江重！”李东星早就看透了王泽的小心思，本以为削减了王泽在电站成套设备分厂的权力，他能暂时安稳下来。没想到他竟然变本加厉，不但不认真地揽业务，还夹杂私人恩怨，拿投标当报复手段，导致落标。要不是江重正处在转型的关键阶段，他一定将王泽开除厂籍。

赵心刚理解李东星的难处，他满是歉意地说道：“对不起，师兄，是我的责任，当初是我识人不明。”

李东星摆手：“师父领进门，修行在个人。王泽的个人能力很强，刚进厂时的确很努力，我也以为他会成为另一个你呢。可惜他不是，而是处处和你比，势要踩在你头上。”

“可是我已经离开江重了，还有什么和我比的？”赵心刚苦涩地摇头。

李东星握紧拳头："你走了，名还在啊？他怎么可能舒服呢？尤其他还攀上了一门富贵的亲事。那一家子人都是人精，以各种手段贱价收购破产的国企，投点周转资金盘活起来，转手再打着国企的名号去外面挣钱。他们那些见不得人的伎俩，谁不知道？早晚一窝端！"

赵心刚惊讶地注视着满腔怒火的师兄，不由得想起那场别开生面的接风宴，那晚，师兄站在闪耀的星空下，强大的气势生生将漫天的星光都比下去了。如今接风宴上的人各奔东西，吃饭的小平房都拆为平地了，连他也离开了。唯一不变的只有师兄。师兄依旧站在原地，心里装的始终是江重！他这才理解师兄说过的责任两个字是多么的真实。

此刻，赵心刚的心里装着满满的敬佩和感动。

"师兄……"

李东星紧绷的脸逐渐地松弛，他放下了拳头，转向轰隆的工地。

"师弟啊，你离开江重那天，开发商给厂里下了催促函，让我尽快搬设备，人家要动工建设了。每天下班，我也会偷偷地过来看看。你看到了吗？东厂区的后身儿是老职工宿舍，在铁道那边，我家老爷子当年就住在那里，这么大一片地啊！"李东星痛苦地捂着胸口，江重两个字罩在他的掌心。

"我真的心疼啊。可是有什么办法呢？厂子再重要，回忆再重要，有人重要吗？"他不甘心地指向轰鸣的工地，"总有一天，江重会站起来，会回到原来的位置，找回原来的荣耀！"

赵心刚感慨地点头："会的，一定会的！"他又试探地问道，"听说要上市？"

李东星怠倦地深吸一口气："省里一直在扶植像江重一样的老国企，用他们的话说，要用拳头打出去，力量才大。"

拳头是什么意思？江重不是拳头吗？赵心刚意识到李东星话里

有话，难道要合并？据他所知，江北很多国企在省里的牵头下进行了资产重组，成立集团。江重也要成立集团吗？

李东星会意地点点头："是的，省里打算当红娘，将江重和几家机械制造企业合并，组建集团，这样拳头才硬！"

"那其他几家的情况怎么样？"赵心刚颇为担心。江重是江北乃至全国最大的重机生产单位之一，经过这场暴风雨，好不容易活下来，如果再背上沉重的包袱，恐怕……

"起初，我也有这个顾虑。不过，我暗中打听了那几家单位，他们的设备和产品在市场上占有率特别高，也是受了制造行业的整体下滑才出现危机的。有了他们的加入，江重如虎添翼，只是人实在是太多了。还有一个，就是关于领导班子的安排……"李东星欲言又止。

赵心刚心知肚明李东星所担心的事情，绕了一个大圈子，又会重新回到杨书记、李厂长的时代，谁能保证完全一条心呢？这是长期以来大型国企的顽疾，深化改革就要打破这种禁锢的"家长制""继承制"，做到真正的公平！自古就有举贤不避亲的传统，有能力就上，没能力自然会被淘汰。赵心刚坚信师兄的能力，更相信师兄的为人。他劝慰了几句，李东星的心里轻松了许多。

两人围绕着江重又讨论了好一会儿，都对江重的未来充满了希望。李东星还关心地问起了中蓝飞跃的情况，指点了赵心刚一些关于管理上的经验。赵心刚听得很认真，不过，他更关心的还是江重。

从师兄的谈论中赵心刚了解到江重眼下最难的不是资金，而是技术人员的出走，正是因为手中无人，师兄才让古师傅重回江重的。毕竟老马识途，老马还能带徒弟。

赵心刚话锋一转："师兄，新招来的大学生定岗了吗？"

李东星指着在马路对面阴凉处看文件的小潘，说道："一共进了六十人，走了三十多人，剩下的全分下去了，除了他，都没有定岗。"

赵心刚欣慰地点头："还不错，比之前的情况好多了。"

“上批招了五十人，一个没留下，还带走了我们单位的两个技术组组长，我差点扣了他们的档案。”李东星恼火地叉腰，“现在的大学生都太现实了，嫌弃这儿，嫌弃那儿，就是不讲奉献精神。江重目前是不太好，只要大家同舟共济过大河，一定会好起来。可是他们只想坐江山，不想打江山，天底下哪有那么好的事情！”

赵心刚笑了，以他在深圳工厂面试员工的经验，师兄的思想真的落伍了。他低声地提点道：“师兄，你不能一竿子打翻一船的人。每个时代有每个时代的特点，现在的毕业生是和改革开放同步成长起来的，他们的身上有特殊的时代烙印。他们不是不肯奉献，人家是不想白白奉献，他们是想跟对人，做对事，在一个足够自己折腾的舞台上展现自己的能力，实现自己的价值！”

“价值？你离开了江重，长进不少嘛！说说看！”李东星做出双手插兜的姿势，一副领导的派头。

赵心刚早就想和李东星深刻探讨这个问题了，随着市场经济的快速发展，改革分配制度迫在眉睫。虽然这是一个老生常谈的话题，但是能够彻底打破计划经济的分配模式，才是江重迅速适应市场最快、最好的办法。

赵心刚抿着唇，郑重地说道：“师兄，江重最艰难的时刻已经过去了，国家也正在积极出台有利于国企良性发展的优惠政策。企业发展靠什么？靠人才，尤其是技术人才。江重最缺的就是技术人才，所以现在最重要的就是稳定职工队伍，留住技术人才。江重是制造行业，需要大量、各个层次的技术人才，包括一线的技工、技术员、老师傅，中层的技术骨干和高层次的高级工程师。想要拥有一支高素质、高能力的队伍，首先要留住他们，保护职工的利益。”

“你是想说分配制度改革？”李东星挑眉，他最近也在研究这个事情，还让小潘去各个分厂做了调查，估计也差不多了。既然赵心刚也关心这个话题，他想听听建议和想法，“说说吧，你是怎么想的？”

赵心刚指向还在做工作笔记的小潘："人家是从国外回来的，你现在给他的工资，还不够他在江北的生活费，那他能干得长远吗？"

"我给他的工资很高了，将来还会安排他去更好的去处。"李东星解释。

"无非就是外贸公司嘛！可是即使你将小潘推到分厂厂长的位置，他能挣回出国读书的学费吗？再说，师兄的工资也不高呀。"赵心刚实话实说。

李东星笑了："不错呀，离开江重，自己当上了老板，开始学会算经济账了。那你给强子多少工资？"

赵心刚伸出手掌，李东星脸色微变："500？"

"这还不算出差补助的费用。"

李东星重新打量赵心刚，怪不得强子这么卖命！如果强子留在江重，他连300元都挣不了。这些年，他和琳琳的生活也是捉襟见肘，好在有双方父母帮衬，才算过得去。他尚如此，那其他职工呢？听妹妹李东丽说，马莹也在中蓝飞跃，那马莹和强子两口子的收入比他和琳琳都高呢。这么一比较，江重的工资真是低得可怜。

抱着一个空铁碗有用吗？这更坚定了李东星要在江重推动改革分配制度的决心。他示意赵心刚："说说你的看法。"

赵心刚从李东星的眼底看到了殷切的目光，他接着说道："多劳多得，少劳少得，不劳不得，这口号喊了几十年，还是有成效的。不过，改革的过程是分阶段的，马上就跨世纪了，国家又要进入WTO，这对制造行业来说，既是机遇，也是挑战。我没有熟悉的管理经验，只是借鉴了南方一些私人企业总结出来的办法。我注意到，他们都在压缩非生产职工，尽可能地多保留一线职工。而且，企业在一定时间内都会重新定岗，同时采用竞争上岗的模式。"

李东星伸出手指不停地指赵心刚："你啊，终于说实话了，这把刀子终于捅向我了。其实江重以前搞过竞聘上岗，只是没有落到实处，走形式罢了。一些落选的职工，都调去现场锻炼了，有些人还找到最适合自己的岗位呢！不过，大多数人还是心里不平衡，尤其是工人，他们总抱怨，干活的人少，办公室的闲人多。这些年，办公室的闲人已经减得差不多了，但是一线工人和办公室行政人员的比例还是不协调。就好比小潘，他是把好手，一个顶俩。可是有的人，弄一上午也不出活儿。你知道我家老爷子以前说什么呢？”

“三分之一！”赵心刚老实地回答。

李东星笑了：“对了，就是三分之一。老爷子说，江重三分之一的人不干活，三分之一的人干错了，剩下三分之一的人在为错误买单，加起来就是零。”

“这也是要深化改革的原因。”

“没错，好在我们在国家的指挥棒下挽救了自己。”李东星深有感触的口吻说道。

赵心刚佩服地说道：“不容易啊。江重是大国企，承担更多的是社会责任，需要养活很多人，要大家都有饭吃，而不是一味追求效益。不像我们民营小公司，必须要有效益，要有盈利。所以要尽量降低各种成本，包括人工成本。”

李东星摇头：“不，你说错了。社会责任是所有企业共同承担的，中蓝飞跃虽然小，也承担着责任。我还要代表江重，感谢你安置马莹、强子和那些老师傅呢。”

“国企工人的工资虽然低，但能为工人提供更好的福利。民营企业中的人只要干得多，相应的报酬也多，所以人们都非常积极，工作效率也高。你们是一条大船，速度虽然慢点，但能载更多的人，也能够给人提供更舒适的乘坐条件。我们是小船，快速又灵活，但是载的人少，乘坐条件也艰苦些。但不管国企还是民企，都承载着职工通过辛勤的劳动实现美好生活的愿望，还有他们背后家庭的幸福。”赵心刚想了想说道。

“是啊，不管大船还是小船，都要载着人们渡过生活的大河，到达幸福的彼岸！”李东星也深深感慨着。

这是赵心刚离开江重第一次感受到了强烈的归属感，他以为离开江重，一切都没有了，如今想来，他真是错了。只有真切体验过，才会感受到那种被认同的情感。

赵心刚心疼加敬畏地看向李东星，李东星正扬着头，看向拆得热火朝天的东厂区，他的脸上挂着一贯自信的笑容。不一会儿，李东星转过身，拍了拍赵心刚的肩膀，小声地嘀咕道："赶紧给丽丽回个电话吧，她对我一顿狂轰滥炸，手机都快爆了。"

"我会的。"两人相视而笑。

赵心刚的心暖暖的，感受到了来自远方的挂念。同时他也感受到师兄今后会更忙了。果然，李东星恢复了以往的强势，他大步走向小潘："回厂！"小潘朝赵心刚挥手，一溜小跑地追了上去……

李东星刚走，强子和几个老师傅就从胡同儿里探出头来。赵心刚看着他们那一张张质朴可爱的脸，说了两个字："回家！"

## *58*

一分耕耘一分收获，赵心刚付出了辛勤的汗水，迎来了满满的收获。他顺利地拿下江北发电厂基建项目电气仪表类的合同，全面打开了北方的电力市场。

好消息一个连着一个，江北分公司扩大了规模，马莹成了办公室的大主管，强子也成了项目部的负责人。赵心刚还邀请黄言东来中蓝飞跃参观做客，两人成了好朋友。在黄言东的推荐下，中蓝飞跃的业务做进了海重，赵心刚知道海重的形势也不好，只是比江重的日子好过些而已。赵心刚和李东丽反复沟通生产成本，并征询了覃天的意见，以很低的价格为江重供货，赵心刚真的做到了师兄口中的民营企业所承担的社会责任。他认为民营企业在追逐利润的同时，也要学会感恩，承担起属于自己的责任。毕竟，民营企业也要深入地融入构建繁荣社会的大潮，理应贡献出自己的微薄之力。

除此之外，赵心刚还偷偷地找到王连成和古师傅，无偿提供了很多仪表和电气元件。王连成理解赵心刚的心意，但是他还是找保管员将每批货物都做了登记。王连成的思想传统，他认为欠人家的，必须要还。江重也不能白白欠人家的。

赵心刚不知道王连成的心思，他关注的是李东星在江重推行的定岗定员。听说这次定岗定员是小潘主推的，小潘效仿国外的先进管理经验，在设计院和几个分厂作试点推广 KPI 管理模式。一个月下来，效果非常显著，一线工人的工资整体提高一级，大家的生产积极性很高。现在江重私底下都在传，潘助理很快就是潘主任了。

赵心刚并不这么想，像小潘这样的人才，师兄怎么舍得让他走自己的老路。这几年，江重的效益不好，职工断层厉害，年龄两极分化严重。现在除了刚进厂的新职工，就只剩下古师傅和王连成这批老职工了，中坚力量几乎都离开了，简直可以用青黄不接来形容。其中损失最大的就是外贸，当年江重的优势产品还能出口一些到南非、巴西甚至澳洲等国，现在的外贸只剩下一个空壳，一个名字而已。师兄一定憋着一股劲儿，重新搭建外贸的架子。前几天，师兄给他打过电话，咨询南方企业的进出口情况。如今国内的制造业都已经逐步回暖，又即将赶上进入世贸组织的东风，将优势产品送出国门，才是师兄最真实的想法。所以，他怎么舍得让小潘去办公室当主任呢?

这时，穿着得体的马莹送来了今天的《江北晚报》，她特意将报纸折起来，将最重要的新闻版面送到赵心刚面前。赵心刚看了大标题，立刻明白了事情的原委，江重和两家机器制造厂合并成集团，这意味着江重完成了市场机制下的公司化，“厂长”这类的行政称呼将变成时髦的“经理”。

“赵总，快看，李厂长今后就是李总了。”马莹在公司坚持称呼赵心刚的职位，有时候弄得赵心刚还怪不好意思的。

赵心刚笑道：“知道了，马经理！”马莹笑着离去，赵心刚继续看报纸。

报纸上说江重作为重机行业的标杆，自然有绝对的优势，李东星任集团总经理，全面负责新江重的具体工作。赵心刚向李东星报喜，没想到李东星在电话里的兴致不高，他说了一个坏消息——江重的上市计划暂时搁置了。因为新并入的两家公司没有彻底完成主辅分离，只能再等一段时间才重新整合并评估资产。可是江重已经没有时间再拖下去了，目前省里为江重争取到一笔陈欠多年的货款，江重正在逐步踏入正轨，炼钢分厂率先恢复了生产，就是产量不高，市场的价格也不好。

赵心刚建议李东星改变一下思路，制造行业的核心在于产品。李东星告诉他，关于研发新产品的班子会已经开过多次，班组成员都认为炼钢分厂生产的钢锭和钢坯都是普通钢种，在市场上没有任何优势。连他的岳父赵光亚都给江重出起了主意，他建议李东星上马带抽真空和吹氧功能的钢包精炼炉，与电弧炉配套，这样就可以生产不锈钢、超低碳钢等特殊钢种，而且还可以生产真空钢锭，将钢锭质量提上一个台阶，提升竞争力。这样会在很大程度上缓解炼钢分厂面临的尴尬局面，而且对今后新产品研发也有重要作用。

目前设计院在李东星的引领下正在研发新一代的磨煤机产品，其中的大齿轮需要特殊合金钢，如果能用精炼炉工艺生产，不仅质量会大幅提高，而且因为合金的利用率提高和废品的减少，还会大大地降低生产成本。只要新产品上市，江重会重新建立外贸公司。在国外，江重的销售渠道还在，依旧占据一定市场。

听着李东星讲述江重一环扣一环的复兴计划，赵心刚着急地问："那为什么不快点上精炼炉？现在的形势可不是当初平炉改电炉的时候了，古师傅和那帮老师傅都会举双手赞同。"

李东星在电话里叹气："现在的形势的确和当初不同了，但是有一点还是相同的——资金紧张呀！你知道江重的情况，现在的情况更糟，并入的那两家厂子，底子不错，产品也可以，就是人多，多得吓人啊。就算把人赶回家，也得妥善安排吧，这都需要钱！现在，我又成了受夹板气的小媳妇，一棒子打回到两年前了。厂子等米下锅，我每天都在四处找钱。不过，我早就想好了，就算从牙缝儿里挤钱，我也要上精炼炉！江重的复兴就从精炼炉开始。”

“这个……”赵心刚沉默了许久，他想帮忙，又没有实力。中蓝飞跃正处于起步阶段，现金流也非常吃力，根本帮不了师兄。而且，以他小门小户的那点钱，对江重来说也算不了什么。他知道，要自己足够强大，才能走得更远，做得更好。

赵心刚正想在电话里安慰李东星几句，窗外明朗的天突然暗了下来。

李东星在电话里说道：“是日全食。”

日全食？赵心刚握紧手机，走到窗前。窗外的天灰蒙蒙的，偌大的太阳仿佛蒙上了一层移动的黑影，拦住了所有的光明。好在那层厚厚的黑纱正在不停地移动，不一会儿，一束弥足珍贵的光巧妙地逃离了黑影的束缚，发出强烈的光芒。

天亮了！

赵心刚伸出手，感受着那道温暖的光，一语双关地说道：“师兄，你看，天总会亮的。”

李东星望着金灿灿的光，重复道：“是啊，天总会亮的。”

## 59

傍晚，华灯初上，忙碌的江北充满浓郁的生活气息，每个人都在回家的路上，赵心刚也不例外。他已经在江北买了新房，总算扎了根儿。

这里是一片肃静的住宅区，紧挨着一个小公园，每天早晚都有一群打太极拳、练气功的老人。赵心刚有自己的考量，父亲年龄大了，妹妹赵晓雅远离故乡，事业又才起步，照顾父亲的责任就落在他的肩上。他三番五次地劝说父亲来江北与自己生活，父亲都拒绝了。赵心刚实在没有办法，只能让强子、马莹轮番去劝，听说强子和几个老师傅已经去老家的路上了，也不知道父亲会跟他们来不。

赵心刚亲手为父亲布置了房间，他知道父亲睡前有读书的习惯，特意在床前安装了一个接触式的台灯，这个台灯是李东丽专门去广东中山市的一个灯具厂家特殊定制的，一共两个，送去老厂长家一个，留给赵心刚一个。对于善解人意的李东丽，赵心刚的心里总是暖暖的。

在安装台灯的时候，赵心刚接到两个电话，其中一个是李东丽打来的。每天这个时候打一通电话已经是两人心照不宣的习惯，除了三言两语的问候，大多是一天工作的总结。李东丽一边读研，一边工作，赵心刚叮嘱她注意身体，李东丽说了几句谢谢的话语，便自动切入工作主题，她告诉赵心刚根据银行的最新政策，存款开始实名制，让他赶紧来深圳一趟，处理账户信息。

赵心刚听出电话里有催促的语气，李东丽似乎话里有话，因为以往这样的问题，她总会想各种办法在当地解决，难道工厂出了问题，电话里三言两语说不清楚？赵心刚没有细问，他打算处理好江北的事情，年底去深圳一趟。刚撂下李东丽的电话，表哥覃天的电话便迫不及待地打进来。

自从中蓝飞跃起步之后，覃天已经很少给赵心刚打电话了，不是怕打扰到赵心刚，而是因为他实在是太忙了。

改革先锋的城市——深圳每天都在变化，数十个开工的高楼大厦和正在修建的高速公路都在排队等着覃天的混凝土，让覃天走上了挣大钱的道路。短短半年下来，覃天已经拥有了二十台混凝土罐车，每天忙得不可开交。现在，在深圳的路上，经常会看到写着泰辰的混凝土罐车在身边经过，覃天的泰辰和大表哥范宏的蒸馏水都成了老百姓熟悉的名字。

不过，随着泰辰混凝土公司的日益壮大，覃天的困扰也紧跟着来了。覃天在电话里对赵心刚抱怨，混凝土的生意不错，就是回款太慢，周期长。他好不容易说动甲方结款，结果甲方中途变卦，说好的货款变成了顶账车。他这次打电话来就是想问问赵心刚是否需要车，那些顶账车他都看过了，一共十多台，都是进口车。甲方告诉他想抵几辆都行，价格还算公道。

车在江北的确是个紧俏货，可是覃天说晚了，赵心刚刚定了一辆车，这几天就要去提了。另外，他还给强子的项目部定了江北当地产的面包车，哪里还需要多余的车呢？

覃天听到消息，电话里的情绪特别沮丧。赵心刚知道他的现金流一定出现了问题，他盯着眼前的新家，忽然想到前房主的话，不禁眼前一亮。

“既然有顶账车，为什么不能有顶账房产呢？”赵心刚给覃天出主意，“我最近在江北买了房子，江北的新房实在太少了，咱们国家经济发展这么快，衣食住行都发生了巨大的变化，住实在是太重要了，江北的人均居住面积还没有到二十平方米，深圳的人均居住面积也不高。到下世纪，全民奔小康，老百姓会住上更大的房子，房产资源很紧缺呢。”

“对啊，我怎么没想到呢！”覃天在电话里拍大腿，“甲方也提出可以用房产顶账，我担心不好卖，就没同意。听你这么说，我真是鼠目寸光了。还好我是打给你，如果打给大表哥，他会骂我笨的。”

赵心刚开起玩笑：“大表哥的火气这么大吗？”

“他对我火气最大，对晓雅特别温柔。”覃天故意不服气，“你还不知道吧，这个月底，晓雅就去香港工厂工作了，大表嫂会亲自带她。你们兄妹都是不鸣则已，一鸣惊人。小刚，你再不努力，就要被晓雅超过去喽。”

赵心刚怔住了，随即应道：“难得晓雅争气，我还真要努力了。”

兄弟俩又聊了几句，说些生活上琐碎的事情，赵心刚挂断了电话。晓雅去了香港，怕是一时半会儿不能回上海了，不知道强子见到父亲没有？强子临走前在他面前夸下海口，就是抬也把老爷子抬来！可是赵心刚太了解父亲了，父亲倔强了一辈子，谁能说动他呢？

一切都应了赵心刚的猜测，强子是哭丧着脸打来电话的，他说老爷子死活不肯上车，还差点把他赶出去。

赵心刚琢磨着在去深圳之前，要回老家一趟找父亲好好谈一谈。不过，在动身之前，他还有一件重要的事情要做。他看看手表，估算一下时间，拨打了一个对他来说可以用遥远来形容的号码……

## 60

周一，李东星刚开完烦躁的早会就接到了黄委员的电话。黄委员慈祥的声音让他倍感亲切，生生将一肚子的委屈和不甘心都咽了下去。

黄委员仿佛通了天眼，对李东星和江重的情况了如指掌，他主动谈到了江重未来的发展情况，李东星认真地介绍了江重接下来的重点工作目标，也没有回避因为延缓上市所面临的资金紧缺的尴尬问题。

黄委员首先肯定了李东星带领江重走出困境的决心，并鼓励他要继续前行，不能停滞不前。国家正处于改革开放的关键时期，GDP首次突破了一万亿大关，这么大的成绩，都源于每个人、每个企业的共同努力。他还毫不避讳地告诉李东星，赵心刚上周找他询问国家有没有扶植江重这类大型国企的相关政策。赵心刚认定江重的底子还在，借着这场跨世纪的改革东风，定会乘风破浪，有所作为！

黄委员语调迟缓地在电话里说道："小李啊，他还说你是个有想法、有作为、有魄力的领导，咱们国家需要你这样的好同志啊！"

李东星感动得差点落泪，他了解师弟，赵心刚是一辈子不愿张口求人的人，连他在江重实习的时候，都不愿意沾他的光，也没有搬出和岳父的叔侄关系。而且，他的父亲和黄委员有共患难的交情，他去北京多次，无论是学习还是开会，都没有主动找过黄委员。如今，他离开了江重，却为江重的前途去找了黄委员！这份恩情，他如何承受得住啊，是他亲手让他下了岗！

李东星沙哑了声音："谢谢黄委员的关心！"

黄委员铿锵有力地说道："国家的发展不能离开国之重器，国家还是很惦记你们的，有困难尽管说，我们会全力支持老国企的复苏发展！"

李东星哽咽地握紧了电话……

一个月后，江重的账目上到了一笔数额不大不小的专款。李东星特意找来炼钢公司的关云茂、王连成、古师傅和技术组的周学武。他郑重其事地说出这次会议的主题：上精炼炉！

他讲述了这笔宝贵资金的来之不易，并说出这是江重一项艰巨而光荣的任务，炼钢公司一直是江重的基础保障，有了电弧炉和精炼炉，会炼出新钢种，才能保障江重的新产品。

听了李东星掏心窝子的话，王连成激动地流下了眼泪。他坦言，赵心刚虽然离开了江重，但是他们这些留下的老家伙一定能完成任务。他们都是幸运的人，不仅参与了炼钢分厂重建英雄炉、平炉改电炉还有精炼炉所有的技改。

他们是时代的见证者啊！

会议最后，关云茂代表王连成、古师傅等老设备组的成员，当场立下军令状，就是舍了老命也要完成任务。

李东星沉重地说了一句："你们要在保障安全的基础上完成任务！"

紧接着，沉寂许久的炼钢分厂再次热闹起来，王连成和古师傅几乎以厂为家，他们还找来一些在家的老师傅回来帮忙。

这是一场别开生面的技改，每个人都把这次技改当成江重重新站起来的起点。基础工程都是关云茂和王连成带领老师傅甩开膀子自己干的，能节省就节省，连工具都是每个人从家里带来的。没有人喊苦喊累，更没有人为了争夺各自的小利益藏心思抢头功。经过所有人坚持不懈的努力，炼钢分厂终于完成了精炼炉的安装调试。

但是因为资金紧张，并没有上有关环保的布袋除尘系统，为此赵心刚曾经多次劝说李东星，还提出必要时候可以用中蓝飞跃作为担保。面对赵心刚的好意，李东星婉言谢绝了，赵心刚已经不是江重职工，他为江重做的已经足够多，不能再亏欠他了！

李东星也知道除尘的好处，可是江重还没到可以任性洒脱的程度。老国企有老国企的难处，他要带领江重同舟共济过大江，也要排除万难过险桥。江重已经在艰难险阻的夹缝中求得一线生机，他要做的就是将这一线生机无限地扩大，扩大到足够支撑一万多职工的一片天！

精炼炉送电开始炼钢的那天，江重迎来了有史以来最大的改革，李东星当场宣布了前一段定岗定员的成果。江重重新整合了下属的各个分公司，最大的变化是外贸公司重新挂牌了，任命小潘为外贸公司的经理；还调任王泽为电站成套设备公司的书记，任命从前磨煤机项目组的老组员——宋元明为电站成套设备公司的经理，电站成套设备公司彻底结束了王泽一言堂的时代。

对此王泽的意见很大，直接以身体不适为由要走。临走前，他意蕴深长地看了坐在嘉宾席上的赵心刚一眼。赵心刚稳稳地坐在那里，尽管从王泽的眼里看到了“走着瞧”三个字，他还是不气不恼地迎了过去，眼神安定，嘴角含笑。

另外，炼钢和铸造合并，成立铸钢公司，新公司将完成炼钢、铸造等一系列工序。关云茂任铸钢公司的经理，王连成为主抓设备的副经理，原铸造公司的经理——富力为主抓生产和经营的副经理。

老去的终将老去，谁也无法阻挡历史前进的脚步，一群追逐太阳奔跑的人们将以崭新的名字和面貌迎接新的世纪！

那天，赵心刚作为嘉宾参加了精炼炉的点火剪彩仪式，在场的人除了王连成和古师傅谁也不知道，赵心刚一直在默默地无偿提供中蓝飞跃的产品。在这次精炼炉的技改中，他让强子送来一套关键的氧气流量仪表，还免费提供了精炼炉上的所有压力表和温度表。

这些连关云茂也蒙在鼓里，更别提李东星了，这本是一件好事，却没想到不久的将来成了一颗引爆的定时炸弹，引发了一场众说纷纭的争议。

仪式过后，赵心刚偷偷在炼钢车间转了两圈，恋恋不舍地摸着那些有温度的设备，仿佛又做回了江重的职工，他的眼底噙满了喜悦的眼泪。赵心刚又来到那条僻静的小路，他惊喜地发现隔壁冶炼厂的大烟囱开始冒烟了，那些横在半空的管道也开始腾云驾雾了。

身负重担的老国企终于艰难地度过了大江大河，完成了凤凰涅槃！

他们终于活过来了！

那他呢？赵心刚凝视着遥远的南方……

此时此刻，中蓝飞跃收到了一封跨国律师函，李东丽正满脸焦虑地拨打着那个最熟悉的电话号码……

第十五章
Chapter 15

# 危机下的商机

## 61

天黑漆漆的，闷热得让人喘不上来气，沉寂的夜幕下突然炸开一道透彻灵魂的闪电。赵心刚精疲力竭地望着压顶的乌云，走下了火车。

因为事先没有准备，他没有买到江北直达深圳的火车票，而是从江北辗转到杭州，从杭州到长沙，再从长沙抵达深圳。

赵心刚甫一走出站台，大雨便倾盆而下，猛烈的狂风吹翻了雨伞。覃天坐着一辆混凝土罐车来接他。雨越下越大，本来不到一个小时的路程，足足走了三个小时，这让赵心刚焦躁的心情变得更加凌乱不堪。等到车子开进中蓝飞跃的工厂时，他淋透的衣服都半干了。

覃天在下车前愧疚地说了一句："对不起！我没想到会捅这么大的娄子。"

赵心刚轻轻地摇了摇头说："这不能怪你，事情总有解决的办法。"覃天尴尬地叹口气，对着混凝土罐车打出手势，罐车缓缓地驶离，消失在蒙蒙烟雨里……

得到消息的李东丽早就在办公室等待赵心刚和覃天了，当着两人的面，李东丽拿出 KS 跨国集团发出的律师函。赵心刚看了一眼，顿时明白了事情的严峻。同时李东丽也严肃地告诉他们，KS 集团指责中蓝飞跃公司生产的压力变送器、温度变送器等产品侵占了他们的自主知识产权，要求中蓝飞跃立刻停止销售律师函上所涉及的产品，并坚持追溯自己的正当权益。

KS 集团的控告让赵心刚始料未及，他接手的中蓝飞跃说到底依旧是覃天从前的电气仪表厂，公司生产的半数产品几乎完全参照了从前的产品目录，而李东丽所在的技术部开发的新一代产品正处于磨合期、试验期，还没有正式投入市场。KS 集团所提及的温度变送器、压力变送器等相关产品在市面上分为国产、进口两大类，一般国产产品的性能差、价格低，只有进口产品价格的三分之一，甚至更低。因为这些产品都已经是成熟产品，原理和组装都相对简单，关键就是核心元件集成专用芯片的电路板无法实现国产化。

当年，覃天经营电气仪表厂时，接到了电厂的定向订单，他通过大表哥范宏在香港的商贸公司找到了核心元件的进货渠道，又在江苏的一家公司订购外壳，拿回工厂组装。这一直是电气仪表厂最具有优势的产品，在传统仪表类市场占有率最大。覃天将电气仪表厂承包出去之后，承包方也是凭借这个优势产品赚了钱，才在承包合同到期之后另起炉灶的。

赵心刚接手中蓝飞跃之后，他和李东丽商量过，虽然今后以江北分公司的市场为中心，但是也不能放弃之前的老客户，所以李东丽将电气仪表厂原有的产品一律注册成中蓝飞跃的商标，继续经营之前的优势产品。

其实，走组装路线并不是稀罕事，在各行各业都很平常，尤其是在制造行业，这并不违反相关的法律法规。问题是赵心刚的生意做大了，他成功地打开了东北潜力巨大的市场，抢占了他人的蛋糕。

李东丽拿出一份调研文件，上面详细介绍了 KS 集团近年来

80% 的业务都在亚洲，具体来说就是中国。KS 集团近五年的销售额都呈现出井喷式的高速增长，他们也吃到了中国改革开放的红利。因为电力行业比其他行业更具有趋同性，只要将产品成功打入国内任何一家发电厂，那背后客户就是该国的整个电力行业。所以他们敏锐地捕捉到基础电力行业的产品将成为公司未来几年业务额的主要增长点，将目光瞄准了煤炭资源丰富的东北。本以为毫无竞争对手的 KS 集团，未料竟在半路上遇到了赵心刚。赵心刚利用过硬的产品、免费试用的方式敲开了江北发电厂的大门，在同等性能的基础上，产品的价格仅仅是 KS 集团的一半。这让 KS 集团产生了极大的忧虑。

李东丽告诉赵心刚，她和 KS 集团在华律师初步沟通过，KS 集团就中蓝飞跃几项产品的核心技术，包括芯片、外形、手抄器等附件都提出了侵权。一旦侵权成立，中蓝飞跃要赔付给 KS 集团一大笔赔偿金，公司会直接破产。赵心刚看过所有关于 KS 集团的资料，神色变得严峻。他做技术出身，熟知国外厂家对自主知识产权的保护和各国工业的实力。

工业革命的起点在欧洲。长期以来，中国都是农耕大国，并非工业大国。经过数代人的努力，尤其是改革开放这二十多年的发展，中国逐步成为世界制造大国，并且正在坚持不懈、万众一心地朝制造强国努力迈进。但是，这需要时间。以前在江重工作时，平炉和电弧炉某些重要零部件都依赖于进口。有很长一段时间，设备的进口率直接决定了工厂的水平和在本行业所处的位置。近些年，国产化的问题一直没有得到妥善解决，连他都逐渐习惯这种不平衡的供需关系，所以他根本没有想到购买核心元件进行组装会构成严重的侵权行为。

“恐怕 KS 集团不会轻易和谈！”赵心刚皱起眉头。

覃天激动地拍起了桌子：“他们是在欺负人！你们知道吗？变送器的原理清清楚楚地写在教科书上，无非就是买了块进口的电路板而已。他们口口声声说电路板有自主知识产权，可是我们也付了钱啊！当时，KS 集团多牛啊，必须全款发货，不能押质保金，连商量的余地都没有。电厂基建项目部的资金出现点小问题，KS 集团就真的不发货了！后来电厂投产，涉及备品备件的时候，KS 的货期长，一拖就是几个月。检修的专工实在顶不住了，才找到我组装这些同等性能的产品，我也是费了好大的功夫才找到进口电路板的渠道。现在他们看自己的优势保不住了，就开始秋后算账，真是太过分了！”

覃天嘟嘟囔囔地骂起听不懂的当地话，气得直跺脚。赵心刚拍着他的肩膀，安慰了几句，覃天才安稳下来。

外面的雨越下越大，昏暗的天幕仿佛被狂风掀开了盖子，引来了无底洞里看不清的洪水和浓烟，天地间陷入了浓厚的混沌。

眼前是模糊的，赵心刚的心里却透着光亮。他忽然想起江北发电厂那位范师傅的话，真切地感觉到“自力更生、艰苦创业”这八个字对于一家企业、一个国家的重要性！

既然人家找上门了，哪能轻易放弃？赵心刚转向李东丽，问道：“你怎么看？”

李东丽拿起压力变送器的样品，认真地说道：“其实，KS 集团告我们侵权，根本站不稳脚。现在的形势可不比过去了，尤其是制造行业，全球一体化正在稳步进行。众所周知，波音飞机的供应商来自全球一百多个国家和地区，完全可以说是组装的大飞机，难道要告各个公司都侵权吗？目前，我们最担心的重点其实只有核心元件。如果 KS 集团要求国外供应商停止对我们供货，会严重影响我们的正常运营。”

“那我们能自己做吗？”覃天提议。

李东丽摇头：“我们在材料和工艺等领域还处于低谷，尤其是芯片方面，不可否认，这是我们国家的短板。目前，我已经对 KS 集团的在华律师表明了我方的态度，也说出了我们的诚意，就看 KS 集团的意思了，和解是最好的结果。但是如果 KS 集团坚持打官司，我们就奉陪到底！”

经过这一年多的时间，李东丽已经完全适应了中蓝飞跃的工作，她的一举一动、一言一行都透出领导者的风范。果然，李家人都是自带光环的。赵心刚赞赏地看向李东丽：“我也是这么想的。”

李东丽苦笑了一下：“不过，也别太乐观，这种国际官司的诉讼期特别长，而且费用高，很多公司还没坚持到开庭就耗不下去了，我们要做好长期作战的准备呢。”

“放心吧，我给大表哥打过招呼了，他在香港有熟悉打这类官司的律师。”覃天撸起袖子，“我就不信了，他自己价格高，还不让别人发展，这是什么道理！”

赵心刚没有说话，又喜又忧，喜的是他的判断很准确，连跨国公司的眼睛都盯准了东北的基础电力建设；忧的是他深知这是一场没有赢家的官司，更是预见了可悲的结局——无非是中蓝飞跃和KS集团达成和解，KS集团的产品价格降低到中蓝飞跃的水平，那意味着中蓝飞跃即使可以继续走组装路线，在利润上也丝毫不占优势，只能将产品下线。那对中蓝飞跃的打击显然是致命的。

窗外的瓢泼大雨洗刷着模糊的窗，赵心刚的脸色比乌云还凝重。

## 62

经过半年多的拉锯战，赵心刚最初的推测都得到了惨痛的验证。这是一场没有赢家的官司，KS集团也很辛苦。以目前的经济形势，中国进入世贸是迟早的事情，到那时候，全世界的大门都会对中国打开，中国的大门也会同时开启。

这是世界上最大最具有潜力的市场，每家公司都想牢牢抓住机会，包括KS集团。或许他们也觉得几轮的拉锯战既无好处也浪费时间，为保住更多的市场，他们不想再与中蓝飞跃纠缠尚无定论的自主知识产权的问题，很快就撤诉了。

这对中蓝飞跃是好事也是坏事，好的是不用再为国际官司烦心了，坏的是 KS 集团调整了营销策略，以极高折扣的方式调低了所有系列产品的价格，调低后的价格与中蓝飞跃组装产品的价格所差无几。

而中蓝飞跃走的是组装路线，利润本身就低得可怜，如果再调低价格，几乎就接近成本。所以赵心刚在无奈的权衡下，选择停止组装业务。这直接影响了中蓝飞跃的正常运行，更是让常年干组装、以计件为生的一线工人非常忐忑。大家私底下都在说中蓝飞跃要坚持不下去了，赵心刚会做出丢车保帅的决定，关停深圳工厂，保留江北分公司。

这次，赵心刚终于体会到了进退两难的滋味。

从一开始就太顺了，他没有经历过执掌江重的坎坷，也没有遭遇过表哥覃天所承受的艰辛，顺利得仿佛坐上了升天的火箭，用短短两个月的时间就完成了下岗职工到创业老板的转型。覃天帮他整合了原来电气仪表厂的老底子，解决了客户的问题，后来又有李东丽的帮衬，飞速地搭起了中蓝飞跃的架子。开工第一天，中蓝飞跃就拿到了老客户的合同订单。在江北，他又有马莹、强子两口子实心实意地支持，还意外地得到黄言东和一群朋友的帮助。他用半数的努力博来了旁人全额的结果，似乎一切都是为他量身定做的一样，顺利得不可思议！

所以，今天的停产也是必然的局面。谁能保证总是顺风顺水呢？站在世纪的关口，每家企业都在寻求适合自己发展的更好的出路，师兄李东星将目光瞄向海外市场，那中蓝飞跃的出路在哪里呢？

他可不想让所有人的努力化为泡影！

赵心刚坐在小会议室里，盯着窗外阴暗的天空，那天他就是坐在这里艰难地说出“停产”两个字。当时，会议室外围满了穿工作服的工人，他们都在焦急地等待消息。散会后，工作人员悉数散去，他的情绪沮丧极了，内心很苦。李东丽拍了拍他的肩膀，仿佛给了他一块甜甜的方糖。

“泄气了？”

赵心刚默默地摇头。

李东丽劝慰道：“其实停产是早晚的事，我们研发的 DCS 正在测试阶段。即使现在不停产，将来也要为新产品让路，除非扩大生产规模。”

扩大生产规模？以目前的资金情况还支撑不了这么大的摊子。赵心刚走到窗前，猛烈的大风拍在玻璃窗上，砸出了无数个看不见的碎片。赵心刚死死盯着窗外，现在电视和报纸上都说新世纪倡导的是双赢、多赢，那怎样才能在中蓝飞跃实现呢？

他想到一个新思路：“丽丽，或许我们一开始就错了。”

“错了？”李东丽不解。

赵心刚越想越兴奋，他滔滔不绝地说出内心不成熟的想法，李东丽听得很认真，不时加以补充。会议室的灯亮了整晚，两人整理出一份中蓝飞跃未来的新出路。天亮时，赵心刚深情地拉起李东丽的手，李东丽也握紧了他的手，谁也没有一丝忸怩。

“我们一定能行！”

“一定能行！”

接下来的日子，赵心刚和李东丽分别行动，赵心刚带着名单去了香港，在大表哥范宏的引荐下，拜访了名单上负责亚太区市场的负责人。这就是赵心刚和李东丽讨论出来的办法，既然组装的路子堵死了，何不直接拿代理权呢！

在电气仪表行业，代理进口产品是很常见的事情。之前覃天在经营电气仪表厂时，进口产品的门槛很高，想拿到代理权或者是独家代理权是非常困难的事情，所以覃天当时主要销售国产和组装产品。而跨入二十一世纪，国内外的市场都面临极大的机遇和挑战，各大基建项目的进口率不断提高，国外厂家更是纷纷将中国市场视为最重要的业绩增长点。

就目前的形势来说，只要拿到性价比高的品牌就能躺赚。当然，这第一桶到第 N 桶金早被人挖走了。赵心刚需要做的是发掘极具市场潜力且还没有进入国内市场的新品牌。这非常考验一个决策者判断力的敏锐度和前瞻性。赵心刚和李东丽通过认真讨论，列出三个梯队的品牌，力争保二争三。

赵心刚经过慎重的筛选和艰难的谈判，顺利地签下七家欧美产品的代理权，其中有三家是全国电力系统的独家代理权，还有四家是东北区域的独家代理权。他还在范宏的帮助下联系到两家尚未全面进入国内市场的产品，签订了框架销售协议，成功地拿下中国大陆地区的独家代理权。最让赵心刚欣慰的是，其中一家名为 UK 集团的产品链条与 KS 集团极为相似，他们的产品还没有全面打入国内市场，但在国外具有很好的口碑和过硬的业绩，是一个非常有潜力的品牌。

赵心刚拿出一百分的诚意想与其合作，本来前期谈判很顺利，中间却出现了一点小波折。与赵心刚同时竞争的有一家香港本地的商贸公司，两家公司前期有所接触，后来因为一些条例没有谈拢，便搁置了。进入 2000 年之后，中国加入世贸的呼声越来越高，香港的那家商贸公司意识到合作共赢的重要性，又重新开启了谈判。

而这个时候，赵心刚已经用诚意打动了 UK 集团的亚太区域负责人。香港的那家商贸公司很生气，他们不知道从哪里得到中蓝飞跃被 KS 集团状告侵权的事情，以此大做文章。

可是聪明反被聪明误，他们哪里知道赵心刚在接触 UK 集团的第一天就坦诚地说出自己是江重的下岗职工，还有和 KS 集团打官司的事情，所以中蓝飞跃会付出全部的努力来推广新产品。UK 集团的亚太区域负责人迈克先生非常欣赏赵心刚的诚实。经过综合考量赵心刚的为人，他公平地评估了中蓝飞跃的综合实力、未来的发展潜力，最后，迈克先生将中国大陆地区的独家代理权签给了赵心刚。

赵心刚的心理预期只是东北区域的独家代理权，迈克先生的做法让他很惊讶。在签订合作协议后，赵心刚用流利的英语问迈克先生原因。迈克先生告诉赵心刚，他年轻的时候在南美的一家矿山工作，矿上用的大型掘进设备几乎都是江重的产品，他接触过江重的工程师，那是一群最勤奋、技术最娴熟的工程师。他坚信，赵心刚来自江重，也会和那群可爱的工程师一样做得非常好！

赵心刚感动地握紧了迈克先生的手，哽咽得说不出话来。老国企江重就是一棵参天大树，即使掉光了叶子，还是给人留下绿意繁茂的印象，为曾经的、现在的、将来的所有站在树下的人遮风挡雨。他就是其中一个，虽然离开了江重，却依然受江重的照拂。那些和他一样离开江重的人，是不是也在感谢江重这棵大树带来的最后的阴凉呢？赵心刚怀着感恩的心和满满的责任感，背着厚厚的授权书回到深圳。

赵心刚离开的这些天，李东丽也没闲着，她整合了中蓝飞跃现阶段的业务，在开发区管委会的帮助下注册了拥有进出口权的贸易公司。按照赵心刚和李东丽的计划，中蓝飞跃不能走从前的老路子，市场经济下没有一成不变的公司，中蓝飞跃想要走得更远，飞得更高，必须要根据市场和眼下的经济形势做出相应的调整。

两人重新规划了中蓝飞跃集团的框架，旗下有江北分公司、进出口公司、深圳分公司还有中蓝飞跃的工厂。每家公司拥有各自的业务和经营范围，比如进出口公司将负责拿到代理权的进口产品的全部事宜；中蓝飞跃的工厂以研发新产品和生产传统国产仪表为主，能国产化的尽量国产化，避免再次出现之前尴尬的组装产品的官司。此外，江北分公司也扩大了销售范围，除了东北，还囊括内蒙古、河北、河南、山东、山西等地。深圳分公司则主要以维持覃天之前的老客户为主，并继续开发南方的空白市场。

关于公司的重大改革，赵心刚分别向范宏和覃天征询了意见，两人都非常支持他的决定，尤其是范宏。他不仅认可赵心刚的想法，还给出了中肯的建议。他告诉赵心刚胆子要大些，他们家族每个人身上的烙印都是敢想、敢干、敢拼、敢闯！

赵心刚很感谢范宏，同时他隐约感到范宏费尽周折地支持自己和妹妹还有覃天，或许有更深更长远的想法。不过，既然范宏没挑明，他也不好多问。

赵心刚还有更棘手的事情要做，公司调整完成了，产品的问题也解决了，可是中蓝飞跃利润最好的组装产品已经停产，新产品还没有下线，只能靠售后的备品备件和传统的产品来维持日常的运营，哪有更多的钱来支撑公司的进一步壮大呢？再说公司变动这么大，投入这么多，一时也难以收回成本，这都需要强大的资金做保障。钱从何而来呢？这是直接决定公司生死的大问题，赵心刚犯了难！

范宏和覃天都表示可以帮他周转出一笔资金，被赵心刚谢绝了。他知道范宏正在筹备有机食品的新项目，覃天也准备再购买一批混凝土罐车。他们的企业也都在改革的大旗下迅速发展，他不能拖后腿。

赵心刚每天都在为钱发愁，这时候，他才彻底感受到师兄李东星的不容易。不当家，不知柴米贵，自己连不到百人的小厂都力不从心，师兄面对的是万人大厂，他是如何迈过一道又一道沟坎儿的呢？

月初刚过，赵心刚就要为月底的工资和各种费用发愁了，他感觉自己的头发都快愁白了。覃天打来电话安慰他，建议他先给一部分工人放假，等过一段周转开了，再让工人们回来。其实，赵心刚也这么想过，只是没有实施。在他看来，从什么地方省钱都不能从人工成本上面节省。

这批工人都是经过严格的培训后才上岗的，有些人还考取了技术证书，可以说他们是和中蓝飞跃同步成长起来的。企业的发展离不开人，尤其离不开技术熟练的成手。他现在还担心公司人心涣散有人要走呢，哪敢放假？再说，就算现在给工人放假，等周转好了，还能再招回来吗？如果再去招新人，又要重新培训。这么一折腾，费用会更大。所以，赵心刚打定主意，想尽一切办法，咬牙也要挺过来！

李东丽看在眼里，急在心里。她建议赵心刚去跑跑银行，深圳的银行比江北灵活，贷款条件相对宽松。可是赵心刚有点不放心，他在江北碰过钉子。像中蓝飞跃这样的民营小公司去银行贷款，如果没有熟人打招呼，信贷员不会轻易放贷，光是烦琐的手续就让人望而却步、不得不放弃了。李东丽笑着告诉他，这里不是江北，是深圳，可以亲自体验一下服务与管理的区别。

第二天，赵心刚抱着试试看的想法带着中蓝飞跃的证件连续跑了几家银行，没想到办事快、服务好，不仅审核手续简单，连信贷员的态度都客客气气。银行以服务企业为宗旨，全面地评估了中蓝飞跃的公司规模和生产情况，给出了五十万的贷款额度，赵心刚欣喜若狂，总算可以喘口气了。而且，有时候好运来了，挡都挡不住。赵心刚前脚从银行申请了贷款，李东丽的报喜电话就打进来了。

原来，中蓝飞跃在年初申请的“创新高新技术企业”通过了。按照现有规定，当地税务局给予两年的所得税减免，中蓝飞跃上了减免企业的名单，可以退税！

这是天大的好事！赵心刚从没有想过天上会真的掉馅饼。可是他仔细一想，自己的想法真是太肤浅，天上永远不会掉馅饼，这是改革开放带来的政策红利啊！

从前，赵心刚一直觉得改革两个字离自己虽然很近，却无法感受到改革的温度。这一刻，他才真正明白自己就是改革的参与者、见证者，国家在时时刻刻地关心着每一个融入改革的弄潮儿。这是世上最炙热的温度啊，暖在了心窝里，赵心刚湿润了眼睛……

## 63

钱的事情终于暂时缓解了，赵心刚的心彻底踏实下来。他来深圳有大半年了，必须要回趟江北了。不过，这一次回江北的不是他一个人，还有李东丽。

李东丽早在半个月前已经制订了先去北京参加工业产品展销会再回江北探亲的计划。对此赵心刚非常支持。其实，这半年多的朝夕相处，两人凡事有商有量，共渡难关，连食堂的做饭阿姨都觉得两人很般配。

赵心刚最近对李东丽格外上心，他在深圳待了大半年，有些晒黑了，整个人显得更加成熟。不过，他的骨子里始终透着书卷气，总被外来参观的客户和领导当成高级工程师，也就是人们常说的总工。其实他并不在乎这些所谓的名头，这些天他一直在准备一件事，他和李东丽的终身大事！

赵心刚仔细观察了丽丽，发现她爱吃大白兔奶糖，办公桌上总是放着一个大糖罐子。她不喜欢吃辣的，食堂一做麻婆豆腐之类的川菜，她就皱眉头。她平时喜欢看的书都是有关电气类的工具书。赵心刚没有追女孩的经验，显得比较笨拙，不过他知道李东丽是李家的掌上明珠，多顺着她的心意准没错。所以，他将李东丽的兴趣爱好都记了下来，尽量顺着她的性子。

但他很快发现，李东丽虽然娇生惯养，但实际上是一个明事理的职业女性。最近，李东丽忙完公司行政方面的工作，就窝在研发实验室。新产品正处于测试的关键时期，这是中蓝飞跃成立以来李东丽主抓的第一个项目，她非常用心，不敢有一点儿松懈。

赵心刚喜欢极了这个勇敢追梦的女孩，他用一整夜的时间将深厚的情感和要说的话都写了下来，第二天一早和李东丽坐上了从深圳开往北京的火车。

到了北京之后，两人直奔工业产品展销会，这届展销会最大的看点就是产品自动化程度越来越高，很多厂家都提出了人工智能的新奇词语。赵心刚和李东丽认真地做了调研，并得到了厚厚的产品样册。两人商量着有机会不仅要参加国内的工业产品展销会，还要多去国外瞧瞧，真正做到走出国门！

两人连续在展销会转了两天，临近闭幕的时候，赵心刚笑着说：“丽丽，我们又想到一处了。”

李东丽顽皮地仰起头：“那你猜我现在想什么？”

赵心刚伸出大手：“走！”

李东丽毫不犹豫地牵住那温暖的手。

赵心刚虽然来过北京很多次，但是从来没有真正地逛过，李东丽对北京的记忆也还停留在小时候的动物园。所以，两人决定利用这次机会，好好逛一逛北京，看一看祖国的首都。

两人兴致勃勃地去了故宫、天坛、颐和园、王府井等热门景点，都觉得不太过瘾。后来，李东丽提议去钻京味十足的胡同，找一找老北京的影子，赵心刚欣然同意。

次日一早，两人就去钻胡同了。北京和深圳一样都在大搞建设，好多胡同都在施工，一排排老旧的四合院几乎都动迁了，胡同口自发地形成了旧货市场。赵心刚和李东丽在地摊上淘了一大堆乱七八糟的老物件儿，这一淘不要紧，两人都上了瘾，打算继续钻胡同找地摊。

这天，李东丽用现学现卖的京腔买了一个据说是宫里娘娘装木梳的小盒子，赵心刚抢先付了钱，两人正捧着一天的收获商量着晚上吃什么，忽然，赵心刚在胡同口看到了一张熟悉的面孔。

“牛刚？”

牛刚剪去了满脸的络腮胡子，穿着不合身的浅色西装，西装明显不是他的，扣子系得紧绷绷的，袖口还短了一截。此时，他正夹着一堆资料，小心翼翼地站在一处民宅的门口，根本没看到赵心刚和李东丽。

赵心刚大踏步地走过去，一把抓起牛刚的手，激动地叫道：“牛刚！”

牛刚见到赵心刚，沧桑的脸颊僵硬了半天，干涸的嘴唇更是抖得说不出话来。

“牛大胡子！”赵心刚激动地喊出牛刚的外号。

牛刚眼底一热，夹在胳膊下的资料一股脑地掉在地上。

李东丽弯腰捡起资料，小声念道：“频谱治疗仪？不用去医院，在家就治病？”

牛刚急忙抢过李东丽手里的资料，闪烁其词地说道：“没啥，这都是学习资料！”

李东丽和赵心刚互相使了眼色，猜出了牛刚在做什么。

赵心刚像以往在江重一样，热情地揽过牛刚的肩膀：“走，牛哥，我们去吃饭！”牛刚有些不情愿，还是被赵心刚和李东丽拉进了一家东北菜馆。赵心刚点了一桌牛刚喜欢吃的饭菜，牛刚吃得很狼狈，显然，他过得非常不好！

在赵心刚再三地追问下，牛刚才说出自己的近况。原来他离开江重之后，找了几份临时的工作，都不称心。他虽然是江重的劳动模范，但他一身分拣炉料的本事只在江重有用武之地，除了江重，哪里还有适合他的工作？家人都劝他去妹夫佟老板的饭店上班，牛玲和佟老板亲自登门请他，可是他一贯看不上佟老板，加上自己又处于低谷，这种巨大的落差让他始终无法向佟老板低头。人家来过家里几次，都被他骂走了。

牛刚叹口气：“我以前说过狠话，就算饿死，也不去佟老倌儿家要饭。现在我还没饿死呢，用他可怜我，同情我？我一气之下，也不许媳妇去饭店干活。我们家就靠那点积蓄活着。”

李东丽倒了一杯热水递给赵心刚。赵心刚转给牛刚，关切地说道：“我见过嫂子，她在饭店前台收银，佟老板对她挺好的。”

牛刚双手抓住油乎乎的头发：“怪我，都怪我啊！我就不信这个邪，为啥他佟老倌儿能挣大钱，我牛刚就不行？事实证明，我是真不行，没有挣大钱的命！”

“别这样，都会好起来的。”赵心刚拍着他的肩膀安慰。牛刚的心理防线彻底垮了，他终于敞开心扉，详细地讲述了自己这段时间来的坎坷经历。

总窝在家里吃老本儿哪是长久之计，牛刚憋着一股必须比佟老板强的劲头离开江北。起初，他在同乡的介绍下在河北的一家私营小钢厂当保管员，干老本行。可是没干几个月，他就发现了问题。那家小钢厂生产的钢材根本不符合国家相应的标准。每次提料的时候，他都和技术员争论，技术员犟不过他，只得让他别多管闲事。劳动模范牛刚哪能同意？他还扬言要举报厂子生产伪劣钢材。结果人家直接开除了他，还差点打了他。周边几个小钢厂听闻之后也没人敢要他，他在火车站住了半个月，差点就灰头土脸地回江北了。

“真是不能说狠话，不能做软事啊！”牛刚连连叹气，“就在我实在坚持不住的时候，有个自称王老板的人找到了我。”

“王老板？”赵心刚指向那些资料，“就是卖这个的老板？”

“对！”牛刚指着印着治疗仪的资料，“这台治疗仪三千五百八，能治疗一百零八种病，不用去医院，在家就能给自己治病！卖出去一台，就能白送一台，还能得到两千元的奖励。王老板说这是一个发家致富的好机会，让我抓住机会，我当时就用省吃俭用攒下的钱买了一台。我合计着买一台再白得一台，如果把两台都卖出去，算上奖励，就能挣上万元，那样就能风风光光地回江北了。”

“天底下还有这样的好事？”李东丽欲言又止。赵心刚使了眼色，看向牛刚问道：“治疗仪的疗效怎么样？”

“疗效好呀！”牛刚的语速很快，详细地介绍了治疗仪的性能，讲得口干舌燥。赵心刚观察得很仔细，他发现牛刚讲话时握资料的手攥得很紧，说明他知道这是骗局，只是在努力地说服自己。

赵心刚的心里大致有数了。他很了解牛刚，牛刚身上有古师傅的倔强，有陆有为的狡猾，有王连成的实惠，也有强子的冲动，他简直就是老国企职工的代言人。如果没有这场改革的阵痛，他会一辈子守着那座“铁山”，完成人生的责任和使命。偏偏事不如人愿，他离开了那座“铁山”，手里只剩下一块摸得发亮的吸铁石。

他懦弱吗？他不仅不懦弱，甚至很坚强。他没有整日窝在家里用酒精麻痹自己，而是选择勇敢地走出去！

他严控质量的做法错了吗？他没有错！但是，在有些人眼里，他错得离谱了。作为一个曾经的江重人，他始终坚守着职业底线，严格把控着质量关，可是那些钻空子的小钢厂哪里有老国企的实在？牛刚在那里注定是个不合群的异类。在坚守和生存面前，他义无反顾地选择了坚守，所以他又一次失去了糊口的工作。

而他此时陷入了传销的圈套。他是个贪婪的人吗？他不是！脑子灵通的他怎么可能不知道治疗仪是个骗人的传销骗局呢。他实在太渴望成功，太想找个途径证明自己了。

赵心刚放缓了语气，拍拍牛刚的肩膀，轻轻地安抚道："你太累了！"

累？牛刚愣了一下，满肚子的委屈都生生地咽了下去。那只布满老茧的手无力地抚过神奇的治疗仪图片，整个人像只泄气的气球一样松懈下来。他捂住疲倦的脸，遮挡住涌出眼眶的泪，强忍着自己濒于崩溃的情绪。

赵心刚和李东丽安静地看着他，谁也没有说话。

许久，牛刚将那些资料全都扔在地上，垂头丧气地说道："我是不是很让人瞧不起？"

赵心刚摇头："我知道你的为人，我知道你是没有办法。"

"我不甘心啊！"牛刚激动地喊道，"我真是不甘心。我这好端端的国企职工、劳动模范，咋就不如佟老倌儿呢?！"

"你现在还这么觉得吗？"赵心刚从他的眼底看到一抹迟来的愧疚。

牛刚摊开空空的双手："其实，我早就不这么想了。你说得对，佟老倌儿比我们强，不，是比我强。我一出生就在江重托儿所，从小学、中学一路念到技校，毕业之后，理所当然地进了江重，成了正经的国营工，有四季的劳保，旱涝保收的工资。结婚之后，还分了房。那会儿，佟老倌儿正挑着扁担走街串巷地卖货呢。听玲子说，他刚到江北，租住在一间小平房里。冬天四处漏风，水缸里的水都能冻成冰坨子。他每天早起出去进货，啃的都是冻了冰碴子的咸菜疙瘩。那时候，你猜我干啥呢？”

赵心刚如实地应道：“你在享福。”

牛刚点头：“是啊！我正在烧得滚热的楼房里喝茶水呢，咱哥们儿哪受过那罪？后来，佟老倌儿用辛苦攒的钱盘下了咱厂子俱乐部旁边的门面，开起小百货铺。虽然是老板，可是见到谁都得赔着笑，点头哈腰，就算挨骂，也不敢还口。有一次，他被厂子几个酒蒙子打了，还是我给他送厂办医院的。”

说着牛刚叹了口气，赵心刚和李东丽都沉默着听他诉说着在心底积压已久的感慨。“这些佟老倌儿都挺过去了，人家现在享福了，我开始遭罪了，背井离乡真是很难啊！我爸说得对，有些苦，注定要吃，早吃苦，早享福。玲子跟他算对了，说起来，我也感谢他。咱们厂一大家子都在江重上班的太多了，厂子效益不好，全家的日子都不好过。我们老牛家就不一样了，玲子是风风光光的老板娘，我老弟和弟媳都在饭店干活，挣的不比江重少，还能每天吃大盘子，多好！刚才又听你们说他和玲子给我媳妇也安排了个岗位，这就是给了我们全家一碗活命的饭啊！我……我真得感谢他啊！”

赵心刚苦笑：“道理既然都懂，你也认可佟老板，为什么还出来遭罪呢？”

“我？”牛刚硬气地说道，“我就是想不通啊，凭啥咱工人阶级赶不上一个走街串巷的小货郎了?！咱们有真本事，是共和国的建设者！”

“小货郎也是共和国的建设者，靠的也是真本事，为啥就必须不如工人阶级呢？”李东丽开起玩笑，“牛哥，你的守旧思想要改一改了，这改革开放都二十多年了，现在是市场经济，不管是黑猫还是白猫，只要能抓到耗子都是好猫。”

“他……是好猫……”牛刚喃喃地低下头。

“牛刚，其实你心里早就认可了佟老板，别这么固执了，毕竟是一家人！”赵心刚说出了牛刚不敢承认的现实，接着又心疼地问道，“你今后有什么打算吗？回江北吗？”

“江北？”牛刚从口袋里掏出一张皱皱巴巴的报纸，“你看看这个……”

赵心刚仔细一看，这是江北百姓家喻户晓的《江北晚报》，报纸上有一个写着“拍卖”两个字的大标题。关于家乡的事情，李东丽也凑了过来问道：“到底怎么回事？”

牛刚满不在乎地说道：“这是我从火车站捡来的报纸，上面说，江北开了一场特别的拍卖会——拍卖人才。站在拍卖台上的都是各大国企的领导干部、高级工程师，反正都是你和李东星这样的人才。全国各地的企业都来抢人，场面特别火爆。你说，这不是耍猴吗？连那些高人都站在拍卖台上当商品卖了，我这个废品回江北还有什么出路？”

“真是太过分了！”李东丽夺过报纸，“简直是哗众取宠！”

赵心刚也气恼得直摇头：“这么做太伤人的自尊心了。等等，也许……我们可以换个角度看问题？”

牛刚攥紧了拳头：“我早想好了，炼钢的爷们儿，就是天塌下来也得站着！我要混出个人样儿，才能回江北。”

赵心刚看着牛刚，又看了看散落在地上的治疗仪资料，坚定地说道：“回江北的事情先放一放，我们还有更重要的事情。”

“啊？”牛刚没想到赵心刚会这么说，他吃惊地盯着赵心刚，赵心刚微笑着看着他，两人似乎又回到当年一起在炉料工作的情景……

## 64

天空蔚蓝，裹着花香的微风吹在脸上痒痒的，赵心刚和李东丽一大早送走了牛刚，急匆匆地坐上旅游大巴，赶往长城，这是他们在北京的最后一站。

这几天，他们协助警方办了件大事，根据牛刚提供的线索，警方一举捣毁了一传销窝点，劝阻了不少像牛刚一样的下岗职工。

关于牛刚未来的出路，赵心刚犯了难，他有意让牛刚来中蓝飞跃工作，还举了马莹和强子的例子，可是牛刚一口回绝。用牛刚的话说，他连做梦都是在“铁山”上睡觉，他这辈子只能跟“铁山”打交道，这就是他的命！赵心刚犹豫再三，拨通了师兄李东星的电话。

李东星在精炼炉炼钢的那天曾经对他透露过回江重的事情。他说手里有一个可以回江重的名额，虽然来得有点晚，还是希望赵心刚可以回江重，那样他们师兄弟又可以并肩作战。

赵心刚笑着拒绝了，如果没有中蓝飞跃他会毫不犹豫地回去，可是中蓝飞跃的舞台已经搭起来了，他不能不顾这百十来号人的饭碗。更何况江重处于转型自救的关键时期，很多人看到厂子好了，都要求回厂，闸门一旦打开，这几年沉重的代价岂不付之东流。

李东星告诉他，这不可能，因为名额只有一个，比黄金还珍贵。关于名额如何来的，他没有说。赵心刚知道师兄为他争取的这个名额肯定来之不易，或许是师兄顶着压力硬要来的，师兄说，这个名额会一直为他留着。

赵心刚是个坚守信念的人，他从未想过通过任何不正当的手段来为自己谋求私利，可是对于牛刚，他破例了，因为离开江重等于要了牛刚的命。而且，赵心刚在和牛刚的聊天中发现了一个最重要的问题，牛刚竟然没有领下岗安置款，他和古师傅一样，宁愿什么都不要，只求自己是一个普通的江重职工。

牛刚比他更需要这个宝贵的名额啊！

所以赵心刚破例了，他在打给李东星的电话里恳求让牛刚回江重上班，并说出愿意将名额让给他。

李东星在电话里的语气很沉重：“师弟，你要想清楚，江重所有的分厂都在推行定岗制，领导的职位就那么多，这或许是你回江重唯一的机会！”

赵心刚低沉地应了一声。

李东星继续劝慰道：“你人生最大的梦想不就是进江重吗？你最大的希冀不就是为江重添砖加瓦吗？师弟，回来吧。江重需要你，我也需要你！”

赵心刚的心一抖，他又想起那间透满阳光的车间，似乎又闻到了那股醇厚的钢碴味，一群老师傅在水池前捞鱼，炉子里翻滚着耀眼的钢花，穿着工作服的牛刚站在“铁山”上朝他招手。

一切都那么平淡，又那么美好。他多想跳进画面，永远不出来。可是他摇了摇头，艰难又笃定地亲手抹去了那些幻景：“师兄，牛刚比我更爱江重！没有人比他更熟悉炉料，让他回去继续守护那座‘铁山’吧。”

“你啊……”电话那头没有了声音，许久，李东星压制着说不出的无奈，“师弟，你当初为了王连成离开江重，现在又为了牛刚放弃回江重。中蓝飞跃再好，毕竟是小公司，遇到点小风小浪就会翻船，你难道就不怕？江重的平台很大，大风大浪都扛过去了，在这里你才能发挥出真正的才能和本事！你……你拒绝了这次机会能保证你今后不会后悔？”

“我怕！”赵心刚在电话里袒露了的胆怯，“我怕自己做得不够好，我怕自己不够努力，我怕中蓝飞跃会倒下。所以，我始终保持着敬畏的心在奔跑，不敢有一丁点的闪失。我知道，我离开了江重，没有师兄的照顾，没人能帮我。我能做的就是坚持，坚持，再坚持！”说着说着，他的语气变得愈发坚定，“但是我不后悔，江重不是我一个人的江重，这两个字的背后站着的是上万名职工。”

李东星在电话里长叹了一声：“好吧，你说得对。其实，江重也不是我一个人的江重。嗯，让牛刚回来吧！”

挂掉电话后，赵心刚立刻将好消息告诉牛刚，牛刚高兴得连打自己好几个耳光才肯相信这是真的，更是流下了激动的眼泪。

那一夜，赵心刚和牛刚聊了很久，牛刚兴奋得睡不着，恨不得一睁开眼就回江重去看一看他心尖儿上的“铁山”。赵心刚默默地听着牛刚的豪言壮语，他又看到了当初那个满肚子小道消息、满脸正义的牛大胡子！

临走前，赵心刚特意嘱咐他，不要再像从前那样看待佟老板了，佟老板也不容易。其实牛刚早就放下对佟老板的偏见，只是碍于情面不肯低头。离开江北的这段时间，他更是彻底理解了佟老板的不易。他终于明白了佟老倌儿不是抠门，那只是一个异乡的闯路人在毫无保障的情况下对自己的本能保护。他决定换一种更亲近的方式和这个妹夫相处，真正像一家人一样和睦地、温馨地相处。

真好，一切都应了父亲那句老话，再大的风浪也终会平静，想要成功就不能等待风平浪静，必须要迎风破浪勇敢地闯出去，每个闯路人都在这场深刻的改革中找到最适合自己的出路。比如牛刚、古师傅、马莹、强子；比如师兄、王大哥、关云茂、王泽；比如表哥覃天、妹妹赵晓倩还有大表哥范宏；又比如他和丽丽！

牛刚的事情算得上圆满解决了，而自己的事情还没有圆满呢。赵心刚摸着口袋里的信，心底装满了大白兔奶糖般的甜蜜。赵心刚的眼前浮现出那张清秀的小脸，她不就是一只可爱的白兔吗？

恰好在这时，坐在他身边的李东丽真的递过来一块香甜的奶糖，美其名曰爬长城前要补充能量。赵心刚吃在嘴里，甜在心里……

## 65

长城，是中华民族建造的伟大奇迹，象征着中华民族最坚硬的脊梁，在这里，所有英勇的誓言和美好的承诺都变成了坚硬的青砖，在数千年岁月的见证下，砌成了一道凝聚无数力量和精神的最伟大的城墙。

赵心刚打算在长城的见证下，说出对李东丽的爱！

天公作美，今天的天气着实不错，又因为是工作日，游客不多。赵心刚和李东丽刚下车就被背着照相机的师傅围住了。照相师傅以为他们是新婚夫妻，不停地介绍着最佳的照相地点。

赵心刚和李东丽没有过多地解释，算是心照不宣地同意了。在照相的时候，照相师傅一再要求两人靠得近些，再近些。李东丽不太好意思，相比之下赵心刚就显得大方多了，他揽住李东丽的肩膀，对着镜头露出幸福的笑容。

照相师傅递过照片时，还多嘴地说了一句："你们太有夫妻相了！"闻听此言，李东丽红着脸扭头就跑走了，赵心刚高兴地追了过去……

两人一鼓作气地登上一座烽火台，站在烽火台上，面对着壮丽的风景，赵心刚悄悄地蒙上李东丽的眼睛，拿出了那份精心准备的情书。

将爱写出来，是他能想到的最浪漫、最直接的办法。他把对李东丽的感情倾注在一个个平凡而滚烫的笔画里，就像一条涓涓流淌的小溪最终融入一片深不见底的汪洋大海。李东丽看着那封写满爱意的情书，既喜悦，又兴奋，还有少女的娇羞和感动。她故意转过身，不搭理赵心刚。赵心刚从身后抱住她，贴在她的耳边，温柔地表白："丽丽，我喜欢你，喜欢很久很久了。"

李东丽的心跳得很快，声音小得像蚊子："很久是多久？"

"比长城还久！"

"嗯，真……好！"

一群飞鸟自由畅快地在空中翱翔，那欢快的啼鸣声是那么的动听，仿佛是婚礼上许诺一生的誓言……

赵心刚和李东丽是手牵着手走下长城的，中途累了，两人坐在光滑的石阶上休息。李东丽舒展着双臂，做出拥抱蓝天的姿势，惋惜地说道："去年来长城就好了，那时有个世纪钟，能见证跨越世纪那一刻呢。”

“怪我，没有早点带你来这里争分夺秒地建设祖国！”赵心刚笑着拂过李东丽额前被风吹乱的头发。

李东丽放下手臂，想象着如果穿越到一年前赵心刚向自己表白的情景，微笑道：“那可是世界上最先进的卫星自动校时钟，每三万年的误差不超过一秒，是由我国自主研发生产的。”

赵心刚感慨：“是啊，以前我国底子薄，制造工业较弱，这场改革就是在不断地学习消化吸收国外的先进技术。经过这二十多年的发展，我们已经迎头赶上来了。我坚信，在这个新世纪，我们伟大的民族会实现复兴梦，老百姓会过上更好的生活，我也会让你过上好日子。”

“听起来不错嘛！”李东丽的脸上泛起淡淡的笑容，“小时候，我跟着父母去过欧洲，看着他们家家有小洋楼、小汽车，我还傻乎乎地问父亲，我们家为什么没有？父亲说，别着急，以后我们都会有，中国会给世界一个奇迹。”

“奇迹马上就要到来了，丽丽，你愿意和我一起去创造奇迹吗？”赵心刚再次吐露爱意。

李东丽温柔地靠在赵心刚的肩上：“我们还要一起见证奇迹！”

在长城的见证下，两人的手紧紧地握在一起……

说来也巧，赵心刚和李东丽在长城定了情，夜里就迎来一场世纪流星雨，这让热恋中的人格外兴奋。

回江北之前，赵心刚陪着李东丽去买东西，按照计划，这次回去，他们会公开恋人的身份。赵心刚一向比较慎重，他已经给老家的父亲打过电话，说起了自己的终身大事。他希望父亲能来江北小住一段，会会亲家，陪陪大伯。大伯已经退休，被返聘为专家，除了一周固定的时间去上班，其余时间都在家练练字、遛遛鸟。

人越老，越爱回忆，尤其爱回忆小时候的事情。这么多年过去了，一奶同胞的亲兄弟还有什么解不开的疙瘩？所以父亲这次没有犯倔，爽快地同意了。赵心刚放下电话又打给强子，拜托他去老家接父亲。没想到强子还没有出发，父亲按照赵心刚留下的地址主动找上门，比赵心刚还提前半天到江北。

赵心刚和李东丽拎着大包小包回到江北，两人在火车站前拥抱了一下，这一幕让来接妹妹回家的李东星撞了个正着。李东星犯了醋意：“真是女大不中留。”

李东丽顽皮地朝他吐舌头，赵心刚大大方方地拉着李东丽的手来到李东星的面前，说道：“师兄，我早就说过，我有喜欢的女孩了。你说得对，她很优秀！”

李东星将李东丽拉回自己的身边，一副领导的口吻：“你眼光不错嘛！”

“我眼光也不错！”李东丽开始胳膊肘往外拐了。

李东星轻轻地弹了她的脑门：“对，你们眼光都不错，就我眼光差没能早点儿看出来！”

“哈哈哈……”三人高兴地笑了。

在欢声笑语中，赵心刚偷瞄着人来人往的站前广场。今天怎么没有举牌子的大姐来问是否住宿呢？难道这兄妹两人的脑门上贴着江北人的标签？赵心刚苦笑地摇头，看来自己到底还是外乡人的气质。

三人又说笑了好一会儿，李东星就带着李东丽回家了，赵心刚也看到了来接自己回公司的强子。

去年，强子考了驾照，公司的面包车便自动归他使用了。他现在在公司里里外外都是好人缘，熟人都说他像变了一个人。只有强子自己知道，是赵心刚救了他，给了他一个施展拳脚的舞台。他每天都非常努力，觉得活就活出个人样儿来！前几天，他和马莹刚搬了新家，夫妻俩的日子越过越红火，两人都觉得只要跨过了那道自认为不可逾越的深沟，就算离开江重，人生也还是挺美好的。

戴着太阳镜的强子朝赵心刚招手，赵心刚上了车。车子才开出火车站的拥挤路段，赵心刚就接到一个陌生的手机号码，号码很顺，四个吉祥数字的连号让人一下子就能记住。

最近，不知哪里透漏了风声，中蓝飞跃在业内的势头很旺，有不少老板都想从赵心刚的手里拿下一个地区的独家代理权，还有人希望赵心刚能够转让独家代理权。赵心刚都一一回绝了，因为他在香港签订的所有合同都规定了不得私自转让代理权和分包代理权。

以他的经验，市场经济具有灵活性，也存在很多浑水摸鱼的人。他在深圳和附近的几个城市连续跑了一周的五金城，电气仪表的产品参差不齐，鱼目混珠。一个小小的压力开关从几元到几百元不等，各个都说自己的产品有市场，这是五金城心照不宣的秘密。

那质量呢？在巨大的金钱诱惑面前，谁能保证产品质量？口子一旦打开，他只能保证自己不滥竽充数，根本无法保证他人，也无法用自己的高标准去要求别人，这就是形同战场的商场。所以维护产品价格和规范市场就显得特别重要，如果为了眼前的利益私底下放开代理权，会严重影响产品的品牌价值，他不能坏规矩。

略显疲惫的赵心刚按掉了电话，没想到电话又打了进来。这回赵心刚接通了。电话那头传来袁大为久违的声音："赵心刚，连我的电话都不接！你不记得老同学了！"

赵心刚愣住了，上次袁大为联系他的时候，说自己所在的厂子宣布破产，转制为公司，他和留守的那些老师傅接手了公司，他就是公司的总经理，相当于师兄李东星当年的职位。

袁大为所在的重型机器厂虽然没有江重大，但是在煤炭采掘的大型机器领域，尤其在山西和陕西一代，还是占据一定的市场和优势的。眼下，煤炭、钢铁等行业经过深化改革，都开始逐渐复苏，市场前景非常好。都说瘦死的骆驼比马大，袁大为当了几年的鲁滨逊，他找到回家的路了吗？

赵心刚笑道："怎么能不记得你，大为，最近过得好吗？"其实他是肯定的语气，因为他从电话里听到了拉煤车咣当咣当的声音，声音很密集。

袁大为兴奋地说道："哎呀，我都没想到自己还有翻身的这一天啊，实在是太惊喜，太意外了！你说得对，改革春风会照拂所有人，只是有人早些，有人晚些，一个也不会落下。"

"哦？快说说鲁滨逊和春风的事情。"赵心刚开起了玩笑。

袁大为情不自禁地打开了话匣子，这简直是从穷途末路到天上人间的神奇逆转！

他成了公司名义上的总经理之后，公司依旧毫无起色。当初厂子破产的时候把能卖的都卖了，只留给他一些破破烂烂的厂房和闲置的老设备，还有几栋年久失修的办公楼，再也找不到任何风光的迹象，唯一能见证辉煌历史的就是办公楼里那满墙的荣誉奖状、各种资质证书，和一大堆落满煤灰子的奖杯。

他和岳父商量过，实在不行就将公司承包出去，收点租金给大家伙平分，走一步看一步。没想到事情在三个月前出现了重大转机。

袁大为在电话里的语调尤为高亢，他大声地说道："我一直听取你的建议，多看新闻和报纸。前几年，四部一委一会召开全国电视电话会议，各个部门都在坚持不懈地推进和整顿煤炭行业的生产秩序。去年，还下发了《煤炭经营管理办法》，我都背下来了，国家要建立健全煤炭经营资格审批和煤炭经营监督管理体系，基本解决了非法经营煤炭问题，使非法生产的煤炭退出市场等等。老同学，你听到了吗？这就是我的春天，我的春天来了！虽然有点晚，但是很温暖，很猛烈！"

袁大为继续告诉赵心刚，正是因为国家加大了整顿煤炭市场的力度，附近的小煤矿都面临着关矿的危险，因为必须要按照国家的相关规定且拥有符合标准的采掘和防护设备才能开矿。而这些大型的采掘和防护设备只有他们这种有资质的老厂才能做。于是，昔日里那些高高在上的煤老板纷纷求爷爷告奶奶地找到袁大为抢订设备。袁大为说没钱订材料无法生产，那帮煤老板就付全款，甚至有人宁愿付双倍的钱，只为提前收货。按照规定，早订设备，早验收合格，就能安心挖煤挣大钱。

所以在这段时间，袁大为签合同签得手软，合同的交货期都已经排到两年后了。即便这样，合同还在陆续不断地飞过来。袁大为说，他仔细算过，如果省内的大小煤矿都来签合同，他的交货期至少要排到五年后。

袁大为握着最新款的手机，感慨道："老同学，我现在算明白了，你说得真对啊！老国企是一棵参天大树，即使树枯萎了，叶子落了，但主干还在，骨气还在。我这是大树底下好乘凉啊！起初我还抱怨啥也没给我留下，现在我才知道，那满墙的资质证书、荣誉奖状和落灰的奖杯是一笔多么大的财富啊！"

"是啊，老国企都是参天大树！"赵心刚深有同感地点头，他一边为袁大为高兴，一边担心袁大为是否能承担这么多的合同订单，毕竟千万不能砸了老国企的牌子！

"公司的生产情况怎么样？"赵心刚皱眉问道。

"目前来看，还行。幸亏留下的都是老师傅，他们个个都是好手，我给每人都配了三五个徒弟，人员基本上没问题。就是设备有点吃力，你是知道的，都是老厂留下来的设备，只能对付着干。毕竟上新设备来不及了，而且老师傅也不会用，现在只能边用边修，工作效率很低。"

"那你有没有想过委托生产或者联合生产呢？"赵心刚立刻想到了江重和海重。江重和海重的底子比袁大为所在的老厂好得多，如果能和袁大为找到双赢的模式最好不过了。

赵心刚就是点到为止，他担心袁大为觉得自己在帮江重和海重抢生意，生意场上的事情，他不好说太多，避免有撬客户的嫌疑。

好在聪明的袁大为也有这个心思，他说出打电话的真实目的："老同学，你的话说到我心坎儿上了。现在这些煤老板都很精明，他们本来不符合开采条件，但是谁也不肯停产，一来检查，就拿出和我签订的合同说事。说什么订设备了，就是设备没到呢，然后继续开采。我可不想给他们背黑锅，只想尽快交货。”

赵心刚一听有门儿：“你想怎么做？”

袁大为说道：“现在都讲究共赢模式，钱不是一人挣的道理，咱懂。我琢磨着是不是把合同让出去一部分，可是人家只认咱厂的资质和牌子，不认外省的设备啊。所以我打算找江重、海重委托生产一部分关键部件，派咱厂的老师傅全程监工。算是借用他们的厂房和设备，然后再统一回老厂安装调试。你看可行吗？”

“成本呢？”赵心刚问起关键问题。

“不计成本啊！这帮煤老板富得流油，这次可是关系到他们身家性命的事情，只要能早交货，他们宁愿多出钱。”袁大为解释，“不过我也详细计算过成本，都在可控范围之内。”

“那就好！你等着，我把师兄李东星的电话和海重黄经理的电话给你发过去，你们自己谈。”赵心刚欣慰地说道，“不管成不成，我还要替他们谢谢你！”

“谢啥，这是双赢！”袁大为咬紧字眼，重复了一遍，“对了，我现在急需各种电气仪表，你赶紧派个人过来。如果可以的话，再给我介绍几个厂家，我现在缺人，缺设备，啥都缺，就是不缺钱和合同。”

赵心刚亲眼见证了袁大为一路走来的不容易，发自内心地为袁大为高兴。他忽然想到从前书信来往时问过袁大为的话：“此刻，你为了什么而活？”如果现在再问他，他会给出怎样的答案呢？

赵心刚放下手机，看着远处正在施工的高架桥和路过的工地，似乎有种身在深圳的错觉。看来江北这座弥散着工业灵魂的城市已经加快了改革的脚步，他也要加把劲，用崭新的面貌迎接新世纪了……

那将是一个新的时代！

第十六章
Chapter 16

# 惊人的轮回

## 66

李东星在班子成员会上宣读了省里下达的文件，按照政策，国家拿出三分之一，地方拿出三分之一，企业自筹三分之一，用现金买断的方式，彻底解决下岗职工的安置问题。会议室里死一般的沉寂，连呼吸都变得沉重。

李东星的声音有些哽咽，他几乎读不下去了。助理小潘及时接过滚烫的红头文件，念出一串长长的数字：江重用五年的时间，以削减三分之二的职工为代价，艰难地完成了最后的重组。厂内的职工从过去的三万多人到今天的一万多人，新并入的两家企业也由最初的一万多人减到三千人，再加上这五年陆续新招的几批大学生，现在江重记录厂籍的职工一共有一万四千六百三十二人，这是最新的数字！

会议室里的所有人包括王泽在内，大家都能感受到那一个个数字背后的艰辛和不易。

“同志们，不容易啊！”李东星反复敲打着会议桌，“不容易啊！”

关云茂实在不知道用何种方式来表达此刻复杂的心情，他激动地站起来，用力地拍起巴掌。在他的带动下，会议室响起了热烈的掌声，连王泽也拍起了巴掌。

向来作风强硬的改革先锋李东星，第一次在人前落泪……

许久，李东星擦干眼泪，拿起另一本文件夹。会议室的画风一变，取而代之的是紧张，尤其是后并入江重的那两家企业的一把手——秦铭和周励勤。

他们年纪相当，比李东星大了将近十岁，从前都在各自的企业坐稳了第一把交椅，现在低了李东星一头，心里多多少少有些别扭。但好在他们都是懂事理、识大体的人，知道这都是为了厂子和上千名职工，所以很快就接受了。可是工作一段时间下来，在管理方式上难免会有不同的看法。这是很正常的，就算是老百姓过日子，三家变一家，麻烦也不少，更何况是三家拥有上万人的老国企呢！

李东星实在太忙了，忙得一个月都没有回家，孩子都快不认识他这个爸爸了。江重好不容易活了下来，他要保住改革成果。三家企业的磨合要交给时间，交给日常的工作，他只能尽量地调节，给每个人更宽松的环境。

李东星捧起文件夹讲述了过去一个季度的生产情况，并重点强调了下一个季度的生产目标："上个季度，受袁总的委托，我们如期交了设备，回款很快。我已经让设计院按照国家新制定的行业标准优化这类产品，接下来……"

"等等……"秦铭清了清嗓子，放下冒着热气的保温杯，"我要说几句！"

李东星看向秦铭，捎带着瞄了一眼面带笑意的周励勤，心中有了几分了然。他客气地摊开双手："秦经理，这是班子会议，班子成员都可以畅所欲言，您请讲。"

秦铭不紧不慢地翻开笔记本："最近啊，厂内的风气很差，工人们都在传，袁总的活儿来路不正。谁不知道咱江重也能做煤矿行业的挖掘设备，为什么要给人家作嫁衣？不自己做整机，只做配套部件，让别人赚大头，这是什么道理？这里面是不是有什么文章？”

“没错！”周励勤也扯开嗓子，“我也侧面打听过，听说袁总有个叫赵心刚的同班同学。那个赵心刚以前是咱们炼钢的职工，李总的师弟，好像还沾亲带故的。对了，李总也是江工毕业的，那袁总不也是李总的师弟吗？”周励勤朝秦铭使眼色。

秦铭立刻默契地将话接了过去：“李总啊，你还是太年轻了，要看准人哩！现在，有人四处套什么同学关系、老乡关系、师生关系等等，都是为了挣钱。你这两个师弟，一个在明，一个在暗，表面是让江重挣钱，背地里自己挣大钱。我听说啊，人家煤矿企业原本就是要找咱们的，合同是被他们联手撬走的。他们再反过来做好人，让咱们当傻大个儿，这是什么道理？”

“就是，这件事要调查清楚！”周励勤慷慨激昂地附和，“要查个仔仔细细，清清楚楚，是不是有人勾结外人，里应外合地损害了江重的利益。”

他的话音刚落，李东星站了起来：“你们想说什么？要不是赵心刚在中间搭桥，袁总能从咱们这走外包合同吗？你们那两个分公司的下岗职工安置费从哪里来？”

“李总这话就不对了。”秦铭话茬子很硬，“谁知道这外包合同中间有多少猫腻？嘿嘿，如果咱们直接和煤矿那边签订合同，赚更多的利润，还会下岗那么多人吗？”

“老秦说得没毛病！”周励勤一副不嫌事大的口吻。

“你……”李东星强压着火气坐下，他知道厂内很多人对袁大为的委托合同有意见，而秦铭和周励勤从前的企业刚好有对口的产品，他们质疑合同，也是情有可原的。

李东星平复着不快的心情，语气微凉地说道：“放在以前，袁总这种委托生产的活儿，江重的确不接。可是，现在不是从前了，没有计划杠杆的调剂，失去国家补贴，一切都得靠咱们自己，这叫自负盈亏。以前的死脑筋要改一改了，只要不违法不违纪，还能给江重带来经济效益，谁来发包，我们江重都举手欢迎。”

王泽笑了，那笑声在沉寂的办公室里显得特别的突兀。电站成套设备公司的经理宋元明和铸钢公司的经理关云茂不约而同地瞪了他一眼。王泽丝毫不在乎别人的目光，他不慌不忙地从蓝色文件夹里抽出一份合同复印件甩在会议桌上：“还念着袁总的好，你们看看人家煤矿出了多少钱订设备吧。活是咱们干了，钱是人家挣的。”

秦铭翻开合同复印件，惊愕地张开大嘴：“天啊，你们快看看，这赵心刚从中间得抽多少油水！”

参会的班子成员立刻围拢上来，大家逐一看过合同上不可思议的价格，会议室里的气氛更紧张了。大家或是迟疑或是费解地看向李东星，等待答案。

李东星轻蔑地扫过那份合同复印件，双手抱肩，轻描淡写地转向王泽问道：“这些天，你就在忙活这个？”

“磨刀不误砍柴工，我是不想原本属于江重的利益落入旁人之手！”王泽的话说得深明大义。

一时间，会议室里的气氛陡然变得格外肃杀。大家都把目光锁定在年轻的厂长身上，仿佛有万语千言，却万籁俱寂、鸦雀无声。

李东星大笑，他以为江重经过这场撕裂灵魂的变革，艰难地走过鬼门关，就能换个天地。哪承想一切都还是原来的样子，甚至比过去更厉害。他当办公室主任的时候，在班子成员会上谁敢当面顶撞杨仁义和陆有为？现在倒好，一心为江重做事的他变成了受气的小媳妇，谁都想捏一把。这是谁定的规矩？

李东星的脸色愈加铁青，其实从王泽露出狐狸尾巴的时候，他就想整顿一下领导班子了。可是碍于陆有为的情面，他一直不忍对王泽发难。父亲说过，不看僧面看佛面，陆有为在江重最艰难的时刻倒在了江重，咱们不能无情无义。

李东星虽然对陆有为的很多做法看不惯，但是他也认定为江重鞠躬尽瘁的陆有为是条好汉，很是值得敬佩。所以，只要王泽做得不出格，就一而再再而三地由着他。而王泽却在不断地挑事，电站成套设备分厂无法独立了，他就打其他分厂的主意。难道非要折腾出去一个分厂才甘心？哼！有他李东星在，江重的分厂就一个也不能少！

想到这里，李东星拉回了思绪，他按住手中的黑色文件夹，解释道："袁总早就对我说过他和煤矿那边签订合同的金额，价格的确很高，这跟每个省份的特殊情况有关。咱们江重有自己独立的价格体系，如果纵向比较，这批委托生产的合同价格还是很不错的，最后连运费都是袁总承担的。而且……"李东星拿出另一份合同的复印件，"而且，袁总不仅找到咱们江重合作，也找到了海重。这是袁总跟海重签订的委托生产合同，合同条款里写得很清楚，由海重承担运费，运费可不是一笔小钱啊。袁总为什么给咱们江重免运费？是他喜欢咱们江重？热爱咱们江重？都不是！是因为赵——心——刚！"

"赵心刚？"会议室又开始议论纷纷。

李东星点点头："对。因为袁总说，赵心刚告诉他，江重走到今天不容易。"说着，李东星默默地将黑色文件夹里所有的文件一一摆在面前，摊开了小半面会议桌，"截止到上个季度，除去生产成本、职工工资、各项税费等杂七杂八的费用，江重的账上终于不再是负数。也就是说，我们盈利了！"

"好，真好，这多亏了赵心刚！"关云茂深有感触地说道。

周励勤不解地继续质问道："怎么又是赵心刚，他是哪路神仙？他的面子能抵十几万的运费？他这么有能耐，咋能下岗呢？"

关云茂呼的一声站了起来，怒声反驳道："赵心刚咋了？他是替我下的岗！他虽然离开江重了，但是他心里始终装的是江重！"

"真能有人……这么好？！"周励勤满脸的将信将疑。

王泽却一脸冷淡地说道："哼，以前都是同事，照顾也是应该的。"

"胡说八道！"关云茂恼火地直接指向王泽，"我算是看出来了，有人成心记恨赵心刚！成心不希望江重好！你摸摸良心，要是陆厂长今天还活着，你敢这么做吗？咱们职工连续一年多没发过工资，现在开工了，回来的职工没有一个人来要拖欠的工资。人家不要，但是咱们不能不给，那钱从哪儿来？李总说得对，咱们要换个思路，只要不违法，不违纪，委托生产也好，直接来订货也罢，我们都干。职工要吃饭，江重要生存！”

“生存就得丢面子？别忘了，江重是行业老大，要沦落到要饭吃吗？”王泽冷笑一声，“既然谈市场经济，咱就好好谈谈市场经济！市场经济讲公平竞争，袁总能拿到合同，咱们江重就不能拿吗？说到底，就是赵心刚和袁大为做了扣儿，拿江重当傻子。这件事，必须要查一查！”

“说得好！”李东星站了起来，“我同意王泽的建议，既然要严查，就查个彻彻底底！不过丑话说在前面，现在江重实行领导责任制，谁出问题谁负责，查出谁的责任，谁也不能推脱！”他刻意地看向坐在对面的王泽，如同审视着一个可悲的角色，他想不明白那个曾经一心扑在新技术改革上的业务尖兵怎么会变成这样。老脑筋必须要与时俱进，如果总是抱着过去的荣耀一再强调面子不肯低头，那江重如何能发展？

王泽毫不示弱地迎上李东星的目光，一副无所谓的样子，而秦铭和周励勤却双双陷入了深深的困惑……

## *67*

今年对赵心刚注定是个好年头，他费尽周折签来的代理产品得到了极好的推广。虽然利润低，但是市场占有量很大，几个月下来，中蓝飞跃在电力行业逐渐声名鹊起，公司营业额翻了几倍。赵心刚成了公司最忙的人，不是在拜访客户，就是在现场检查产品的运行情况，如果看到他安稳地坐在办公室里写标书，那就算是难得的休息了。

马莹和强子都劝赵心刚多休息，赵心刚却在为中蓝飞跃的未来而担忧，真应了古人那句“没有远虑，必有近忧”的话。人人都看民营老板风光，哪里知道他们背后的苦，赵心刚正在为公司产品极度不平衡而发愁。

市场的变化很快，公司的运营并没有朝着预先设想的方向良性发展，以代理产品带动国产产品的模式已宣告彻底失败。现在客户只认进口产品，国产产品的合同额低得可怜，这直接影响了深圳工厂的正常运营。再加上李东丽带领团队研发的 DCS 没有通过最终的测试，严重打击了研发团队的情绪，有技术员甚至觉得还不如直接恢复组装或者走代工 OEM（贴牌生产）的模式。李东丽的情绪也很低落，为了支持她的工作，赵心刚特意飞到深圳安慰她。

在研发实验室里，赵心刚鼓励李东丽：“千万不能因为眼前的困难而放弃研发，对于制造企业来讲，研发新产品拥有自主技术，是公司最后一道自保屏障。”

可是李东丽的心情有些起伏，她叹气道：“即使研发出国产 DCS 也没有用武之地，国产产品的市场占有率日益萎缩，人们都觉得外来的和尚会念经呢！”

“那是因为我们做得还不够好，只要产品的性能过硬，国产产品也会有市场的。”赵心刚拿出一份文件，鼓励李东丽，“你看——”

李东丽翻开文件，迟疑：“投标？”

“这可不是一般的投标！”赵心刚指着文件上的项目名称，“最近，我接触到一个电力安装公司，他们在西亚有项目，需要一批合同额过百万的国产仪表。我已经报名参加了全部的五个标段，按照以往的经验，至少会中两个标段。不过这批货的工期比较紧，工人会辛苦些。”

李东丽默默地点头，心里仍然不舒服。她之所以没有回江北的主要原因就是憋着一股劲，务必要研发出国产 DCS。

长期以来，DCS 主要都依赖进口。这些年，伴随着计算机技术的飞速发展，国内的电气仪表厂家一直都在为国产 DCS 而努力。中蓝飞跃就是其中一个，公司前期投入很大，不仅收购了一家老牌的仪表国企，还高薪聘请了工程师，可以说是不计成本。

现在，李东丽的研究生都快毕业了，还是没有研发成功。有时，她也想放弃，索性回江北嫁给赵心刚做全职太太。可是她真的不甘心！外国人能做成，咱中国人为什么不行？

除了这些民族情怀，李东丽还有自己的小考量。自从她和赵心刚确定恋爱关系，父母和哥哥都在劝她早点回江北结婚。而这个从小到大生活在光环中的女孩却暗地里有些小小的自卑，她迫切地想做出点成绩来证明自己的能力——赵心刚实在是太优秀了！李东丽不想做依附他的菟丝花，她要和他并肩前行。对于这些，赵心刚一无所知，只是很单纯地支持她勇敢追梦，还帮着她说服了老厂长一家人。赵心刚越这么对她，李东丽越觉得自己应该做出点成绩。偏偏事与愿违！李东丽瘦了一圈，小下巴都变尖了。

“还是你厉害！”李东丽的语气泛着苦涩，“研发什么时候是个头儿呀！”

赵心刚笑了，安慰道：“任何产品都有自己的定位，各有利弊。从前国产仪表在各大发电厂和工厂广泛应用，但是故障率高，后期维护费用也高。进口产品的成本高，还有关税、中间商代理费等原因，价格非常昂贵，但是质量比较稳定。现在市场变了，改革的那扇门越开越大，我们加入了世贸，关税降低了，外国企业来中国建工厂，产品成本也降低了，所以那些外国品牌势必要冲击国产产品的市场。但是这并不代表国产产品会完全被淘汰。进口产品的残酷竞争会给国内的生产制造企业带来前所未有的紧迫感和使命感，要想在市场中生存，就必须加大研发的力度和投入，在技术上、质量上不输进口产品。这也是一种倒逼式的改革。”

李东丽仔细听着，又看了看手中的文件：“是啊，不仅如此，现在还多了一条出路，国门大开，有进有出，国产产品也可以通过各种方式走出国门。各有各的市场，各有各的出路，这就是市场经济的灵活性。”

赵心刚悄悄剥了一块白兔奶糖温柔地送到她的唇边，低沉地说道：“这就对了，别灰心，产品研发是一条漫长的道路，我们还年轻，我可以陪你走到白头。”

“嗯！”李东丽含着奶糖，露出可爱的笑容……

## 68

赵心刚从深圳回来的当天，直接去了江北电力公司，他十分关心国产仪表招标的事情，怕中途出现变故。

真是怕什么就来什么，之前报名投标的三家公司不知什么原因直接放弃了投标资格，只剩下中蓝飞跃和两家从未在行业里听过的公司参加了投标。结果中蓝飞跃报价最高，直接出局，一家名为华科天来的公司以极低的价格中了所有标段。

这是从前没有发生过的事情，赵心刚反复核算了生产成本，发现华科天来公司的中标价格远低于生产成本，难道他们要做赔钱的买卖？赵心刚让强子去打听一下华科天来公司的来历和另外三家退标的原因，强子调查了两天，还没有回信儿，这更让赵心刚起了疑心。后来，关于华科天来公司的调查有了眉目，据说这家公司的老板很有背景，在江北非常吃得开。于是赵心刚又去问在江北的老朋友，朋友不愿多讲，只是哈哈笑着说出了一句“惹不起”的话。

赵心刚综合了得来的消息，心里大致有了答案。无利不起早，事出反常必有妖，以低于成本的价格中标，拿什么保证产品的质量呢？

赵心刚犯起了耿直的脾气，他本着对甲方负责的态度，想从中提醒一下。可是赵心刚碰了一鼻子灰，负责招标的工作人员误会了他的好意，以为他是来找麻烦的。

工作人员本着公平公正公开的招标原则，当着赵心刚的面公示了另外两家投标厂家的投标书副本，其中一家就是中标公司华科天来。工作人员耐心地讲解道："华科天来公司的商务标书完全符合招标条件，技术标书也通过答疑的方式全部满足了技术要求，更是符合以最低价中标的硬性指标。目前，招标结果正在单位内部公示，明天就要下发中标通知书了。"

赵心刚费解地问道："真的能保证产品质量吗？这是产品的生产成本一览表，您可以看一下。"

工作人员笑了："赵总啊，我们也有过同样的质疑，可是人家华科天来公司给出了合理的理由。他们公司之前的客户都集中在机械制造、钢铁冶炼等行业，这是公司第一次参加电力系统的投标，正是为了冲业绩，才报出低于市场的价格。放心吧，我们会严格把控质量关，感谢您的提醒。"

"原来是这样。"赵心刚尴尬地点头。工作人员开始整理标书，他无意间翻开了华科天来公司的商务标书副本。赵心刚瞥了一眼，看到一个熟悉的名字——江重。原来华科天来公司是江重的供应商，看来真是自己多虑了。

赵心刚的脸色有些难堪，工作人员误会了他的心思，以为赵心刚还在质疑招标的权威性。工作人员再次翻开标书，指着华科天来公司的各种资料说："你看，华科天来公司和你们中蓝飞跃成立的时间差不多，各种手续都齐全！"

那是一份华科天来公司和江重电站成套设备分厂签订的合同复印件，签订的时间是三年前，上面有王泽的名章。而且，标书后面还附有很多华科天来公司和电站成套设备分厂签订的合同，每个合同上也都有王泽的名章。赵心刚暗自算过时间，这些合同应该都是在改制之前签的，因为现在的江重已经转制为公司，电站成套设备分厂的名字变成了电站设备公司，负责人也由王泽改成了宋元明。

同时，赵心刚还注意到，华科天来公司的法人代表是颜红。

好特殊的名字，是谁呢？

赵心刚情绪低落地走出办公室，琢磨着如何在不影响李东丽工作积极性的前提下说出这个坏消息。的确有些棘手！

有时，人一想事就容易出错，赵心刚在走廊里等电梯的时候，顺手一按，竟然将上楼和下楼的两个按钮都按亮了。不一会儿，上行的电梯门开了，电梯里的人意外地喊出他的名字："赵心刚！"

赵心刚仔细看过去，竟然是在内蒙古基建项目部认识的朱厂长——朱建国。

朱建国现在已经是电力公司分管基建的老总了，他一眼就认出身形修长的赵心刚，并将赵心刚热情地请进自己的办公室。多年不见，朱建国的头发白了一半，精神却依旧抖擞，说起话来慷慨激昂。

他并不知道赵心刚离开了江重，以为赵心刚是来做磨煤机的技术交流的，他笑着说："小赵啊，你最好去趟黑龙江，那里将要同时开工三个火力发电厂的项目，筹备组正在筹建，前期的工作人员正在北京跑手续。如果审批顺利，下半年会开工建设。另外，内蒙古地区又要上两台600兆瓦的超临界发电机组，这次是坑口电厂，煤会直接通过皮带运输机运送到发电厂，省去了运输的费用。这些都是大项目啊，你们江重有绝对的优势！"

赵心刚尴尬地说了一句："朱总，我已经离开江重了！"

"你？离开江重了？"朱建国愣神了半天，"怪不得这些年，我只听过王泽的名字，很少听到你的名字，我还以为你转到幕后做技术了。"

"真是让朱总失望了。我现在开了一家生产国产电气仪表和代理进口产品的公司，也一直在跟电力系统打交道。只是合同额都不大，属于辅机后期招标的设备，可能朱总都没听过。"赵心刚老实地回答。

"原来自己做老板了！"朱建国爽朗地大笑，"在内蒙古项目时，我就看好你。不管做什么，技术是第一关，打关系牌都不如用过硬的技术说话。”

赵心刚点头：“谢谢朱总，我都记下了。”

“对了，你那家公司叫什么？”朱建国问道。

“中蓝飞跃。”赵心刚双手递过样册。

朱建国翻开一看：“深圳工厂？”

“对。”赵心刚说出烦心事，“近些年，新建的发电厂进口率很高。国产产品的生意不太好过，我们研发的新产品没有下线，全靠代理产品支撑运营。真是一言难尽啊！不怕朱总笑话，我今天来就是为了安装公司关于国产仪表的那批招标来的，五个标段，我一个都没中。”

“这个就说来话长了！”朱建国放下样册，语重心长地说道，“我干了一辈子的电厂基建工作，太熟悉电力行业的发展了。当年，我们底子薄，技术薄弱，全靠外国专家支援。后来，咱们自力更生，艰苦创业，硬是干出了优异的成绩。那段时间的设备哪有这么高的进口率？基本都是国产。说实话，故障率真高啊！好在我们有一大批技术精湛的检修专工，那真是风风火火讲奉献的年代，有人为了抢救国家财产甚至付出了宝贵的生命。改革开放以来，国门一开，我们才知道和人家的差距，至少落后二十年。所以，国家勒紧裤腰带，坚决要缩小差距，把生产搞上去。事实证明，这都是正确的。这些年，国家的基础电力建设位于世界前列，目前来看，机组已经全部实现了国产。”朱建国放缓语速，看向赵心刚，“小赵，你说未来会怎样呢？”

赵心刚从朱建国的眼底看到一份深深的寄托和希望，他沉思了一下，豁然开朗地应道：“每个阶段的改革都有特殊的情况和意义。不远的将来，国内的装备制造业会更上一层楼，那时候国产率会成为衡量企业标准的硬性指标。”

“你能这么想，我真的很高兴啊！”朱建国欣慰地扬起嘴角，

“放手去干吧，你们迎来了最好的年代！我全力支持你们！”

“谢谢朱总！”赵心刚感动地握住朱建国的手，烦躁不安的心逐渐平稳落地，更是对未来充满了无限的憧憬和期待……

## 69

赵心刚费了好大的功夫开导李东丽，李东丽第一次在赵心刚的面前哭了鼻子，她哭得很伤心，让人有种是因为她才导致国产产品没有中标的错觉。赵心刚像哄孩子一样逗她开心。等到李东丽不哭了，赵心刚才算松口气。两人又卿卿我我地说了些恋人间的小情话，李东丽才彻底恢复成那个自信、阳光、勇敢追梦的女孩。

不一会儿，李东星和覃天的电话先后打了进来，李东星约赵心刚晚上在佟老板新开的渤海渔港吃饭，说有重要的事情要谈。赵心刚听出师兄的语气不太对劲，难道是为了感谢他为江重拉来了袁大为那批委托加工的合同？

赵心刚沉默地挂断电话，覃天的电话紧接着打了进来。他在电话里的语气很激动，他告诉赵心刚，最近混凝土的生意好得不得了，每台罐车都是满负荷地拉混凝土，他恨不得一天用 48 个小时来工作。而且更可喜的是，顶账来的商铺、住宅都涨了价，一转手，他又赚一笔。这回，他可算找到最适合自己的生意了。

覃天打算卖掉利润越来越小的服装厂，将全部资金投入到房地产市场，准备大干一场。不过，房地产都是大买卖，他想先注册一家房地产开发公司，从小干起。可是注册的时候遇到了麻烦，注册资金起步都是上千万，他的资金不太充足。最近几天，他把能想到的办法都想了，还是差一部分。

赵心刚听出覃天的意思，覃天想拉他和大表哥范宏入伙。范宏已经同意以入股分红的形式合作，现在就看他了。

“小刚，你觉得呢？”覃天小心翼翼地问道。

赵心刚笑了，这么多年来，覃天很少在他面前开口提钱的事情，一直在默默地帮助他。做人不能忘本，这是赵心刚坚守的信念，就算贱卖产品，也要凑足覃天需要的钱数。

“我也同意！”赵心刚不假思索地应道。

“谢谢你！”覃天感动得差点跳起来，不停地在电话里描绘美好的未来。他还说等房子盖好了，分给赵心刚一套，分给范宏一套。以后，他们兄弟三人就是邻居了。覃天还信心十足地说出未来着手的计划，赵心刚听得很认真，不时给出中肯的意见。

两人越聊越开心，谁知覃天话锋一转，开始粗暴地催婚，赵心刚笑着应了几句，又巧妙地将话题引回到覃天的混凝土公司。不提还好，一提覃天满肚子委屈，他在电话里抱怨：城里处处搞建设，混凝土不愁生意，就是原料水泥总是供应不足。每次去水泥厂进货都要排长队，简直是掐脖子。

“如果水泥供应充足，混凝土公司每月的销售额还能翻一番。”

“差这么多？为什么不新建水泥厂呢？”赵心刚不解。

覃天在电话里应道：“水泥厂属于污染企业，审批困难。我听说有两家已经拿到审批手续，马上就要开工了。这都是大企业。上设备，盖厂房，建设周期至少两年以上。远水解不了近渴呀。”

水泥厂的设备？赵心刚在心里重复了几遍，好像江北附近也没有大型水泥厂，那江北开工的工地是不是也有覃天的麻烦？

赵心刚敏锐地觉察到一个巨大的商机，他瞄了一眼电脑右下角的时间，该去赴师兄李东星的约了。

赵心刚开着车一路往西，越过忙碌的公铁桥便是最熟悉的地方。如今这里少了过去的衰落，处处显露出蓬勃的生气。而佟老板新开的渤海渔港就处于这片工业地带的中心，和江重只隔了两条街。

赵心刚抵达渤海渔港的时候，正赶上饭点儿，门前的停车位都停满了。他正想将车掉头的时候，发福的佟老板迎了出来。

佟老板的生意做大了，唯一不变的还是笑脸迎客和卑微热情的语气。或许是因为相识于微时，又有牛刚的缘故，佟老板拉着赵心刚的手像久别重逢的朋友一样，说了很多感激的话语。赵心刚从他的话里听出，挣再多的钱，也不如得到牛家人的认可，尤其是牛刚的认可，现在他终于可以拍着胸脯说自己是牛家的女婿了。

“大哥回江重上班了，大嫂在老店收银。这边都是附近国企的熟客，怕见到不好。”佟老板闲聊几句，便指挥赵心刚将车停到安静的后院。

赵心刚停车之后才发现，后院的车比前院的车还多，几乎每辆车的车牌子都蒙着布套。赵心刚宴请过发电厂的一些领导，自然明白这里的隐情，他也彻底见识了佟老板的生财有道。

说句实话，佟老板真的有做生意的头脑。在江重效益好的时候，他在江重俱乐部开小百货铺。后来江重效益不行了，他就转行去商业街开饭店。现在老国企都复苏了，他又回来了。他总是能嗅到最前沿的商机，紧紧地抓住挣钱的机会！

“生意兴隆！”赵心刚微笑着说。

佟老板圆滑地应道：“我是给大家行方便！为人民服务嘛。赵总，李总也到了，他的车在那边。”

赵心刚顺眼望去，那是江重职工人人都认识的帕萨特，是师兄的专车，车牌子也被布套蒙着。

“上楼吧。”佟老板按动按钮，赵心刚这才发现，后院有两部独立的电梯。

赵心刚在佟老板的引领下来到三楼一间名为地中海的包房，屋内的装饰和摆设都遵循地中海的风格，蓝色的壁纸，复古的烛台，明亮的水晶灯，弧形的窗前还挡着蓝白相间的落地窗帘，唯一不搭的就是那台最新款的背投电视，一旁的柜子上摆放着两个麦克风和点歌本。这是江北最流行的娱乐消遣模式，边吃边唱，沟通感情。这会儿，背投电视里循环播放着港台歌星的对唱金曲。

李东星和赵心刚都不擅长唱歌，细心的佟老板便在临走前把背按电视关了。悠扬的歌声没了，空荡荡的包房里显得有几分冷场的尴尬。李东星在安静地喝茶，他招呼赵心刚坐在自己的对面。看着直径将近两米的桌子，赵心刚不禁想起多年前的那场接风宴。当时也是这么大的桌子，环境简陋得多，一张桌坐得满满的，大家挤在一起，有说有笑，现在那些人都走了，只剩下他和师兄。

赵心刚不明白，两个人吃饭，为什么要订这么大的包房，搞这么大的排场。师兄坐在他的对面，虽然只隔着一个餐桌的距离，却仿佛隔着一条遥远又陌生的银河。

李东星先开了口："开车来的？"

赵心刚点了点头："是啊。师兄，今天怎么想起来请我吃饭了？"

李东星微笑着转动饭桌上的转盘，将那盘清蒸鲈鱼转到赵心刚的面前，这是江北饭桌上的规矩，鱼是主菜，必须放在主位的面前。

不过，李东星很快发现，他坐的是主位，赵心刚坐的地方是上菜的方向，属于下坐。于是李东星想和赵心刚换一下位置，可是还没站起来，赵心刚就将清蒸鲈鱼又转回到他的面前。

赵心刚猜中他的心思："师兄，我们还用这么见外吗？"

李东星笑了，他习惯地松了松领口，端起茶杯说道："我让司机回去了，今天我开车，只能以茶代酒。"

赵心刚怔住了，师兄的葫芦里卖的什么药？在他的印象里，师兄从来不自己开车，他还以为师兄没有驾照呢。

李东星看出他的疑惑，直接从钱夹里抽出驾照："看好了，B照，能开大货车的。"

"师兄真是好厉害！难道你还想在江重的运输队挂个兼职？"赵心刚打趣地扬起嘴角。

李东星露出自信的微笑，逗趣道："这里没有外人，你不应该叫我一声大舅哥，或者堂姐夫吗？"

"姐夫大哥！"赵心刚生动地连在一起，包房里响起欢快的笑声，捉摸不透的气氛也逐渐变得轻松。

李东星又将清蒸鲈鱼转到赵心刚的面前："佟老板撬来了江北宾馆的廖大厨，这道清蒸鲈鱼是廖大厨的看家菜，招待外宾的必点菜哦，快尝尝！"

"佟老板的生意做得不错嘛！"赵心刚夹了一块鱼尾上的肉，蘸了蘸盘子里的酱汁，一口咬下去，口感滑嫩，鲜味十足。

"嗯，不错！"赵心刚竖起大拇指。

李东星笑道："你啊，当了老板，还是从前的样子。这鲈鱼啊，最好吃的地方在这里。"说着他指向了肥美的鱼肚子。

赵心刚没有言语，他习惯吃鱼尾，就像自己执拗的性格。没有鱼尾的卖力摆动，鱼儿怎能游得快呢？

李东星也吃了起来。好一会儿，李东星放下筷子，意味深长地说道："师弟，我们好久没有静下心来吃顿饭了，我很珍惜小聚的好时光。"

"的确是好时光！"赵心刚从李东星的眼底感受到一股不甘的力量，他有种预感，今天的小聚不仅是好时光，或许还是多事的时光。他太了解师兄了，师兄是标准的激进派，属于两军对垒的急先锋。师兄在江重最危险的时候接过老厂长的职务，大刀阔斧地扛起深化改革的大旗。当时很多人说他们李家是封建世袭制，还有人去市里告状。市里的领导为了保住江重，钦点了师兄的名字。从那时起，师兄为了证明自己，总是以自己的想法义无反顾地向前冲，哪怕跌倒了，弄得满身伤疤，还会站起来接着冲。江重就是在他一次次的冲锋中活下来的。

可是这样的人功劳大，争议也大。在困难的时候倒还好说，可是当走出困境，进入下一阶段，又会怎么样呢？师兄会变成下一个陆有为，还是老厂长？或许那又会是一场惊心动魄的改革。想到这里，赵心刚轻轻地转动桌子，陷入了沉默。

李东星打破寂静，他问起赵心刚和妹妹的婚事："师弟，我父母这些年的身体都不太好，尤其是我父亲中风之后，总是念叨丽丽。

丽丽是我们家唯一的女孩，我们都不舍得让她走那么远。你有什么计划吗？”

其实，婚事也是赵心刚的心病，若是以他的想法，李东丽早就回江北了。但是李东丽有自己的梦想，又处在研发 DCS 的关键时期，他不能做绊脚石。

“这要看丽丽的主意，我会劝她的。”赵心刚如实地应道。

李东星摇头：“你啊，什么事都顺着丽丽，会把她宠坏的。关于回江北结婚的这件事绝对不能由着她。”李东星压低语调，“中蓝飞跃做得再好，毕竟在南方，我就是有心，也无力照顾。你们尽快把工厂搬到江北吧，这边熟人多，你们也好办事。”

如果放在从前，赵心刚一定会一口拒绝，可是他在来饭店的路上接到了朱建国的电话，朱建国给他介绍了另一家电力安装公司，最近也有一批招标项目，他打算明天一早就去联系。这是赵心刚离开江重之后，第一次尝到“熟人”介绍的甜头，他辛苦地支撑起中蓝飞跃，费尽周折才认清市场和关系的真相。在认可技术的前提下，他口干舌燥地讲半天，都不如有关领导一个电话顶用，尤其是在江北这种关系网密集的地方。或许他早问问师兄，或者早联系朱建国，那笔国产仪表的合同就不会飞标了。想到这里，赵心刚再一次陷入了沉默的深思……

## *70*

谁没在生意场上光脚踩过尖钉子呢？

“师兄，我也计划将中蓝飞跃搬到江北，可是现在的基础还不牢固，你再给我和丽丽点时间，我们会努力的。”

李东星举起手指，露出国企领导的气派：“一年够不够？”

赵心刚犹豫了一下，最终点头：“好，就一年！”

“好！”李东星终于完成了一件久悬不决的大事，他畅快地喝了一口茶，很是开心。

“师弟啊，人算不如天算。当年，我父亲总想往炼钢安排个自己人，每年炼钢进新人，我都会亲自去接。大浪淘沙啊，淘了这么多年，只淘到你这块金疙瘩。说来惭愧，我竟然没有保住你！可是到头来，还是依赖你，我们还成了实打实的亲戚。”

“师兄，每个人有每个人的命运，我离开江重不怪你。再说，我现在也挺好的。”赵心刚迎上李东星黯淡的双眼，“倒是苦了你，听说马经理在南方发展得很好，当初你如果跟他一起走，一定比他……”

“哎！不说这些。”李东星摆手，“马经理大学毕业的时候就要去南方工作，被我爸生拉硬拽到江重。在江重他干得不顺心，既不想靠我爸，自己还折腾不过那些老顽固，他的原话是在冰火两重天的夹缝里生存，他拼命想从夹缝里钻出来。后来他如愿了，江重刚有松动，他就主动提出离职了。他是研究生，还准备攻读博士学位，现在是南方一家民营企业的总工程师，人家是挣年薪的，我哪有那个命啊！”

“你也行！”赵心刚感慨地说道。

“我这辈子只能窝在江重，当初我在领导面前立过军令状，我和江重共进退！”李东星用力地扬起手臂，盯着窗外模糊的灯火，仿佛看到那一幕幕艰辛的过往，消瘦的脸颊露出了饱经沧桑的沉重。

“都过去了！师兄也做到了！”赵心刚很佩服师兄的果断和冲劲儿。以前，总有人拿他和师兄比，他如果坐在师兄的位置，能担得起江重的责任，守得云开见月明吗？

他的答案一定是否定的。

他在江北新闻里见识了带领国企走出困境的掌门人的风采，有年轻有为的改革先锋，有肩负责任的老将，而师兄完美地结合了两者的特点，既有家长式的严厉，又有挑战技术新领域的魄力。这些年，虽然师兄只字不提自己的艰辛，但是他都懂。没有燎原的烈火，哪有凤凰涅槃的新生？就凭这些，师兄自然比他强！

现在，师兄能喘口气歇歇吗？赵心刚试探地问道：“最近咋样？江重走上正轨了吧？”

李东星摊开双手：“上个季度盈利了，铸钢冶炼的新钢种比较抢手，正在逐步推行新产品。小潘下周出国，有几个意向合同差不多了。一切都在稳步地推进。就是传统产品的竞争太激烈，这几年，民企发展得太快，老国企又都复苏了，市场就那么大。竞争型国企太难了！”

赵心刚点头：“是啊，我也在最近的几个投标项目中感受到竞争的残酷了。以往一个标段只有三四家来竞争，现在变成了五六家，最多的一次竟然有九家竞争一个标段。不仅竞争对手多了，而且投标项目的金额也降低了。从前投标的金额在百万元以上的都拆分到几十万元，甚至有些标段的合同额勉强到招标要求的最低额度。”

李东星感同身受：“这就是市场经济！风向不停地在变，企业想要生存，必须快速、灵活地适应市场。若是僵化不变或者原地不前，很快就会被率先抢到商机的同行甩下，再想要追赶，那就难上加难了。江重作为资格最老的重机制造企业，面对的竞争会很惨烈啊！”

赵心刚皱眉问道：“还是以前的老产品？”

“对。江重有很多优势产品，像磨煤机、回转窑、造球盘、链篦机等等，这些设备的国家标准都是江重参与制定的。不过，现在能做这些设备的厂家很多，尤其南方的民营企业，他们的售价比咱们低，质量也不错。咱们总不能赔钱赚吆喝吧？幸亏铸锻公司上了精炼炉，一些特殊合金的钢锭卖得不错。”李东星一直在严抓江重的生产，对具体情况了如指掌，他说出了自己的看法，“当年江重靠炼钢养活全厂，结果是小马拉不动大车，还把小马累倒了。江重绝对不能再重演历史。所以每周开早会，我都会嘱咐关云茂，不能盲目地扩大生产，提高产量。按照生产计划来，以确保安全的情况下，稳步推动生产。”

“的确如此。”赵心刚和李东星不约而同地看向对方，两人都想起了炼钢那次的蓄热室崩塌事故。每个企业都是在总结前人走过的路继续前行，血的代价太沉重了，企业的生产安全重于泰山！

“那研发新产品怎么样了？”赵心刚又问。

李东星恼火地摇头：“新产品的方向出了问题。设计院提议上大型盾构机，有人提议整合矿山挖掘设备，还有人提议上一套钢坯生产线，而我本人最看好水泥设备。我们是重型机械厂，不是炼钢厂。再说，哪有资金上钢坯生产线？这都要进行仔细调研啊！上个月，我们派出了三支市场调研队伍。等他们回来，再研究下一步的方向。对了，你想法多，说说看！”

赵心刚笑了：“现在钢材价格的走势不错，尤其是线材，大型钢厂都在上高线、轧钢等新工程。市场对钢坯的需求量很大。不过师兄说得对，江重上钢坯生产线不现实，毕竟大型钢厂的高炉加转炉，然后连铸连轧更有优势。我们生产的钢坯只是半成品，虽然量大，但利润太薄。所以还是要发挥出自身的优势，专注于机器制造和特种钢锭更好。至于盾构机的项目，将来应该会大有发展。目前国内还没有企业能自主生产这种重机装备，江重可以尝试研发。但是马上见效益是不可能的，要做好中长期的研发准备。另外，煤矿挖掘设备也是可以的，江重不是刚和袁大为合作过嘛，再加上并入江重的两家企业过去都是生产这类矿业挖掘设备的，这些现在都成了江重的好资源。除此之外，师兄看好的水泥设备的前景的确也很好。江重原本就有大型破碎机和球磨机的生产经验……”

赵心刚是有备而来，他对李东星详细讲述了表哥覃天的经历，又综合全国房地产的发展趋势和市场说出上水泥设备的优势，李东星认真聆听并思考着。

赵心刚话音刚落，李东星的主意就来了：“最近我在省里开会，有几个水泥厂的负责人找到我，他们都在落实二期工程的事情，希望我们江重能提供设备。我们一直在研究具体事宜。你说得对，全国一盘棋，每个城市都在搞建设，钢材走势好，也是这个道理。明天，我就上会研究，不能再拖了。”

“祝愿一切顺利！”赵心刚举起茶杯。

李东星也高高举起茶杯，两人相视而笑。

紧接着，两人就刚才的话题又聊到了国内的经济形势。李东星话锋一转：“一直在说江重，你的中蓝飞跃怎么样？我下午给丽丽打电话，她的情绪不太高嘛。”

“飞标了。”赵心刚苦笑了一下，“本来很有把握的合同，说飞就飞了。半路杀出个华科天来公司，截了和……我下午也劝了丽丽好半天呢。”

“华科天来公司？”李东星眉头一挑，“那家公司的法人是不是叫颜红？”

“对，就是颜红，这个姓不太多见，我好像在什么地方听过。”

“到底怎么回事？你具体说说。”李东星加重语气。

赵心刚讲述了投标的来龙去脉和去电力公司遇到的情形，他困惑地说道：“我们到中途退标的三个厂家打听过，人家只说惹不起。我也奇怪呢，为啥我们中蓝飞跃一点风声都没听到？我们惹得起？”

“你啊！”李东星摇头，“你能走到今天，真是撞了大运。生意场上的事情，哪能那么简单。你看我身边有一个生意场上的朋友吗？”

赵心刚低头想了又想，师兄身边除了自己，真的一个做生意的都没有，如果宽松地讲，佟老板勉强算是一个吧。

李东星继续说道：“父亲曾经告诉我，厂子给咱们领导发工资、发奖金、分房子，出门有司机，办公室有内勤，还报销各种费用，咱们就不能再一门心思地总想着挣钱了。咱们必须要时刻想着厂子好、职工好，咱们才好。我倒是很佩服陆有为。他虽然有些专横、霸道、爱抓权，可是他从来没有做过损害江重利益的事情，这是很不容易的。”

赵心刚很奇怪，师兄怎么平白无故地说起这些事来，做生意的人招惹他了？那自己是不是也要多注意些什么呢？想到这，赵心刚苦涩地说道："看来，我今后也要离师兄远点。"

李东星丝毫没客气："你的事，咱们一会儿说，先说说这个华科天来公司吧。我早就调查清楚了，华科天来公司是江重的供应商，你所经历的事，别人也经历过。那些受到威胁的退标厂家联合写了封举报信，就锁在我办公室的抽屉里。"

"有这样的事情？"赵心刚很惊讶。

"我一向不插手江重的采购，并不了解华科天来公司。接到举报信之后，我就上了心。这一查不要紧，原来我是江重最后一个知道华科天来公司底细的人，连牛刚都比我清楚呢。"李东星不甘地说道，"王泽的岳父姓廖，岳母姓颜，他们都在江北的金融系统担任要职。颜红是王泽媳妇廖娜的妹妹，也就是王泽的亲小姨子。颜红随了母姓，现在名下有三家公司，其中一家就叫华科天来。我敢打一百个包票，除了你和华科天来公司之外，另外一家公司也和颜红有关系，人家都是一伙的，故意留下中蓝飞跃，这就是明晃晃的挑衅！"

挑衅？赵心刚安静地听完李东星关于华科天来公司的介绍，所有的疑惑都迎刃而解了。怪不得师兄提起生意人的话茬儿，原来这里面有这么一层关系。

王泽啊，王泽！你还是当初那个跟着我坐颠簸的马车去做技术交流的技术员吗？

赵心刚的心底长出了一条布满荆棘的藤蔓，尖锐的刺芒上粘连着鲜红的血。在撕裂般的痛感中，赵心刚的眼前浮现出一张关系网。网里有很多人，有贪婪的、自私的、阴险的、狡诈的、迷失方向的、丢失初心的……他们都在网里挣扎、跳跃、互相倾轧，在反复碾轧的碎片里，赵心刚看到了最不愿意看到的一幕。

当年，他离开电站成套设备分厂，王泽主抓分厂的业务，陆有为给了电站成套设备分厂独立核算的权力。从那时起，王泽就逐步野心膨胀，背离了宝贵的初心。不久，王泽的婚姻更是一剂强力的催化剂，他迎娶了家世显赫的廖家大小姐，从此彻底踏上背离初心的不归路。

按照投标书副本上那些合同的时间来看，师兄在为江重的生存彻夜难眠的时候，王泽仗着电站成套设备分厂有独立核算权，给华科天来公司一路开了绿灯，违反了最基本的竞业和诚信原则。最后，越走越远……

“他真的会变成这样？”赵心刚痛苦地低下头。

“师弟啊，你真是死心眼！人家没找到你，是让你陪标，你就是凑数的。两家的价格直接拉低，你第一轮就出局了。”李东星气不过地说道，“这都是在江重玩剩下的把戏。我了解过，这个华科天来公司的前身是个国营小厂，破产好多年了，颜红以极低的价格买下来，继续经营。其实，那个厂子根本没有开工，她只是买个名头，从南方小厂进货然后贴个标牌，根本保证不了质量。我碍于陆有为的情面，一直没有敲打王泽。后来出于对他的保护，把他调离一把手的位置，让宋元明跟他搭班子。你知道吗？王泽的脾气大得很，一点没把宋元明放在眼里，还是我行我素、唯我独尊的做派。宋元明气不过，他找出了电站成套设备分厂从前的旧账，那真是触目惊心啊。我们的职工在等着米下锅，他王泽竟然敢采购高出市场价格一倍的仪表，良心让狗吃了？陆有为要活着，也得骂他是小瘪犊子！这次，我必须要和他彻底摊牌！”

“师兄是想……”赵心刚吃惊，师兄会怎么做？

“让他自己选择。”李东星脸色一紧，“江重正在全面起航的阶段，领导班子出了问题，不利于发展。采购多年来本身就有些厘不清的乱账，而他联合颜红的这件事又确实很高明，虽然目前还没有给江重带来特别巨大的损失，但是苗头是存在的。我念及最后的情面，打算给他一个自己选择的机会。否则，我就要向国资委的调查组举报了。”

赵心刚顿时懂了，师兄是想让王泽主动离开江重，可是王泽会知难而退吗？

“他是个聪明人！”李东星板着脸，一语中的。赵心刚从未见过这样的师兄，他无声地端起茶杯，抿了一小口，苦涩的味道冲荡在他的舌尖，原来茶已经凉了。

包房沉寂下来，水晶灯里发出明亮清冷的灯光，屋内似乎真的有了几分地中海风格的影子。赵心刚有些吃不下了，他缓缓放下刻着渤海渔港字样的筷子。李东星贴心地给赵心刚盛了一碗炖成奶白色的蘑菇汤。

“还有一件事。”李东星转动桌子，将汤碗转到赵心刚的面前，“是关于袁大为那批委托合同的。”

赵心刚目光一滞：“不是已经交货了吗？连货款都结清了！”

李东星笑了：“你知道得蛮清楚嘛，上周袁大为刚刚付清货款。”

“袁大为告诉我的。”赵心刚微笑，“他知道我和师兄的关系，每次打款前都会告诉我。”

“还有这样的事？”李东星目光沉了下去，他不动声色地说道，“今天早会上，王泽拿出袁大为和煤矿那边订货的合同，价格的确很高，比袁大为告诉我的价格还要高。班子成员都在闹情绪，他们怀疑……”

李东星没有说下去，他一直紧紧盯着对面的赵心刚。

赵心刚怔怔地看着李东星，内心一片寒凉，师兄是在怀疑他和袁大为有对缝交易联手赚江重的钱吗？赵心刚的内心充满了说不出的悲伤、费解、委屈、无奈……唯独没有愤怒！

赵心刚从李东星的眼底看到了迫切的希望。师兄实在太爱惜自己的羽毛了，容不得旁人给自己抹上任何污点。他明知道自己和袁大为没有任何交易，也必须亲自求证，亲耳听到！他何必让师兄不放心呢？

赵心刚直视着李东星的双眼，语调平和地说道：“师兄，你放心，你能坚守的底线，我也能坚守。如果需要我配合调查，我会全力以赴。”

李东星笑着站了起来，稳健地走到赵心刚的面前，拍了拍他的肩膀："我信你！"

赵心刚的眼底划过一丝不露痕迹的疏离，他喝了一口茶，真的很凉。

晚餐也就着这杯凉茶结束了。李东星走出包房，赵心刚跟在后面，想去结账。身穿工作装的大堂经理说李总已经签过单了。

签单？赵心刚想到后院那些蒙着车牌子的高档小汽车，看来，各打各的小算盘，一切都是惊人的轮回，估计牛刚又要开始骂娘了。

赵心刚和李东星道别，两人各自开车离开了灯光闪耀的渤海渔港……

夜愈加深了，孤独的夜空下是饱含热度的工业大地。赵心刚开着车沿着昏暗的小路围绕江重走了一大圈，最后停在西门大邮筒的前面。

铸钢公司的老厂房里灯火通明，厂房周围弥漫着烟雾，电弧炉正在嗡嗡隆隆地演奏世间最美的乐章。

赵心刚一时迷了眼，或许是心情太过激动，他竟然咳了起来，好半天才缓过来。这时候，赵心刚才意识到是污染太严重了。上精炼炉的时候，他曾经建议师兄配套布袋除尘系统，可师兄说江重现在太虚，还没有力气考虑不影响吃饭的东西。

可是饭吃饱了，人生病了怎么办？

赵心刚随手一划，车载广播响了起来，一位女主播怀着无比骄傲的心情播出一条振奋人心的消息："北京取得了 2008 年奥运会的申办权……"

赵心刚急忙调大了声音，广播里传出国际奥委会主席的声音："The Games of the 29th Olympiad in 2008 are awarded to the city of-Beijing!"然后是一片欢呼的声音！

北京！奥运会！赵心刚简直无法形容内心的喜悦！

突然，远处传来鞭炮声，马路对面升起一团暖暖的光芒，晃着赵心刚的眼睛。那光里似乎有真实的自己，也有遥远的未来。起初，赵心刚以为自己哭了，可是他的脸上并没有泪水。是那片烟雾太重了，不仅模糊了黑夜星空，模糊了对面的居民楼，模糊了隔壁建筑工地开工的塔吊，也模糊了他的视线。

赵心刚一时百感交集，他既为祖国能获得举办盛会的资格而由衷地高兴，同时也无比强烈地渴望着湛蓝的蓝天、飘逸的白云，还有那纯净的空气……

第十七章
Chapter 17

# 谁解其中味

## 71

申奥成功，加入世贸……华夏大地的喜事一件连着一件，每件喜事的背后都暗藏着无数的商机，影响着一群又一群在大风潮里勇敢行进的闯路者。

中蓝飞跃也迎来了自己的喜事，李东丽和团队研发的 DCS 系统经过严格测试，达到国家的相关标准，成功地申请到了专利。这是中蓝飞跃集团拿到的第一个自主知识产权的产品，在行业内引起极大的反响。

最可喜的是在某个发电基建项目的 DCS 系统招标会上，投标的五个厂家，有两个国外厂家，其余三家全部是国内厂家。一切都应了朱建国对未来的期待，国内企业正在努力致力于自主技术的研发，不远的将来，国内的装备制造业会更上一层楼，那时候国产率会成为衡量企业标准的硬性指标。

中蓝飞跃的销售额也以井喷式的发展迈上了高新技术企业的新台阶。为此，媒体针对中蓝飞跃做了一期专题报道。在镜头面前，赵心刚说出中蓝飞跃未来的工作目标——开展环保工程的业务并计划在江北开设分厂。

这是赵心刚和李东丽用两个月的时间做出的方案，两人都觉得随着经济的发展，环保迫在眉睫，用环境换 GDP 的时代已经过去了。在未来经济发展的大潮下，电力、钢铁冶炼等重污染行业将成为重点整治对象。这些企业都将进行一场彻底的环保技改。

赵心刚的动作很快，他重新调整了集团业务，将 DCS 的业务和出口贸易公司留在深圳，国产仪表的生产和环保工程业务转到江北。

起初，李东丽担心在江北开厂有困难，政策不如南方灵活。赵心刚的一席话打消了她的顾虑，原来江北紧跟形势，早就成立了江北经济开发区，他亲自考察过，开发区已经进驻了很多企业，而且都是外商独资和中外合资的大企业，目前民营企业还不多，这对中蓝飞跃来说是个好机会。

“对我们也是好机会！”赵心刚温柔地跪在李东丽面前，拿出一枚镌刻爱意的钻戒。李东丽含着热泪戴上钻戒，有情人终成眷属！

赵心刚和李东丽这对恋人也终于回到割舍不开的江北。赵心刚在大伯赵光亚的引荐下，拜访了江北经济开发区管委会的李主任，李主任是赵光亚带过的学生。他对赵心刚的环保项目非常支持，立项为江北经济开发区的重点扶持项目，不仅大力配合，还跑前跑后地帮忙，从拍地、盖厂房到各种行政审批手续都开了绿灯，几乎一路畅通无阻，更让赵心刚惊喜的是中蓝飞跃还拿到了低息贷款。

江北也变了，不再是以往那样慢慢腾腾、死气沉沉的，开始渐渐展露出它的活力。

金秋十月，中蓝飞跃江北分公司终于挂牌了。那天，赵心刚请来了见证自己成长的恩人、师父、工友、朋友、合作伙伴等。在剪彩仪式上，赵心刚发表了一段感人肺腑的致辞，深情地讲述了他和江重不舍的缘分，又说出创业的艰辛和对梦想的坚持。

“我一路跌倒，一路爬起来，再跌倒，再爬起来……直到走到今天，我要感谢生命里相识的每一个人，包括我的对手！”

赵心刚在人群里看到一张熟悉的面孔，是离开江重的王泽。

王泽现在是华科天来公司的法人，他整合了颜红名下的三家公司，还顺利地拿到 KS 集团的独家代理权和某进口品牌 DCS 的区域代理权。现在华科天来公司的产品链、客户等和中蓝飞跃有了很多交集。两家公司已经在江北交手多次了，经过几轮投标的较量，华科天来公司成为中蓝飞跃最大的竞争对手。这次，他花大力气着手开展环保工程的业务，王泽怎能不来？那封邀请函还是赵心刚亲自送给王泽的。

赵心刚再朝人群望去，发现王泽已经不知去向。

再回首时，赵心刚感受到一道急切的目光，李东星正瞄着站在他身边的丽丽。赵心刚很清楚，一年的期限到了，他在催婚。赵心刚早有打算，连措辞都准备好了。他当着众人和各大媒体的面，主动牵起李东丽的手，大声宣布了婚讯。

第二天，江重研发的水泥设备宣布试验成功，同时还成立了水泥设备公司，凤凰涅槃的老国企和冉冉升起的民企新星同时上了江北各大报纸的头版。

不过，多年以后，人们再回忆起这段往事，只记得赵心刚和李东丽的婚讯和李家是最大的赢家的传闻。没人记得从前的种种恩怨、艰难和风雨。从那以后，赵心刚成为江北知名的下岗再创业的优秀民营企业家。果然，人都是健忘的。

赵心刚和李东丽在渤海渔港举办了盛大的婚礼，结婚之后便和老厂长夫妇住在一起。女儿是父母的小棉袄，自然贴心些，李东丽并没有做全职太太，她又开始了漫长而艰巨的研发工作。

赵心刚也比以前更忙了，江北的工厂建起来，成手的工人总是招不上来，这让他很犯难。后来，还是岳父李肇业帮他解决了难题。

李肇业给他引荐了江北装备技术学校的刘校长。刘校长了解到中蓝飞跃的困境，给出了定向培养的建议。

赵心刚有些不懂："定向培养？"

刘校长点头："就是你们中蓝飞跃根据自己的用工情况，制定出各个工作岗位的用人标准，我们学校可以根据你们的需求，实行订单式培养。这是目前江北一些职业技术学校最新的招生模式，参考了德国的'双元制'，既是在校学生，又是企业的学徒工；也参考了国内某知名家电企业的'双师制''师带徒'等成功经验。目前来看，招生火爆，企业的反馈也很不错。"

赵心刚兴奋地说道："这太好了！"

刘校长感慨地说："江北的制造业已经全面复苏，很多企业都来招人。可是很快的，有一半的学生要么不干了，要么被企业辞退了。据我们了解，大部分是因为不胜任企业工作。而那些留下的学生，企业也是经过二次培训学习才能实际上岗工作。一来二去，我们明白过来，学校也需要转变思维，不能再像从前那样让学生们关门读书，我们职业技术学校培养学生毕业后直接面向企业，那我们干脆就按企业的实际需要来，实行订单式培养，企业要什么，我们的学生就学什么！"

赵心刚紧紧握住了刘校长的手，他深刻地体会到江北这座骨子里流淌着工业血液的城市，真的变了！

刘校长还告诉他，江北很多企业的职工年龄有很大的断层，除了年纪偏大的，就是小年轻儿，作为企业骨干的熟练技术工人很少，主要是因为前些年的下岗，熟练技术工人去外省谋生，没再回来。所以小年轻儿必须要很快顶上去，年纪大的老师傅也要发挥余热，多带徒弟。

"这说明年轻人有很多机会！"赵心刚抓住了重点。

刘校长点头："是啊，机会总是留给有准备的人！"

## 72

今年是李东星最扬眉吐气的一年，国家出台了关于振兴东北老工业基地的一系列措施和利好的优惠政策，江重乘着东风奔上了光明的大路。李东星本人还被评为省里的改革先锋，成为新一代改革派年轻干部的典型。江重更是全面开花，外贸公司接连拿下三个大订单，江重的牌子再次走出国门，为国争光。电站成套设备公司和水泥设备公司也连传喜讯，接连中标。作为基础保障的铸钢公司也是稳定地保证铸钢件的生产和新钢种的产量，为其他分厂提供有力的保障。

一时间，行到水穷处的境遇彻底远去，李东星再也不用愁眉苦脸地坐看云起时了。江重上市又重新提上日程。

不过，复苏之路才刚刚起步，江重的流动资金依然很紧张。主业的负债率居高不下，生产成本尤其是人工成本也在不断地增加，李东星每周都能收到要求涨工资的意见信。总的来说，面临的形势依旧严峻。

李东星不敢有丝毫的懈怠，每天都辗转于江北的各大银行找贷款。其实，他有时非常想不通，江重已经稳步推行分配制度改革，职工工资已经有了大幅度的提高，怎么还是有人不满意呢？

真是谁解其中味啊！是人的贪心不足吗？

现在，无论李东星走到哪里，听到最多的就是买房，看到最多的就是建筑工地。江北整座城市都成了一座等待开发的大工地，四处都在盖房子。从前，江重的邻居都是曾为行业排头兵的老国企，现在倒好，排头兵都在卖闲置的厂房和土地，江重都快被建筑工地包围了。

李东星的气不打一处来，可有什么用呢？江重的东厂区不也卖了吗？江北有八百多万的常住人口，二百万的国企职工。从前，大家都靠单位分房。从去年开始，国家下发相关文件，明确表示取消单位的福利房，一些入厂的年轻职工只能买新开发的商品房居住。

东厂区那片刚盖起来的新房是他们的首选。李东星也动过心，他去售楼处打听过，新房的价格可不便宜，三千多一平方米，最小的户型60多平方米，一套下来就得二十来万。这对他来说都不是小数，更别说一线的职工了。除了房子之外，很多东西都在不断地涨价，虽然工资是涨了，但物价也涨了，钱还是不够花，难怪职工要求涨工资。那时李东星还不知道，有一个经济学名词会在几年之后家喻户晓——通货膨胀。

工资再涨，也赶不上房价物价涨，江重也没有全面调高职工工资的能力。重机制造业的利润其实是很低的，有的项目弄不好就要亏损，说出来都没有人相信。

经历过那场痛彻心扉的过往，李东星意识到，打铁还需自身硬。为了江重的未来，李东星打定主意一定要研发新设备，争取先发优势，竞争对手少，利润才能有保证。于是李东星瞄上了更大的项目——盾构机。

盾构机，全名叫盾构隧道掘进机，是隧道掘进的专用工程机械，广泛用于地铁、铁路、水电等隧道工程。

最近，电视和报纸都在报道南方某些省会城市修建地铁的新闻，将来江北也会修建地铁。目前国内还没有一家重机企业能够自主研发盾构机，江重必须抢占先机。

之前，江重派出的市场调研团队对盾构机做过详细的调研。盾构机很复杂，完全自主研发的难度很大，关键是周期会拖得很长，李东星与设计院多次讨论之后，决定先与国外公司合作，引进技术，然后在此基础上研发。碰巧欧洲一家公司对江重的合作条件有意向，李东星想亲自去谈谈，找寻最佳的合作模式。

李东星对未来充满了信心，觉得一切都在朝好的方向发展。人逢喜事精神爽，没想到出国前，还有一段惊喜的小插曲。

在江重的一次固定资产盘点的会议上，细心的财务人员发现当年被陆有为卖掉的东厂区还有一块土地保留在江重账上，那片地在一条已经废弃了的贯穿厂区的铁路北面，因为位置太偏，一直没有利用。江重以前家大业大的，没人在意那点地方，久而久之就没人记得了。

陆有为当年和房地产开发商签订的土地转让合同上明确标注的土地红线范围是铁路以南。从地理位置上看，这片地与另一家企业挨得更近，不知情的人都以为是那家企业的地。

买了东厂区土地的房地产开发商，赚得盆满钵满，想乘胜追击，继续围绕已经开发的地块规划一个更大的楼盘作为二期。按照计划，二期开发的地块为铁路以北以至市政道路，并将废弃的铁路拆除，与一期构建成一个大园区。为此，开发商找到那家企业，希望买下这片土地。那家企业也是效益不好，正想卖了土地好在开发区重建并进行装备升级，于是就痛快地出让了土地。但是谈到铁路以北这块地时，他们一脸蒙，直接说这不是他们的。开发商立刻傻了眼，找来找去才找到正主。

现在的江重已经不是几年前的江重了，那时房地产也没有现在的热度，江重也急需救命钱，所以草草地贱卖了土地。现在底气十足的李东星和开发商经过几轮的谈判，最终，开发商付出一笔不小的资金买下了那块地。价格高出当年的五倍。这是因为房地产市场的火热提升了土地的价值。

李东星在签订合同的瞬间，忽然想通了一件事，一件大事……

## 73

赵心刚在办公室仔细阅读了关于电力体制重大改革的新闻，并将“厂网分开、主辅分离、输配分开、竞价上网”这十六个字重点圈了起来，按照文件上的指示，国家将整合电力资产，成立五大发电集团。

赵心刚敏锐地觉察到未来的商机，五大发电集团都会加紧布局，抢占市场，他在公司紧急召开了会议，调整了公司的运营计划。

不出两个月，一个又一个的好消息传来，和电力系统沾边的行业都吃到了改革的红利，中蓝飞跃也不例外。只是李东丽的日子不太好过，她主推研发的环保设备非常不顺利，进展尤为缓慢，赵心刚为此接连收购了两家环保企业，全盘接纳了技术人员，希望能够帮助李东丽。

不过，就在中蓝飞跃艰难地寻找出路的时候，王泽却过得意气风发、风头无二。华科天来公司拿到了国外环保设备的代理权，凭借知名的品牌和良好的性能，在火电厂迅速铺开，得到极好的推广。

这是赵心刚意料之中的事情，即使没有王泽，也会有其他公司抢占市场。每家公司的情况不同，发展方向也不同，他始终记得那句民营企业也要有责任感的话，更记得朱建国对设备国产率的预言。

罗马城不是一天建成的，他要做的还有很多。

这些天，赵心刚除了忙工作上的事情，还有一件烦心事。关于他的父亲——赵复亚。

妹妹赵晓雅已经回到上海开始筹备分厂的事情，根本无暇照顾父亲。父亲老了，赵心刚多次想将父亲接到江北生活，岳父、岳母、大伯也帮着劝，可父亲死活不同意，坚持一个人在老家生活。有几次，父亲还和赵心刚发了脾气，直接将他关在门外。赵心刚费了好大的功夫赔礼道歉，父亲才让他进门。从那以后，赵心刚很久都没在父亲面前提来江北的话了，但是他也没打算放弃。父亲倔，赵心刚更倔，这本就是一对倔强的父子！

一晃入了夏，老天爷赏了两场淋漓痛快的大雨，算是缓解了火辣辣的闷热。赵心刚借着周末休息的时间，带着怀有身孕的李东丽回老家探望父亲。

父亲得到他们要来的消息，特意起个大早将家门口那段坑坑洼洼的路填满了碎沙石，还扫出一块宽敞的空地方便赵心刚停车。

临近中午，太阳当头，赵心刚开着新买的雅阁回到老家。这些年城市变化很大，它在快速地变高、变大、变漂亮。农村也在变，柏油公路通到了村口，很多人家盖了新房，甚至盖了二层小洋楼。

村里建了一个文化广场，像城里的人们晚上去跳广场舞一样，这里一群男女老少聚一起扭热热闹闹的秧歌。路边安装了路灯，晚上不再是黑漆漆的。这些都是好的，而另外一些就差了，甚至有些变化不是人们愿意看到的，比如从前的青山绿水，不再那么透亮了。

赵家门口原来有一条清澈的小河，春暖花开的季节，河里有一团团像棉絮般的青蛙卵，还有手指大小的麦穗鱼和小河虾。年幼的赵心刚最爱在河里摸鱼捉虾了。这些年，小河的水质逐年变差，鱼虾都没了，河水也逐年变少。几年前，上游开了家养鸡场，很多污水都排到河里，河水里又多出一股腥臭的味道，河里的生物基本绝迹了。再后来，上游相继开了养猪场、化肥厂，河水的颜色变得越来越黑，气味也越来难闻。再后来，村里的井水也受到了污染，有股怪怪的味道。

为了让村里的百姓喝上放心水，赵心刚给村里捐了一笔款，打了口百米深井，安装了泵和管道，给每家每户接上了自来水。家里的那口压水井立在那里成了摆设，如今已经变成最孤独的守望者。

赵心刚将车停在干净平坦的门口，领着李东丽进了家门。这是李东丽第一次来赵家，她的步子很慢，显得有些局促。赵心刚笑着说："都已经上了贼船，还怕什么？"李东丽担心自己不会干农活，不会做饭，让公公看不起。赵心刚指着李东丽微微显怀的肚子："今天，你做好孕育赵家下一代的任务就够了。"李东丽假装生气地捶了赵心刚一下，两人说笑着走进院子。

赵复亚正坐在院子里的老压水井旁扒苞米，这会儿苞米刚灌浆，正嫩。院子里的土灶已经收拾妥当，大铁锅里添满了水，就等着苞米下锅了。

"爸，我们回来了。"赵心刚心疼地喊道。李东丽也甜甜地叫了声"爸"。

赵复亚急忙放下手中扒了一半的苞米，宽宽的额头上挤满了褶子："快，去屋里坐，凉席都铺好了，我马上点火做饭。"

“我来做吧！”赵心刚接过他手中的苞米，“爸，我们难得回来，让我们尽尽孝心。”

“是啊，爸！”李东丽也拿起一根扒好皮的苞米，认真地择起细细的苞米须子。

赵复亚怔了一下，僵硬的手臂缓缓从空中划过，他连连点头说“好”，苍老的脸上闪过几分深情的感动。

“我去给你们拿马扎儿。”赵复亚将手在身上蹭了两下，蹒跚地走向柴棚，从里面拿出两个小马扎儿，让赵心刚和李东丽稳稳地坐下。

李东丽继续扒苞米，不一会儿，洗好的苞米直接下了锅。赵心刚去丰收的小园里摘了一筐圆滚滚的紫茄子，又在锅里撑起了一个铁箅子，箅子上放着切成四瓣的紫茄子、土豆，一小盆淘好的生米，还有一碗拌了油葱花的农家酱。这叫“一锅出”，有让人一辈子总惦记的儿时味道，也是农村的家常菜。饭菜同锅，既省时又省力，很有农家特色。

赵心刚放好最后一瓣紫茄子，盖上了锅盖。他还学着母亲从前那样，在锅沿底下盖了一圈柔软的白屉布。这是母亲从隔壁刘奶奶家学来的，刘奶奶是关里人，喜欢吃面食，对蒸东西很有心得。盖圈屉布能更好地封闭蒸汽，蒸出的东西更有味道。

“可以点火了！”赵心刚擦了擦额头上的汗。

赵复亚恍惚地看着那一圈儿白屉布，寂然地搓了搓粗粝的手指，划着一根火柴。伴随一缕无形的黑烟，干燥的松枝渐渐烧了起来。赵复亚又往灶坑里塞了一把松枝和两根胳膊粗的干柴，火越来越旺，大铁锅里发出咕噜噜的声音，空气里弥漫起久违的香气……

这是难得的休闲时光，一家人坐在一起聊聊家常，赵复亚异常地健谈。赵心刚尽量回避着到江北生活的话题，一直在聊过去的趣事。坐在老井旁的赵复亚很配合，不知道是故意的，还是糊涂了，他在儿媳妇李东丽面前根本没给儿子留情面，一股脑地将赵心刚童年的糗事翻个底儿朝天，逗得李东丽笑个不停。她还打趣道："没准啊，我肚子里也是个淘气包呢。"

赵心刚接她的话："淘气的孩子聪明，就像……你一样！"

"我才不淘气！"李东丽扬起小脸，"你才淘气。是不是，爸？"

赵复亚一本正经地点头："没错，小刚干的淘气事几天也讲不完。"

李东丽抓住了理儿："这回服气了吧！"

赵心刚欢快地大笑："服气，对，我淘气，我淘上了天……"

赵复亚听着两人幸福的笑声，习惯地朝空空的腰间摸了一把。他都忘记了，为了怕熏到怀孕的丽丽，他今天特意将烟袋锅藏起来了。赵复亚反复地抚摸着斑驳的老压水井，空落落的胸口似乎填得满满当当，比啃了十根苞米还撑哩。

活着真好！哪怕只有他一个人！

赵复亚揉着浑浊的双眼，缓缓地站起来，吆喝出少有的欢快语调："吃饭喽！"

## 74

农村的天黑得早，太阳刚落山，透亮的星星便来催夜了。李东丽累了一天，早早就躺下了。可是天气闷热，蚊虫太多，她辗转反侧睡不着。赵心刚担心点蚊香熏到丽丽和肚子里的孩子，便拿起大蒲扇为她扇风赶蚊子。

好在父亲赵复亚早有准备，他搬出一盆夜来香，放到赵心刚住的屋子外。夜来香夜间会散发出浓郁的香味，但蚊子却很讨厌这种香味，所以有些人就在室外养一盆，既不会让人吸入香味过多，又能驱蚊。赵心刚喜出望外地将花摆到窗根儿下，不到一刻钟的工夫，屋里飘起隐隐的香气。渐渐地，传来李东丽睡熟的鼾声。

这时，屋外传来父亲刻意压制的咳嗽声，赵心刚向窗外望去，父亲正孤独地坐在院子里，他的头顶上空是漆黑的夜幕和满天的繁星。陪着他一起看星星的只有那口孤零零的老压水井。

原来父亲每晚都是这么度过的！

赵心刚的心里充满了愧疚和自责，他轻轻为李东丽盖好夏凉被，怀着复杂的心情走了出去。赵心刚从柴棚里拿出那个有年头的小马扎儿，无声地坐在父亲的身边。

赵复亚的怀里抱着抽旱烟的烟袋锅，他将浸满烟油子的烟袋锅在地上敲了敲，沉闷地问道："丽丽睡啦？"

"嗯……"

赵心刚顺手从父亲手里接过装旱烟的小盒子，搓了一小撮烟叶放进圆圆的烟袋锅里。赵复亚点了火，用力地吸了几口，烟袋锅里燃烧起一层暗淡的火光。随即，赵复亚又是一阵剧烈的咳嗽。

赵心刚关切地拍打着父亲瘦弱的背："爸，少抽些。实在忌不了，就别抽旱烟了，我给你买香烟抽。"

"不，不用了……"赵复亚平复着呼吸，又抽了一口，他一语双关地说道，"人老了，习惯了，改不了！"

"爸！"赵心刚欲言又止，咽下了嘴边的话。

夜更深了，四周静悄悄的，不时传来蛐蛐儿的叫声，还刮过一阵凉丝丝的小风。父子俩不再说话，满天的星光零零碎碎地散落在两人的身上，一切都那么安详。

一杆烟后，赵复亚将烟袋锅在地上敲了敲，放在一旁。他莫名地说道："丽丽是个好姑娘，好好对人家！"

"嗯。"赵心刚知道父亲是另有所指，"爸，晓雅回上海了，她有男朋友了。"

赵复亚目光一顿，直勾勾地看向赵心刚："啥时候的事，她咋没告诉我呢？男方是做啥的？"

赵心刚笑了，父亲果然是在惦记妹妹，他回答道："我也是刚刚知道的。听晓雅说，她男朋友是上海光华大学的高才生，目前在一家外企上班。”

赵复亚满意地点头：“听着倒不错。晓雅这孩子心比你还野哩，咋认识人家的？”

这个嘛……赵心刚犯了难，不知道该不该对父亲说实话，思想守旧的父亲能接受新奇的潮流吗？毕竟连他自己也是想了好久才接受的。

这要从赵晓雅回到上海说起，她不仅要筹备上海新厂的事情，还要在江南成立一家主推有机食品的公司。之前范宏已经在江南等地考察，圈定了几个有合作意向的农业项目。赵晓雅要反复调查这几个农业项目，并逐一敲定合作细节，促成最终的合作，担子非常重。赵心刚担心妹妹工作累，得不到良好的休息，便想给她在上海买套小公寓居住。

可是赵晓雅坚决不要，她说这段时间要辗转上海和周边的城市，总是出差，非常忙碌。等公司的架子搭起来，运行相对正常，她再考虑在上海相应的地方稳定下来。暂时租房就行，方便又灵活，关键大表哥范宏还给报销租金！

赵晓雅的理由如此充分，赵心刚也不好反驳。其实赵心刚心里清楚，妹妹是不想花他的钱，她想通过自己的努力，过更好的生活！她和丽丽都是勇敢追梦的女孩，鸟儿终是要振翅高飞的！所以赵心刚遂了妹妹的心愿，不再提买房的事情。

赵晓雅通过以前的同事，顺利地在繁华地段租到了满意的房子。这是一套二居室的套间，两人合租。每个人拥有独立的卧室，共用客厅、厨房、卫生间等。据说这是一线城市最时兴的租房模式，主要是因为房价涨得太快，租金高，再加上年轻人工资有限，又喜欢热闹，便催生了各自承担一部分房租的合租房。

起初，赵晓雅第一次说起合租的事情，赵心刚很好奇，随之又担心，妹妹毕竟是女孩子，他担心安全问题。为此，赵晓雅安慰他，说自己是走南闯北的女汉子！而且还有房产中介对合租房的租客进行严格的把关。赵心刚还是放心不下，他隔三岔五就给妹妹打电话，还让李东丽打。那段日子，赵晓雅最怕接到这两口子的电话了。

不过，有一天出了岔头，赵晓雅一整天没有接电话，赵心刚急得差点直奔机场去上海。好在傍晚下班的时候，和妹妹同租的男室友接通了电话。男室友的话里夹带着浓重的上海口音，他告诉赵心刚，赵晓雅的电话落在家里了。

赵心刚这才放心，他又在电话里聊了几句，发现这个上海男孩回答得很得体、很礼貌。他客套地说了一些拜托照顾妹妹的话语，便挂掉电话。当时，丽丽还开玩笑地说可能近水楼台先得月，他也没往心里去。

一直以来，妹妹的婚事是赵心刚的一块心病，口上不急，心里惦记。他总觉得母亲不在了，父亲年纪大了，他理应照顾妹妹。老厂长说他比李东星更像家长，赵心刚不以为然，全天下的哥哥都疼妹妹，谁让他就这么一个妹妹呢！可是每次一提，赵晓雅就转移话题，输的总是他。

今天一早，赵心刚从江北开车回老家，在高速公路的服务区接到了赵晓雅的电话。他以为妹妹要从老家带东西，没想到赵晓雅一开口就说："哥，我恋爱啦！"

赵心刚以为自己听错了，直到电话里传出一个上海口音的男声，他才恍然大悟。

还真是近水楼台先得月！年轻人的世界，他真的看不懂。

"要珍惜眼前人！"他在电话里严肃地说。

赵晓雅笑嘻嘻地回复他："就像你珍惜嫂子那样！"

夜晚微凉的风徐徐吹来，赵心刚犹豫了一下，还是决定告诉父亲实情："他们俩合租一套房子时认识的。"

"合租？"赵复亚疑惑地看向赵心刚。

赵心刚想了半天，觉得父亲年龄大，还是举个恰当的例子，省得他误会。

“对，是合租，就像以前村里的大队，东屋租出去卖化肥，西屋租出去卖种子。两家共用厨房，共用一口井。”赵心刚指向父亲身边的老压井。

以前的村大队？赵复亚愣了好一会儿，终于明白赵心刚想要表达的合租的意思。他不禁摆动着粗糙的老手，念叨道：“我们从前去外地住宿，不就是一个大通铺住十来个素不相识的人吗？现在变了，这不认识的男女都能住在同一个屋檐下了。”

“爸，人家各自有独立的卧室。”赵心刚解释，“我仔细打听过，那个小伙子叫宋可乐，比晓雅大两岁，年纪相当，挺好的。就看两个人的缘分了，缘分到了，水到渠成。”

赵复亚点头：“是啊，你结婚了，晓雅再有了依靠，我对你妈总算有个交代。”说着，他望向墨蓝的夜空，浑浊的眼底透出深情的留恋，他努力地寻找、寻找，再寻找，终于看到那颗只有自己看得见的星——每晚陪他说话的那颗星。

“你和晓雅都是咱们老赵家的骄傲啊！我一出门儿，村里人都得夸上几句。”赵复亚欣慰地盯着远处，沧桑的老脸露出被岁月挤压的寂寥。这让赵心刚带他回江北的信念更加坚定。

“爸，我和晓雅都不在你身边，你还是跟我去江北吧。”

“我哪儿也不去！”赵复亚又扔出这句话。

赵心刚急了：“爸，我每次回村，村里人都夸我有出息，就像你说的，我和晓雅是咱们老赵家的骄傲，给你长脸。可是我丝毫没有感到骄傲，只有内疚、羞愧，甚至难为情。我算哪门子有出息，我在城里开公司，住大房子，我的父亲却一个人住在这间四十多年的老房子里。生病的时候，身边连个倒水的人都没有。我实在是……”赵心刚哽咽得语调都颤抖了。

赵复亚依旧仰望着那颗属于自己的星星，平淡地说道：“小刚啊，在爸的心里，你是最孝顺的孩子。”

“爸，我求您了。”赵心刚像小时候向大人索要糖果那样，紧紧拉住赵复亚的衣角，“爸，跟我回江北吧。要不，我就从江北回来照顾你。”

“不行！”赵复亚的声音突然变得凌厉，连墙角的蛐蛐儿都吓得不敢唱歌了。他用力地抖落赵心刚的手：“以后，不准有这种想法！”

赵心刚见父亲生气了，急忙软了口吻，采取温情攻势：“爸，我不回来，你就跟我去江北。我想过了，哪怕在江北住半个月，回老家住半个月也行。现在的交通很方便，高速公路可快了，反正不能让你一个人在家过。”

“我就是不去！”赵复亚坚定地重复。

“爸，你咋这么固执呢？现在就咱爷儿俩，你倒是说说，为啥不去？”赵心刚执着地追问。

“你啊……”赵复亚长叹一口气，幽暗的目光一寸寸地从远处落了下来，眼底一片黯然，缓缓说出自己的其中味。

“我走不动了，只能守在家里，守着一辈子的记忆活着。就像这口老压井，即使不出水了，也得钉在这里。如果挪窝了，可能就活不长了。”赵复亚默默地摇头，“所以，我哪儿也不去，我和这口老压井一起守在这里。”

父亲的话让赵心刚不知所措，他以为父亲无法适应城里的生活，不想给他找麻烦，才不同意去江北。他实在是太肤浅了，这么多年，他还是不懂父亲的心。

“爸……”赵心刚深情地呼唤。

赵复亚又拿起烟袋锅，那暗淡的火光一闪一闪地蠕动着，装满了对过去岁月的追忆。这是他第一次在赵心刚面前讲述这段年轻时的经历。

“我啊，从小就是班上的第一，甩第二名至少一个堡子远。可是赶上高校不招生，我无法像大哥赵光亚那样光明正大地考大学去城里念书。一气之下，我就跑到南方，想闯出一番自己的事业，可是世事难料啊！”

赵复亚抽了一口，继续说道："我遇到了很大的挫折，差点被抓进去。在最心灰意冷的时候，我遇到了你的母亲，她当时背着满满一书包的书。她说，不想受家里的拖累，也想闯出去！我们当时决定用一枚硬币决定命运，如果是正面，就留在南方，再苦也要走下去；如果是反面，就回东北，再难也要熬下去。"

赵心刚心头一沉："所以，你们回东北了？"

"是啊，是反面！"赵复亚的语调变得沙哑，"村里人都说我娶了一个娇滴滴的南方媳妇。平淡而艰苦的日子磨平了我和她不将就的棱角，磨光了当年的雄心壮志，谁也不再说出去闯的话。认命的女人还好过些，不认命的男人就完全失控了。巨大的心理落差让我变成了另一个人，不停地怨天尤人。好在你母亲的心态好，总是能包容我，我们生了一双聪明的儿女，日子一天比一天好。可是我不甘心啊！我不甘心就这么过一辈子，直到你母亲过世，我才知道，最应该抱怨的是她，可她已经不在了……"

赵复亚的嘴里吐出一口烟，他感慨地说道："我和你大伯不对付，其实我是羡慕他、嫉妒他！凭啥他能幸运地考上大学，轮到我，啥都没有了，连考试的机会都没了。还有你母亲……"他的眼角涌出两行热泪，"我是为了救她，故意将那枚硬币翻了过来。可是后来，我后悔了。我后悔翻了那枚硬币，如果我再咬牙带她在南方坚持几年，熬过最苦的日子，她就不用千里迢迢地来冰天雪地的东北了。她也不会落下哮喘的病根儿，这都怪我、怪我啊！"

"爸，这不怪你。"赵心刚轻柔地慰藉伤感的父亲，"我妈说过，人就像一颗种子，落在哪里都能生根、发芽、开花、结果，只要仰起头看太阳。"

"不，你不懂。你和晓雅赶上改革开放的好政策，生活在最好的年代。你们要珍惜，要努力，闯出个样儿来才对得起这个风风火火的时代啊！"赵复亚沙哑着嗓音，"你们大胆去做你们的事业吧，就让我留在这里，守着这个老房子、这口老井，还有和你妈一辈子的记忆。”

“爸……”赵心刚已经泪流满面。

赵复亚又抬起头仰望天边那颗闪亮的星，寻找着心灵的寄托……

夜更加深了，老压井的影子重叠在破败的地砖上，父子安静地坐在院子里，重温着两代人的故事和梦想。

第二天，赵心刚带着李东丽从老家回到江北，张罗的第一件事情就是给父亲赵复亚盖新房。为此，大伯赵光亚举双手支持，他想等返聘的合同到期，回老家陪父亲一起居住。人老了，讲究落叶归根。记忆深处里那小时候的家，终究要回去！

为了父亲住得舒适，安度晚年，赵心刚亲自画图，还借鉴了国外乡村住宅的特点，设计了一套带采暖、卫生间、阳光房和新风系统的漂亮的二层小楼。很快，图纸画好了，经过几次改动，赵心刚打印出效果图送到父亲面前。

赵复亚一开始反对，他还不舍得那栋老房子。但那个老房子实在太旧了，已经成了危房，赵心刚说以后丽丽生了，要带孙子来看你，住在这里不安全。赵复亚终于松了口，但要求院子要保留原样，那个老压井也不能动。只要父亲同意盖新房，这些小要求赵心刚想都没想就答应了。

为了让父亲尽快住上新房，赵心刚立刻托人联系了一个口碑不错的施工队，多给一倍的工钱，要求加班加点干，务必在冬天来临之前全部完工。让这老哥儿俩过上一个团圆的春节，那是多好的事情！

## 75

中蓝飞跃开过早会，办公室就来了一位不速之客。王泽不顾马莹的阻拦，径直推开总经理办公室的门。

赵心刚正在接妹妹赵晓雅的电话，赵晓雅在电话里告诉他，男朋友宋可乐近期会去江北出差，他可以考察一下。细心的赵心刚认真地询问了宋可乐的联系方式和到达江北的时间，还要热心地为未来的妹夫安排住处。

赵晓雅告诉他：宋可乐在外资公司上班，按照公司的要求，他必须入住江北顶级的五星级宾馆，并不是高调，而是为了维护品牌形象。

赵心刚惊讶地刚想问问是哪家外资公司这么牛，谁料想王泽不请自到。马莹气得直跺脚。

“晓雅，我现在有事，中午给你打过去。”赵心刚放下电话。

王泽夹着公文包一屁股坐在商务沙发上：“不错，还挺好找的。”

马莹瞪了他一眼：“这里是中蓝飞跃，不是华科天来公司。”

王泽板起脸指向空空的茶几：“你说得对，华科天来公司不会这么不礼貌地待客。”

马莹和王泽从前是同事，按照论资排辈，王泽还得叫马莹一声师父。马莹从来没把王泽放在眼里，她气愤地挽起袖子：“挑事？我可不怕你！”

“马莹。”赵心刚拦住她，给了她一个示意的眼神，“王总是客人，去泡壶茶吧。”一句王总，点明了两人之间的关系，更是抹去了过去的情谊。

王泽的眼神暗了下去。马莹不服气地瞪了他一眼，气呼呼地端着小茶盘走了，不一会儿又将沏好的茶和茶杯送了进来。赵心刚亲手为王泽倒了一杯热茶。王泽端起小茶碗在鼻前嗅了嗅，轻轻地抿了一口。

赵心刚淡定地盯着王泽，这是他离开江重以后，两人第一次独处。据他所知，华科天来公司接连中了两个环保工程的标段。王泽这会儿应该去维护客户才对，来中蓝飞跃干什么？

来展示自己的战果？从另一个角度看，赵心刚很尊重竞争对手——华科天来公司，也就是王泽。王泽做技术出身，对技术的把控很严。他在电力行业摸爬滚打这么多年，十分了解市场，通过关系拿下行业占有率极高的进口产品的代理权，整合了公司原有的产品链条和客户群，凭借一己之力将华科天来公司推到中蓝飞跃的面前。

无疑，他是成功的，也是厉害的竞争对手。市场瞬息万变，谁能保证没有华科天来公司，就没有另一家“华科天来公司”呢？于是赵心刚微笑地看着王泽，客套地说道：“王总大驾光临，有何贵干？”

王泽站起来，四处打量着赵心刚的办公室，他还走到书架前抽出一本书翻了几下，又放了回去。绕了一圈后，他坐回沙发，语重心长地说道：“赵哥，没想到你赚了钱，还是这样朴素。你这办公室还不如江重一个科长的办公室气派啊！”

一声赵哥，让赵心刚想起了过去，更认清王泽虚伪的本质，他到底想做什么？赵心刚紧皱眉头问道：“你今天来，是为了参观我的办公室？”

王泽笑着指向门口：“我哪敢啊，马姐带着外面那群人能吃了我。”王泽恢复认真的态度，从公文包里拿出一份基建项目招标预审的文件递给赵心刚，“中蓝飞跃也报名了吧。”

赵心刚瞄了一眼，他早就看过这份文件了：“有什么问题吗？”

“你知道现在有几家报名吗？”

“不知道。”赵心刚默默地摇头，按照从前的经验，能参加这个标段投标的厂家不多，除了中蓝飞跃和华科天来公司，暂时还找不出第三家，每次都采取竞争性谈判的模式。

这次是两个项目同时招标，合同额也翻了倍。他在早会上指派了项目负责人，做出了详细的应对方案。那王泽今天来，是劝他退出竞争？恐怕没那么简单！赵心刚疑惑地看向王泽。

王泽摆手，阴柔地笑道：“这可不像你的风格啊！以前在江重的时候，你不是总说，要尽可能全面地了解对手吗？怎么，现在腰杆子硬了，就懈怠了？”

赵心刚厌恶极了王泽那副硬装出来的纨绔子弟的做派，不过，他还是在心里默默地排查过，除了华科天来公司，暂时还真没有更强的对手，除非……赵心刚忽然想到另一个进口品牌 W 集团，他几次想接触，都被拒之门外……他们会来江北吗？

王泽严肃地说道：“我已经得到消息，南方一家叫海纳物英的环境工程公司拿到 W 集团的独家授权，他们也会来参加这场投标，招标代表已经在来江北的路上了。”

真是 W 集团！赵心刚心头一紧。如果 W 集团进入江北市场，那中蓝飞跃和华科天来公司的优势会受到很大冲击，这可真不是个好消息。赵心刚将预审文件推到王泽面前：“兵来将挡，水来土掩！市场经济的竞争向来如此，每家公司都有公平竞争的机会。”

王泽跷起二郎腿：“话是这么说，不过，江北的市场就这么大，不能随便分出去一杯羹给外人呀？我们华科天来还好说，人少，利润高，还开拓了钢铁、石化市场。你们中蓝飞跃就不行了，客户单一，摊子又铺得太大。如果代理产品被抢占了市场，你怎么运营下去？好好想想吧！”

赵心刚从那诱导性极强的语气里听出了王泽的小心思，他无非是想故技重施，联合中蓝飞跃挤走那家公司。他才不会上王泽的道儿。

“我能想什么？谁都有投标的权利。再说……”赵心刚忍不住加重了语气，“做人讲诚信，做企业也是如此，你也好好想想。”

“哈哈……”王泽爆笑，“怎么？生气了？你怎么还是从前的老脑筋。目前，只有我们三家符合预审条件。只要我们两家联手，外来的和尚在第一轮报价中就会淘汰出局。这个项目的重要性不用我多说了吧，算上后期的备品备件，够吃一年的了。怎么样？把标让给我，利润三七，华科天来拿七，中蓝飞跃拿三。你们的投标书都可以我来做，你不用费一分力气，就能拿到上百万，上哪儿找这么好的事？”

王泽越说越兴奋，他还站了起来：“别这么快回绝我，我承认，我们曾经是发生过不愉快的事情，可是你也别忘了，我们曾经也是亲密无间的同事！”

赵心刚的脸色愈发地黑了，那个曾经憨厚执着的王泽早就不见了，取而代之的是个满心贪婪的奸商！

赵心刚也站了起来，他直视王泽的双眼，坚定地说道：“不管我们曾经怎样，我都不会违背企业的底线，中蓝飞跃需要利润，但是不会做出这种违背公平原则甚至违法犯罪的事情。”

“别这么大的火气，生意场上，谁是干净的？”王泽提点赵心刚，“我倒是要恭喜你，朱建国要升任江北电力集团的总经理了。”

赵心刚一怔，他怎么知道朱建国和自己走得近？

王泽继续说道：“如果没有你，朱建国对我还是很看重的，我找谁说理去？现在距离投标还有一段时间，你先别急着回绝我，我等着你的决定！”言罢，王泽快步走到门口，就像不请自来那样，又不送自走。

办公室里只剩下赵心刚一个人，他缓缓坐在椅子上，心底打翻了五味瓶，酸甜苦辣咸一股脑儿地搅和在一起，其中滋味只有他自己知道……

第十八章
Chapter 18

# 相信改革的力量，啥事都别怕

## 76

农历春节刚过，深圳街头随处可见和“羊”相关的字眼儿和吉祥物。虚弱的覃天窝在漆黑的售楼处里，囫囵吞枣地吃下一桶烫嘴的泡面。

此刻，他的胸口闷得要命，额头很烫。他以为像从前那样吃碗热面，出出汗，就会退热。可是，这次他病得实在太重了。即使披着厚厚的外套，喝下热汤，他也还是感觉很冷。

那是一种从心向外传递的冷，冷到皮肤上的每一个毛孔都在收缩，牙齿也在打战。覃天勉强走到饮水机前面，接了一杯水，吞下一把药丸，然后靠在尚未完工的沙盘上，浑身无力地坐下。这让覃天想起了多年前在内蒙古的日子，他真的好怀念那碗醇香细腻又质朴亲切的热奶茶呀！

这样的生活，他已经坚持快一个月了。有时候，他真的想去有关部门问问，停工的工地什么时候能够开工？可是他实在走不动了。自从生病之后，他仿佛变成了一条离开水的鱼，随时都会倒在无人知晓的角落，唯一能记得他的只有那家提供贷款的银行，因为他们隔几天就要给他发来催收的短信。可覃天目前的状态，连利息都还不起，更别提本金了。

今天的阳光很好，外面比屋里还暖和，覃天伤感地望向窗外，眼前的景象变得愈加模糊。他记得门口明明只有一棵树，怎么会变成两棵树呢？

覃天揉了揉眼睛，大口地喘气。他也得了那两个工友的病吗？他会死吗？覃天凝视着窗外孤零零的塔吊和贴着警示封条的围栏，忽然明白了一个道理：跟命比起来，钱算什么？他真的很后悔没有听大表哥范宏的话，现在说什么都晚了。或许此时此刻，范宏也难以自保，哪里顾得到他？

原来，覃天的房地产开发公司去年就干起来了，对于开发什么地块，他比较慎重，特意去香港、上海等地考察，发现了一个巨大的商机。

进入新世纪以来，老百姓的生活条件好了，越来越重视环保。那些处于市中心的生产企业噪声大、污染重，影响附近居民的生活，居民不停地投诉。其实，生产企业也一肚子委屈，从建厂那天起，就在这里，那时还没有居民区。随着房地产的大力开发，新房越盖越多，越盖越高。再加上城市的不断扩容，生产企业成了包围圈的中心点，自然也是妥妥的市中心。企业要生存，只能在晚上偷偷生产，这就变成了和谐社会不和谐的小音符，经常激化无解的矛盾。而且，这不是个例，所有城市几乎天天都在上演。

为了加快城市化建设步伐和满足人民群众精神文明、物质文明的需要，有些城市鼓励生产企业“退二进三”，也就是处于城市中心、二环路以内的生产企业通过置换土地的办法搬迁到城市边缘的三环或三环之外进行发展，原址进行城市建设，上海等城市作为试点，效果非常显著。

覃天一下子就瞄准了这个潜力巨大的市场，准备要大干一场。但因为资金有限，又是半路出家，范宏建议覃天先试试水，快速回笼资金，不要把摊子铺得太大，毕竟盖房子不仅仅是盖这么简单。覃天没有听从范宏的意见，直接将目光瞄准城中心的两个黄金地块。为了能够顺利拍下这两块地，覃天跑了好几家银行，几乎押上了身家性命终于申请到了一笔数额很大的贷款。他早算过了，只要开工顺利，风险都在可控范围之内。其中一块是净地，可以立即开工。另一块土地有些麻烦，原有企业还在生产，他们在三环外的新厂房正在建设，预计两年之后搬迁。

覃天有自己的考虑，现在的土地一天一个价，涨得比青春期的孩子还快呢。他必须在价格最低的时候入手，才能争取到最大的利润。而且，盖房子有周期，第一个项目运转完成至少要两年，两年后，企业也搬迁完毕了，他刚好用第一个项目挣来的钱继续开发，然后再去买下一块地。

这样推进下去，即使眼下手头紧点儿，但熬过去就好了。快速回笼资金的办法他都想好了，跑前期手续的时候盖售楼处，戏台子搭起来就能卖房子，一边挖地基，一边收诚意金。等楼房盖到一半，就能办理贷款，如果运气好，楼房没盖完，房源就卖没了。老百姓迫切买房的需求实在太大了，他必须抓住这个千载难逢的机会！

事实证明，覃天的确抓住了机会，可是他做梦也没想到，千载难逢未必都是机会，还有可能是灾难。简直就是灭顶之灾！

起初，一切进行得很顺利，按照预定计划，覃天很快拿到设计院的户型图，售楼处也快盖好了，只差内部的装修。

这时，范宏突然打来电话，告诉他不要急着开工，现在流行一种可怕的不明病毒的肺炎，一旦感染，就是致命的。工地和售楼处都是人员密集区域，属于高发区，很可能会采取措施进行管控。覃天根本没当回事，肺炎怕什么，他的两个孩子小时候都得过肺炎，打了一周的吊瓶就好了，现代医疗水平这么高，除了癌症，还有治不了病？

他含糊地应下范宏，依旧按部就班地盖房子。或许，这就是上天的考验，挖地基的时候，一个新来的工友突然生病了。在外打工的老爷们儿，都觉得是小感冒，没当回事，挺挺就过去了。细心的覃天以为新来的工友不适应南方的气候，还贴心地嘱咐做饭的阿姨，晚上多熬些姜汤，给工友们驱湿暖胃。可是生病的工友越病越重，每天咳得厉害，去小诊所里打了一周的吊瓶也不见好。后来，连陪他去打吊瓶的人都病了。覃天这才想起范宏说过的话，他立刻嘱咐工头儿带生病的工友去大医院看病。

这一去不要紧，病人没回来，连跟着去的工头儿都被扣下了。当晚，他就接到了有关部门下发的停工通知书，一辆消防水车绕着工地喷洒消毒水。而且，凡是与患病工友有过亲密接触的人都要实行隔离，覃天也被隔离十多天才出来。那时候，外面的形势已经变得异常严峻，覃天真是追悔莫及。

真是不能停工啊！他欠着数额巨大的银行贷款，押上了全部的身家，这么无休止地停下去，他哪能扛得住？

覃天怀着急切的心情给范宏打电话，想打听一下香港那边的情况，这一问不要紧，他的情绪更低落了。一周前，范宏主动封了食品厂，严格遵守只出不进。他现在在食品厂里和工人同吃同住，连食物和蔬菜都存在自家的冷库里，势必要扛到最后一刻。

覃天终于知道，这是一场全民的硬仗！他只能自救！

覃天悄悄溜进了没完工的售楼处整理施工资料，还安装了两个插座，想在管控结束后第一时间开工。没想到只待了三天，他就病倒了。发热、畏寒、咳嗽，他几乎可以认定自己染上了可怕的不明病毒性肺炎。

多好的时代啊，他真的不想死！

“我不想死啊！”覃天颤抖地从口袋里掏出手机，熟悉的号码还没拨出去，手机就落在地上，他虚弱得连拿手机的气力都没有了。

覃天望着窗外，脑海中停留着一丝模糊的意识，眼前已经一片漆黑。

忽然，耳边传来救护车的警报声，还有那一声声亲切的“表哥、表哥”……

## 77

赵心刚从未想过这么巧合的事情会发生在自己身上，又如此戏剧性地结束。

王泽所担心的 W 集团的大区经理竟然是妹妹赵晓雅的男朋友，就是他只闻其声、不见其人的上海男孩——宋可乐。

宋可乐怀着无比惊愕的心情跟着赵心刚参观了中蓝飞跃，他马上做出回避招标的决定，对华科天来公司和投标公司各自出具了一份与赵心刚的关系说明，严格坚守了闪亮的职业道德。赵心刚对他的做法很赞赏。不久，招标公司也发出公开声明，延迟了此标段的招标时间。

为此，王泽的鼻子都快气歪了，他直接退出了竞争，最后中蓝飞跃和海纳物英各自中了一个标段，诚实的宋可乐成了最大的赢家。

等赵心刚拿到中标通知书，宋可乐又说起了一件事。原来，海纳物英并没有拿到 W 集团在北方的代理权，因为没找到合适的合作商，便委托这家公司进行投标。他这次来江北，除了协助投标，另一件事情就是寻找合作商。

赵心刚举双手赞同，并表示要公平参加竞争。宋可乐通过在江北的考察，对中蓝飞跃等几家有合作意向的公司进行了深度的调研，包括王泽的华科天来公司。王泽耍起了小聪明，以小人之心度君子之腹，他以为宋可乐铁定将代理权给赵心刚，到华科天来公司不过是走过场而已。他说了不少风凉话，根本毫无诚意。

所以宋可乐在给合作商考察评级的一栏里打出了 B，这意味着华科天来公司直接出局。最后，宋可乐公平公正地选定了两家合作商：一家是中蓝飞跃，一家是从事污水处理的企业。两家如愿地拿到了各自行业的独家代理权。

严谨的宋可乐也得到了赵心刚的认可。宋可乐刚离开江北，赵心刚就给妹妹赵晓雅打电话，开启了新一轮的催嫁，吓得赵晓雅都不敢接电话了。

中蓝飞跃的运行一直很顺利，每个项目都在稳步推进，可是谁也没有想到在最不可能出现问题的进口仪表的货期上竟惹出了大麻烦。

订单早就下了，货期却还没确定！

赵心刚每天都和远在深圳的同事询问货期，得到的几乎都是再等等！他能等，可电厂的168点火试运行却等不了，那是死任务，如果因为中蓝飞跃的产品而延误，这个责任他怎能负得起啊！最后，赵心刚实在没有办法，他写好了延迟货期的说明，打算和基建项目组的领导负荆请罪。结果连门都没进去，只看见工地的大铁门上贴着一张停工声明！

一周之后，赵心刚终于意识到这场来势汹汹的疫情有多么可怕！江北的防护还算安全，中蓝飞跃的业务却遭遇了崩塌式的毁灭。进口产品一律进不来，库存产品无法保证运输，以前的供货周期是一周，最快三天，现在连一个月也无法保证。其实，想想也对，用江北的话说：挣钱不要命吗？

一瞬间，忙碌的城市放缓了疾驰的脚步，一个伟大的民族正在手挽手地迎接生死挑战！

去年定下的工业产品展览会取消了，赵心刚困在了江北。这期间，赵心刚最担心的就是覃天。覃天似乎一直躲着自己，不是不接电话，就是无缘无故地挂断电话。赵心刚实在放心不下，将电话打到了香港。大表哥范宏告诉他覃天的工地被封了，覃天正在接受十天的隔离。

赵心刚好不容易熬了十天，他又开始给覃天打电话，还是接不通，他意识到覃天不太对劲儿。第二天赵心刚坐上了江北飞往深圳的飞机，行李中还带了几盒药房脱销的板蓝根。在空荡荡的飞机上，他有一种不祥的预感，他一遍遍地祈祷上苍，希望覃天平安健康。

或许老天真的听到了赵心刚虔诚的祈祷，赵心刚来得很及时，他在售楼处找到了病倒的覃天。其实，他当时并不知道覃天在售楼处，而是打电话给范宏才推断出覃天可能会在那里。他一下飞机就赶往售楼处，路上一直给覃天打电话，就是打不通。好在最后一次拨通了，他在电话里听到覃天含糊不清地说了一句听不懂的粤语，随后就是摔东西的咣当声。

赵心刚急得直接拨打了 120，他真是见识了不知名病毒肆虐的非常时期国家执行应急预案的力度。刚接到电话，距离覃天最近的急救车就出发了，比赵心刚还先到售楼处。事后赵心刚才知道，当时还调出另一台急救车赶往了覃天的家。

看着覃天虚弱的模样，赵心刚的眼泪都快流下来了，他想去抱抱他，可被全副武装的医护人员拦下了。他们将覃天抬上救护车，紧接着，一群背着消毒剂的人对售楼处进行了彻底消毒。

赵心刚闻到了一股刺鼻的味道，他下意识地捂住鼻子，发现自己也戴着厚厚的白口罩！

半个月后，赵心刚心情愉悦地站在医院门口，一群爱心市民正在自发往门前的树上挂祈福的千纸鹤。

这些天，无论他走到哪里，都能闻到消毒水的味道，仿佛这种味道已经成为空气的一部分，这场考验中华民族生死的战役在党和政府的英明领导下已经取得阶段性胜利。

今天，赵心刚是来接表哥覃天回家的。其实覃天并没有染上可怕的不明病毒的肺炎，只是因为心情焦灼、身体疲惫，得了很重的感冒。经过大夫的细心诊治，在医院住了半个月，今天康复出院。

回家的路上，覃天沮丧地指向窗外孤零零的塔吊：“我真是好倒霉啊！人家盖房子，一本万利，躺着都能赚钱。轮到我，为什么这么难呢？小刚，你知道吗？这场天灾再不过去，工地再不开工，银行每天的利息会压死我，你和大表哥的钱我也还不上，我就要破产了！”

“我和你要钱了吗？大表哥和你要钱了吗？”赵心刚劝慰，“现在有困难的不是你一个人，而是整个国家，整个民族都在共克时艰。钱可以不挣，命只有一条。今后千万不要拿生命开玩笑了，古人有句话说得好，留得青山在，不怕没柴烧！”

“话是这么说，可是青山在哪里？电视上每天播报的患病人数触目惊心啊，幸亏我把老婆孩子送到国外了，万一……”

“没有万一！”赵心刚打断覃天的话，“我们中华民族什么样的苦难没见过，什么风浪没遇过，现在，国外那些媒体动不动就危言耸听，他们知道什么是真正的中国精神吗?！这是一场无法预测的天灾，只要万众一心，团结一致，一定能战胜困难。表哥，相信我！相信政府！相信党！”

“我相信。”覃天的语调有些颤抖，“可是即使渡过难关，经济还能好起来吗？”

“当然能！”赵心刚斩钉截铁地说道，“相信改革的力量，啥事都别怕！”

覃天盯着赵心刚笃定而执着的神情，似乎找回了无限的希望，重获了不服输的力量。他高高地扬起脖子，痛快地喝下了一杯苦中带甜的板蓝根……

## 78

一场没有硝烟的攻坚战，胜利地落下帷幕，让世界再一次见证了坚不可摧的中华民族的伟大精神，那面寄托着无数美好愿望的红旗始终飘扬在东方大地上。

随之而来的是经济的巨大反弹，正像赵心刚认定和坚持的那样，覃天乘着利好的东风，迅速开工。楼房盖得很快，开盘那天，售楼处里人山人海，三天的工夫就几乎售罄了。

老百姓的购买能力着实让覃天开了眼界，更是坚定了继续开发房地产的决心。而且，好运来了，谁也挡不住，那家原计划两年之后搬迁的生产企业实在受不了附近居民每天的投诉，加之开发区给出了极为优惠的政策，企业决定提前一年完成搬迁。也就是说，覃天可以提前一年开工，他立刻着手准备，根据前一个楼盘的经验，他发现小户型特别受欢迎。这座城市每年都会涌入几十万的年轻人，他们有更强烈的住房需求。覃天找到设计院，说出自己的想法，从此走上了“青年之家”的新颖模式……

覃天时来运转，赵心刚的运气却落在谷底。他正在为工程里配套的进口某品牌大功率变频器烦心，供应商的报价实在是太高了。宋可乐帮他联系到驻上海办事处的负责人，人家只是给出了一个合理的折扣点，还是把赵心刚支回江北的华科天来公司。

变频器是应用变频技术与微电子技术，通过改变电机工作电源频率方式来控制交流电动机的电力控制设备。近些年，随着各行各业自动化程度的提高，生产过程中对电机的控制要求也在提高，各种变频器的需求量很大，只是进口的价格依然高高在上。国产的只有为数不多的几个厂家能做，且功率较小，可靠性还差些。用在一般设备上还凑合，像电厂这种不能轻易停机的生产单位，对可靠性的要求极高，所有关键装备几乎能用进口的就用进口的，这也是没办法的事。虽然进口的东西成本高，但是低价国产产品如果出现故障，其引发的损失是难以预估的。

中蓝飞跃的中标清单里有一批进口大功率变频器的名单，华科天来正巧有这个品牌变频器在北方的独家代理权。王泽早就预料到赵心刚有求他的一天，故意在这里等着他。华科天来公司作为江北唯一的代理商，报出的价格也是让人难以接受！

最开始，赵心刚以为王泽故意刁难他，但是当他侧面了解了业内行情后，发现王泽报出的价格还算合理，只是比正常的市场价格高出三个点而已，这个问题的核心点在于进口大功率变频器本身的价格过高。赵心刚找到电力设计院的付工，尝试着劝说他能不能在保证技术参数的情况下改成国产。付工无奈地举出几个特殊的技术参数，并一一列举出电力行业广泛应用的几个品牌，大家的价格都差不多。赵心刚终于彻底明白了这是一个涉嫌垄断的市场，决定权和定价权都牢牢地掌握在对方的手里，掐住了咱们的命脉，所以人家才那么牛。

“真的不能用国产代替吗？”赵心刚不甘心地问。

付工意味深长地摇头：“赵总，就算我同意，你觉得甲方会同意吗？”

赵心刚沉默地低下头，离开了设计院。

在开车回中蓝飞跃的路上，赵心刚一直在想付工说的那句话，真是深刻啊！

无论是电力行业，还是钢铁、冶金、石化等行业，这都是心照不宣的事情。一些特殊条件下的重要位置上所需要的设备，大家都会遵循行业规矩，采用占有量最大的品牌。尤其是同一家集团的企业，大家用的都是统一的品牌。这其实也是一种保守稳妥的做法，既保证了安全生产，又能保持设备备件的统一性，更是少给领导和自己惹麻烦。所以就算有便宜的替代选择，也没有人愿意轻易去改变。简单的理解就是多一事不如少一事。谁敢贸然地开启先河呢？

赵心刚意识到想要破局的唯一办法就是打破技术壁垒，国产电动执行器的技术跟不上，谁能拿安全两个字做试验？他又想到前段特殊时期内进口产品掐脖子的问题，越发觉得自主研发才是生产企业的立足之本。想到这些，赵心刚开着车奔向了自己的母校。

现在的江北工学院已经改名为江北科技大学，依旧是一所以工科为主的综合性大学，尤其是冶金、采矿、电气、机械等专业优势很大。赵心刚想通过恩师宁教授搭桥，找到和学校共同研发的双赢之路。

宁教授得知赵心刚的想法，首先肯定了他坚持走技术路线的正确态度，同时也说出无可奈何的现实。这些年找江大研发的企业的确很多，有些企业还挂牌成立了博士站。可是研发之路太过漫长，投入资金大，见效慢。江大的人都知道，有些实验已经做了十几年，失败了十几年，博士生都送走了好几批。

“有些企业当初都是兴致勃勃地来了，最后拖不起，直接退出。”宁教授长叹了一口气。

赵心刚坚定地说道：“就算失败一百年，也总得有人做这些事情！自力更生、艰苦创业不能说说而已。放心吧，宁教授，我下定了决心，一定会坚持走下去。而且，我还有成功的经验呢！”

“哦？”宁教授怀疑地扶了扶眼镜。

赵心刚详细地讲述了中蓝飞跃目前的运行情况，并重点介绍了DCS的研发、应用以及良好的市场反馈。

听完赵心刚的介绍，宁教授感慨万千：“以前，你们上学的时候我就说过，中国的工业经历了从无到有、从有到强到安全的时间节点。现在进入了新世纪，迎着改革开放的东风，中国工业正在逐步由制造走向创造。这是每个企业的责任，也是每个中国人的担当啊！”

在宁静素雅的校园里，赵心刚紧紧拉住宁教授的手，仿佛握住了一个铭记创造的时代！

## 79

这些日子，赵心刚几乎天天往江大跑，合作研发的事情总算有点眉目。他正打算和李东丽碰一下中蓝飞跃的技术人员名单，却接到一个急得火上房的电话。

打电话的是距离江北三个小时车程的康西发电厂的物资采购员

小王。他的语气很急，又有些焦躁："输煤自动系统是江重下属的矿山分厂做的，运行情况一直挺好，可是下午的时候，自动运输皮带出现了问题，一个负责煤炭称重的传感器坏了，导致输煤皮带无法自动输煤。检修专工去物资仓库找了一圈，竟然没有发现备件，急得当场血压升高。赵总，输送燃煤对火力发电厂可不是小事啊！"

赵心刚顿觉心里一沉。

小王继续说道："输送燃煤出了问题，会引发一系列严重后果，会导致锅炉停机，不能产生蒸汽，进而导致蒸汽汽轮机不能工作而无法发电。最后，因为入网电量减少不得不从其他地方调度电量等等，会牵扯到很多部门，影响范围很大。"

赵心刚紧张地说："自动运输皮带好像有手动模式吧！"

小王焦急地回道："是的！目前已经改成手动了！燃料部门成立了紧急应对小组，时刻保持手动模式，必须保证磨煤机和锅炉的正常运行。我联系了江重矿山公司的销售员，说出问题的严重性，希望在最短的时间内将备件送到厂内。可是没想到我这边急得火上房，矿山公司的反应却慢了一大截。销售员将我推到保管员，保管员一会儿推托快下班了，这事得明天一早办；一会儿说公司不派车，他送不过去；最后逼急了，直接说没有合同，没打款，不能出库。"

小王气得直跺脚："我是实在没有办法了才找到赵总。赵总从前是江重的职工，希望赵总能帮着想个办法！我们现在就是十万火急等着用啊！"

"王工，您放心，事情交给我吧。"赵心刚揽下活，要来了矿山公司保管员的电话。

一开始，赵心刚提出只要将备件送到中蓝飞跃即可，由他报销来回的打车费用。保管员却说，送到中蓝飞跃没问题，可是到了下班的时间，他来不及回公司坐通勤车回家。赵心刚又做出报销中蓝飞跃到家里打车费用的承诺。结果对方又说那个时间从中蓝飞跃打车回家很堵车，没办法按时接孩子。赵心刚耐心解释了电厂对这个备件的急需程度，反复和保管员说责任两个字。但是对方很冷漠，一副事不关己的态度。

这让赵心刚彻底无语，他终于明白小王找他的原因，似乎不找上级领导，根本办不成事。可是这样的小事，还用麻烦师兄吗？赵心刚想了一会儿，还是无奈地拨通了师兄李东星的电话。电话传出关机的声音，他这才记起来，师兄去杭州出差，这会儿应该在飞机上。

那去找谁呢？赵心刚想到了王连成。王连成得知情况后，立刻联系了矿山公司负责销售的副总，副总当即同意将备件送到江重。

矿山公司离江重很远，又远离市区，赵心刚放心不下，他打算开车带着王连成去矿山公司取货，然后辛苦强子走一趟。这样，备件在天黑前就能送到电厂，可以保证电厂的夜间生产。

赵心刚路过中蓝飞跃，接到了强子，又赶往江重。王连成早就站在西门的大邮筒前等他了，一行人匆忙赶往矿山公司。在矿山公司的门口，赵心刚和强子在外面等着，王连成拿着工作牌一路小跑地进了厂内，他顺利地将备件交到赵心刚的手里。

细心的赵心刚又详细和小王核对了备件的型号、数量等技术参数，确认无误之后，才让强子开车去送货。强子想先将赵心刚和王连成送回去，赵心刚拒绝了。在他眼里，快点将货送到电厂，让小王他们恢复设备运行才是最重要的，快一分钟就提前一分钟，自己就算走回去也无所谓。王连成的态度也很坚决，强子一看劝说不了，独自开车走了。

赵心刚终于如释重负地喘了口气，王连成正一脸轻松地看着他。两人相视而笑。

“王大哥，择日不如撞日，我们好久不见，一起坐坐？”

“好啊，我请了半天假，现在回去，到单位也下班了。”王连成一边走，一边指向不远处的街口，“我记得那里有个抻面馆，熏鸡架味道不错。走，今天我请客，带你这个大老板吃个够！”

“好！”赵心刚露出洁白的牙齿，他似乎又找到当年在江重的感觉。

## 80

这是一片老旧的居民区，几乎都是附近工厂的家属楼。抻面馆并不是正经的门面，而是一楼临街的住户砸开窗户，改成门，作为门面房，俗称“窗改门”。

从前，江北整顿市容市貌的时候管过一段，不准私改私建，可是“窗改门”实在太普遍了，窗改门又多是小卖店、小吃部等小本买卖。再则，百姓也认可这种店面，大家在私底下“窗改门”，依然是住宅的手续。后来管也管不了，索性放宽了管理，规定了“窗改门”的标准，那一个个临街的“窗改门”也就成了一条街特别的风景。

就比如赵心刚眼前这块充满岁月感的牌子，一眼就能看出时代的沧桑。

牌子的下面是两扇狭窄的玻璃门，开半扇，关半扇。没开的半扇门上的玻璃裂了一道纹儿，贴着黄色的胶带固定一下，那道不规则的黄胶带顺着裂缝弯弯曲曲地将玻璃分成两块，上面的一块写着“抻”，下面的一块写着“鸟”。

赵心刚先是愣一下，随即，他马上意识到另外半扇门上一定写着“面”和“架”，合起来应该就是抻面和鸡架。

这时，从半扇门里走出一个喝得满脸通红的中年男人，他拎着喝剩一半的啤酒瓶子，迈着怪异的鬼步拍拍赵心刚的肩膀。

“哥们儿，你今天来晚了！”中年男人仰起头，又喝了一大口，因为喝得太急，嘴角挂了一层啤酒沫子，他还满足地打了个饱嗝儿，“哥们儿先走了，一会还得上夜班，工作……嗝……可不能给耽误了！”

赵心刚想去扶他，王连成拦下了。他拍着中年男人的肩膀，用了些力道："少喝点，对身体不好！"

中年男人满不在乎地摆手，晃晃悠悠地跳下两级台阶。

赵心刚盯着他微驼的背影，担心道："他喝这么多酒，怎么上班？"

王连成的眼底闪动着深深的悲哀："上什么班，这些都是下岗的酒蒙子，他们还活在自己的世界里呢！这样的人不少呢……"

酒蒙子？赵心刚的心仿佛被锋利的刀刃狠狠地扎了一下，虽然疼得要命，却没有流一滴血，是习惯了吗？

赵心刚默默地跟在王连成的身后走进抻面馆。他猜得没错，另一扇门上果然是"面"和"架"。

小店不大，只有五六张桌子，每张桌上都有一大碗稠乎乎的辣椒油。这会儿不是饭点儿，没有客人。老板娘在收拾桌子，她麻利地将喝剩的酒瓶子放在地上的箱套子里，又轻松地搬起装满空酒瓶的箱套子放在靠墙的地方。那动作一气呵成，没有丝毫的停顿和费力，一看就是多年练出来的。

"呦，来啦，面要宽的，还是柳叶儿？"老板娘自来熟地问道。

赵心刚看向贴在墙上的简易菜谱：抻面、熏鸡架、鸡肚、鸡脖子、鸡爪子，还有各种小菜。价格低得不可思议，渤海渔港的一盘菜就能买下整个菜谱。

不知道为什么，赵心刚的心里有点难受。王连成轻车熟路地拉着赵心刚坐下："有啥上啥吧，抻面要正常的，最后上。对了，要两盘香菜根儿。"

"好嘞！"老板娘熟练地从箱套子里拎出两瓶啤酒放在赵心刚和王连成的面前。

赵心刚实诚地说道："我们没要酒呀！"

"不喝酒？"老板娘认真地上下打量赵心刚，"好像真跟那帮人不一样哈，没事，喝不喝都行，算我的。这桌上不放瓶酒，我还不习惯。”

王连成拿起绑在桌腿上已经看不出颜色的瓶起子：“今天难得聚聚，喝点……”

赵心刚看着远处破旧的居民区和闲置的工厂，眼底蒙上了工业的灰色：“好！”

不一会儿，熏鸡架、鸡肚、素鸡卷、拍黄瓜、花生米上了一小桌，老板娘说鸡爪子卖没了，还贴心地端来两碗挂着油星儿的面汤和一大碗混在一起的榨菜末儿和香菜末儿。

赵心刚正迟疑着咋吃，王连成笑了：“这就是江北人常说的香菜根儿，必须要这么吃。”说着挖一大勺辣椒油，“这是用肥鸡油炸的，贼香。”他把辣椒油、陈醋淋在香菜根儿上，搅拌了几下，又分别倒在熏鸡架和鸡肚儿上。

“我也好久没吃了。以前年轻的时候，来这边的厂子做技术交流，必须要吃上一顿才满足。”王连成露出久违的笑意，“江北这么多家抻面馆，总觉得这个小店的才最正宗。来，尝尝……”

赵心刚拿起筷子夹了一块拌在香菜根儿里的鸡肚，又嫩又香，味道的确不错，他又夹了一块。

王连成端起酒杯：“小刚，今天我要替江重谢谢你啊！看似一件小事，却差点丢了江重的脸！江重的荣誉都掉地上了。”

赵心刚咽下微苦的啤酒，舌尖上似乎裹上了辣椒的香味：“王大哥，这件事要分两面看。市场经济下，小公司最大的优势就是灵活、服务好、效率高。江重是老国企，厂大人多，再加上旧的体制，做起事来总是束手束脚。但经历那场倒逼式的改革后现在好多了，至少在应急的时候，能够先送货，后签合同，再开发票结款。如果放在从前，就算备件只值一分钱，也拿不出厂啊。”

“没办法，江重推行了好几次分配制度改革，最近的一次就在两年前，的确比从前好多了，有显著的成效。可是运行一段时间后，成效就不那么明显了，又会出现新的问题，这也是老国企办事慢的主要原因。你说，人家坐在办公室里工作，到点下班接孩子再回家做饭，为啥要着急上火地出来送货？也不多给一分钱。这万一出错了，还得承担责任。这是费力不讨好的活，能推就推。所以，人家才让咱们亲自去办公室取，连送到门口都省了。”

赵心刚皱眉：“我记得电站成套设备公司还不错，至少不会出现今天的这种情况。”

“水泥设备公司也行，那都是后成立的公司，下到工人，上到领导干部，都比较年轻，这年轻就有活力、敢想、敢干。”王连成点拨道，“这家矿山设备公司就不同了，和从前的江重没什么区别，底下的职工意见很大，说领导们占着金窝不下蛋。这段正执行轮岗制。听说江重派过去的人很受排挤，今天能给我面子已经很不错了，估计看我大小是个设备副总，才开了绿灯。”

“还有这样的事情？看来师兄的日子不好过。”赵心刚感慨，“江重改革的路还很长啊！”

王连成笑了：“你啊，离开江重这些年了，心里还是想着江重，惦记江重。从前，你给炼钢分厂的那些货，我都记得呢，等找到机会……”

赵心刚打断他的话：“王大哥，不说这些，那都是我应该做的。来，喝酒！”

王连成断了话茬儿，感动地端起酒杯。两人有说有笑地吃了起来。

赵心刚来江北这么多年，第一次啃鸡架。他以为鸡架没什么肉，啃起来怪麻烦的，没想到就着拌了辣椒油的香菜根儿，啃起来还挺上瘾。一个熏鸡架很快就啃没了，王连成招呼老板娘又要两个。老板娘是个精明人，事先把鸡架掰好才端上来。

赵心刚学着王连成的样子，将拌好的香菜根儿倒在鸡架上。

王连成见状开起玩笑：“小刚就是聪明，一学就会。”

赵心刚苦笑：“我现在也就能学这些了。”

两人就着鸡架，聊到房价，又从产品聊到市场，聊来聊去，绕了一大圈，又回到江重的话题。

赵心刚夹起一粒花生米："我师兄最近忙啥呢？江重情况怎么样？"

王连成调侃道："不是应该叫大舅哥吗？"

赵心刚笑得脸都红了："是啊，叫师兄习惯了，总是改不过来。在家也叫师兄，他也习惯了。"

"李东星现在是春风得意，比李肇业有胆识，比杨仁义、陆有为更强势，简直集中了所有人的长处。你今天没亮出和他的关系，如果你说是李东星的妹夫，别说送到中蓝飞跃，送到电厂了，就算让他们送到海南岛，他们都得想办法买车票连夜走。"

赵心刚愣了半天神，才吐出三个字："好厉害！"

"厉害归厉害，就是有时候让人看不懂。"王连成打开了话匣子，"李东星是个能力很强的负责人。前一段，他亲自带队去国外考察，说是要收购欧洲一家做盾构机的公司。那可是个上亿的大项目，而且还风险未知，如果放在从前，谁敢拍板？他李东星就敢！从这一点上，我很佩服他！"

盾构机？赵心刚想起上次和师兄谈到的话题，看来师兄下手很快，在为江重未来五到十年的发展寻找出路。

收购国外公司是好事，那技术方面呢？难道师兄要借鉴引进磨煤机的经验，先引进，后研发？这都是过去的事情了，市场经济下的制造工业正在日新月异地跳跃式发展，研发晚一步，错过的不仅是机会，而是整个市场。等师兄回来，他要再仔细问问师兄。

赵心刚微微抬起头，刚好迎上王连成憨厚的笑脸，一眼就猜中了他的心事。赵心刚难为情地笑了，王大哥说得对，他虽然离开了江重，但是心里想的、念的始终是江重。江重好，他祝福；江重难，他着急。关于江重的任何事都牵动着他的心，就好像自己从来没有离开江重一样。他沉吟了一下，开口说道："师兄是个目光长远的人！”

王连成夹起一块素鸡卷就着老葱丝咬了一大口：“引进新产品的眼光的确长远，可是有些地方就显得保守了……这也是眼下厂内争议最大的地方。”

“哦？”赵心刚很久没和牛刚联系，失去了江重小道消息的可靠来源。

王连成扬眉问道：“你知道江北的老国企都在忙什么吗？”

“搬迁！”赵心刚毫不犹豫地回答。表哥覃天熬过了那段最艰难的日子，现在忙得不可开交，他拿下的都是制造企业搬迁的地块。按照从前的经验，江北总是比南方慢半拍，可是关于老国企搬迁，江北追得很紧，甚至比一些沿海城市还快一步。

《江北晚报》隔几天就会报道老国企通过置换土地搬迁到江北西部经济技术开发区的新闻。最近，开发区的雕像都已经竖起来了。那是一个红火的展翅翱翔的凤凰，雕像的主题叫作“凤凰涅槃”。

这批和共和国一同成长的老国企，在峥嵘岁月里书写了浓墨重彩的一笔。在跨过新世纪的今天，这批千锤百炼的老国企从炽热的烈火中再次站了起来，依然是那样的顶天立地、骄傲顽强。他们在继续书写着制造业的辉煌，延续着共和国工业的荣耀。

江北的老国企都动起来了，江重怎么可能一点儿声音都没有呢？

王连成点头道：“没错，就是搬迁。咱们隔壁的冶炼厂已经行动了，地卖了，一半开发居民区，一半开发商业区。你也知道，咱们厂污染严重，土壤重金属超标。听说连同附近的变压器厂、鼓风机厂、机床厂都要搬迁，一个不留！”

“这是好事呀。”赵心刚很是费解，按照城市发展趋势，生产制造企业远离市区是好事，师兄只会同意，不可能反对，王大哥说师兄保守和厂内的争议是什么意思？

“李东星提出要两年之后搬迁！”王连成大声说道。

“两年？”赵心刚吃惊地想了半天也没想出师兄延缓搬迁的理

由。江北地处东北，属于寒温带，供暖期长达五个月，严重影响土建施工的进度。一般来说像江重这么大的工厂搬迁，建设周期至少要两到三年，还要受基建资金是否充足等因素的影响。师兄如果提出两年之后搬迁，再加上建设周期，那就是五年之后的事情了。时间可不等人，难道他不想江重借着搬迁的机会改造升级，成为一家更具现代化的工厂吗？

“厂内说什么的都有。有人说李东星想公司上市之后再搬迁；有人说江重没钱搬迁；还有人说李东星压根儿不想搬迁，因为开发区太远。”王连成解释。

“那职工的意见呢？”赵心刚又问。

“职工的意见就简单了，大多数不想搬。咱厂职工都住在江重周边的家属区，骑自行车十多分钟就到了。以后搬到开发区，坐车都得一个小时，谁愿意呢？还有人担心，厂子搬到开发区，以后的通勤费用咋办？那可是一大笔钱呀，这企业刚好没几年，就怕折腾。”

赵心刚想了又想：“或许师兄也在担心这个，他想等江重稳定下来，底气足了，再搬迁！”

“那倒未必。”王连成压低声音，“李东星有自己的小九九。他以为没几个人知道，其实呀，职工们早在私底下传开了，江重要改革！”

“改革？我们不是一直在改革吗？”赵心刚更是一头雾水。

“那是国家的大改革，现在是咱们江重的小改革，顺应的就是大改革的形势。你知道江北铸造厂吗？”

“知道啊，那是和咱们江重齐名的老国企，是全国铸造行业的领头军。”

“要，这样！”王连成说着将面前的两盘小菜推在一起。

“重组？”赵心刚瞪大眼睛，缓了好一会儿才回神儿。江重和铸造厂两家企业的确有重组的基础，尤其对于江重从前的老炼钢分厂。从目前的模式来看，企业之间强强联合才能占据更大的市场份额。如果江重真的和铸造厂合并，成立新集团，那在重机制造、铸造冶炼等领域会形成很大的优势，对于国外的市场也会形成有利的条件，占据更大的市场份额。

让江重变得更强，不是师兄一直以来最大的梦想和追求吗？

不对，师兄或许……

赵心刚立刻想到另一个关键的问题，他迟疑地看向王连成。

王连成朝他微微点头："江北铸造厂可不是矿山公司那样的小厂，人家现在的效益比咱们好，厂龄、厂史也不比咱们差。一旦合并，这两套班子变成一套，谁上谁下，这门道儿就多了。要知道，铸造厂的老总比李东星还小一岁，他和李东星一样都是从困境里带领企业走出来的改革先锋。这针尖儿对麦芒，都是厉害的狠角色！"

赵心刚这才明白师兄最近忙碌的原因，他是在拼，在搏，在积极寻找释放的出口和保住自己话语权的筹码。一个习惯做决定的人，怎么可能看别人的脸色过日子？师兄的字典里从来没有"第二"的字眼儿，或许铸造厂的老总也是这么想的。

"等师兄回来，我和他好好聊聊！"赵心刚犹豫地说道。

"唉，我算是看明白了。分分合合，合合分分，遇到多大的坎儿也别着急，改革的大风大浪里有危险，也有机会，都能挺过去。实在不行的时候，还能攒人品，就像我，是被背过河的。所以说啊，改革只能越改越好，路越走越宽！相信改革的力量，啥事都别怕！"

"说得好！"老板娘笑嘻嘻地端着两碗热腾腾的抻面走了过来，"这话说得心里敞亮，我赠送个老虎菜。"

"不用了，谢谢老板娘！"王连成涨红了脸。赵心刚喝了一口微咸的热面汤，心里也是暖暖的。

不一会儿，老板娘真的端上来一盘用辣椒、大葱、香菜凉拌的老虎菜，弄得赵心刚和王连成很不好意思。王连成坚持要算在账上，但老板娘笑嘻嘻地走了，压根儿没搭理他。

"小本儿买卖，咱不白吃！"王连成重复道。

赵心刚笑了，他转移了话题，关切地问起王连成的儿子——王欣宇。

王连成摆手："小宇念大学呢，明年毕业。现在这些大学生啊，眼高手低，比不上你们。"

赵心刚并不赞同他的话，这话只说对了一半。现在的大学生眼界的确高，有自己独特的想法，可是真的比不上他们的，不是水平问题，而是就业难度。这些年，大学连年扩招，就业形势非常严峻，私企招工的门槛都提高了很多，就更别提江重这样的老国企了。尤其国家近期出台了一系列振兴东北老工业基地的利好政策，老国企纷纷焕发出雄厚的实力，想进去就更难了。

好在江重有子弟优先进厂的不成文的规定，王大哥、刘厂长在江重工作这么多年，没有功劳总有苦劳，只要王连成和师兄说一声，小宇进江重并不是难事。

问题是王连成会说吗？赵心刚太了解他的为人了，他是绝对不会为自己的私事向厂里开口的。刘厂长已经去世多年，那谁还能张罗小宇工作的事？

赵心刚发自内心地喜欢那个顽皮的男孩子，他追问道："小宇学什么专业？今后打算做什么工作？"

"他是学机械的，能做啥？跟我一样呗！"王连成的老脸上闪过一丝落寞，"古师傅跟我比了一辈子，到头来，他真是比我强啊。古师傅的女儿出国了，一边打工，一边读书。人家还没毕业，江北的那几家外企就抢上了。小宇没啥本事，想去南方找工作，我倒是没啥，就是你嫂子……"王连成叹了口气，开始大口吃面。

赵心刚理解王大哥的难处，嫂子的肾病越来越重，再过几年，怕是要靠透析活命了，小宇是他们唯一的儿子，自然不希望孩子远走。而留在江北，就必须要有一份稳定的工作。虽然过了这么多年，江北发生了翻天覆地的变化，可是江北人骨子里对稳定工作的追求从未改变过，甚至更加强烈。

"让小宇去江重吧，我去和师兄说。"赵心刚欣慰地笑道，"你们一家三代人都在江重工作，也算圆满了。”

正在埋头吃面的王连成猛地顿住了，他含糊地应了一声，却没有抬头，两行热泪不知不觉地流了下来。

今天的面条真咸！

两人不再说话，都在闷头吃面。结账的时候，王连成抢先付了钱，赵心刚没有争。

天色渐晚，暮色已深，赵心刚打了一辆出租车将王连成送回了家。出租车司机为了显摆自己是个江北通，炫技式地说道："现在很少有人记得这里是高楼了，他们还以为是那里呢。"他故意指向高楼旁边那栋三十层的商品房。

赵心刚的心里涌满了涩涩的酸楚。是啊，高楼的高只停留在上个时代，而那个时代已经远去了。记忆是那样的美好、那样的不舍、那样的深刻……

"下一站去哪儿？"出租车司机催促。

赵心刚微笑地指向灯火通明的前方，那是江北的新城区。司机偷笑自己拉个大活儿，他兴奋地踩下油门，融入车来人往的都市晚高峰中……

# 第十九章 Chapter 19 站在时代巨人的肩膀上前进

## 81

六月的江北一片绿意葱葱，天气不冷不热，是踏青游玩的好时节。李东星本来答应媳妇赵琳琳周末带儿子去爬山，可转眼六月都快过去了，他却一而再再而三地食言。李东星不是故意的，他实在太忙了，忙得连和儿子说话的机会都没有。

为此，李东星又内疚又疲惫。可是有什么办法呢？他每晚回家的时候，儿子已经睡了，他只能偷偷亲一口；早上走的时候，儿子还没醒，他又只能偷偷亲一口。儿子一晃快 9 岁了，李东星从来没陪他过过生日。说起来好惭愧，他还不如做姑父的赵心刚更关心儿子。

他实在亏欠这个家太多，媳妇儿子都照顾不到，就更别提年迈的父母了。自从妹妹李东丽结婚之后，父母一直和妹妹一起生活。家里的一切事情都由赵心刚去办，连父亲每年两次的住院疗养都是赵心刚在忙前忙后地照料。

后来，他心里过意不去，想自己出钱给父母雇个保姆，被赵心刚拒绝了。赵心刚知道他虽然身为国企领导，但工资并不算高。不仅刚刚贷款买了新房，儿子还正在念私立小学，每月算上补课费，一年也是一笔不小的开支。而且，赵琳琳是家里的独生女，从小备受宠爱，没有什么勤俭持家的概念，两人每月都是月光族。有时经济紧张，琳琳还要回娘家求援。

每次家庭聚会，赵心刚总会半开玩笑，说他是过路财神！师弟说得没错！他的确是过路财神。人人都知道他是江重风光无限的一把手，都以为他挣了大钱。其实说出来都没有人相信，他家连买房的首付都是借的。

李东星唯一体面生活的保证就是江重报销的那些费用：渤海渔港吃饭能签单，出行有公车，每个月还给一张江北百货的购物卡，剩下的就是逢年过节的职工福利，总经理和普通工人的待遇相同。不过那些大米、白面、洗发水、豆油等等，他都给跟着自己风里雨里的司机了。

至于工资和奖金，江重的工资本来就不高，他的工资看上去不错，可是挣得多，花得也多，尤其是人情往来。江重有头有脸的领导们大大小小有千八百号人，谁家有个大事小情、红白喜事的都要随上一份礼金。李东星是一把手，随礼不能太过寒酸，所以一年算下来，工资搭进去将近一半。这也是没办法，人情世故如此，江重这种老国企体制内对这个更讲究。此外还有那些各种各样的诱惑，李东星每天都能接到熟人托关系的电话，都被他一一拒绝了，他要时刻维护着一名共产党员的操守！

有时候，李东星的心里也不平衡。他很羡慕赵心刚，自己开公司当老板，想怎么办就怎么办，挣多挣少都是自己的，拿得踏实。他就不行了，他想做的大事都要逐级汇报，再反复地开会研究。这些天，李东星就一直在为两件事烦心。

第一件事情就是与国外盾构机公司原股东关于股权转让协议的谈判，如果能以绝对控股方式完成并购，江重就会拥有居于国际先进行列的全系列隧道盾构机的核心技术，就能站在巨人的肩膀上前进。可是谈判的进展非常缓慢，对方提出的合同条款极为苛刻，价格也很高。几轮谈判下来，双方各不让步，陷入了僵局。而这也正是他推迟江重搬迁的主要原因。

以江重目前的实力，搬迁建设新厂和进军盾构机市场，两个只能选一个。而且一旦收购成功，必须马上再对老厂房进行改造升级，以满足盾构机的生产要求。但如果过两年又要搬迁，岂不浪费？所以，时间点很重要，不仅要给谈判留出足够的时间，还要拖到新厂区建设时，那样盾构机厂房可以直接建在新厂，难题就迎刃而解了。李东星一直在想平衡的办法，想得头疼。

第二件棘手的事情接踵而至。这是关系到江重未来命运的重大战略调整，简直捏住了李东星的命脉。省里领导已经多次找他谈话了，都是关于江重和铸造厂合并的提议，省里的意思是两家重量级的企业强强联合，在江北建立冷热联动的重机产业制造基地。

李东星很矛盾，既双手赞同，又难免有些抵触。说白了，这直接关系到他在江重的地位。不过，他也找不出拒绝的理由，这毕竟是一件有利于江重发展的大好事。悬而不定的谈判和企业合并像两把锋利的剑吊在李东星的头顶，他只能硬着头皮往前走！

李东星的日子难过，铸造厂的孟宏达也不好过。最近，两人在渤海渔港碰到好几回，以前两个人都客客气气地打招呼，现在那客套的招呼也似乎带着一分挑衅的意味。

一个人的心悬着，另一人的心会落地？江北有句老话儿：事上见真章儿！既然无法改变别人的想法，只能努力改变自己的命运！

李东星加足马力准备进行盾构机项目的下一轮谈判。这次对方拿出了一点诚意，谈判地点定在了北京。李东星动身去北京之前，却被江重突如其来的一场环保检查拦下了。

江重多处环保检测不达标，环保部门下达了限期整改通知，如果期限内不能完成将面临数额很大的罚款。李东星连夜召开班子会，针对江重需要整改的污染问题逐一分析。江重污染最严重的就是热片的铸钢分公司、热处理分公司和锻压分公司，三家分公司的负责人都到位了。热处理和锻压还算勉强说得过去，这次环保不达标最严重的是铸钢，关云茂成了会议上的重点关注对象。

起初关云茂没发言，他想听听其他人的意见。后来，大家你一句我一句地谈环保，句句都在埋怨铸钢拖后腿。关云茂憋了一肚子的委屈，觉得自己比窦娥还冤枉。后来，有人提到上除尘器，关云茂悄悄瞄向脸色阴沉的李东星。

李东星的内心很复杂，他没有说话，一直在听大家的讨论。他的神色很淡定，看不出一丝起伏的变化。直到听到除尘系统，他的眉头皱紧了，脸色也沉了下去。上精炼炉的时候，赵心刚就曾经跟他提过上除尘系统，被他拒绝了，因为当时的江重真的没有钱上这套系统。

他私底下算过一笔账，50 吨电弧炉配套的除尘系统需要安装 400 千瓦的除尘器，精炼炉配套的除尘系统至少也得安装 200 千瓦的除尘器，车间一共要增加 600 千瓦的用电量。按照铸钢目前的产量，一天工作 20 个小时，一天的电费将近 8000 元，一个月的电费就是将近 20 万元，一年高达两百多万元。每吨钢锭要提高将近 30 元的成本，将严重地拉低本已经微薄的利润。再说，那两百多万元的电费都够铸钢公司职工半年的工资了，那还生产啥？直接给工人放假多好！

当然了，这些都是气话，还是要想办法，解决问题！

他也知道污染的确严重，附近居民的生活受影响，炉前工人的身体健康也难以保证。这些年，江重每年都要为从前得了肺病的老职工付出一大笔医药费。所以江重欠下的债，江重必须承担。

李东星盯着盖着大红戳的整改通知单，斩钉截铁地说道：“环保整治是全厂的事情，我建议各个分厂拿出一笔钱作为环保资金，帮助铸钢上一套除尘系统，先渡过眼前的难关。”李东星的话像一颗鱼雷直接炸裂了会议室这片深海。

江重现在的运营模式是各个分公司独立核算，每个月按照所在固定资产的比例和销售利润向总厂上交管理费。分公司有好有差，无非就是平均主义，效益好的帮助效益差的，就是一笔互相扯皮的糊涂账。长此以往，总往外掏钱的当然不愿意。这次整治环保的对象都是热片，冷片的分公司都不愿意，胆小的没吭声，胆大的直接提出异议。

李东星没喊停，参会人员就七嘴八舌地说开了，说来说去就是两个字：没钱。就算有钱，这笔环保费也摊不到他们头上。更有人言辞激烈地点出了铸钢的名字：铸钢污染，铸钢自己整治！

关云茂是江重的老人儿，哪里受过这等窝囊气，一股无名火噌地蹿得老高。他站起来厉声反驳道："冶炼行业本身就是重污染行业，无论是从前的老炼钢车间，还是今天的铸钢分厂，电炉点火就冒烟，就有粉尘，要想没污染除非停炉！以前炼钢好的时候，养活了全厂，现在我们有难处，你们就事不关己地说风凉话！行啊，有本事把我们踢出江重，炼钢的爷们儿就算要饭也要不到你们家门口！"

"关云茂！"李东星重重地拍了桌子。会议室里顿时鸦雀无声。

关云茂也意识到自己失言了，他叹了口气："随便吧，我听从领导安排。"说完他缓缓坐下，眼底的火气渐渐散去，取而代之的是深切的哀伤和委屈。

会议室里一片寂静，每个人都打着自己的小算盘，等着会议桌主位上的李东星发话。

李东星看向公司的财务部部长曹慧："能不能挤出一笔钱给铸钢应急？"

"嗯……"曹慧翻开厚厚的财务报表，犹豫了一下，"第二季度的回款很慢，好几个项目一直拖着，能不能第三季度……"

李东星想了想："第三季度不就是下个月吗？不行！每年的第三季度都在抓生产，那时候整改会影响铸钢的全年销售额。再说整改期限摆在这儿，也容不得我们拖下去。这个月就得上，你列个单子看哪些项目款可以先停下来，我去讨个面子。”

“可是……”曹慧还想提醒几句，但她看到李东星的脸色不好，便欲言又止，“那……好吧！”

李东星转向关云茂，语重心长地说道：“铸钢是咱们江重不可分割的一部分，以后不准再说不利于团结的话！”

关云茂满脸感动，连老去的皱纹里都绽放着笑容：“李总，我记下了！”

这时，矿山分公司的周励勤高调地站起来：“我来说几句。我们矿山并入江重以来，一直张口和李总要钱，李总从来没有拒绝过，还委托设计院帮我们设计了新产品。我代表矿山的老少爷们儿对李总表示感谢！”他朝着李东星鞠了个躬。李东星的眼底暗涌浮动……

周励勤继续说道：“上周，我们矿山到了一笔钱数不少的货款，可以拿出一部分给铸钢应急。李总也不用太为难，该上的项目还得上！”他的话吸引了所有人的目光，包括李东星。

李东星在江重处于最艰难的境遇时接下这个烂摊子，他的背后有强大的智囊团，更有错综复杂的关系网。前不久，李东星将秦铭所在的老重型拆分到江重的各个分公司，并将顽固守旧的秦铭调到集团，给了一个养老的职位。同时给分到各个分公司的老重型的职工提高了一级工资，还给一些长期不得志的中层干部安排了满意的职位，现在的重型部门运行得高效又充满活力。

有了秦铭的前车之鉴，矿山分公司的周励勤变得聪明多了，他收敛了从前不服不忿的态度，埋头主抓生产业务。他本身就是个能力很强的领导，也一心想乘风破浪地大干一场，所以很快就出了成绩。集团的领导对他的能力很是赞赏，而他也在实践中逐渐对江重产生了认同感。他想要带着矿山分公司真正地融入江重，成为与江重同甘共苦的一分子。

“好！”李东星激动地站起来，主动为周励勤的支持鼓掌。能够服从组织安排，一切以大局为重，以职工为重，李东星发自内心地尊重他、敬佩他！瞬间，会议室内响起热烈的掌声。

散会的时候，周励勤主动走到李东星面前：“李总，从前我……算了不说了，我今天表个态，今后我一定会带着矿山分公司一起为江重努力工作的！”

李东星看着周励勤那诚恳的目光，似乎看到了自己的影子。他轻轻地拍着周励勤的肩膀：“老周，咱们都是江重人！”言罢，带着一丝浅笑走出了办公室。

会议室只剩下周励勤一个人，他重重地喘了口长气。他摸着胸前的江重两个字，干涸的嘴角又不由自主地扬了起来……

## 82

赵心刚动身去青岛之前，回了趟老家探望父亲。老家的新房早已经盖好，大伯和父亲这老哥儿俩相处得不错。父亲的精气神儿好多了，话也多了。他在大伯的劝导下戒了旱烟，学会了打门球，每天都拉着村里的几个老伙计一起打球。

这次回来，赵心刚给和父亲一起打门球的老哥们儿买了统一的队服，上面还印着老当益壮等鼓励的话语，父亲高兴地穿在身上，照着镜子前后看，像极了顽皮的老小孩。赵心刚的内心充满了欣慰，他真心地希望父亲能忘记过去的遗憾，度过一个安详的、快乐的、自由自在的晚年！

从老家回江北的第二天，赵心刚就坐上了飞往青岛的飞机，他要去拜访一个重要的客户，也是多年的老朋友——朱建国。

朱建国在半年前离开了江北，他所在的电力集团响应国家号召，成立了新能源公司，重点开发新能源的发电市场。朱建国任新能源公司的总经理。他利用半年的时间搭起新能源的架子，捋顺了工作程序和今后的目标，还把赵心刚推荐的蓝安和程立都招致麾下，现在可谓是人强马壮、蓄势待发。

当赵心刚推开总经理办公室的门时，朱建国已经泡好了铁观音。故人见面分外亲切，简单寒暄几句，朱建国就切入了主题：“咱们国家对于新能源的开发才刚刚起步，我每天坐在这里闭门造车，工作进展很缓慢啊。”

赵心刚不解：“我听说，上面早就确定了发展风力发电的方向啊！”

朱建国笑了：“看来你没少看新闻啊。是的，在‘六五’‘七五’期间，我们就开发了微型风力发电机，在‘八五’期间建设了不少风电场。八届人大四次会议上还通过了‘九五’计划和 2010 年远景目标，基本确立了大力发展新能源的政策，更是提出全国风力发电的总装机容量突破 40 万千瓦的任务，它还有个好听的名字叫作‘乘风计划’，前几年还出了个‘国债风电’！好啊，真好！正是国家坚持有效地推动和鼓励，大中型风电机组装机和总装机功率才能稳步提升，我国的风电行业才能像旭日那样冉冉升起。你看看这个……”朱建国将一本电力行业内部的杂志推到赵心刚面前，那是一幅美丽的照片，蔚蓝的蓝天下是一片风电场。

“江北的风也很大呢。”赵心刚半开玩笑地说道。江北多风，当地的老百姓经常说江北一年只刮两次风，一次刮半年！这么好的风力资源最适合发电了。

朱建国点头：“不仅是江北，江北周围的那几座县级城市，风力资源都非常丰富。目前各大电力集团都定了调子，新能源的清洁发电量势必要占发电总量的一定份额。大家的行动都很快，全都瞄准了风力发电的大蛋糕，铆足了劲儿抢占市场呢。”朱建国端起茶杯畅快地喝了一大口。

赵心刚来了兴致：“您也开始行动了吧！”

朱建国自信地拍着胸脯：“那当然了。我建了一辈子的火力发电厂，到老了赶上这么大的好事，哪能落在人后？咱心里都有数！”

他对着门外扯开了嗓子，“蓝部长，把东西拿进来。”

门外的蓝安听到喊声，急忙抱着风能发电的模型走了进来。他跟赵心刚亲切地打了招呼，将两个风机模型放在朱建国的办公桌上。赵心刚仔细看过去，风机做得很精致，底座上写着一行醒目的英文字母。赵心刚目光一滞，他刻意避开那串字母，轻轻推了推小风车的叶片，小风车欢快地转动起来。

“不错嘛！”赵心刚微笑地说道。

朱建国指着模型：“让蓝部长给你讲讲！”

蓝安流利地说道：“这是目前市场占有率最高的兆瓦级风电主机、叶片、齿轮增速箱。叶片的功率从 1.25 兆瓦到 6 兆瓦，长度从 30 米到 70 多米……”蓝安还口若悬河地介绍了设备的情况，出现最多的两个字就是进口。

朱建国的脸色变得愈发凝重。赵心刚懂朱建国的心思，他建了一辈子的电厂，最大的愿望就是提高整机的国产率。而国内的风电行业才刚刚起步，还有很长的一段路要走，他当然着急了。

“看起来简单，但真有硬技术！”赵心刚感慨地说道。

朱建国语重心长地点头：“现在已经是二十一世纪了，这么好的时代，这么好的政策，咱们得站在时代巨人的肩膀上前进！”朱建国将风机模型稳稳地放在赵心刚的手里。

模型很轻，赵心刚却感觉捧了一个几乎拿不动的千斤坠，他迎上朱建国那双殷切的眼睛。心，豁然开朗！

## *83*

傍晚，赵心刚和蓝安、程立喝着地道的青岛扎啤，吃着小海鲜，叙旧到深夜，谈得最多的就是房价。这半年来，蓝安和程立都住在单位的宿舍，媳妇和孩子都在江北。现在两人都稳定下来了，都想把家带过来。

“那她们的工作怎么办？”赵心刚认识蓝安和程立的媳妇，她们都在江北发电厂上班，一个管档案，一个做财务。

程立笑道：“工作都解决了。朱总考虑到咱们职工的实际困难，已经安排了她们的工作，解决了我们两地分居的大难题。”

赵心刚点头：“朱总对下属真不错！”

“是啊，现在万事俱备，只欠东风……”蓝安眯起小眼睛，吹了口“仙气儿”，随即伸手去抓，“可是这风在哪里呢？”

赵心刚明白了，是房子！他坐出租车的时候，听司机介绍过，最近房价涨得很快。蓝安和程立虽然在江北过得滋润，但在这里就未必了，工资虽然高了许多，可是这里的房价也同样高了不止一星半点。

“实在不行，我帮你们凑一凑！”赵心刚举起酒杯。

蓝安和程立纷纷摆手。程立说道：“我们哥儿俩能来这里，就很感谢你了，哪能总麻烦你！”

蓝安也说：“是啊，钱的事情好解决，贷款就行，就是好房源太少！”

“好房源？”赵心刚很疑惑。

程立点点头：“是呀，现在买房子赶上小时候买冬储大白菜了。前几天，我们哥儿俩看中个楼盘，说是7日开盘。售楼员让我们早点去，我们连早饭都没吃，七点半就到了。你猜怎么了？”

赵心刚掰开一个白蚬子，沉默地摇头。

蓝安把话接了过去：“说是摇号选房，我俩去的时候，号都发没了。人家都是带着帐篷，大半夜就开始排队了。我俩平时得上班，哪有排队的工夫啊！所以，房子就没买到！”

半夜排队？赵心刚想起转行做房地产开发的表哥覃天，好久都没和他联系了，估计他的房子也这么抢手吧。

“那咋办？”赵心刚追问道。

蓝安瞄向程立：“还是我哥脑子灵！”

“哦？”赵心刚看向露出醉意的程立。

程立抿嘴一笑：“这还不好办。我在劳务市场雇了两个人，替我俩排队，我就不信了，还选不到满意的房子！”

“对，一天六十！”蓝安还不忘补充，“这次，一定能买到房子。今年春节，就在新家过！”

“对！”程立附和。

赵心刚看着两人幸福的笑容，忽然想到了妹妹赵晓雅，青岛的房地产市场这么火，那上海岂不更买不着了？看来，他要早做准备了。随即赵心刚情不自禁地端起酒杯：“来，祝你们的日子越过越红火！”

“是我们的日子！”蓝安和程立也举起酒杯。

“饺子来啦……”说着，小老板端着一盘热气腾腾的海鲜饺子走了过来。三人又有说有笑地聊了起来……

赵心刚回到宾馆的时候都已经播晚间新闻了，他顺手打开电视，走到窗前给妻子李东丽打电话。两人除了夫妻间的问候，就是公司的事情。赵心刚告诉李东丽一个好消息，和江大合作研发的新型电动执行器正在测试，性能比较稳定，下一步就是申请专利和走相关质检部门的手续，很快就能投入市场。就是大功率变频器的技术难度较大，一时半会儿还看不出成效。

李东丽从侧面提醒道：“眼下，中蓝飞跃的主要销售额来自两大块，一是DCS，二就是代理的进口产品。即使研发的新产品比进口的好，恐怕在市场上的占有率也不会太高，这需要时间。给产品适应市场的时间，也要给人适应市场的时间！”

赵心刚明白李东丽的意思。自从她回江北念了工商管理硕士之后，像变了一个人，每天都在为公司下一步的方向和未来担忧。她考虑得没错，只有在同等量级的安全范围内才能良性发展，如果超出资金范畴和领导者的能力范围，步子迈得太大，会拖垮公司。而每个公司又都有发展瓶颈，一旦掌控不了安全范围的尺度，公司就会变得很危险。这些年，他眼见着和中蓝飞跃一起成长的公司起起落落，有的破产了，有的转行了，有的被别人收购了。王泽的华科天来算是不错的。

但是，赵心刚还是提到风电，并说出研发的意向。李东丽直接给他泼了一大盆冷水。在李东丽看来，电控系统等电气仪表类的产品和工程是中蓝飞跃的主营业务，应用在风电没有问题。而要生产主机，包括风叶、变速箱等，这都属于材料和工艺范畴。李东丽在电话里劝道："世上最难研发的就是材料和工艺，这和中蓝飞跃之前的研发是截然不同的，也是中蓝飞跃从未接触过的领域。"

"我知道困难很大，但是我想试一试！"赵心刚执着地说道。

李东丽笑了："很多事情，不是试一试这么简单，要承认差距。我问你，你从江北飞到青岛的飞机是哪里生产的？"

赵心刚没吭声，谁不知道世界上民营飞机几乎被两大飞机制造商垄断了。

李东丽继续说道："材料和工艺是高精尖的领域，我劝你还是另外找个方向。就是上新项目，最好做中蓝飞跃熟悉的产品。你不是去青岛介绍咱们公司针对风电做的 DCS 吗？怎么变成做大风扇了？"李东丽还不忘调侃赵心刚几句。

赵心刚在电话里笑了："现在我们还没有国产的商用客机，并不代表以后没有。从前，我们生产不出很多东西，现在都已经能做出来了。放心吧，改革开放之下，什么都有可能！不是有句话嘛……"

"什么话？"李东丽疑惑。

赵心刚学着朱建国的口吻："站在时代巨人的肩膀上前进！"

李东丽笑了半天："好，你说得都对。不过我要提醒你，华科天来公司最近的动作很大，他们在谈进口的风电机组，王泽很信奉拿来主义。"

"拿什么都行，就是拿技术不行。用钱买来的只有使用权，买一百年，还是人家的东西。咱们可不能犯糊涂！”赵心刚打定主意。

“丽丽，着手准备资金吧。”赵心刚挂断电话，他觉得很口渴，顺手拧开一瓶矿泉水，喝了几口之后才发现电视还开着。电视里正播放着磁悬浮列车的新闻，赵心刚看得热血沸腾，他仿佛看见一辆高速运转的列车穿过一片风电场，奔向灿烂的光明大道……

## 84

天像下了火，扑面而来的热浪让人喘不上来气，赵心刚守在绿未来风电公司的门口，这是他第五次来这家公司了。

这家公司位置偏僻，距离江北有一个多小时的路程。门卫大爷不敢让赵心刚进厂，因为领导特意交代的，大爷也只能遵照执行。但大爷还是好心地让他进门卫室等，赵心刚拒绝了，他不想麻烦人。

门前没有能遮阴的树，虽然车里开着空调，但太阳照进车里还是晒得人燥热难受。幸亏他新买的奔驰车里装了一台车载冰箱，此刻他正大口地喝着冰镇的矿泉水，眼睛却一直盯着远处的办公大楼。

赵心刚吸取了之前的教训，不敢坐在车里睡觉。那天就是因为自己实在太困睡着了，错过了石经理的下班时间，连人家什么时候走的都不知道。等他醒来的时候，车前风挡玻璃的雨刮器上放了一张“明天别来”的字条。字迹很工整，一看就是知识分子的笔迹。

赵心刚当然不会轻易放弃。他今天一早就来了，看到了石经理上班，所以他打算今天要死等到底，一定要和石经理谈谈。为了中午不犯困，还特意喝了一罐咖啡提神。

李东丽心疼他，劝他另外想想办法。赵心刚明白李东丽的意思，无非是让他放弃或者另外寻找新项目。但做什么事情能一帆风顺呢？无论从前在江重，还是离开江重创办中蓝飞跃，他都是磕磕绊绊走过来的。每次成功的关键都是坚持做技术的结果。现在风电的皮毛还没摸到呢，他怎能轻易后退？

赵心刚望着办公楼发呆，思绪回到了中蓝飞跃的会议室内。前几天，赵心刚和李东丽带着公司的研发人员深入地探讨了关于风电项目的具体问题。大家都觉得以中蓝飞跃目前的实力和现有的产品链，独自搞研发是不可能的，最好的捷径就是收购一家从事风电的企业。

赵心刚立刻着手市场调研，发现国内从事风电的企业都刚刚起步。按照“九五”规划和远景目标，风电企业将会迎来最好的市场。说来也巧，他在网上看到了一则“绿未来风电公司陷入困境”的报道。赵心刚立刻搜索了这家公司的信息，越查越欣喜若狂，真是踏破铁鞋无觅处，得来全不费工夫。第二天赵心刚就带着强子找到了绿未来风电公司。

“你们来，是要做什么？”态度倔强的一把手石经理问他们。

“石经理，你好，我是中蓝飞跃公司的总经理赵心刚。我很看好风力发电项目，想找你合作。”赵心刚虽然被石经理单刀直入弄得一愣，但还是带着满是诚意的微笑。

“你了解风力发电机组的技术吗？”石经理耿直地发问。

“不太了解。”赵心刚如实回答。

“那我们有什么好谈的？你们走吧！”

“石经理！”赵心刚没想到石经理会这么干脆地拒绝他，不知道说什么好。他认定石经理是个有故事的人，责怪自己准备不充分，才会陷入尴尬。他冒着被赶出来的风险给石经理留了张名片，带着强子走了。

赵心刚连夜收集了所有关于绿未来风电公司的信息，多方打听石经理的个人经历，又恶补了关于风力发电的专业技术知识。原来，石经理从前是江北一家新型材料研究所的经理，搞技术出身。在国家提出“乘风计划”时，他下海跟同事创办了这家绿未来风电，主要针对风电场研发国产叶片等相关产品。

起初，绿未来风电的运营还算顺利，借了“国债风电”的政策，给江北附近的风电项目提供过中型风机叶片。可是市场总是比技术难，尤其是合伙人之间的意见分歧。石经理和共同入股的同事在公司未来的发展方向上起了不可调和的争端，石经理认为大型风电机组是发展趋势，必须研发配套的大直径风机叶片。合伙人认为研发技术难度大，不如把资源都放在中型叶片上，尽快拓展市场。两人谁也无法说服谁，合伙人一气之下，提出撤股。当时正是石经理带领团队研发的关键阶段，失去了资金的保障和支持，研发进展得非常不顺利。

再后来，合伙人带走了销售经理、财务经理等差不多半个公司的人，组建了一家经营进口风电机组和叶片的公司。石经理傻了眼，他平时只关注研发，不注重市场，合伙人走后不久资金链断了，厂子也就陷入了困境。车间的工人陆陆续续地离开，最后只剩下二十几个人。最让人奇怪的是，在如此困难的情况下，石经理没有卖掉倒闭的厂子，还回绝了竞争对手给出的高薪职位，更是拒绝了前来洽谈合作的伙伴。他一个人继续搞研发，被人误以为是“偏执症”。

赵心刚做技术出身，深知技术人员坚守的信念和执着认真的态度。他认定石经理就是自己想要寻找的最理想的合作伙伴，他要用自己的诚意打动石经理。所以第二天赵心刚独自一个人又来到绿未来风电公司。

“你怎么又来了？”石经理皱着眉头问。

赵心刚没在意，他尴尬地笑了笑：“石经理，关于合作的事希望我们能谈谈，我很有诚意的。”

“没什么好谈的。我现在很忙，请不要再打扰我。”石经理依然一副倔强的态度，说完转身往车间走去。赵心刚追了上去。

“我们车间禁止外人进入。”石经理又是一句像石头一样硬的话。

“那您先忙。”赵心刚知道多说无用，目送着石经理走进车间。

赵心刚回到停在绿未来风电公司大门口的车里，他没有走，而是坐在车里等，想等到石经理下班后再找他聊一聊。没想到天气炎热，他一时困倦睡着了。等醒来的时候发现风挡玻璃上的那张字条。他问了一下看门的大爷，得知石经理已经走了。

第三天下午，赵心刚又来到绿未来公司的大门口等着。看门大爷认识了赵心刚，告诉他别等了，今天石经理去参加一个重要会议，中午就走了，而且石经理交代禁止赵心刚进入厂区。原来那张字条说让他今天不要来，不是拒绝他，而是石经理真的有事。赵心刚笑着摇摇头："搞技术的人还真是耿直啊，可惜又扑了个空。"赵心刚对大爷说声谢谢，开车离去。

第四天，赵心刚依然没见到石经理，因为石经理一直在加班。赵心刚等到天黑，又再次悻悻然离去。

现在是第五天，赵心刚再次等在大门口。

中午强子来送饭，看着赵心刚有点晒黑的脸："我说赵总，你这是何苦呢！让我来这儿等不就行了吗，干啥非要亲自等？"

"我来等，才显得中蓝飞跃有诚意。"赵心刚一边吃饭，一边说道。

"这个石经理，还真不愧是姓石的，真难啃！"强子咬着牙，好像他真的在艰难地啃石头。

"哈哈！"赵心刚被强子逗笑了，勉强咽下一口饭，"搞技术的人嘛，都有些古怪的倔脾气。但我相信精诚所至，金石为开，石经理会与我们合作的。"

"赵总，你都在这儿等半天了，不行下午我来吧，我保证完成任务。"强子想留下替换赵心刚。

赵心刚看着强子，知道他不忍心，拍着他的肩膀："没事，这点苦跟从前吃的苦相比算不得什么，快回去吧。"

"真不用呀？"强子最后一次试图坚持。

赵心刚摆摆手，强子满脸不情愿地开车走了。赵心刚长舒一口气，老国企走出来的人就是这么实在，见不得兄弟受苦。仔细想想，被人关心、照顾的感觉真不错！

下班时间到了，有车辆陆陆续续驶出公司大门。石经理的车子也出来了，赵心刚想迎上去打招呼，石经理的车子拐了个大弯停在赵心刚的身旁，车窗摇下来。赵心刚一脸殷切地喊道："石经理！""明天早上八点，在办公室等我！"石经理说完，一脚油门走了。赵心刚一句"好的"憋在喉咙里，心里却敞开一道窗，倔强的石经理终于有回应了。

可是事情远没有赵心刚想的那么顺利，第二天赵心刚准时来到石经理的办公室，并没有期待的交谈，石经理只是让赵心刚去厂房看看。

到了厂房，石经理与技术人员讨论技术问题，直接将赵心刚当成透明人，晾了一整天。虽然没有实质性的进展，但是能进入厂房，就说明石经理慢慢地接受了他，也许是对他诚意的考验。

他没有因为被晾着感觉不快，一直在仔细地听着石经理他们对技术问题的讨论，没人说话的时候他就在厂房里认真地看着工人们干活。下班的时候，石经理对他说了一句："下班可以走了！"赵心刚没多问，跟着石经理一起下班。

接下来几天，赵心刚每天早上八点准时到石经理的办公室，然后跟着石经理到厂房，像第一天一样听着、看着，然后下班，仿佛他也是绿未来的员工一样。这几天里，他基本摸清了石经理每天的作息和活动范围。石经理每天早上八点会准时开着那辆二手捷达来上班，不是在办公大楼里看资料，就是去厂房车间做试验。厂内的技术研发只有他和两个年轻人，因为人手不够，他经常是自己亲自上手干。外人还以为他是老板雇来干活的工人，谁能想到他就是这家企业的老板。要知道这个厂房不比中蓝飞跃的小，真要算固定资产，值不少钱呢！

赵心刚很心疼，石经理是那种典型的执着于技术、搞科研的人，过的日子很简单，穿着也显得寒酸，但是试验室内的设备一看就很高档。他看了看时间，已经接近午休，强子应该来送饭了。果然，强子开着公司去年买的商务车来到绿未来风电公司的门口。他拎着一个红色的野餐篮下了车，将野餐篮递给赵心刚："赵总，都是按照你的吩咐让食堂做的，还带了两份水果。"

赵心刚接过野餐篮："这几天可能要辛苦你了。你如果忙，就让其他同事来。"

强子摆手："内蒙古的项目干得差不多了，我让老王他们去收尾。抚顺的活儿下月进场，现在还不忙。"

赵心刚欣慰地点头："有你们在，我真是省心。"

"嘿嘿，赵总，这话就说远了，没有你，我不就是个酒蒙子嘛！"强子发自内心地感谢赵心刚，他擦了擦汗，心疼地说道，"赵总，你前前后后都来十天了，之前这个姓石的没两句话就赶我们出来，连公司大门都不让进。现在是让你进大门了，但天天晾着你，也不跟我们谈合作。没见过这种倔人，真是太过分了！"

"叫石经理！"赵心刚纠正道。

"对，是石经理，这石经理一定是石头做的，心贼硬！"强子愤愤地说道。

"行了，这几天我不在，公司很多事，快去忙吧。"赵心刚撵走了强子。现在他要去照顾一下石经理——那块坚硬的宝石了！赵心刚拎着野餐篮走进办公大楼，石经理不在，他找到试验车间。

只见瘦弱的石经理正在吃力地挪动一台试验设备，设备太重，推起来很吃力。赵心刚急忙放下手里的野餐篮，帮着一起推。两人齐心合力将设备推到机舱罩的前面。

或许石经理在想事情，又或许他实在累坏了，坐在地上，摘下眼镜，抹了一把脸上的汗水，大口地喘气。赵心刚贴心地递过一瓶矿泉水。石经理没有拒绝，咕咚咕咚地喝了大半瓶。

赵心刚围绕着机舱罩走了一大圈，仔细地摸了摸："这个玻璃纤维处理得非常好，一点缺陷都没有。"

石经理像爱惜婴儿一样细细地抚摸着："对！这是我带领团队用

了半个月做出来的。”

“嗯，很完美！”赵心刚发自内心地称赞。

石经理站了起来，恢复平时的冷漠：“你都来了这么多天，应该对我也有所了解了。我说过，我不会卖公司，也不想和人合作！”

赵心刚不慌不忙地指向野餐篮：“今天我不谈合作，我是来送饭的。”

“送饭？”石经理下意识地看着野餐篮，忙了一上午，他还真饿了。但现在已经过了午饭点，估计食堂也没饭了。

两人在车间的水池前洗了手，赵心刚将饭菜放在一个可以当桌子的模具上。这些饭菜都是赵心刚特意嘱咐中蓝飞跃的食堂做的。他观察过石经理，脸颊深陷，脸色发白，是长期劳累导致的。石经理守着绿未来，既要管理公司，又要亲力亲为抓研发，一天到晚忙得饭都顾不上吃，身体怎么受得住？赵心刚让食堂做了熘肝尖、过油肉、手擀面和一些小凉菜。石经理很高兴，夹起一块滑嫩的肉片放进嘴里：“味道不错啊！”

“好吃就多吃点！”赵心刚偷笑。他早做好功课了，石经理出生在西北，爱吃面食，这道过油肉是他的家乡菜，一定合他的胃口。

一会儿的工夫，碗盘都见了底儿，两人吃饱喝足。赵心刚将餐具收进野餐篮，又拿出水果盘，里面装着切成小块的瓜果。他将水果盘推到石经理的面前：“再吃点水果，休息一会儿。下午，我给您当助手，要干什么尽管吩咐。”

石经理叉了一块苹果，无奈地说道：“真是吃人家的嘴短啊。”

赵心刚摇头：“石经理，您别多心。这是我们公司食堂做的。我就是看您太忙，吃饭也顾不上，所以让人送过来点。”

“中蓝飞跃，赵心刚，是吧？”石经理心中一酸，触景生情地吃不下了。

“是的！”赵心刚不知道石经理怎么突然问起这个。

“我听说过你和你的中蓝飞跃。你很厉害，不愧是江重出来的人。”石经理缓缓地低头看着地面。

赵心刚看出了石经理的落寞，谦虚地说：“其实我没什么厉害的，主要是借了改革开放的这阵风，站在了风口。”

“风好啊，我就喜欢风！”听到“风”这个字，石经理抬起头，眼底发出闪亮的光芒，“风一吹，电就来了，造福了千家万户，天还是那么蓝。”

“是啊，这么美丽的蓝天，我们有责任保护好它，让子孙后代也能看到！”赵心刚感慨万千地盯着远处瓦蓝的天。

石经理看向赵心刚：“我这个人从来不欠人情，更不占便宜。今天吃了你的饭，我很感谢你。这样吧，我就跟你透个底，你明天就不用来了。”

赵心刚心头一紧，真的担心石经理彻底关闭合作的大门。他真诚地迎上石经理的眼睛：“石经理，其实我……”

石经理站起来：“走，我带你参观一下绿未来。”

赵心刚露出灿烂的笑容：“好！”

两人缓缓走向宽阔的厂房，石经理如数家珍地介绍着厂房内的设备和从前的生产规模。他指向增强玻璃钢纤维的生产线：“我们借着‘乘风计划’的东风成立绿未来风电，研发生产了兆瓦级风电机组叶片和机舱罩，市场反馈很好。后来，我们又开始研发发电机、齿轮箱等大部件，定下力争整机设备的国产化率达到70%的目标。可是……”

石经理失望地抚摸着设备：“可是，目标还没实现，和我一起干的老吕就起义了。他觉得研发投入大、时间长，等成功的时候，市场都被占据了。所以他提出直接用进口设备，我们之间产生了巨大的分歧！”

赵心刚低头想了想，耿直地说道：“其实，老吕也没说错。风电场最近几年飞速发展，所有电力集团都在抢占布局，蛋糕就这么大，谁抢到，谁先得。对于一个企业的发展来说，研发固然重要，但是维持运营更重要。实不相瞒啊，我们中蓝飞跃现在也是国产和进口相辅相成，两条腿走路。其实这也不失为一个变通的办法，我们的技术确实落后太多，向对手学习是最快的途径。”

石经理没有反驳。经历了一个人孤独的战斗，他也想明白了很多事情：“你说得对啊。回头想想，老吕不全错，我也不全对，就是意见不统一而已。国家为了发展新能源，大力鼓励开发风电，给风电行业多少优惠政策啊。我们不能没有自己的技术，让外国人把钱都赚走，而且还处处受制于人。我们迎来了最好的年代、最珍贵的机会，怎么能辜负国家呢？咱得干出点成绩来！据我所知，南方的几家企业做得特别好，我一直想去看看，可惜……”石经理红了眼睛，“不怕你笑话，我现在一分积蓄都没有，全押在这里了。”

赵心刚很受感动，他问了最关心的问题：“为什么不找合作伙伴呢？绿未来风电有现成的厂房，一套完整的生产线和工作流程，只要资金到位，马上就能正常运行。您也不用这么辛苦了。”

石经理无声地转过身，留给赵心刚一个落寞、失意又不甘的背影。好久，他才转过身，哽咽地说道：“市里的领导帮忙搭桥牵线，合作伙伴来不少呢。可是他们不诚心呀！有的直接问一年能挣多少钱，有的要求转行，没有人支持我搞自主研发。我一旦在合作协议上签了字，就没有了话语权，之前的辛苦和坚持就白费了。如果那样，我和老吕还分什么家?！”

“石经理，想听听我的故事吗？”赵心刚微笑地看着他，缓缓讲述了那段人生中最难忘的经历和美好的愿望。

石经理听得很认真，也很安静，那双晦暗的眼睛渐渐地亮了……

许久，赵心刚真诚地伸出双手：“石经理，你愿意跟我合作吗？”

石经理颤抖地抬起手臂，紧紧地握住赵心刚的手：“兄弟……”

外面阳光正烈，一缕缕凉爽的清风吹过，立在厂房外的“大风车”转得飞快，今天真是个好日子！

第二十章
Chapter 20

# 两次截然不同的重组

## 85

这是赵心刚创办中蓝飞跃以来最忙碌的一年，连春节都是在谈判桌上度过的。他采用合作伙伴的方式为绿未来风电注资，拥有一定比例的公司股权。石经理仍然是绿未来风电的公司法人代表，他和赵心刚成了朋友和兄弟，也是新的合作伙伴！

赵心刚为了支持石经理的研发，让绿未来尽快运行起来，上了一套最新的生产线和相关设备，并找到常年和中蓝飞跃合作的江北装备技术学校的刘校长，按照绿未来风电今后的生产要求，定向培养了一批拥有相应技术的学生。

天道酬勤！有付出，终有回报。不到半年的时间，石经理研发的新型叶片在市场上获得了很高的评价，并得到客户的高度认可。绿未来风电抓住了机会，迅速恢复全面生产。

为此，赵心刚又将中蓝飞跃的自动控制系统与绿未来风电的业务进行整合，专门成立了风电事业部，并提出未来一到三年的发展计划。李东丽给计划起了一个好听的名字，叫作“借风前行”。

真的借了东风，又借西风，中蓝飞跃在江北本就是一家知名的拥有高精尖技术的民营企业。赵心刚成功布局风电，进入风电市场，销售额呈现翻倍的增长，让中蓝飞跃整体迈上一个新台阶。

这一年，对赵心刚和中蓝飞跃都是非常重要的一年，值得铭记的一年。赵心刚成了江北的名人，中蓝飞跃成了江北的明星企业，他们的名字经常捆绑出现在地方报纸和新闻里。每周都有客户和一些领导来参观学习，每次赵心刚都要作陪，弄得很是苦恼。

好在李东丽懂管理，她专门成立了一个负责接待客户参观厂区的宣传部门，成员都是从外事服务学校招来的毕业生，他们负责接待、宣传企业文化等工作，如有技术问题，就从技术部门临时调技术人员来解答。一个月下来，宣传部为中蓝飞跃的品牌做了极好的推广。赵心刚不得不承认，他娶了一个聪明、厉害又善解人意的媳妇。

这天，赵心刚处理好公司的事情，拨通了妹妹赵晓雅的电话。这是最近以来雷打不动的模式，表面是关心，实际是催婚。

赵晓雅和宋可乐相处快三年了，迟迟没有结婚的动静。远在老家的父亲赵复亚很着急，赵心刚嘴上不说，心里也惦记。他侧面问过宋可乐，一向口齿伶俐的宋可乐吞吞吐吐，在赵心刚再三地追问下才说出实情，原来他已经向赵晓雅求过三次婚，都被无情地拒绝了。赵心刚安慰了他几句，便让李东丽去做妹妹赵晓雅的工作。在他看来，三年的时间足以看透一个人的人品秉性，如果合适就步入婚姻的殿堂，如果不适合就立刻分手。长期地耗下去不仅浪费精力，更伤人心。当天晚上，李东丽告诉他，赵晓雅需要考虑一周。这一周赵心刚寝食难安，内心矛盾，既担心妹妹感情受伤，又不希望她为了婚姻而结婚。

此时赵心刚紧紧握住电话，说出一个老土的开场白："吃饭了吗？"

赵晓雅在电话里提醒："哥，现在才十点，还没到饭点儿呢。"

"哦……"赵心刚兜兜圈圈地找话题，"工作忙吗？"

赵晓雅故意拉长声："不——忙——"

赵心刚实在忍不住了："好啦，这么说话太累了。晓雅，关于你和可乐的事情，你考虑得怎么样了？”

电话那头没有了声音，只听到轻轻地喘息。好一会儿，赵晓雅莫名地说道：“哥，我很爱可乐，真的很爱！”

赵心刚听了有些不舒服，不过还是实话实说：“可乐对我说，他也很爱你！”

赵晓雅的声音很小：“是啊，我爱他，他也爱我，我们自然要结婚的！”

赵心刚激动地站了起来：“晓雅，你说什么？”

赵晓雅加重语气地重复：“我们要结婚啦！”

“太好了！”赵心刚露出了欣慰的笑容。

就这样，赵晓雅和宋可乐这对欢喜冤家结束了三年的合租生活，幸福的婚礼提上了日程。赵心刚作为娘家人，为妹妹准备了一份丰厚的嫁妆——陆家嘴的一套房子。

这套房子是赵心刚去年从青岛回来之后买的，他也遇到了和蓝安、程立同样的麻烦，多亏覃天表哥帮忙找人排队，才买到一套称心如意的房子。拿到钥匙那天，赵心刚才明白：买房是个体力活！

后来，赵心刚一直瞒着赵晓雅，打算等她结婚时给个大惊喜，哪承想李东丽说漏了嘴，赵晓雅早就知道了房子的事情，还没等赵心刚在电话里开口，她就笑称自己是个小富婆。赵心刚低头一想，妹妹说得也对，妹夫宋可乐是上海本地人，父母给他们也准备了婚房。再加上自己陪送的嫁妆，晓雅不就是“小富婆”嘛！

听着妹妹在电话里欢快的笑声，赵心刚格外欣慰。

妈，晓雅结婚了！赵心刚的眼角缓缓地流下两行温热的泪！

随后便是婚礼上的事情，按照国内的习俗，结婚几乎都是男方操办。江北离上海远，赵心刚有心无力，他总不能将妹妹、妹夫请到江北来吧，那也太过折腾了。所以，他特意征询了妹妹赵晓雅的意见。

赵晓雅在电话里说道：“婚礼在上海办，大表哥还要当证婚人呢！”

“范宏也来？”赵心刚很惊讶，大表哥范宏虽然在深圳和上海两地分别开了分厂，但是平时他依然在香港生活。前几天听覃天说，深圳分厂要有大动作，不知道范宏的葫芦里卖的什么药！

范宏的形象在赵心刚的心目中很高大，但就是看不懂他！范宏是个典型的商人，满脑子装的都是赚钱的生意经。正是因为他独自一人去香港打赢了官司，要回了应得的遗产，他、覃天还有范宏才有了第一桶金！

范宏是个认亲的人，对兄弟姊妹特别关心，尤其是妹妹赵晓雅。范宏对赵晓雅比他这个亲大哥还称职呢，可以说，范宏是赵晓雅的人生导师，手把手地领着她一步步地闯出小名堂。

“好啊，我带领江北亲友团去上海和大表哥会师！”赵心刚开起玩笑。

“嗯，我在根据地等着你们！”赵晓雅一贯很幽默。

赵心刚又在电话里仔细地嘱咐了几句：“今后你就是结婚的大人了，不能耍小孩子的脾气，工作和婚姻都是需要经营的。”

“放心吧，我一定以丽丽嫂子为终极目标！”赵晓雅在电话里保证。

赵心刚苦笑着挂断电话，每对夫妻都有自己独特的相处之道，他和丽丽的相处之道就是对彼此尊重和信任。至于妹妹和宋可乐，或许他管得太多了，年轻人会找到适合自己的、最舒服的相处方式。

赵心刚舒展双臂，揉了揉微痛的肩膀，这时覃天的电话打了进来。只听他兴奋地扯着嗓子：“小刚，大喜事，大喜事！”

赵心刚以为他在说赵晓雅的婚事，附和道：“的确是大喜事！”

“你知道啦？”覃天的语调低了几分。

赵心刚奇怪：“这么大的喜事，晓雅怎么可能不告诉我。”

“也对哈，范宏最看重晓雅了！”覃天咬着生硬的普通话，“你不是说很多客户都喜欢看足球比赛吗？这回可以随时邀请他们来深圳看球了，坐贵宾席，看个够！”

赵心刚有些糊涂了，覃天不是说晓雅的婚事吗？怎么扯上去深圳看足球比赛了？还看个够？好像有点不对……于是他试探地说道：“晓雅在上海举办婚礼，她说大表哥范宏会当证婚人，你也必须到！借着这个机会，我们兄弟三人就能一起会面了。”说起来还挺遗憾的，他们兄弟三人还从没有一起见过呢！

上海办婚礼？覃天意识到误会了，他合不拢嘴地笑道：“大喜事真是一件连着一件，大表哥也有喜事呢。”

“哦？”赵心刚停顿了一下。

覃天在电话里讲述了范宏的喜事。原来今年不仅是赵心刚的好年头，更是范宏的喜年。深圳、上海两地的分厂效益特别好，成功地打开了内地市场。内地市场实在是太大了！两个分厂的销售额很快就超过香港总厂，这让范宏看到了商机，他准备将工作重心从香港移到内地，市场也从东南亚挪到国内。为了打出品牌效应，范宏拿下了南方一支足球队的冠名权。覃天知道北方人喜欢足球运动，就在第一时间给赵心刚报喜。

“嘿嘿，大表哥厉害吧！”覃天微笑。

赵心刚在电话那端认真地点着头：“真是一件大喜事呢！”

“这就是品牌的力量。”覃天现学现卖，“我也正学着经营品牌呢。下一步，打算在公交车、大巴车和一些路牌上打打广告，树立品牌形象。”

“不错啊，你们一个是吃，一个是住，都是最贴近老百姓生活的，所以品牌很重要。对了，最近房地产市场还这么火爆吗？”赵心刚追问。

一聊起房子，覃天来了兴致：“火爆呀，那是相当火爆了！以前啊，总听你说改革开放这么好那么好，我觉得那四个字跟我的生活说近不近，说远不远，反正有点空！现在我才知道，潜移默化的力量简直是巨变啊！小刚，你看哈，不知不觉中，城市变美了，道上的车变多了，楼房也高了。这老百姓日子过得宽裕了，第一步的改善就是吃。以前谁家能天天吃肉？现在只要你愿意，可以顿顿都吃肉，而且对吃的要求和标准也越来越高呢！在这点上，大表哥受益最大。”

“那你呢？”赵心刚又问。

覃天喜滋滋地说道：“我就更不用说啦！衣食住行，除了食，剩下三样我都占了。我开过服装厂，小赚一笔。后来搞混凝土，往各种工地送，又挣了一笔。现在搞房地产，就更不用说了。我现在算彻底明白了，这人政策离咱们老百姓一点也不远，简直是息息相关。”

“是啊，每个中国人都是时代的参与者，也是时代的造就者！”赵心刚深有体会地说道，“其实，我受益不比你们小呢。电力属于基础设施建设行业，有了电的保证，才能保证其他行业的发展。现在，我都开始追风发电了！”

“我真是太感激这个时代了。”覃天在电话里不经意地咳嗽了几声。

赵心刚关切地问：“怎么了？”

“没事，昨晚睡得晚，有些着凉了。”覃天又是一阵咳嗽。

赵心刚劝慰：“你一个人生活也不是办法，嫂子和孩子在国外也惦记你，不如，让她们回来吧。”

覃天努力地压制咳嗽：“不行啊，她们好不容易出了国，不能回来。”

赵心刚困惑：“那当初为什么非要出国呢？”

“你是追风，我是跟风呗！”覃天叹气，“估计江北不多。可是我身边的人能出去的都出去了。我只把老婆孩子送出去，人家都全家移民呢。”

“有这样的事情？”赵心刚忽然想起前几天和同学袁大为的聊天。

袁大为的妻子、孩子、岳父岳母都在国外，本来他也想去，可是公司事情多，走不开，一直拖着。不过，他也有出去的想法，总想着把手头的合同做完再走。说白了，就是想多挣点钱。毕竟在国外没有国内这么好、这么大的市场，能开家中餐厅就算不错了。在国内享受惯了，去国外一时还不太适应。

不过，最近想出去的人的确很多，听说王泽也在办理出国的相关手续呢。

为什么都要离开呢？赵心刚陷入深沉的思考。

覃天见他许久不说话，以为他也动了出国的心思。覃天出起了主意："加拿大不错，气候很适合你们北方人。不过，千万别去魁北克、蒙城这样的地方，实在太冷了！"

赵心刚回神："你误会了，我从来没有过出国的打算。祖国这么好，为什么要离开呢？"

这回轮到覃天思考了，他的脸憋得通红，默默地重复道："是啊，祖国这么好，为什么要离开呢？"

## 86

赵晓雅的婚礼本来定在五月，因为父亲赵复亚生了一场大病，一直在江北住院，便耽搁了。赵晓雅和宋可乐商量之后，推迟了婚礼，定在六月。

六月的上海天气闷热、多雨，也迎来了旅游高峰，好在赵晓雅和宋可乐提前订好了宾馆，他们按照婚礼嘉宾的人数，订下十几个房间。

喜事总是让人心情舒畅，老天也一扫多日的阴霾，露出明媚的笑脸。一切都在有序地向前推进着。婚礼的前五天，李东丽和赵琳琳带领着家属团抵达上海，两人承担起照顾亲友的责任，除了上街扫货，就是吃喝玩乐。

赵心刚因为中蓝飞跃有场重要的投标所以晚几天出发。按照计划，他会和覃天在婚礼的前一天赶往上海。相比这两人，大表哥范宏就积极多了，他提前一周从香港飞往江南，洽谈有机食品基地的事情。

就这样，在婚礼的前一天，赵心刚、范宏、覃天都到了宾馆，刚好赶上事先订好的晚餐，这是兄弟三人第一次的聚会。兄弟见面分外亲切，比起范宏和覃天，赵心刚不善言谈，他不停地给两人倒酒，覃天调侃他是最大牌的免费“服务生”。

赵心刚笑而不语，毕竟是妹妹赵晓雅的婚事，他作为亲哥哥，总得尽些同胞之谊。他偷偷观察过大表哥范宏，范宏坐在席上，举止间带有天生的领导气。更可贵的是他很有绅士风度，基本上谢谢不离口，连和比较熟悉的覃天也很客气，一看就很有素养。

比起范宏，覃天就洒脱自在多了，他充分发挥了好口才的优势，一顿饭下来，说的比吃的还多。接近尾声的时候，赵心刚担心覃天吃不饱，贴心地给他夹了几个饺子。覃天全吃了，果然没吃饱！这回轮到赵心刚调侃覃天是“话痨”了。

晚餐过后，覃天的兴致依旧很高，他分别敲开范宏和赵心刚的房门，约他们出去走走。赵心刚正想找机会多和两位表兄聊聊，三人简单收拾一下，相约去宾馆附近的公园。

室外的空气非常清新，路灯柔和的光慵懒地散落在茂密的树上，荡起一层层闪过光圈的暗影。锦簇的鲜花开得正盛，引来了一只只飞舞的小蝴蝶。

覃天舒展双臂，大声说道：“这座城市真的太漂亮了！”

范宏指向马路对面的人工湖：“那里才漂亮呢。”

“去瞧瞧？”赵心刚提议。三人兴致勃勃地朝人工湖走去。

一路上，三人放松地聊开了。范宏一改吃饭时的严谨，不时地询问赵心刚和覃天各自的发展。赵心刚认真地讲述了中蓝飞跃近几年的发展，当说到注资绿未来风电时，范宏敬佩地拍了拍赵心刚的肩膀，连声叫好：“小刚，我果然没看错你，有胆识，有魄力，更有眼光。”

赵心刚还有点不好意思，一旁的覃天假装吃醋："大表哥，我的胆子也很大，差点都光荣了。"

范宏略带埋怨地说道："小天，你还好意思说！我早提醒过你，要稳健些，你却还是那么激进！"

覃天叹口气："是啊……现在回想那段经历，真是后怕。我当时实在是被银行贷款压得喘不上来气啊！我一咬牙，反正都是死，必须死在自己的地方。"

"所以你就躲在售楼处里？"赵心刚想起自己赶到售楼处的那一幕，依旧心有余悸。

范宏也开始调侃："小天，你躲在售楼处也得还银行贷款呀。"

覃天腼腆地挠头："当时啊，我整个人都是蒙的，银行天天给我打电话催贷款。后来，不知道什么原因，银行不太催了，还告诉我要注意安全。我也想尽快盖房子、卖房子、回笼资金，还银行钱啊，可是售楼处还没完工呢。我一着急，脑子一热，就去售楼处干活了。我毕竟学过仪表，懂一些电气的知识，安装个开关、接个电线还是行的。"

"你去售楼处接电线了？"赵心刚瞪大眼睛，"怪不得我在售楼处开灯的时候，保护开关跳闸了。我仔细看过，是电线接错短路了。插座里的火线和零线接一起了，幸亏有保护开关，否则真是很危险呢。下次，你可千万别乱干活了。"

"哈哈……"范宏指向覃天，笑而不语。

覃天尴尬地挠头："还有这样的事情，我记得那根蓝线……"

"别想着蓝线啊，前面红灯。"赵心刚指向红色的交通灯。三人停下脚步，等变了绿灯才穿过马路。

马路对面有个小广场，紧挨着人工湖，附近的几个楼盘都没有盖好，所以人不多。三人漫步湖边，凉爽的清风迎面吹来，让人感受到这座城市的温度。

不一会儿，三人坐在湖边的一座小凉亭里休息，赵心刚发自肺腑地说道："大表哥，我要对你表示祝贺。你们创立的食品品牌在江北很出名，从三岁的孩子到年迈的老人都知道呢，真是家喻户晓。"

覃天附和："那当然了，大表哥目光长远，总是能抓住最好的商机。"

"教教我们经商的经验吧。"赵心刚微笑。

范宏感慨地说道："我哪有本领！若是非要说本领，那应该是失败过太多次，总结出来的经验罢了。"

失败？赵心刚犹豫了一下，大表哥今天有点反常呢！他困惑地看向范宏。

范宏神色凝重地说道："就拿有机食品基地举例子吧。我错误判断了内地经济的发展速度，多交了很多学费。两年前，我让晓雅洽谈有机食品基地的事情，晓雅建议我趁着土地的价格低，多签几个基地。我当时觉得内地的经济不可能发展这么快，等过两年再大力拓展也不急，便错误地去重点开发东南亚市场了。我错信了外媒对内地经济发展速度的判断，他们都觉得内地的 GDP 不会超过去年，可是实际呢？中国是世界上经济发展速度最快的国家，去年比前年增加了 16% 以上，超过了意大利，成为世界第六大经济体。我也为自己的错误埋单了，今年有机食品基地的价格翻了一倍。我若还不下手，明年又会翻倍。幸好，当地有对农副产品的补贴。否则，我都要张口跟你们借钱了。"

赵心刚微微点头："是啊，最近几年的经济发展速度真的很快啊。大表哥，我们是一家人，你若有困难，可以随时找我们。"

覃天大大咧咧地抿嘴笑："没想到，常在河边走，英明的大表哥也有湿鞋的时候。"

范宏摆手，看向赵心刚，话锋一转："小刚，你这句一家人说到我心坎上了。其实我这次来，除了参加晓雅的婚礼，还有一件非常重要的事情要找你们商量。"

赵心刚目光一滞，果然，大表哥藏了心事。

覃天也觉察到范宏的状态和平时不太一样：“大表哥，你想说什么？突然搞得这么正式！”

范宏站了起来，目光坚定地望向波光粼粼的湖面，良久，终于开口说道：“当年，我去香港继承舅姥爷的遗产，舅姥爷攒下这笔钱不容易，食品厂是他一生的心血。当时小天还小，所以我接手了食品厂。舅姥爷最大的心愿就是做百年基业。但时局变迁，社会发展，一个行业想百年不衰，真的很难。所以现在讲求的是集团多元化发展。”

“难道是……”赵心刚怔怔地站了起来，连嬉皮笑脸的覃天也收敛了笑容。

范宏继续说道：“有个故事，说一位父亲去世了，留给三个儿子各一块地，老大种了马铃薯，老二种了玉米，老三种了水稻。有一年闹旱灾，老三的水稻绝收了，但老大的马铃薯和老二的玉米还有收成，他们分给老三一些，兄弟三人一起挨过了旱灾。又有一年雨水特别多，老大种的马铃薯和老二种的玉米减产，老三种的水稻基本没受影响，老三将一部分收成分给了老大和老二，兄弟三人又一起挨过了一个灾年。同心不同行！你们明白什么意思吗？”

范宏顿了顿：“我一直在坚持做食品，鼓励小天找到属于自己的路，再后来，小刚也走上了创业的路，我们都在各自的领域努力拼搏，并取得了一定的成功。没想到内地的经济发展这么迅猛，你们的公司做得都不错。相比之下，我算是落伍了。”

覃天摆手：“大表哥，你怎么落伍呢？我们兄弟三人之间，你的公司做得最大、最强、最出名。我们都跟着沾光呢！”

“那是因为我占了便宜。在你们还没有起步创业的时候，我就已经在开公司了。算上创业的路程，你们比我厉害多了。”范宏夸奖道，“尤其是小刚，他干得最晚，技术含量最高，也最成功。”

赵心刚谦虚地摇头：“中蓝飞跃是赶上了好形势、好市场，才走到今天。大表哥的食品厂面对的市场是东南亚，这些年，东南亚的发展速度哪里比得上国内？如果这么论起来，我和覃天也占了天时、地利、人和的优势！”

“就是改革开放的好政策嘛！”覃天一语道破。

范宏笑了：“对，就是改革开放的政策好！”

赵心刚盯着范宏的双眼，看出了眼底的那份决断和野心。

范宏继续说道：“我主营食品开发，小天做房地产、混凝土，小刚的中蓝飞跃集团也搞得不错。但是以我们自身的实力想要更进一步，那将需要强大的财力支持，恐怕目前我们都不具备条件。但是如果我们三家拧成一股绳重组成集团，每家公司的业绩和品牌都会迈上一个新高度，这就是1加1加1大于3的道理。不过，合并重组事关重大，我会尊重你们的意见。”

之前，赵心刚只听师兄李东星讲过企业间合并、重组的好处和烦恼。他总以为师兄太过保守，一根筷子的力量哪能比过十根筷子的？可真的轮到自己的身上，他才明白这种复杂、矛盾又跃跃欲试的感觉。

“我同意！”赵心刚低沉地说道。

覃天也点头：“我也同意！”

范宏停下脚步：“你们先别这么急着同意，关于重组成集团的细节和各自的股份，我们必须详细地坐下来谈，还要请专业的审计公司过来审计。还有，我们不要忘了这次是为谁而来，我们美丽的新娘晓雅现在已经是有机食品公司的法人代表了！”

赵心刚瞬间懂了，这是范宏送给妹妹的嫁妆。他推脱道：“太重了！”

覃天微笑着说：“不重！晓雅是我们唯一的妹妹，我们要把她当成公主来疼。我在新开发的楼盘里也给晓雅留了一套三居室，那里离大表哥的深圳分厂很近，以后晓雅出差就不用住宾馆了，直接回家就好！”

赵心刚感动得不知道说什么才好：“你们这样，会把晓雅惯坏的。”

范宏眸光一闪：“这你就不懂了，我们都是为了晓雅的幸福！”

幸福？赵心刚很费解。

范宏笑道：“你啊，自己找了一门好亲事，就以为全天下的人都会像你和丽丽那么幸福，以为全天下的亲家都像你岳父岳母那样平易近人。人生哪里会事事如意呢？看来，晓雅从未跟你说过宋家对她的挑剔吧？”

赵心刚心头一紧，在他眼里妹妹赵晓雅从小就是很优秀的女孩子，长得漂亮，名牌大学毕业，工作能力又强，除了有点小任性，几乎没有什么缺点。这样的儿媳妇，宋家会不满意？宋家出身普通家庭，父母都是一线的工人，宋可乐出国留学的钱都是爷爷奶奶出的。宋家会嫌弃晓雅？

范宏拍拍赵心刚的肩膀：“晓雅怕你担心她，没敢说实话。其实啊，宋家一直不同意这门亲事，晓雅痛苦了好久，差点和宋可乐分手，好在宋可乐坚持，你又逼得紧，晓雅才同意。这是他们年轻人自己的事情，让他们自己解决。我告诉过晓雅，什么都别怕，跟对人最重要，要懂得瓜熟蒂落的道理。”

赵心刚真想抽自己一个耳光，还好晓雅不止一个哥哥，他诚恳地握住范宏的手：“谢谢你，大表哥。”

范宏笑道：“晓雅是你的妹妹，也是我们的妹妹，咱们这代人啊，只有晓雅一个女孩，自然要多疼她。”

覃天接着说下去：“城里有些小市民很排外，尤其不喜欢外地的媳妇。没关系，我们给晓雅陪送了两套房加一家公司，明天婚礼上宋家人肯定乐得合不拢嘴！”

赵心刚感受到满满的热情，他同时搂住范宏和覃天的肩膀：“走，去新人家里沾沾喜气。”

三个意气风发的男人迈着矫健的步伐，融入了这座欣欣向荣的城市……

# 87

远隔千里之外的江北发生了一件大事，两家龙头企业强强联合，完成了历史性的重组。

重组大会上，江重的一把手李东星和铸造厂的领导孟宏达互相交换了签下彼此名字的协议书，两人的手紧紧地握在一起，会场里传出雷鸣般的掌声。

李东星和孟宏达的目光里却藏着冰凌般的冷漠，更蕴藏着剑拔弩张的凌厉。

“甘拜下风！”孟宏达用力地摇晃手臂。

李东星平淡地看着孟宏达，扬起嘴角：“合作愉快！”

孟宏达失意地松开手臂，拿着那份决定自己未来命运的协议书坐回到原来的位置。这时，李东星作为主角已经在台前开始发表激情洋溢的讲话了。孟宏达知道，今后这里就是李东星唱主角的舞台了！他黯然失色地低下了头。

台上如此，台下也如此。有人满脸兴奋，有人满心伤感，王连成就是伤感的一个，别说拍手了，连个笑脸都没有。他在台下就是一个不合群的另类，根本听不清台上在讲什么，觉得耳边只有轰鸣的设备声。王连成下意识地摇了摇脑袋，轰鸣声小了些，似乎又响起激烈的掌声。他修了一辈子的炼钢炉，炉子常年高分贝的噪声影响了他的听力。他开始走神，脑子里飞速地闪过了好多事……

前段时间，江重和铸锻厂的重组方案推行得很快，江重这个大湖表面上安安稳稳，水底下早就暗流汹涌。各种版本的流言满厂飞，有人等着吃瓜看好戏，有人等着抓住机会好上位。唯独总经理李东星依旧波澜不惊地掌着舵，丝毫没有受流言的影响。他非但没有四处跑关系，反而按部就班地工作，还在强烈反对的声音下建了新厂房。

所有人都知道江重搬迁是早晚的事情，周边的企业，包括冶炼厂在内都在着手搬迁的事情。可是在这么敏感、关键的节骨眼建设新厂房，简直就是花钱打水漂，败家子的行为。

江重的职工私底下都说李东星糊涂了，更是有人写检举信将他告到有关部门。不过，李东星就是李东星，在江重根本没有他办不成的事情。

压力再大，他顶着压力推进新厂房的建设，还硬是从过去的坏账里要回一笔数额不小的欠款。新厂房就在这一片滔天的质疑和流言蜚语中建了起来。李东星每天上班的第一件事，就是戴着安全帽去亲自监工。除了监工，李东星还隔三岔五地找外贸公司的小潘开会。小潘是李东星一手提拔起来的干部，嘴很严，谁也不知道李东星心里在想什么！

但王连成心里清楚，李东星雷打不动的沉默是在酝酿着更猛烈的大事！

果真，一切都应了王连成的猜想。过了春节，没完工的新厂房贴着乘风奋进的对联，还挂上一块蒙着红布的牌子。这时所有人才知道，李东星不动声色地干了几件雷厉风行的大事，每件大事都够上江北新闻的。

原来李东星通过艰难的谈判以绝对控股的方式并购了国外一家盾构机公司，使江重成为国内首个拥有世界上最先进的全系列隧道盾构机的重机生产企业。

他还带领外贸公司在巴西签下两台盾构机的大合同，合同金额达到了 3 亿美元。消息一出，正准备在江北开工建地铁的施工单位立刻找上了门，随后，全国各大建设单位纷纷都来洽谈盾构机的合同。

一时间，李东星成了最忙的人，江重这个蒙满尘土的金字招牌再一次回到众人的视线。姜还是老的辣，江重夺回了重机行业老大的交椅。

有了创新产品，又拥有潜力巨大的市场，那块蒙着红布的牌子终于露出庐山真面目——盾构车间。

江重和铸造厂重大的重组方案在一个月前敲定，李东星任集团董事长兼总经理。可是重组的细节还没有最终敲定，毕竟两个企业实在太大，遗留了很多历史问题，哪能一朝一夕就完成重组呢？而且，目前两个企业都面临着搬迁。铸造厂的地早就卖了，新厂房的地址变了又变，始终定不下来，无法确定搬迁的具体日期，买地的开发商每天都会派人来催促。

孟宏达本来对重组就有些小情绪，现在直接将搬迁的火炭盆扔给李东星。李东星忙得焦头烂额，现在他又住进301室那间宿舍了。

嘿！这一切都是他自找的！王连成嘟囔着拉回了思绪，又开始扮演起热心职工的角色。

台上的李东星连续念了一大串铿锵有力的排比句，最后他精神抖擞地喊出："我相信，新江重的明天会更辉煌！"

会场内又响起热烈的掌声，李东星对台下深深地鞠了一躬，结束满腔热忱又感人肺腑的讲话。

掌声越来越热烈，王连成也跟着拍起巴掌。忽然，他觉得牙很疼。年纪大了，每次一着急上火，有一颗坏牙就疼。儿子小宇让他拔了，他总觉得不舍得。跟着自己大半辈子的牙，咋能说拔就拔呢？

人啊，总是要讲感情的。不过，近些天，这牙疼得越发勤了。

王连成疼得龇牙咧嘴，连视线都变黑了。疼晕了？王连成这才发现周围的人都站了起来，唯独他还在傻乎乎地坐着拍巴掌。

必须得拔了！王连成捂着腮帮子慢吞吞地站了起来。

此时，台上已经空无一人，只留下那排醒目的大红喜报……

## *88*

李东星从未想过事情的局势会转变得这么快。他每天忙着签合同、见外商、谈搬迁、办贷款，哪里有时间去窥视孟宏达的心思！说到底，他还是太轻视孟宏达的能力和庞大的朋友圈了。孟宏达和他有着相似的成长经历，他带领铸造厂蹚过那段最泥泞的路。而经历过大风大浪的人怎能安于甘拜下风？

李东星推着坐在轮椅上的父亲李肇业在附近的公园遛弯。李肇业前些年得了脑血栓，抢救比较及时，恢复得也不错，就是走路有些费劲，再加上多年的老寒腿，所以出行一直靠轮椅。但是他的头脑清晰，语言系统也没有受到生病的影响，还是那个运筹帷幄、时刻关注着江重的老厂长。

李肇业盯着河岸对面，自言自语地说道："原来那里是个造纸厂，整天往河里放污水。后来造纸厂关停了，盖了新楼盘，还修了公园，河水才越来越清了，变化真是大啊。"

李东星心神不宁地继续推着父亲往前走。附近新修了一个足球场，一群孩子正在踢足球，比赛很激烈，李肇业摆手示意想看看，于是李东星停下脚步。可是他哪里有心情看球赛，他还在关心自己的事情："爸，真的没有回旋的余地了？孟宏达他……"

李肇业笑了："你不要把一切都看得那么糟。我刚才回答你了，这个决定是大家经过无数次讨论，找出的最好的解决办法。你啊，还是太年轻，等到了我这个年纪你就会明白，什么最重要？健康最重要！怎样才能健康？"李肇业指着眼前秀丽的风景，语重心长地说道，"青山绿水的环境才是保证健康的第一步啊。"

"爸……"李东星欲言又止。

李肇业劝慰着自己的儿子："作为江重的领导干部，你不能闹情绪。我看这次重组的方向很对，很胆大。江重这些年被老百姓骂得还不够吗？江重对面的居民区受了多少年的委屈？再说，铸造厂的新厂址迟迟落不下来，也不能总拖着。现在好了，都解决了。你的目光要放长远一点。我举个例子，当年江北修二环、修南北快速路的时候，很多老百姓不理解，有人说浪费，有人说没用。当时，江北的路上还没有这么多的车。现在呢？才过了十年，江北的汽车拥有量就翻了三倍多。谁能想到，江北的城市发展会这么快？事实证明，二环路修得很对，南北快速路还修得不够宽呢！这就是有前瞻性的规划！当年质疑的那些人都闭了嘴。这说明什么？”

李东星苦涩地应了一句：“说明要用发展的眼光看问题！”

“没错。”李肇业继续开导道，“这次江重和铸造厂的重大重组完全是考虑了未来几十年的发展。将冷片留在开发区，将热片的污染企业挪出城外，这在江北不是先例，成功的例子都摆在眼前了。所以啊，再怎么改，再怎么变，江重的分厂还是江重的一部分，你依然是江重集团的董事长兼总经理，你担心什么？”

李东星失落地低着头，他能够理解父亲话里的深度，但是心里始终堵着一块大石头。以他多年的经验，再有把握的东西，一旦分出去，就难掌控了，即使回来也变得不一样了。

他抿着唇，目光转向球场上的小守门员，小守门员正全神贯注地盯着飞来的足球，高高地跳起。可惜，他判断错了方向，足球飞旋着落入球门。小守门员重重地摔倒在草地上。

一瞬间，李东星感觉自己就是判断失误丢球的守门员。他自以为是地以为自己赢了，结果却是丢盔弃甲；他以为将球推出了球门，实际上他根本没有摸到球。

“爸，你不心疼吗？”李东星忍不住地问，“一旦冷热分开，再想合在一起，基本没有可能了。”

李肇业微微仰起头，望向湛蓝的天，一群回巢的鸟儿飞过他的头顶，他的目光变得深邃、满足又安宁！

“分分合合，合合分分，每次改革都会留下特殊时期的印记。你要记住，东西应该是越改越好，路也应该是越走越宽。”

李肇业和蔼地看向那群踢球的孩子：“我小时候在尘土飞扬的马路上踢足球，你小时候在学校的操场上踢足球，现在的孩子就幸福多了，他们可以在草坪上踢足球。这不就是改革开放的初衷吗？这不就是更好的明天？”

李东星沉默地低下头，眼底铺满了复杂的情感。父亲说得对，日子真的一天比一天好。

他继续推着父亲往前走。前面是一片小广场，李东丽正领着儿子陶陶玩。陶陶卖力地蹬着小三轮车，朝李家父子大喊：“姥爷、舅舅，我来啦……”

美丽的风景之下，是祥和美满、温馨幸福的合家欢……

## 89

李东星回到江重的第一件事情就是把王连成叫到办公室，他亲手关上了办公室的门，拿出那份还没有对外公布的重组计划书。

王连成看完计划书，火冒三丈地站了起来：“什么意思？把我们铸钢踢出江重吗？”

王连成的态度在李东星的意料之中，这也是今天找王连成来的主要原因。李东星沏了一杯茶，递到王连成手里，好言相劝：“情绪不要这么大嘛！”

王连成气愤地站起来：“都要把铸钢踢出江重了，我能不生气吗？人不能忘本啊！你这个领导是怎么当的？怎么能忘恩负义呢？你想想，先不说从前的老炼钢为江重做了多少贡献，就是现在，铸钢既生产钢锭钢坯，还承担为其他公司生产铸钢件的任务。这是重机行业最基本的配套，哪家重型机械厂没有炼钢和铸造环节？如果按照这份重组计划，江重的热片铸钢、热处理、锻压全部搬迁到郊区成立新的铸锻公司，距离江重在开发区的新厂要 10 公里，那以后咱们厂铸钢件先要从热片厂区拉到冷片厂区粗加工，如果出现缺陷还要再拉回来进行修补，修补完后又再拉过去，这来来回回地装车、运输、卸车，得浪费多少成本啊？得浪费多少时间啊？”

王连成掰着手指头发泄着内心的不满，李东星没有阻止，因为王连成说的，都是他想说而不敢也不能说的心里话。

王连成说累了，端起茶杯喝了一口，犯起了“老黄牛”的劲头：“李总，你不是挺厉害的吗？上次在重组大会上，你侃侃而谈的，那气势多高啊。现在孟宏达杀了个回马枪，任铸锻分公司的总经理，你咋不想想办法呢?！我都替你着急！”王连成急得直跺脚，这个重组计划像一把钝刀反复割着他的心头肉，简直要了他的老命。

李东星一阵苦笑，还好他把门关紧了，这要让外人听见，自己的脸面往哪儿放？放眼江重，也就王连成敢跟他这么说话。不过李东星没有怪他，反而很感谢他。毕竟王连成嘴上数落他，说明心里还是惦记他的。说白了，他也没拿自己当外人。

李东星满脸委屈地叹口气：“你以为这是我想要的结果吗？我也是没有办法，只能服从安排。我父亲也劝过我，让我以大局为重。”

“大局？”王连成气哄哄地端起茶杯，“啥大局？这消息一出，古师傅那帮人能吃了你。”

“所以，我才找你先透个底啊。”李东星压低语气，“你是铸钢第一个知道消息的人，别人都还蒙在鼓里。”

王连成的手停在半空：“你啥意思？让我去做他们的工作啊？”

“也是，也不是！”李东星又给王连成续了一杯茶水，茶色依旧醇厚，“炼钢那些老人儿都是经过风浪的，你私底下做做他们的工作，我相信他们能明白企业的苦心。”

王连成不太情愿地点头：“我只能试试！”

李东星笑了，眼底流露出无比的淡定：“大局已定，没有必要再论是非和得失。你不要有心理压力，这是企业间的重组，并没有将铸钢、热处理、锻压踢出江重，你们依旧是江重集团下属的分公司，铸锻分公司由江重绝对控股。只是厂区分开而已，人分，心不分。”

王连成听了这段话，心里还算舒服些：“那……什么时候搬迁啊？”

李东星点点头：“对嘛，这才是一个江重人应该问的话。铸锻分公司的新址已经划出来了，马上就会开工建设。今天我叫你来，主要是为了搬迁的事情。”

“我？搬迁？”王连成抬起头，“那不是搬迁指挥部的事情吗？”

“铸锻分公司也有搬迁指挥部。”李东星微笑了一下，“这次我是江重搬迁的总指挥，我想成立两个指挥部，冷片这边由小潘负责，我让王欣宇给他当助理，年轻人总得给机会。热片那边由孟总挑大梁，毕竟铸造厂占大头儿，咱们不能独揽大权。不过，关于设备这块……”

李东星终于说出心里话，也是找王连成的目的：“整厂搬迁是大事，有人一辈子也赶不上，咱们是制造生产企业，设备是重中之重。目前以土地交换的形式，补给我们老厂区和新厂区的土地差额用于新厂区的建设资金，钱足够用。咱们一定要把握住机会。为了今后企业的发展，趁着这个好机会，必须要对新厂区进行升级，建设一流的企业！我准备将你调入热片搬迁指挥部任设备副总，负责铸锻分公司所有设备的采购工作！”

王连成差点将茶杯打翻，他以为自己听错了，好半天才回过神来。谁不知道江重油水最大的部门就是物资采购部啊！而且搬迁指挥部操控的可是整体搬迁的大项目，上亿的资金要从手中花出去，这是多么大的信任啊！

但是王连成马上又想到了另一层，恐怕不仅仅是信任这么简单……热片的总指挥是孟宏达，李东星把他派过去管设备采购，分明是想让他监督、制约孟宏达，也许还有震慑的意思。李东星想让孟宏达时刻知道，铸锻分公司再大，也在江重的掌控之下！

想到这些，王连成的心情变得复杂起来，他也不知道自己应该是喜还是忧……

李东星哪里知道王连成的顾虑，他从办公桌里拿出一份厚厚的文件递过去，郑重地说了一句：“热片的设计方案已经出来了，你先熟悉一下。明天开会时我会正式宣布的！”

王连成怔怔地接过文件，只见封面上有一个熟悉的设计院的名字。他不禁紧皱着眉头：“怎么会是这家设计院？”

李东星无奈地拍拍王连成的肩膀：“十全九美，人人都有不顺心的时候。你做好准备吧，这是一场艰难的硬仗！”

王连成似懂非懂地点了点头。

两人又聊了几句王欣宇的事情，王连成还是想让儿子下现场锻炼，不要参与搬迁，李东星没有同意，他只说了一句：“这是赵心刚的意思。”

王连成不再说话，他迈着沉重的步子缓缓走出了李东星的办公室。

外面是阴天，厚厚的云层压在头顶，让人感觉到莫名的烦躁。

王连成仔细回忆了一遍和李东星的对话，总是觉得心里不太踏实，不知道赵心刚从上海回来没有。

王连成顾不上和来往的同事打招呼，他三步并作两步地拐到一处僻静的地方，拿起儿子用第一月的工资给他买的新手机拨通了赵心刚的电话……

第二十一章
Chapter 21

# 我想替江重报个恩，行不

## 90

赵晓雅和宋可乐的婚礼在一片祝福声中完美礼成，第二天两口子飞往欧洲度蜜月。江北的亲友团也在李东丽和赵琳琳的带领下去华东五市游玩了。

赵心刚、覃天、范宏从上海直接飞往了深圳，紧锣密鼓地洽谈关于三家公司重组的事情。三人根据各自企业的优势、框架、经营范围和资金情况草拟出一份协议书，并找来具有资质的审计公司进行独立审计。

审计结果让赵心刚很意外，他一直以为中蓝飞跃的资产最少，三家企业的资产排名就是他们兄弟三人的顺序，但是审计报告上写得清清楚楚，中蓝飞跃的各项数据都是第一，覃天的房地产公司位列第二，大表哥范宏的食品厂竟然是最后一名。

赵心刚以为审计报告出了问题，反复和审计公司核对，人家亮出了国际认证的注册会计师证书，赵心刚才相信了数据。他认真地看过每项的明细才明白，原来中蓝飞跃那数十项自主研发的专利评估价值很高，也就是说中蓝飞跃的无形资产大于有形资产。而覃天借了国内加快城市建设的东风，对未来市场的评估也很高。大表哥范宏就吃了亏，他的主业在香港，而且六成以上的市场依赖于东南亚，东南亚经济的发展进入了瓶颈期，所以范宏企业的资产反倒被谭天和赵心刚后来居上了。

赵心刚担心范宏看到审计结果会心里不舒服，毕竟他是兄弟三人的主心骨。论起技术，赵心刚当仁不让，可是论起资本运转和公司的管理经验，范宏才是最合适的人选。于是他主动提出让范宏担任集团的董事长并兼任总经理，负责重组后集团的日常运作。他和覃天作为副总协作。

覃天也是这个意思。范宏很感谢两位兄弟的信任。历时一年多的准备，一家名为新日鑫的集团在香港挂牌成立，范宏成为新日鑫集团的董事长。

集团成立之后，赵心刚开始调整中蓝飞跃的发展战略，按照范宏提出的计划，一切都在为上市做积极的准备。这段时间中蓝飞跃的动作很大，李东丽根据公司现有的组织结构重新做了调整，准确地来说就是扩张。

首先，她专门组建了配合销售的商务部，进一步明确了商务助理的工作范围，除了平时配合销售部的报价、招标等工作，还要负责一些网站上的招标采集信息和网上报价等工作。因为李东丽敏锐地捕捉到一个关键性的信息，现在网络的发展对日常的工作产生了巨大的冲击，招标信息也愈加公开化、透明化，凡是大项目都会采用网上公示的方式。以后，这种方式会成为常态。从这一点上赵心刚和李东丽想法一致，事实证明，两人今日的决定为未来十年都打下了坚实的基础。

不仅如此，中蓝飞跃的销售部也进行了调整，业务员扩招了一倍，实行师徒制。李东丽还贴心地为每位业务员统一配置了小灵通，电话费由公司报销。

强子所在的工程部也新招了二十人，强子每天忙得团团转，不仅要忙项目，还要对新员工进行入职培训。

磨刀不误砍柴工，赵心刚很重视员工的工作能力，每名中蓝飞跃的员工都经过严格的入职培训、考试上岗，隔段时间还会不定期地学习。经过将近三个月左右的磨合，中蓝飞跃终于开始稳健地运行。

赵心刚这边很忙，覃天和范宏也没闲着。这段时间，范宏的食品公司动作最大，他连续在国内开设三家分厂，其中两家在西北。范宏一向对市场和政策的动向判断灵敏，国内满大街都在唱“天路”，他自然不会放过这绝好的机会。

覃天的房地产公司就更不用说了，他针对年轻人盖的“青年之家”楼盘在市场上一炮而红，现在已经是业内小有名气的地产商了。赵心刚建议他可以在全国推广自己的优势，据他所知，江北还没有这类的地产项目。覃天很兴奋，第二天就派出项目经理来江北做市场调研，项目经理住在中蓝飞跃的职工宿舍，得到了赵心刚的鼎力帮助。

兄弟三人都在很努力地工作，同时他们也都感到集团化的优势愈发明显。

就在新日鑫集团顺利开展重组事宜的同时，江重的重组也在稳步推进，可是速度有点慢。两个老国企的搬迁哪是容易的事情？尤其是在处处讲人情世故的江北。

以前，王连成很少给赵心刚打电话，他是不善言谈的人，到点上班，按时下班，回家做饭，周末陪妻子去医院，是名副其实的“大成”。可是自从王连成调入江重热片的搬迁指挥部，他规矩的生活规律彻底被打乱了。那些设备的厂家代表都快把他家的门槛踏平了，请他吃饭的人都排到马路对面了。

王连成只好暂时搬到提前给儿子王欣宇备下的新房去住。新房就在江重老厂的对面，也就是原来东厂的地方。他每天下班回来都要绕几圈再上楼，弄得像做贼一样，可是还是不时有厂家代表来敲门。王连成总算明白了，江重有内鬼！可是江北那么大，从前的老江重和老铸造厂加起来有三四万人，谁还没几个亲戚朋友？王连成完全没有精力去调查是谁透漏了新房的地址，他现在已经忙得焦头烂额了。

王连成很后悔答应李东星接下搬迁指挥部设备副总的工作，这个在外人看来肥得冒油的差事对他来说真是如坐针毡！如果不是压在心底那块悬而不定的心愿，他说啥也不干。既然应下了，只能咬牙挺着！

不过话说回来，对王连成而言，考察设备厂家、做技术交流、定设备都不是难事。再大的人情，好听的话说出花儿来，也得拿技术说话。再有就是价格因素！技术不过关，白给不能要；技术过关，价格太高也不行。技术和价格是双向指标，缺一不可。所以无论谁来求他，拿来哪个领导的条子，打着谁的名号，在他这个钢铁般意志的老党员面前，统统都不行！

最后连对他颇有微词的孟宏达也服气了，孟宏达在会上公开夸奖李东星知人善用，这么重要的位置也只有王连成这块百毒不侵的“铁疙瘩”坐得稳！

久而久之，王连成多了个“铁疙瘩”的外号，那些设备的厂家代表也学乖了，收起了那些见不得光的小把戏，把正经的心思开始用在技术上。

可是问题总是叠问题，一个问题解决了，另一个问题又来了。捋顺了厂家代表，王连成还有一个大难题，那就是新厂区的设计问题。

此刻王连成正戴着安全帽站在插满彩旗的工地，对着手机气哄哄地说道：“小刚，你是不知道啊，设计院那帮老顽固不懂新技术，小年轻的又没有设计大项目的经验！真是太过分了，一边翻手册一边设计，那些参考资料都是七八十年代的！我提意见，他们还反驳我，我真想把那箱子破资料给扔了！”

赵心刚在电话里劝慰：“不会这么差吧？”

“还想怎么差？”王连成站在随风飘扬的彩旗下，“我跟你说，这次搬迁简直是扶贫！给咱厂设计的设计院不是省钢院，是机电设计院。那个设计院改制之后早就不行了，技术骨干全走了，剩下一群老顽固。这次搬迁，为了照顾他们，才给了他们这个大活儿。你是没看到设计图啊，你要是看到，指定比我还生气呢！还有……”

王连成松了松安全帽的带子，口干舌燥地说道：“小刚，我是真上火了，你是不知道现场是什么情况啊，我一天不盯着都不行！设计不过关，连施工单位也偷奸耍滑！炼钢车间的 VOD 炉操作室竟然没留窗户，我去找他们理论，他们竟然说我没告诉他们！小刚你听听，谁家盖房子不留窗户，这还用专门提醒吗？也不知道从哪里找来的施工队，可能连猪圈都没砌过！”王连成愤怒地骂了几句。

赵心刚低沉地应了一声。其实王连成已经三番五次地给他电话抱怨过设计院了。而自己也曾借着李东星来家里吃饭的机会，问过关于设计院和江重搬迁的事情。用李东星的话来说，这是省委直接指派的，江重只能接受！

李东星也知道机电设计院不妥，可有什么办法呢？江北机电设计院是老设计院，当年也是满墙荣耀的单位。这些年的业务量直线下降，濒临破产。这次省里指定让他们来设计，就是为了给他们一些照顾，他们也想借着这次搬迁来重振一下士气，找回点当年的辉煌。

前些年颓败的经济形势，简直要了江北的命。直到有了振兴老工业基地的扶植政策，江北的经济才所有复苏，渐渐好起来，却已经落后南方一大截了。省委也是一片苦心，想借着这次搬迁的大好机会，多扶植本地企业，尤其是处于低谷的老国企。

除此之外，对于江重来说，资金也是一大难题！虽然李东星没透底儿，但赵心刚也猜出个大概：江重刚刚花重金收购国外公司，又花了七八亿建设盾构车间，摊子铺得很大，资金很紧张。设计费也是很大一笔费用，能省点就省点。这样一来，即便是省里没有要求，机电设计院也会是江重的首选。至于施工队，就更不用说了，估计和设计院的情况差不多。

师兄已经做得很不错了！赵心刚走到窗边，握着范宏送给他的最新款的商务手机说道："王大哥，上次师兄说给你配两个助手，我建议他去省钢院给你借调两个专工过来，有他们把关，你也能腾出时间多关注设备。至于施工队，我看还是让古师傅过来，他在外面下过几年活，办事比你圆滑些。我是真担心你的身体啊！把你累倒了，气倒了，谁来给设备把关！"

王连成赞同地点头："配助手的事情，李东星跟我说了，下周就能到位。其中有个小伙子的名字特别好，叫张文武，有文，有武，正好对付那些老顽固！至于老古，我也提过，可是老关不放。你也知道现在铸钢还在生产，我走了，设备全靠老古，他要是也走了那生产咋办？老古只能两头跑。唉！江重现在是青黄不接，老的没剩下几个，小年轻儿的顶不上来，像你这么能干的中间那茬人全走了……"

王连成的情绪越来越激动："小刚，我真的很想你，想念咱们过去一起工作的日子……"说着，他用油乎乎的手抹了一把湿乎乎的脸颊，被岁月侵蚀的眼角卷起两道深深的皱纹。

电话另一头的赵心刚心情很沉重，同时也充满了感动。这些天他冒出个大胆的想法，或许有一天，他还能回到江重……只是目前的时机还不成熟，更没有相关的政策支持。不过，他坚信改革的风潮依旧在大刀阔斧地进行，也许在不久的将来，他会以另一种身份堂堂正正地回到江重，重新做回江重人！

"王大哥，一切都会好起来的！"赵心刚遥望着窗外遍地开花的工厂，露出坚定的笑容。

王连成也笑了："瞧我，年纪大了记性不好，差点把正事忘了。

小刚，厂区供电系统和除尘系统马上就招标了，王泽都来报名投标了，你们中蓝飞跃是开发区的明星企业，咋不来呢？”

赵心刚愣住了，这些年，除了给同在开发区的邻居供过一批设备，他服务的客户都在电力行业，没涉及过钢铁行业，所以他们公司还没想过参加江北这些老国企搬迁的招标会。

至于江重，赵心刚想到自己和江重千丝万缕的关系，尤其是和师兄李东星的亲属关系，他摇头道：“算了，我还是避嫌的好。”

王连成一听急了：“避啥嫌？古代还举贤不避亲呢！我们指挥部的通勤车天天从中蓝飞跃的大门口经过，实力在那儿摆着呢！再说，王泽都没避嫌，你怕啥?！听我的，报名日期截止到下周五，记得来哈。还有，我念，你记得点……”

王连成小心翼翼地从上衣口袋里拿出一张写满字的小纸条：“报名要去基建部，找金工，小金子，就是那个戴眼镜的小胖子。需要带营业执照副本、税务登记证书，嗯，国税、地税的都要，还有一般纳税人登记证书、组织代码证……”他认认真真地读了两遍，最后还不忘嘱咐：“都记下了啊！”

赵心刚一阵苦笑，这些都是招标会上经常用到的证件，别说他了，就连中蓝飞跃的业务员都能背出一长串来。

“好，我记下了！”赵心刚还是很感谢王连成的好意。

“记得来哈！”王连成在得到赵心刚的确认之后，心满意足地挂断了电话。他将那张小纸条和手机一起放进口袋，好像了却一桩多年的心愿。

随后，他又想起了什么，又掏出电话，按下熟悉的小号：“老古，事情有眉目了，你准备一下……”

## 91

搬迁指挥部正在举行一场供电系统和除尘系统的招标会，王连成作为甲方代表坐在台上，他的面前摆满了密封的投标文件。负责招标工作的金工正在逐一检查每家投标文件的密封情况。根据标书上的要求，投标厂家的商务标书和技术标书密封在一起，报价需要单独密封。所以，每家投标文件的上面都放着一个独立的档案袋。

赵心刚、王泽还有另外三家的厂家代表坐在台下等待开标结果。王泽稳稳地盯着台上，一副胜券在握的模样。

赵心刚的心情很复杂，他做梦也想不到自己会和江重以甲乙方的关系在招标会上相见。他本意是不想参加投标的，那天虽然口头答应了王连成，但是他根本没来报名。本想找个机会跟王连成解释清楚，却没想到中蓝飞跃的商务助理在网上看到了江重发出的招标公告，便以积极饱满的工作热情主动拿着资质材料报了名。

为了不打消商务助理的工作积极性，赵心刚没有挑明里面的利害关系，他立刻给李东星打了电话。他太了解李东星了，李东星珍爱自己的名誉胜过自己的性命。目前，江重和铸造厂的重组情况很复杂，总是有人不服气，时常挑事。而他和李东星是亲属，实在不想给他找麻烦。

可是李东星的回答完全出乎赵心刚的意料，他赞同中蓝飞跃参加投标。

不仅李东星，连李东丽也觉得这是拓展钢冶市场的好机会，支持投标。赵心刚这才下了最后的决心。

本来这次招标的规模和金额是不用赵心刚亲自来的，但他对江重的感情实在太深了，从买回标书的那天开始，他就全程参与了标书制作。他反复琢磨了铸钢未来的发展，再结合从前的工作经验，做出一套实用性极高的技术方案，并报出了接近成本的价格。

今天一早，赵心刚第一个到搬迁指挥部，因为重组还没有彻底完成，指挥部里的工作人员都穿着各自单位的工作服，看着“江重”两个字，赵心刚的心情又忐忑又伤感，他仿佛又找回当年在江重上班的感觉。

王泽是第二个到的，他见到赵心刚就轻蔑地扬了扬眉毛：“你怎么也来了？”赵心刚也没客气，直接回了一句：“你怎么还没走？”王泽笑了，没有说话，两人就这样走进会议室签到，依次递交了投标文件。

招标会在稳步进行，按照招标的要求，下一个环节就是开标，然后投标厂家代表要按照报价的高低顺序进行技术答疑，既满足标书技术要求又报价最低的厂家直接中标。这基本是各行各业遵守的招标守则，中蓝飞跃是最后一个参加报名的，所以标书被放在最后。

负责招标工作的金工在王连成的示意下，拿着剪刀依次剪开各家的标书。

“华科天来公司的标书，包装完好，无损坏，盖有骑缝章。商务标书一正四副，技术标书一正四副，报价为：675 万 3400 元。”

金工熟练地念着各家的报价，当他拆完四家报价之后，华科天来的报价最低，比排名第二的厂家低了 15 万，很具备中标优势，现在要看中蓝飞跃的价格了。

赵心刚稳稳地坐在台下，脸上始终挂着微笑。

金工打开中蓝飞跃的投标文件，熟练地念道：“中蓝飞跃投标文件，包装完整，有骑缝章，无损坏，商务标书一正四副，技术标书一正四副，报价是……”

金工停顿了一下，下面的几个厂家代表伸长了脖子，王泽也皱起眉头。金工咽了咽口水，求助地看向王连成。王连成不慌不忙地坐在台上，大声地说道：“念！”

赵心刚的眼底闪过一丝感动，这或者就是大家说的默契和信任吧。

金工清了清嗓子，大声地念道：“中蓝飞跃的报价是 577 万 9600 元。”

这是一个极低的价格，比华科天来的价格低了将近百万。

“这价格也太低了。”

“这不是恶性竞争吗？”

台下的两个厂家代表一唱一和地说道。

金工为难地看向王连成，王连成摆摆手：“技术答疑吧，先看看技术上有什么遗漏，有问题，可以随时问。”

金工叫来几个小伙子分别把各家的投标文件抱到隔壁办公室，那里坐着从省钢院和江重等单位请来的技术评委，负责对技术把关。古师傅也在，他是唯一参与评标的甲方。

紧张的会议室一下子变得安静，除了王泽和赵心刚其他三家的厂家代表都在打电话汇报招标会上的情况和各家的报价。

王泽看着胸有成竹的赵心刚，开起玩笑：“你总是这样赔钱赚吆喝，有意思吗？”

赵心刚摇头：“我没有赔钱，只是不挣钱而已。你应该清楚底价是多少！”

“那不就是赔钱吗？”一位体形消瘦的高个子的厂家代表气不过地插了一句。

“这是我的权利！”赵心刚硬朗地回道，“这不违反招标规则！”

“你……”高个子愤慨地瞪了赵心刚一眼。

王泽笑着站起来：“我就不跟着陪标了。”他走出会议室，高个子不想独自一人面对赵心刚，也跟了出去。

赵心刚并没有在意，他参加过太多次投标，遇到过形形色色的对手。不得不承认，王泽是个强劲的对手，因为王泽懂技术，他总是能找出最好的解决方案。但是华科天来的中标并不多。因为王泽太逐利，他的方案好，所以价格从来都不是最低，这是王泽一贯的方式。赵心刚早就猜中王泽不可能将价格调整到低于20%的利润，而自己则是抱着必须中标的信念来的。

不一会儿，另外两位厂家代表一前一后地回来了，紧接着高个子也回来了。高个子不知道和两位厂家代表说了什么，两位厂家代表顿时变了脸色，同时站起来又出去打电话了。这期间王泽一直没回来！赵心刚很奇怪，他们怎么了？难道不是应该关心技术答疑的事情吗？

大概十分钟之后，那两位厂家代表同时回来了，他们和高个子坐在一起，仿佛是同一个战壕里的兄弟。赵心刚没有在意三人或是挑衅或是不满的眼神，他在等待技术答疑。

又不一会儿，王连成、古师傅、金工拿着评审结果的表格和技术答疑的文件走了进来，跟着进来的还有王泽。王泽路过赵心刚的身边时，阴阳怪气地说了一句："有好戏看了！"

"好戏？"赵心刚正困惑的时候，金工发给他一份技术答疑文件。王泽也拿到一张，他顺手在上面写下一行字。赵心刚也写了起来。

下面就是招标会上的重头戏了，金工将技术答疑文件一一收上来，交给王连成。王连成看过之后，兴奋地站起来："按照招标文件上的要求，投标的五个厂家都进行了技术答疑，都满足交钥匙工程的技术要求。按照最低价中标的原则，中标的企业是——中蓝飞跃！"

王连成的嗓音变得颤抖，他亲切地看向赵心刚。赵心刚激动地站了起来，像是完成一种仪式。然而此刻王泽的嘴角却微微上扬，他发出"好戏"的唇语。

此时，高个子的厂家代表突然噌地站了出来："我反对！我要求公开评委对商务标的评审分数！"

赵心刚愣住了，评审分数只是作为参考，并不作为中标的标准，他要求看分数做什么？赵心刚意识到好像有点不对。这时，他发现王泽正在朝自己微笑。

古师傅倔强地站起来："中蓝飞跃的商务标分数最高，还用看吗？"

"我就要看看！"高个子坚持。

"我要看中蓝飞跃的商务标书！"另一个厂家代表也站了起来。

会议室的气氛变得紧张起来。金工年纪小，刚参加工作不久，没经过这样的场面。王连成是搬迁指挥部的设备副总又是招标负责人，他示意金工将评审分数和中蓝飞跃的商务标副本拿给他们看。金工听话地将表格和标书递了过去。三位厂家代表头碰头地凑在一起。

赵心刚尴尬地坐下。台上的古师傅拿起一本松散的标书，不屑地说道："别说人家公司咋样，你们都好好学学做标书的手艺。这标书最能看出公司的实力，人家中蓝飞跃的标书那么厚，装订还那么好。你们这个倒好，这么薄的标书，还都天女散花了。"说着又随手甩了甩，那份标书竟应声四分五裂了。

王连成连忙捅了古师傅一下，古师傅也就瘪仵嘴不说话。

这时，台下的高个子噌地站起来，开始了自己义正词严的表演："中蓝飞跃的业绩的确好，可是他们的业绩都集中在电力行业，根本没有钢铁行业的业绩！为什么古部长和王总给中蓝飞跃打了高分？"

赵心刚心头一紧，他们怎么会如此精准地挑出中蓝飞跃唯一的弱势？他们之前没有在任何一场招标会上遇到过啊。难道是？赵心刚看向王泽，王泽的笑意更浓了。赵心刚顿时明白了，原来这就是他所说的好戏！

"电厂的技术要求比咱们的现场要求还苛刻呢！"古师傅解释道。

谁知他不说还好，这一开口就把另一个厂家代表也炸了起来："我听说中蓝飞跃的总经理赵心刚是江重集团董事长李东星的妹夫，而且赵心刚从前就是铸钢公司的职工，还是古部长和王总的徒弟。你们有这么一层关系，直接把这个标段给中蓝飞跃就好了，何必找我们来陪标呢？"

"就是！"高个子火上浇油，"我要求取消中蓝飞跃的投标资格，重新招标！而且我还对招标工作的工作人员提出质疑。他们违反了公平、公正、公开的原则！"

赵心刚暗道不好，虽然这次招标没有专业的招标公司介入，但是他的身份的确尴尬。对方的话句句在理，看来是有备而来。

这是说不清的大麻烦！他担忧地看向王连成。

王连成依旧保持着一脸正气："我是这次招标的负责人，你们可以去总厂告我，也可以去检察院告我。这次招标完全符合我们厂的招标程序，一共五家进行投标，中蓝飞跃完全满足技术要求，价格最低。你们要想中标，为什么不把价格降下来？"

高个子反驳："以赵心刚和李东星的关系，我完全可以怀疑中蓝飞跃存在恶性竞争的行为。他们先以低价中标，谁能保证中蓝飞跃不签订二次协议？那可是大头！"

"对，没错，这就是走过场，你们跟赵心刚做个套儿，让我们往里钻！"

"我要找新闻媒体曝光你们的串标行为！"

另外两位厂家代表一唱一和地起哄。会议室内的气氛一度变得混乱，赵心刚安静地坐着，没有为自己辩解，他知道王泽不会善罢甘休，他想让自己难堪，他想出一口恶气！

倔强的古师傅气愤地将散乱的标书翻到其中一页："你们认真看标书了吗？标书上写得清清楚楚，这是交钥匙工程，不会签订补充合同，以一次性报价为准。我们什么时候做套儿了？什么是走过场？这是招标会，一切招标行为都要在网站上公示，你要对你说的每一句话负责！"

"我当然能负责了！这件事到底是不是李东星授意的？他让亲妹夫过来投标，就是想假公济私，你们这些都是他的帮凶。今天就说个清楚！"高个子的话像热锅里的豆子，巴拉巴拉地说个不停。说完之后，他还偷瞄向王泽，王泽下意识地做出微微点头的动作。

两人私下交流的微表情全部映在赵心刚的眼底，赵心刚倒吸一口冷气。他忽然意识到自己实在是太小看王泽了，他针对的不仅是自己，还有师兄李东星。王泽被师兄赶出江重，他一直嫉恨在心，不停地寻找机会解恨。难怪师兄平日里谨小慎微，身边几乎没有做生意的朋友，原来师兄早就料到自己会被王泽这种人时刻盯着。

这回好了，王泽利用赵心刚这个唯一的漏洞，逮住机会，打算把李东星、赵心刚甚至王大哥、古师傅以及曾经所有得罪过他的人来个大杂烩，统统装进去。

的确是一场好戏！

赵心刚的心很乱，他尝试着寻找挽回的办法，宁愿自己不中标，也不能连累其他人。可惜对手根本没有给他机会。高个子大摇大摆地走到门口，打开了会议室的门。门外顿时涌进一群记者和摄像师，他们纷纷亮出自己的身份：

“我是《江北晚报》的记者……”

“我是《江北晨报》的记者……”

“我们是江北电视台的记者和摄像师……”

“我是交通广播《早间新闻》的记者……”

会议室瞬间变得十分拥挤。突如其来的状况让王连成、古师傅等人惊愕不已、措手不及。还没等赵心刚开口解释，语言锋利的记者们已经将台上的几位负责招标的工作人员团团围住。

“请问，你们事先知道江重董事长李东星和中蓝飞跃总经理赵心刚之间的关系吗？”

“听说中蓝飞跃总经理赵心刚以前是江重的职工，你们和他的关系怎么样？”

更有记者直接问出：“你们能保证这次招标会的公平性吗？是否真的存在传闻中的暗箱操作？”

“……”

金工和其他几个小年轻儿面对咄咄逼人的阵势，简直是目瞪口呆、手足无措。古师傅更是气得脸色铁青：“谁把你们叫来捣乱的？”

“捣乱”这个带有贬义的字眼让记者们抓住了把柄，有位记者一个箭步冲上前来，连珠炮似的说道：“目前，全江北的老百姓都在关注老国企的搬迁，搬迁是利国利民的好事，可是有些人将好事办成坏事，更是滋生了腐败！”

“你说谁腐败？”古师傅气愤地对着镜头拍起了桌子，“我在江重工作了一辈子，没占过公家一分钱，我对得起胸口这两个字！”古师傅说着用力地捶了捶工作服上的“江重”两个字。

一位男记者也不甘示弱：“既然光明磊落，为何不敢回答我们刚才提出的问题呢？”

“回答你们什么？你们了解真相吗？”古师傅气恼地挥动着手臂。

“那真相到底是什么？”记者们锲而不舍地追问。

台上一团糟，王连成始终没有吭声，他在思考。本来是一场好事，咋就办砸了呢？这样的场面，叫他如何收场？他狠狠地瞪了一眼不嫌事大的王泽，又歉意地看向神色严峻的赵心刚。

赵心刚从座位里走了出来，他想给王连成解围：“我就是赵心刚！”

他一张口，镜头纷纷转向他，记者们也都围了过去。

“赵总，你是江北知名的民营企业家，这次投标的情景是不是以前也出现过？”男记者的话里暗藏锋芒。

赵心刚语调坚定地回答：“这是中蓝飞跃第一次参加江重的招标会！”

男记者又问：“那是不是可以理解为中蓝飞跃还会继续参加有关于江重搬迁的其他招标会？”

赵心刚明白了，无论自己如何回答都会得到质疑，他的身份是原罪。就算他和师兄没有这层亲戚关系，以他和王大哥、古师傅的师徒关系，以他从前是江重职工的身份，人家都有一千种一万种的理由来质疑他！

没有人看到他的努力，更没有人想真正了解中蓝飞跃本身的技术实力。在步步紧逼的形势下，赵心刚终于说出压在心头的话：“我愿意放弃中标资格！”他不想陷入王泽报复的圈套，与其争辩，不如主动退出。

赵心刚的话音刚落，王泽的嘴角扬得老高，看戏的高个子和两位厂家代表也不约而同地笑了。

一直沉默无语的王连成突然拍案而起，他大声地阻止道："不行！我们今天的招标程序完全符合相关要求，中蓝飞跃不能放弃中标资格！"

敏锐的记者立刻抓住话柄，提出更尖锐的问题："赵总，如果今天没有我们媒体的监督，你会放弃中标资格吗？你可以说一下放弃的原因吗？"

赵心刚的脸色很难堪，他本就不善于表达，又担心自己的话会被过度理解反而越描越黑，于是他选择了沉默。

没想到王泽满脸不嫌事大地站了起来："既然中蓝飞跃放弃中标资格，按照招标文件上的要求，第一名放弃中标资格，中标厂家进行顺延。我们华科天来公司排名第二，今天中标的应该是我们华科天来。不过，我从前也是江重的职工，台上的两位老师傅也是我的师父。赵总都避嫌了，我也要避嫌。我宣布，我们华科天来也放弃中标资格！"

"啊？"王泽这番大义凛然的话引来了现场的一片骚动。

高个子兴奋地站了出来："我们公司排名第三，那今天就是我们中标了！"

会议室内的气氛急剧变化！赵心刚担忧地看向台上的王连成，王连成的脸憋得乌青，他紧紧攥着手中的签字笔，努力压制着自己的倔脾气。

赵心刚厌恶地瞪了王泽一眼，江北有句话叫作"做事别做绝，要余三分地"。陌生人做事如此，更何况熟人呢？

王泽的话表面上冠冕堂皇，实际上却将王大哥在搬迁指挥部之前所有的工作都否定、推翻了，潜台词就是江重这次的招标会是弄虚作假的，那之前的那些招标会呢？之后的招标会呢？这等大帽子实在是对人格和工作的双重侮辱！

赵心刚真的很悔恨啊！如果没有他，王泽根本抓不住王大哥和江重的把柄。偏偏他成了这根引爆矛盾的导火线，烧了自己，也烧了身边最亲最信任的人！

世上的公平总是相对的，有些人总觉得不公平，他们可知道那些看似光鲜的人又何尝公平过？公平真的是一把尺，测量的是善变的人心！

现在说什么都晚了，王泽的目的已经达到，明天江北的各大媒体都会大肆渲染此事。赵心刚不想再继续纠缠下去，或许他走了，会议室就安静了。于是赵心刚避开记者的采访话筒和镜头，疾步往外走。

那位男记者却不愿放过任何采访的机会："赵总，听说中蓝飞跃和香港一家公司重组成集团，有上市的打算，所以中蓝飞跃才会进军之前从未深入的钢铁等制造行业。那么请问这次的投标是在试水吗？"

赵心刚停下脚步："关于中蓝飞跃的市场运营，欢迎去中蓝飞跃采访！"

男记者继续问："能谈谈中蓝飞跃和江重的关系吗？"

这分明是在问中蓝飞跃和李东星的关系。赵心刚有些愤怒："我拒绝回答这个问题！"

"是不是不好描述？"男记者显然是有备而来，他挡住了赵心刚前面的路，和赵心刚僵持对峙。

这时，台上的王连成爆出一声断喝："我来回答你这个问题！！"

## 92

王连成扔掉攥出汗的签字笔，疲惫的脸色变得凝重："我是江重集团热片搬迁指挥部的设备副总，负责采购新厂的所有设备，也是这次供电系统和除尘系统的招标负责人！"

王连成铿锵有力的话为赵心刚解除了围困，同时也吸引了会议室里所有人的注意力。记者们再次将话筒转到王连成面前，刚才追着赵心刚采访的男记者因为迟了一步，被挤在后面，他伸长了脖子，倾斜着身子，尽量将话筒递得离王连成近一些。

王连成盯着面前拥挤的话筒和镜头，缓缓地摘下挂在脖子上的工作牌。

“我先做个自我介绍！我叫王连成，是恢复高考之后的第一批大学生。大学毕业后分配到江重的铸钢公司，不，那时候还叫炼钢分厂做技术员。我的岳父就是我的师父，我每天跟着他下现场修设备，这一干就是二十多年。我先后经历了三次平炉改造，一次平炉改电弧炉的技改，一次上精炼炉和一次造型车间型砂工艺技改。现在我是江重铸钢分公司负责设备的副总经理。所以，我有资格、有能力也有信心负责热片搬迁指挥部的设备采购工作！”

王连成将工作牌放在桌子上，继续说道：“我们江重的这次搬迁本着就是公平、公正、公开的原则。江北说大不大，说小也不小，谁没几个熟人是做生意的？这间会议室举办过数十场招标会，有四分之一的中标厂家都是江北本地或者周边城市的生产企业。我们属于钢铁冶炼行业，设备体积和重量都比较大，专业性强，单从运输的角度和售后服务的角度来看，当地的企业的确很占优势。只要技术符合现场要求，价格做到最低，满足标书上交钥匙工程的标准，我们都给发了中标通知书。关于这一点，我们的工作得到了上级领导的认可。

“上周这里还开了一场招标会，中标厂家也是江北的本地企业。招标会开得很顺利，中标结果在网上公示一周，昨天中标厂家就拿到了中标通知书。实不相瞒啊，那个厂家代表我也认识，他以前是江重的天车工，下岗之后在一家起重机厂上班，做得不错，已经是个小领导了。他听说江重在进行搬迁招标就前来投标，结果技术没问题，价格又最低，就理所当然地中标了。我很奇怪，昨天你们为什么不来，偏偏今天来了？我数了一下，今天，江北的各大新闻媒体几乎都到全了，难道就是因为今天的中标厂家是中蓝飞跃吗？”

王连成说着举起了中蓝飞跃的商务投标书正本：“关于中蓝飞跃中标，我想说几点！首先，赵心刚是厂里一把手李东星的妹夫，从前是江重的职工，是我和老古的徒弟，这些江重的老人儿都知道，甚至连很多退休的、离开江重的人也知道，这并不是秘密。其次，中蓝飞跃是江北开发区的知名企业，无论是企业的各项资质、生产规模和经营情况都完全符合这次招标的要求。而另一个参加投标的华科天来公司，他们也是江北行业内有名气的公司，公司法人代表王泽是从前江重电站成套设备分厂的厂长，他离开江重自主创业，他们公司也完全符合招标要求。所以，并不存在暗箱操作。我们欢迎一切支持江重搬迁的企业来投标，给江重提供性价比最高的设备和技术支持！”

王连成看向脸色尴尬的王泽：“王总，我说的没问题吧？”

一句王总拉开了彼此的距离，王泽酸涩地应了一句：“……没问题！”

“好！”王连成又拿起中蓝飞跃的技术投标书正本，“第三，本次招标的评审人员都是行业内的专业技术人员，有省钢院的老师，也有我们江重修了一辈子炼钢炉的老师傅。他们分别从不同的角度对每家投标企业的技术方案给出了分数。中蓝飞跃的分数最高，关于技术方案，我想问问现场的其他四位投标的厂家代表，如果你们对中蓝飞跃的技术方案有不认可的地方，现在就可以指出来！”

高个子和其他两位厂家代表互相对视了一眼，心齐地看向王泽。他们心里很清楚，中蓝飞跃的技术实力在行业内是众所周知的，只能自己厂家的技术方案有漏洞，他们怎能挑出中蓝飞跃的技术漏洞？

王泽倒是没客气，他还是吹毛求疵地说出中蓝飞跃唯一的弱势：“中蓝飞跃的供电系统设备和除尘系统的确不错，可是他们做过的业绩都是针对电力行业，在钢铁冶炼行业并没有业绩。不知道王部长是否考虑到这一点呢？”

赵心刚愣了一下，他意识到王泽的称呼错了，王泽依然像从前那样称呼王大哥为王部长，可是王大哥已经是设备副总，哪里还有王部长？赵心刚的心莫名地刺痛，有些时候，习惯就是深入骨髓的魂儿，即使表面上再强硬，也无法掩饰过去走过的路。可惜心迷路了，就再也回不去了！

王连成没想到回答问题的是王泽，王泽那声“王部长”，更是让王连成对他充满了失望。王连成不想再和王泽讨论这个问题，懂技术的都知道，电厂对除尘系统的技术要求很高，自动化程度也高，能通过电厂招标的企业去做炼钢厂的项目，用个不太恰当的形容——有些杀鸡用牛刀的感觉。王泽就是想利用外行人对技术的不懂以达到混淆视听的目的。

看来，是要亮出底牌的时候了。王连成看向身边的古师傅，古师傅朝他郑重地点了点头。王连成放下手中的标书，舒展了眉头，朝赵心刚莫名地笑了一下。

赵心刚满脸羞愧地看着他，不明白他的意思。这时，他发现古师傅走出了会议室，是去搬救兵吗？

台上的王连成开了口，他微笑地看向王泽：“我先不回答你的问题，我想给记者朋友们讲个故事。”

王泽愣了一下，他的眼睛被窗外的光晃了一下，脸色变得暗淡，他有种不祥的预感。

王连成长舒一口气：“我的故事不长，却能看透一个人的心。在这里，我要感谢一个人，我们很多年前有缘相识，他的身体里留着咱们江重的血，暖心啊！当年，江重最艰难的时候，我和他必须走一个，他知道我的儿子正在念书，妻子有肾病需要人照顾，他就主动选择离开了江重，我这才留了下来。我今天才能站在这里，见证江重的复兴、重组、搬迁，我很感谢他！”

“他是……”记者敏感地把目光转向了赵心刚和王泽的方向。王泽的脸色愈发惨白，而赵心刚则满怀的感动。

王连成微笑地看着赵心刚：“小刚，这是我个人的感谢。现在我还要代表江重，代表咱们老炼钢分厂感谢你！老古，拿上来！”

会议室的门开了，古师傅和两个身穿江重工作服的老师傅手捧着厚厚一摞硬壳账本走了进来。

对新闻敏感的各路记者觉察出这可能是一个大新闻，谁也不想放过任何一个可能用到的镜头，连忙一拥而上。

赵心刚从看到古师傅的那一刻，联想到在抻面馆王大哥说过“要找机会”的话，再加上他不停地叮嘱自己参加投标，难道……赵心刚顿时明白了王连成的心意。

王大哥，我是自愿的，你何必……赵心刚宛如一尊风化的雕像死死地盯着台上的王连成。

王连成的眼睛红了，他将古师傅搬来的账本一本本地整齐地摆放在桌子上。

“这些都是什么？”有记者问。

王连成没有说话，他的手有些抖，他小心翼翼地拂过那一本本尘封的账本，还不忘用袖口去擦上面的灰尘。

古师傅的情绪也变得激动：“这两位是我们仓库的保管员、先进生产者，这是他们的账本！”

其中一位老师傅点头：“这是那些年厂子最艰难的时候的账本。赵心刚离开江重的六年的时间里，不停地无偿提供各种电气配件和仪表，大到氧气流量仪，小到一个电气按钮，只要他们中蓝飞跃有的，江重能用上的，他就会发货过来。差不多每个月都会有一批，而且中蓝飞跃从来没有要过货款。送货单都在，货站的单子也在，每一笔我都记下来了。六年里，我经手了四十一批货，价值405163元。”

另一位老师傅说道：“我经手了三十七批货，价值457605元。每一笔也都清楚，记者同志可以检查。”

“啊？”两位老师傅的话彻底引爆了会议室，记者们纷纷惊叹。王泽更是不可思议地看向赵心刚。

赵心刚没有太多的喜悦，更没有骄傲，他反而像做错事的孩子一样，心疼地看向王连成：“王大哥，其实我……”

王连成摆手，他面向记者：“你们知道那些年江重的日子有多难吗？人人都说我王连成有本事，炼钢的设备从来没有拖过后腿。其实我有啥本事，我顶多把家里没用的水龙头拿到单位，我也没有钱去买设备备件啊！这都是赵心刚的功劳，要不是他默默地支持，炼钢早就停炉了！”

王连成有些哽咽，眼泪含在眼圈：“那时候啊，他每个月都会给我打电话询问设备的情况，我知道他是在问我缺啥了，少啥了。我就厚着脸皮告诉他，什么设备坏了，什么需要修。这样的日子持续了六年多啊，让江重熬过了最苦的日子。直到国家出台了振兴老工业基地的政策，江重才缓过来，我才有底气拒绝他！”

王连成的泪流了下来，他抚摸着一本本烫手的账本：“人人都说感恩，当初赵心刚是为了感恩进了江重，为了我又主动离开了江重。而且他还默默付出了 862768 元的设备，这些钱一直压在我的心里啊！”

王连成捶打胸口，胸前的“江重”两个字被他攥在手里：“江重也有感情，咱们也得感恩哪！可是咱们分公司拿不出这么多钱来，我一直在想办法还这笔人情账！”

王连成抹了把眼泪：“我承认，这次招标我有私心，我就是想让中蓝飞跃中标。但我也知道，凭赵心刚的产品质量和报价，他是一定能中标的！他在江重最难的时候都在默默奉献，现在怎么可能舍得回来挣江重的钱？他报出的价格接近成本，比市场价低出将近一百万元。赵心刚没让我失望。你们说，中蓝飞跃是这次投标的五个厂家中技术参数最高、价格最低的，他们有什么理由不能中标？我就想替江重报个恩，行不？”

王连成老泪纵横地对着镜头重复："我就想替江重报个恩，行不？"

会议室里变得鸦雀无声，古师傅和两位老师傅都流下了热泪，每个人都陷入对感恩两个字最深层次的思考。

赵心刚早已泪流满面，他想起从前在江重上班时的情景，他穿着看不出颜色的工作服跟在王连成和古师傅的身后检修设备，英雄炉里翻滚着炙热的钢花，发出轰隆的声音……

一切都恍然昨日，离他那么近，一切又似乎隔了一个世纪，离他如此远。英雄炉没了，电弧炉要拆了，江重都要搬迁了。唯一不变的就是工友间那份真挚、淳朴的感情。那都是对江重深深的爱啊！

赵心刚含着热泪，微笑地看向王连成："王大哥，有你这句话就足够了！"

"不够，江重是感恩的企业，我代表江重感谢赵心刚这些年所做的一切！"说着，李东星竟大踏步地走了进来。其实他是跟着账本一起到的，一直站在门口没有进来。在会议室里的人都被王连成讲述的故事感动了，人们都忽略了站在门口的他。

只见李东星走到赵心刚面前，缓缓地伸出手臂，嗓音沙哑地说了一句："谢谢你，师弟！"

赵心刚露出欣慰的笑容："师兄，是江重培养了我，江重教会了我做人的道理。我虽然不在江重工作了，但是在我心里，我一刻都没有离开过。江重是我的根啊！我也是江重人！"

"说得好！"会议室里响起感动的掌声，带头鼓掌的竟然是红了眼睛的高个子代表。

掌声过后是各显神通的记者，有人第一时间采访了李东星，有人在采访王连成、古师傅还有那两位保管员老师傅。刚才拦着赵心刚的男记者又一次发挥距离的优势，他一步就跨到赵心刚的面前："赵总，谈谈吧，你为什么会私底下捐助数额那么巨大的货物？你当时是怎么想的？"

会议室的风向一下子变了，王泽不但没有达到预期的效果，反而成全了赵心刚的光环和王连成的感恩。他孤独地站在角落，盯着台上那一本本刺眼的账本，回想起那段难忘的日子。其实，他的电站成套设备分厂也收到过赵心刚发来的货物，但都被他那个神通广大的小姨子以华科天来的名义结了货款。他也从那个时候开始，彻底走上一条远离初心的不归路！

尘封的往事一幕幕地在氤氲的眼前闪过：

"赵大哥，我想做和你一样的人！"

"赵大哥，这个技术参数是多少？"

"赵大哥……"

王泽的眼前渐渐变得模糊，他歉意地看着离自己如此遥远的赵心刚，默默地走出不属于自己也不欢迎自己的地方……

第二十二章
Chapter 22

# 告别、重聚和不走回头路

## 93

江北是座有温度的城市，这里的人们勤劳朴实、不畏艰险，他们的心里有一座镌刻着制造工业无上荣誉的丰碑。丰碑上站着一群钢筋铁骨、顶天立地的产业工人！

他们是一颗颗锃亮的螺丝钉，在自己平凡的岗位上发挥着不平凡的作用，为中国的制造工业默默奉献出自己的绵薄之力。那力量凝聚在一起，足以撼动山河！

这些天，江北的产业工人非常忙碌，西部经济技术开发区的新厂房建好了，该搬家了。这是一件多么沉重又欣喜的事情啊！沉重是因为难以割舍，欣喜是因为再次扬帆起航。

每天，老国企的门口都围满了人，那些退休的老工友们纷纷来合影留念，年轻一代的产业工人也忙着用镜头来记录即将逝去的时代，就连像佟老板这样的外乡人都来寻找创业时期的回忆了。

他们安静地站定，凝视着那高高的烟囱、纵横交错的管道、萧条败落的厂房，仿佛在和老朋友告别。有人一待就是一天，直到天黑了才回去，只为多陪老厂待会儿！那一张张热泪盈眶的笑脸，那一步步沉甸甸的脚步，那一句句不舍的呼唤……突然间，整个江北似乎都慢了下来。

有人捧走一把湿漉漉的黑土，有人捡走一块斑驳的碎砖，有人拾走一片满是裂缝的瓦片，每个人都想拼命地留住曾经的记忆。那记忆里有对老厂的留恋，还有对逝去青春的追忆，更有对那个火热年代的致敬！

工业之魂已融入江北，深深地刻在每代产业工人硬气的骨头里！

没过多久，江重冷片和热片的新厂房也竣工了，董事长李东星在职工大会上宣布了搬家的日子。而江重将用最后一炉钢水为江北所有老国企撤离市区的这场壮举画上一个圆满的句号。

那天，江北的各大新闻媒体都到了，赵心刚作为受邀嘉宾也来了，还有许多离开江重的工友都回来了，铸钢的院子里从来没有这么热闹过。

工人们像往常一样在炼钢车间里忙碌，车间外的卡车上却已经装满了机械设备。每个人的表情都很凝重，因为他们知道，这是最后一炉钢了。

出钢的时候，淡淡的棕色烟雾弥漫在整个车间，赵心刚又闻到了那熟悉的金属氧化物的味道。天车吊着钢包缓缓移动，在无数人的注视下将钢水浇注到刻画着江重集团新厂牌字样的模具里，浇筑出一块百折不挠的钢铁招牌！

天车工又在地面人员的指挥下将剩余的钢水注入了另一个模具。炙热的钢水缓慢地注满了模具，模具中渐渐浮现出“江重”两个炽热的大字，那字上燃着红色的火焰，仿若凤凰涅槃的景象。

很多电视台和报社的记者，用摄像机或相机记录下了这历史性的一刻，他们共同见证了新中国工业的变迁，见证了那些老国企走过的风雨征途和光明未来。

与此同时，车间外的车队也开始向新厂出发，吹响了新征程的号角！

炼钢车间内很静，两个模具上的字迹愈发地清晰，两块铭记百年岁月的新旧厂牌无声地诉说着走过路。终于，最后一朵钢花也不露痕迹地融化在火热的钢水里，这一炉钢水最终凝固成压在每个人心坎上的两个字——江重!!

这本该是响起热烈掌声的一刻，然而现场却只有深情的哽咽。赵心刚的眼睛红了，关云茂偷偷转过身子抹眼泪，牛刚和几个退休的老师傅早已泣不成声。李东星也抑制不住激动的情绪，他呜咽又骄傲地对着镜头说："一个时代结束了，而另一个时代已经开启了！"

赵心刚的情绪很低落，他避开镜头站在一个没人的角落，发现人群中并没有王连成和古师傅的身影。他们去哪儿了？赵心刚走出车间，轻车熟路地来到那条僻静的小路，古师傅靠着墙角哭得像个孩子，他撕心裂肺地捶打着胸口，伤心到极点。赵心刚不忍心去打扰他，伤感地转身离去。

这真是一场世纪的告别，比赵心刚当年离开江重时更惨烈。一个月后这里将变成一片废墟，变成建筑工地，将会抹去江重所有的痕迹。

赵心刚像当年检修设备那样，顺着管道一路走啊走啊，热处理炉的大烟囱还是那么笔直地矗立着，氧气站蒸发器上还结着厚厚的一层白霜。当他走到电弧炉跟前时发现有个人影，定睛一看，果然是王连成！他正一遍遍地抚摸着被岁月侵蚀的设备，一遍遍地念叨："老家伙，我不能陪你了！我不能陪你了……"

赵心刚停下脚步，不敢去靠近。他微微仰起头，强忍住眼底的热泪，悄悄地折返回去。

一路上，他遇到很多人，有人在哭，有人在笑，有人在自言自语，有人在默默干活，每个人都寻找留在自己记忆里的那个曾经的江重……

这一刻是悲壮的，这一刻又是美好的。世上总有一个人，一个地方，一种情感无法割舍。老去的自然会老去，新的未来会更加光明！

赵心刚不知不觉地走了一大圈，忽然接到马莹打来的电话，马莹在电话里的语气很焦虑，她的声音又尖又急："赵总，你在厂子里看到我爸了吗？他最近的身体情况不太好，正在住院呢。昨天不知道谁给他看了江重搬迁的报纸，上午输完液他就不见了。我妈说，他一定是回厂子了。"

"马莹，你别着急，我去找找，咱们随时联系！"赵心刚挂断电话。他不停地四处张望，今天见到了不少熟悉的老面孔，可就是没有见过马叔。马叔身体很虚弱，他如果来江重，会去哪里呢？赵心刚盯着空荡荡的西门，他猛地想到了什么，一溜小跑地奔向门口。

西门外，穿着病号服的老马不知从哪里端来一盆水，正颤抖地拿着抹布擦大邮筒。他的手背上贴着医用胶布，动作很缓慢，他像对老伙伴一样用温存的语气说道："没事，等我病好了，这些开焊的地方我都能焊好。到时候再让油工老白给你喷两遍漆……"

老马的手顿了一下，两行水滴从大邮筒上滚落下来："哎呀，瞧我这个记性，老白去年就走了，不在了。没事，我也会喷漆，给你换套新衣服，什么颜色的好呢？红的，还是黄的？哦，你是个邮筒啊，那你还得继续穿一身绿衣服……"

赵心刚看着眼前的一幕，再也抑制不住内心的悲伤，窝在眼底的热泪终究还是流了下来。他快步走出西门，紧紧地抱住了瘦弱的老马。老马缓慢地转过身来，见到是他，沉默着撇撇嘴，终于放声大哭了起来……

如今，西门外的世界已经变了，冶炼厂搬迁了，崭新的楼盘广告的围栏里是热火朝天的工地，排列着高高的塔吊。西门外的世界又没有变，风蚀的管道依旧站在那里。这些好像工业血管的管道将和贯穿这片工业区的铁道线一起拆除。到那个时候，这里将变成一片繁荣、美丽、朝气蓬勃的新城区！

而在江北西部的经济技术开发区，这些凤凰涅槃的老国企将会延续这个世纪的工业奇迹和大国重器的荣耀！

## 94

自从赵心刚接下江重热片的供电系统和除尘系统的工程之后，接连参加好几场钢铁冶炼行业的招标会。市场扩展得非常顺利，完全出乎赵心刚的预料。

赵心刚犹豫着是不是要专门成立一个针对钢铁冶金行业的事业部，正式进入这个行业。李东丽劝他慎重，毕竟钢铁冶炼行业时好时坏，行业波动较大。从目前在做的两个合同来看，资金回笼比较慢，押款比较严重。而且即使结款也是承兑汇票，还要付出一笔贴息的钱，所以还需要再观望一下今后的形势和政策。

赵心刚还没着手将计划提上日程，就接到了老同学袁大为的电话。袁大为在电话里说今年是他们大学毕业十五周年，他找到了班主任宁教授，想在江大办一场同学会。

赵心刚知道袁大为现在是老百姓口里经常说的那种“穷得就剩钱了”的人。这五年里，他的公司效益一直不错，基本完成了有些人一辈子也无法完成的原始积累。熬了那么久，总算苦尽甘来，成了人人羡慕的大老板。于是赵心刚在电话里调侃道：“你是不是想在同学面前炫耀一下你的实力？”

袁大为兴奋地应道：“嘿嘿，啥实力啊！咱班同学混得都挺好的。老同学，你别怕，这次同学聚会的一切费用由我来出。不过，你得出点力！”

他要出费用？赵心刚愣了一下，这袁大为的葫芦里到底卖的什么药？他微笑着说：“咱班留在江北的只有我一个，我自然要出力。这样吧，我负责后勤保障工作。”

“这就对了，我是同学会的正会长，你是副会长！”袁大为不仅给自己封个官，还不忘给赵心刚戴高帽儿，“我们总能想到一起去，我也是这个意思。你在江北，办事便利。你把公司的车都派出来，这次咱们一定好好聚聚！”

赵心刚也来了兴致：“一共能到多少人？”

袁大为在电话那头拿出一张打印的表格：“宁教授给了我一份名单，我给每个人都打过电话了，咱班一共二十二人，除了陈敏生孩子不能来，班长王勋在国外，其他都能到，包括韩立民和黄薇薇。”

赵心刚听着久违的名字，心里很热乎。不过，他对王勋似乎更感兴趣。在他的记忆里，王勋不太爱说话，手里总是抱着一本关于哲学的书，最大的理想就是当国学大师。每当谁有学习、生活、情感等方面的困惑，王勋总会以哲学的方式为矛盾者打开一道明朗的大门，让人顿悟人生。他怎么出国了？不想当国学大师了？

“班长啥时候出的国？”赵心刚迟疑地问道。

袁大为咧嘴笑了：“早就出国了，班长是什么人？那多神呀！他娶了富家千金，做的是铁矿石的大生意，全家都移民了。你还不知道吧，他在国外待得无聊，成立一个什么研究国学的研究会，自诩精通国学，整天给一群老外讲国学。”

赵心刚苦笑道：“教书育人当大师，倒是遂了他的心愿。”

“不仅如此呢！”袁大为在电话里有些激动，“王勋在国外教老外国学，在国内开办了一家连锁的国际英语培训学校，听说都开三十多家了。你看，这家伙的书没白念，精明着呢。”

赵心刚笑而不语，王勋毕业之后分在东北的某家大型的国有钢厂，他还去他们钢厂参加过培训呢。那时候王勋在采购部，专门采购铁矿石。当时他已经产生离开的念头，想去做铁矿石的贸易，没想到真的如愿以偿了。

赵心刚深有感触，这十五年里，中国发生了翻天覆地的变化，当年的同窗都拥有着不同的生活轨迹，他也真的很期待听到其他人的消息呢。

赵心刚想到了韩立民和黄薇薇，这对夫妻当时可是大学里的风云人物，可惜是典型的反面教材。两人本来是同班同学，可是没有念完，就被学校双双劝退了。劝退的理由是谈恋爱！

或许现在的年轻人很难理解怎么会有如此死板的规定，谁在年轻时不想谈场轰轰烈烈的恋爱呢？但是，在赵心刚念大学的时候，谈恋爱是明文禁止的，如果影响恶劣可是不折不扣的大事。

韩立民和黄薇薇就是因为屡教不改，被学校劝退了。当时全班同学都去校长室求情，宁教授想为两人做担保人，两人竟然拒绝了，还当着众人的面牵着手走了。最后，只能按退学处理！

离开校园的那天，下了一场离别的小雨。在冶金馆前面的草地上，两人背着行李牵手离去，那背影一直印在赵心刚的心里。后来听说从小在城里长大的黄薇薇义无反顾地跟着韩立民回了农村，从此再没有两人的音讯。

“黄薇薇和韩立民过得好吗？”赵心刚担忧地问道。

袁大为笑道：“放心吧，他们一直和宁教授有联系。现在这两口子是当地的养殖大户，韩立民还是村主任呢。我正要说这个事，这两口子你必须亲自去接，亲自送，千万不能怠慢，大小是个干部！”

“放心吧，我亲自去，你也早点来，我在江北等着你们！”赵心刚的脸上一扫多日的阴霾，露出灿烂的笑容。

一周后，江大钢冶系的学弟学妹在校园门口挂起欢迎学长回家的大条幅。赵心刚作为江北的东道主，顶着同学会副会长的头衔忙翻了天。袁大为还算有良心，他提前三天就到了，住在江大校园里的宾馆，陪着赵心刚一起张罗。他一副老板派头，自己订了一间商务套房，还给赵心刚也订了一间，理由是方便副会长工作。赵心刚说自己的家就在江北，从来没在外面过过夜。袁大为嘲笑赵心刚怕老婆，现在谁还没有“两套班子”？

赵心刚很实诚：“我的确有点怕她！”弄得袁大为连话都接不下去了，赵心刚也没追问“两套班子”的意思。

这几天，两人每天白天碰个面，晚上赵心刚就回家。在同学会的前一天，两人才最终敲定所有能来参加同学会的人员。赵心刚正在埋头整理同学们来的具体时间，准备做一张接站的表格，方便司机接人。他低声说道："张晓华打电话说过不来。他现在是一家钢厂的领导，他们企业去年上了一套高线的生产线，听说都是意大利的设备。目前还在磨合期，估计是工作太忙了走不开吧。"

袁大为鄙夷地哼了一声："屁，啥走不开，正闹离婚呢，媳妇不让来！"

离婚？赵心刚听完更惊讶了，同班里已经有两对离婚了，张晓华也要离婚了？他记得张晓华的妻子好像是当时图书馆的保洁员。

袁大为解释道："这只能怪张晓华自己。你和他都是咱班的学霸，宁教授也特别看重他。就是你爱锻炼，身强体壮。他身体不太好，总生病。人这一生病，就容易脆弱，尤其感情脆弱。人家保洁员的小姑娘多关心他一下，他就非人家不娶了。结果一毕业，两人就结婚了。可是他俩的差距实在太大了。张晓华学习好、聪明、爱看书。他老婆连初中都没念完，除了勤快、能干活，啥也不会。张晓华当初纯粹被脆弱蒙蔽了双眼，结婚以后，矛盾自然就来了，两人到现在还没有孩子。听说这些年张晓华一直在提离婚，每次一提，他老婆就闹，闹了十多年了。我还听说啊……"袁大为压低声音，"张晓华在外面有人了，还有孩子呢！"

赵心刚脸色一变，这就是传说中的"两套班子"？

袁大为神秘一笑："谁有你幸福啊！李东丽年轻、漂亮又能干，家世又好。咱们就不行了，早早被绑了身子，就得对人家负责。哎呀，你是不知道那种同在一个屋檐下，天天吵架的滋味啊！女人撒起泼来，你长一千张嘴也说不过她！张晓华后找的老婆我见过，长得文文静静，知书达礼，那时候她的肚子就大了。张晓华早就想协议离婚了，起诉到了法院。后来不知道为什么没离成，再后来，我也不知道了。他也好久没跟我联系了，不知道过得咋样。"

赵心刚感叹张晓华的同时，更惊讶袁大为的神通广大。刚毕业的时候，通信不发达，连个 BB 机都没有，他和袁大为书信来往，算是联系多的。近些年大家都有了手机，他和其他同学才有了联系，但也很少交流。袁大为平日里不显山不露水的，怎么同学们的底细都知道得这么清楚？他记得张晓华和袁大为上学时关系并不好，但是张晓华连这么私密的事情都告诉袁大为，显然两人的关系非同一般。

赵心刚拿起同学会的名单，袁大为说同学会的名单是宁教授给他的。可是他侧面问过宁教授，宁教授说只在五年前给过袁大为一份同学毕业分配的记录。难道袁大为五年前就有开毕业十年的同学会的想法？赵心刚马上否认了自己的猜测。五年前，袁大为正是接合同最忙的时候，他哪里有时间弄同学会？

那他要同学毕业分配的记录做什么？赵心刚仔细想了想，自从帮袁大为联系江重委托生产煤矿设备之后，袁大为就很少找他了。这几年，他做得顺风顺水，想来有自己的本事！

“你的消息真灵通啊。”赵心刚微笑地说道。

袁大为拍过他的肩膀说道：“现在是信息时代，信息就是金钱啊！等聚会的时候，我帮你找找信息，到时候你就明白了！”

赵心刚带着疑惑看着名单上熟悉的名字，忽然对这场同学会产生了莫大的期待。

第二天中午，赵心刚从火车站接到韩立民和黄薇薇夫妇，还有他们带来的五十箱土鸡蛋。至此，所有人都到齐了，一场毕业十五年的同学会正式拉开了帷幕。

岁月催人老啊！当年那群走出校园的年轻人，再次归来已经步入中年，当年那些授课的老师也都已经满头银发。故人相逢，心中都是满满的感动、回忆还有那份真挚的情谊。本来这次同学会还邀请了曾经做过辅导员的李东星，可是李东星实在没时间，他拜托赵心刚向大家问好。同学们早就从袁大为的口中得知赵心刚和李东星的关系，都调侃他是人生赢家！

在老同学面前，赵心刚很轻松。他作为东道主带领大家参观了美丽的校园，回到了当年上课的教室。现在的教室已经重新装修过，采用多媒体教学，投影、电视等设备一应俱全，变化非常大。

他们还找到了各自住的宿舍，和教室比起来，宿舍的变化不太大。江大地处江北最繁华的地段，近些年大学连年扩招，宿舍不太够用，还是从前的标准，每个房间住八个人。

赵心刚他们念书那会儿，家里的条件都很差，除了一些随时更换的衣服和书，也没有多余的东西，宿舍还够用。但现在的大学生可了不得，每人一台电脑，生活用品也翻了倍。这样一来，屋子就显得挤挤压压的。一起陪着来的宁教授说，这还算好的，如果遇到同寝有两个带吉他的同学，那就更没有地方了。

赵心刚不由得感慨，从小平同志南方谈话到今天，这十五年来，说长不长，说短不短。中国经济飞速发展，老百姓真的富裕了。他很期待，到了下一个十五年，等这批孩子长大了，又将是怎样的世界？

同学们在校园里转了大半天，剩下的时间是自由活动，两个小时之后，迎来同学会的重头戏——聚餐。

袁大为想订在江大校园里的饭店，但是赵心刚怕打扰到老师和同学们的正常生活，于是就用中蓝飞跃的大巴车将同学们带到佟老板的渤海渔港。佟老板给足了赵心刚面子，安排了足够的人手，特意留出紧俏的大包房。大包房里卫生间、音响等设备一应俱全，还有一张能坐下二十多人的大饭桌。

赵心刚点的都是江北的家常菜，远道而来的同学们吃得很香。填饱了肚子，话匣子也就哇啦哇啦地打开了。因为老师们都没来，所以老同学们此时放开了许多。

最活跃的当属本次同学会的会长——袁大为同学了。他端起酒杯拽着赵心刚敬了一圈酒，赵心刚不胜酒力，甘拜下风。

袁大为开始煽情："你们是不知道我以前有多惨啊，赵心刚一直鼓励我，还给我邮过一笔救急的钱，我真的很感谢他啊！这杯酒，我替他喝了。"

这是什么喝酒的理由，也没有人敬他喝酒呀！赵心刚哭笑不得地拦下袁大为的酒杯："这和我的鼓励没啥关系，关键是你努力又幸运，赶上了好政策！"

袁大为听话地放下酒杯，认真地说道："对，是我赶上了好政策。现在，我要对大家宣布一个大消息！"

"什么大消息啊？"有人喊道，"不会是弄了两套班子吧？"众人哄堂大笑！

袁大为不以为然地说道："两套班子？嘿嘿，年轻时咱也想过，那时候是有贼心没贼胆儿，还没钱。现在贼心有，钱也有，胆儿也大了，就是肾不行了！"他的话又引来一阵哄堂大笑。

赵心刚还算理智，他轻声问道："到底是什么大消息？"

袁大为一脸郑重地说道："我把公司卖了，现在啥也没有了，就是存折上多了一位数。等聚会之后，我直接从江北转机飞去澳洲和老婆孩子会合。亲爱的同学们，再见啦。"他端起酒杯喝下杯中酒。

这时，不知哪位同学喊了一句："老袁要去澳洲找班长了，帮咱们带个话，别整那些没用的，有机会请大伙去澳洲聚一聚！"

"对，咱们包机去！"有人附和。酒席的同学纷纷祝贺地举杯同饮。宴会掀起了小高潮。

赵心刚没有说话，他心里很沉重。怪不得袁大为着急办同学会，原来他也走了。为什么都要走呢？赵心刚真的想不明白，国内的经济形势这么好，改革的力度这么大，为什么挣够了钱就往外走呢？异国他乡再好，那也是一个远离祖国的陌生地方，世上还有比家乡更好的地方？想到这些，赵心刚失落地喝下一杯泛苦的酒。

同学们还在七嘴八舌地聊天。坐在赵心刚旁边的韩立民逮住机会凑了过来："赵心刚，听说你的生意做得也不错，怎么不考虑出去呢？"

赵心刚亲切地给韩立民夹了一块熘肉段，笑道："我习惯吃江北菜，就觉得江北好！"

韩立民竖起大拇指："好啊，这才是我们学习的榜样！"他端起酒杯，和赵心刚喝了一杯。

几杯下肚，赵心刚的脸都红了。韩立民贴心地给他倒了杯热茶，赵心刚觉得他好像有心事。赵心刚指向和同学聊得火热的黄薇薇："老韩，当时我还替你们惋惜，现在倒是很羡慕呢！你看，咱们班算上你们，一共成了四对，两对离婚了，一对貌合神离，只有你们这对老夫老妻还过得好好的呢！"

韩立民摆手，压低声音："我不像他们在城里过花花世界。你也知道，当时从学校退学回农村，真的很苦啊！"

韩立民目光疼爱地看向坐在对面的媳妇黄薇薇："她在城里长大，别说干农活了，就是地里的辣椒苗、茄子秧都分不清。当时村里人都笑话我，说我娶回个大小姐！那些年，我每天早上骑着自行车驮着她去地里干活，我在地里干活，她坐在垄沟里看书，中午我们一起吃饭，晚上一起回家，薇薇没喊过一声苦，没抱怨过一句。我就想着，绝对不能让薇薇失望，咱得干出个样儿来。"

赵心刚激动地举起酒杯："说得好！"

两人碰杯喝了一口。韩立民继续说道："不怕你笑话，我啥都干过。养羊、养猪、养鸡、养兔子，有挣有赔。但不管干啥，薇薇都支持我。后来，我的养鸡场干大了，全村都跟着我养鸡，我还当上了村主任。现在啊，我们村不比城里差，城里有的，咱们都有，日子特别好！"

"那环境呢？"赵心刚想起自己的老家，村里招商引资是好事，项目也挺好，就是排污太厉害了。老百姓的日子倒是富裕了，可是水都黑了，农田也污染了，再也找不回当年的乡情了。

韩立民微微一笑："老同学，你这句话算是问对人了。这几年，各个村都在搞招商引资，什么电线厂、砖厂、板材厂、石墨厂、造纸厂还有屠宰场等等，太多了，还有敢上钢厂和化肥厂的呢。环境造得真是一塌糊涂，我们村因为水源的问题总和隔壁村打官司。没办法啊，都是为了 GDP 嘛，那可是考核的硬指标。再说了，村里创收，老百姓就创收，就算环境差点，大家也能接受。一来二去，也没人管环境了。"

"你也这么想的？"赵心刚皱眉。

韩立民摇头："不，不，我是坚决不同意污染企业进村的。我们全村都养鸡、种水稻。其实，养鸡也麻烦，一进村口就能闻到鸡粪味，外村人都私底下叫我们鸡粪村。后来，我花大价钱建了排污的管线，建了沼气池，搞起了生态循环养殖。现在我们村成了环境示范村，改天你也去我们村里瞧瞧！"

"不错嘛！"赵心刚惊喜地拍过韩立民的肩膀，"我就知道你是个人才！"

"只是吧，只是吧……"韩立民有些吞吞吐吐。他偷偷瞄了一眼正在讲荤段子的袁大为。

赵心刚摆手："老韩，咱们都是这么多年的同学了，有话就直说嘛！"

韩立民露出憨厚的笑容："那我就说了哈。咱现在大小是个村主任，得为百姓谋福利。我们的鸡蛋品质好，就是没有销路，价格上不去。而且养鸡的利润本来就低，我还建了排污管线，现在成本又提高了，老百姓的收入却不高。老百姓看着邻村赚了大钱，都要我去拉个投资。"

韩立民的声音越来越小，目光也变得闪躲。赵心刚立刻明白了，韩立民是想拉自己去村里投资。

不过，中蓝飞跃虽然不属于污染企业，但也总会有一些工业垃圾和废水什么的，在城市里的开发区这些不算什么，废水排入专门的工业排污管道，然后由污水处理厂处理成中水排放，工业垃圾也会有专门的环卫公司来收集处理。但是在农村，没有污水处理厂，没有环卫部门，这些东西处理起来很麻烦，恐怕……

赵心刚又不忍心拒绝老同学。韩立民红着脸开了口："我听说你们集团挺大，除了干电气仪表，还有房地产开发，听说还有食品厂，在国内不少地方都有有机食品基地。老同学，我们村一直种水稻，产量和品质都不错。我有个好项目，因为没人投资，没钱整。咱们村有地理优势，稻田里能养河蟹，八月十五河蟹成熟的时候，品质不比阳澄湖差。你看能不能……"

赵心刚一拍脑门，原来是自己想歪了，他怎么没想到可以投资做养殖呢！

赵心刚在市场做了这么多年的生意，最明白营销和品牌的重要性。老韩说得没错，他们家乡的河蟹，真的不比阳澄湖差，可是人家阳澄湖有文化底蕴，懂营销策略，地方又支持，牌子亮，自然供不应求。这一点上，江北真的要虚心学习呢。

这的确是个好办法，大表哥范宏正计划来江北布局，如果能和老韩合作，参照南方的模式建设个有机食品基地，可是个好项目。范宏是营销高手，他一定能看出更大的商机，实现共赢。

于是赵心刚从手提包里拿出一张范宏的名片，在上面又写上妹妹赵晓雅的电话："老韩，你先拿着名片，等同学会结束，你跟我去趟公司。周一有集团视频会，我帮你引见我大表哥范宏！或许直接与你对接的是我妹妹，到时候再看看。"

"谢谢，谢谢，太谢谢你了，老同学！"韩立民激动得站了起来，为了表达对赵心刚的感谢，自己先喝了一大杯，弄得赵心刚不好意思地陪了一杯："咱们都是同学，别太见外！"

"是啊，有同学这层关系办事容易多了，要不我去哪里认识香港的大老板！"韩立民珍惜地收起名片。

"对，你们都是大老板！"喝得醉醺醺的袁大为拽着同学老林走过来。老林吵着要和赵心刚喝酒。赵心刚无奈地喝了小半杯。老林指着赵心刚的鼻子："你小子当上了大老板，就不理老同学了？"

"没有啊。"赵心刚谦虚地笑道，"我亲自去机场接的你。"

"那咋不来找我呢？"老林狡猾地瞄了袁大为一眼。

赵心刚并没有觉察什么异常，他认真地点头："放心吧，等我有时间去武汉，一定去找你！"

袁大为微笑道："你啊，总是这么死心眼！"袁大为抵在赵心刚的耳边，小声嘀咕道，"老林现在是供应处的处长，大钢厂平时的采购量你还不知道吗？每个月就算没有技改，支持正常生产的流水就过亿了，你想一想！"袁大为慵懒地眨动眼睛。赵心刚心头一紧。

老林举起酒杯："听说中蓝飞跃在电力行业做得不错，怎么样，来我们钢厂试试水？我们的二厂正打算改造高炉，需要的设备很多！不过啊，丑话说在前头，技术过关，价格也得最低！"

"那不就是你老林一句话的事情嘛！"袁大为附和。

赵心刚想起最近公司关于钢铁冶金行业的销售策略调整，多问了一句："高炉改造是大项目，看来，你们钢厂的效益不错嘛！"

老林说道："现在国家的政策好，市场也好。钢铁行业逐渐回暖，装钢材的卡车天天在外面排队。别说高炉改造了，我们还要建二期工程呢！"

"我们厂也要建二期工程，要建在海边，有港口！"有人喊道。

"我们厂都已经开建了，回去我就去基建项目部了。"酒桌上的人七嘴八舌地说开了。他们都来自钢铁行业。

赵心刚微微地点头，心里有了数："真好！"

老林放下酒杯："好个啥！前些年真是苦啊！我刚到厂子那会儿，每周还跟着那群老师傅去车间处理钢渣子呢。还好，一路走过来了。这十五年啊，我是踩着风火轮走过来的，步步高升呢！"

"你也处理过钢渣？"赵心刚也回忆起自己去江重钢渣处理厂的情景。原来，每个人都有一段艰辛、深刻又那么值得回忆的经历！

这时，另一位老同学——宫行远站了起来，他的经历就更坎坷了。

“咱们考大学比现在难多了，咱们的待遇也比现在差多了。我当年毕业时分配到一家国营老钢厂，人家都看不起大学生，我上班第一天就在炉前跟着工人倒班，足足倒了三年呀！”

“老宫，别哭穷了，你现在每年都中五百万的彩票。早知道你这么有钱，就让你出钱请大家吃饭了！”袁大为扯着嗓子开玩笑。

赵心刚皱了皱眉，袁大为对每个同学的近况都了如指掌，他到底想做什么？

宫行远摆手：“五百万都是后来的事了，我是说过去。那些年厂子效益不好，工资都开不下来，我一咬牙，不干了！”

赵心刚看向宫行远：“那你直接到了现在的单位？”

宫行远微笑：“其实，我最感谢的是我媳妇。我主动下岗的时候她说了，实在不行就带着孩子跟我去河北。媳妇支持我，岳父一家也支持我，在银行工作的小舅子还借了我一笔钱，让我把单位分的公房买下来。当时啊，我连去河北的车票都买好了，没想到天上掉下来个机会！”

“啥机会？”袁大为问。

宫行远应道：“我们当地有一家民营钢厂，濒临破产，老板放出话来，谁要是能把炉子修好，炼出合格的钢种来，只要愿意留下干就给公司的股份。”

宫行远眯起眼睛：“咱以前在单位连高炉都能修，啥能难倒咱呀？我当时找了两个老师傅，签了责任状。我们忙碌了两个月，瘦得扒了一层皮，炉子总算稳定了，生产也就正常了。老板说话算话，我就成了公司的副厂长，得了10%的股份！”

“原来是这样！”赵心刚微微点头，因为体制、分配制度等多方面的因素，老国企的确衰落了，但是这些老国企依旧是国家的工业基础。有人总是不服气，认为民营企业更灵活，可是如今有多少民营企业都是靠老国企培养出的人干起来的啊！然而人才外流却是老国企最伤心的病，世上有多少个宫行远？赵心刚沉重地叹了口气。

老林羡慕地说道：“老宫，就这样，你就年收入五百万了？”

宫行远摆手：“接下来就是命了！你们没有发现吗？谁年轻时不拼搏，不努力，不想赌一把呢？但是，这人步入中年呀，努力就不能排在第一位了，运气才重要。好运气来了，挡都挡不住。我们董事长，也就是我们从前的老板。他把厂子交给我管，我把原来单位的同事能挖的都挖来了，厂子的产量越来越高。老板挺会运作，竟然搭上了世界五百强的大集团，人家把我们收购了。我们摇身一变，就是合资企业了，我糊里糊涂地当上了总经理，年入五百万。对了，老同学……”

宫行远猛地一拍赵心刚：“我们单位要上电弧炉配套的除尘系统，我在设备部看到了你们中蓝飞跃的样本呢。赵心刚，你也太看不起我老宫了，就派个小业务员来报名，你咋不亲自来呢？要不是袁大为告诉我中蓝飞跃是你的公司，我还什么都不知道呢！”

袁大为急忙打圆场：“赵心刚你还不知道吗？万事不求人，不像我，这些年把你们都求遍了。他啊，上学时是榆木疙瘩，现在变成铁块了，技术杠杠的，最硬的那种！你们懂的！”袁大为故意挤眉弄眼，“等我走了，你们多帮帮他。这酒好也怕巷子深，需要借助点风力！”

“他不就是做大风车的嘛！”老林开起玩笑。

同学们笑得前俯后仰，赵心刚彻底明白了袁大为的心意，他是在帮助自己拓展市场。这些年，在座的同学都在各自的企业担任要职，有了同窗情谊这块金字敲门砖，做起事情自然顺利。

赵心刚不由得苦笑，他一直坚守技术营销的底线，却没想到已经被关系营销、人情营销包围了。他是应该感激袁大为呢，还是应该感谢这个多元宽容的时代呢？

赵心刚真的喝醉了，入口的酒回荡在舌尖，真的好苦……

## 95

赵心刚以副会长的身份站好了同学会的最后一班岗，他安排公司的司机分别将韩立民和黄薇薇带来的五十多盒土鸡蛋送给了同学，并将所有人平安地送到火车站或者机场，然后将韩立民和黄薇薇带到中蓝飞跃休息。

袁大为是最后一个走的，他要从江北转机，直接飞往澳洲，赵心刚亲自送他到江北机场。袁大为这一走，下次见面就不知道是何年何月了，这让送别的场面变得莫名地悲伤。赵心刚没话找话地说了几句，还是掩盖不住内心的不舍。

袁大为的情绪也不高，他指着机场大厅等待安检的队伍："那些年，我和一群老师傅守在那个快破产的厂子，老师傅给我儿子焊了一个玩具飞机。儿子问能不能带他去坐真飞机，我都不知道如何回答他。当时我连邮票都不舍得买，哪里敢想坐飞机啊！现在，我拥有这一切，真的感谢这个美好的时代啊！"

赵心刚点头道："是啊，走过大风大浪的人都懂，改革开放给我们带来的最大红利并不仅仅是物质生活的丰富，而是无限的希望！你想想，当我们落在低谷的时候，处处也有充满希望的小火苗。这都是这个时代赋予我们的，我们都是勇敢的闯路人啊！"

"说得真好！"袁大为一脸羡慕，"赵心刚，我真的很佩服你，生命不止，奋斗不止。"

"应该是改革不止，闯路不止！"赵心刚还想做最后的努力，"大为，一定要出去吗？明年就是北京奥运会了，以目前的形势来看，未来十年，国内的经济将进入超速的发展阶段，你何必去异国他乡呢？"

"我？"袁大为的脸色变得很难堪，他深深吸了口气，"老同学，你很聪明，不过有时也很笨。我是不得不走啊！"

不得不走？赵心刚心头一紧，袁大为有事瞒着他？

袁大为抬起手腕看了看时间，颇有感触地说道：“我就不多说了。我真的很羡慕你，生意做得这么大，还是干干净净的……”他低着头，拽过行李箱，“再见啦！”

“等等……”赵心刚的心被狠狠地扎了一下，他快步走过去，像从前在寝室里那样举起拳头。

袁大为愣了一下，也缓缓地举起拳头，两个拳头碰撞在一起。

“珍重！”

“珍重！”

放下拳头的刹那，袁大为贴在赵心刚的耳边低沉地说了一句。在赵心刚无比惊愕的目光下，袁大为红着眼睛走入拥挤的人群，踏上异乡之路……

赵心刚走出候机大厅，在停车场找到了自己的车。在回市内的路上，他一直在想袁大为临走前说的最后一句话。

他的公司竟然卖给了江重？师兄怎么会如此糊涂呢？据他所知，袁大为的公司就是个空架子，这些年就是打着老国企仅剩的荣光靠倒买倒卖活下来的。师兄到底想做什么？

赵心刚越想越不对劲，他拨打了师兄的手机，接电话的是新来的王助理，王助理说李东星正在招待外宾，不方便接电话。

赵心刚放下电话，紧接着海重黄言东的电话打了进来。黄言东现在是海重电站设备分公司的总经理，他直接问赵心刚有没有看昨晚的新闻。

“到底什么事情这么高兴？”赵心刚一边开车，一边对着耳机问道。

黄言东常年跑江北市场，口音里夹带着江北的味道，他吐出四个字：“上大压小。”

“上大压小？”赵心刚表示疑惑。

黄言东在电话的另一头开始念报纸：“上大压小就是将新建电厂项目与关停小火电机组挂钩，这是为了减少污染排放，压缩落后产能。”

赵心刚顿时明白了，这和前些年整顿小钢厂是一样的，都为了达到环保要求，去掉落后产能。怪不得黄言东兴奋，目前全国的燃煤机组单机在十万千瓦以下的小机组至少有一亿多个，每年消耗燃煤数额庞大，排放的二氧化硫等气体更是数量惊人。以越来越严格的环保要求来看，大机组代替小机组势在必行。

朱建国早就跟他深刻讨论过这些问题，他们还以为相关政策会等到奥运会之后才能提上日程，没想到动作这么快。赵心刚连忙将车子停在一处安全的地方，认真地说道：“这是好事啊！我们又要迎来春天了。”

黄言东在电话那端止不住地点头：“是的，我们这边已基本关停十万千瓦以下的小机组，我想江北的力度会更大。这对整个电力行业将是一场大震动，咱们要抓住机会！”

赵心刚笑着说：“我们电气仪表行业的竞争太激烈了，不像磨煤机行业，除了江重，就是你们海重！”

黄言东在电话那头摆手：“你啊，离开江重太久了，一心搞你的中蓝飞跃，都不熟悉磨煤机的市场了。江重的技术早就不行了，服务又跟不上，货期有时也难以保证。现在我们海重的竞争对手都是后起之秀，一水儿的民营企业。这些企业真的是厉害啊，打着高薪的旗号四处挖人，都挖到我的头上了。”

赵心刚的脸色变得凝重，他前一段问过师兄关于磨煤机的生产情况，师兄还说一切正常。看来他真的要找师兄好好谈谈了，他每天那么忙，到底在忙什么？

不过，黄言东的话也有道理，后起之秀真的太厉害了。最近，赵心刚在招标会上遇到一家专业做环保设备的公司，无论是技术还是价格都极具市场优势。相比之下，中蓝飞跃和华科天来基本是靠以前的老底子和业绩在支撑运营，中蓝飞跃还好些，毕竟有几项自主研发的技术握住手里，现在又有集团的后备力量做支持。华科天来就惨了，王泽已经失去 KS 集团在江北的独家代理权，另外几家进口产品的代理权也岌岌可危。

现在这些进口品牌的厂家也学聪明了，十家公司的市场一定比一家大得多，所以他们不再签独家代理权，只签代理权。遇到特殊情况的时候，他们还可以针对项目进行授权，完全学会了深挖洞、广积粮的套路。

改革开放已经将近三十年，中国的经济发展速度超过了世界上所有的国家，这些国外厂商也在逐步适应改革的脚步，不停地寻找最适合自己公司的发展模式。一家独大的市场已经过去，接下来的舞台属于所有拥有梦想、勇于追梦的人。

赵心刚盯着窗外的车流，感慨地说道："当初，你不也想挖我去海重吗？"

黄言东在电话里逗趣："幸亏你没来，你若来了，今天还有我的位置吗？对了，我还要跟你透漏个消息，电厂的除尘系统马上就要强制上脱硫、脱硝的设备了，你做好准备。这可是你的老本行，而且市场很大的。"

赵心刚点头表示赞同："这些年对环保的整理力度特别大。其实，江北附近新建的电厂都已经上脱硫设备和脱硝设备了，前几天电力杂志上还提到了超低排放的词语。这都是信号啊！看来国家既要抓经济，也要保护蓝天白云、绿水青山，那些才是生态环境的硬指标啊！"

"那我们就为绿水青山努力吧！"电话里传来了黄言东铿锵有力的回答。

## 96

新江重坐落在江北西部的经济技术开发区，位置很好，紧邻主干道，离地铁站也不远，远远望去，庄严的总部大楼比江北人民法院还气派呢。

李东星的办公室在五楼，他正在办公室与外商进行一场艰难的谈判。江重虽然收购了国外盾构机厂家的股权，但是并不掌握核心技术。按照当时谈判的要求，国外厂家将技术部设在了北京。也就意味着江重每次投标的技术标书都是由北京技术部来单独负责的。

其实，在谈判时，李东星一再坚持将技术部与江重的盾构机研发部门合并，但是因为江重和铸造厂的重组迫在眉睫，根本没有给李东星的谈判预留出多余的时间。再加上国外厂家的态度非常坚决，即使江重全额收购股权，也必须独立运营，不接受江重的再行重组和任何形式的合并。李东星一再坚持的结果，只争取到技术部设在北京的权利，这是协议书上白纸黑字盖红章的，谁也改变不了。

前段日子，李东星靠着盾构机的业绩表面上风光无限，但其实只有他自己知道承受了多大的压力。最近磨煤机项目也不让人省心，李东星正想找赵心刚询问有关磨煤机的事情。这时，王连成的儿子王欣宇急匆匆地走进来，他带来一个坏消息："李总，宋元明说他快坚持不住了，请您无论如何也得过去一趟！"

李东星烦躁地叉腰："那些人还是要走？"

王欣宇偷瞄了小潘一眼，点头道："是的，而且还要挖宋元明一起走！"

"这哪里是挖人，是在一锅端啊，真是欺人太甚！"李东星气愤地走到门口，"走，我去看看，到底是哪路神仙能这么厉害！"

小潘和王欣宇默默地对视了一下，跟了出去，随即王助理也赶紧抱着文件追了上去。

电站成套设备分公司在三楼办公，李东星着急上火的就没有走电梯，直接走了楼梯。他刚到三楼半，就听到宋元明苦口婆心的声音。

"你们走，我拦不住，可是你们不能去南华！南华也生产磨煤机，你们去了，那不等于直接泄露了我们江重的标底了吗？那今后江重怎么办？这不符合职业道德啊！”

“宋总，要不你也一起走吧。江重的形势你也看到了，自从有了水泥设备分公司，又上了盾构机的大项目，咱们电站成套设备分公司的地位每况愈下，总部给咱们的研发费用一降再降。现在新技术无法突破，用的还是当年赵心刚带领咱们做的产品，这在市场上毫无竞争力。南华那边的老板都说了，只要你过去，年薪一百万，安家费一百万。人家老板说话算话，咱们哥儿几个人还没过去，安家费都打进卡里了，不去也得去。可是江重呢？去年的奖金还欠着呢。我知道，这些年是江重培养了我们。可是我们也得生存，也得吃饭啊！咱哥儿几个在江重干了这么多年，工资才几个钱？连房子的首付都拿不出来。宋总，你摸着良心想一想，最好的几年还是王泽在的时候，工资虽然不高，可是奖金从来没拖欠过。这次南华找到我们，也是王泽帮牵的线，你要是不去，人家就去海重挖人了。”

宋元明倔强地说道：“别在我面前提王泽那个小人！谁走，我都不会走！”

“那就请宋总放我们走吧！”

“你们再考虑一下，江重这些年对咱们也不薄啊。”宋元明又开始不厌其烦地反复说车轱辘话。

站在门外的李东星脸色黑得吓人，小潘、王欣宇和王助理谁也没有说话。好在王欣宇机灵，他大声喊了一句：“宋总，我把李总给你找来了。”

宋元明听说李东星到了，急忙走出办公室迎接。那几个要走的技术骨干杵在门口，神色有些尴尬。李东星瞄了他们一眼：“去会议室，开会！”

十分钟后，三楼的小会议室开了一场自我批评的检讨会。李东星带头做了自我检讨，他承认自己的工作有疏忽，公司的分配制度改革还要继续推行下去。李东星还吩咐王助理，立刻核算电站成套设备分公司去年的奖金，在全集团公示，并逐月给其他分公司下发去年的奖金。

另外，李东星的语调很强硬："你们都是江重培养的人才，掌握磨煤机的核心技术。按照相关规定，在脱密期内，应当按照规定履行保密义务，不得违反规定去同行的企业就业。"他扫了众人一眼，语调又转而悲壮，"你们的难处我都懂，但也请你们理解我的难处。新厂搬迁，每年光是通勤费用就多了上千万。冷热片厂区现在分开了，生产成本又增加了一大块。江重现在还很虚，给不了你们那么高的工资。但人总得讲感情，没有江重这么大的平台，你们会有今天吗？再说……"

李东星站了起来，走到窗前："今天，咱们关上门说点知心话。你们工作到现在，我给过你们压力吗？你们有个大事小情不来上班，跟公司请过假吗？民营公司的老板给的钱的确多，可是压力也大啊！你们如果不出成绩，还干得下去吗？遇到个通情达理的老板还好说，万一遇到个凡事苛求的老板，你们想过以后吗？"

李东星话锋一转："以前还在老厂的时候，我和赵心刚说过，人生处处是围城。江重也是围城，里面的人总想出去看看外面的世界，外面的人想进江重也不是一件容易的事情。这几年，江重的效益好了，江北有多少人在挖门盗洞地托关系想把孩子送进来？你们前脚一走，我马上就能招来个研究生。可是你们再想回来……"李东星的语气轻了几分，"想想赵心刚吧……"

小会议室里鸦雀无声，自从那次特殊的搬迁招标会之后，整个江重谁不知道赵心刚的故事。刚才还很强硬地喊着要离开的那几个人纷纷变成了闷葫芦，谁也不说话了。

宋元明紧皱的眉头缓缓地舒展开，心里的那块大石头终于落了地。

李东星却依旧站在窗边，丝毫没有松懈的样子，疲倦的脸颊上仍然布满了阴霾……

第二十三章
Chapter 23

# 逆境中砥砺前行

## 97

临近年底，新日鑫集团和往年一样要召开年终总结大会。新日鑫集团已经成立三年了，按照范宏的计划，集团来年将会在香港上市。所以，这次年终总结大会非常重要。

按轮流召开会议的习惯，今年的年终总结会议应该设在江北。可是临近农历春节，今年的交通压力比往年都大，尤其是从南到北。江北方向的火车票、飞机票早就售罄了。

赵心刚、覃天、范宏商量了一下，决定先召开视频会议，等春节过后，再定时间开会，这样还能重点讨论集团上市的相关事宜。就这样，新日鑫集团下发了年终总结大会的时间和流程，赵心刚、覃天、范宏将会分别代表各自的分公司在会上进行述职，汇报公司过去一年的运行情况以及对明年工作的展望和目标。

赵心刚是个认真的人，他知道当众讲演是自己的短处，所以便早早做准备了。李东丽帮助他用一周的时间汇总了中蓝飞跃过去一年的财务报表、项目汇总、销售业绩等数据，完成了一份含金量很高的述职报告，可以说全是干货。

等到年终总结大会那天，中蓝飞跃的多功能会议室里坐满了人，范宏作为集团董事长讲了开场白，紧接着就进入了述职环节。好大喜功的覃天第一个发言，赵心刚听得很仔细。覃天的述职报告很长，前面都是一大堆假大空的套话，说了足足十分钟才进入工作的主题。

在过去一年里，覃天经营的房地产开发公司明确了自己的市场定位，主打青年之家的小户型楼盘开发。去年共计完成两个项目，在建三个项目，目前囤有五个地块，其中包括江北金融中心和新城区的两块。覃天特别看好江北市场，打算明年大干一场！

说完了这些干货，覃天又主动切入开篇模式，最后用连续几个惊叹和赞美的话语结束了述职，三个现场分别响起了热烈的掌声。

覃天还兴奋地在视频里跟赵心刚打招呼。赵心刚苦笑地应下，心里却很沉重。刚才在听覃天述职的时候，他一直在翻看房地产开发公司的财务报表，从利润表上来看的确可观，可是一张负债表就暴露了覃天的老底儿。

负债率太高！他用挣来的钱买地，用银行贷款来囤地，然后再从银行贷款支撑在建楼盘，摊子铺得很大，银行贷款越滚越多，唯一的利润就是土地。表面上来看，这是所有房地产开发公司最基本的经营策略。但前提是每个地产项目必须迅速回笼资金，才能保证完整的资金链条，一旦中间出现任何风吹草动、天灾人祸，那大麻烦可就来了。

如果让赵心刚干房地产，他绝对不会一口气囤下五块地，以目前的资金情况顶多囤三块地。他也不会在三个项目还没有完工的情况下，贸然地再开新项目。赵心刚一向是稳打稳扎，尽量将风险降到最低。

覃天就不同了，他的性格本就张扬。这些年在生意场上摸爬滚打，胆子越来越大。回头看看他走过的路，从经营电气仪表厂到转去做服装厂，再到后来瞄上混凝土的大生意，最后华丽转身，成为当地小有名气的地产商，这都够写一本书了。

覃天能走到今天，除了运气和自身的努力，更多的是靠赌！赌注大，风险大，回报也大。他进入地产行业的这几年，尝到了房地产行业的甜头。尤其是近三年来，又有强大的集团做后盾，他的胆子更大了，赌注自然也水涨船高。

大屏幕里的覃天情绪高涨，兴奋地做着补充：“我有足够的信心让来年的销售额翻倍。公司还制订了建立新型产业园区的计划，打造集办公商务楼、标准厂房、配套设施为一体的多功能产业园。我打算去江北试点，赵总，到时候，你还得帮我做参谋啊。”覃天还不忘调侃赵心刚。

赵心刚发现从覃天做述职报告的那刻起，范宏的脸色就很凝重，眉头也越皱越紧。他刻意地半开玩笑半提醒道：“我哪里有给你参谋的本事，还是让董事长先帮你把把关吧！”

这时，覃天也发现范宏有点不太对劲，他对着大屏幕心虚地说了一句：“董事长，我的报告讲完了！”

范宏微微舒展着眉宇，带头鼓掌：“好，不错！”董事长一鼓掌，三家分公司自然跟着鼓掌，覃天暗自松了口气。

赵心刚可没有松气，他了解范宏，范宏是场面人，即使心里再有意见，也不会当着全集团人的面让覃天下不来台，只会小心敲打几下罢了。

果然，掌声过后，范宏语重心长地总结道：“我看过内地的人口普查新闻，‘80后’人口有2.28亿，他们的年龄范围在19到28岁之间，有非常迫切的住房需求。‘80后’独立，热爱生活，讲究品质，你们青年之家这个项目定位很精准，可以当成品牌推行。”

“谢谢董事长！”覃天连忙咧开嘴笑着附和。

范宏话锋一转：“关于新型产业园区的计划咱们需要会后再商议一下。新型产业园区与传统住宅不同，偏向于一些商业地产。现在市面上的产业园区都采用租赁的方式，也就是说我们依旧是产权所有人，以收租金、收物业费等方式参与运营。前期的运营成本和投入很大，且收回成本的年限太长。以目前集团的资质来看，这个项目还不太成熟，我们再商量。”

“可是……”覃天有些失落。

范宏笑道：“覃总不要着急嘛，你的市场很大呢。一个月前，我和晓雅去山东考察有机农产品基地，认识了几位当地的领导，他们很欢迎去当地投资。等过了春节，我带你过去一趟，介绍你们认识。山东人口多，经济发展快，市场很大！你还怕没钱赚吗？”

覃天听到去山东开拓市场，眼前顿时亮了，他对着大屏幕当众表态：“谢谢董事长，一切听董事长的。”

范宏露出满意的笑容，赵心刚也放下心来，他真的很佩服范宏，不露声色地先给个甜枣再指出不足再给个甜枣，这种套路就是李东丽经常提醒自己的语言艺术吧！

赵心刚不经意地瞄了一眼坐在自己对面的李东丽，李东丽正朝他笑呢。赵心刚微微点头，他真的很佩服自己的妻子。李东丽回到江北由技术岗转为管理岗，她还去念了MBA，整天套用各种管理方式，连语言艺术都帮赵心刚想到了。李东丽经常提醒赵心刚，在和下属沟通工作或者谈论事情的时候，首先要肯定对方的工作成绩，先指出对方的优点，这样会拉近彼此的距离。然后再谈及具体工作，有了之前的铺垫，哪怕是批评，对方也更容易接受。

赵心刚却怎么学也学不会，他不懂得变通，说话特别直爽，有时候甚至会让人下不来台。对此他一直都不以为然，还觉得这是坦率诚挚的表现。直到今天他亲耳听到了范宏和覃天的对话，才真正服了气，看来他要多和范宏学学语言艺术了。正想着，范宏点到了赵心刚的名字——该由他来发言了。

会议室里寂静无声，赵心刚放下他从江重带出来的宝贝搪瓷杯，拿起准备好的述职报告，开始讲述中蓝飞跃这一年的发展。他的述职报告跟覃天的报告比起来中规中矩，没有丝毫出彩的地方，而且很短，全部用数据说话。在他看来，真实的数据最不会骗人，这也是赵心刚遵循和坚守的信仰。

屏幕上的范宏和覃天纷纷向他祝贺。覃天按捺不住内心的激动："小刚，不，是赵总。赵总的业务范围真广啊，除了已往的电力市场，还拓展了钢铁冶炼、石化行业的市场，更利用进出口贸易公司的优势为江北几所大学提供了进口的实验室设备。一年下来销售额翻了两倍，是个不折不扣的大喜年啊！"

赵心刚客套地回了几句，内心没有太大的喜悦。外人看来的成功，不过是自己运气好罢了。似乎是都应了老同学官行远的那句话：人到中年，运气更重要！自从那场同学会之后，几个同学帮他介绍到石化行业，他还接连在老林和官行远所在的钢厂拿下两个金额千万以上的大合同。袁大为更是神通广大地帮他联系到江北几所大学的教授，利用中蓝飞跃旗下的进出口外贸公司进了一批实验室设备。因为价格公道，渠道稳定，赵心刚为人又实在，大学教授都决定和中蓝飞跃建立长期的合作关系。

有了这么多人的助力，中蓝飞跃的数据才会这么好看。赵心刚的心里却有强烈的危机感，他非常清楚自己面临的困境。

范宏看着大屏幕里皱眉的赵心刚，感慨地说道："其实，中蓝飞跃也不容易啊！算算时间，UK 集团的代理权还有大半年将到期，没想到 UK 集团先行一步，宁愿支付高额的违约金也要强行收回代理权。这让中蓝飞跃措手不及，赵总找 UK 集团协商，最后只多争取到两个月的时间。这两个月里中蓝飞跃压了上百万的库存来应对没有完成的工程和明年的市场。"

覃天接着说道："是啊，UK 集团的解约才是刚刚开始，另外几个进口产品的厂家也都提出了解约，要收回独家代理权。这是咋回事呢？"

范宏笑了："不止啊，听说中蓝飞跃的身边突然冒出了很多陌生的竞争对手，有些竞争对手神通广大地拿到了项目的独家授权，这让在电力行业摸爬滚打多年的赵总连参加投标的资格都没有。看来，电力市场的竞争已经趋于白热化，江北两家独大的局面完全被打破了。赵总真是承受了巨大的压力啊！”

赵心刚默默地点头：“是啊，倘若中蓝飞跃还抱着夜郎自大的想法，早晚被赶超吞并！”

范宏立刻反驳：“不会，毕竟中蓝飞跃经过十年的发展，有非常棒的业绩。中蓝飞跃的独家优势就是新产品的自主知识产权和技术服务的质量，更拥有一支技术娴熟的维修安装队伍，这是中蓝飞跃最大的资本。”

赵心刚欣慰地说道：“谢谢董事长的鼓励，中蓝飞跃的这一年的确不容易。除了丢掉进口产品的代理权，中蓝飞跃 DCS 系统的竞争也不容忽视。这十年，很多厂家都加快了研发的脚步，投标会上的竞争对手从三五家变成了七八家甚至十家，拼到最后已经不是由技术、价格、服务等外在因素能够决定的了。本来以为十拿九稳的项目，迟迟不发中标通知书，等我耐不住性子去问的时候才知道已经飞标了。”

覃天打断他的话：“这个我也听说了。前几天，我遇到了从前的客户，他说现在合同额高于千万的招标项目都有很高的投标预审门槛，他连第一步的选择权都没有。每次报的五个厂家，领导都说不行，然后他再换五家继续报，领导还说不行，他连续报了 N 次，领导终于说行了。他也明白了，最后中标的厂家一定在最后报上去的厂家名单里。”

范宏感慨地叹了口气：“当技术营销的底线被戳破，哪里还有公平？在中蓝飞跃连续受到围剿没有办法的时候，只能在公司管理上压缩成本，打起残酷的价格战！”

覃天应道：“赵总虽然不说，但我们都知道，如果我们刚才说的这些困难还能被称为是竞争的话，那么风电行业的现状简直可以用血拼来形容。从去年开始，人人都来抢占风电这块大蛋糕，各种资本蜂拥而上。电力集团自己成立风电公司还情有可原，可是有些国内知名的制造企业也来凑热闹。行业的不规范让未来的发展受到很大制约，好在石所长自主研发的技术还能勉强维持公司的正常运行。但是对于未来……”覃天欲言又止。

赵心刚明白，一个行业有火爆的时候，自然会有冷却的那一天。当热度褪去，风电市场又趋于饱和，大浪淘沙，谁会留下呢？幸亏在关键时刻，朱建国帮衬着推了一把，否则中蓝飞跃的“借风计划”都快夭折了。

赵心刚每次想到中蓝飞跃未来的发展，就会愈加理解师兄李东星的难处。行业有发展周期，企业有发展瓶颈，谁都是从大风大浪中顽强走过的，哪家企业没拥有过荣耀和遗憾呢？

市场不停地在变化，身边不时出现新的对手，如果原地不动，就会被甩在身后。赵心刚有一种强烈的紧迫感和使命感，他和李东丽认真做了市场调研，及时调整了中蓝飞跃的运营策略。以往中蓝飞跃的销售额全部来源于电力行业，自从去年下半年接到钢铁冶炼、石化等行业的合同以来，销售额成功分流。

不过，一个隐患解决了，又一个新问题来了。市场份额调整之后，中蓝飞跃的资金流也急转直下。以往电厂结算方式为银行转账，钢铁行业的结算方式是承兑汇票，有些承兑汇票到期的日子长达半年，这让中蓝飞跃承受了巨大的资金压力。后来实在没有办法，李东丽想到了共担风险的方式，让中蓝飞跃几个长期合作的下游客户的货款以承兑汇票的方式进行结算。起初客户不情愿，后来也就习以为常了。

赵心刚微笑道：“虽然日子过得磕磕绊绊，但好在整个钢铁行业已经复苏，有危机，自然也有希望。中蓝飞跃研发的变频器和电动执行器在市场上的占有率正在逐步提高，价格非常有优势，利润也很好，第二代的新型产品也即将投入市场。以我这十年的经验来看，所有的产品都经历过一个痛苦的价格逆袭，所以想要占据市场，就必须先抢占商机。”

说着，他拿起手边的一个变送器，对着屏幕扬了扬："就拿这种最常见的变送器来说吧，十年前的价格是五六千元，现在的价格能做到三千左右。技术上的突破带来了高产量，于是价格就应声而跌，这就是激烈竞争的结果。所以，绝对不能放弃对新产品的研发。两年前，我受到国外电力行业的启发，找到江北的几所高校合作研发脱硫、脱硝设备。对于未来市场，我最看好环保市场！"

三个会场再次响起热烈的掌声。

"江北是块风水宝地啊！"覃天在大屏幕里感慨，"赵总做的事情，比我盖房子难多了。"

坐镇集团会议室的范宏笑了："这叫术业有专攻！我是为老百姓的嘴服务，你为老百姓盖房子，赵总做的事情往小里说是为老百姓保障供电，往大里说是在为祖国的建设添砖加瓦，推动现代化的进程呢。"

赵心刚有些不好意思，他实事求是地说道："过去一年的成绩显著，问题也很多，多亏董事长的指导！"

范宏摆手："我给覃天出几个歪点子还行，哪里能给你赵总出主意！说句实话，现在日子过得最好的就是房地产，日子过得最难的就是制造业。中蓝飞跃能做出这样的成绩，真的很不容易了，具体细节我们见面再详聊。现在轮到我给大家述职了。"

三个会场都鸦雀无声，范宏拖着浓重的港普讲述了他的食品王国。才听了几句，赵心刚的心里就有了比较。覃天的房地产开发公司的扩展是由点及面，中蓝飞跃的发展是由点到线，那范宏的食品公司便是由面到大半个中国了。过去的一年里，他不仅在韩立民的家乡成立了河蟹养殖基地，更是在安徽、江西、河南、湖南、湖北、贵州、陕西等地都建立了有机农产品基地，并且迅速地打开了内地的市场，用他自己的话说就是遍地开花、生根发芽！他的食品产业从农产品的育种、种植、收割到深加工、销售等各个环节严格把关，真正做到了一个完整的生产链。

妹妹赵晓雅现在是北方区总经理，负责北方市场的开发、管理等工作。更让赵心刚惊讶的是赵晓雅一声不吭地办成了一件大事，她将安徽、江西、河南等几个有机农产业基地的产品通过严格把关，层层申报，拿到了欧盟权威机构的有机食品认证，公司接连签下了五个国外的大订单。

范宏的语气很缓慢，他继续说道："我们今年的任务很重，一定要确保国外订单的交货日期。目前有机农产品基地的农作物长势不错，希望能有个好收成！也希望我们新日鑫集团也有个好收……"

范宏的话没说完，赵心刚面前的大屏幕突然黑屏了。会议室里正准备鼓掌的热烈气氛一下子被打断了，技术人员急忙去修理。

不一会儿，覃天的房地产开发公司的信号切了进来，他笑嘻嘻地说道："大表哥那里停电啦！"

与此同时，赵心刚的手机震了一下，范宏发来"停电"两个字。赵心刚盯着手机，左眼皮猛地跳了一下，他似乎有种不好的预感！

## 98

十天之后清晨，天还没亮，赵心刚和李东丽在睡梦中就被电话铃声吵醒。赵心刚打开台灯，接通了电话。

是覃天打来的，他的声音很急躁，好像正在开车："小刚，你那里的天气怎么样？有没有下雨？"

赵心刚愣住了，现在江北正处于一年中最冷的冬天，下雪还差不多，怎么会下雨呢？

还没等他回答，覃天在电话里回过神儿来："我忘记了，江北现在是冬天。小刚，你看新闻了吗？大半个中国都在下雨或下雪，今年的气温太异常了！听说大表哥的有机农产品基地损失惨重，庄稼都冻死了，大表哥非要去亲眼看一看，可是火车站……"

赵心刚也关注了最近的新闻，他担心打扰李东丽休息，便披了一件外套走出卧室。他轻声问道：“很严重吗？”

“何止是严重，这是一场天灾啊！”覃天的语调很重。

赵心刚突然很担心：“马上就过年了，现在是春运最紧张的时候，火车站的人太多了，你劝劝大表哥，让他等……”

赵心刚的话还没说完，覃天就打断了他：“等不起了，晓雅还没给你打电话吧？估计她已经忙疯了。现在不是春运的问题了，是深圳北上的所有火车基本都停运了。”

“火车停运了？”赵心刚惊愕得张大了嘴，这在紧张的春运历史上好像还从来没有发生过。这可不是简单的事情，这是国家层面的紧急突发公共事件！

“大表哥现在人在哪里？”赵心刚着急地问。

“甭提了！现在是机场停飞、火车停运，连高速的部分路段都封了！可是他不甘心，非要去试一试，结果他一进火车站就困在里面出不来了！那里面可是滞留了几十万的旅客啊，我担心他出事，现在正开车去火车站接他！”覃天忍不住地提醒道，“小刚，你做好准备吧，这次大表哥的损失非常惨重。如果不能按时完成国外的订单，那将是一大笔违约金，直接会影响明年的上市计划！”

赵心刚焦躁地在客厅里走来走去，忽然，他停下脚步，语调坚定地说道：“覃天，你不要着急。告诉大表哥，不管遇到什么样的事情，我们一起扛！”

“好，我们一起扛！”覃天挂断电话，盯着天边明艳的霞光，踩下了油门……

江北此时还是黑夜，赵心刚已经睡意全无，他想给妹妹赵晓雅打个电话询问具体情况，又担心影响到她的休息。

这时候，手机又响了，来电话的是朱建国。他的语速很快：“小赵啊，我的几个老朋友现在都坚持在一线。南方接连迎来了好几场雨雪，气温骤降，形成了严重的冰冻灾害。京广、京九铁路的供电网遭到风雪破坏，铁路电力供应中断，而且受灾省份的电网大面积受损，我们要迅速恢复供电啊！”

赵心刚的心提到了嗓子眼儿：“朱总，我已经知道消息了，看来比我想的还要严重！”

“真的很严重！你也知道现在马上要过年了，数百万的人等着回家呢！而且，有的城市现在全城停电，咱们得保证老百姓的正常生活啊！现在全国的电力部门都加入了抢修，江北也派出了增援队。”朱建国因为情绪激动，不停地咳嗽着。

赵心刚关切地说道：“朱总，你也要注意身体。”

朱建国摆摆手：“小赵，长话短说，我是有事情请你帮忙。”

赵心刚从接到朱建国电话的那刻起就明白了他的心思：“朱总请放心，只要中蓝飞跃有的，我会全力配合。”

朱建国长舒了一口气：“有你这句话，我就放心了。记住，肩负起企业的责任，就算是吃亏，在关键时候也得顶上去！”

“是！”赵心刚稳稳地立下军令状。

事实上，这场冰冻灾害比预想的要严重许多倍，涉及十四个省，几乎席卷了大半个中国。范宏有八成的农产品基地都在灾区，损失简直是崩塌式的惨重。范宏一下子就病倒了，赵晓雅在关键时刻站了出来，负责食品公司的正常运营。新日鑫集团的日常事务暂时由赵心刚负责。

这是赵心刚度过的最忙碌、最艰难、最有意义的春节，他安排强子无条件地保证灾区的电力抢修之后，便飞往上海去见妹妹赵晓雅。在那间堆满文件的办公室里，兄妹二人见了面。赵晓雅瘦了一大圈，顶着黑黑的眼圈。她给赵心刚介绍了目前食品分公司的困境。

“有机农产品基地都有保险，受灾二十四小时之内保险公司就启动了应急预案，相关损失调查工作已经差不多完成了，赔偿也会很快打到公司的账上。可是这些赔偿款仅够恢复基地的重建，根本没办法完成已经签约的订单。”

赵晓雅拿出厚厚一摞违约合同，她的情绪很低落：“我已经尝试和客户解释原因了，大多数客户都表示理解，为我们推迟了货期或者解除合同。但是还有一部分客户是代理商，人家也收到了下面经销商的定金，如果解约，客户就要赔钱，所以这笔钱只能由我们来付。更麻烦的是国外的订单，他们虽然能够理解咱们的难处，同意推迟货期，但是必须按照合同条款来办，我们另行采购需要一大笔钱，目前，公司根本无力承担。还有，重建的基地短时期内不会有任何经济效益，需要大量资金，实在是……”

赵心刚紧皱着眉头，翻过几页合同：“范宏怎么说？”

赵晓雅摇头：“大表哥躺在病床上，一言不发！我看他已经做好最坏的打算了！”

赵心刚疑惑地看着赵晓雅。

“他想转让有机农产品基地！”赵晓雅艰难地说道。

赵心刚心头一惊，有机农产品基地是范宏最为看重的产业，他真的舍得放弃？赵心刚没有说话。

赵晓雅继续说道：“农业项目区别于所有项目，工厂倒了可以再建，房子没了可以再盖，只要资金到位，很快就能恢复起来。但是农业项目是有周期的，别说现在资金困难，就算资金充足，错过了季节，这一年都等于白干了。以前总听咱爸说，农民靠天吃饭，我那时年纪小听不懂，当我真正在农田里干活才明白，农业真的是靠天吃饭。我多希望每年都是风调雨顺的丰收年啊，偏偏……”

赵晓雅流下伤心的眼泪：“这次天灾对我们公司不是伤筋动骨，而是危及生命。大表哥的情绪很低，他说不想拖累你和覃天，实在不行就退出新日鑫集团，以你们两家公司的实力，上市还是有希望的。”

“没有范宏哪有新日鑫？”赵心刚轻轻拍过妹妹的肩膀，语气坚定地说道，“别哭，我们一起想办法！”

他不说还好，一说赵晓雅哭得更厉害了：“连大表哥都没有办法，还能有什么办法？”

赵心刚鼓励道：“办法总归会有的！我不建议转让有机农产品基地，这是没法预料的天灾，农户的情绪也很低落，咱不能伤农户的心。”他拿起桌上的合同，斩钉截铁地说，“我来想办法！”

赵心刚临危受命地站在了前线，有种受任于败军之际奉命于危难之间的责任感。他查看了食品公司的财务报表，这三年，范宏不断地扩展市场，销售额并不高，本来想借着今年大赚一笔，没想到出这样的事情。

赵心刚很快捋顺食品公司的危机，归根结底就是两个字——缺钱！解决国外订单的违约问题需要钱，扶持有机农产品基地的重建和发展需要钱，保证至少半年内没有利润的正常运营需要钱，这都需要强大的资金流支持。所以解决办法也很简单，就是必须注入资金流。

世上的事情有得必有失，一个公司也是如此。赵心刚立刻通知李东丽，让她准备资金。赵心刚下定决心，不管付出多少努力，也要帮助范宏渡过难关！就像范宏当初讲的那个三兄弟的故事，现在老大有难处了，老二和老三帮衬一把，相信他们一定会共同渡过难关的。当初组建集团进行多元化发展，不就是为了防范这种风险的吗？只要团结一心，没有什么困难是过不去的。

半个月后，范宏出院，赵晓雅向他汇报食品公司的运行情况，当听到“稳定”那两个字时，范宏激动得说不出话来，他颤抖地拿起手机拨通了赵心刚的电话……

## 99

今天是个特别的日子，赵心刚应岳父李肇业的要求来接师兄李东星下班。这是江重喜迁新址以来，赵心刚第一次来新江重。

赵心刚来得有点早，他本想坐在车里等一会儿。天气稍有点热，空调吹得难受，他干脆从车里出来，透透风活动一下。眼尖的门卫一眼就认出他，立刻给厂办的综合办公室打了电话。

不一会儿，王助理一溜小跑地出来迎接赵心刚，赵心刚就这样糊里糊涂地被请进了李东星刚那个狭小的、略显寒酸的办公室。赵心刚四下环顾，真不敢相信这是一个万人大厂的厂领导的办公室。四白落地，一套办公桌椅，一张待客沙发，一个落地文件柜，除此之外别无长物。房间里唯一的装饰就是一枚硕大的、镶嵌在墙壁里的琉璃厂徽，此刻正在阳光下熠熠闪光，那不仅是江重荣誉的见证，更是江重薪火不断的图腾。

李东星今天的心情不错，他亲手煮了咖啡，办公室里飘满咖啡的香味。赵心刚刚坐下，就闻到一股咖啡香味之外的刺鼻味道，那是乳胶漆的味道，他揉着鼻子，随口问道："师兄，你的办公室又装修了？"

李东星苦笑着说："别提了，按照文件要求，我的办公室平方米数超标了，得整改。总务科给隔成了两间办公室，剩下的那个房间做会客厅太小，做茶水间又太浪费，弄得不伦不类的，现在装废品呢，没办法！"

赵心刚笑了，听说江北的国企都在隔办公室，他开起玩笑："资源不能浪费啊！"

李东星满脸委屈："你看看，我这办公室里有啥？就是平数大点，啥也没有。现在都讲究花园式办公环境，咱们二楼那些普通员工的办公条件也不错呢。哎呀，不管那些了，人家咋规定，咱就咋办！"

赵心刚点头赞同："你们这还真不错，办公室超标也不是你们的错，这是新厂，办公室充裕，宽敞又明亮。但是我的确见过很过分的，我曾经拜访过一个小热电厂，那一把手的办公室真是奢华！一进去像进了热带雨林，种得全是名贵花草，还有个一人多高的大鱼缸，里面养着名贵的鱼，据说一条鱼值好几万呢！对了，办公室里还有个独立的冰箱，冰箱里除了啤酒就是高档水果，每天都不重样。明明不看书，却弄个书柜，装满各种关于管理的书，也有名著。我仔细观察过，那些书连塑料包装都没拆呢。人家告诉我，拆了会落灰，摆着就好。你说，这不是奢侈浪费吗？”

李东星给赵心刚的咖啡里加了两块方糖：“哈哈，看来那家企业的效益好，而且很闲。我每天都忙得要命，身边的人跟着我一起忙，哪有时间种花养鱼？听你这么说，严管就对了，心思都放在这里，哪能好好工作？”李东星将咖啡杯推给赵心刚。

“还是师兄工作态度端正！”赵心刚由衷地发出称赞。

李东星笑了：“少来哈，以前你从来不说这些虚头巴脑的话。对了，丽丽怎么没一起来呢？还看盘呢？你赶紧劝劝吧，她就是一个小财迷。她买的那只股票都翻了四倍了，赶紧抛吧。”

赵心刚叹了口气：“丽丽的脾气你还不知道吗，我哪里管得了啊！现在是全民炒股，股市热得不行了，如果跟别人聊天不说几句股票的话题，好像都不太正常。最近新开了好几家证券交易所，听说里面排队开户办业务的人都爆满。”

“嗯，晚上我提醒丽丽一下，任何事情只要太火太热，都不是什么好事。物极必反啊，或许背后隐藏着危机呢。”李东星睿智地说道。

“谢谢师兄了！”赵心刚喝了一口滑腻的咖啡，想起了一件心事，李东星为什么要收购袁大为的公司？他试探地问道，“师兄，袁大为说你收购了他的公司？”

李东星跷起二郎腿，摊开双手：“没错，都是为上市做准备！”

“那也不能……”赵心刚欲言又止，他知道，让江重上市一直是师兄的心愿。可是在国内上市的手续烦琐，尤其对上市公司的经营情况和财务状况审查得更为严格。不过江重经过精简机构，主辅分离，剥离出去了负债率极高的辅业，又经历了两次大小不一的重组，现在的江重已经脱胎换骨，早已经不是当年的江重了。

李东星铿锵有力地说道："江重要成为行业内的龙头企业，首先要成为上市公司！收购袁大为那个重型机器公司，看重的并不是公司的生产能力，而是公司的牌子，不管怎么说，那公司在当地还是很有影响的。"

"那点影响已经被袁大为挥霍得差不多了。"赵心刚想起在来这儿的路上，收到了老同学官行远的电话，官行远告诉他，老林被人举报涉及经济问题，已经被检察院带走了。据厂内传闻，举报人曾经是袁大为的对手，涉及废钢的业务。凡是跟钢厂打过交道的人，谁不知道废钢是大买卖？

赵心刚明白官行远的心意，关心老林是其一，其次他是想提醒自己，他知道自己与老林的钢厂有业务往来。赵心刚很感谢官行远的好意，他也给官行远交了底，中蓝飞跃在老林所在的钢厂做的每一笔业务都干干净净，都是通过正规的招标渠道进行投标拿到的合同。而且中蓝飞跃的工程质量包括售后服务得到现场的一致好评。

赵心刚放下官行远的电话忽然想起袁大为在临走前说过的话，或许这就是他不得不出国的原因。怪不得王泽也着急出去，原来他们没有坚守住当年的初心，在金钱至上的世界里随波逐流了。

赵心刚盯着眼前春风得意的李东星，心底突然冒出个想法，师兄也会随波逐流吗？

赵心刚站了起来，默默地走到明亮的落地窗前，窗外是一排排崭新的厂房，厂房的房顶不再是简陋的石棉瓦，都已经换成保温的红色彩钢屋顶。几个穿着新工作服的工人师傅正忙着卸车，一切都是那么亲切。

赵心刚淡淡地说道："师兄，我和袁大为的同学老林因为经济问题正在接受审查，这里面也涉及袁大为的事情。现在你收了这家公司，就要对以前的来往账目负责任。"

李东星扬起嘴角："在一个小时之前，我刚接到那边公司负责人的电话，账目已经封存了。"

“如果真的查出问题怎么办？”赵心刚很是担忧，“袁大为现在人在国外。”

李东星笑了：“我已经将这家公司交给周励勤了，他对这方面最有经验了，你不知道吗？他们矿山设备分公司从前的供应处处长还在局子里边待着呢！”

赵心刚惊讶地转过身盯着满脸漠然的李东星，原来他早就算计到会有今日，将烫手山芋丢了出去。

李东星微笑道：“你不要以为我是乱铺开摊子，收购这家公司主要参考的是周励勤的意见，他看中了这家公司的地理优势。它们地处西部，可以辐射到西北市场，你也知道，西北多资源，市场很大。不过，你说的也对，那家公司在袁大为的手里的确存在很多问题，可是我们有设备，有人，有技术，即使它是个空壳公司，也很快就能填满，维持公司正常运营不成问题。周励勤带领考察小组做过评估，厂房和设备都不错，在当地的名声虽然不如从前，但是暂时还没有竞争对手。总的来说，还是一笔不错的买卖！”

赵心刚听到这些，才放下心来。这时李东星莫名地问了一句：“听说新日鑫快上市了？”

赵心刚没有转身，低沉地应道：“是的。”

李东星叹了口气：“没想到，江重到头来还不如一个民营企业！”

“师兄……”赵心刚从李东星的语气中听出了不甘和失落，他苦笑道，“我们的日子也很艰难，刚刚渡过一个难关，能不能顺利上市还要看下半年的市场情况。”

“我听丽丽说，三家公司里运营最好的就是中蓝飞跃！”李东星的声音很轻。

赵心刚犹豫了一下：“覃天的房地产开发公司也不错。”

“还是民营企业管理灵活，不像我们！”李东星也站了起来，“做事真的很累啊。”

“现在不好吗？”赵心刚颇为疑惑。

“好，真的很好，你看新厂区多漂亮！厂房都是新的，尤其是盾构车间，大跨度钢结构，屋顶采光系统，地面全部铺满环氧地坪漆，一进去真是宽敞明亮啊，心情都跟着敞亮了！办公楼也是全新的，阳光大厅、中央空调、观光电梯，还有先进节能的地源热泵系统，冬暖夏凉。园区里的绿化也很到位，一切都好，但是为什么有的人就想走呢？”

“你是说电站成套设备分厂？”赵心刚也听说了磨煤机研发小组集体辞职的事情。

李东星长叹一声：“唉！该做的努力，我都做了，可是人还是走了。人一走，军心就涣散了，队伍不好带呀！江重的工资再高，也比不过私人老板给的高，我有什么办法？再搞一次分配制度改革？改来改去，还回到老样子！”

赵心刚知道李东星有太多的身不由己，他建议道：“加快培养新人吧，新人顶上去，你的压力就小了。”

李东星不置可否地摆摆手：“这批孩子除了王欣宇有点出息，其他人嘛，我暂时还看不出来。”

“师兄，王欣宇的专业是机械，他全程参加了江重的搬迁，积累了丰富的经验，放在办公室太浪费了，不如让他去设计院吧。”赵心刚想到前几天王连成在电话里的抱怨。

李东星微笑地指着赵心刚：“是王连成让你来当说客的吧。我身边可用的人不多，除了小潘，就是王欣宇了。王欣宇是‘80后’，有想法，有闯劲儿。我如果不放在身边看着，他早就走了。这样吧，改天我问问他想去哪里。如果愿意去设计院，我也不拦着，那边正好也需要人。”

赵心刚表示赞同：“那就让他自己决定吧。对了，江重现在效益不错啊，我看了报纸，江重进了江北抗震救灾捐款十强的名单。”

李东星看向墙壁上镶嵌的厂徽图案，感慨地说道：“今年的华夏多灾多难，咱们作为老国企，就算从牙缝里挤钱也不能落后啊，这是我们为国家应该担当的责任。难得的是职工们都非常踊跃，连退休的老党员都来了，这也出乎我的意料。”

“多难兴邦，咱们泱泱大国，什么样的风浪没见过？”赵心刚刻意地看看时间。

李东星拿起随身携带的背包：“到下班的点儿了，我今天推了所有的事情，就为了陪老爷子看北京奥运会开幕式直播。走！”

“好！”两人一起走了出去。

这一夜，十三亿中国人圆了百年奥运梦，伟大的中国给了全世界一个惊喜！

这一夜，注定无眠！

## *100*

覃天坐在办公室里急得直挠头，他已经三天没有收到房款了。他不明白为什么三个新盘一个尾盘，一周之内竟然只卖出五套房子，而且还是老客户介绍来的。

他将代理楼盘的销售经理叫到办公室，销售经理不停地跟他吐苦水，银行收紧了新房贷款，很多客户都取消了购房合同。覃天敏感地意识到金融出现了问题，他这次学乖了，首先找到范宏寻求帮助。

范宏的食品公司正在逐步复苏，上个月终于收支平衡了，他打算利用双节的消费带动增长。范宏告诉覃天立刻收紧公司的业务，能不能扛过这一关，要看国内的应对策略和力度了。

覃天哪舍得割肉，他打算再看看形势。可是形势越来越差，连大开发商都扛不住了，更何况覃天这样的小开发商？

实际情况比覃天预想的还要差，简直要了他的命。没人买房，银行停贷，覃天顽强地支撑了半个月。半个月后，因为付不出工人的工资，在建工地全部停工。他面临的情况很危急，不但难以偿还银行贷款，而且因为工地停工，连交房日期也无法保证。覃天这次没有像上次那样悲观，他直接买了一张飞往江北的机票。

赵心刚正在为承兑汇票烦心，银行的贴息高得离谱。强子联系到在钢材市场工作的同学，贴息低些。赵心刚安排马莹和财务一起去办。

这时，他收到覃天来江北的消息，赵心刚急忙开着那辆集团统一购买的奥迪赶往机场。覃天的飞机晚点了，赵心刚在机场停车场足足等了一个半小时，才看到覃天一脸疲倦地走出机场。

赵心刚问覃天吃什么，覃天说要去江北的售楼处转转。赵心刚很费解，覃天在江北盖的青年之家已经交付，新楼盘还没有开发，哪里有售楼处？

坐在副驾驶上的覃天系好安全带，认真地问道："江北的房地产市场怎么样？"

赵心刚开动车子："没有南方那么差，但也不太好！"

两人离开机场，上了机场通往市区的高速。一路上，覃天看着大量停工的工地，他的脸色越来越差。

一个小时之后，赵心刚将车子停在家附近的公园。覃天垂头丧气地闭上眼睛："小刚，这次我真的要破产了！弄不好，我要拖垮集团的。"

赵心刚用力地拍过覃天的肩膀，安慰了几句。

覃天痛苦地说道："新房卖不动，没有进项，工地全部停工了。我现在没有现金流支撑，无法按期偿还银行贷款，我想尽了一切的办法自救，可惜都不行，根本没有人接盘，市场崩了。"

赵心刚想了想，问道："银行追得紧吗？"

覃天盯着远处的河面："说紧挺紧，说不紧也不紧。关键是一个信贷员要追几十个像我一样的人，他也忙不过来！"

赵心刚微微点头："现在的经济是全球一体化，次贷危机源头在国外，连锁反应导致了全球的金融危机，各国都在积极寻找应对措施。其实，我们中蓝飞跃的资金流也很紧张，勉强周转而已。现在是现金为王的时代！”

“你们也受到波及了？”覃天错愕地盯着赵心刚。

赵心刚皱眉苦笑：“都在一口锅里，你们行业在锅底，那是好地方，火候好，最先熟。我们在锅沿，跟着热乎。现在危机来了，你们煳了，我们能好到哪儿去？很多小企业挺不住，都破产了。”

“这个比喻恰当！”覃天一阵苦笑，“我真是烧煳了！”

“你们也算可以了，银行的钱都借给你们开发商了，多少民营企业因为缺资金，借贷无门而倒闭？现在你觉得自己烧煳了？有的人早都死了！”赵心刚指向河岸对面的高档楼盘，“我给你算一笔账哈，房地产可以预售，你们刚挖地基，就收什么诚意金、定金，房子没封顶，就卖出一大半。本来可以用回笼的资金继续盖房子，但是呢？你们把钱挪用，又去买地，然后再开盘预售。现金流始终是紧绷着，这一来二去，摊子越铺越大，在建的楼盘永远缺资金，然后就拖期交房、偷工减料、建方垫资、拖欠农民工工资这些的都来了。所以，房地产这些年是太热了，是要降降温、挤挤泡沫了！咱们做公司要跟做人一样，首先讲的是诚信。很多老百姓一辈子可能就买那么一套房子，千万不能让人住在里面不安心，天天骂开发商黑心啊！”

车内陷入片刻的寂静。覃天想为自己辩解，他至少能保证自己的楼盘没有偷工减料，也没有拖欠过工资，他想了半天，还是算了吧。

不对啊，他不是来找赵心刚求援的吗？于是覃天看向赵心刚，哭丧着脸说：“小刚，你就别挖苦我了。你说得都对，但是，现在的问题是，我真的坚持不住了！我是囤了几块地，现在根本没人接手，贱卖我又不舍得。你知道大表哥靠什么铺摊子？还不是几年前囤的那几块地嘛！”

赵心刚语调沉稳地说道：“难道你忘了过去的经历吗？不要轻易

放弃。我们再扛一扛，要始终相信改革的决心，改革的力量！我们要在逆境中砥砺前行！”

“你的意思是？”覃天猛地睁大眼睛。

赵心刚珍重地说道：“千磨万击还坚劲，任尔东西南北风。我们头顶的指挥棒始终在引领着前进的方向！”他看了眼时间，打开了收音机。收音机里传出时事要闻。

“近日出台扩大内需的十条措施，将投入四万亿的资金……”

“四万亿？”覃天激动地调大了收音机的声音，他听得很仔细，脸上的晦暗缓缓散去，随之而来的是灿烂的笑容。

“小刚，我饿了。走，去吃小鸡炖蘑菇，再拌个大拉皮……”现在谭天很喜欢北方菜。

“好嘞，我带你去个好地方！”

夕阳西下，漫天的红霞散落在江面上，预示着明天又是一个艳阳高照的好天气！

## 101

这一年苦尽甘来，在利好政策的支持下，覃天的工地很快复工。他听从赵心刚的劝告，不再盲目囤地，开始用心做精品楼盘。范宏的食品公司也渡过了难关，迎来了大丰收。新日鑫集团扛过风浪，交出了连续三年盈利的好成绩。不久就传来好消息，新日鑫集团符合相关要求和规定，顺利在港上市。

上市的第一天，股价全线飘红。赵心刚成为最大的股东，范宏执意将董事长的位子让出给赵心刚。赵心刚没有同意，在他看来，范宏才最有资格坐那个位子。范宏决定任期三年，三年后由赵心刚接任。赵心刚明白范宏的苦心，他是在给自己留出准备的时间。

赵心刚在无数的祝贺声中接到大伯赵光亚的电话。赵光亚在电话里的声音很悲伤：“小刚，你和晓雅回江北吧，你爸怕是不行了！”

父亲的身体一向很好，怎么突然就病倒了？

赵晓雅急得大哭，赵心刚也痛得仿佛胸口坠着铅块。兄妹两人坐最早的航班回到江北。在医院的重症监护室里，两人看到了躺在病床上昏迷不醒的父亲。赵晓雅瞬间就哭成了泪人，赵心刚紧紧握着父亲瘦弱的手，痛哭得说不出话来。

赵光亚嗓音沙哑地说道：“年前体检的时候，他就查出了肺癌。那时候你们一直在忙着处理公司的事情，他知道你们压力大，不想给你们添麻烦，还让我瞒着你们！我当时不同意，他就拒绝吃药。”

赵光亚又叹了口气：“他的脾气犟，认准的事情一条道跑到黑，我也没有办法。我问他，你不怕死吗？你们猜他说啥？”

赵光亚心疼地看着躺在病床上的弟弟：“他说，孩子们有出息，楼房住上了，日子好了，心愿都了了，还怕啥死，我也应该下去跟她做个伴儿了。”

赵心刚再也忍不住内心的悲痛，他跪在病床前，一遍遍地呼喊着世间那个重如山的称呼。

“爸！爸……”

两天后，赵复亚在病床上安详地去世，享年六十三岁。他是个干脆利落的人，一辈子不想给人添麻烦；他也是个矛盾的人，直到晚年才走出生不逢时的遗憾。

赵心刚将父母合葬在家乡的山上。入土那天，赵晓雅晕倒在宋可乐的怀里，把宋可乐吓得够呛。这时候，大家才知道赵晓雅已经怀有两个月的身孕。

赵心刚一遍遍地抚摸着墓碑，含着热泪对父母说道：“爸，妈，告诉你们一个好消息，晓雅要当妈妈了……”

一缕缕清风飘过，这一刻是如此的安宁、如此的幸福……

第二十四章
Chapter 24

# 持钎人

## 102

新厂竣工之后，江重热片的铸钢公司、热处理公司、锻压公司和江北铸造厂重组成江北铸锻公司，隶属于江重集团，搬迁到距离江北二十多公里之外的郊区。

铸锻公司分为南厂区和北厂区，南厂区是从前的铸造厂，北厂区是江重的铸钢、热处理、锻压分厂。南北厂区同属铸锻公司，不过还是各自生产，保持原来的独立性。

本来王连成已经是整个铸锻公司的设备副总，可是他坐不惯吹空调的办公室，铸钢分公司又没有人能担起设备维修的工作，于是他便回到了铸钢，继续兼任设备副总。外人笑话他是劳碌命，王连成自己也认了。毕竟在铸钢干了一辈子，就算是发挥余温余热，也得守着设备，这就是他的使命！

不过，他也有烦心事。以前上班骑自行车十五分钟，现在坐通勤大巴不堵车也得一个小时，上班的时间多出好几倍。要是碰上堵车，就更没谱了。王连成很是奇怪，江北的路上咋突然间冒出这么多车呢？每天早高峰，成千上万的汽车顺着拥挤的车流向开发区奔去，双向八车道的宽阔马路都被挤得满满当当的，那场面真叫一个壮观！

现在王连成每天很早就起床，生怕错过坐班车的时间。有一次他去医院送早饭，出来晚了，错过了班车，没办法只能打了一辆出租车到单位，足足花了 70 块钱，把他心疼得够呛！坐在车里看着计价器的表字噌噌往上跳，他的心脏都不自觉跳得更快了。

儿子王欣宇鼓励王连成学开车。在江重，像他这个级别的领导都有购车补助，每月还有汽油补助。可是王连成哪舍得？他觉得江重建新厂花了这么多钱，贷款还没还上呢，咋能给厂子添负担？所以他主动放弃了优厚的待遇，每天步行二十分钟去指定的地点坐班车上班。

后来铸锻公司总经理孟宏达了解了王连成的情况，特意安排班车在高楼停一站。可王连成不想搞特殊，他偷偷问了通勤大客的司机，原来公司对停靠站点的规定比较灵活，全江北市有 20 多条线路，只要聚齐五个人就能停一站。王连成心里有了主意，于是他在铸钢公司那帮老家伙里挨个问了一遍，勉强凑齐五个人，完全符合公司的规定。这回他不用再去两公里外等车了，下楼就能坐上班车，关键是还坐得心安理得！

据说，孟宏达得知王连成的所为，接连说了三个“好”。当年王连成又获得铸锻公司优秀共产党员的称号，全厂没有不服气的。

最近，王连成的妻子又住院了，昨天他在医院守了半宿，本来今天想请假不来了。可是一想到让关云茂在月末结算会上孤军奋战，他还是来了。

结算会安排在午后两点。为了能有个饱满的状态出席会议，上午王连成做足了准备，猛灌了一肚子茶水，可下午却还是没坚持住。室外天气闷热，而会议室里的空调虽然卖力工作，但吹出的冷风却显得很无力。冷热风交替打架，弄得王连成的脑瓜子直疼。他的眼睛都快粘在一起了，不停地打着哈欠。

坐在身边的关云茂偷偷掐了他一把，王连成陡然打个激灵，稍稍褪去了困意。他端起写着劳动模范的搪瓷杯贴在新工作服的胸前，喝了一大口茶水，额头上流下豆大的汗珠子。

这是动能公司和铸钢公司、热处理公司、锻压公司每月一次的结算会，涉及各个分公司用电、用水、氧气、煤气等动能费用核算。因为各种计量仪表都会有一定的误差，用量大误差也会大，所以每个月除了计量仪表上的计量额度，还会有一个额外的分摊额度。因为这些费用直接关系到生产成本，所以每月的结算会就变成了讨价还价大会，每家都想少分摊点，尤其是消耗大户铸钢公司。铸钢和动能都快成红眼的冤家了。

铸钢公司的一把手关云茂已经和动能公司的总经理毕洪奎争论半个多小时了，热处理和锻压的总经理也不停地为自己的公司说话，毕洪奎的眼珠子都快气爆炸了："你们再耍赖，信不信我停了你们的煤气！"

"停了更好，正好月底放高温假！"关云茂毫不示弱地说道。

"你……"毕洪奎靠在椅子上气得够呛。

王连成眯着眼睛看着眼前这精彩的一幕，心里有些窃喜，也有些后悔。这本就是一笔糊涂账，根本就算不清楚。看来老关深刻反省了上月结算会上的失误，绝地反击了，完全不需要他的协助。唉，早知道他就不来了。

眼前的一切让王连成想起老江重的场景。老关这些年越来越像陆有为了，时不时冒出一句"老瘪犊子"的话，手里还应景地拿着一支笔乱比画。那自己是不是活成了另一个岳父呢？王连成紧紧握着掉漆的搪瓷杯，又打了一个哈欠。看来，今天要帮一帮处在下风的毕洪奎了。

王连成清了清嗓子："都少说几句，动能也有百十来号人等着吃饭呢。"

"大成，你哪伙的？"关云茂不高兴地提醒，"咱们铸钢也是嗷嗷待哺，自从搬到这里，谁容易？”

一句“谁容易”道出了所有人的心声！王连成知道关云茂心里有怨气，是啊，谁容易？

关云茂又自言自语地骂了几句“老瘪犊子”“小瘪犊子”，毕洪奎的脸上有点挂不住，因为他不属于“老”的范畴，也不属于“小”的范畴。他的年龄和李东星差不多，比赵心刚大几岁。在任铸锻动能分公司的总经理之前，他是江重老动能分厂煤气站的技术组长，是老动能唯一没有在困难时期离开江重的大学生。不过，他的职位提上来了，相应的尊重还停留在技术组长阶段。尤其在关云茂这群老家伙面前，还当他是从前的小毕呢！

毕洪奎非常窝火，他重重拍了桌子，会议室的气氛无比尴尬。王连成不由自主地打了一个哈欠，毕洪奎迅速找到了发泄点：“王总，您说句公道话吧，您最有发言权！”

王连成没有吭声。这样的会议每月都会上演，每次开会之前关云茂都会带上速效救心丸，怕气过去。本来，这样的场面在老厂也经常发生，但在新厂就有点匪夷所思了。毕竟新厂都是新管线和经过校对和验收的新仪表，误差应该没有老厂那么大，没必要为那点分摊额讨价还价。这是毕洪奎咬住的理儿，但是实际情况真的很复杂！

毕洪奎见王连成不说话，继续说道：“王总是搬迁指挥部的设备副总，所有的设备都是他采购的，你们怎么能说表不准呢？这不是……”他没有说出打脸的话。

还没等王连成开口，关云茂眼睛一瞪，像机关枪一样反驳：“少拿大成说事，你敢说这些仪表的技术参数都准确吗？”

“这能怪我吗？”毕洪奎满肚子的委屈，“仪表的技术参数是我们老动能提的，可是不能怪我们。王总最清楚当时的情况，当初我和你们铸钢、热处理、锻压要技术参数汇总的时候，你们给的参数都是估算值，原始数据都不准确，到我们手里再乘以相应的系数，能准确吗？”

“既然不准，凭什么让我们结算那么多钱？我们的钱也不是大风刮来的，铸钢才不做冤大头！”关云茂在今天会议上说得最多的三个字就是“冤大头”。

“没错，你们动能只拿抄表的数说话，让我们怎么信服？”坐在关云茂一侧的热处理分公司的老邢也开了口。

“我们没办法信服！”锻压分公司的老慕也不服气地摇头。

“那怎么办？你们总不能不认账吧！”毕洪奎脸色铁青地站了起来，准备来一场舌战群儒。他这一站也让会议室的气氛变得更加紧张了。

“小毕！”王连成及时拦下他，安抚几句，“都是同事，咋能不认账呢，快坐下。”

毕洪奎的火气上了头，此时除了王连成，会议室里任何一个人，尤其是关云茂，谁敢叫他小毕，他当场就能拍桌子。

王连成推开搪瓷杯，关云茂及时给他一个眼神。王连成和关云茂同在铸钢几十年，哪能不知道关云茂那点小心思，那是让他别乱说话。王连成的心里充满了苦涩，现在已经不是乱说话的问题了，再这样下去，是会影响公司内部团结的。

他喘了口气，抹了把额头上的汗珠子，直接问了一句：“今天的天儿太热了，你们不热吗？”

他的开场白让大家哄堂大笑，毕洪奎也端起杯子喝起了茶水。

王连成继续说道：“我是真怀念老厂的冰溜子啊！”

这句话一说出来，会议室瞬间变得鸦雀无声，每个人都陷入属于自己的回忆中。

“冰溜子”是江重冷饮厂做的冰棍，因为比一般的冰棍小，形状有时候不规整，所以被职工们亲切地叫作“冰溜子”。

平时，冷饮厂除了对外批发冷饮，最重要的就是在夏天为全厂职工提供消暑解渴的冰棍。从前，每个夏天的午后，各个分厂都会派腿脚麻利的职工去冷饮厂取“冰溜子”。在冷饮厂的小院子里，职工们将“冰溜子”装在纸盒箱里，还在纸盒箱外裹上一层棉被，撒腿就往自己的单位跑。这样就能保证大家分到的“冰溜子”一丁点儿都不融化，吃的时候和在冷饮厂时一样，挂着一层小白霜儿。那是老江重人对炎热夏天最深沉、最直白的记忆。

只不过冷饮厂这个大集体的单位早就在第一批精简机构时就被李肇业裁掉了，空留下“冰溜子”这个口口相传的回忆。后来，每到夏天，食堂承担起为职工解暑降温的任务，给大家做绿豆汤或酸梅汤。但职工喝着不过瘾，味道还太淡。再后来，直接发两袋白糖，就算过夏了。

“冰溜子”远离了大家的生活，可是老江重人依旧记得那冰爽香甜的味道。关云茂叹了口气：“真怀念那味道啊！”

“可不是嘛，当年我一口气吃过十个！”热处理的老邢吹嘘道。

毕洪奎也没客气：“我吃过十一个！”锻压的老慕掰着手指头：“你那时候进厂了吗？”

“咋没进厂？我跟李东星一年进厂的。”毕洪奎说道，“我还当过那年的优秀实习生呢。”一脸的骄傲，仿佛还是当年那个血气方刚的青年。

“没错，小毕，不，是毕总，的确是优秀实习生。”老邢给打起了证实。

老慕点头：“要不是老厂那个老夏总想着多磨炼磨炼小毕，不，是毕总，毕总早就提干了。”

“就是，老夏那个老瘪犊子！”关云茂笑着骂道。

“哈哈……”毕洪奎也跟着笑开了花。

一时会议室里的气氛变得活跃了起来。

王连成见大家的情绪平稳了，他开始说起主题：“这样才对嘛，都是一家人，打折了骨头还连着筋呢。关上门，好好算账呗！”

“大成，你说咋算？”老邢笑着问道。

王连成也笑了："咱们铸钢也好，你们热处理和锻压也好，上月只要生产就有费用，这是一定的，咱们得讲理。动能结算对我们重要，对动能更重要，他们不像我们有产品，人家就是靠动能费吃饭呢。"

"说得好！"毕洪奎感动得差点儿流泪。

王连成摆手："小毕啊，你也别高兴，我说句公道话。你每月都拿表上的数据说话，实在是欠妥啊。谁不知道，那数据不准啊！"

"其实我……"毕洪奎心虚地低下头。

王连成语重心长地说道："这个事情怪我，新厂区建设时设计院的设计存在问题，我没能及时发现。咱们比谁都清楚，气体的流量测量很难做到精确，更何况我们预估的技术参数的确不准，用每小时一万立的仪表去测量每小时不到一千立的流量，就像那一台称一吨的称去称量一公斤的东西，那能准吗?！误差太大了。咱们三家想少交钱，动能想多收钱，每次都吵个不停。可是现在问题就摆在这里，设备一时半会儿也不能更换，只能靠我们内部解决。"

"怎么解决？"关云茂的语气软了下来，"咱们铸钢的生产情况你又不是不知道，今年铁定亏损了！"

"我们也好不到哪里去！"老邢摇头。

老慕摊开双手："南院的情况更糟！听说李东星下午来了，正在跟孟宏达拍桌子呢。"

王连成沉默地站了起来，他盯着窗外陌生又亲切的厂房，淡淡地说了一句："既然大家都不容易，就各自让一步吧。条件好的多背点，条件差的少出点，关上门还是一家人！"

开会的几个人互相看着对方，纷纷闷下头，不说话。

王连成的心情很矛盾，甚至有些沮丧。自从搬迁到新厂，本来是欣欣向荣、欢欣鼓舞的事情，可是往往事与愿违。新设备在磨合期，产量不高，市场竞争又太激烈，还背着搬迁重建的巨额债务，所有问题集中爆发。全厂忙得够呛，就是没有效益。

铸锻厂如此，江重的日子也不好过。每天上下班，上百台通勤班车出入的场面甚是壮观，可那都是烧钱的啊，这种表面的荣光能坚持多久？王连成心里也没数，他只盼着尽快熬过设备的磨合期，走上正轨。

“散会吧，晚上还有生产，早点回去安排！”王连成收拾文件，准备离去。

这时，铸钢设备部的技术员小董戴着安全帽急匆匆地跑进来：“不好了！五十吨精炼炉送不上电，古师傅和机修的师傅都在现场，让我过来汇报一声。”

送不上电？一包钢水咋办？这炉钢是不锈钢，加了很多贵重合金，那可是好几十万的真金白银啊。关云茂和王连成立刻冲了出去。

“这两个老家伙，腿脚还这么利落！”毕洪奎苦笑地站起来，跟着跑出了办公室。

## 103

炼钢车间内热浪滚滚，热气压得人喘不上气。精炼炉钢包里的钢水处在升温期，不知道为什么突然断电，只能在钢包里暂时保温。如果两小时内无法送电提温，钢水就会渐渐凝固在钢包里，根本无法挽回。

到时候为了保住钢包，就得提前将钢水倒掉。倒掉的钢水会变成废钢再次冶炼，但加入的合金会因为吹氧损失大部分，再加上为这炉钢付出的电费、人工费、耐火材料的烧损费用，加起来至少要损失三四十万，这对已经连连亏损的铸钢来说是非常惨重的。

此时，古师傅带着两个机修的电工正在查找断电的原因。三人都没穿新工作服，而是穿着印着“江重”字样的老工作服。

关云茂有点急了：“找到断电的原因了吗？这炉钢能不能保住？”

古师傅着急得火上房，他一边抹着额头上的汗水，一边埋怨：

“这要是老厂的英雄炉，我早就修好了！可是这是电弧炉，全是 PLC（可编程控制器件）控制，自动化程度太高，咱们电工哪会啊？”

王连成连忙凑过去：“哪里坏了？”

古师傅忙得连头都没抬一下：“电炉送不上电，电工找不到原因，其他工种更是没辙！”

古师傅顿了一下，转过身，看着王连成：“你那有没有学电力专业的人？赶紧过来弄弄。”

王连成推了推眼镜，想到了设备部的小董。小董出个主意，目前电弧炉是由一套进口的控制器通过程序控制的，他在接受厂家培训的时候，听老师讲过，一般的故障点都可以在控制程序中找到。

小董尝试着进入控制程序页面，试图寻找故障点。可是他进厂才一年多，拿着鼠标在电脑屏幕上点来点去，门儿都没摸到。王连成年纪大了，做一些简单修理还行，自动化系统、自动化控制这些东西发展实在太快，他还真不懂，过去的知识也用不上。

时间一分一秒地过去，钢水的温度在持续下降。

“说明书呢？”王连成大喊。

古师傅瞄他一眼：“都什么时候了，还找说明书，临时抱佛脚有用吗？控制器进口的，说明书全英文，看得懂吗？快打厂家电话，赶紧的。”王连成急忙翻出手机摁下号码。

厂家代表在电话里浓重的外地口音让急上房的几个人更着急了，沟通非常费劲。王连成又让小董试了几遍，还是不行。炼钢车间的气氛变得凝重而紧迫，再拖下去，这炉钢水真的要报废了。

关云茂盯着身边几个新分来的大学生，急得真骂：“你们这群小瘪犊子，白参加培训了！遇见事了啥也不会！要是赵心刚在，早修好了！”

赵心刚？王连成一跺脚，拿出手机拨出熟悉的号码。

半个小时后，赵心刚开着奥迪来到铸锻公司的北院门口，王连成正在门口等他。赵心刚刚想下车，王连成麻利地上了车，他指向最里面的厂房："快，在里面！"

"让进车？"赵心刚很迟疑，以前在老江重，厂内连自行车都不让骑，就别提私家车了。

"现在什么车都让进，登记就行！今天情况紧急，能快一分钟就快一分钟，我都和门卫打好招呼了。"王连成目不转睛地盯着前面。

赵心刚有点担忧地说道："王大哥，我离开这么多年了，不一定能修好……"

"那也比我们这些老家伙强！"王连成指向蓝色的大门，"对，就停在这里！"

赵心刚和王连成肩并肩地一路小跑进了车间。关云茂看到赵心刚那一刻，心里顿时踏实了下来。在他的印象里，赵心刚从来都没有让自己失望过。

赵心刚来不及和大家打招呼，径直走到操作台前。这套系统比当初平炉改电炉的系统自动化程度高出一大截，但是还有可以借鉴的地方。他凭借着记忆和一些对故障现象的推理，很快找到了故障点。赵心刚指着界面上红色的小圆点："是变压器上的瓦斯继电器出现了问题，这才导致了停电。"

王连成盯着看不懂的程序页面："老古……"他喊了好几声都没有人应答，古师傅早就带着电工班长去变压器室了。

二十分钟后，精炼炉恢复了正常。

赵心刚如释重负，虽然他早已离开江重，在别人眼里已经功成名就，但是他真怕修不好炉子。几十万对他来说是个小数，可是铸钢损失几十万，压力很大。好在昔日这些老师傅和年轻的新生代上下一心，都在努力保住这炉钢水，不让公司受到损失。这种责无旁贷的努力和急切紧张的氛围，让赵心刚回忆起自己的当年，仿佛他又一次融入了这里，变成铸钢的一员，与这里的一切息息相关。

赵心刚开心地一笑："终于好了！"挽救了一炉钢水，还是蛮有成就感的。他抬起头，发现技术员小董正在记笔记。赵心刚夸奖道：

“小伙子很用心嘛。”

“嗯，我都记下一大本了。”小董露出憨厚的笑容。赵心刚朝他竖起大拇指。

精炼炉发出嗡嗡的电弧噪声，火热的钢水在钢包里不停地翻滚，所有人都放下心来。

关云茂指着那群新来的大学生：“你们都好好学学，啥时候你们也能这样，我就省心了。”

赵心刚摆了摆手：“关厂长，咱们炼钢行业不是普通的行业，哪能一天两天就会呢？现场的设备繁多复杂，得给年轻人点时间，别着急，他们一定能行的。”

关云茂笑了：“话虽这么说，可也分人吧。你进厂的第一天就挽救了一炉的钢水，那情景我记得清清楚楚呢。”

小董崇拜地看向赵心刚：“赵总是咱们铸钢厂的传奇，我们都要向赵总学习！”

“对，我们要向赵总学习！”其他几个年轻人一起齐声说道，弄得赵心刚有点不好意思。

王连成立刻抓住机会：“小刚，来都来了，教教这些孩子吧。你也知道，咱们铸钢现在真是难啊。设备口除了我就是老古，技术全靠老关。现在自动化程度越来越高，咱们都不懂那些高科技呢！”

关云茂赞同地说道：“是啊，小赵，教教他们！”

赵心刚微笑地看着那群背着工具包的年轻人，仿佛看到了曾经的自己。他感慨地说道：“走！”

## *104*

赵心刚在现场忙碌了一下午，临近下班的时候才回到王连成的办公室里休息。王连成忙打开空调调整好风向，空调转起来，屋里凉快多了。王连成递给赵心刚一瓶矿泉水，亲切地问候道：“小刚，累坏了吧？”

赵心刚喝了一大口，认真地说道：“小董是个好苗子，重点培养一下。”

王连成坐在椅子上：“你也看出来了？”

赵心刚点头：“这孩子挺用心的，也很聪明，一点就透。我看过他的工作日志，记得非常详细，一看就是用了心思的，错不了。我建议让他多看看机修的维修记录，如果可能，让他坚持记下去！”

王连成从抽屉里翻出几大本陈旧的工作笔记：“是啊，这机修的维修记录传了几代人了，是应该写下去。其实我也看出小董是个好苗子，可是能不能一直留在这里，就要看他自己和铸钢的缘分了。”说着王连成失落地摘下眼镜，满脸悲伤。

一向积极向上的王大哥怎么开始相信缘分了？赵心刚困惑地看着王连成，他已经好久没有仔细地看过这个和自己相识多年的王大哥了。

王大哥老了，真的老了，褪去了年轻时意气风发的劲头，如今已是满脸沧桑。他的头发白了一半，脸上爬满皱纹，鼻梁上压着深深的印迹，唯一不变的只有那副黑框眼镜。

赵心刚的鼻子突然有些酸楚。

这时，王连成用毛巾擦了擦脸，重新戴上眼镜：“小刚，今天多亏了你！你又挽救了一炉钢水。对了，没耽误你工作？”

赵心刚没敢说自己是退掉飞往青岛的机票赶来的，他笑着应道：“王大哥，你的电话打得真是时候，刚好我坐在办公室里没事！”

“这就是你和咱们铸钢有缘分！”王连成又一次提到了缘分，“小刚啊，说实话，我是总想让你回来，也发自内心地欢迎你回来。现在一看，不回来也罢。你在外面大有所为，江重这个池子已经容不下你这条龙了。”

赵心刚费解地看着王连成，王大哥今天有点反常，于是不禁问道：“铸钢现在不好吗？”

“是非常不好！”王连成说出了实情，“你知道现在铸钢有多难吗？比老厂还难！效益不好还能解决，关键是缺人，后备力量严重不足。就你刚才说的小董，你知道他一个月的工资有多少吗？”

赵心刚低头想了想，伸出了两个手指。

王连成叹息着点了点头：“是啊，工资两千，扣了零七零八的费用，到手才一千多。现在单位没有大学生宿舍了，给现金补助，那不过是杯水车薪。谁不知道现在最贵的就是房子，房子贵，房租也高。我了解过，小董家是外地的，父母都是农民，供出个大学生不容易，哪里有钱给他买房子？小董一直和几个同学在单位附近合租房子，勉强过得去。可是以后呢？他那点工资现挣现花，根本攒不下，连买房子的首付都拿不出来，就别说还贷款了。等结了婚，有了孩子，那事事都需要钱啊！”

赵心刚很理解王连成的担心，中国人讲传统，对家有特别的依赖。买了房子，有了落脚的地方，就有了家。有了稳定的生活，工作才会努力，日子才有奔头。这群“80后”真的很不容易。

中蓝飞跃也有同样的问题，他为了“80后”的员工，特意找表哥覃天以内部价格买下一批房子，为了解决他们的住房问题。

赵心刚知道江重的工资低，铸钢更低，师兄搞了几次分配制度改革，一线职工的工资还是很低，是哪里出了问题吗？

“那能不能多给小董这样上进的年轻人补点奖金？”赵心刚提议。

王连成又叹了一口气：“老关给补了两个月，下面的人就不干了。你还不知道铸钢吗？全是关系户，一碗水端不平，就有人闹事。老关没办法，只能停了。小董这孩子倒是听话，没一句怨言。”

“这个孩子还挺识大体。”赵心刚低头想了想，“王大哥，要不这样，我们集团在江北马上要开新楼盘，我去和表哥说一声，给铸钢的员工跟中蓝飞跃一样的内部价。”

“真的吗？太好了，我替小董和这些孩子谢谢你！”王连成喜出望外。

赵心刚微笑地喝了口水。关于房子的事情，他曾经和师兄李东星提过给江重内部价的事情。李东星考虑到团购房比较敏感，本来是好事，但外人看来却好像有内部交易，好事也会变成坏事，所以就没有大肆宣扬，只是介绍一些信得过的人来购买。其实，覃天这次开发的楼盘位置好，销售特别火爆，根本不愁卖。赵心刚是真心想给江重的员工谋点福利。

这时，王连成再次叹气，赵心刚连忙劝慰道："现在的市场还不错，我认识的几个小钢厂的效益都很好，铸钢是新设备，炉前工人的经验丰富，再差能差到哪里？至于搬迁欠下的贷款，是需要周期的。就像一个人做小生意，即使是开个小饭店，前期也要有投入啊。"

"小刚啊，贷款是李东星和孟宏达考虑的事情，跟我们铸钢不挨着。"王连成敲打着桌子，"现在是铸钢自己的问题，刚才你在车间走了一大圈，脸色一直不对，你不说我也知道，你发现了问题。"

赵心刚不由得苦笑一声："什么都瞒不过王大哥的眼睛！是啊，我的确发现了一个问题，循环水泵房设计不合理，运行操作费时费力，对今后维修也麻烦。设计的时候没考虑吗？"

赵心刚说完立刻就后悔了，他知道在搬迁指挥会的时候，王大哥没少跟设计院吵架，很多事情哪能是王大哥能左右的？现在应该庆幸当初多亏王大哥在搬迁指挥部盯着，换成别人，现场会更差。

王连成懊恼地说："我实在是无能为力啊！没办法，一是没钱，二是没人。能到今天的地步就不错了，其他分公司也好不到哪里去，今天我们还跟动能开会吵架呢。你不知道啊，公司的评比会就更惨了，各个部门一起吵，都是扯皮的事情，吵来吵去，也吵不出个一二三。弄得真糟心，只好下班找几个老哥们儿一起喝喝酒，酒桌上骂几句发泄一下。"

赵心刚给王连成打气："家里装修都有遗憾，这么大的厂子哪能完美？我刚才路过试验室，试验室仪器都很好，ICP 分析仪、光谱仪、冲击实验台、拉伸试验台，很齐全嘛。”

赵心刚又习惯性地给问题找出口：“这些问题都可以想办法解决。逐个罗列出来，分出主次缓急，等过几年资金充裕，可以逐步技改。”

“也就你这么乐观吧！”王连成失落地盯着窗外，“工作是一回事，情绪是一回事。从前在老厂，咱们对外大声说，‘都是江重人’。可现在呢？冷片热片一分开，连工作服都换了。”他指着胸前，“你看，我现在是谁的人？”

赵心刚从一进厂就发现工作服不对劲儿了，王大哥穿的不是江重的工作服，而是写着江北铸锻的工作服。

换个工作服，对刚进厂的年轻人不算什么，毕竟他们对江重的感情还比较短浅。可是这对于一同陪着江重走过风风雨雨的老职工，尤其是一辈子以江重为荣、以江重人自居的王大哥、古师傅这样的人来说，意义就重大了。赵心刚这才明白王连成为什么说起下班喝酒的事情，他闭着眼睛都能想象出那种骂天骂地的场面。

职场有个词语叫作归属感，当一群老去的人失去了引以为傲的归属感，那种感觉就像整个人生被掏空了一样。谁能接受？让他们如何承受？

王连成嗓音沙哑地说道：“我们现在叫铸锻，不叫江重了，我也不知道自己还是不是江重的人！”

“当然是了，江重控股铸锻！”赵心刚说道。

王连成摇头：“小刚，你体会不到这些老家伙的心情。现在在新厂，只剩下铸钢、热处理、锻压这三个老家伙。有些老师傅转不过来弯儿，还穿着老厂的工作服。他们生气的时候就骂，为啥连后并进来的矿山分公司都穿着江重的工作服，咱们不行？闹得沸沸扬扬的。”王连成顿了一顿，似乎又重新打起了精神，眼睛变得亮亮的，“后来，工会那些人想出个好主意，他们在秋装工作服的背后印上江重两个字，等你下次来就能看到了。现在啊，全厂都盼着秋天呢！”

赵心刚笑了：“这是好事！”

王连成从日记本里抽出一张老厂的照片，情绪激动地说道：“是啊，都是好事！这人老了，都爱回忆，搬到新厂那几个月啊，我每天都回老厂看看，我担心记不住老厂的样子啊！那些天，我眼睁睁地看着老厂一点一点地拆没了，变成了工地，后来盖上了成片的新楼，一点儿老厂的痕迹都没有了。唯一的安慰就是建了一个广场，广场上有个拿着长钎子的工人塑像，还有咱们炼的最后一炉钢浇注的江重的老厂牌也被嵌在一堵纪念墙上，还能让人想起那里曾经是江重的厂区，记得那里曾经的历史啊！”

赵心刚感叹道：“社会在前进，总是要变化的。虽然名称改了，不在一个厂区了，但始终还是一家人！”

“是一家人，现在是一大家子呢。咱们厂啊，现在归区国资委。”王连成感叹，“家大业大，不容易啊。”

赵心刚看着王连成那饱含风霜的脸颊，深有感触地说道：“江重和共和国一起成长，今年都已经建厂六十周年了。这一路风风雨雨地走出来都不容易啊，有多少曾经的老伙伴掉队了，别说厂子，连名字都没有留下。今天归到区里管理是件好事，证明老国企从未停止过改革的脚步。从我进厂开始，国企就已经逐步开始建立现代企业制度，实现公有制形式多样化，精简结构，自主经营，增强了企业的灵活性。进入二十一世纪以来，更是提出深化国企体制改革，管理也愈加合理化、科学化。王大哥，你想想，现在的江重是不是比以前好多了？”

王连成赞同地点头：“是啊，上面管得少了，凭实力在市场经济下自由竞争。单位也少了拍马屁的，多了干实事的。更重要的李东星和孟宏达这些年轻领导啊，个个都是科班出身，懂管理，懂技术，真是不错哩！”

“王大哥很与时俱进嘛！”赵心刚称赞。

王连成满脸惆怅："那我就不懂了，啥啥都好，为啥效益不好？咱厂的钢锭、铸钢件的质量没的说，可为什么财务一算账就是赔钱呢？"

赵心刚想了想，举出例子："效益差的源头之一是生产成本高，另一个原因就是恶性竞争。我曾去过江北周边的一家民营铸造厂谈过一笔业务，厂子开了十几年了，用的电弧炉才五吨，其他设备全是从国企钢厂淘汰下来的二手货。现场的情况糟透了，落脚都困难，也没有什么规章制度，全靠几个老师傅带着几个临时工来进行生产。那几个老师傅我也打听过，都是当年国企的下岗职工。干活的工人都是外地雇来的，从去年开始才给缴纳三险，公积金就更别想了。一天两个班，每个班干十二小时，周六周日也经常上班，除了过年放假一周，基本是全年无休。也没有加班费的说法，干一天赚一天钱。工人们吃住都在单位，环境很差，住的是大通铺，吃的大锅饭，菜里连点油星儿都没有。这样一来，人家的产品成本能不低吗？"

王连成听到这些，吃惊得张大了嘴巴，赵心刚没有理会，继续说道："反观咱们国企呢，基础投资大，工人每班工作八小时，每周休两天，有三个班轮换，食堂一荤两素三个菜，加班有加班费，交五险一金，上下班有通勤，这都是要计算到成本里的，能和人家比吗？当然，他们的工资比较高，是你们的三倍，但都是以现场环境恶劣、劳动强度大、上班时间长换来的。你们的工资虽然低，但是稳定有保险。真要较真算下来，也没差太多。"

王连成气愤地挑眉："还有这样的单位?！算不算剥削啊？对，就是剥削！"

赵心刚没有反驳："这样企业在全国还有很多，不可否认，在一定的历史时期内，他们也为国内的经济做出了应有的贡献，至少提供了不少就业岗位。这样的企业，我们不去，可是有些人宁愿累点、苦点，也想多挣点钱。市场是变化的，改革的脚步是前进的。对于现在的形势，别说违反劳动纪律，就连环保这一块都够他们受的。

国家不停地说去过剩产能，就是为了规范市场，保护环境，让行业健康、可持续的发展。利刃之下，铸钢这样的企业自然没有问题，可是那些不合规范的小企业如果再不转型整改，早晚得关门。所以啊，只要铸钢坚持下去，一定能笑到最后。王大哥，你要对咱们铸钢的未来有信心啊！”

王连成听着赵心刚的话，紧了一天的眉头终于舒展开了，他笑着说道：“小刚呀，我老了，爱钻牛角尖儿，还是你们年轻人想得长远和全面啊！你没事多来我这坐坐，给我上上课，给咱们解放一下思想！”

“王大哥，我这是班门弄斧。”赵心刚又喝了一口水。

随后，两人闲聊了几句王欣宇的事情。王连成满足地说道：“小宇现在去设计院了，做机械设计，这是他的专业，干得不错！”

赵心刚点头：“师兄特别看重小宇，小宇将来一定很有出息！”

“孩子的路，让孩子自己走吧，我再攒点钱，给他娶个媳妇，我和他妈就静心了。”王连成看了一眼时间，脸色一变，急匆匆地站起来，“哎哟，下班了，班车都快赶不上了。小刚，我就不留你了，下次咱们再聊哈。”

赵心刚站起来：“我送你回去！”

“不用！”王连成摆手，“你从这里直接走外环，一会儿就能到家。别往市内走，堵车！”王连成来不及换衣服，直接往外走，赵心刚赶紧跟着他离开了办公室。只见王连成晃着微胖的身躯一路慌乱地小跑，终于在开车的前两分钟坐上了10号通勤大巴车。

## 105

赵心刚没有着急走，他将车停靠在路边，等到几十辆通勤大巴浩浩荡荡地离去，才开动车子。

他刚想开车离去，却发现师兄李东星和铸锻公司的总经理孟宏达一前一后地从办公大楼里走了出来。两人正在下台阶，师兄的脸色很难看，孟宏达也绷着脸，明眼人一看就知道这是两人产生了矛盾。与此同时，两人也都认出了赵心刚的车。

赵心刚从车里出来，迎了过去：“师兄，孟总！”

孟宏达知道赵心刚和李东星之间复杂的关系，他很费解，难道不应该叫大舅哥或者姐夫更亲近嘛，非要叫师兄呢？

李东星根本没拿赵心刚当外人，他看向孟宏达：“老孟，我不管你用什么办法，年底的财务报表必须盈利！”

孟宏达回答得很干脆：“不可能，现在是第三季度了，账面已经亏损八千多万了。你是学钢冶出身的，比谁都清楚第四季度因为季节和市场的原因，产量只能比前三个季度少，不可能多。你就是撤了我的职，铸锻在年底也不可能盈利！”

李东星的脸色更沉了：“那你能保证什么？”

孟宏达不卑不亢，眼角牵起两道浅浅的皱纹：“我尽量将今年的亏损控制在一个亿以内！”

亏损一个亿？赵心刚的心似乎被尖锐的铁锥子扎了一下，这可不是一个小数！

“哈哈……”李东星顿时笑了，笑声中带着深深的自嘲和疲惫。他看向赵心刚，语气卑微得可怜，“师弟，你听到了吗？我们的目标是亏损一个亿，亏损一个亿啊！”李东星默默地转过身，一脸沉重地盯着宽敞整齐的新厂房。

孟宏达的心情也很不好，他低着头，脸颊有些涨红：“我是实话实说！”

“孟宏达，我说你什么好？”李东星又转过来，挥动在空中的手臂无力地划过。

孟宏达满脸委屈，两人都不再说话。

赵心刚当起和事佬：“都是为了企业好，消消气！”

孟宏达拖着沉重的语气：“李东星，你今天如何批评我，哪怕是骂我，我都虚心接受，谁让咱们铸锻公司亏损呢？但是我绝对没有玩忽职守，我每天都下现场监督生产，亲自去跑市场，接待客户，我也想厂子好啊！可是热片是基础，失去了冷片的支持，是很难维系收支平衡的。据我所知，你们几个分厂宁愿去外面委托别的小铸造厂订铸件，也不把活儿给我们。我倒是想问问，咱们还是同一家企业吗？”

李东星眉头一紧：“有这样的事情？”

孟宏达笑了：“据我所知，你也很难保证冷片今年不亏损。你天天抓上市，满脑子想的都是上市。是不是觉得赵心刚把中蓝飞跃都弄上市了，江重不上市，你很没有面子啊？李东星，我劝你干点实事吧。有句话叫作船到桥头自然直，火候到了，自然就成了；火候不到，无论你咋着急，都没用！”

孟宏达的话音刚落，李东星的脸色唰地黑了，赵心刚也有些不自在。长期以来，刨去赵心刚和李东星之间复杂的亲属关系，剩下的师兄情分就比较微妙了。师兄、师弟这样的称呼里不仅蕴含着同窗的情分，更有对手的意味。

这些年，赵心刚习惯了这种暗自的较量。刚和李东丽结婚的那会儿，赵心刚曾经想改口叫李东星为大哥，被李东星拦下了。李东星说习惯“师兄”两个字，一声“大哥”反倒疏远了。赵心刚嘴上没说什么，心里明白，李东星还在和自己较量。随他去吧，世上能有一个时刻与自己比赛的人，也是难得的缘分！

而今天，孟宏达的话捅破了两人之间这层透亮儿的窗户纸，将两人推上尴尬的境地。赵心刚没有言语，他担心自己说错话，反倒让师兄为难。关键时刻，还是李东星镇得住局面，他看着孟宏达，微笑道：“看来，你对我们师兄弟很了解嘛！没错，我的确想推江重上市，那是因为我们已经准备了很多年，哪能半途而废呢？再说，上市对江重的资金流有很大的好处，你不也是每天为钱发愁吗？江重的盘子大，平台好，拥有很好的资源和优势产品，如果资金能跟得上，一定能做大做强，难道你不希望江重好吗？”

“我……”孟宏达也意识到自己有所失言。

李东星走下台阶，言归正传：“孟总，你放心，我回去马上给各个分公司开会，谁敢把热片的活儿委托给外面的小厂，我一定严肃处理他们！这也算给你一个满意的交代吧，但是……”李东星的语调加重，“咱们肩上的担子很重，一刻也不能放松。”

他真诚地看向孟宏达，语调变得缓慢：“宏达！任重道远啊！”

“嗯！”孟宏达一脸凝重地点头。

## 106

李东星让司机独自回去，坐上了赵心刚的车，他满脸心事地看着窗外：“走，去渤海渔港，我请你吃饭！”

赵心刚忽然想到一个地方：“师兄，你吃惯了大饭店，我带你去个小饭馆。”

李东星愣了一下，疲倦地闭上双眼：“随便吧，清静点就行。”

“好！”赵心刚盯着笔直的大道，踩下油门……

一个小时后，赵心刚将车停在一栋老旧居民楼的门口，轻轻叫醒半睡半醒的李东星。李东星看着周围败落的景象：“这里不是……”

赵心刚指向不远处那块抻面馆的大牌子：“对，就是这里！”

两人下了车，走进抻面馆，那块坏掉的玻璃门上又多糊了一层黄胶带，贴在上面的鸟字少了一点儿，变成了乌字。

李东星皱着眉坐在一张空桌前，邻桌的客人睡着了，桌子上有两个空盘和一大堆啤酒瓶子。赵心刚学着王连成领他来时的口吻，朝后厨喊道：“老板娘，有啥上啥，两碗抻面最后上。”

“好嘞，你们今天来晚了，就剩鸡架了！”老板娘嘎嘣脆的声音从后厨传来。

赵心刚坐在李东星身边：“师兄，你来过这里？”

李东星瞄了一眼邻桌，默默地点头。

赵心刚恍然大悟："我还以为师兄没来过呢，这家店虽然小，味道属实不错！"

李东星轻车熟路地介绍道："从这里拐出去，沿着街走，劳动市场的对面还有一家，味道也不错。"

赵心刚惊讶："师兄，你咋都知道？"

这时，系着围裙的老板娘端着鸡架和香菜根儿走了出来。她看到赵心刚和李东星一愣："呀，你们咋来了！等会儿啊，我把鸡架掰好！"老板娘将香菜根儿的盘子放在桌子上，走进后厨。不一会儿，她端着掰好的鸡架走了出来，"你们是稀客，等着哈，我去拌两个小菜儿。"

"谢谢！"李东星熟练地挖了一勺辣椒油，露出久违的笑容，"好久没吃这个味儿了，还真馋了！"

赵心刚的脸上浮上了微笑："我来江北这么多年，一直以为江北的特产就是老汽水，没想到还有这个。"说着，他夹起了一块鸡架递到嘴里。

李东星笑着从身后的箱套子里拿出一瓶啤酒，赵心刚因为开车，和老板娘要了一瓶老汽水。两人开始闷头吃，没有聊任何关于江重和工作上的事情。

很快，两人吃饱了，赵心刚找老板娘结账，邻桌的客人还没有睡醒。赵心刚担心地问道："用不用通知一下家人，来接他？"

老板娘满不在乎地摆手："这大哥没家人，媳妇跟人跑了，去年把孩子也带走了，他就一个人！"

"那他不走，你怎么关门啊？"赵心刚很惊讶。

老板娘笑了："咱就是端这碗饭的，没事。我了解这大哥的习惯，前天他上的白班，那今晚应该是夜班。放心，到点他准醒，可邪性了。"

"快走吧！"站在门口的李东星催促。

赵心刚扭头看了一眼伏在桌子上那张睡得醉生梦死的脸，缓缓走出抻面馆：“师兄，我送你回家！”

李东星盯着昏暗的路灯，眼底泛起明亮的光芒：“师弟，我想去个地方！”

“一起去！”赵心刚猜中李东星的心事。

这是江重搬迁以后，赵心刚第一次回到老厂。他开着车绕着繁华的商业百货和新楼盘走了一大圈，就是找不到西门的位置，记忆中的大邮筒也不见了。李东星指着住宅小区的消防通道大门，坚定地说道：“就是这里！”

赵心刚愣神了半天，始终不敢相信眼前的一切。

李东星凭借着脑中的记忆给赵心刚当起了导游：“我们刚才走过来的那条小马路是从前咱们厂区里的路。那里，曾经是喷水池。北边是食堂，南边是锻压车间。”

赵心刚错愕地盯着李东星的眼睛，想寻找逝去的失落和悲伤，奇怪的是李东星的眼里只有怀念和回味，脸上还带着笑意。他解开安全带：“下车吧，你记忆里的东西都在那里！”

赵心刚将车停好，下了车。两人绕着商业百货走向前面的文化广场。

此时夜已见深，广场上的人很少，广场的中心竖立着“持钎人”的雕像。赵心刚只看了一眼，眼泪就落了下来了，他仿佛真的看到炼钢的老师傅拿着钢钎在炉前工作时的场面。

李东星拍了拍赵心刚的肩膀：“形象吗？我心烦的时候就喜欢过来看看，每次看到这个雕像，我的心情都会变成平静。这简直是我的药啊！”

赵心刚哽咽了：“这里真是个好地方！”

李东星指向对面富有艺术气息的建筑：“那是咱厂最老的车间。钢架结构保留了下来，只是原来的砖围墙拆了，改成玻璃幕墙。里面还开了家咖啡厅，环境不错，有时间你可以去坐坐。”

“一定去！”赵心刚环视四周，“真是大变样啊！”

“是天翻地覆的变化！”李东星加重语气。

两人一边走，一边看，广场上有一个花坛，是用当年的电弧炉炉盖改成的，还有一个看起来像大花盆的东西，是当年的钢包改的。

赵心刚感慨地说：“这些东西还在发挥它们的余热啊。”这时，他无意间看到了熟悉的大邮筒，立刻兴奋地加快脚步，“师兄，我们去那边走走吧。”

两人站在邮筒前，赵心刚想起自己第一次来江重寄信时的情景。李东星也想起师弟第一次来江重报道他去接时的场面……

良久，李东星指着广场南面说道：“这个广场是为了纪念当年的老江重，特意留下几样有代表性的东西，你看那面纪念墙。”

赵心刚看到那堵由耐火砖砌成的颇具艺术感的墙，上面镶嵌着具有浓重金属感的“江重”两个字。他挑眉问道：“这是江重最后一炉钢浇注的老厂牌？”

“是啊！最后的纪念了。”李东星点头，“现在厂内还有声音说不应该搬迁，视野真是太狭隘了！以前这个时间正是铸钢出钢的时候，整条街都是粉尘，到处都乌烟瘴气的。现在就大不同了，你看这里变化多大啊，将来还会有地铁站呢。这么好的地方就应该让出来，这样才能加快城市化的进程。”

“是啊！”赵心刚感触颇深地望着马路对面的小区，脸上露出满足的笑意。

两人在广场绕了一圈，又重新来到“持钎人”的雕像下。李东星停下脚步，自嘲地说道：“人人都说我着急上市是为了给自己脸上贴金。我承认，我比较傲气，但是江重上市是江重深化改革的重要规划，一个企业总得有一个远大的目标啊！咱们作为领导，就要做一个敢想敢干的持钎人！”

赵心刚知道师兄肩上的担子很重，现在的市场情况很复杂，江重和中蓝飞跃的面前都有无数的机遇和危机，时刻也不能放弃心中的目标。

他仰望着雕像，心情也恢复平静："师兄，我相信，你一定会带领江重走出一条阳光大道！"

"你也会的。"李东星发自内心地祝福。

两人并肩仰望着充满力量的"持钎人"，他们的头顶是满天璀璨的繁星，夜愈加地深了……

第二十五章
Chapter 25

# 帮倒忙的缘分

## 107

江北的上空云雾笼罩，灰蒙蒙的一片。因为降落条件不好，赵心刚所乘坐的航班已经在空中盘旋了半个多小时。飞机上的广播一遍又一遍地致以最真诚的道歉，可客舱里还是不时发出抱怨。

赵心刚的情绪还算稳定，近两年来，这种情况时有发生，他都已经习以为常了。他透过机舱上的小窗朝外望去，只看到望不到边际的晦暗，仿佛置身在一个充满灰烬的世界。

看来，今天的江北又是一个雾霾天。这还没到采暖季，污染问题怎么会如此严重?

赵心刚尽量保持着端正的姿势，随时等待降落，可是过了好一会儿，还是没有降落的意思。他无聊地翻起飞机上的商务杂志，杂志上有一个女宝宝的广告照片。赵心刚情不自禁地咧开嘴角，想起了小暖暖!

小暖暖是妹妹赵晓雅和宋可乐的女儿。半年前，赵晓雅在香港生下一个六斤三两的女孩，范宏给起了宋暖馨的名字。那时，赵心刚正忙着一个电厂脱硝装置的投标项目，没时间去香港探望，便让李东丽一个人先去了。

赵晓雅在香港住了四个多月才回上海。范宏为了方便赵晓雅工作，也为了减少婆媳之间的矛盾，特意为她雇了一名菲佣。家务有了菲佣的帮衬，赵晓雅很快就上班了。赵心刚忙完手头上的项目，急匆匆地赶往上海去看望妹妹和小暖暖。小暖暖长得白白胖胖，惹人怜爱，只可惜有些认生了，一见到赵心刚这个舅舅就哭闹个不停，赵心刚只能趁她睡觉的时候偷偷亲一口。

赵晓雅见赵心刚喜欢女孩，便劝他再要个孩子，赵心刚说这不符合规定。赵晓雅开起玩笑，说再这样下去，十年之后，江北的老龄化会非常严重！赵心刚当时很奇怪，妹妹怎么突然研究起老龄化的问题了？

两人闲聊了几句，赵心刚才知道：原来范宏的食品公司针对老年人巨大的潜力市场开发了新产品，赵晓雅在带领团队做市场调研时发现，江北的老龄化趋势很严重。赵晓雅直接用“触目惊心”四个字来形容老龄化的严峻性。同时，她提醒赵心刚，老龄化的背后隐藏着很深的社会和经济问题，如果无法保证生育率，那直接意味着经济会出现严重衰退。

范宏将调研的相关数据也给到了覃天，覃天已经开始调整房地产开发公司的业务。他打算开发一个养老宜居的老年公寓项目，以满足市场需求。

赵心刚嘴上没多问，内心却掀起了波澜，范宏和覃天都在根据市场的变化调整各自公司的发展策略，那他的中蓝飞跃呢？

中蓝飞跃在主营业务上隶属于工业范畴，对老龄化不太敏感，可是竞争实在太激烈了，生意愈发地难做。尤其是最近这一年，竞争对手从最开始的大型国企，到后来的优秀民营企业，再到现在的一群注册资金只有几十万的小公司。起初，赵心刚还没将这些小公司放在眼里，在接连丢了几个大合同之后，他才知道这些小公司的厉害，尤其是一家专门做热工仪表的小公司，老板竟然是个“80后”。

赵心刚侧面打听过这家小公司的来历，没啥大背景，全凭实力说话。公司只有四个半人，老板带着两个业务员跑市场、送货、技术服务等；办公室有个小文员负责报价、做合同、接电话，剩下的半个人是不坐班的代账会计，每月只来一次，负责报税。就是这样的一家小公司，一年的销售额高达六百多万，着实让赵心刚大吃一惊。

市场在不停地变化，中蓝飞跃也必须跟着市场不停地改革，否则早晚会变成下一个华科天来。这次从上海回来，赵心刚打算也要重点研究一下市场，调整接下来的工作重点。

这时，广播里传出甜美的声音，飞机终于可以降落了，赵心刚立刻将杂志放回到原来的位置，深深地吸了口气，准备降落。

十五分钟后，飞机平稳地降落在江北机场，赵心刚拎着背包走下飞机。空气质量的确很糟糕，赵心刚加快了脚步直奔出口。他的行李不多，不一会儿就轻松地走到出口。

“赵总，我是来接你的。”许久不见的袁大为热情地拍着赵心刚的肩膀，“好久不见！”

赵心刚顿时愣住了，随即是满满的惊喜：“大为，你回来啦？”

袁大为接过赵心刚的背包，露出洁白的牙齿：“怎么，老同学，不欢迎我回来？”

赵心刚连忙点头：“当然欢迎！”

“舍不得你呗！”袁大为带着赵心刚走到停车场，找到那辆轮毂上系着红绸带的崭新的路虎，他亲手打开副驾驶的车门，“请吧，赵总，我是奉您夫人的指示来接你的。”

赵心刚更是惊讶：“你见过丽丽？你去中蓝飞跃了？”正犹豫着，手机响了，是李东丽打来的，她第一句话就问：“袁大为真的去接你了吗？”

赵心刚瞄了一眼袁大为，点头道：“是的。”

李东丽在电话那头笑了：“今天下午他来公司找你，我说你去上海了，下午的航班回江北。然后他就说去机场接你，我还以为他是开玩笑，没想到真去了。哈哈，这位同志，还是蛮讲诚信的，不错哦！”

“这几天你辛苦了，我晚点回家！”赵心刚低声地嘱咐几句，挂断了电话。

袁大为启动车子，赵心刚系好安全带。两人很快离开了机场，上了机场通往市区的高速。一路上袁大为没有说话，赵心刚想到了那场同学会也陷入了沉默。为了缓解车内的尴尬，袁大为打开了音响，车内响起悠扬的歌曲，他还不时地跟着哼唱。

他到底想做什么？赵心刚偷瞄了袁大为一眼，袁大为目视前方，脸上几乎没有表情，他紧握着方向盘，眼底似乎含着一块坚硬的墨。赵心刚太了解袁大为了，他是个无事不登三宝殿的主儿，他来机场接自己，又足足等了一个多小时，一定是有求于他。不过，据他所知，袁大为把厂子卖了，国内已经没有资产了。

“你……”赵心刚忍不住地开口。

“饿吗？”袁大为掌握着主动。

赵心刚咽下心中的疑惑，老实地应道：“在飞机上吃过了。”

袁大为笑了：“你还真和从前一样，从来不挑食。好吧，我直接送你回家！”他踮了脚刹车，在高速的出口交了过路费，直接转向一条僻静的小路。这里远离市区，知道这条小路的人并不多，赵心刚很惊讶：“你知道我家住哪里？”

袁大为示意远处一片模糊的别墅区：“离东门最近的 15 栋。”

赵心刚张大了嘴巴：“你怎么知道？”

袁大为得意地抿嘴笑：“你知道 16 栋的主人是谁吗？”

16 栋？赵心刚已经在这里住好多年了，16 栋一直空着，谁也没有见过 16 栋的主人。不过，此刻听袁大为的口吻，赵心刚豁然开朗：“16 栋的房主是你？”

袁大为点头笑道：“老同学，没想到吧，这是我在国内唯一的家了，我们真的有缘分啊！”

赵心刚不可思议地看着袁大为，袁大为的神色很从容，他微笑着将车停在小区旁的足球场边，关掉了音乐。车内车外一片静谧。

袁大为盯着赵心刚的双眼，神色变得庄重：“老同学啊，我真是羡慕你，这些年无论是做生意，做技术，还是做人，你都比我强，我……”他顿了顿，语调重了下去，“认输！”

认输？赵心刚惊愕地盯着那张质朴的脸颊，仿佛又看到校园里那张青涩的脸颊。赵心刚真诚地说道：“你也很优秀！”

袁大为笑着摆手：“我知道自己是个什么样的人，真是丢人啊！咱们今天不说这些。”

赵心刚不解地微笑：“你既然都出去了，怎么又回来了？”

袁大为盯着窗外翠绿的草坪，自讽道：“老同学啊，我出去的这段日子，过得很不开心，也想明白了很多事情。我原本就是一个小技术员，借了改革的春风，简直是一夜暴富。那段日子，我的确风光了几年，可是仔细想想，还是你指点我的。后来我自己不争气，一而再再而三地贪婪，做过很多错事，我迷失了初心啊！”

“其实你也很努力！”赵心刚劝慰道。

袁大为摇头：“不，是你努力，我就是幸运罢了！现在我身边全是一群酒肉朋友，就知道成天吹牛拍马，我懒得和他们说话。其实在我心里，只有你一个真正的朋友！”袁大为真挚地看着赵心刚，伸出手，“我回来了，今后就是你的邻居，你还认我这个老同学吗？”

赵心刚察觉出袁大为心里有事，他用力地握住袁大为的手，鼓舞道：“我们永远都是好兄弟！”

“心刚！”袁大为的眼底闪动着温热的泪。

赵心刚关切地问道：“你到底怎么了？是不是在外面遇到难事了？”

袁大为仰起头，打开车顶的自动天窗。天空依旧晦暗，可是他的脸色比外面的雾霾天还要阴霾。袁大为尽量控制着伤感的情绪，难受地说道：“我离婚了！”

离婚？赵心刚没见过袁大为的妻子，可是根据袁大为那场同学会上的表现，说明他过得一定不幸福。他拍了拍袁大为的肩膀，低沉地说道：“人生的路还很长，你要看得远一点！”

袁大为捶打着方向盘，发泄着自己压抑的情绪：“这都怪我自己，当初师父对我好，我就成了他的女婿。结果这场婚姻就像一笔生意，爱情成了廉价的商品，她连中学都没读完，每天就是混日子。现在好啊，她在国外继续混日子，还想强迫我变成她那样。我不愿意！那不是我想要的生活，我必须要回国！”

赵心刚踌躇了一下：“外面的生活不好吗？”

袁大为指向雾蒙蒙的天空：“除了环境不错，我还没发现哪里比江北好。可能我骨子里就是吃小葱拌豆腐的人，吃不惯面包和牛排吧。我到了那里，人生地不熟，无聊得想找个工作，也只能当维修工，或者开个中式餐厅，根本无法融入当地的生活。那种感觉真是太痛苦了！剩下的就是无休止的争吵，白天吵，晚上吵，吵得连邻居都投诉我们。我真是受够了！我在江北，吃得好住得好，有拼搏的事业，有亲密的朋友，为啥要出去遭那份罪呢？”

“这话说得好！”赵心刚赞同，“自从改革开放以来，中国是世界上经济发展最快的国家。这么好的年代，何必出去呢？”

袁大为点点头：“我就佩服你这一点，看问题总是那么透彻！”

“我实话实说，就像你说的，吃惯了小葱拌豆腐，偶尔吃顿面包还行，顿顿吃面包，谁受得了？”赵心刚舒展眉宇，“回来有什么打算？还想继续干老本行吗？我提醒你啊，现在的市场不是从前的市场了，利润很低，价格透明，我也很头疼啊！”

袁大为微微一笑：“其实，我在出去之前就察觉到苗头不对了。国家的政策好，大力鼓励自主创业，‘80后’不像咱们这么保守，胆子大，人人都想开公司当老板。有些人做得还不错，咱们要是不努力，就被拍死在沙滩上了。”

“是啊，我们真要努力了！”赵心刚想起那个令他头疼的只有四个半人的小公司。

袁大为卖个关子：“我这次回来，有个新项目。”

“哦？”赵心刚起了兴致。

袁大为继续说道：“现在都在讲环保，讲节能，我打算转型做LED照明设备。上周我已经去南方考察过了，江北几个大的灯具城我也去了。市场特别大，未来前景非常好。怎么样，想不想一起干？”

“这个……”赵心刚顿了顿，“项目的确不错，等我再深度了解一下市场，做出一份可行性的分析报告，在集团视频会上和大家商量讨论！如果可行，当然可以合作！”

袁大为笑了：“你啊，还是和上学时一模一样，做事谨慎认真！”

赵心刚苦笑：“从前是太年轻，只能谨慎认真；现在是年纪大了，必须谨慎认真。就像你说的，这帮‘80后’的脚步太快，追着咱们走，咱们不得不努力啊！”

袁大为微笑：“合作的事情，先放一放，我今天来接你，还有一件事情。”

“说！”赵心刚脱口而出。

袁大为认真地说道：“我想请你帮忙设计一套LED的生产线。”

生产线？赵心刚犹豫了一下：“中蓝飞跃没有做过这样的项目。而且LED对你来说也是新项目，我觉得，还得找个专业的公司来设计比较好。”

袁大为有些失落：“江北有这样的公司吗？据我所知，像江重这样的国企根本不接这种小活。”

赵心刚微笑着说：“不如这样，我现在是江北民营企业协会的理事，等我回去帮你问问，请家专业的公司来做。”

袁大为非常惊喜：“太好了！”

“别急着谢我，再给我详细讲讲项目。”赵心刚对每个和节能环保相关的项目都有浓厚的兴趣。

袁大为兴奋地讲起他的新项目："其实这个项目是报纸上看到的……"

车内聊得火热，车窗外起风了。泛着凉意的冷风干练地扫过黯淡的天空，遥远的天边露出一抹淡淡的白，一连数日没有出现的月亮竟然露了头。

那是一轮饱满明亮的圆月！

其实，江北的月亮也很圆！

## 108

周末是难得的晴天，王连成正在一楼的葡萄架上晾衣服，这是他的新家，坐落在江北经济开发区的一个花园小区，房价不高，配套设施还不错。为了上班方便，王连成说服了妻子和岳母卖掉高楼的房子搬到了开发区。现在的开发区相当于江北的"卫星城"，周边盖了很多新楼盘，还建了学校。王连成考虑到老岳母和妻子的身体，换了一套三居室的一楼，他和妻子一间，老岳母一间，儿子王欣宇一间。一楼不用爬楼梯，还有个小院子，可以晒太阳，还可以种点小菜。儿子王欣宇没有结婚，连个对象都没有，给他备好的新房一直空着，所以他还是跟着王连成一起住。

这几天，王欣宇没回家，说是出差了。王连成一直惦记着，他晾好衣服，打算给儿子打个电话关心一下。他像往常一样摁了几个熟悉的数字，发现了一个大问题：他和儿子之间的工作小号没有了。

江重是某通信公司的大客户，为了方便工作，江重给每位职工都办理了互相关联的集团客户业务，江重的职工之间拨打电话都是免费的。除了节省话费，沟通也方便，直接拨打一个 5 位数的小号就行，王连成平时习惯拨打儿子王欣宇的小号，没想到今天的小号竟然没打通。

王连成的心底有种不好的预感，他找了半天，发现自己竟然没有存儿子的电话。妻子和岳母出去买菜，一时半会儿回不来。王连成只好把电话打到了江重的办公室，不打还好，一打简直如晴天霹雳。正在加班的同事告诉王连成，王欣宇已经辞职一星期了。王连成一听，血压忽地上来了，差点晕倒。他晕乎乎地坐在沙发上，怎么也想不通王欣宇为啥要辞职，连骂了好几句："小瘪犊子！"

世上的事情就这么巧，说什么来什么，风尘仆仆的王欣宇背着电脑包回来了，正好撞在锃亮的枪口上。王欣宇哪里知道一场风暴正向自己袭来，他麻利地换上拖鞋，朝一楼的院子里张望："爸，我回来了！我姥姥呢？我妈呢？"

王连成的脸色阴沉得吓人："小宇，你过来！"

王欣宇以为父亲不知道自己辞职的事情，想等新事业有点眉目了再坦白交代。可是，今天的苗头好像不太对，他尽量保持镇定地笑道："爸，我有点事要向你请示！"

"请示啥？"王连成忍不住戳过王欣宇的脑袋，"是告知吧。"

王欣宇暗道大事不好，他顺势坐下，刻意拉远和王连成的距离："爸，你知道啦！"

王连成懊恼地说："小宇，这么大的事情，你还想瞒我多久？"

王欣宇知道自己理亏，他低着头："爸，我没想瞒你，只是想新工作有点眉目了再向你汇报！"

"汇报个屁！"王连成直接爆了粗口，"你知道进江重有多难吗？那是你赵叔叔亲自去找的李东星，为你求来的。你赵叔叔这辈子求过谁呀？还不是为了你，为了咱们这个家嘛！再说，你进入江重，李东星对你多器重啊。爸虽然嘴上没夸你，但是心里为你高兴，为你骄傲啊。老王家的爷们儿不干那些见不得人的事情，啥事都是光明正大的。后来李东星把你安排到设计院，那是咱们江重最好的部门了，你一去就是小组长，直接抓项目，这都是多好的机会啊，你咋这么不珍惜呢！"

王欣宇垂下了头，小声说道："爸，你们都觉得好，可是我不喜欢。"

王连成越说越气愤："喜欢能当饭吃吗？这辈子我喜欢的多去了，我能一一实现吗？这人啊，不能啥都想要！必须要……"

王欣宇立刻学着父亲的口吻和面部表情，接了下去："要讲责任！"

王连成更气了："对，的确要讲责任！我看你就是无组织，无纪律，无责任感！"他举起手臂想打人。

王欣宇拦下他，开始服软道歉："爸，消消气，我错了还不行吗？我是你的亲儿子，打坏了，我妈会心疼的，万一心疼出病了，又住院了咋办？"

"哼！"王连成发现自己老了，打不动不说，连手臂都被儿子用一只手轻松地拦下了，他哪里还有力气打啊。王连成见好就收，板着脸，催促道："你赶紧和李东星认个错，给我回江重上班。要不，我跟你没完！"

王欣宇态度端正地说道："爸，不行了，李总找我谈过话了，也挽留过了，我坚决地拒绝了他，丝毫没给自己留退路。"

王连成脸色顿时变了："那咋办？实在不行再给你赵叔叔打个电话？不行，这简直是给人家添麻烦，让我这张老脸往哪儿放？"

王欣宇安慰道："爸，跟你说实话吧，我是不会再回江重的。江重是你们的江重，不是我的江重，我有自己的梦想！"

"狗屁梦想！"王连成对教育儿子一向是大棒方针，他恼怒地说道，"你真是无法无天了！"

"我没有！"王欣宇摇头，"辞职的事情我是经过深思熟虑的，我已经快三十岁了，我不能像你和姥爷那样，一辈子窝在江重。江重是你们的全部，不是我的全部。在我没去江重上班之前，江重在我的心里很神圣，可是我在江重工作了几年之后，发现江重也不过如此。换句话说，我不太喜欢江重那种压抑的环境。"

江重压抑？王连成从未想过儿子会有这样沉闷的想法，他以为手中的接力棒要一棒一棒地在江重传下去，咋传了一棒就停了？儿子为啥不喜欢江重呢？他从小在江重幼儿园上学，在俱乐部看电影，看演出，最爱吃江重食堂的大馒头，咋就不喜欢江重呢？

“到底是为啥？”王连成跺脚问道。

王欣宇低头想了想：“爸，我与江重格格不入，不太适合在江重工作。对不起，我让你失望了！”

“到底是为啥？”王连成大声重复。

王欣宇直视父亲的眼睛：“爸，我说过了，我有自己的梦想！你放心，等新工作有了眉目，我会告诉你的！”

王连成急得牙疼：“小宇啊，咱家的情况你应该知道。你妈常年有病，我们就希望你安安稳稳的工作，将来找个相当的媳妇，过稳当的日子，你咋不明白我和你妈的这份心呢？”

“我懂！”王欣宇站了起来，“爸，你说的我都懂。不过，我更懂得自己想要什么，想过怎样的人生！”他背着电脑包走进自己的房间，“爸，请您相信我，我会交出一份满意的答卷！”

客厅内只剩下王连成一个人。他愣愣地坐在沙发上，仿佛有一只锋利的猫爪子在挠自己的心。他躁动地站起来，气哄哄地在客厅内走来走去。

突然，他停下脚步，从沙发上捡起手机，拨通了赵心刚的电话。

“小刚，出大事啦……”

## 109

赵心刚坐在办公室里听着马莹的汇报。穿着工作装的马莹说道：“渤海渔港停业一个月了，今晚宴请客户的饭店改在了潮州城。”

赵心刚愣住了，他好久没去渤海渔港吃饭，还真不知道停业的事情。好端端的怎么会停业呢？赵心刚看了一眼时间，距离下班还有段时间，他拨通了佟老板的电话。佟老板那边的信号不太好，电话里的语气也很着急，赵心刚没再多问，他将电话打给了牛刚。

牛刚干着自己的老本行，守着自己的那座“铁山”。自从搬到新厂，改成铸锻公司，他的意见最大，宁愿被领导数落，也不肯穿铸锻的工作服。自从秋装印上了江重两个字，他才高兴地穿上了新工作服。他又留起满脸的络腮胡，还是人人口中的“牛大胡子”。

牛刚接到赵心刚电话的时候刚下完料单，正准备换衣服下班：“咋了，你今天这么闲呢？”

赵心刚在电话里笑道：“忙了一天，才休息一会儿，最近怎么样啊？”

“还能咋样？卸料、下料、盘料，就是干活呗。对了，赵心刚，告诉你一个好消息，关云茂今年报我当劳模了。”牛刚兴奋地说道。

赵心刚连忙道恭喜：“好事啊，没辜负咱牛叔的期望。”

牛刚微笑着说：“少来，这机会是你让给我的。”

“让给你？”赵心刚的心一抖，难道牛刚知道了？

牛刚接着说道：“就是因为你离开铸钢了，没人跟我竞争，我才得了劳模啊。”

原来是这样，赵心刚沉了口气，逗笑道：“那以后，我也找个机会回江重，争取再拿个劳模证书。”

两人欢乐地聊了好一会儿，赵心刚问起佟老板的事情：“渤海渔港停业了？”

牛刚满不在乎地说：“我早就劝他要改变一下饭店的销售策略，他就是不听，结果停业了。”

“怎么回事？”赵心刚很是不解。

牛刚笑道：“你还看不出佟老倌儿的套路吗？他开在商业区的那家饭店是大众消费，来吃饭的都是老百姓，饭量足，价格实惠，每天晚上都爆满，想要订婚宴至少要提前一年。这不，最近又把附近的商铺盘下来，打算扩大门面呢。”

赵心刚赞许地点头："我去过那家饭店，味道的确不错！"

"那渤海渔港呢？"牛刚反问。

"这个嘛……"赵心刚想起停在后院那一排套上车牌子的高档轿车和贵得令人咂舌的菜牌，脸色一沉，"好像有点小贵。"

牛刚扯开大嗓门："对你这个大老板都是小贵，那对咱们工薪阶层简直就是天价了。一盘炒白菜片 48 元，48 元都能买百八十斤大白菜了！一份熘肉段 68 元，68 元能买 6 斤肉了。至于海参、螃蟹、鲍鱼之类，价格就更贵得离谱了。菜贵不说，菜量还小，拿个故弄玄虚的大盘子，一半菜，一半放个用萝卜雕的花，再放几片菜叶，这也太不实惠了。刚开那几年，每晚都爆满。我就奇怪了，谁花冤大头吃饭，然后我就……"

赵心刚吃惊道："你去过？"

牛刚得意地点着头："我当然去过喽！我换套厨师的衣服，挨个楼层走一圈。我这才发现，他妈的，埋单的都是各大国企的办公室主任。我当时告诉佟老倌儿，和公家的买卖做不长远。他就是不信，还不让我去。不去就不去！眼不见，心不烦，我懒得看那群蛀虫啃国企的家底子！"

赵心刚的心情很差，牛刚说得没错，佟老板的渤海渔港就是为周边的老国企量身定做的，企业的效益再差，招待的费用也一直居高不下。前几天，他听说某个企业的副总一年至少有十万元的报销费用，这都快赶上工人三年的工资了，也难怪一线工人整天骂娘了。

比起这些企业，江重算不错的了。师兄以身作则，很省钱，除了招待特别重要的客户去渤海渔港，其他的一般招待能省就省。他还在江重建了小食堂，用来招待客户，江重的职工对他的印象还算不错。可是其他的企业……赵心刚淡淡地说道："国企都搬迁了，估计没人去渤海渔港吃饭了。"

牛刚摸得门儿清："不是搬迁的事情，是上面查得严！你没看新闻吗？严禁公款吃喝，各个厂的纪委都在严抓，佟老倌儿哪里还有生意？要我说啊，查得好！真得好好杀杀这个不良之风了！啥事非得在饭桌上谈啊？还非得在那么高档的饭桌上谈，还点那么贵的菜。咋地，吃根海参就是好朋友了？啃个大龙虾，就能谈成合作？都他妈扯淡，没人干正事。佟老倌儿他只认钱，活该关门！”牛刚死死咬着字眼儿。

赵心刚苦闷地摇头，或许牛刚和佟老板的八字相克，注定一辈子较劲。他张口问道：“那佟老板打算转让渤海渔港？”

牛刚在电话那头摆手：“转让啥，赶上搬迁的时候，佟老倌儿把那栋楼买下来了，现在死活都得继续干。我建议他改成洗浴中心，咱江北人就爱泡澡堂子。佟老倌儿反驳我，说现在洗浴也和渤海渔港一样，都开不下去！”

赵心刚想到自己去过几次大型洗浴中心的经验，点头说道：“佟老倌儿说得有些道理！”

牛刚神秘一笑：“啥道理？赵心刚啊，你这个大老板犯了脱离百姓的低级错误喽！”

“说来听听！”赵心刚竖起耳朵。

牛刚坐在从老厂搬来的爷爷辈分的长椅上，跷起二郎腿，大声说道：“我这是从另一家饭店得出的经验。你看啊，渤海渔港黄了，商业街的饭店扩门面。这说明什么？说明挣老百姓的钱才是正路！咱们江北这些年经济搞得不错，老百姓手里有钱，一家人下馆子，约上几个朋友一起洗澡，那都是稀松平常的事情。你们这些大老板的目光要放低一点，把渤海渔港改成渤海洗浴，定位就是老百姓的大众消费，一定开得红火。”

赵心刚暗暗佩服，牛刚虽然脾气火暴，脑子还是蛮灵光的。他也早就发现江北老百姓的生活丰富多彩起来，马路上的私家车也越来越多。他每天都会听到强子和马莹两口子说回家抢车位的趣事，强子埋怨马莹不舍得买车库，马莹委屈，她不是不想买，而是没摇到号码，没机会买。这一切都证明，江北老百姓的日子真的过得越来越好了。

赵心刚高兴地问道：“你和佟老板说过建议，他是什么态度？”

牛刚得意地笑了：“佟老倌儿去考察温泉洗浴的项目了，月底就要重新装修，鸟枪换炮喽！”

赵心刚想到佟老板一路艰辛创业的过程，他不也是乘着改革开放的春风成长起来的吗？中国还有多少个佟老板？每个人都见证了改革的伟大历程！

赵心刚握紧手机，深有感慨地说了两个字：“挺好！”

“嗯！挺好！”牛刚咧着嘴笑开了花。

## 110

赵心刚在办公室里接待了一个特别的客人——王欣宇。一周前，他接到王连成的电话，得知王欣宇辞职的事情。赵心刚立刻给李东星打电话了解情况，李东星郁闷地说了一句：“他迟早会离开的！”

赵心刚的心情很复杂，他既想帮助王连成，又想为江重挽留技术骨干。他想好了一套说辞，打算借着王欣宇来中蓝飞跃参观的机会劝劝他。

其实，王欣宇早就想来中蓝飞跃学习了，只是苦于没有时间。现在他辞职在家，接到赵心刚打来的电话，兴奋得一夜没睡好，第二天一早就到了。

赵心刚带着王欣宇在公司转了小半天，依次参观了办公室、库房、厂房。赵心刚细心地发现王欣宇显然对这些地方不太在意，他毕竟是从江重走出来的，中蓝飞跃的办公区再好，哪里比得过上亿元的盾构车间和江重的中心实验室呢？

赵心刚将王欣宇带到办公室，王欣宇见到了强子，两人聊了几句。王欣宇对工程部和售后服务特别感兴趣，他不停地提问，强子都快被他问烦了。后来强子实在没办法，借口要去甲方办理工程验收的手续，没想到王欣宇直接提出要跟着一起去。强子只能向赵心刚求助，赵心刚看出了王欣宇的心思，他给强子解了围，将王欣宇带到了自己的办公室。

赵心刚递给王欣宇一瓶新日鑫集团生产的矿泉水，关心地说道："口渴了吧，尝尝这个！"

王欣宇看着水瓶上的商标，竖起大拇指："赵大哥，你们真厉害！"

赵心刚摇头："厉害什么啊，你现在看到的都是徒有其表的光鲜。其实市场竞争是很激烈的，中蓝飞跃的对手很多，我是一刻也不敢懈怠啊！"

王欣宇痛快地喝了一口，开门见山地说道："赵大哥，我爸给你打过电话吧？你也想劝我回江重吧？"

赵心刚心想这孩子倒是直爽。他点头道："是啊，王大哥找过我！"话音刚落，他意识到一个很尴尬很棘手的问题，王欣宇叫他大哥，他称呼王连成大哥，这辈分有点乱啊。

王欣宇一脸轻松地笑道："赵大哥，你比我大一轮，我叫你大哥没毛病。至于你和我爸之间怎么称呼，那是你们的事情。在我眼里，你就是我的赵大哥，我的好榜样！"

赵心刚笑了，如今的"80后"真是后生可畏，怪不得连文武双全的师兄都没有办法留住他。赵心刚盯着王欣宇的眼睛，严肃地说道："小宇啊，感谢你的信任。不过，当初是我将你送进江重的，现在你离开江重，我想问问原因！"

"原因啊……"王欣宇的目光变得深沉，流露出一抹他这个年龄不该承受的重色，他淡定地说道，"赵大哥，感谢你帮助我。在江重这几年，我学到了很多。李总对我很好，是我辜负了你们。"

赵心刚摆手："不说这些，有句话说师父领进门，修行在个人，我们只是你人生道路的引路人，剩下的路是你自己走的。是你努力做得好，才得到了大家的认可。我很奇怪，做得这么好，前途无量，你为什么要离开呢？”

王欣宇迟疑了一下，抿过嘴唇，满脸认真地反问道：“赵大哥，如果没有中蓝飞跃，你会回江重吗？”

“会！”赵心刚不假思索地点头。

王欣宇笑了：“看来赵大哥和我爸一样，你们都是江重人！”

“江重不好吗？”赵心刚追问，“你不也是江重人吗？”

王欣宇郑重地点头：“是啊，我也是江重人。江重很好，每个江重人都有强烈的归属感！”

赵心刚更加困惑了：“既然大道理你都懂，为什么还要离开呢？你是知道的，江重搬迁新址，现在是最好的阶段，我相信那里有足够大的平台任你发挥，你何必要离开呢？”

王欣宇沉思了一会儿，坦诚地说道：“江重拥有无数的荣誉和奖杯，值得每个江重人骄傲。但是存在的问题也很多，经营机制不活，竞争力不强，历史遗留问题多，严重地制约企业的发展。即使改了这么多年，还是无法突破自身的束缚，这让每一个进入江重的人都会或多或少地忘记当年的初心，忘记自己曾经的梦想，随波逐流地工作、生活，在不知不觉中变成上一代人的模样。赵大哥，这种模式化的人生不是我想要的，我想出去闯一闯，去追求我的梦想。”

他迎上赵心刚殷切的双眼：“赵大哥，我不想被模式化，所以，我才会离开江重！”

模式化？赵心刚陷入深深的思索。当年他曾经用印刻效应来比喻老国企可怕的跟风，如今王欣宇用网络时代的新词——模式化来形容迷失自我。江重从未停止过深化改革的脚步，是王欣宇这代“80后”的思想太过活跃，要得太多？还是他们在追逐自己的梦想过程中受到了委屈和挫折？

赵心刚站了起来，坐到王欣宇的身边：“说出来听听。”

王欣宇笑了：“其实，这都是江北的国企老生常谈的问题。就拿分配制度改革来说吧，赵大哥，我刚才偷偷问了你们中蓝飞跃的保管员，她的工资比我还高呢。我在江重设计院是技术骨干、研发小组长，我的工资都赶不上你们的保管员，那江重保管员的工资就更不用说了，实在是低得可怜。我是江重子弟，江北人，家里给买了房子，日子还算好过。可是那些从外地来的同事呢？尤其是从农村考出来的大学生，他们怎么生活？总不能让人家饿肚子吧？”他的情绪转而低落，“这也没办法，就连李总的工资也不高，如果没有年底的兑现奖金，估计他连孩子的补课费都付不起。江重整体的工资水平本来就低，再加上分配制度不均衡，导致江重面临很大的困难，不，是危机！”

“危机？”赵心刚的心情变得紧张，“这么严重？”

王欣宇一脸严肃地点头：“赵大哥，中蓝飞跃的运营情况这么好，几乎无库存，你还说竞争压力大，时刻存在危机感。那江重的荣光能坚持多久，谁又知道呢？江重赶的时候不太好，新厂房搬迁的那两三年，正是建材、人工和设备价格最高的阶段，等新厂建成，搬迁之后，经济迎来迟缓期，价格出现了松动，整个制造行业的日子都不太好过，那江重的日子就更举步维艰了。”

赵心刚依然不解：“听说盾构的业务不错。”

王欣宇又笑了：“赵大哥，你了解江重的历史，哪个新产品刚上市的时候不好呢？磨煤机是个最好的例子，那是在你的带领下占领的市场，王泽稳定了市场。现在呢？你们都走了，磨煤机的研发团队就剩下宋元明一个人苦苦支撑，我看他都快扛不住了。至于水泥生产线和盾构的项目暂时还不错，可谁能保证以后还不错呢？能不能坚持走下去，就要看李总的决心和力度了。”

赵心刚听出王欣宇的话里有话：“到底怎么回事？”

王欣宇继续说道：“还是分配制度啊！像水泥生产线和盾构机这种拥有核心技术的产品，研发小组的带头人必须拥有强大的技术实力和能力，小组成员也不是随便抓个大学生就行的，都需要丰富的经验啊！换句话说，需要人才！可实际情况呢？李总的初衷是好的，他通过潘经理在海外聘请到一位行业专家，这位行业专家的妻子是江北人，出于对江北的热爱，他拒绝了南方企业开出的高薪，同意留在江重，双方讲好的年薪三十万。三十万对我来说是天文数字，可是对人家专家来说，还真不高，毕竟南方民营企业给宋元明还开出了四十万的年薪呢。本来这是一件皆大欢喜的事情，却出了问题。”

赵心刚的眉头拧成一股绳，心也跟着紧张起来：“啥问题？”

王欣宇叹了口气：“说出来有点掉链子，是税前税后的问题。本来潘经理跟专家讲好，年薪是税后三十万。专家在和江重签订合同的时候，人力资源的刘部长要小聪明，改成税前三十万，专家当场提出质疑，说咱们江重不讲信誉。刘部长打马虎眼，推来推去地，最后专家走了，到南方直接拿了税后五十万的年薪。你说气人不？把李总气得要命，直接将刘部长撤了职。可是刘部长也委屈，他说自己一是为单位省钱，二是一线工人总找他，凭啥给专家三十万，工人一年五万也挣不到？后来李总没办法，四处托关系，又招来一个专家，最后也是因为工资的事情没谈拢。赵大哥，你说，这种事情在你们中蓝飞跃会出现吗？人才到底值多少钱？现在社会变了，不能总用老眼光看问题，更不能道德绑架！凭啥人家为公司创造了巨大的价值，就给个奖状，发套床单被罩就打发了？咱们得尊重知识，尊重人才啊！那个专家来江重不都是为了深厚的感情吗？人家本来要的就不多，为啥不能留下他们呢？”

赵心刚也叹了口气，王欣宇说得没错，这些年从江北各大国企走出去的人才实在是太多了，除去个人发展和环境等因素，分配制度不合理是很重要的原因。可是像盾构机这种高端的大型掘进设备，如果没有专业领域的领军人才如何开展研发？想到这里，赵心刚担忧地问道：“现在的情况呢？”

王欣宇露出洁白的牙齿：“专家请不来，咱们就自己弄呗。设计院的刘院长任组长，组员都是从各个分公司推荐来的。”

“推荐？不应该是考试吗？”赵心刚的眉头更紧了，江重是讲人情的小社会，如果以推荐遴选组员，背后可操纵的空间就会很大，哪里会有公平可言？

王欣宇点头：“我听说，当初磨煤机项目研发小组采用的是考试的方式。可到了刘院长那里就变了，江重的执行力真是太差了。刘院长有自己的想法，他说考试不行，一准儿漏题，与其那么费劲，还不如直接推荐。小组成员一共五个人，全是关系户，不是某分公司总经理的侄子，就是外甥，那背景一个比一个实诚。嘿嘿，咱也别说别人，我也是关系户，我的后台最硬，李总亲自把我送过去，连刘院长对我都客客气气的。”说着，无奈地做了个胜利的手势。

赵心刚明白了，这就意味着这个小组的含金量很低。于是他转向王欣宇：“是不是研发毫无进展，你看不到希望，所以放弃了？”

“也是，也不是。”王欣宇微笑，“虽然都是关系户，实力还可以，就是研发资金有限，比较费劲。你想啊，养人都没钱，哪里有钱研发呢。”

“我师兄怎么说？”赵心刚追问。

王欣宇应道：“李总忙的都是大事，让江重连续三年盈利是他给自己定下的硬指标。他最近不是出差就是开会，可忙了，哪里有时间管这种小事！”

“这是小事吗？”赵心刚的情绪有些激动，“这关系到江重未来的出路！”

王欣宇摊开双手，面露无奈：“我从小是枕着姥爷的那本机械手册睡觉的。再大点，看着我爸修理设备，我爸时常把一些小设备拿到家里修。我当时就觉得，姥爷和爸爸是世上最厉害的人。后来，我长大了，看到他们对江重的热爱，也看到他们对江重的悲伤。以前我很不理解，总想着只要努力工作就行，为啥担心那些没用的事情啊？直到我进入江重工作，我才切身体会到想在江重干成点事情有多难，阻力有多大！”

他继续说道：“这种阻力是无形的，像是一张巨大的网，网住了所有人。一线职工工作有阻力，中层干部工作有阻力，就连李总工作也有阻力。大家的阻力都是一样的，只能默默给自己的阻力找释放的渠道。”

“你找到释放压力的渠道就是放弃？”赵心刚直视王欣宇的眼睛，试图窥视他的内心世界。

王欣宇坚定地说道：“赵大哥，我找到渠道不是放弃，而是创业！”

创业？赵心刚恍然大悟，怪不得王欣宇对工程部和售后服务这么感兴趣，原来他是想自主创业！

赵心刚的心里有种说不出的感觉。当年，他创办中蓝飞跃是借了覃天的光，还有李东丽的支持，再加上外部的市场环境，才一步步地走到今天。如今，市场变了，王欣宇想做什么呢？赵心刚忽然想到了那个令他头疼的小公司。

王欣宇的眼底闪过明亮的光彩，他兴奋地说道：“赵大哥，我已经想好了，我是学机械出身，不愁没工作。上大学的时候，我和同学就已经在网上接活挣钱了。这几年在江重工作，我也得到了相应的锻炼。所以我想开一家小公司，主要承揽机械设计、安装调试和售后服务等等。”

“那公司的日常经营性事务，你都考虑了吗？”赵心刚问。

王欣宇频频点头：“我详细算过一笔账，先租间办公室，招两个懂技术的业务员，一个文员，再找个代账会计，这些就足够了，一年的费用也不大。而且我去开发区的行政审批大厅打听过，这属于小微企业，国家大力扶持，有很多优惠政策。”

小微企业，赵心刚眼前一亮，这不就是让他头疼的竞争对手吗？连王欣宇预设的人员配置都和那家公司相同，就好像是一家公司一样。

他昨天还替那家公司算过一笔账。在江北，这种小微企业一年的人工成本不会超过三十万，房租五万左右，运行费用很低。如果有税收方面的优惠，只要一年完成二百万左右的销售额，就能维持公司的正常运营，还能保证盈利。但是对于中蓝飞跃这样的大公司，一个月的人工成本就超过二百万，压力瞬间大了许多倍，就更不用说江重了。

看来，小微企业势必要占据一定的市场份额。赵心刚来了兴致，问道："还有其他的优惠吗？快给我讲讲你的小微企业。"

王欣宇从背包里取出小微企业的税收优惠宣传单念道："国家税务总局下发了《关于小型微利企业所得税的优惠政策有关问题的通知》，明确规定，自 2012 年 1 月 1 日到 2015 年 12 月 31 日，对年应纳税额低于 6 万元（含 6 万元）的小型微利企业，其所得减按 50% 计入应纳税所得额，按 20% 的税率缴纳企业所得税……"

赵心刚惊讶地接过王欣宇递来的宣传单："这个优惠力度很大啊！"

王欣宇手舞足蹈地比画了起来，好像要大展一番拳脚："当然了！现在的政策很好，开发区里还有青年创业孵化基地，手续简化了许多，最适合我了。"

赵心刚认真地看过文件："你真的准备自己干了？"

王欣宇笃定地点点头："是啊，我去打听过了，本来想开一家注册资金十万的公司。可是我刚刚问过强子哥才知道，像大国企这样的客户结算的时候都要提供增值税专用发票，而能开出增值税专用发票的公司必须是一般纳税人，注册资金至少要五十万，再加上租办公室，买些办公用品等等，前期的启动资金至少要六七十万。这笔钱嘛……"

王欣宇的脸色略带为难，但他很快恢复了自信的笑容："没事，实在不行我就把房子卖了，反正连女朋友也没有。到时候，还请赵大哥帮忙劝劝我爸。"

“不行！”赵心刚坚决表示反对。据他所知，那房子是老厂长老两口一辈子省吃俭用为王欣宇攒下的，本来王连成就反对王欣宇离开江重，王欣宇如果再为创业卖掉房子，王连成一定会气倒的。

王欣宇恳求道：“赵大哥，我相信自己能行！”

赵心刚的眼前晃动了一下，王欣宇已经不再是少年，他是经过深思熟虑才离开江重的。现在，他已经长大了。但是他真的做好准备了吗？开公司不能只凭一腔热血，方方面面要照顾到！

赵心刚板起脸，严肃地说道：“你的想法不错，现在有项目吗？不会要等到公司开业，现抓项目吧？”

“当然有了。”王欣宇从背包里拿出一张图纸小样，“这几天，我跑了开发区的几家工厂，接了两个小活儿，都是生产线的技改。对了，我还谈了一家医疗设备生产线的单子，我对设计特别有信心，争取开门红！”

生产线？赵心刚的眼前一亮，世上还真有这么巧的事情，这真是缘分啊！

## 111

自从王欣宇在中蓝飞跃对赵心刚敞开心扉说出心里话，赵心刚便决定无偿地借给他一百万的启动资金。王连成知道消息，差点打了王欣宇。赵心刚从中劝说，王连成才消了气。王连成就不懂了，他是让赵心刚劝儿子回江重安心上班，人没劝回来，咋还借出这么一大笔钱？这不是由着王欣宇胡闹嘛！赵心刚连续三天苦口婆心地劝说，王连成才勉强解放思想，但是他骨子里依然对王欣宇的创业持怀疑态度。

为了不给赵心刚添麻烦，他拿出家里的十万元积蓄和新房的房产证送到赵心刚的手里，赵心刚不要，王连成坚持给，他说这样才能心安。赵心刚了解王连成的脾气秉性，于是当面收下房产证，不过他把那十万元钱偷偷还给了王连成的妻子。

转了一大圈，王欣宇顺利地拿到属于自己的营业执照，他第一时间通知了赵心刚，赵心刚说了许多鼓励的话语。公司开业的第一天，赵心刚带着袁大为来了。袁大为要设计一条 LED 的生产线，可是这不属于中蓝飞跃的业务范畴，赵心刚想将这笔业务介绍给王欣宇。袁大为觉得小公司不稳当，王欣宇也太年轻，不太信任。赵心刚却只让他自己去谈，然后再决定。

袁大为本来打算给赵心刚一个面子，走个过场。没想到一见面就和王欣宇聊得十分投机，两人越聊越起劲，最后袁大为打算直接带王欣宇去没盖好的厂房看看。赵心刚提醒袁大为，下午他要带王欣宇去参加江北民营协会的活动，为王欣宇介绍客户，积累些人脉关系。袁大为有点失望，好在王欣宇有头脑，他看看时间，告诉袁大为参加活动之后去看厂房。袁大为立刻眉开眼笑，两人互相交换电话号码，定好了相见的时间。赵心刚对王欣宇的工作态度很满意，这就是小公司的优势，一切从客户的角度着想，绝对不会发生像江重那种客户急得不行这边还送不出货的事情。

王欣宇的公司在赵心刚的照拂和自己的努力下开了起来，他每天早出晚归，经常出差。王连成看在眼里，疼在心上，嘴上虽然不说什么，但是私底下非常关注公司的运行情况。

有一天，他从公司文员的口中得知王欣宇签下一个三百多万的大合同时，高兴得合不拢嘴，晚上炒了好几个菜犒劳儿子。

爷儿俩的酒杯碰撞在一起，王连成语重情深地说了一句：“儿子，爸老了！”

王欣宇含着热泪看着父亲：“爸，我长大了，今后我来守护这个家！”

第二十六章
Chapter 26

# 满怀希望的等待

## 112

今年是李东星工作以来压力最大的一年，他做梦也没想到市场会变得这么快，江重的优势产品在市场上几乎完全失去了价格和技术优势，竞争对手像雨后春笋似的冒出来，每场招标会都是面对面地拼刺刀，刀刀见血。这让江重元气大伤！

李东星在早会上直接拍了桌子，他严肃地询问各分公司的生产情况，得知两个分公司的总经理又没有在铸锻公司订货，而是将合同外委给民营公司。这是半年以来李东星发现的第三次，他直接质问两个分公司的总经理为什么不从铸锻公司订货。这次，两个分公司的总经理在会上的态度和前两次截然不同，人家直接说铸锻公司现在很忙，根本不屑这点小活儿。

李东星的脸色愈加阴霾，王助理悄悄给他一份铸锻公司第一季度的月报。李东星瞄了一眼，大概是铸锻公司与一家民营企业合作生产特殊钢种的钢管，铸锻公司出场地、冶炼设备和部分人员，那家民企出技术、轧制设备和销售渠道。生产的特种钢管直接销售出口。

孟宏达在搞什么鬼？去年，铸锻公司亏损了九千多万，如果不是冷片支撑，江重的财务报表铁定亏损，这么沉重的包袱江重背不起！

“这是什么？”李东星翻开月报，几个数字深深地刺痛了他的眼睛，“月销售额四千万元！”李东星吃惊地读了出来。

王助理小声说道：“这是第一季度的月报，据说第二季度会更高！”

“孟总可以啊！”李东星的眼睛眯成一条缝，他的语气很轻松，内心却掀起万丈的波涛。孟宏达是在将他的军啊！

会议室内气氛变得有些微妙。

电站成套设备分公司的宋元明是李东星一手提拔起来的，他说了一句实话：“不是我们不给铸锻合同，铸锻现在很忙，他们根本没有时间给咱们生产铸件。孟总对铸锻各个分公司下过命令，优先保障特种钢管的生产。”

“是啊，前几天我看到老关了，铸钢现在三班倒连轴转，所有人都围着连轧管设备干。听说铸钢涨工资了，普通职工一个月都能挣六七千。”有人附和。

李东星的脸色愈加难堪，心里却莫名地欣喜，会议室里的气氛转而变得压抑。

“嗯，嗯……”王助理刻意地清了清嗓子，“李总，今晚……”

李东星想到晚上的寿宴，他站了起来：“你们回去继续抓紧生产，谁耽误了货期，我撤谁的职！至于铸锻的事情，我去问问孟总。还有，铸锻找到一个适合自己发展的道路不容易，你们不准说风凉话！有那闲工夫，还是先做好自己的工作吧！”

他拿着那份烫手的月报回到办公室，马上和王助理要来铸锻公司今年所有的月报。他逐一看过之后，欣慰地坐在椅子上，心想孟宏达还是有些本事的。

王助理低头说道：“这次合作的民企有长期干下去的打算，他们给铸钢投了将近三千多万进行技改，现在正干得热火朝天。”

李东星的神色越发显得轻松：“三千多万，好大的手笔！怪不得见不到孟宏达的影子，原来他真的找到了出路。王助理，这种合作方式，从前有过吗？嗯，或者说有相关文件支持吗？”

王助理一阵摇头：“民营企业借助国企的场地、设备和人员进行生产，这种合作方式在别的厂子也有过。好像暂时还没有文件支持，但是也没有文件反对。”

“那就是可以！”李东星微微点头，“不错啊，民营企业有销路、有资金，国企有场地、有设备、有资质、有人员，这种合作方式挺不错！看来孟宏达也费了一番心思。”

王助理指着月报上的数字分析道：“本来这家民营企业已经和另外一家国企谈好了合作，但在最后的合同阶段有个条款没谈拢，那家国企的负责人胆子小，怕出错。不过咱们孟总胆子大，他在合情、合理、合法的前提下，答应了所有的条件，并派出一支技术小组全程提供技术服务。那家民营企业的老板立刻签订合同，铸锻的效益也就爆发式地好起来了。按照现在的势头，到年底实现盈利不成问题。如果产量高的话，或许……”王助理没有继续说下去。

李东星明白他的意思，风向变得就是这么快。去年铸锻亏损，江重给补贴，今年估计要反过来，江重亏损，铸锻给补贴。倘若这种情况真的发生的话，他在江重的地位可能就被动了，孟宏达随时都会来个回马枪，接管他的职位，全面负责江重的运营。

他李东星什么时候认输过，必须迎头赶上去！于是他长身而起，斩钉截铁地说道：“通知孟总，明天来总部开会。”

王助理翻开黑色的笔记本：“李总，明天你不是要出差去上海见……”

李东星摆了摆手：“出差的事情先放一放，公司的事情更重要！”

王助理只得点头并做好记录：“好，我立刻去通知孟总！”说着，缓缓地走了出去。

办公室里只剩下李东星一个人，他走到明亮的窗前凝视着美丽的厂区。每天这个时候，他都会看上好一会儿。新江重是在他的手上建立起来的，也将在他的努力下展翅腾飞，这样他才对得起自己无悔的誓言。为什么别人看不到自己的努力呢？他是真心为江重好啊！

李东星的内心很复杂，情绪逐渐变得低落，胸口填满了说不出的愤怒、委屈甚至急躁。他做错了什么？好端端的企业怎么就突然在市场上失去了竞争力呢？

他想到了核心技术的问题，磨煤机的研发团队几乎都被高薪挖走了，宋元明一个人苦心维持。盾构的研发团队进展缓慢，核心技术始终无法突破，现在只有水泥设备的研发还不错，接连拿下两个外贸订单。按照这样下去，年底的确很难实现盈利。这不是他想看到的结果。

李东星叹了口气，深沉的目光变得晦暗无光。他不是不想加大研发力度，实在是力不从心啊，一分钱难倒英雄汉，每天早会上吵得最多的就是一个“钱”字。各个分公司都在吐苦水，银行的贷款期限又悬在头上，江重的日子真的不好过啊！

或许孟宏达的想法不错，他也可以试一试。李东星反反复复地在内心盘算好几遍，最后还是放弃了。铸锻公司有自身的优势，尤其是铸钢这一块，比如钢锭，两天就能出货，周期短、见效快，只要生产出来就能立刻发货回款。现在铸锻生产特种钢管，也具有这种优势。

可是冷片不行！大型装备从销售到生产到发货到组装到调试到验收等等，这是一个漫长的过程，哪个环节出现问题，都有可能带来不可估量的损失。如果是新产品或厂家特殊要求，还有一个设计研发的过程，谁会冒着这么大的风险来和他合作？

李东星看了看时间，已经到了下班的时间。今天是父亲的生日，他和妹妹在一个月前就定下给父亲过生日。李东星心情凌乱地将满桌子月报收了起来，拨通妻子赵琳琳的电话："下班了吗？我先去接你，然后去接贝贝……"

## 113

赵心刚提前下了班，他按照妻子李东丽的指示去取订好的蛋糕。路上的车不多，他很快就到了蛋糕店，取回写着"寿"字的蛋糕。

蛋糕店的工作人员送给他一张蛋糕券，说是以后在网上下订单可以打折，还能送货上门，就不用亲自来店里取了。

赵心刚一边开车一边不由得感慨，电子商务真是无孔不入啊！不过它们确实让老百姓的生活变得更加便捷了。最近几年，中蓝飞跃的保安室每天都会收到很多包裹，都是员工通过网购购买的商品。电子商务火了，街边的实体店和商场超市就凉了。赵心刚越来越深信一句话：市场多变，打败你的可能不是同行的对手，而是意料之外的敌人。大商场的对手不是隔壁的专卖店，而是来自互联网的电商。

赵心刚又想起了另一件让他意想不到的事情——今天上午王欣宇来到中蓝飞跃，小伙子美滋滋地向赵心刚报喜，他用了一年的时间挣了一百多万！不仅偿清了欠款，还买了一辆新车。王欣宇还告诉赵心刚，他有一半以上的订单都是从网上签来的。

这让赵心刚对网上销售的模式越来越感兴趣了。王欣宇介绍说，如今在网上采购工业品特别火，一些生产厂家采用了薄利多销的模式，效果非常好，中蓝飞跃也可以试试。而赵心刚担心技术参数和产品质量的问题，王欣宇微笑着告诉他，不要太落伍，有些生意根本不用见面，直接就能谈成，方便快捷。尤其是江浙一带的厂家，发货特别快，发票开具及时，价格还很低。

赵心刚受到启发，忙活一个下午学习网上订货，他尝试购买了一台电机。对方的反应速度真是快，从核对技术、报价、付款，发货只用了不到两个小时。赵心刚离开公司之前就接到了对方的发货通知，大概四五天之后，他就能收到电机。

他和李东丽详细地说了这件事，李东丽最近正在拓展商务和采购的工作范围，重点培养了两名商务主管，开始尝试新型的报价和采购模式。李东丽还告诉赵心刚，目前范宏的食品公司也在做电商推广，赵晓雅专门成立的电子商务部门在某电商的销售平台上业绩非常好，听说，搞活动的时候，一个小时能卖出过去一个月的销售额。

赵心刚听得目瞪口呆，直呼王欣宇说得对，自己的确落伍了。他一直以为自己很年轻，殊不知在王欣宇这代“80后”的眼里，他早就成了土得掉渣的老古董。看来，他还要多和年轻人接触，尤其是小宇!

正想着，岳父家到了。赵心刚将车停在车库，拎着蛋糕下了车。这时他听到一阵车声，回头一看，师兄李东星一家三口到了。

师兄的脸色很差，他走在最前面和赵心刚打招呼：“师弟，好久不见！”

“师兄，你好像瘦了？”赵心刚担忧地问道。

李东星推开门，不置可否地说道：“我瘦了吗？可能最近睡得不好……你今天回来得挺早啊，丽丽回来了吗？”

“她先回来做饭了。”赵心刚走到后面跟堂姐赵琳琳还有贝贝打招呼。赵琳琳刻意地指向李东星的背影，贝贝更是悄悄地在赵心刚的耳边说：“爸爸最近的火气很大！”赵心刚心里有了数，他安慰了堂姐几句，跟着进了屋。

李东丽和保姆做了一桌丰盛的大餐，李东星一改进屋前的沉闷，在餐桌上特别活跃，不时讲着笑话，调解气氛，还喝了不少酒。赵心刚看出师兄在伪装情绪，他尽量配合着师兄的节奏，一家人其乐融融地过了一场热闹的生日会!

李肇业的身体很差，半个身子不太听使唤。他硬拖着疲惫的身子，听完了李东星汇报江重的近况。李东星报喜不报忧，借着酒劲鼓吹了一通，他还特意给父亲带来了江重去年的月报合集。李肇业像捧着宝贝一样，高兴地戴上眼镜去看月报了。

坐在沙发上的李东星泡了一壶茶，客厅里飘荡着淡淡的茶香。李东星连着喝了两杯，他放松地靠在沙发上，露出辛酸的表情："师弟，我真的很羡慕你啊！"

赵心刚的目光沉了下去："羡慕我啥？我现在的日子也不好过呢！"

李东星赔着苦笑："再不好过，有我难吗？刚才老爷子在，我都不敢说，现在的江重是内忧外患，我都不知道能坚持多久！"

"真的这么差吗？"赵心刚又泡了一壶茶。

李东星痛苦地点头："据我所知，国内至少有三家企业都在研发盾构机。江重再不努力，很快就会失去优势的。"

赵心刚不动声色地问道："那咱们为什么不研发呢？"

李东星的神色越发悲戚："我倒是想研发了，那群老顽固不停地给我加阻力，一会儿说不能给专家高薪，一会儿说研发费用高，等于打水漂，还背着我往研发团队里塞人。我真是没有办法啊！"他沉重地叹了口气，无奈地说道，"师弟啊，你当初离开江重是对的。你的性格不适合江重，江重的水太深了，就算我想做事，也是畏首畏尾的，就像是戴着镣铐跳舞，真的很艰难啊。"

"再坚持一下！"赵心刚端起小茶碗，借着酒劲说道，"师兄，你原本可以做得更好！"

"更好？"李东星故意指向父亲李肇业的房间，开起玩笑，"比老爷子好？"

"师兄！"赵心刚的语调重了几分，"你找无数的借口说艰难，无非是为自己开脱责任。你想过自己吗？你在说别人顽固的时候，自己不固执吗？你说别人争权夺利的时候，自己不在布局吗？江重的水再深，能淹到你吗？你不仅是游泳的高手，更是穿着救生衣，套着游泳圈，坐在船舱里观望局势的高手啊！”

“高手？”李东星莫名地笑了，“你可能还不知道铸锻最近的高调动作吧？孟宏达才是真正的高手！”

孟宏达？赵心刚听得满脸困惑。于是李东星将铸锻和民营公司合作，一起干特种钢管的事情讲述了一遍。赵心刚听得认真又仔细，这种民营公司与国企合作的事情在江北并不多见，似乎听上去还不错！

“效益怎么样？”赵心刚小心翼翼地问。

李东星自嘲：“好啊，好得不得了。照这样下去，我这个董事长的位子就要给孟宏达坐了。”

“那你可以尝试这种合作模式啊。”赵心刚不经意地说道。

李东星摇头：“你在江重的冷片、热片都待过，不知道江重的实际情况吗？冷片的摊子太大，涉及研发、设计、生产、销售、调试、售后一系列的事情，哪能说合作就合作？热片那边就不同了，产品单一，节奏快，每天只要出钢，就能生产出钢锭、钢坯。只要有销路，第二天就能直接卖掉，迅速回笼资金。民营企业和国企不同，人家要的是高效益，追求高利润，谁愿意长时间见不到回头钱？”

“或许有呢！”赵心刚的眼底蠕动着数不清的暗涌，藏在心中的信念越来越坚定。

“你会吗？”李东星坐直了身子，直勾勾地盯着赵心刚。

赵心刚不卑不亢地应下李东星微醉的眼神，递过小茶碗：“如果有可能，我想，我会的！”

李东星没有说话，他沉默地接过小茶碗，咽下泛着苦涩的茶水。如果真的有那么一天，江重的领导班子又将会是怎样的局面？他在意的，或许是人家不屑一顾的，李东星有些小悲伤。

这时，赵心刚拿出一个有年头的老相册：“师兄，前几天我帮爸收拾东西，找出了这个。”

李东星看了一眼，惊喜地说道：“我以为搬家弄丢了，没想到老爷子还留着。”

赵心刚翻开老相册，里面的黑白照片都是按照时间顺序排列的，每张照片的下面都有一排工整的注释的小字，出现最多的就是“江重”两个字，这也说明每张照片都和江重有关。

赵心刚亲切地说道：“这是爸的宝贝，一直和那些荣誉证书放在一起……师兄，快看看！”

李东星凑了过来，只翻了几页，就已经潸然泪下。他颤抖地拂过那一张张沉浸在岁月里的照片，哽咽地说道：“这张是母亲抱着我在江重的老宿舍楼照的；这张是我一岁生日在江重俱乐部旁边的照相馆照的；这张里面的三轮车是父亲求炼钢的马叔叔给我焊的。对了，还有这张……”

李东星的脸上挂着幸福的笑容：“这张是我四岁的时候上幼儿园在俱乐部演出，我站在舞台上死活不肯下来，园长给我抱下来，我还咬了园长一口……”

李东星认真讲述着每张照片背后的故事，那是他和江重最美好的记忆！赵心刚耐心地听着，还不时地追问几句。李东星回答得仔细，他时而笑，时而落泪，时而沉默。当翻到相册的最后一页，他的嗓子沙哑得几乎说不出话来：“那段时光真的很美好啊！”

赵心刚悄悄地递过纸巾，李东星抹了一把，又重新翻了一遍相册。赵心刚见火候到了，他开始缓慢地劝说道：“师兄，我知道你的压力大，你一心想着江重好，可你想过江重如今面临的困难，是怎么造成的吗？”

李东星的神色变得凝重，他不再说话，明亮的灯光下是他微驼的脊背和双鬓隐隐泛白的头发。

赵心刚的语速很慢：“师兄，这些年你的确不容易，没有你力挽狂澜，江重早就垮了。可是世上的事情总是如此，能患难，未必能享福。危机一过，很多人会忘记过去，重复走当年的老路。你刚才说了这么多，其实你是放不下江重，更放不下……”赵心刚将“一把手”这么敏感的字眼咽了下去。

李东星没有说话，他想起多年前那场接风宴上的对话，当时，他是如此咄咄逼人、自信乐观，赵心刚却无情地拒绝了他。那晚，赵心刚头顶的满天繁星闪了他的眼睛，今天他的话伤了他的心，难道自己真的错了？

不，他没有错！李东星为自己辩解：“师弟，你若坐在我的位置，才会深刻地体会到那种紧迫的滋味。”

赵心刚摇头：“师兄，江重的优势产品盾构机如今骑虎难下，境遇尴尬，你想过自身的问题吗？当初你为了打败孟宏达，执意争成绩，没有守住自主研发技术的底线，失去了谈判中最好的机会。后来，你明知道江重即将搬迁，还是花一亿多建设了盾构车间，那个车间只用了不到两年的时间，实在是太浪费了！或许这一切不应该怪在你的头上，你也是为江重好，可是你敢说没有一点私心吗？那么多钱如果用在研发上，江重现在还会这么难吗？”

李东星不说话，脸颊紧绷得厉害。

赵心刚意识到自己的言语有些过激，他诚恳地看着李东星：“师兄，对不起。我实在不想看到江重再次滑入泥潭啊！”

李东星缓缓靠在沙发上，紧绷的脸颊一点点地松懈，直到面无表情。他双眼空洞地盯着雪白的墙壁，散发出一种孤立的冷酷。

赵心刚重敲一锤：“师兄，你就不能真正地为江重活一次吗？”

李东星坐直腰身，扬起嘴角：“赵心刚，你不要太过分！”

“师兄，我是为你好，为江重好！”赵心刚直视李东星的双眼。

李东星不想与赵心刚纠缠，疲惫的手臂软绵绵地从空中划落：“算了，一笔糊涂账！刚上班那会儿，我最讨厌装腔作势的陆有为，没想到过了这么多年，我竟然变成另一个陆有为。或许你说得对，我自以为在为江重活，其实在为自己活！”

“师兄，对不起！”赵心刚以茶代酒。

李东星端起小茶碗，一饮而下，客厅的气氛变得不再暗藏锋芒。

李东星继续说道：“在江重，我最佩服两个人。一个是你，你知道自己要什么，你的一切都是通过自己不懈的努力得来的。另一个是不讲情面的王连成，他始终将江重的利益摆在第一位。你们真正做到了坚持初心！可是，江重是个处处讲人情的小社会，你们这样的人注定坐不了高位！”

赵心刚很伤感，师兄说得没错，那群满身油污的工人师傅是可爱的，也是矛盾的。他们高兴的时候大口吃肉，干活时能豁出去性命，骂起领导也是毫不留情，每个人都有自己的小九九儿。那一张张面孔既淳朴又有点小狡猾，也最真实。如果他是师兄，他会如何选择呢？

赵心刚依旧推崇以技术突破困局的办法，他试探地说道：“师兄，分配制度改革还要继续搞下去，要给真正有才华的人平等竞争的机会。我听王欣宇说，设计院都快成亲友团了。”

李东星摆手：“这小子，我就知道是他告状！”

赵心刚急忙为王欣宇解释：“师兄，他没有告状，只是实话实说。他说自己也是关系户，后台最硬，因为他的后台是你！”

“哈哈！”李东星大笑，“好小子，我没白护着他！我知道江重关不住他，他不会趋炎附势，也不懂得委曲求全，凡事都有自己的一套规则，喜欢拿公平说事。可江重哪里是讲公平的地方，他只能去外面寻找相对的公平了。”

赵心刚的声音很小：“他做得不错！”

李东星点头：“放心吧，我已经让王助理起草了一份人才计划，很快就会在江重推广实施。人才固然重要，咱们一线的职工也很重要！”说着，他伸出双手，盯着杂乱的掌纹，“师弟，你相信命运吗？”

赵心刚想了想，应道：“命运只掌握在自己的手里！”

“是啊，命运掌握在自己的手里。”李东星重复道，“人人都说和咱们江重一样的国企都是家族制、继承制。可是从来没有人想过事情的弊利，总是刻意地夸大弊，忘记了利。制造业也好，手工业也好，就连开饭馆，当厨子，从古至今都是学徒制，师父带徒弟，徒弟再带徒孙，一代一代地把手艺传下来。而父子之间、父女之间是最好的传承，也是最稳固的传承。人才是企业发展的根本，而这些一代代为江重奉献的家族也是企业最坚固的基础。咱们江重有六百多人是来自劳动模范的家庭，有四百多人是来自技术标兵的家庭，还有一百人是来自先进生产者的家庭，这种荣誉至今都是宝贵的啊！”

李东星的眼光瞟过刚才那本相册，似乎在记忆深处回想着那些佩戴大红花的劳模的身影。他稳定了一下情绪，继续说道：“你刚才有句话说得不对，在江重最艰难的那段日子，不是我李东星一个人在力挽狂澜，而是这些人在国家那盏明灯的引领下，齐心合力划大桨，江重才得以渡过难关，我不过担个虚名罢了。有时候，命运赋予的或者是好运，或者霉运，还可能是力量。”

赵心刚眼前一亮：“师兄，我懂了。谢谢你给我上了这一课！”

李东星的脸上终于露出了微笑：“你今天也给我上了一课，让我看清了自己的心。你说得没错，我是该为江重活一次！”李东星目光坚定地盯着窗外满天的繁星。他忽然想到，那晚他的头顶不也是满天繁星吗？还好，他明白得并不晚！

这一夜，赵心刚辗转未眠，他一直在考虑铸锻和那家民营企业的合作方式，回江重的想法仿佛一颗滚烫的火种蹿出了小火苗。这一刻，他终于理解那句“星星之火，可以燎原”的真正含义！

## 114

窗外的麻雀啾啾地叫个不停，赵心刚端着宝贝搪瓷杯思前想后，还是开启了视频邀请。不一会儿，他在电脑里分别看到了覃天和范宏。这是兄弟三人之间的小秘密，也是集团最高层的会议，关于集团的重大决策，三人要通过讨论，投票决定结果。

最近两年，覃天开始了精品楼盘的开发，精准地将市场定位从“刚需”调整为“刚改”，市场反馈特别好。如今他的公司已经是当地知名的地产企业。

范宏的食品公司发展更是突飞猛进，他借助电商平台的力量，销售额一再打破纪录。就是范宏的体力渐渐有些不支，他和赵心刚提过好几次提前退休的话，但都被赵心刚婉拒了。赵心刚知道范宏信任自己，可是新日鑫集团现在是上市公司，三分之二的产业在南方，如果由他担任集团主席，集团的重心将会转移到江北。而就目前中蓝飞跃的实力而言，他还没有绝对的把握接受压力和挑战。再说，目前的经济形势这么好，范宏提前退休将会是人生的遗憾。

赵心刚考虑到范宏的身体状态，就尽量多承担了一些集团的日常事务，但集团的董事长依然是范宏。范宏很感谢赵心刚的大度，尽心尽力地帮衬赵心刚，希望他早日接手集团。

今天，范宏的气色不错，他在视频里对赵心刚打招呼：“怎么样，小刚，遇到什么事情了吗？”

“我的确有一件事情！”赵心刚低沉地敲打着搪瓷杯上的江重两个字。

覃天坐在凉爽的办公室里拿起一张户型图：“我先说一件事情哈。你们看，这是我们请设计院做出的最新的户型，九十多平方米的三室二厅，这里还有一个小储物室呢。”

赵心刚认真地看了一眼：“真不错，江北好像还没有这么好的户型，三室的房子最小也要一百二十平左右。”

范宏也夸奖道：“不错，这次真的用心了，我们就要盖老百姓需要的房子。”

覃天扬扬得意：“嘿嘿，这次我花了大价钱，请非常厉害的团队设计的。你们知道这个团队的平均年龄多大吗？只有 27 岁，全是‘80 后’，思维活跃，干劲十足。我打算长期和他们合作，今后只做精品楼盘。”

“思路很对！”范宏看向视频里的赵心刚，“小刚，你好像有心事？怎么了？公司的运行不顺利？”

覃天眉毛一挑：“不会吧，上周开视频会的时候，中蓝飞跃前两个季度的合同额度都超过去年全年了。”

赵心刚连忙摆手：“合同额的确很高，可是毛利润降低了10%，从去年开始，整个行业进入了薄利时代。我预测，利润只会越来越低，价格更趋于透明化。”

覃天抢着说道：“没错，现在的地价也是水涨船高，如果不做精品楼盘，还走以前的老路，我就要赔钱了。”

范宏笑了：“你们一个个就不要哭穷了。一个做电气仪表，一个盖房子，如果你们都过不下去，那我这个卖蛋卷和矿泉水的还怎么活呀？我们食品公司的利润一向很低，自从拓展网上销售的业务，利润就更低了，但好在销量大。电子商务真是厉害，挖掘出一个巨大的市场，还带动了物流、快递、金融等多个行业的发展。看来老百姓都富裕了，下一步就要全民奔小康喽！”

赵心刚感叹：“这都是改革开放的成果啊！”

“是啊，我真的不敢想象，再过三十年，中国会变成什么样子？”范宏的眼底带着深切的期待。

覃天快言快语：“肯定世界第一呗！”

“肯定会的。”赵心刚调整情绪，转入今天视频会的正题，“我来说说我在思考的事情。”他缓缓讲述铸锻公司和民营企业合作的事情，并流露出与江重合作的意图。他诚恳地说道：“江重有力学检测中心、探伤实验室，还拥有很多优势产品。他们现在资金短缺，如果我们能够合作，必定会实现双赢。”

视频里的范宏和覃天都没有说话，两人的表情变得严肃，这让赵心刚的心情很忐忑。

覃天首先开了口：“小刚，我知道你和江重的感情。但是江重是大国企，咱们是民营企业，咱们合作了，以后是国企还是民企呢？弄不好，咱们投的钱收不回来，还得把集团搭上，那可就惨了。”

“不会的，两家公司合作都是按照股权说话的。再说合作的方式也有很多种，合作的基础就是保证双方的权益。”赵心刚耐心地解释。

覃天依旧摇头：“小刚，这件事情我觉得还是要慎重。你知道现在人家都怎么说吗？网上骂声一片，人家都说投资不过山海关！”

赵心刚的心被狠狠地抽了一下，什么时候热情好客的黑土地成了旁人眼里的骗子、大忽悠？

范宏看出赵心刚的伤感，他轻声地问了一句：“小刚，你觉得呢？”

赵心刚低头想了想，语调缓慢地说道：“首先，我承认江北的营商环境存在很多问题，体制僵化、人情社会、手续烦琐，远远比不上南方优越灵活。可是我也不认同某些网上唱衰东北的声音。别的行业我不了解，我就中蓝飞跃所在行业来举个例子。江北有巨大的市场，但是江北本地的民营供货商很少，基本都是南方公司。有些公司的确挤不进国企大门，可是那些挤进去的公司呢？他们大多数都是利用国企旧体制的关系赚了大钱，有些产品的价格高得惊人，除去那些所谓的四处打点的费用，也比正常的利润要高出一大块。或许他们是觉得求人搭脸地把钱挣了，心里不舒服，就开始四处说江北的坏话。那反过来想想，如果真的给他一个公平的竞争环境，他能保证挣到大钱吗？”

覃天嘀咕了一句：“小刚，你这种深入骨髓的思维很可怕。难道民营企业是走旁门的，大国企才是走正门的？那我可以说国企是靠政策垄断，抢民营的饭碗吗？”

“小天！”范宏提醒一句。

覃天立刻笑了：“小刚，我乱说的哈，你别在意！”

赵心刚笑了：“你说的我懂，但你其实是误会了我的意思。我从未否定过民营企业的存在和成绩，改革开放以来，民营企业迅速发展，已经成为重要的经济载体，为国家做出了巨大的贡献，我只是在指责那些在利用国企体制挣钱又反过来骂人的一小撮人。至于你说的抢饭碗的问题……”

赵心刚端起了印着“江重劳模”字样的搪瓷杯，呷了一口水，缓缓地说道：“你没在国企工作过，可能体会不到那种荣誉感和责任感。不管在什么时候，国企都是国家强大的物质基础和稳定的基石。我们是社会主义国家，那些关系到国家命脉的行业和资源必须掌握在国家手里，必须掌握在全体国民手里，这就是国企这种全民所有制企业存在的意义。如果像电力、矿山、冶金这种资源都掌握在个人手中，那国家岂不是就被个别的财团和寡头架空了吗？当然，国企自身的确有很多问题，这些年，我们不停地强调深化改革，不就是为了把国企做优做大，让国家的综合实力更强大吗？”

覃天瘪了嘴：“你说得都对，但是对于和国企合作的事情，我还是持保留意见！”

赵心刚看向范宏，按照三人之前的约定，某项重大决策，只要两人同意，就可以实施。现在就看范宏的态度了。

范宏皱紧眉头：“关于合作这一块，目前有明确的利好政策吗？”

赵心刚的心顿时凉了，他对着电脑，沉默地摇了摇头。

范宏鼓励道：“小刚，别着急，现在没有，并不代表将来没有。这些年一路闯过来，我明白了一个道理，改革不会停止，我们必须一步一步地走下去！”

“嗯，一步一步地走下去！”赵心刚的眼底闪过坚定的光芒。

第二十七章
Chapter 27

# 圆梦

## 115

改革开放三十多年，中国向世界交出一份傲人的答卷，全国发电装机容量接近达十二亿千瓦，成为全球最大的三大电网之一，其中新能源的发展取得了举世瞩目的成绩，风电并网容量跃居世界第一。

赵心刚的中蓝飞跃也走过了十五年。在这不平凡的十五年里，他见证了电力行业迅猛的巨变，参与行业建设，也积累了宝贵的经验和财富。

一切成绩都是喜人的，可是问题也随之而来。

十五年前，江北附近只有几座火力发电厂，机组小，设备陈旧。现在，以江北为半径，差不多每五十公里就有一座600千瓦机组的发电厂，风电场就更不用说了。近些年，还新建了垃圾焚烧发电厂和生物质能源发电厂，装机量已经接近饱和。中蓝飞跃的业务范围从基建工程转到技改和日常维护，销售额萎缩得厉害，再加上发展迅猛的小微公司的挤压，导致中蓝飞跃走入了一个无法突破的瓶颈期。

赵心刚每天都在为公司未来寻找新的发展模式，他利用一个月的时间拜访了所有和中蓝飞跃有业务往来的客户，各大电力集团目前所处的状态和远景预期，让他对未来市场充满了信心，还敏锐地觉察到一条新出路。

赵心刚回到办公室就着手准备资料，打算在月底的视频会上发言。网络时代最大的好处就是信息共享，两天下来，他收集了很多有价值的数据，只要再下载一份重要文件，就差不多了。

赵心刚坐在电脑前，握紧鼠标，点开了需要下载的文件。这时手机响了，是王连成打来的。难道是小宇又惹他生气了？赵心刚靠在椅子上，接通电话。手机里立刻传出王连成沮丧的声音："小刚，咱们铸钢停产了！"

停产？赵心刚吃惊地坐直了身子。据他所知，孟宏达和民营公司的倪老板签订了三年的协议。这才干了一年多，怎么能停产呢？前几天，牛刚对他说炉前的工人三班倒，一个月能挣七千多，现在每天至少十炉钢，连他的奖金都翻了倍。如果停产，铸钢哪里有能力给工人开这么高的工资？想到这儿，赵心刚皱着眉头问道："是合作出了问题？"

站在铸锻分公司办公楼前的王连成摇头："合作没啥问题，大家干的都是从前的工作，就是忙活点。但是不白忙活，每个人到手的工资都翻倍了，大家的干劲很高。那个倪老板也大气，还给咱们铸钢花了三千多万进行改造和上新设备，打算长期合作。"

"既然都觉得好，为啥要停产呢？"赵心刚暗自算了一笔账，停产停炉，铸钢一天十万元的纯利润就没了，工人还好说，即使没有特种钢管项目，铸钢分公司也会开工资，就是多少的问题。可是对于倪老板来说损失就大了，弄不好要背上债务。于是他又重复了一遍："好端端的，为啥停产？"

王连成的声音里满是懊恼："咱们被人告了！说是国企和民营合作的方式不符合规定，可能还涉及经济问题，必须整顿。检查组的人刚走，这会儿，孟宏达把老关和几个分公司的一把手都叫去开紧急会议了。我快退休了，就不参与这档子闹心的事情了。小刚啊，我今天真是难受啊！你说，这干得好好的，突然就不让干，哪里违反规定了？合作是有合同的，双方都认可，是签过字的啊，咋就有人拖后腿呢！”

原来是这样。赵心刚的心凉了半截，他做梦也想不到自己最关注的事情竟然以这样可笑的方式收场。同时，他也不得不佩服，姜还是老的辣，在他提出想和江重合作的时候，覃天反对的理由都是可以商讨的问题，而范宏一句话就直指要害……难道国企和民营企业真的找不到合作的最佳方式吗？

赵心刚稳定了情绪，关切地问道：“那现在怎么办？结束合作？”

王连成无奈地点头：“先停产整顿，自查自纠。听说，下周会有一个综合检查组过来，详细检查。合作指定是泡汤了，不查出别的事情就谢天谢地了。小刚，你也知道，这拔出萝卜带出泥，哪个单位来检查能百分百合格？尤其咱们铸钢，车间环境复杂，环保和安全是重中之重。上次一个消防栓里没有水带，就开罚单扣钱了。”

赵心刚深有感触地应道：“铸钢各项规章制度非常完整全面，每周都开生产安全会，从上到下都重视安全，比那些民营小钢厂强多了，即使检查也不会有大问题。现在最棘手是……”

赵心刚的心猛地一紧，担忧地说道：“如果中止合同，铸锻分公司能保证今后的正常生产运营吗？倪老板投资的三千万的设备怎么办？铸钢要赔偿吗？”

“铸钢拿啥赔偿？”王连成说，“倪老板来之前，整个铸锻分公司都在赔钱，就别提铸钢了。一旦中止合同，铸锻还得继续赔钱，铸钢也会陷入从前的债务。就是可惜了倪老板，我给他算过一笔账，他来铸钢这一年多，大概挣了三千多万，但是也投了三千多万，里外里等于白玩。不过，咱也得讲理，人家的设备想搬走，咱们都配合。你也知道，设备的土建基础花了不少钱，那都带不走，唯一能带走的就是设备。可是设备拆下来基本也就废了，只能当废铁卖，连运费钱都不够。刚才，我看到倪老板了，他的心情特别差，直接说，啥也不要了！我都觉得臊得慌。我琢磨着过阵子，请倪老板吃顿饭，毕竟人家也不容易！要是没有他，铸钢去年还得亏损。这人啊，不能忘本。在咱们难的时候，人家帮过咱们。现在弄这个局面，不能再让人家寒心啊！”

是啊，不能让倪老板寒心，如果这件事情处理不当，今后哪里还会有民营公司敢和铸锻分公司或者整个江重合作呢？赵心刚的心情低落到谷底，心中那朵小火苗似乎变成了一块硬邦邦的冰坨子。有了倪老板的例子，范宏和覃天怎么会支持他的想法呢？

赵心刚落寞地问道：“真的没有办法补救了吗？”

王连成停顿了一下，语调变得迟缓：“那就看李东星的态度了，他如果能顶住压力和孟宏达拧成一股绳，积极解决问题，还是有希望继续和倪老板合作的。就怕李东星……”他没有说下去。

赵心刚自然明白他的意思，师兄和孟宏达在重组之前，两人是强劲的竞争对手，后来师兄靠着盾构机的大项目坐上集团董事长兼总经理的位子。孟宏达也没有放弃，他反杀回来，分走了江重的热片，成为铸锻分公司的总经理。表面上孟宏达低了师兄一头，可是实际上冷片和热片平分秋色，不分上下。所以，两人一直在暗中有一番较量。

那么师兄会借着这次机会大做文章，打压孟宏达吗？赵心刚站了起来，沉默地走到窗前，他盯着前面远处那片现代化的工业厂房，想起一件事。

去年，孟宏达利用和倪老板合作共赢的方式打了一个漂亮的翻身仗，而师兄却受到多方的质疑。师兄在销售额严重减少、产品的市场占有率降低、现有合同无法保证及时回款等等诸多问题的紧张情况下，顶着巨大的压力连续组建了三个研发小组，以百万高薪从国外聘请专家担任研发组长，还投入了数目很大的一笔研发资金。

同时，师兄为了缓解公司的财务压力，要求集团的班子成员一律取消年底的兑现奖金，有几个副总当场和他翻了脸。师兄果然为江重重新活了一次，他没有妥协，更没有和稀泥，而是强硬地指出，想在江重继续干下去，就得为江重付出，领导干部必须以身作则！

师兄主动降低了自己的年薪，削减了报销费用，能省的都省了，可是几个副总的意见还是很大，师兄的阻力很大。这时候，居然是孟宏达出人意料地站了出来，力挺师兄。两人一个唱红脸，一个唱白脸，说服了所有人，江重的研发小组才没有半途而废。

这次，孟宏达遇到了麻烦，师兄会怎么做呢？

在赵心刚的眼里，师兄和孟宏达都是难得的国企负责人，两人之间的关系或许不像外界传闻的那样糟糕，他们的心都是滚烫的。所以，一定有转机！

赵心刚的心里有了肯定的答案，劝慰道："王大哥，别着急。我相信，师兄会帮助孟宏达解决麻烦的。"

"但愿如此吧，李东星在大是大非面前从来没让我失望过，他心里装的是江重！"王连成迎着温暖的阳光，"我也想开了，铸锻也好，江重也好，无论怎么改，怎么变，不都是越来越好越来越强吗？小刚啊，你说得好，这就是改革的力量啊！"

是啊，这就是改革的力量，赵心刚想起和古师傅一起改进氧燃枪的经历。当时钢锭的价格没有全面放开，大家都觉得干得多，赔得多，还不如不干，是他说服了古师傅坚信改革的力量。而事实证明，他的坚持是正确的。氧燃枪研发成功的时候，江重迎来了最好的市场。

他的老岳父李肇业经常说："机遇都是留给有准备的人，千万不能轻言放弃。"

不放弃！赵心刚的心底又重新燃起希望的小火苗，他迈着稳健的步子坐回到电脑前，认真地说道："王大哥，你说得真好！"

"好啥啊，我就是实话实说！"王连成盯着笼罩在阴影里的办公楼，突然脸色一变，声音也变得颤抖，“是李东星，李东星来了！小刚，我不说了，我也要去开会！”

师兄？赵心刚露出满足的笑容，他就知道，凡是跟江重有关的事情，师兄怎么会不管呢？

“随时联络！”赵心刚挂掉了电话。这时，电脑发出一声清脆的响声，文件已经顺利下载完毕，他也要开始思考中蓝飞跃的新出路了！

## 116

铸锻分公司的会议室内坐着一群愁眉苦脸的老面孔，总经理孟宏达和铸钢的关云茂、动能的毕洪奎、热处理的老邢面面相觑，不时传出哀怨的叹息。

孟宏达的脸色最差，倪老板是他找来的，他又是铸锻的负责人，自然要对所有事情负责。

突如其来的检举信让他措手不及，他也不知道检举信上说了什么内容，检查组只说不符合规定，这种仓促的合作方式有些欠妥，存在国有资产流失的漏洞，还捎带地提了一嘴经济问题。不过，以他多年的经验来看，问题不算严重，还有商量的余地。

可是，他还是觉得自己受到了莫大的委屈。他顶着一年亏损一个亿的压力，费尽心思地谈成了铸锻和倪老板的合作。事实证明，合理地引入民营资本参与国企运营的这种模式非常给力。职工提高了工资，公司扭亏为盈，倪老板也挣到了钱，他在李东星面前更是挺直了腰杆。可是没想到好日子刚过几天，就出了这样的事。他孟宏达从来不怕告状，也不怕检查，今天却害怕得要命。

他担心的是江重啊！

据他所知，冷片的效益不太好，竞争异常激烈。为此，李东星加大了研发力度，下了一盘很大的棋。他懂李东星的心思，制造企业不能总看眼前的利益，目光要放长远，咬牙挺过这段苦日子，才能守得云开见月明。

这个要紧关头，铸锻分公司必须顶上去，找到平衡的支点，推冷片一把，绝对不能亏损。但是，一旦取消合作，倪老板败兴而走，他拿什么保证盈利，谁还敢来谈下一次的合作呢？

他真的很害怕！孟宏达沉默地咬着牙根儿，尽量保持着脸上的冷静。可是关云茂、毕洪奎、老邢就绷不住了，大家你一言我一语地开始抱怨。

热处理的老邢犯起了牛脾气：“他娘个头，是哪个老瘪犊子告的状？”

动能的毕洪奎白了他一眼，敲打着会议桌说：“都说是匿名信，就不要乱猜了。再说，猜出来能拿人家咋办？现在是政务公开透明，谁都有权利去检举揭发。”

老邢愤慨地怒斥道：“检举没问题，但是不能凭空捏造谣言啊！说什么国企变民营了，铸锻卖给个人老板改姓了。”老邢重重地拍桌子，“倪老板只是跟咱们合作，是铸锻的一个项目，弄得好像江重都改名了似的！”

关云茂竖起眉毛，附和道：“是啊，现在都什么年代了？二十一世纪！还有些人长着老脑筋，抱着过去不变通的死理儿，紧紧揪着一个问题不松口。去年我也被人告过，说我吃倪老板的回扣，呸！”关云茂拍着胸脯，“我拿三十年的厂龄担保，我跟倪老板没有任何经济往来，连饭都没有吃过！”

老邢紧接着又提醒道：“现在说这些有啥用？快点想应对的办法吧！如果不能恢复生产，我们还得亏损，都得喝西北风去！”

关云茂摊开双手：“设备已经贴了封条，上头有令，停产整顿。下周要迎接检查，我回去要挨个部门走一遍，先自查一下，千万别出什么差头。”

“那你们平时干啥了？”毕洪奎一贯耿直。

老邢毫不示弱地瞪他一眼："平时干啥你不知道吗？全力搞生产啊，我们不生产，拿啥给你交动能费？！"

毕洪奎瘪了嘴，被怼得没话说。

关云茂的态度还不错，他解释道："咱们是老国企，生产和管理都严格执行国家的相应标准，环保和安全这两大块做得非常到位，绝对没有原则性的问题。但是毕竟是钢冶行业，现场那环境你们也知道，谁能保证百分百合格？现在咱们要力争百分百合格，绝对不能在这个节骨眼儿上给江重丢脸！"

"对！"老邢郑重地点头，"反正都这样了，咱们必须力争百分百合格，给江重争口气。"

"对，争口气，我回去也挨个部门走一遍！"毕洪奎一脸坚定地表决心。

"好！"沉默的孟宏达开了口，"你们能够这么想，我真是很欣慰，这就是咱们铸锻乃至江重的荣誉啊！你们做好各自的本职工作，尤其做好职工的安抚工作，用认真严谨的工作态度迎接检查。"

"那检查之后呢？"毕洪奎忍不住地说道，"和倪老板合作的事情说大就大，说小就小，如果真的给咱们扣一顶违法的大帽子，那就不是迎接检查这么简单了。"

毕洪奎的话直指要害，说出了关键问题，关云茂和老邢顿时变成沉默的哑葫芦，三人的目光都齐刷刷地瞄向坐在主位上的孟宏达。

孟宏达满脸凝重地站了起来，语调严肃地说道："你们放心，倪老板是我找来的，出了问题，自然有我来负责。等查清楚了，能继续合作那是最好。不能继续合作的话，你们都给我拿出一百二十分的努力，必须完成年初定下的任务额，少了一分，就别说自己是江重人！"

"孟总，我不是这个意思，我也希望能够继续和倪老板合作，我只是觉得……"毕洪奎的声音越来越小，"我只是觉得咱们是不是，是不是有更好的解决办法？"

"啥办法？"关云茂直接捅破了窗户纸，"找李东星？"

毕洪奎点点头，说道："是啊，刚才孟总也说了，倪老板是他找来的，现在有人告状，孟总就应该避嫌。这时候，李东星应该站出来，他是董事长，由他出面来交涉此事最好不过了。"他瞄向孟宏达，孟宏达的脸色不太好看。

老邢一拍大腿："咱们想的是挺好，可问题是李东星愿意管吗？他那么爱惜自己的羽翼，能站出来蹚这浑水？老关，你说，他能站出来不？"

关云茂没吭声，毕洪奎小声嘀咕："我觉得他能！"

孟宏达的脸色更差了，他站了起来："行了，不要说这些不利于团结的话了，赶紧回去工作，散会！"

话音刚落，李东星急匆匆地推开了办公室的大门："出了这么大的事情，怎么不通知我？"

会议室里所有人对李东星的突然到访都震惊得说不出话来，尤其是孟宏达，他主动让出会议桌的主位。可是李东星没有坐，他站在孟宏达的身边，对着关云茂、毕洪奎、老邢沉着冷静地说道："你们各个分公司的负责人先回去，一定做好分内的工作，对职工要解释清楚，坚定大家的信心，咱们团结一致，随时准备迎接检查。"

"好！"关云茂、老邢、毕洪奎纷纷点头，眉目间露出了欣喜的神情。三人前后走出会议室，关云茂还把后跟来的王连成一起拽了出去。于是跟着李东星一起来的王助理轻轻关上了会议室的门。

会议室内只剩下李东星和孟宏达两个人。李东星将主位上的椅子让孟宏达，自己坐在一旁。

孟宏达惭愧地说道："李总，我又惹麻烦事了。"

李东星摆了摆手："老孟啊，你什么都不要说了，你说的我都懂，因为咱们是一种人！"

孟宏达的心猛然一颤。是啊，还是李东星看得透彻，他们的确是一种人，既渴望站在高处，绞尽脑汁赢得所有人的尊重，又时刻不敢松懈，哪怕用自己的血，也要延续企业的荣誉。

“谢谢你！”孟宏达发自肺腑地说道。

李东星笑了：“老孟，咱们重组之后就是一家人了，一损俱损，一荣俱荣。我承认我们之间有矛盾，但是每次在大是大非面前，我们的想法和决定都出奇的一致。去年，江重的市场不稳定，我花巨资建了盾构机实验室，是你第一个站出来挺我。那时候我就知道，你心里装的是江重！如今，你遇到了困难，我怎么能袖手旁观呢？铸锻出了这么大的事情，你受了这么大的委屈，竟然不通知我，我还是从别人口中得到的消息。老孟啊，你也太小瞧我李东星了！”

“不！”孟宏达红着眼睛摇头，“我在积极地想解决的办法！”

李东星的语气低沉了下去：“想办法是对的，可是，你没听过三个臭皮匠赛过诸葛亮吗？多个人想办法，不是更好吗？”说着，李东星真诚地看向孟宏达，“老孟，今天我们一起来想办法！”

孟宏达扬起了嘴角，感动地说道：“好，一起来想办法！”

一周之后，铸锻分公司迎来了一场最严格的全面检查，有环保、安全、消防、工商、税务、审计，几乎所有管事的部门都来了。每个职工都认真地守在自己的工作岗位，维护着企业的荣誉。最后铸锻分公司扛住了多方质疑的声音，通过了所有检查。

然而检查之后依然有重重险阻。那些天，李东星几乎天天都去市里汇报工作，详细地阐述了铸锻分公司和民营企业合作的意义和取得的成绩，获得了多位领导的理解和支持。虽然依然存在争议，但上级领导认可了为改革先试水的勇气，经过多番激烈的讨论，原则上同意了铸钢公司继续开展生产。

很快，铸钢分公司的连铸又开工了，工人们喜出望外、奔走相告，倪老板也乐开了花，不仅又投了新设备，还续签了两年的合同。经此一事，李东星和孟宏达终于深切地理解了对方，并产生了惺惺相惜的情谊，工作也配合得更加默契了。整个铸锻分公司上下一心，圆满地渡过这次危机。

## 117

冬至这天，江重又迎来一个丰收年，厂门口的大屏幕上滚动播放着振奋人心的喜报。李东星今天打扮得格外精神，他穿着一套崭新的、连个褶儿都没有的江重工作服，胸前还骄傲地佩戴着那枚珍贵的江重厂徽。今天，他将担任江重的第一代言人，亲自带领记者参观团参观厂区。一行人丝毫没有受到冰天雪地的影响，都沉浸在热情洋溢的工业氛围里。

他们首先来到研发大厦一楼的展厅，这里有江重厂区的沙盘、产品模型和历史介绍。他们首先来到研发大厦一楼的展厅，这里有江重厂区的沙盘、产品模型和历史介绍。

李东星带领记者们走到一面挂满荣誉证书和奖杯的背景墙，骄傲地说道："欢迎各位参观江重！我们江重集团是由江北重型厂、江北铸造厂、江北矿山机器厂经过多次合并、重组的基础上组建的大型国企，整合了优势资源，针对电厂、矿山、水泥、交通等行业，研发了多种重大装备，包括磨煤机、球磨机、破碎机、采掘机、盾构机等非常具有市场竞争力的产品。此外，我们还并购了两家国外公司，一跃成为跨国经营的企业。"

一位记者指着其中一座奖杯，惊讶地说道："这是国家第一个五年计划期间得到的奖杯啊！"

李东星面带微笑地回应道："是啊，这些荣誉证书和奖杯整整跨越六十多年，可以说我们江重是和共和国一同成长的。"

参观团的另一位记者认真地说道："也可以说是共和国的建设者吧。"

李东星点点头："是啊，我们江重拥有数十个国内第一，全程参与了新中国的建设。你们跟我来看看沙盘吧！"

李东星大步流星地走到精致的沙盘前，声音洪亮地介绍道："目前，我们江重拥有四个工业园区。现在我们所处的位置是制造工业园区，以工艺划分的话属于冷片；这边是铸锻工业园区，属于热片。目前，这两个园区共计占地面积 150 多万平方米，在职员工一万余人。另外两个园区在国外，主要是配套产品检测中心和工厂。”

“李总，能给我们具体说一下在职员工的情况吗？”一位戴眼镜的记者问道。

李东星笑了：“这位记者同志的问题很不错嘛！江重一直重视人才，我们拥有博士以上研发人员 35 人，硕士学位研发人员 126 人，本科以上学历的职工 3000 多人，二十五岁到四十岁的职工占总职工人数的 55%，可以说我们拥有一支有能力、有技术、有干劲又年轻的队伍。这些年，江重先后涌现出市级以上劳模二百一十人，其中三位劳模已经成为全国的先进典型，他们都是江重最宝贵的财富啊！”

“那我们现在是在研发大楼吗？”记者又问。

李东星指向楼上：“是的，江重的新产品都是在这里完成研发和设计的。铸锻分公司还有国内一流水平的探伤实验室和力学实验室，与江北的几所大学建立了长期合作。等下午的时候，让铸锻分公司的总经理孟宏达给你们详细介绍。”

参观团的记者们都显得很兴奋，这时，一位年轻的女记者站了出来，她微笑着说道：“李总，我是土生土长的江北人，从小就听过江重的名字。可是老百姓就知道江重是个机器厂，却不知道到底生产什么机器。刚才你说的那些机器，能给我们详细介绍一下吗？”

李东星身边的王助理急忙说道：“产品很多，让我来介绍吧。”李东星拦下他，笑道：“这位记者是咱们江北老乡，老乡提出的要求，自然要满足了。”女记者也跟着笑了。

李东星指向展台上的产品模型，认真地说道：“老乡说得很坦诚，没错啊！江重的名气大，江北的百姓几乎都听过，可是就是不知道江重到底生产什么。我们的产品不像红梅味精、八王寺汽水那么贴近百姓的生活。刚上班那会儿，我走在老厂的厂门口，一位路人拉住我，问我这里生产汽车吗？我告诉他走错方向了，江北生产汽车的企业在东边，江重在西边。”

展厅随即传来一阵欢快的笑声。

李东星继续说道：“江重不生产家用电器，也不生产小汽车，我们生产的都是些重型设备，主要应用在电厂、矿山、水泥厂这些地方，远离老百姓的生活。除非你在这些地方工作，否则一般人是接触不到的，自然也不知道这些装备有什么用。今天呢，我就详细给大家介绍一下江重的产品，让你们对江重有个新的认识！”

李东星指向展台上的磨煤机模型：“先从名称简单开始吧，这台设备是江重自主研发、拥有自主知识产权的产品，叫作风扇磨煤机，主要应用在火力发电厂、水泥厂等需要燃煤锅炉制粉的地方，简单来说就是将煤块破碎、磨成煤粉的机械设备。可是说起来简单，工作起来可不得了，就拿这个型号的磨煤机来说吧，这一台设备就能完成干燥、磨碎、输粉三大功能，效率特别高，客户反馈也非常好。”

“这真是大设备！”年轻的女记者微笑着感叹道。

“再看看这个！”李东星指向另一个模型，“这是整条水泥生产线，是江重创外汇的主力产品。今年，我们在国外签了四个大订单，正在稳步推进项目。”

“那这个呢？”女记者指向身边模型，对着标牌自言自语道，“侧取、堆取？”

李东星笑了：“这个名字有点绕嘴，全名叫作门架式顶堆侧取堆取料机。这也是江重自行研发具有自主知识产权的新型工艺设备，在同类产品中做到了直径最大。它主要进行料仓内的堆料和取料作业，是用于煤矿和火力发电厂的大型设备。”

女记者似懂非懂地点头：“真是隔行如隔山，今天着实是大开眼界！”

“那这些呢？”另一位记者问道。

李东星走到采掘机的模型前，从容不迫地介绍道："这是我们为大型露天煤矿提供的采掘设备，包括自移式破碎站、自移式转载机、受料及电缆厂、工作面胶带机和履带运输车等。这些都是重点项目，达到了国际先进水平。"

"真是好厉害呢！"参观团的记者朋友们纷纷感叹，"全是大国重器啊！"

王助理指向另外一些模型补充道："那是斗轮挖掘机，那是立式矿渣磨机，那是做混凝土预制件的装备。"

女记者指向摆放在中央的模型："这个我知道，这是挖地铁的设备！总上咱们江北的新闻呢！"

"没错！"李东星稳步走到最大的模型前，"这是江重最具竞争力的明星产品，泥水平衡盾构机。"

女记者满脸兴奋："请李总快给我们介绍一下。"

李东星铿锵有力地说道："泥水平衡盾构机是集机、电、液、传感、信息技术于一体，具有开挖切削土体、输送土渣、拼装隧道衬砌、测量导向、纠偏等功能的大型发掘设备，用于国内大型的引水工程、公路隧道工程。当然，还有大家最熟悉的地铁工程。"

这时，参观团里一位男记者站了出来："李总，据说江重目前并不掌握盾构机的核心技术，这是真的吗？"

李东星顿时停下脚步，脸上的笑容逐渐褪去，手臂僵硬地垂落。展厅内的气氛变得沉闷又尴尬。

王助理连忙打起圆场："记者朋友们累了吧，我们在食堂准备好了午饭，我这就带你们过去！"

"李总还没有回答我的问题呢！"男记者显然是有备而来，他的问题尖锐又严厉，"据闻，国外公司不愿转让核心技术，江重在赔钱赚吆喝。请问是这样吗？"

李东星的脸色更黑了。王助理连忙解释道："记者同志，话不能这么说，江重的每个产品在市场上都有很高的占有率，谁会干赔钱的买卖？你也看到这栋研发大楼了，这是厂区最好的大楼。江重这些年非常重视研发，我们李总更是费了很多心思。现在江重拥有自主知识产权的产品是行业内最多的，我们一直致力于……”

“王助理！”李东星恢复明朗的笑容，打断王助理的话，“还是让我来回答这个问题吧。”

参观团的记者们看向李东星，摄像机的镜头也对准了李东星。

李东星亲切地抚摸着盾构机的模型，语重心长地说道：“说句实话，目前，国内能做盾构机的企业不超过三家。不可否认，我们做的这个大家伙，还没有达到国外的先进水平，我们是承认差距的。我们江重自从引进盾构机项目以来，每年都投入大笔资金用于研发，现在我们已经拥有了世界上最大直径盾构机的设计制造能力。至于你刚才提到的核心技术，我想用不了多久，我们将会突破壁垒，真正地掌握技术。记者同志，不要心急啊，研发哪是简单的事情？我们的国家是在一穷二白的基础上建设起来的，改革开放才三十多年，从零到一的过程很漫长，请给中国制造企业再多些时间，我们会拿出愚公移山的精神，埋头苦干，必会交出一份满意的答卷！”

“好！”男记者兴奋地拍手，展厅内响起热烈而持续的掌声。

午后，昏暗的天空飘起了雪花，洁白的雪仿佛给蓝色的现代化厂房裹了一层松软的棉被。李东星送走记者参观团，回到安静的办公室。王助理送来一份重要的文件，李东星认真地看过之后，郑重地签下自己的名字。

王助理捧起沉甸甸的文件，感动地说道：“李总，恭喜你，多年的夙愿终于实现了！”

李东星欣慰地点头：“这是所有江重人的努力！”

“我马上去办！”王助理一脸兴奋地走出办公室。

王助理一走，李东星怠倦地靠在椅子上，他感觉很热，额头出了很多汗，连呼吸都变得缓慢。炙热的心房仿佛变成了炼钢当年的英雄炉，绚烂的钢花儿翻腾起万米巨浪，一次次地涌动，一次次地淬炼，直到一跃而出，印在他的胸口，凝成了两个坚不可摧的字。

那就是他的命啊！李东星紧紧地抓住了那枚小小的厂徽，眼睛渐渐地湿了……

江重上市了!!

在那一个个夜不能寐的深夜里，他曾经臆想过无数次，想遍了每一个细节，甚至包括该如何去庆祝。但是当它真的实现的这一刻，他竟然没有一点喜悦，满心都是说不尽的辛酸和伤感。

他已经是奔五的人了，当年，他接过千疮百孔的江重，就给自己定下带领江重上市的目标。父亲说他的心气高，办事不牢，陆有为也嘲笑他好高骛远，不够脚踏实地。可是他从来没有放弃过心中的执念，他认定江重有能力也有实力上市，这只是时间的问题。

然而这时间真是漫长啊！上市之路一波三折，他一次次跌倒，一次次爬起来，再跌倒，再爬起来，循环往复，前进的每一步都满是艰辛。他不怕疼，不怕苦，不怕误解，只怕无法完成梦想。

还好，他没有放弃！如今苦尽甘来，江重作为中国重机制造业的龙头企业成功登陆股市，他所付出的一切都是值得的。

此刻，李东星迫不及待地想将这个好消息分享给最亲密的朋友，他第一个想到的就是和他同样牵挂江重的赵心刚。

## 118

时间要回到半年前，赵心刚做了大量的市场调研，写出了一份内容翔实的计划书，里面的论述有理有据，数据扎实，对未来市场的判断也相对中肯。

根据他的判断，经过将近二十年的发展，各大电力集团的发电厂布局已经相对稳定，运行呈现集约化、模式化。在这种情况下，各大集团为了节约成本都会成立物资采购中心，每个物资采购中心对区域内的单位进行统一采购。所有经过严格审核的合格供应商都有权利在网上进行背靠背报价，价格最低者中标。所以赵心刚大胆地推测，随着互联网的发展，未来市场会越来越公平，会越来越透明，所以这种报价模式将会改变国内传统的采购市场，而且也必将席卷各个行业。

按照他的预想，未来一到三年，中蓝飞跃一半以上的销售额将依靠背靠背的报价中标来实现。而未来三到五年，会提高到百分七十以上，甚至更高。于是赵心刚在集团的视频会议上公布了计划书的内容，在征得范宏和覃天的一致同意之后，他对中蓝飞跃的销售市场做出了重大调整。

一周后，中蓝飞跃提拔了一名商务经理，就是当年在网上看到铸锻分公司招标信息的那名细心的小文员。经过五年努力地工作，她不仅是李东丽的得力助手，也是拥有丰富商务报价经验的商务经理。

赵心刚的布局很快到位，再加上前些年李东丽的准备，中蓝飞跃的这次转型之路相当顺利，在很短的时间内他们就搭建了商务报价中心，并制定了合理的薪酬激励制度。效果立竿见影，各个物资采购平台都传来捷报，中蓝飞跃迎来了又一个开门红！

范宏和覃天通过视频都来祝贺赵心刚，覃天夸奖的话都快说一骡车了："小刚，你也太厉害了！看市场的眼光总是那么独到，佩服，佩服！"

赵心刚腼腆地笑了："你的品质楼盘盖得也不错，我们就不要互相吹捧了。"

覃天大大咧咧地应道："我那算什么？就是盖房子，技术含量不高。你这个才厉害啊，轻轻松松坐在电脑前面就把钱挣了，我可是羡慕极了！"

赵心刚苦笑："哪里轻松啊？报价只是其中一个重要环节，我们还要去现场技术交流，安装调试，提供售后服务，也不轻松啊！"

"反正是个好事！"覃天咧嘴笑了。

范宏也夸了赵心刚几句，不过他最关心的还是赵心刚接任集团董事长的事情。这次，他采用了温情攻势：“小刚啊，我下周去医院检查身体，现在的身体真是大不如前了。”

赵心刚关切地说道：“大表哥，我看你的气色不错啊！”

范宏立刻假装咳嗽了几声：“咳咳，哪里不错，是你屏幕太亮吧，我的脸都是青的。”

“青？”覃天凑到电脑前，对着屏幕大眼瞪小眼，“哪里青啊，挺红润的。”

范宏瞪了他一眼：“就你眼神好！”

覃天立刻反应过来：“对，对，大表哥的脸色的确不太好，像是心脏病犯了。”

心脏病？范宏气得差点儿犯心脏病。赵心刚在一旁看着覃天这个活宝也是哭笑不得。

覃天委屈地对赵心刚说：“小刚，你就早点接手集团吧，再这么下去，我也帮不了你了。”

其实赵心刚有自己的想法和计划。网络时代已经全面来临，机遇和挑战处处存在，这才是刚刚开始。未来的路还很长，他要积累更多的财富，他还有追求的梦想。于是赵心刚语调缓慢地请求道：“大表哥，请再给我点时间！”

视频里的范宏盯着赵心刚那双饱含希望的眼睛，想起被他拒绝过的另一件事，终于郑重地说道：“那我再替你扛你几年，你要加油了！”

“谢谢大表哥！”赵心刚的心里充满了力量！

从此以后，赵心刚不停地观察市场动态，随时调整销售策略，忙碌了大半年，收获颇丰。入了冬，赵心刚给自己放了年假，打算带李东丽和孩子去哈尔滨的冰雪大世界。一家三口坐上了江北通往哈尔滨的高铁上，这是世界上第一条穿越高寒地带的高速铁路，将原本七个小时的车程缩短到了两个小时，大大方便了百姓的出行。

赵心刚真切地体会到了高铁的便捷，敏锐地意识到这就是中国的名片，他又开始为中蓝飞跃找寻新的出路了。妻子李东丽笑话他是劳碌命，连和家人团聚的假期也不放过。赵心刚一语双关地告诉李东丽："这就是中国速度！"

这时，赵心刚的手机响了，是李东星打来的。然而奇怪的是电话接通以后那头却没有回音，只听到沙沙的呼吸。赵心刚以为是列车上的信号不好，他看了一眼，手机上是满格的信号。于是他站了起来，顺着安静的车厢走到没人的角落，又说了一声："师兄，你在吗？"

此时，李东星站在办公室的窗前，窗外是漫天飞舞的大雪，细密的雪片轻盈地飘落，仿佛遮去了天地间所有的烦恼。李东星颤抖地伸出纤长的手指划过明亮的玻璃，似乎感受到了雪的冰凉。

一瞬温热的感觉滑落眼眶，不是错觉，而是真实的眼泪，那张俊朗的脸上露出一抹久违的满足感。李东星抿着唇，低沉地说道："师弟！"

"师兄……"赵心刚的心情莫名地变得紧张，师兄到底怎么了？

手机里传出李东星哽咽的声音："师弟，我终于圆梦了！"

圆梦？赵心刚愣愣地靠在车窗前，盯着窗外阴暗的天空，眼底涌出两行滚烫的泪……

## 第二十八章 Chapter 28

# 改革，再出发

### 119

六年后。

空寂的办公室内，李东星和孟宏达并肩站在窗前，两人的身影仿佛两条笔直的切割线将白色的枫纹地板切成一个个不规则的小格子。每个小格子仿佛都自成一派，守护着各自的领地，丝毫没有意识到大家同是一片完整的地板块。

江重刚上市的前两年，股价持续上扬，为江重带来充足的资金，李东星又一次站在人生的巅峰。让人欣慰的是，在耀眼的成绩面前，李东星没有就此停歇、裹足不前，而是积极地回应市场，为江重整体能再迈进一个更高的台阶而四处布局。很快，江重的分厂和业务迅速扩展，遍布国内外。一时间江重光芒万丈，似乎又找回了从前丢掉的荣耀，还是那个响当当的江重！

但是，江重在变，市场也在变，尤其是在制造业这种充满了竞争的行业内。常年行走于一片刀光剑影之中，危险随时可能会降临，江重也不例外。它的摊子铺得太大了，负债率一直居高不下，尽管产品在市场上占有绝对的优势，整体运营还算不错，可是从去年下半年开始，整个制造业出现了周期性的萎靡，微薄的利润一路下滑，这让江重承受了巨大的资金压力。

李东星又过上了痛苦地四处找钱的日子，今天他叫孟宏达来办公室，就是要商量一件关系江重命运的大事！

孟宏达接到李东星的电话，一个小时就到了。这些年，两人磕磕绊绊地一起工作，有合作，有矛盾，摸透了彼此的脾气秉性。所以当孟宏达看到李东星递过来的财务报表时，心里就明白了大概，他一脸严峻地问道："真的没有其他办法了吗？"

李东星失落地摇了摇头："两年前，我们合并了西北的两家企业，成功地打开了西部市场。我本想攒下一笔钱，今年就能还上贷款。可是偏偏在去年年底，国外的一个大订单出现了问题，无法保证及时回款，那可是将近五亿元的项目啊，直接把我的计划全盘打乱了！老孟，你最清楚，这一步乱，步步全乱，我只能拆东墙补西墙，勉强维持集团的正常运行。现在实在是坚持不下去了，银行下了最后通牒，如果在规定期限内不偿还贷款，就要告我们违约！"

"这么严重！"孟宏达吃惊。

李东星的表情变得很严肃："这次需要偿还的金额太大，如果银行要起诉我们，是要上集团公告的。而市场上也会马上传出关于我们资金链紧张的消息，那就惹大麻烦了。老孟，所以我才请你过来，一起想想办法。你们铸锻最近这么样？"

孟宏达垂下头，紧锁眉头："东星啊，近年制造行业不景气，我们铸锻也是勉强维持生产。我做梦都在发愁下个月的工资，日子真的很难啊！"

李东星叹口气，摆手道："再难，也得想办法，千万不能吃官司！先把眼前的难关过去再……"

孟宏达挑眉，用试探的口吻说道："要不，我再去找找银行，宽限些日子？"

李东星摇头："银行那边，该做的工作我都做了。我真是舍了这张老脸，银行才同意宽限三个月。上午我已经找过集团的财务部长了，她说这三个月内预计只有几笔质保金和零七零八的回款，根本无济于事，要想凑齐贷款至少要半年之后。”

孟宏达忍不住地插了一嘴：“其实说实话，就是半年之后也不能保证质保金顺利到账，至于回款，那是要优先用于职工工资的。”

李东星着急地说道：“是啊，这都是没准的事情。可是时间不等人，要真是过了半年，那时候我们早就收到起诉书了。这两年我们的财务报表本来就不好看，股民不满意，我们要是再惹上这么大的官司，那股价就……”

李东星没有继续说下去，股市无小事，任何风吹草动都会带来极为敏感的连锁反应，引发不可预估的后果。如果江重的资金链出现问题的消息坐实，再加上很多不利的传闻，那么股票就会一路下跌。而江重很多股权是质押给银行用于贷款的，如果股票跌到一定程度，银行有权平仓质押股票。如果到了那一步，就会发生雪崩式的崩塌——股票继续下跌，更多质押的股票被出售，将股价拉得更低，从此一蹶不振，最严重的后果就是退市。

回首这个走过六十多年风风雨雨的老国企，它的每一次转型都太难了！说到底就是两个字——缺钱！

制造业的处境真的很艰难啊！设备更新换代快，技术每分每秒都在进步。你不前进，很快就被后起之秀迎头赶上，所以你必须要快，要更努力。加大研发力度，扩大生产规模，培养技术骨干，聘请专业人才……而这些统统都需要钱！

在李东星的记忆里，除了江重刚上市的那两年资金充裕之外，其余的时时刻刻都缺钱。他每天辗转在各个银行办理贷款，偿还债务，江北的银行几乎都走遍了。他时常觉得自己快变成财迷了，可是有什么办法呢？企业要生存，要发展，他作为江重的掌舵人，哪怕自己再苦再累，也要为职工撑起一片广阔的天地。这是他不可推卸的责任！

李东星愁闷地低下头，坐回到办公桌前，语气迟缓地说道："老孟啊，我们搭班子十多年了，这次江重真是遇到坎儿了，我真的希望能顺利过关啊！"

孟宏达低头想了想："其实，我有个办法！"

李东星眼前一亮："快说！"

孟宏达掏出手机，点开一则收藏的新闻："你看……"

李东星盯着手机屏幕，脸沉了下来。这是最近他在江北听到过最多的字眼：国企混改！也就是在国有控股的企业中加入民间（非官方）的资本，使得国企变成多方持股，但还是国家控股主导的企业，来参与市场竞争。

这件事他最近也想了很多，他不是不想改，只是他想不明白该如何混，如何改。混改之后，江重的出路又在哪里？

"你也有这个想法？"李东星默默地问道。

"咱们跟倪老板合作，不也是类似这种混改的方式吗？"孟宏达收回手机，坐在李东星的对面，"东星，咱俩都是大学毕业就进入国企工作，风风雨雨地走过这么多年，连最难的时候都挺过来了，还看不清国家改革的决心吗？"

李东星没有说话。孟宏达继续说道："这次上面的决心很大，江北的几个老国企都动了，说起来，咱们江重算晚的。这个混改不是为了混而混，真实的目的是让国企在市场经济下提高竞争力和活力，建立一套现代企业的管理体系。这么多年，你还没吃够管理混乱的苦吗？"

李东星咬着唇，脸色变得异常凝重。孟宏达接着说出了心里话："我算是受够了，咱俩为了企业成宿地睡不着觉，头发都熬白了，还不是挨人骂遭人恨吗？我们就算把这笔贷款还上，在人家眼里都是应该的。要是还不上，就等着上法庭吧。可是，这怪咱俩吗？"

李东星反驳了一句："难道不怪吗？"

孟宏达笑了："当然怪，谁让咱俩是企业的负责人呢！东星，你也不要着急了。现在政策支持，江重又面临这种僵局，我建议也加入混改的行列，招募优秀的民营企业为江重注资，参与江重的管理，让江重多方持股，共同参与运营。这将是江重历史上最重要的一次改革！”

孟宏达殷切地看向李东星。李东星那双深邃的眼睛里泛起层层透彻人心的波澜。好一会儿，那抹不安的波澜褪去，李东星站了起来，坚定地说道：“好，江重又要乘一次改革的东风出发了！”

## 120

赵心刚现在是新日鑫集团的董事长，新日鑫集团的总部大楼设在江北的开发区，成了地标性的建筑。

这几年，新日鑫集团发生了很大的变化。范宏正式退休，食品公司由赵晓雅接管。赵晓雅本着健康绿色的理念，将食品厂重新包装，成为“吃货”眼里的知名品牌。覃天的房地产开发公司成功转型为物业服务公司，专心走品质服务路线。唯一没有太大改变的就是中蓝飞跃，依旧做从前的老本行，只是职工换了一批，从前那些老面孔，比如马莹，已经到了退休的年龄。尽管赵心刚多次强调她还年轻，可以再多干几年，但马莹还是婉拒了他的返聘，去杭州带外孙了。她这一走，强子的心就长草了。赵心刚为了满足强子一家团圆的愿望，将他调去了杭州分部做仓库保管员，于是这一家人就可以开开心心地一起生活了。

大家的日子过得都很幸福，赵心刚更幸福！两年前，政策允许一对夫妻生育两个孩子，李东丽冒着高龄产妇的风险为赵心刚生下一个可爱的女儿。李东星调侃赵心刚成了儿女双全的人生赢家。从此，赵心刚变成了女儿奴，事事都亲力亲为，被李东丽封为了“三好爸爸”。

这天，赵心刚要去江北档案馆参观江北改革开放四十周年的展览。江北档案馆在江北自贸区，从前这里是小村庄，现在大变样，绿地广场，高楼大厦，再也找不到一丝村庄的痕迹。四十年前，谁会想到今天能有这样的变化？

看着那一张张充满岁月感的图片，那一个个亲切的数字，赵心刚的心情久久不能平静，深深地被一个伟大的时代所感动。他看得很认真，不时地拿出手机拍照，改革开放四十年，真是取得了光辉瞩目的成就啊！

当赵心刚驻足在电力板块的展台时，意外地遇到一个熟悉的老朋友——朱建国。故人重逢分外高兴，朱建国的身体很健朗，腰杆依旧挺直。赵心刚兴奋地迎上去："朱总！"

朱建国热情地喊道："小赵！"

赵心刚指着鬓角的白发，微笑地摇头："朱总，我现在已经是白头翁老赵了。"

朱建国笑道："你是正当年，还是那个一心做技术的小赵！我现在退休，无事一身轻，你叫我大哥吧！"

"朱大哥！"赵心刚亲切地唤道。

两人相视而笑，一起做伴观看展览。

朱建国指着江重的大展台，说道："小赵啊，这就是你一直引以为傲的江重。这些年我时常在网上看到江重的消息，他们研发盾构机，真是了不起啊！"

赵心刚欣慰地点头："是啊，江重这些年不仅研发做得好，还成功地搭上'一带一路'的顺风车，重点布局西部市场，国外市场也不错。您看……"他指向展台上那一串对比的数据，"国外的销售额都快超过国内的了。"

朱建国认真地看过去，大吃一惊："这趟顺风车搭得好啊，每年给国家创这么多的外汇。"

"是啊！"赵心刚的心里盛满了骄傲，"江重的优势产品原本在国外市场就有很强的竞争力，现在的大政策这么好，自然做得更好。

朱大哥，您这次回江北，多住几天，我师兄李东星一直想拜访您。我来做东，咱们聚聚！”

朱建国伸出手指点向赵心刚：“你啊，我们认识这么多年，你从来没说过李肇业是你岳父，李东星是你大舅哥，我真以为他就是你师兄呢。还是蓝安告诉了我你们之间的关系，原来小赵的后台这么硬啊！我就奇怪啊，当初你要是亮出你的底牌，何必受那么多委屈，吃那么多苦呢？你啊，真是太耿直！”

赵心刚有些脸红：“朱大哥，对不起，我不是有意欺瞒您。这些关系在我眼里只有亲情。咱是端着技术吃饭的人，不能太贪心的什么都想要！有些难关必须要闯，有些苦也必须得吃啊！”

“说得好！”朱建国赞赏，“我没看错人，这才是咱们民营企业家该有的风范！”

赵心刚开起玩笑：“我哪有什么风范，靠风吃饭还凑合！”

提到风，朱建国的眼睛亮了，问道：“听程立说，你把风机叶片卖到了国外？”

赵心刚笑了：“朱大哥，全国一盘棋，江重搭上了‘一带一路’的顺风车，我们也迎来了巨大的市场和商机呢。风电行业在优惠政策的扶植下，经过这些年高速稳定的发展，取得了优异的成绩，现在风电机组的国产率达到了 85% 以上。我们国产的风机叶片在国外的销量特别好，市场很大，利润也非常可观！”

朱建国喜悦地点着头：“好啊，真好！我在电力行业干了一辈子，真切地见证了电力行业这四十年里从无到有从弱到强的发展，那真是一步一个脚印踏踏实实地走出来的。前些年，还有力地推行了电煤和市场煤价的并轨改革，保障了电力行业的可持续发展。上周，我参加集团改革开放四十周年的表彰大会，会上说我们已经从汽轮机进口国变成汽轮机出口国，那一个个数据真的很鼓舞人心，表明我们已经成为电力设备的制造强国啊！我坚信，在不久的将来，国产率会达到新的高度，甚至完全国产，那就要靠你们继续努力了。”

赵心刚由衷地说道：“朱大哥，我很佩服您，这么多年，您一直在默默地支持国产产品。正是因为您的鼓励和指引，我才能坚持走到今天。更让我感动的是，您没收过我一分钱，没吃过我一顿饭，就别提礼品了。我真的十分感谢您！”

朱建国爽朗地笑了：“不对啊，我记得吃过你送来的大闸蟹！”

赵心刚的脸更红了：“朱大哥，大闸蟹是我们集团旗下的食品公司发给员工的中秋福利。那年螃蟹大丰收，我给贪吃的蓝安邮寄了一份，你那是借光吃到的。”

“哈哈……”朱建国大笑，“小赵啊，你还是那么耿直。”

赵心刚也开心地笑了。两人继续参观展览，走到下一个展厅。展台上有一个灵活的小机器人，赵心刚兴奋地对朱建国说：“朱大哥，我给你演示一下高科技！”说着，他对着小机器人问了一句，“今天的天气怎么样？”

小机器人自动说：“今天天气晴，气温二十摄氏度，空气质量优……”

朱建国惊喜地感叹：“这个小家伙不错嘛！”

赵心刚指着小机器人说道：“这是咱们江北的一家高新技术公司自主研发的家用智能机器人。我去他们的公司参观过，职工的学历很高，本科是起点，硕士和博士占到总人数的40%以上，公司的研发氛围非常好。我原来想给他们融资，可惜去晚了，被杭州的一家公司捷足先登了。”

“融资？”朱建国的目光闪过明亮的光泽，“你们集团的效益这么好？”

赵心刚微笑着说：“最近几年的股市行情不错，公司的股价一路上扬。可是集团的三个分公司都已经进入发展的瓶颈期，正在积极寻找新项目。上个月，我们去西北考察，才知道下手晚了。唉，都怪我，总想着多积累些资金。”

朱建国摆手："哎，话不能这么说，我就喜欢你这种踏实本分的个性。当时我在基建项目组工作时，见过很多大老板，都特别能吹，明明没钱没实力，非要装成大款、资深专家。结果呢？就算给他一个大合同，他都没钱订货。你就不同了，谦虚谨慎，做事情一板一眼。我就喜欢和你这样的人打交道。小赵，你放心，现在正在稳步推进国企混改的新政策，你们民营企业有资金，国企有产品、市场和平台，这是很好的改革啊。只要你蓄积能量，早晚有用武之地！"

其实，赵心刚早就盯上国企混改的事情，他在等待机会，一个让他实现梦想的机会！但是他没有多说，只是笑着应道："我会永远跟着改革的脚步！"

"走！"朱建国稳稳地指向前方的红色展厅，脸上映着对往事的追忆和对未来的畅想，"咱们去那边看看……"

这时，赵心刚的手机响了，是范宏打来的。朱建国示意赵心刚接电话，他独自走向红色展厅。赵心刚接通电话，低沉地问候道："大表哥！"

范宏在电话里的语气很紧迫："小刚，你没看到我发给你的微信吗？"

赵心刚这才反应过来，光顾着和朱大哥聊天，忽略了微信。他急忙点开未看的信息，原来大表哥发来一张图片。

"快看看！"范宏在电话里催促。

赵心刚点开图片，脸色顿时变得紧张，连声音也变得颤抖："大表哥，这是……"

范宏意味深长地说道："小刚，公告已经挂出来了，江重拟转让29%的公司股份招募战略投资者参与企业混改。现在的时机以及合作的基础非常成熟，你的动作要快！"

"我知道了！"赵心刚的心里仿佛打通了一条笔直的金光大道，道路两旁开满了梦想的花朵，他情绪激动地说道，"我马上就去！"

赵心刚挂掉电话，快步地走到朱建国面前，亢奋地说道："朱大哥，我的用武之地到了！”

朱建国拍过赵心刚的肩膀，意味深长地说道：“记住，我们永远都在改革再出发的大路上。”

“嗯！”赵心刚的脸上写满无比的坚定。他和朱建国道了别就匆忙地走出展厅，迫不及待地拨通师兄李东星的电话……

一个小时后，赵心刚的车停在江重的大门口，李东星站在门前的大屏幕下等他。两人看着彼此，不约而同地想到多年前在老厂的那一幕。二十多年过去了，当年的英气少年都已成为时代的中流砥柱，回想一路走过的艰辛路程，真是恍如昨日。

一切都变了，变得越来越好！

一切又都没变，两人始终保持着那颗永远都是江重人的初心，坚定着改革的信仰！

李东星指着远处那尊火红的、首尾相连的凤凰涅槃雕像，感慨地说道：“改革了这么多年，老工业基地就是涅槃的凤凰啊！”

赵心刚的眼底映着那抹滚烫的红，认真地应道：“是啊。在这里，我们的老国企肩负着民族复兴的光荣使命，一代又一代的大国工匠们扛起了中国制造的旗帜，共同推动着中国工业的发展！”

李东星的情绪变得高涨：“没错，咱们工人有力量啊！不久的将来，咱们会攻克那些技术壁垒，研发出最先进、最高端、最精密的设备，大到航母，小到芯片，没有什么是中国制造不能抵达的领域！”

赵心刚点点头：“那时候，中国的制造业势必会屹立于世界之巅！”

李东星激动万分：“师弟，我们迎来了最好的时代，一个崭新的时代开启了！”

“这就是新时代！”赵心刚的脸上充满了改革者的自信，“师兄，一起干吧！”

这次，李东星主动伸出手，赵心刚的掌心一暖，随即一阵激动，原来李东星递过的正是那枚代表着江重最高荣誉的厂徽。

李东星说出了多年前一样的开场白："江重欢迎你！"

这时，大屏幕里播放出一段振奋人心的话语："一个时代有一个时代的问题，一代人有一代人的使命。虽然我们已走过万水千山，但仍需要不断跋山涉水。在新时代，中国人民将继续自强不息、自我革新、坚定不移地全面深化改革，逢山开路，遇水架桥，敢于向顽瘴痼疾开刀，勇于突破利益固化藩篱，将改革进行到底。"

在那面鲜艳如火的红旗下，两人的手紧紧地握在了一起！

（全书完·本书献给改革开放浪潮中所有的闯路人！）